# 파반느

P A V A N E

VOL. 1

# 파반느 VOL. 1

초판 1쇄 인쇄일 | 2021년 3월 05일
초판 1쇄 발행일 | 2021년 3월 15일

지은이 | 얍스
펴낸이 | 박성면
펴낸곳 | (주)동아

출판등록 | 제406-3960100251002007000071호
주소 | 경기도 파주시 문발로 115, 세종대학교출판부 206호
전화 | (031)8071-5201
팩스 | (031)8071-5204
E-mail | bear6370@hanmail.net

정가 | 12,800원

ISBN 979-11-6302-458-3 (04810)
     979-11-6302-457-6 (set)

VOL 1

# 파반느

DONG A ROMANCE STORY

얍스 장편소설

동아

## Contents

### vol 1. 누구의 죄인가

"은석아. 은석아."

은석아, 세 번쯤 부르자 음, 반응한 그의 등이 이쪽을 향해 돌아 눕는다. 그러나 금세 도로 잠이 든 듯 고요한 숨소리가 들려왔다.

이마 위로 부스스하게 흘러내린 머리칼을 넘겨 주었다. 손가락 사이사이로 감겨드는 머리카락이 여린 꽃잎처럼 부드러웠다.

"은석아, 늦었어. 지금부터 씻고 준비해도 늦어."

몇 번을 더 채근해도 꼼짝도 하지 않는다. 협탁 위 시계를 힐끔거렸다.

오전 열한 시. 약속 시각까진 여유로운 편이다. 그러나 이미 움직임이 게으른 은석을 일찍부터 독촉하지 않았다가 한시가 축박해졌던 경험이 있다.

고민하지 않고 그가 덮고 있는 이불을 한쪽으로 걷었다. 모로 웅크리고 있던 긴 다리가 살짝 움찔했다. 맞닿은 무릎 사이를 벌리며 침대 위로 올라갔다.

바지춤 사이로 손을 집어넣었다. 밑으로 끌어 내리자 실크로 된 파자마 바지가 드로즈와 함께 매끄럽게 내려간다.

마찬가지로 잠들어 있는 그의 것을 손으로 쥐었다. 손안으로 넉넉하게 들이차는 성기를 연거푸 쓰다듬자 곧바로 반쯤 일어선다.

발간빛의 귀두를 손끝으로 살살 휘돌렸다. 금방 커다랗게 발기해서 약동하듯 끄떡거린다. 고개를 숙여 조금씩 젖어 들기 시작한 것을 입안으로 넣었다. 혀로 누르며 고이는 체액을 익숙하게 받아넘기자 축축한 살덩이가 더욱 부풀어 올라 꿈틀거렸다.

"하아."

숨이 차서 한숨 쉬듯 뱉어 내며 벌어진 턱을 다무는 순간, 뒷머리가 움켜잡혔다. 힐끗 눈동자를 위로 굴렸다. 어느새 일어난 그가 몽롱한 눈빛으로, 하지만 잠결이라곤 믿을 수 없는 힘으로 그대로 뒤통수를 잡아당겼다.

목구멍을 찌르고 들어오는 성기를 허둥거리지 않고 밑동까지 삼켰다. 머리칼을 꽈악 틀어쥐었던 손가락에서 점차 힘이 빠져나간다. 나른한 한숨 소리가 들려왔다.

밀어 짜내듯, 정성스럽게 빨아 올리는 속도를 높였다. 오르락내리락 움직이는 머리에 감겨 있는 그의 손이 일순간 경련하듯 죄어들었다. 당겨지는 두피가 아팠다. 울컥 터지는 정액이 입술

밖으로 질질 흘러나오는 동시에 그가 성기를 빼냈다.

콜록콜록. 잔기침을 쏟아 내며 손등으로 입술을 문질렀다. 은석은 이불에 고개를 댄 채로 정액이 묻어 있는 아랫입술을 물끄러미 보고 있었다.

그가 바라는 것은 눈빛을 타고 조용하게 넘어왔다. 닦던 손을 무릎 위로 내렸다. 그리고 아직 입술에 묻어 있는 정액을 혀로 핥아 안으로 들였다.

은석은 목이 꿈틀거릴 때까지 시선을 떼지 않았다. 하지만 정작 삼키는 소리가 들려오자 애초부터 보고 있지 않았던 사람처럼 하품하며 이불 속으로 파고들었다.

반쯤 걷어 올렸던 블라인드 틈 사이로 빛살이 스며들었다. 뒹굴거리는 그의 머리 위로 이른 낮의 햇살이 흘러내렸다. 그는 그것을 피해 도망치듯 몸을 웅크리다 문득 턱을 들고 이쪽을 응시했다.

은석의 눈동자는 언뜻 옅은 갈색으로 보이지만 자세히 들여다보면 신비로운 회색빛이 물그림자처럼 어른거린다.

은석아, 네 눈 고양이 같아. 말하자 어린 날의 은석은 눈가가 휘어지도록 예쁘게 웃어 주며 정말로 고양이처럼 눈을 반짝였었다.

무수한 의미들로 부드럽게 휘감겨 오던 시선. 순결한 냄새가 맡아질 것 같던 그 눈을 잃어버린 뒤부턴 아무리 노력을 기울여도 은석의 눈빛에서 생각을 읽어 내기란 불가능해졌다.

"너도 누워."

"늦었어."

"누워, 희야."

그가 이불을 들춰 보이며 한 번 더 재촉했다. 부드러운 목소리로 희야, 얼른…….

새희는 은석이 내어 준 옆자리에 가로누웠다. 몸 위로 이불이 덮이며 그에게 끌어당겨졌다. 머리 위를 지그시 누르는 턱 끝. 뺨 위로 느껴지는 숨결. 은석의 체향이 가슴을 휘감았다. 새희는 잠시 망설이다가 늦었어, 하고 또다시 중얼거렸다.

그에게선 달콤한 숨소리만이 들려왔다. 위선을 속삭이던 입술이 느리게 다물렸다. 들어선 침묵이 평온을 위장하고 있었다. 어쩌면 "늦었어."라는 말은 재촉이 아니라 결국 일어날 지각에 대한 체념이었을지도 모른다.

늦었다고 생각되는 순간들은 꼭 앞서 늦을 거라는 사실을 예측할 수 있었음에도 결국엔 늦게 되고야 말았으니까.

"시끄러워……."

이번에도 이미 늦어 버렸다면…….

휴대전화의 벨 소리는 누군가의 울부짖는 소리처럼 들어 주기 괴로웠다. 참지 못한 사람은 은석이었다.

새희는 잔뜩 피곤한 얼굴이 되어 침대 바닥에서 맹렬하게 울려 대는 휴대폰을 주워 자신에게 내미는 은석의 움직임을 눈으로 느리게 따라갔다. 액정 위로는 '주이진'이라는 이름이 반짝거리고 있었다.

"받아."

은석의 약혼녀였다.

오늘은 은석의 약혼녀를 대면하는 첫날이었다.

# vol 1. 누구의 죄인가

## Track. Piano

"늦잠 잤나 봐요?"

이진은 가볍게 물었다. 턱을 괸 채 은석의 까치집을 귀엽다는
듯 응시하는 얼굴엔 웃음기가 짙었다.

은석은 대답하지 않았다. 그러나 졸린 기색인 것을 한눈에 봐
도 알 수 있도록 하품을 하고 싶은 입가는 자꾸만 느슨해지고,
매듭을 풀기만 하고 벗지 않은 흐트러진 목도리로 턱이 연신 숨
어들었다. 그러지 말라고 무언의 신호를 보내도 그는 막연히 다
른 것을 상상 중인 것처럼 무심하고도 나태한 눈빛이었다.

이진은 킥킥 웃으며 시선을 미끄러뜨렸다. 따듯한 차를 입에

담은 채 삼키지 못하고 있던 새희는 빤한 시선에 턱을 들어 올렸다.

"우린 초면이죠?"

부드러운 차가 목 안으로 까끌까끌하게 넘어갔다. 통화로만 들어 보았던 그녀의 목소리는 대면하니 더욱 힘 있고 명랑하며 무겁지 않은 기품이 느껴졌다.

잔머리 한 올 없이 깔끔하게 틀어 올린 머리카락. 기하학적인 패턴이 들어간 원피스를 금장 벨트로 묶어 버린 스타일링은 전투복처럼 당당하면서 잡지의 한 장면처럼 세련되었다.

도무지 눈을 뗄 수 없는 반짝거림이 이진을 휘감고 있었다. 그것은 어떠한 목적을 가지고 이용하는 수단보다 억제할 필요가 없는 본능에 가까웠다.

처음 눈이 마주쳤을 때 이진의 입에서 나온 "반가워요."라는 한마디에서부터 그 화려함은 문자처럼 표출되며 향수처럼 스며들었던 것이다.

나쁜 습관처럼 새희는 자신도 모르게 이진을 읽어 내려 하고 있었다. 그녀의 귀에 박힌 태피스트리 액자 같은 귀걸이를 쳐다볼 때였다.

"음식이 별론가요? 여기 되게 잘하는 집인데."

요리가 서버 된 이후 딱 한 번 젓가락을, 그것도 들다 만 새희를 보고 내뱉은 말이리라.

그렇다고 말하면 이진은 금방이라도 주방장을 부를 듯했다. 으레 듣기 좋은 우아한 목소리로 요리의 부족한 점을 대신 지적해 줄 것처럼.

이때껏 그런 식으로 확실하고 당당하게 살아왔음을 방증하는 자신 있는 태도는 저편의 꽃으로 움직이는 나비의 날갯짓처럼 일상적이고 자연스러웠다.

문득 새희는 놀랐다. 저처럼 이진이 자신을 관찰하고 있었다는 사실을 깨달은 탓이다. 이진은 묘하게 웃더니 앞 접시에 담긴 지느러미 요리로 젓가락 끝을 부드럽게 찔러 넣었다.

"지난주엔 본의 아니게 댁에서 신 회장님과 둘이서 저녁 식사를 하게 됐죠. 아니, 처음부터 둘이었던 건 아니고. 식사를 하던 중에 신은석 씨가 갑자기 졸린다며 위층으로 올라가서 말이에요. 들었나요?"

그날은 저녁 파트였던 가람이 갑작스레 일이 생기는 바람에 새희가 대신 마감까지 맡았던 날이다.

집에 중요한 손님이 왔다 간 사실은 다음 날 가정부들의 속닥거림으로 전해 들었다. 은석은 달리 언급한 적 없었다. 하지만 언급하지 않았더라도, 새희가 어떠한 경위로든 알게 될 것을 분명 예상했으리라.

새희는 고개를 저었다. 이진의 젓가락이 유연하게 벌려지며 휘어진 지느러미가 춤을 추듯 젖혀졌다. 그것은 그대로 이진의 입가로 느릿하게 향했다.

"그래요? 나는 그날 당신에 대해서 전부 다 들었는데."

젓가락 끝이 빠져나온 이진의 입술이 예쁘게 휘어졌다.

"기분 나빠 하지 말아요. 내가 묻기도 전에 회장님이 당신을 공지한 거니까. 당신은 당신도 모르는 사이에 그간 제법 귀한

혼사를 자주 깨뜨려 온 모양이야."

존재 자체로 말이에요. 그건 아주 대단한 능력인데. 이진은 피식 웃으며 젓가락을 놓은 손으로 테이블 아래 보이지 않는 구석에서 뭔가를 꺼내 들었다. 유연하게 뽑아 올린 것은 담배였다.

찰칵, 불붙인 담배가 빨갛게 타오를 동안 이진은 동의를 구하는 듯한 눈빛은 보이지 않았다.

"공공연한 바람과 대놓고 집에서 키우는 정부는 비슷한 듯 다르죠. 아무리 재벌가 결혼이 눈 가리고 아웅이라지만, 그래도 생각할 수 있는 뇌를 가진 여자라면 처음부터 셋이서 시작하자는 결혼은 침 뱉고 꺼지라 할 게 당연하지 않겠어요?"

후우, 담배 연기가 묻어 나온 이진의 목소리는 거침없이 매끄러웠다.

"신은석 씨가 위층으로 올라가기 전, 마지막으로 날 보고 뱉은 말이 뭔지 알아요?"

"……."

"식장에 들어가기 직전까지 희와 뒹굴다 와도 괜찮으면 결혼해도 상관없어."

이진은 일부러 은석의 무기력한 말투를 흉내 내며 짓궂게 웃었다. 발끝이 불에 덴 듯 움찔거렸다. 누구에게 더 모욕적인 말이었을까.

그런 저속한 말 따위를 하며 지었을 은석의 표정이 떠오른다. 핏기 없이 창백한 안면 위로 지나갔을 그 무신경함이. 이미 보았던 영화를 재관람하는 것처럼 익숙한.

"난색을 짓는 회장님을 보니 희한하게도 웃음이 나오더군요. 이미 이런 식으로 몇 번 아들의 무례에 당해 봐서 굳이 날 집으로 부르셨나 싶기도 하고. 그동안의 히스토리가 궁금해지던데?"

거기까지 말한 뒤 이진은 잠시 침묵한 채 말없이 담배 연기만 흘려보냈다. 그녀는 담배를 쥔 손으로 반대편 어깨를 쓰다듬으며 허리는 줄이 팽팽한 마리오네트처럼 꼿꼿이 세우고 있었다. 담배를 입술에 가져갈 때마다 잘게 떨리는 손끝은 의식하지 못하는 습관 같았다.

쉬어 가듯 다른 곳에 머물고 있던 눈은 이내 소리 없이 새희를 훑어 내렸다. 조금 전까지와는 다른, 무척이나 차갑고 냉정한 눈빛에선 이질적인 선명함이 느껴졌다. 너무도 선명해서, 여태까지 보여 줬던 눈빛들은 죄다 거짓으로 꾸며 낸 게 아닐까 의심이 들게 하는.

"나는 신은석 씨와 결혼할 거예요."

집안에서 은석의 결혼을 서두르고 있다는 사실을 눈치챈 게 언제였던가.

누군가 말해 줘서가 아니라 집안 곳곳에서 흐르던 초조하고 시급한 분위기를 읽어 냈을 때 회장님은 그마저도 몹시 늦었다고 꾸짖는 것처럼 새희를 향해 가혹한 신호를 보내고 있었다.

깨달았던 그날, 태연한 목소리를 꾸며 내며 그에게 물었다. 은석아, 너 결혼해야 돼?

그 이후부터 은석은 회장님이 부르는 자리로 보란 듯이 훌쩍 나가곤 했다. 약혼녀란 명목으로 본가에 방문한 여자들은 마주친 새희를 경멸하다가 끝내 은석을 받아들이지 못했다. 당연한 일이었다.

"내가 회사에서 집무를 볼 동안 당신이 내 남편 될 남자와 안방에서 알몸으로 뒹굴든, 사랑을 속삭이든 개의치 않겠다는 말이란 거죠."

그래서 이해하기 어려웠다. 어째서 만났던 사람 중 가장 완벽하고 냉정해 보이는 여자가 이런 말을 하는 걸까.

"왜……."

삼켰어야 하는 의문이 입술을 비집고 새어 나갔다. 이진은 간단명료하게 답했다.

"태정이잖아."

그것도 태정 그룹 신 회장이 애틋해서 강에서 건져 올린 썩어 부패한 시체마저 품에 끼고 지냈다는 죽은 정부의 유일한 핏줄. 이진이 휘어지는 눈으로 부연한다.

"그리고 나, 신은석 씨 얼굴 굉장히 좋아하거든."

피차 인물 걱정 안 해도 되니까? 이진은 농담처럼 덧붙이고 웃으며 담배 연기를 길게 뱉었지만, 새희는 조금 놀라고 말았다. 자연스럽게 듣지 못하고 경직된 자신이 촌스러웠다.

옆얼굴이 달아오른다. 달아오른 부분으로 그림자 지듯 무언가 닿는 느낌이 들었다. 은석의 시선임을 의식하는 순간부터 심장이 가파르게 뛰기 시작했다.

"애는 최대한 빨리 가질 생각이에요."

심장이 더욱더 빠르게…….

"나는 있죠. 애를 낳는 건 내겐 하나의 숙명과도 같은 일이라고 어렸을 때부터 생각해 왔어요."

이진은 동요하는 새희의 눈동자를 직시했다.

"어린 시절, 캐나다에 계신 외조부의 저택 앞엔 큰 숲이 있었죠. 어른들끼리는 주말마다 사냥하러 떠나기도 했을 정도로 커다랗고 울창한. 어느 날 그 숲 입구에서 아주 예쁜 새가 날아다녀서 그 새를 따라 나도 모르게 깊은 곳으로 들어갔는데 나무 위에서 아기 새 한 마리가 요란하게 울고 있더군요."

여전히 뺨은 찔리는 것처럼 따가웠다. 붙박인 듯 고정된 은석의 고개는 돌아가지 않았다. 가슴에 한기가 들었다. 불쾌한 기색 없이 이진의 목소리는 시를 읊듯 차분하게 쏟아졌다.

"딱 한 마리뿐인 게 이상해 나무 밑을 보니 이미 망가진 둥지와 죽은 아기 새들이 세 마리나 있지 뭐예요? 딱히 그 애들을 사냥했다기보단 빗나간 총알에 운 나쁘게 목숨을 잃은 거로 보였죠."

"……"

"그때 살아남은 아기 새의 굶주린 입에 잡아 온 먹이를 먹여 주던 어미 새의 모습은 무척이나 인상 깊게 내 안에 새겨졌어요. 그들에게선 세상 어디에도 없는 강한 유대감이 느껴졌거든. 발 밑의 죽은 새끼들을 보며 어미는 홀로 살아남은 아이가 얼마나 대견하고 사랑스러웠을지……"

회상하는 말끝은 진실로 두근거림이 전해져 왔다.

"그때부터 아이는 내가 기다려 온 가장 특별한 운명이에요. 내 아이에게 유전자를 넘겨 줄 남자에게 바라는 건 딱 두 가지. 제법 훌륭한 집안과 예쁜 얼굴. 신은석 씨는 내가 고르고 골라 온 후보 중 가장 맘에 드는 조건이라 당신이란 혹이 있어도 도저히 욕심이 접어지지 않던걸요."

은석의 시선이 길어지고 짙어진다. 이진이 쏟아 낸 은밀한 이야기들이 귓가에 쟁쟁거린다. 예쁜 새, 유대감, 특별한 운명…….

억지를 쓰듯 되뇌려고 하지만 온 신경은 은석이 쳐다보는 뺨으로 쏠리고 있다. 불온한 기분을 가지라고 명령하듯 끈질기다.

정면으로 쳐다보고 있는 이진보다 자신의 혼란을 구경하고 있을 은석의 형상이 더욱 뚜렷하게 그려졌다. 그래서 이진이 웃고 있다는 건, 이어지는 그녀의 목소리를 듣고 나서야 알았다.

"혹시라도 당신이 애를 가진다면 그 물건은 내 손으로 직접 긁어 낼 거예요."

머릿속이 하얗게 비워졌다. 어긋났던 시야가 돌아왔다. 치켜든 그녀의 젓가락 끝은 새희의 배를 가리키고 있었다.

"그건, 안 될 일이잖아요?"

"……."

"족보는 엉키게 하면 안 되지…… 더럽게."

이진은 여전히 웃는 얼굴이었다. 거리낌 없이 만들어 낸 미소는 억지스러운 구석이 없었다. 순간, 은석의 시선이 새희를 떠났다.

창백하게 질린 손끝이 말려 들어갔다. 아랫배가 차갑게 식는 기분이 든다. 무심코 스웨터의 윗단을 꼭 쥐고 있었다. 손톱 밑으로 성긴 올이 가시처럼 파고든다.

"식은 올봄에 올렸으면 좋겠어요, 나는. 은석 씨는요?"

이진의 입술에서 은석의 이름이 다정하게 흘러나왔다. 결코 흥분하지 않는. 음식이 별로냐고 물어볼 때의 거침없는 친절함이 상기된다. 저런 목소리로 이름을 불러주는 여자가 은석의 약혼녀이다.

은석의 아내가 될. 은석의 아이를 낳을. 아름다우며, 그 아름다움에 자신과 자격이 있다고 믿는, 그에 몇 번이고 고개를 끄덕이게 하는.

"좋을 대로."

은석의 답이다. 좋을 대로. 이진은 그 답이 만족스럽다는 듯 웃으며 말했다.

"마저 식사할까요?"

좋을 대로······.

＊ ＊ ＊

"하아."

변기 물을 내린 뒤 새희는 입가에 흐른 침을 손등으로 닦아 냈다. 헐다시피 다 비워 낸 속에서 신물이 올라오는 듯 시큼했다.

"괜찮아? 쓰러진 거 아니지?"

똑똑똑. 노크 소리와 함께 다급한 목소리가 들려온다. 힘이 들어가지 않는 손으로 변기를 붙잡고 일어섰다. 휘청거릴 뻔한 다리를 움직여 잠금을 풀고 나갔다.

끼이익, 문이 젖혀지자 그새 신고라도 하려 했던 모양인지 휴대폰을 쥐고 있는 선주가 보인다.

"저 괜찮아요. 점장님."

"하도 안 나와서 걱정돼서 따라온 거야. 정말 괜찮아?"

"카운터는……."

"가람이 왔어. 그러게 몸이 안 좋으면 쉰다고 하지."

세면대 물을 틀며 거울을 쳐다보았다. 창백한 혈색의 우울해 보이는 여자와 눈이 마주친다. 그 눈이 자꾸 슬픈 말을 걸어 피하듯 고개를 내려 버리고 손바닥에 찬물을 받아 입을 두어 번 헹구어 냈다.

선주는 나가지 않고 등 뒤에서 새희를 유심히 지켜보았다. 새희가 입을 틀어막은 채 화장실로 달려가기 전까지만 해도 선주는 딸인 명아를 데리러 가기 위해 서둘러 퇴근 준비를 하던 중이었다. 하염없이 엄마를 기다리고 있을 명아의 말간 눈동자가 눈앞에 아른거린다.

저 때문에 선주의 시간이 낭비되고 있다. 새희는 흐르는 물을 잠갔다. 여전히 걱정 어린 선주를 비추는 거울을 외면했다.

화장실 문을 밀고 나가자 계산대 앞에서 휴대폰에 몰두 중인 가람이 보인다. 삐딱하게 등을 벽에 기댄 자세에 앞치마 끈도 매지 않은 채다.

새희를 따라 나온 선주가 저 자식이, 이를 갈며 재빠르게 매장에 손님이 없는 것을 확인한 뒤 다가가 소리친다.

"현가람, 앞치마 꼴이 그게 뭐야? 명찰 착용도 계속 빼먹지, 너!"

"아, 지금 막 달려고 했는데."

가람은 천연덕스럽게 앞치마 주머니로 휴대폰을 떨어뜨리며 미안 미안, 하고 웃는다. 그러다 선주의 어깨너머 느릿하게 걸어오는 새희를 발견하고 눈매를 가늘게 접어 보인다.

"안녕, 누나."

선주의 잔소리가 제풀에 지쳐 그칠 때쯤이 되어서야 가람은 완벽하게 차림새를 갖추었다. 완벽이라 해 봤자 앞치마와 명찰뿐이건만 그걸 매번 어찌나 늑장을 부리는지 진짜로 잘려야 정신을 차린다며 선주가 서두르며 점퍼를 걸치는 와중에도 중얼중얼 욕을 해 댔다.

급하게 입느라고 뒤집힌 모자를 가람이 잡아당기자 선주의 머리가 기우뚱 뒤로 기울어졌다. 그쪽으로 고개를 숙여 가람이 무어라고 속삭인다. 선주가 질색하며 가람을 확 떠밀었다. 밀려난 가람은 도망치듯 뛰어나가는 선주를 향해 하하! 웃으며 손을 흔들었다.

"아프다며."

시선은 선주가 떠난 문가에 둔 채로 가람이 물었다. 저에게 한 말임을 한발 느리게 눈치챈다. 다소 건들거리는 미소가 머무는 가람의 옆얼굴을 응시했다. 새희는 괜찮다고 답했다. 그러자 가람이 미심쩍은 얼굴로 새희를 돌아본다.

"목소리도 시무룩한데? 슬퍼 보여."

슬프냐고 물었다면 아니라고 답했을 것이다. 하지만 가람은 새희가 슬퍼하고 있다고 단정 짓듯 말하며 거기서 그치지 않고 슬픈 이유가 궁금하다는 태도로 고개를 밀착해 왔다.

때마침 차례로 카페 안에 들어선 손님들이 아니었다면 꼼짝없이 취조 비슷한 질문 세례를 받았을 테다. 정면으로 돌아가는 가람의 어깨 옆에서 새희는 그새 흥건하게 땀이 찬 손바닥을 앞치마에 문질렀다.

연인으로 보이는 손님들은 화기애애한 분위기로 카운터로 걸어 왔다. 가람의 나이쯤 되는지 풋풋함이 얼굴에서 반짝거렸다. 주문 하는 동안에도 옥신각신 웃느라고 정신이 없다. 잠깐을 두고 그들 이 보내는 일상들이 공기처럼 닿아 왔다. 솜털이 코끝에서 날리듯 간지러운.

둥글둥글한 턱을 가진 남자가 한없이 관대한 눈으로 마주 보는 여자에게 말했다.

"너 좋을 대로 시키라니까."

새희는 몸이 굳는 것을 막을 수 없었다. 좋을 대로. 은석의 목 소리가 헤엄을 치다 수면 위로 솟구친다. 울렁거리는 장면들이 버튼이라도 눌린 것처럼 되감긴다.

'미안해요, 새희 씨.'

이진은 식사가 끝난 후에도 일어서지 못하고 있던 새희를 향해 느닷없이 사과했다.

'앞으로도 나는 당신한테 미안할 일들만 계속하겠지만,'

여전히 꼼짝 않고 앉아 있는 새희를 한참 전부터 일어서서 내려다보고 있던 이진의 표정은 뒤늦게 보았을 때도 사과하는 사람의 것으론 보이진 않았다.

다만 이 한마디만은 너에게 건네주겠다는 듯 내뱉은 건 경고도 충고도 아닌,

'사과하는 건, 이번뿐이야.'

적선과도 다름없는…….

"……나, 새희 누나?"

허공을 헤매던 새희의 눈에 초점이 돌아온 건 가람의 목소리가 제법 심각해진 뒤였다. 반사적으로 죄송하다는 말이 먼저 튀어나왔다.

포스기 화면을 가리키고 있는 손가락이 그대로 굳었다. 분명 주문을 받았건만 생각이 나지 않는다. 무슨 문제 있느냐는 듯 천진하게 보는 시선들이 한순간 칼바람처럼 시야를 할퀴었다. 머리가 백지였다.

보다 못한 가람이 대신 화면을 누르며 손님의 카드를 받았다. 주문을 입력하는 가람의 뒤에서 새희는 멍하니 죄송하다고 되뇌었다.

외려 괜찮다고 손을 젓던 여자와 눈이 마주치는 순간 여자의 눈이 어, 하고 동그랗게 커진다. 옆에 남자도 마찬가지다. 가람이 급하게 새희의 어깨를 잡아 돌려세웠다.

"가서 퇴근해. 오늘 누나 진짜 아파."

가람의 손에 몸이 주춤거리며 떠밀렸다. 새희를 보는 눈빛들엔 의아함과 황당함이 뒤섞여 있었다. 문득 저 악의 없는 눈빛들 속에서 이진이 점멸했다. 뾰족뾰족하게 아랫배를 찔러 왔던 감각이 되살아난다.

가람이 어서 가라고 눈치를 주었다. 가람이 그렇게 당황하는 건 처음 봐서, 너머의 얼굴들이 하도 심각해서, 그들을 겨우 등지는 새희의 다리가 조금 떨리고 있었다.

도망자처럼 들어온 화장실 거울 앞에 서서도 한참을 망설였다. 사실은 모르는 척하고 있을 뿐이다. 고개를 들어 올려 외면하고팠던 얼굴을 끝끝내 확인하는 순간에도 뺨을 적신 눈물 줄기가 턱 끝으로 뚝뚝 흘러내리고 있었다.

'은석아, 이러지 마. 이러면 너 후회해. 후회할 거야.'

'왜?'

'그만둬…… 제발.'

'나는 싫고, 그 자식들한테는 괜찮고?'

'은석아.'

'차라리 당한 뒤였으면 더 쉬웠을까.'

휘청, 풀린 다리가 바닥으로 꺾였다. 간신히 세면대를 쥔 한쪽 팔 위로 자잘한 소름이 지나갔다. 곳곳에 박혀 있는 과거의 조각들을 죄다 뽑아내고 싶었다.

퍼석한 은석의 음성, 그와 반대로 허겁지겁 달려들던 몸짓, 그 간극 속에 지독하리만치 선명하게 새겨져 있던 증오감. 그래, 필시 그것은 증오감이었다. 너무도 증오스러워서 그 자신도 어쩔 도리를 모르는 충동에 서글프게 태워지던…….

젖은 뺨을 문지르며 세 시간 전의 은석을 떠올렸다. 근래 보았던 얼굴 중 가장 부드러운 눈빛이었던 그를.

이진이 미닫이문을 열자 은석은 참기 힘들었다는 듯 입을 맞춰 왔다. 입안으로 밀려들어 오는 혀보다 먼저 의식한 건 나가기 직전, 이쪽을 돌아본 이진의 눈길이었다.

오래 구경할 것처럼 팔짱을 끼고 자세를 잡는 이진의 눈은 불순 없이 깨끗했다. 이 구도를 끔찍이 불편해하는 새희를 알아차렸으면서도 실컷 지켜보다가 또 봐요, 하고 말하듯 이진은 산뜻하게 손을 흔들고 사라졌다.

어떻게 그럴 수 있지?

"누나, 괜찮아?"

울음이 걸려 목이 아팠다. 어느새 따라온 가람이 계속해서 문밖에서 말을 걸어왔다. 저렇게 다정한 가람은 며칠 전 카페로 씩씩대며 찾아온 예쁜 여자애한테 뺨을 얻어맞았다. 여자애는 있는 힘껏 가람의 뺨을 올려붙인 뒤 날 두고 화실에서 무슨 짓을 했느냐며 악에 받쳐 고함쳤다.

가람은 뻔뻔스러울 정도로 조용했다. 변명도, 사과도. 긍정도, 부정도 내비치지 않는 태연자약함에 희한하게도 서서히 여자의 울화가 사그라들었다.

죽일 듯이 노려보면서도 도저히 참을 수 없다는 듯 애석하기 그지없는 손길로 가람의 부어오른 뺨을 매만지기까지 걸린 시간은 길지 않았다.

가람은 장난스럽게 그 손에 얼굴을 기댔다. 여자애는 눈물을 흘렸다. 눈물의 의미는 분명 안도였다. 화를 내려고 온 게 아니었다. 사랑을 확인받고픈 것이었다. 그 애는 처음부터 가람의 화실에 들락거리는 여자가 여럿 존재한다는 걸 알았던 건지도 모른다.

새희는 이해가 되질 않았다. 우스운 꼴이 될 걸 알면서도 마음을 내던진 여자도, 그런 여자의 진심을 몇 번이고 거짓으로 받아 주는 가람도.

사랑을 배제하고 오로지 목적을 위해 배우자를 고른 이진도.
그리고 은석도…….

어떻게 그럴 수 있지?

'식은 올봄에 올렸으면 좋겠어요, 나는. 은석 씨는요?'

"결혼…….'"

안 했으면 좋겠어.

하지 마, 은석아…….

* * *

새희가 일하는 카페는 서울 한복판에 위치한 태정 호텔 맞
은편, 밀집된 빌라들 사이의 상가 건물에서 월요일을 제외하고
운영되고 있다.

테이블은 둥근 원탁으로 일곱 개. 틀어 놓는 음악은 옛날 노래의
가사 없는 멜로디. 커피 맛은 커피보단 음료를 좋아하는 점주인
선주가 대충 만들어 자주 컴플레인을 받는다.

새희는 이 모자란 점들─가람의 표현으로─까지 포함해서 이
곳을 좋아했다. 단지 그뿐이었다면 그 정도의 애정으로 그쳤을
테지만 말이다.

카페 문을 열고 열두 걸음, 오른쪽 대각선 방향으로 몸을 틀
어 작은 높이의 단상을 오르면 구석에 비스듬히 조금은 때가 탄
하얀색 피아노가 있다.

집에서 썩고 있는 것을 모처럼 인테리어 겸 데려왔다고 자랑하듯 선주가 피아노를 보여 줬을 때 새희는 멍하니 그것을 바라보다 왜 우냐는 황당한 목소리를 들어야 했다.

은석이 알면 안 되는데…… 반가움과 동반한 감정은 공포였다. 건반을 만지면 그대로 손목이 붙잡혀 끌려가 쏟아지는 은석의 히스테릭을 받아 내야 하던 날이 있었다. 눈앞에서 무아지경으로 피아노를 도끼로 내리찍던 은석의 발광이 몸속 어딘가에 화상처럼 번져 있다.

은석은 몹시도 이른 시점에, 어쩌면 자신보다 먼저 알아챈 것이다. 피아노가 새희의 영혼을 무서운 속도로 휘감아 가고 있음을.

그토록 욕망할 수 있는 대상이 새희에게 존재한다는 걸 그는 용서하지 못했다. 끝도 없이 난폭해진 은석은 섬뜩하면서도 가련했다. 엄청난 두려움에, 치 떨리는 배신감에 어찌할 바 모르는 사람은 새희가 아닌 은석이었다.

아무것도 부수지 못한 것 같아. 모조리 산산조각 내고 나서도 은석은 생명감 없는 목소리를 잔해로 떨어뜨렸다. 눈물범벅으로 수차례 잘못했다고 빌었다.

아수라장이 된 방 안은 지옥을 옮겨 놓은 것 같았다. 모든 것이 공허했다. 은석의 어깨너머 잔인하게 죽음을 맞이한 피아노가 얼룩진 눈동자로 비쳤다. 중간중간 살려 달라는 듯 내지르던 음률이 귓속을 난자했었다. 절규하는 파열음이 내부에서 웅웅거렸다.

미안해. 사죄하듯 거듭 속삭인 말은 정녕 은석을 향한 것이었을까. 새희는 끝까지 은석을 기만했다.

운명처럼 재회한 피아노를 거부하려 했지만, 차라리 손목을 긋는 게 더 쉬운 일이었다. 피아노가 망가지는 과정을 이미 목격한 후였다.

초조함이 죄책감을 앞질렀다. 닫혀 있는 피아노는 유혹적이었다. 현혹당하는 순간조차 황홀했다. 흥분으로 떨려 오는 손끝은 기쁨을 감추지 못하고 있었다.

치고 싶었다. 연주하고 싶었다. 수천 가지의 나쁜 조건이 요구되었어도 기꺼이 받아들였을 것이다.

새희에게 피아노란 어디까지 절박해질 수 있나 자신도 그 끝을 가늠할 수 없는 갈망이었다. 몸에 난 구멍을 가득 채우며 공기처럼 들어왔다가 안타깝게 빠져나가 버리는.

선주는 그 뒤부터 새희의 스케줄을 낮보다 밤으로 조정하기 시작했다. 모두가 가고 남은 자리에서만 피아노 덮개를 여는 새희를 위해서였다.

"은근 고집 세단 말이야."

씻은 컵의 물기를 수건으로 닦다 고개를 들었다. 진작 클로즈 팻말을 달았고 설거지를 시작할 때 가람과 인사를 마쳤다. 그대로 나간 줄 알았더니 카운터와 가장 가까운 테이블에 앉은 채로 가람이 새희를 지켜보고 있었다.

가죽 재킷의 화려한 패턴이 시선을 잡아끈다. 귀에 뚫린 피어싱들은 가람이 얼굴의 각도를 달리할 때마다 조명을 비춘 것처럼 반짝거렸다.

연기하지 않아도 자연스럽게 배어 나오는 혈기가 매력적이다.

열정과 패기로 무장한. 가람의 청춘은 빛나는 흐름 위 어디쯤 놓여져 있을 것이다.

가난과 애걸 따위는 모르고 자라 왔을 테지. 그 부류의 사람은 좀처럼 편해지지 않는다는 것을 애석하게도 가람을 마주할 때마다 깨닫게 된다.

새희는 꽤 오랫동안 가람을 바라보고 있었다. 관찰하는 시간이 길어질수록 가람의 입꼬리는 짓궂게 당겨 올라갔다.

"왜 안 가."

"누나도 내 말 안 듣고 끝까지 일하고 있잖아."

"오늘 내가 마감이잖아."

"손님 앞에서 울어 놓고 뭘 잘했다고 그렇게 새침해?"

침묵을 지키는 새희를 보고 가람이 키득거렸다. 그러다 불쑥 묻는다.

"피아노 치는 거 보고 가고 싶다고 말하면 나 좀 귀찮나?"

"응."

"냉정하고, 무뚝뚝하고…… 잘 울기까지."

드르륵, 가람이 의자를 뒤로 끌며 일어난다. 발끈하며 반응할 새희를 기대하며 가람의 시선이 흥미롭게 아래위를 훑었다. 가볍게 내려갔다 올 것 같던 눈은 그러나 어딘가에서 고정되더니 꽤 오래도록 그곳에서 멈춰 있었다.

오늘로 두 번째 목격하는 것이다. 당황으로 그어진 가람의 길고 진한 눈썹. 눈매와 입매는 무방비한 모양으로 딱딱해져 간다. 황급히 한발 다가서며 가람은 변명하듯 빠르게 쏟아 냈다.

"도련님한테 피아노 치는 거 일러바칠 생각 없어."

매번 장난스럽게 놀리듯 부르던 도련님 소리가 처음으로 위급하기 짝이 없다. 어떻게든 변명하고픈 간절함이 읽혔다. 그런 게 아니야. 수없이 설명하려 들지만 이미 가람이 보고 있는 새희의 입술은 빠르게 얼어붙고 있었다.

"그러니까 그렇게 손 떨지 마……."

수전증 환자처럼 미친 듯이 떨리고 있는 손이 새희의 눈에도 그제야 보였다. 그 손을 잡아 주고 싶어 하는 듯한 가람에게서 저도 모르게 뒤로 한 발 떨어졌다. 천천히 손을 뻗던 가람이 멈칫했다. 그리고 내민 손을 그 자신도 낯설게 내려다본다.

피아노가 박살 난 후, 일상은 색깔을 잃어버렸다. 은석을 기다리는 무수한 시간 동안 새희는 누군가 어떠한 사유를 갖다 붙여 자신을 죽여 주길 염원했다. 기생충과도 다름없이 느껴지는 자신을 잠든 사이 은석이 갖다 버려 주었으면 좋겠다고 생각하는 밤이 거듭되었다.

우울감과 무기력증이 몸집보다 불어나고 있었다. 은석의 눈에까지 거슬릴 정도로. 나가서 뭐든 해 보고 싶다는, 까마득한 옛날의 바람을 갑자기 들어준 건 그래서였을 것이다.

은석은 빠르게 새희가 일할 곳과 일할 곳에 필요한 사람들을 찾아냈다. 선주는 은석이 직접 데려온 사람이었다. 초면부터 화끈한 언사를 쓰며 살갑게 굴었지만, 그녀는 계산대 옆에 놓인 전화기를 가리키며 명확하게 일러두었다.

'안 받으면 내가 곤란해져.'

선주는 천성적으로 선한 사람이었다. 그러나 범주 내 평안을 위협한다면 가차 없이 돌아설 수 있는 단호한 면을 가진 사람이기도 했다. 새희를 안타깝게 바라보다가도 먼발치에서 은밀하게 동태를 살피는 일이 빈번했다.

어째서 그리도 방어적인 자세를 갖추는가, 의문은 해맑게 인사를 건네 오는 명아로 설명되었다. 은석이 왜 선주를 골랐는지도. 지킬 게 있다는 건 다루기 편리하다는 뜻과도 상통하므로.

가람은 선주의 나이 차 나는 동생이었다. 놀러 오듯 손님처럼 방문하던 그가 용돈이 필요하다며 어느 순간부터 일하기 시작했고 여파로 새희는 일하는 횟수가 줄었다.

그즈음 은석이 꼬박꼬박 집을 나가는 새희를 말없이 길게 지켜보는 일이 잦았다. 가람은 설렁설렁 일하는 듯해도 센스가 있었고, 대처가 빨랐다.

절대 선을 넘지 않는 선주와 달리 전화기를 놓고 나면 '도련님?' 하고 능청스럽게 묻기도 했다. 그런 성격이 편하지 않고 부담스러웠다. 때때로 감시하듯 지나치게 시선이 따라붙을 때면 더더욱.

가게에 피아노를 들인 것도, 그 피아노를 새희가 치고 있는 것도 은석은 아직 모른다. 그는 피아노에 관해서는 절대 인내하지 않았다. 알면서도 모른 척할 리 없었다.

선주가 아직 발설하지 않았다는 뜻이다. 새희가 피아노에 얼마나 간절한지 그들은 알고 있다. 비록 지금 입 맞춰 쉬쉬해 준다고 해서 비밀이 영원히 지속되리라 순진하게 기대하지 않는다.

그들은 결정적인 순간에 은석의 눈이 되어 줄 사람들이었다.

그럴 생각 없다고 대놓고 말하는 가람은 예상 밖이라도 그 말에 대한 신빙성은 바닥을 쳤다.

그렇게 주장하는 가람이 아무리 안타까워 미치겠다는 얼굴을 하고 있다고 해도 말이다.

"누난 말야. 부러진 다리로 도로 위를 지나다니는 고양이 같아. 만질 수밖에 없는 꼴로 눈앞을 배회하면서 손 내밀면 꼭 나쁜 짓이라도 하려 한다는 눈빛으로 날 쳐다봐서…… 정말 난감해."

가람이 문을 나서기 전 마지막으로 한 말이 피아노를 치는 내내 손등 위를 짓눌렀다. 그 탓에 연주는 엉망진창이었다.

\* \* \*

모든 조명을 끈 것을 확인한 뒤 카페를 나왔다. 문 앞에 주차된 세단의 뒷문을 열었다. 무심결에 좌석에 앉아 있는 남자를 보고 문을 붙잡은 채 굳어 버렸다.

팔랑팔랑, 시름없이 종이를 흔드는 손짓. 집중한 듯 보여도 사실은 머릿속엔 알 수 없는 잡념들로 가득한. 그 잡념마저 지겨워 중간에 내팽개치고 다른 생각들이 파고들게 내버려 두는 변덕 심한 성격이 그대로 눈빛에서, 행동에서 묻어 나오는.

은석이었다. 은석이 앉아 있었다. 한 번도 데리러 온 적 없었는데…….

"안 탑니까?"

기사가 고개를 쑤욱 뒤로 내빼며 시비 걸듯 물었다. 은석은 그제야 문밖에 선 새희를 응시했다. 새희는 얼떨떨하게 올라타 문을 닫았다.

"불 좀 켜요."

새희가 앉자마자 은석이 말했다. 등이 켜지자 그의 몸이 불쑥 다가오더니 손이 얼굴 위를 덮었다. 새희는 반사적으로 눈을 감았다.

손가락은 기다렸다는 듯 눈두덩 위를 더듬었다. 속눈썹을 훑고 눈꼬리를 매만지며 손톱으론 뺨 위를 그어 내린다. 바짝 붙은 그에게서 나는 따듯하고 달콤한 체취가 코끝을 간지럽혔다. 은석의 이불에 잔뜩 묻어 있는 냄새. 자신의 그리움을 본 떠 만들면 이런 향이 피어오르지 않을까.

"눈 많이 부었다."

"……"

"언제까지 울었어?"

"운 적 없어."

고집하듯 안 울었어, 한 번 더 부정했지만, 그는 얼굴 이곳저곳을 살피며 새희가 운 것을 확신했다.

은석은 들고 있던 서류를 기사에게 건넸다. 기사는 서류를 받아 든 뒤 곧바로 차를 출발시켰다. 클래식 없는 차 안이 낯설었다. 기사가 은석의 눈치를 본 듯했다. 은석은 음악을 질색했다. 클래식은 더더욱.

새희는 창밖으로 지나가는 풍경들을 보는 척하며 유리창에 비친 은석을 쳐다봤다. 살짝 찌푸려 든 미간은 피곤함이 뭉친 듯이 보였지만 표정 자체는 나쁘지 않았다. 목 뒤를 주무르던 은석이 시선을 느낀 듯 고개를 돌렸다. 재빠르게 눈을 피했다.

"어땠어?"

주어가 없어도 뭘 물어보는지 알 수 있었다. 드물게 데리러 온 그의 속내가 빤한 것처럼.

"예뻤어, 많이."

"나랑 잘 어울릴 것 같아?"

"너랑 잘……."

꼬인 실처럼 뒷말이 엉켜 나오질 않았다. 속눈썹을 떠는 새희를 은석은 눈을 빛내며 또렷이 응시했다.

그의 손이 뺨을 더듬었다. 여느 때보다 다정했다. 은석이 만진 뺨이 형편없이 흔들리려는 것을 참아 냈다. 새희는 겨우 내뱉었다.

"어울릴 것 같아."

"일요일에……."

은석이 말을 끌자 묘한 긴장감이 조성됐다. 일부러 의도하고 한 것인지 알 수 없게끔 그의 얼굴은 무표정했다.

"술자리 있어. 약혼녀랑."

"나도 가야 해?"

"응."

살며시 턱 끝을 잡아 돌려 시선을 고정시킨다. 건조한 대답 속에 내재된 반짝이는 흥분. 기대하고 있구나. 비스듬히 꺾는 그의 얼굴을 따라 불빛이 내려앉았다. 내려앉는 순서대로 새희의 눈이 따라 움직였다.

어린 시절이 희미하게 남아 있는 곳곳은 더할 나위 없이 아름답게 성숙되었다. 이처럼 홀리듯 주시하며 다가오면 입술을 내어 줄 수밖에 없을 만큼.

룸 미러로 훔쳐보는 기사의 눈을 의식하면서도 새희는 입안을 열었다. 그의 혀가 가볍게 넘어 들어와 입천장을 훑었다. 은석의 향이 물씬 밀려들었다. 서로의 콧등이 부딪쳤다. 그가 핥는 면적이 끊임없이 넓어졌다. 점점 숨이 가빠졌다.

맛보여 주듯 짧게 끝나리라 예상했던 키스는 외려 시간이 갈수록 진해지고 있었다. 그가 혀 아래쪽까지 빨아 당겨 애달픈 숨소리가 터질 뻔했다.

저도 모르게 그의 목을 껴안으려 할 때, 곤혹스럽게 이쪽을 응시하고 있는 기사와 눈이 딱 마주쳤다. 새희는 순간 그를 확 떠밀었다.

"도착했습니다."

사무적인 음성 속엔 떨떠름한 심정이 가득했다. 멍하니 밀려난 그 자세 그대로인 은석을 내버려 두고 허둥지둥 차 문을 열어 내렸다.

밤의 조명이 스며든 화단과 높게 솟은 느릅나무는 그윽한 운치로 물든 것에 비해 삭막한 공기가 맴돌았다. 풀 한 포기, 가지 하나까지 말끔하게 정돈된 정원의 미관은 완벽할지언정 조금은 강박적인 느낌이었다.

얼굴을 외울라치면 바뀌어 버리는 정원사의 생김새가 안개 낀 것처럼 뿌옇기만 하다. 짧게 깎인 잔디가 다급한 발밑으로 뭉개졌다. 흐릿한 얼굴들을 밟고 지나가는 것만 같은 기분이 든다.

자신이라고 그들과 별다르지 않았다. 그저 처리하기 까다로운 물건이라 오래도록 이 집에서 썩고 있을 뿐이다.

살아가는 게 아니라, 낡아지고 있는 거야.

"이제 오는 거냐."

새희는 마치 총에 맞은 짐승처럼 단번에 우뚝 멈춰 섰다. 창백함을 닮은 고요함이 내리깔렸다. 연못 앞에 서 있는 신 회장은 새희를 쳐다보고 있지 않았다. 그의 눈길이 향한 곳은 느릿하게 이제야 새희를 따라 들어온 은석이었다.

은석의 귀에까지 충분히 들릴 정도의 언성이었으나 은석은 붙잡은 새희의 어깨 위에서 서운한 투로 속삭였다.

"왜 먼저 가."

젖은 입술은 온통 타액 천지였다. 새희는 서둘러 신 회장의 눈치를 살폈다. 그의 눈은 빽빽이 심어진 조경수로 돌아가 있었다. 그 사이에서 느닷없이 짐승이 튀어나와도 그는 아무렇지 않게 제압하고 살을 갈라 내장을 뜯어 낼 것 같다.

"명주 물산 둘째 딸하고 오늘 만났다지?"

신 회장이 새희를 대하는 것처럼 그를 투명 인간 취급하던 은석이 그 말에 걸음을 세우곤 이미 지나쳐 간 회장님 쪽으로 고개를 돌렸다.

그러더니 새희가 앞으로 가지 못하도록 허리에 팔을 감고는 이어 뺨을 천천히 친밀하게 붙여 왔다. 밀착되는 살갗이 뻣뻣해졌다.

신 회장을 향한 것인지 새희를 향한 것인지 의도가 불분명한 행동이었다.

"일요일에도 만나기로 했어요. 희랑 같이."

"장소는."

"음……."

희야, 어디였지? 그가 비밀스럽게 속닥였다. 뻔히 알면서 모르는 척 묻는 목소리가 태연하다. 새희는 기어들어 가는 목소리로 대답했지만 귀담아듣는 이는 없었다.

그 질문을 끝으로 회장님은 더 말을 건네지 않았다. 애초에 장소까지 캐물은 이유는 새희를 향한 경고였다. 도망가서도, 그르쳐서도 안 된다는. 은석 또한 같은 이유로 꼬박꼬박 대답한 것이리라.

"희야."

방 안으로 들어오자마자 은석은 새희의 옷을 벗겼다. 벗기고 드러나는 곳마다 입 맞춰 주었다. 솜털처럼 부드럽게 내려앉는 입술이 비현실적이었다. 그가 이렇게 정성 들여 애무해 주는 것은 처음인 것 같았다. 아니, 또 있었던가.

아무렴 어떤가. 그와의 잠자리 자체가 무척이나 오랜만이었다. 그동안은 말 안 듣는 그를 타이를 수단으로 그의 것을 빨거나 입술을 핥거나 스스로 몸을 비비적대기도 했었다.

그중 먼저 은석이 접촉하는 일은 일절 없었다. 그는 모든 것을 알고서 더욱 꼼꼼하게 자신의 열기를 감추고는 했다. 때문에 완연히 흥분한 그의 숨이 심장을 움켜쥐었다. 새희는 눈물을 흘리며 부드럽게 움직이는 그의 것을 느꼈다. 느껴진다는 사실이 슬프게 다가왔다.

"은석아……."

안기며 생각했다.

내일 같은 건 오지 말아 달라고.

바라건대, 그다음 날도. 또 그다음 날도…….

* * *

일요일 저녁.

새희는 호텔 앞에서 한참 동안 서성거렸다. 일이 있다며 은석은 호텔까지 새희를 혼자 보냈다. 물론 기사를 통해 들은 말이었다.

해일이 덮쳐 오길 기다리는 사람처럼 망연히 서 있던 새희는 이윽고 로비 안으로 들어갔다. 매끄럽고 푹신한 카펫을 따라 걸었다.

로비 양옆으로 태정太晶을 상징하는 빛의 기운을 표현한 조형물이 설치되어 있다. 세련되면서 동적인, 태정이 추구하는 방향을 각인시키는 압도적인 기운이 내부를 메우고 있었다.

한마디로 어색했다. 어색함은 불편함이었고 불편함은 곧 작은 고통이었다. 별 뜻 없이 머물렀다 가는 눈길에도 지적이라도 받은 것처럼 어깨에 힘이 바짝 들어갔다. 쫓기듯 발걸음을 서둘렀다.

화사한 차림새의 사람들 속에 섞여 엘리베이터에 올라탔다. 좁은 공간에 갇힌 부유한 공기가 거북살스러웠다. 저마다 다른 목적을 가졌을 사람들의 인상이 하나같이 비슷했다. 군림과 오만으로 수식된. 재력을 바탕에 둔 여유로움이 타인에게 어떻게 비치는지 잘 알고 이용하는 얼굴들.

새희는 지금의 자신이 마치 불순물처럼 느껴졌다. 흐르는 강에 결코 합류되지 못하는 썩은 폐수처럼. 걸러 내야 할 물질이 고집스레 한데 섞이려고 안간힘을 쓰고 있는 것 같았다. 고작해야 층수에 도착하는 몇 초가 너무나도 길었다.

엘리베이터에서 내리자마자 어지럼증이 몰아쳤다. 은경 유리로 시공된 벽면을 붙잡고 천천히 호흡했다. 가슴이 커다랗게 부풀었다 꺼졌다.

그 초라한 모습이 유리에 그대로 투영되고 있었다. 누군가 지켜보고 있는 것도 아닌데 별안간 발가벗겨진 것처럼 정신이 확 들었다.

복도 끝에 'basse danse' 간판이 걸린 바가 보였다. 바 입구에 서 있던 직원은 어느 모로 봐도 장소와 동떨어진 몰골의 새희를 발견하곤 희한한 표정을 지었다. 그러다 아! 소리를 내며 반갑게 다가왔다. 미리 귀띔을 받은 듯한 태도였다.

"그런 착각할 거라고 말씀해 주시던데, 정말로 미성년자인 줄 알았어요."

자리를 안내해 주며 직원은 아까 지은 표정을 해명하듯 속닥거렸다. 스타일이 촌스럽고 유치하다는 놀림을 예쁘게 돌려 말하는 것임이 분명했다. 새희는 그저 고개를 한 번 주억거렸다. 아무래도 상관없었다.

피아노가 연주되는 중앙으로 시선이 잡히듯 끌려갔다. 우아하게 파인 드레스 뒤편으로 연주자의 하얀 등이 움지럭거렸다. 여자는 연주하며 뜻 모를 프랑스어에 음을 붙여 노래하듯 흥얼대고 있었다.

l'amour sombre, l'amour sombre……

반복하는 음색이 음울하고 삭막했다. 사슬에 묶인 채로 살기 위해 노래하는 세이렌처럼 노래 속엔 애타는 마음이 범람했다.

연주는 폭주에 가까웠다. 오래 들으면 어지러운 목소리지 않나요? 직원은 소곤대며 여자의 연주에 흠뻑 빠져든 새희를 일깨웠다.

직원이 데려간 자리는 테이블이 아닌 바였다. 그곳엔 아는 얼굴이 누군가를 앞에 둔 채 웃으며 담배를 피우고 있었다. 지난번과 달리 매끈하게 드러낸 쇄골 위로 머리칼을 길게 늘어뜨렸지만 한 번에 알아볼 수 있었다.

이진의 미소는 전처럼 편안해 보이지만 다른 각도로 지켜보면 담배를 쥔 손의 떨림이 전보다 더 확연했다. 그때는 본인도 자각 못 한 습관이었다면 지금은 원인이 존재하는 현상이었다.

원인으로 짐작되는 상대는 여태 등을 돌린 자세라 눈에 들어오는 건 담배가 끼워진 길쭉한 손가락과 까만 머리칼, 그리고 슈트가 팽팽하게 당길 만큼 넓고 각진 어깨뿐이었다.

겨우 그것뿐인데, 불가항력으로 끌려가는 시선이 이상하다고 생각했다. 생각하면서도 쳐다보는 걸 멈출 수 없었지만.

그때 이진의 눈이 새희를 향했다. 그녀는 무척이나 자연스럽게 손을 흔들었다. 막역한 사이처럼 보일 법한 인사라 보고 있기 무안했다.

"진짜 혼자 보냈네? 이리 와요, 새희 씨."

몇 미터 떨어진 곳에서 이진 같은 사람을 관찰하는 편이 자신에겐 더 적합했다. 이리 오라는 말이 어색한 이유는 그래서였다. 새희는 한참을 머뭇거리다 식은땀 난 손바닥을 말아 쥐며 그들이 있는 스툴로 천천히 걸어갔다.

저기 온다. 봐 봐. 이진의 은근한 입 모양이 읽혔다. 빨갛게 타오르는 담뱃불이 새희의 가슴을 조였다.

언제 돌아봐도 이상치 않은 슈트에 감긴 등은 여전히 미동도 없었다. 광란으로 우울한 피아노 소리가 심장 소리처럼 팽창했다.

잔웃음을 치는 이진의 눈은 한편으로 밀려났다. 이진의 앞에 당도하기까지 남은 몇 걸음. 이목구비가 예상되지 않는 남자가 이쪽을 돌아보지 않기를 바랐다. 왜였을까. 위험한 예감이 감각을 휩쓸었다. 눈가는 불길하게 선득거렸다.

그 순간, 남자의 귓가에 이진이 상체를 기울여 뭐라고 소곤거렸다. 이윽고 남자가 앉아 있던 의자가 삐걱, 돌았다.

쨍그랑!

"아! 죄송합니다. 괜찮으세요?"

정신을 차렸을 땐, 바닥에서 깨진 술잔과 나뒹굴고 있었다. 꼴사납게 술을 뒤집어쓰진 않았지만, 그와 진배없는 꼴이었다. 제 잘못인데 연신 사과하는 직원의 부축을 받아 일어섰다. 직원이 앞을 지나가는지도 몰랐다. 한눈을 파느라고……

"깜짝이야. 안 젖었어요? 어디 봐 봐."

어느새 곁에 온 이진이 손수건을 내밀며 새희를 이리저리 살펴보았다. 새희는 손수건을 받아 들 생각도 못하고 그녀의 어깨

너머를 충격적으로 응시하고 있었다.

완전히 자신을 향해 돌아앉은 남자는 발끝까지 훑어보기에 타인보다 시간이 소요되는 장신이었다. 생김새를 예측하기 두려웠던 이목구비는 빚었다기보단 깎았다는 느낌으로 차갑게 날렵했다. 범접하기 힘든 기운이 서늘한 외피를 두르고 있었다.

그것은 잔인무도한 냉혈한을 연상케 했다. 어떠한 상황에서건, 도량 없이 혹독해질 수 있는. 타고난 본성. 본성을 배반하지 않고 살아온 것으로 유추되는 궤적들이 남자의 아우라를 구성하고 있었다.

아까부터 무릎이 미친 것처럼 요동쳤다. 가까이서 자신을 챙겨주는 사람들의 소란이 일시에 소거되었다. 순식간에 남자에게 완벽하게 몰입되어 버린 자신이 낯설었다. 설명할 수 없는 탈력감과 열감이 머리끝부터 발끝까지 몸을 감쌌다.

담배 연기를 내뿜는 입술엔 방관하겠다는 무성의함이 엿보였다. 그러나 직원과 부딪치던 찰나 마주쳤던 검은 눈은 한순간 기이할 만치 끈질겼었다. 그 속에 언뜻 반짝였던 기대가 거듭 돌이켜졌다.

믿기 어려웠지만, 그건 마치 술잔이 새희의 발등에서 산산조각이 나길 바란 듯한…….

\* \* \*

"새희 씨?"

딱딱. 이진이 코앞에서 손가락을 튕겼다. 새희는 그제야 손수건을 건네받았지만 팔에 돋은 소름이 가시지 않은 채였다.

새희가 젖은 팔꿈치를 손수건으로 문지르며 비어 있는 이진의 자리 옆에 가 앉았다. 이진은 피식 웃으며 이어 제자리에 착석했다.

이진이 앉자 남자의 존재감이 조금이나마 가려지는 듯했다. 어떻게든 시야에 들어오지 않도록 바에 놓여 있는 민트 잎이 띄워진 모히토를 힘껏 주시했다. 모르겠다. 왜 이렇게 정도 이상으로 어리석고 촌스럽게 구는 건지.

새희가 그것만 고집스럽게 보고 있자 뜻을 오해한 바텐더가 같은 것을 즉각 만들어 주었다. 이진이 당황한 새희를 눈치채고 킥킥 웃었다.

"코라도 박을 기세라 나라도 오해했겠어. 한 잔 마셔요. 은석 씨 올 때까진 우리 셋이 쭉 따분하게 놀고 있어야 할 것 같으니까."

담배는 안 피워요? 찰칵, 찰칵, 새 담배에 불을 붙이며 묻는 이진은 확실히 요정에서의 모습과는 달랐다. 하지만 의사를 물었다고 해서 들을 필요성까진 느끼지 않는 것 같았다.

그녀가 담배를 빨아들이며 허리를 젖히자 확보되는 시야가 넓어졌다. 신경이 흐트러진 사이 잔을 감싸 쥔 남자의 기다란 손가락이 눈을 잡아끌었다.

마시지 않고 유리 표면을 쓰다듬는 데에 기약 없이 시간을 할애하고 있다. 평범하다 할 수 있는 행동도 남자가 하니 극히 수상쩍은 냄새가 흘렀다.

길 가다 아무 연고 없이 칼에 찔려도 모두가 그러려니 할 것 같은 위험천만함이 남자를 감돌았다. 겪어 본 적 없는 긴장감은 공포와도 비슷했다.

아니, 공포보단……

"아참! 소개해 준다는 게 자기가 넘어지는 바람에 깜빡했어."

짝! 손뼉을 부딪친 이진이 갑자기 새희의 어깨를 확 끌어당겼다. 그녀는 마치 새희를 선보이듯 휙 잡아 돌려 남자의 눈에 노출시켰다. 막 잔에 입술을 걸치던 남자의 시선 속으로 예고 없이 빨려 들어갔다.

"이쪽은 신은석 씨 오래된 애인. 알지? 새희 씨."

"네가 하도 떠들어 대서 잘 알지."

까르르 터지는 웃음소리보다 잠긴 듯한 저음이 귓속을 헤집었다. 제대로 목도한 남자는 온몸이 타르 같은 성분으로 만들어진 것처럼 휩싸인 공기가 눅눅했다.

하지만 콧날이라든가 턱선, 어깨를 이루는 테두리는 그 모양 그대로 잘려 나가도 완벽할 법한 조각된 날카로움이었다. 다시 보면 테두리와 성분이 바뀌 판단되기도 했다.

다만 시원하게 찢긴 눈매 속에 까맣게 반짝이는 눈동자만은 기준 없이 냉혹했다. 고문하는 직업이 어울리는 눈이었다. 아까부터 발등에서 잔 경련이 일어나고 있는 이유는 저 눈 때문인지도 모르겠다.

"이쪽도 잘 아는 얼굴이죠?"

묻고 있었지만, 답은 이미 얻어 낸 어투였다. 그를 가리키는 손가락은 패기만만했다. 모를 리 없다고 자신하고 있었다. 하지만 새희가 곤란해하고 있음을 알아채곤 곧바로 손을 거두며 놀랐다.

"세상에, 정말이었나 보네? 진짜 휴대폰도 없어?"

은석이 원하는 건 은석을 목 빠지게 기다리고 그 기다림을 끝내 보상받지 못하는 존재였다. 새희는 철저히 그 바람에 맞춰 인간관계도, 취미도, 꿈도 제거당한 채로 살아왔다.

그 과정에서 세상이 돌아가는 소식을 충분히 습득하지 못했다. 선주나 가람과 대화하는 도중에도 핀트를 못 맞추고 엉뚱한 소리를 늘어놓기도 했다. 그들에게 당연시되는 화젯거리들에 생경하고 무지했다.

아마도 남자는 사람들에게 당연시되는 화젯거리 중 하나인 듯했다. 모르는 자신이 희한하고 별나 보일 만큼. 그 사실이 그다지 놀랍지 않았다.

이진은 경악하면서도 그렇게 사는 건 어떤지 천진하게 궁금해했다. 굳이 그 호기심을 감추지 않았다. 가혹한 질문이 달려들 것만 같았다.

새희는 긴장했다. 가람을 상대할 때처럼 무의식중에 손이 떨릴까 봐 주먹을 꽉 말아 쥐었다. 그러나 날아온 질문은 예상한 종류와는 백팔십도 다른 것이었다.

"그럼 전화해 본 적 없습니까?"

그것도 남자의 입에서 튀어나온 질문이었다. 새희는 멍해졌다. 제대로 들은 게 맞나 싶었다. 맞다는 걸 증명해 주듯 남자는 소리 없이 입술을 움직였다.

여보세요, 입 모양을 읽는 순간 깊숙이 들어오는 시선에 심장

고동이 빨라졌다. 새희는 얼떨결에 "전화기로만……." 하고 답했다.

"신기하네."

남자는 정말로 오직 그것만이 신기하다는 듯 반응했다. 까만 눈은 흡착되듯 잇달아 마주쳐 왔다. 이해할 수 없게도 새희는 이 순간을 피하려고 몹시도 노력했다는 느낌이 들었다.

남자는 무례한 어투를 구사하는 것도, 깔아 보는 눈빛도 아니었다. 그런데도 숨 막히게 했다. 호흡을 틀어막는 것이 아니라, 숨 쉬는 법을 잊어버리게 했다.

새희가 알고 있는 단어로는 표현이 안 되는. 그는 다른 세상에서 날아온 이방인이었다. 물론 비교할 수 있는 대상이 현저히 적었지만, 누구라도 이와 같을 것이라는 확신이 들게 하는 상대였다.

어느 순간 남자는 담배와 잔을 내려놓고 새희에게 집중을 쏟고 있었다. 혼곤한 기분이 들었다. 떨림이 멎질 않던 발등에서 착각이겠지만 타는 감각이 느껴졌다.

내내 도망 다니기 바빴던 시선은 한 번 부딪치자 늪에 빠진 것처럼 헤어 나올 수 없었다. 흡사 사나운 이빨에 물린 듯 숨을 옥죄는 아득함을 타고 그의 미끈한 입술이 벌어졌다.

"김언혁입니다."

부드러운 듯, 딱딱한 이름이라 생각했다. 그는 정식으로 예의를 차리고 자신을 소개했다. 그리고선 기다렸다. 이미 이진을 통해 몇 번이고 들었을 자신의 이름을.

진땀이 났다. 침묵하려 해도 그의 눈빛은 정말이지 끈질겼다.

어쩔 재간이 없었다.

"은새희입니다."

스스로 내어 보는 제 이름은 낯설고 어색했다. 은새희. 그는 자신의 이름을 한번 소리 나게 혀 위에서 굴려 보았다. 그러다 의문이 생긴 듯 미심쩍게 발음했다.

"어이?"

새희의 눈동자가 흔들렸다.

"아니요. 아이……."

보통 자신의 이름을 들으면 '세희'로 생각했다가 나중에서야 모음을 착각했음을 알아차리곤 했다. 듣자마자 확인 차 물어보는 사람은 그가 처음이었다.

"은새희."

그는 앞선 것과는 미묘히 다르게 발음을 읊조렸다. 겨우 이름을 주고받은 것뿐인데 나쁜 짓을 도모한 기분이 되는 건 그의 탓인가, 새희의 탓인가.

얽혀 드는 눈길은 도발하는 것처럼 선정적이었다. 타락을 부추기고 정숙함을 조롱할 듯한 눈빛이 단단하고 무정한 겉면에 덮여 그를 꽤 냉담히 보이게 했다. 그러나 그의 본심은 은폐된 영역에서 가장 정직하게 발휘될 것 같다. 그런 불온한 예감에 단번에 적셔졌다.

복잡하고도 우스운 상황이었다. 은석이 허락지 않은 사람과 짧지 않은 시간 동안 이름과 눈빛을 나누었다. 은석이 고대한 오늘, 은석이 없는 사이. 아마도 은석의 약혼녀의 애인일 남자와…….

이진은 그때까지도 담배 연기 속에서 희미하게 웃고 있었다.

* * *

김언혁은 피아니스트였다. 어쩐지 손가락에서 한시도 눈을 뗄 수 없다 싶었다. 건반 위에 올려놓으면 기막히게 조화를 이룰 길쭉한 손가락은 술잔과 담배와도 이질감 없이 어울렸다. 외려 그쪽이 더 제격인 것 같기도 했다.

이진은 스물두 살 때 초청받은 연주회에서 뜻밖에 보게 된 그에게 반해 한 달을 구두 굽이 닳도록 따라다녔다며 불만했다. 그녀는 그때를 그리워하면서도 진저리쳤다.

하지만 회상하는 말투엔 설렘의 진분이 묻어 나왔다. 그의 잔 속의 얼음은 딸각딸각 지루하게 굴러다녔다. 쏟아지는 본인 얘기를 가장 재미없어 하고 있는 건 그였다.

새희는 그저 조용히 듣고만 있었다. 은석은 한 시간이 다 되어 가도록 오지 않고 있었다. 이진은 이렇게 늦을 걸 미리 알고 있었던 듯 연락을 취할 기미가 없었다.

일부러 일거리를 만들어 늦는다고 치기엔 너무 지체되었다. 저도 모르게 입구를 좇는 눈을 그에게 들킬 때마다 귓불에 열이 몰렸다. 횟수로 따지자면 이번이 벌써 네 번째였다.

그가 넌지시 턱을 이진의 어깨에 걸친 건 누구도 예측 못한 일이었다. 이진마저 흠칫했으므로. 연락해 봐, 네 그이한테. 작은 읊조림은 새희의 귀에까지 흘러왔다.

이진은 곧 모호하게 입꼬리를 당기더니 휴대폰을 백에서 꺼내 들었다. 꺼내며 새희를 새침하게 흘겼다. 마치 그를 대신 부려 먹었다는 걸 혼내는 듯한 눈초리였다. 진심인 건지 놀리는 건지 가늠하기 어려웠다.

그리고 그 순간 거짓말처럼 입구에서 은석이 나타났다. 넥타이가 빠져 있는 슈트 차림의 남자는 흔했지만 저만치 청순한 남자의 얼굴은 진기했다.

곧바로 가로질러 올 것 같더니 은석은 직원의 안내에 따라 느슨한 걸음을 내맡겼다. 느릿하지만 망설임 없는 은석이 가까워질수록 심장이 위태롭게 뛰어 댔다. 벌써부터 가슴 한구석이 텅 비어 버린 상실감이 느껴진다.

후회하게 된다고 하더라도 은석에게 버려지는 것보단 나으리라 판단했다. 그러니 이 자리에 온 건 자신의 의지였다.

그가 시작한 짓에 배반이라는 이름을 갖다 대기에도 신물이 났다. 하나부터 열까지 닮아 있다고 여겼던 은석이 사실은 저와는 태생 자체가 달랐음을 인정하는 과정은 걷잡을 수 없이 빠르고 혹독했다.

우리는 하필이면 동일한 비운이 깃들었을 뿐이다. 고작 그뿐인, 단지 그 착각이 이 지옥의 시초였다.

찢어발겨진 서로의 상처를 핥아 주고 또다시 찢어발기느라 정상적으로 기르지 못한 유년을, 그리하여 발목을 붙잡고야 마는 미련한 감상을 하루빨리 잘라 내야 했다.

지금부터는 달라져야 한다.

그러니까 이제 그런 눈으로 나만 보고 걸어오면 안 돼. 은석아······.

* * *

내부에 마련된 룸으로 자리를 옮겼다. 멀어지는 피아노 선율이 가지 말라고 애걸하듯 늘어졌다.

음습한 밀회를 나누기 좋은 조도의 룸에서 이진의 주도로 대화는 시작되었다. 주제는 자유로웠다. 모두 이진을 중심으로 귀추가 흘러가는 것만 빼면.

그녀는 적당한 화제들을 골라 자신의 관점으로 이야기를 풀었다. 맞장구 없이도 호소력 넘치게 말을 이어 갔다. 저절로 귀가 기울여졌다.

이진은 이목을 이끄는 데에 천부적이었다. 사람의 신뢰감을 얻어 내는 일이 그녀에겐 무척이나 손쉬워 보였다. 사적인 자리뿐만 아니라 공적인 자리에서의 그녀의 모습까지 연상할 수 있었다.

술잔은 비지 않고 채워졌다. 빈 술병은 가속도로 쌓여 갔다. 서서히 분위기가 뭉그러지고 있었다. 은석의 권유로 머금어 본 투명한 액체의 술은 강한 두근거림과 멀미를 유발했다. 쉼 없이 마셔 대는 룸 안의 사람들이 기이하게 여겨졌다.

은석의 고개가 취기로 픽픽 넘어갔다. 그러다 새희의 어깨 위로 안착했다. 한 발 느리게 둔중한 눈꺼풀을 들어 올렸다.

은석을 의자에 바로 세우려 했지만 헛손질이 맴돌았다.

머리가 핑글핑글 돌았다. 눈에 힘을 주며 이진을 똑바로 주시하려 애썼다. 마찬가지로 눈이 풀린 이진은 그런데도 흐트러짐 없는 자세로 말했다.

"나는 아버지한테 술을 배웠어요."

과거를 되새기는 목소리는 다른 화제에 비해 온도가 낮았다.

"우리 오빠도, 동생도 다 아버지한테서 술을 배웠죠. 몸가짐은 조신하게, 눈빛은 또렷하게. 그 설교만 골백번 들으면서 양주만 단독으로 몇 십 잔을 마셨어요. 아니다, 뱀주였던가? 하여간 내 동생이 먼저 쓰러지고, 오빠는 버티다 버티다 결국 응급실에 실려 갔죠. 눈을 허옇게 뜨고 뒤집어진 꼴이 어찌나 웃기던지. 아, 녹화라도 해 놓았어야 하는 건데. 그 명장면을!"

그랬다면 비디오로 수십 번은 돌려 봤을 거야. 이진은 키득거렸다.

"오빠가 쓰러지자 아버지는 대번에 대작을 관두더니 오빠를 태운 차에 타려는 거 아니겠어요? 나는 아직 쌩쌩한데 말야. 그때 마지막으로 남는 사람한텐 명주 자동차 주식을 무려 10%나 얹어 주겠다고 호언장담했었거든. 억울해서 아버지 옷자락을 잡아당기니 하는 말이…… 으음, 뭐였더라?"

술잔을 빙글빙글 돌리는 손짓은 심술궂었다. 몇 초 뒤, 아! 이진은 소리쳤다.

"계집애가 술 세서 뭐 해? 부끄러운 줄 모르고!"

쾅! 내려놓은 잔이 부들거렸다.

"영감쟁이, 뒤지려면 곱게 뒤지지. 치매나 걸리고 말야. 유언장이나 좀 바꿔 놓든가."

피식, 이진의 입술에서 바람이 빠졌다.

"그러니까 이후의 선택은 실패하지 않을 거예요. 집안의 차녀로 태어난 건 어쩔 수 없지만, 결혼은 내 입맛대로 고를 수 있는 거잖아? 무능한 경영진들하고 회사 갖고 짝짜꿍이나 하고 있는 오빠란 등신보단 내가 훨씬 명주를 잘 키울 수 있다구……."

어지러웠다. 자신을 향한 경고인 건지, 언혁을 향한 변명인 건지 헷갈렸다. 둘 다일 수도 있겠지만 이진의 태도는 어느 쪽에도 부합되지 않았다.

말을 마친 이진은 벅찬지 숨을 몰아쉬며 가죽 소파에 처음으로 등을 느슨히 기댔다. 그대로 잠시 눈을 감아 버린다.

김언혁은 빈 잔에 술을 채웠다. 은석의 것까지 빠뜨리지 않고서. 그의 모든 행동은 입력된 것처럼 기계적이었지만 어쩐지 불량해 보이기도 했다.

새희는 그와 눈이 마주치기 무섭게 은석을 살폈다. 투명한 피부에 복사꽃이 물든 것처럼 홍조가 번져 있다. 그 상태로 채워진 잔을 향해 손을 뻗는다.

술을 들이켜는 횟수를 세고 있었는데 어느 순간 까먹고 말았다. 그만 마셔, 걱정으로 붙들자 은석은 눈을 깜빡거리더니 물었다.

"마셔 볼래?"

취했구나. 아까도 저렇게 물어서 맛본 거였는데. 도리질 치려다 그냥 대신 한 잔을 비워 버렸다. 액체가 넘어가는 식도가 화끈거렸다. 위장은 처음 받아들이는 위스키를 괴로워했다.

유리잔을 내려놓는 테이블이 춤을 춘다. 그걸 보고 있자니 속이 심하게 울렁거렸다. 몸 안에 든 장기들이 거꾸로 돌아가는 기분이었다.

토할 것 같아. 새희는 벌떡 일어났다. 습관처럼 손목을 잡아챈 은석의 손바닥이 이내 힘을 잃고 주룩 미끄러졌다. 그대로 기우뚱한 고개가 테이블에 엎어져 버린다.

제정신 아닌 사람이 늘어 간다. 자신을 포함해서 하나, 둘, 셋…… 중지까지 접힌 손으로 벽을 더듬대며 짚었다. 새희는 비틀거리며 나와 화장실을 찾아 나섰다.

어찌어찌 걷다 보니 화장실로 보이는 곳이 나왔다. 여기까지 오며 부딪힌 사람과 사람 아닌 것들이 피아노 검은 건반 수를 웃돌았다.

온몸이 욱신거리는 이유는 그 탓일 테다. 문을 열고 들어가려는데 "여기가 화장실이에요." 뒤꽁무니에서 누가 말했다.

어리둥절하게 돌아보자 키득대며 돌아가는 늘씬한 여자들이 있었다. 어깨에서 허리로 늘어뜨린 프린지 장식이 돋보였다. 저걸 잡고 화장실이 어디 있냐고 물어본 기억이 뒤늦게 떠올랐다. 떠오르지 않았으면 더 좋았겠지만.

통로와 달리 밝은 조명이 시리도록 눈부셨다. 곧바로 칸 안에 처박혀 연거푸 헛구역질했다. 나오는 건 없었지만 머리 안의 뿌연 기운이 조금은 빠져나가는 듯했다.

칸에서 나올 땐 다리가 연체동물처럼 휘늘어지지 않았다.

얼굴에 찬물을 스무 번 정도 끼얹자 골이 회전하는 속도도 늦춰졌다. 다만 들려오는 여자 울음소리 같은 환청은 이후 열 번을 더 씻어 내도 그대로였다.

"……만, 잠깐만요! 잠깐이면 돼요, 제발……."

그러나 소리는 점점 더 뚜렷해지고, 곧 환청이 아니란 걸 깨달았다. 닫지 못해 반쯤 열린 문밖에서 인기척이 났다.

평소라면 그러지 않을 호기심이 들끓었다. 새희는 자신도 모르게 벽에 몸을 바짝 대고 그쪽을 훔쳐봤다. 눈만 내놓고는 문고리까지밖에 보이질 않아 고개를 되는 대로 내밀었다.

스팽글이 수놓아진 보라색 드레스. 유연한 곡선을 타고 올라간 등은 과감하고 우아하게 파여져 있다. 조명을 받지 않아도 새하얗고 윤기 나는…… 저 등을 안다. 스테이지 위에서 피아노를 연주하던 등이다. 새희는 눈을 커다랗게 떴다.

"보고 싶었어요. 너무 너무 보고 싶었어요. 어쩔 수가 없었어요. 더 견디다간 정말 말라죽을 것 같아서. 저는, 저는……."

여자의 목소리는 아까의 연주와 닮아 있었다. 한없이 울적했다가, 광적으로 치솟았다가, 제멋대로 흘려 버리는. 무릎을 꿇고 비는 것보다도 못한 처량한 소리였다.

"오래 참았잖아요. 저, 그날부터 단 한 번도 손댄 적 없어요. 저 잘했죠? 아니, 아니, 잘못했어요. 결국 못 참고 멋대로 당신 보러 와 버렸으니까…… 저 잘못했어요, 잘못한 거예요."

흐느낌은 들쑥날쑥했다. 원하는 걸 얻어 내고 싶은 말투는 절실한데 정작 원하는 것이 무엇인지는 모호했다. 술김이라도 이런 걸

숨어 듣고 있자니 거북했다. 새희는 애원이 더 길어지기 전에 벽 뒤에 감췄던 몸을 움직였다. 더 불편한 상황이 연출되기 전에 그들 사이를 지나쳐 갈 셈이었다.

"사람 착각한 것 같습니다."

그러나 그대로 문고리를 잡은 채 굳어 버렸다. 남자의 언성은 지독하게 냉정했다. 분명 겪어 본 차가움이었다.

문고리를 놓고 뒷걸음질 치자 끼이익, 반동으로 문이 젖혀진다. 나타난 그는 애처롭게 떠는 여자를 길가에 나뒹구는 버려진 물건처럼 내려다보고 있었다. 창백하게 질린 여자의 얼굴은 절망으로 쓸려 가며 곧 폐허처럼 황량해졌다.

어떻게 그럴 수가 있어요? 어떻게 그런 말을 해요? 나타나는 표정들이 찢겨진 치맛자락처럼 금방이라도 날려 갈듯 나풀거렸다. 분명한 감정으로 차오른 눈물이 폭우처럼 쏟아지는 모습을 새희는 멍하니 바라보았다.

"그, 그러지 말아요. 그렇게 차갑게 대하지 말아요, 제발……."

"술에 많이 취한 것 같군요. 직원 불러 줄 테니 잠시만 조용히 기다려요."

"주, 주인님……."

그 순간, 김언혁의 눈이 번뜩였다.

"조용히 기다리라고 했지."

목 뒤부터 등허리까지 소름이 돋아났다. 여자는 갑자기 발작하듯 흐느끼며 김언혁의 허리에 매달렸다. 저 눈빛을 보고도 달려들 수 있다는 게 믿기지 않았다. 뭐라 알아들을 수 없는 울분엔 흥분도 고여 있다는 걸 그 순간엔 미처 눈치채지 못했다.

그는 한숨을 흘리며 여자의 가녀린 어깨를 붙잡았다. 짜증나고 걸리적거리는 걸 집어내듯. 달래려는 손짓과는 거리가 한참 멀었다. 그러던 그가 불현듯 눈썹을 치켜들며 고개를 틀었다. 그의 시선은 단숨에 어정쩡하게 굳어 있는 새희를 찾아냈다.

물끄러미 응시하는 검은 눈에 목이 부러질 것 같았다. 소름이 돋아난 구석구석으로 식은땀이 고여 들었다. 그곳까지 투시되는 느낌이었다. 어딘가로 증발하고 싶게 몰아붙이는 가혹함이 그 눈에 도사리고 있었다.

김언혁은 여자의 어깻죽지에서 한 손을 들어 자신의 턱을 검지로 톡톡 쳤다. 이해할 수 없는 행동이었다. 멍청하게 얼어 있자 그는 엉뚱한 반응을 본 것처럼 눈가를 가늘게 좁혔다.

그때였다. 어디선가 나비넥타이를 맨 정장 차림의 남자들이 우르르 몰려왔다. 울먹거리는 여자를 그에게서 떼어 내고 일제히 사과하며 들어올 때처럼 우르르 나간다.

전례라도 있었나 의심이 들 정도로 정말이지 눈 깜짝할 사이였다. 서러운 울음이 순식간에 끌려 나가자 복도엔 싸늘한 정적이 내려앉았다. 급변한 상황이 당황스러웠다.

그는 품 안에 여자가 안겼을 때와 한결같은 얼굴이었다. 과제를 내어 주었는데 이행하지 않은 사람을 보는 듯한 가벼운 재촉이 눈 위로 일었다. 김언혁은 또다시 제 턱을 검지로 두어 번 두드렸다.

"물 떨어집니다."

덧붙인 설명은 간단했다. 새희는 황급히 손등으로 축축한 턱 밑을 쓸었다. 세수 중이었던 걸 깜빡했다. 별말도 아닌데, 이상할 정도로 지나치게 부끄러웠다. 매우 모멸적인 언사라도 당한 것처럼.

김언혁은 벌써 저만치 멀어져 통로를 나가고 있었다. 새희는 일부러 거리를 두고 그의 뒤를 따라갔다. 그러나 그런 계산은 필요가 없었다. 그의 걸음이 너무도 빠르고 거침없었기 때문이다. 제 속도를 내도 뒤쫓는 데엔 힘에 부쳤다.

정신을 차리고 보니 돌아가는 길이 이리도 짧았나 싶을 만큼 도착한 건 금방이었다.

"어디 갔었어?"

자는 줄 알았던 은석은 곁에 닿기 무섭게 팔을 잡아당겼다. 화장실…… 은석의 무릎에 앉혀져 난처하게 소곤거렸다. 이진은 테이블에 포갠 팔 위에 턱을 얹고 이쪽을 흥미롭게 관찰했다. 귀엽고 재미난 걸 보듯.

은석은 발간 얼굴로 안겨 왔다. 이러지 마. 간절한 속삭임은 들은 척 만 척 비비적거린다. 아이처럼 올려다보며 키스를 요구했다. 요구인지 버릇인지.

이 와중에 사랑스러움을 느끼는 자신이 미친 것 같았다. 은석의 술주정은 잠투정과도 비슷했다. 안 된다고 버둥거렸다. 술기운 어린 눈동자는 나른하고 끈질겼다. 이진에게서 킥, 웃음이 터졌다.

"애기들이 노는 것 같아."

그래서 아무렇지도 않은 걸까? 충동적으로 묻고 싶었다. 어린애 수준으로밖엔 보이지 않아서 불쾌감이 들진 않는 건지. 아니면 그런 것 따위 일일이 신경 쓰는 자신이 유난스러운 건지…….

"그래, 처음부터 이 세상에는 나만의 것이 없었던 거야. 다만 내가 나를 속여 가면서 잊고 싶어 했을 뿐…….")[1]

이진은 취한 목소리로 어느 노래 가사를 흥얼거렸다. 은석은 어느새 새희를 안고서 잠이 들었다. 공기 중에 섞인 매캐함이 도를 넘어섰다. 눈 속이 매웠다. 이진이 인상을 확 찡그리더니 소리쳤다.

"김언혁, 대체 나갔다가 들어와서 담배를 몇 대나 피워 대는 거야? 네 건 독해서 나까지 머리 아파."

애써 그쪽으로 뒤트는 시선을 붙들고 있던 새희는 그 말에 무의식적으로 그를 돌아봤다. 그의 앞에 놓인 재떨이는 이미 담배꽁초로 수북했다. 중독자라 봐도 무방했다. 그의 입술에 걸린 담배를 이진이 가져가 물었다.

김언혁은 담배가 떠나가는 순간에도, 이어 이진이 기침을 터뜨릴 때도 오로지 한곳만을 뚫어지게 주시하고 있었다.

은석의 무릎에 앉혀질 때도, 이진이 놀리며 키득거릴 때도, 투정하는 예쁜 입술에 결국 못 이기고 입 맞춰 줄 때도 저렇게 쳐다보고 있었을 게 분명한 완고함으로.

적나라한 시선이 새희를 발가벗겼다. 파편처럼 날아와 군데군데 박혀 멋대로 새희를 가늠하고 또 한 꺼풀 더 벗겨 냈다. 그는 숨결에도 칼날이 달려 있을 것 같았다. 속눈썹 사이에는 화약이, 혀 밑에는 지뢰가 말이다.

새희는 학대와도 다름없이 느껴지는 지독한 눈을 끝끝내 피해

---

1) 김완선 〈나만의 것〉

버렸다. 처음부터 맹렬하게 주시한 것에 대한 이유는 알 수 없었다. 그저 포수의 사정거리 안에 놓인 사냥감처럼 무력하게 포위될 뿐……

"시끄러워……."

가슴에서 귀를 떼며 은석이 칭얼거렸다. 은석의 머리카락을 쓰다듬었다. 손길을 거듭할수록 진정시키려는 상대가 혼동되었다. 취기 탓인가, 몸속 어딘가가 부풀어 오르는 기분이 들었다.

탕, 탕, 탕, 라이터를 튕기는 소리는 평화를 위협하는 발사음 같았다. 망막에 새겨진 것처럼 보고 있지 않은데도 그려지는 형상을 몰아냈다.

이진은 이 모든 광경을 목도했을 텐데 제삼자처럼 관전했다. 정착하지 못하고 부유하는 사람은 저 혼자였다. 비행하는 자신을 은석의 꿈속으로 집어넣고 싶었다.

'물 떨어집니다.'

아직도 턱 밑에서 축축한 것이 흐르는 듯했다.

\* \* \*

"김언혁?"

선주는 우유에 시럽을 넣고 휘저었다. 얼음도 퐁당퐁당 빠뜨렸다. 새희는 쟁반 위에 냅킨을 깔았다. 머그잔에 음료가 듬뿍 담겼다. 완성된 라떼를 손님에게 건네준 뒤에야 선주는 말했다.

"알지, 그 천재 피아니스트?"

기지개를 켜며 하품과 말을 섞어서 하던 선주는 갑자기 왁! 하며 손가락을 활짝 펼쳤다. 회전의자에 앉아 빙글빙글 돌고 있던 명아가 그에 넘어갈 듯 웃어 젖혔다.

"그런데 김언혁은 왜?"

새희는 머뭇거렸다. 고민하다 그를 모르자 놀라던 사람이 있어서라고 말했다. 슬금슬금, 시럽에 손을 대려고 꼬물거리는 명아의 손을 꼬집으랴, 새희의 말에 대답해 주랴 선주는 분주했다.

"흐음, 뭐 놀랄 만도 한걸? 한때 완전 유명했거든. 지금도 알 만한 사람들은 다 알지만, 그 당시엔 신드롬이었어. 배경부터가 남달랐지. 당대 최고 검사와 저명한 첼리스트의 합작이었으니."

꼬집힌 손을 꼼지락대며 딸기 시럽을 탐나게 힐끗거리는 명아를 선주는 사랑스럽게 지켜보면서 말을 이었다.

"피아노는 3살 때부터 쳤다지? 데뷔하고 나서 가장 세련된 최연소 테크니션의 탄생이니 뭐니 기사가 쏟아졌어. 그러다 십 년 전에 쇼팽 콩쿠르에서 우승하고 나라가 뒤집혔지. 독일에서만 독주회를 몇 번 열었다고 하던데, 그렇게 잘나가더니 갑자기 모든 일정을 취소하고 잠적한 지도 벌써 2년째야. 한동안 텔레비전만 틀면 그 이름하고 얼굴만 나왔는데. 피아노만 쳤을 낯짝으로는 안 보였지, 확실히?"

새희는 저도 모르게 고개를 끄덕거릴 뻔했다. 선주가 휴대폰을 내밀었다. 원한다면 검색해 보란 의미였다. 겉핥기식으로 들은 그의 명성은 어마어마한 수준이었다. 여태 들은 얘기로 충분했다. 사양하고 선반에 흘린 우유를 행주로 닦았다.

"언니, 명아 머리 땋아 줘."

행주 옆으로 작은 머리통이 콩 떨어졌다. 선수인 엄마를 놔두고 명아는 번번이 새희에게 머리 손질을 부탁했다. 땡글땡글 올려다보는 눈은 얄팍한 속내마저 깜찍하게 느껴지게끔 했다.

선주는 못 말리겠다는 듯 한숨 쉬었다. 새희는 언제나처럼 최선을 다해 나풀대는 머리카락을 나누고 가닥가닥 엮었다. 두 손으로 든 손거울을 요리조리 흔들던 명아가 이윽고 까르르 자지러졌다.

"언니 진짜 못 땋아! 우리 반 민석이보다 못해."

명아는 새희의 형편없는 실력을 매번 확인하고 매번 똑같이 웃어댔다. 척 봐도 삐죽삐죽 튀어나온 양 갈래가 우스꽝스럽긴 했다.

새희는 의기소침하게 머리 끈을 선주에게 건네줬다. 정말로 기분이 상한 게 아니었다. 시무룩한 반응에 배를 잡고 뒤집어지는 명아를 위한 만만한 연기였다. 맘껏 웃지도 혼내지도 못하는 얼굴로 선주는 새희가 풀어헤쳐 놓은 명아의 머리를 손으로 정성껏 빗었다.

"명아 너 언니 또 놀릴래? 새희 언니 화난 것 같은데?"

"아니야. 언니 화 안 났어. 언니 화났어? 명아 미워?"

히히, 자그만 손으로 앞치마를 잡아당기며 명아가 웃는다. 미워한다고 대답하면 울어 젖히는 게 아니라 울먹거리며 사과하겠지. 명아는 그런 아이다. 어떻게 미워할 수 있을까.

"아니, 안 미워해."

엄마는 우리 예쁜 희, 착하게만 자라라며 잠드는 머리맡에 속삭여 주었다. 착한 게 뭐냐고 물으니 미워하지 않는 것이라 했다. 그렇게 말하던 엄마는 어린 새희를 보육원 앞에 버리고 도망갔다.

새희는 엄마를 미워하지 않았다. 이불 모서리를 어긋나게 개면 아이들의 바지를 벗기고 매타작했던 원장님도 미워하지 않았다. 미워하지 않다 보면, 착하게 살다 보면 언젠가 엄마가 돌아오리라고 믿었다.

믿음이 부패할 만큼의 세월이 흐르고, 죽었는지도 살았는지도 모르는 엄마의 희미한 얼굴을 떠올리며 문득 거울을 봤을 땐 엉망으로 깨져 있는 자신이 보였다.

창백한 얼굴엔 감정이 지워져 있었다. 이미 극점이 지나간 생은 무감각했다. 다정하게 속삭이던 엄마의 노래마저 채도를 잃어버린 흑백이었다.

희야, 아무도 미워하면 안 돼…….

'새희 씨, 내가 미워요?'

이진은 집안의 차녀로 태어난 건 어쩔 수 없지만, 이후의 선택은 실패하지 않을 거라 했다. 그래서 새희가 딸려 있음에도 은석을 선택했고, 김언혁을 좋아하면서도 은석과 결혼한다.

그녀는 좋아하는 것도 미워하는 것도 명확하지만 그에 따라 결정하며 사는 것보다 더 가지기 위한 발판으로 자신의 사랑을 포기하는 쪽을 택했다.

이진의 술 취한 푸념은 몇 번이고 쌓인 화로 시작해도 끝맺음은 죄다 눈부신 앞날로 도약했다. 초점이 나간 와중에도 집념은 보였을지언정 약점을 드러내진 않았다. 미워할 엄두조차 못 냈지만, 이전에 그 철두철미함에 주눅이 드는 게 먼저였다.

'나라면 그럴 것 같은데, 자기는 안 그래 보여서 묻는 거야.'

그런 그녀의 곁에서 김언혁은 마지막까지 자리를 지켰다. 슬픔도 실망도 찾아볼 수 없는 눈동자는 사색가처럼 신중하기도 했고, 부랑자처럼 무미건조하기도 했다. 혹은 아무 생각 없어 보이기도 했다.

자신의 것도 저럴까 멍하니 그를 바라보는 일이 잦았다. 그러다가 기습으로 잠식해 오던 검은 눈에 의표에 찔린 것처럼 긴장하던 게 일주일 전 기억의 종지부였다.

다음 날 아침, 이불 속에 파묻혀 머리 안에 새겨진 장면을 얼마나 되새기고 또 되새겼던가.

그때였다. 앞에 놓인 벽돌색 전화기가 따르릉 울렸다. 새희는 그 소리에 자신이 또 일주일 전 그날을 곱씹고 있었다는 것을 깨달았다. 근래엔 틈만 나면 이렇다. 누가 머리채를 잡고 그날로 의식을 끌고 들어가는 것처럼.

어, 전화다! 하며 손을 뻗는 명아를 선주는 황급히 저지했다. 친히 자리까지 피해 주는 선주에게서 깔끄럽게 눈길을 거두었다. 새희는 전화를 받았다.

– 희야…….

갖가지 상념을 잘라 내는 불안정한 목소리였다. 두 손이 절로 전화기를 꽉 붙들었다.

"은석아."

– 어디야?

"카페야."

물어 놓고 은석은 말이 없었다. 잠시 침묵을 지키던 은석은 불쑥 형체 없는 무언가에 쥐어 짜이는 목소리로 말했다.

 꿈꿨어…… 악몽.

"무슨 꿈이었어?"

 까맣고 축축하고…… 손에 닿는 건 부스럭거려. 고양이 울음소리 소름 끼쳐.

새희는 굳었다. 은석은 그 골목을 설명하고 있었다. 한밤중에 둘이서 도망쳐 나와 맨발로 전전하던 그 골목을…….

말하던 은석의 숨소리가 거칠어진다. 이러다 흥분이 깊어지면 은석은 과호흡 증세를 보인다. 전화기 너머 신 회장은 침묵하고 있으리라.

아버지인 그가 물심양면으로 은석을 구하려고 안달할수록 그의 아들은 더한 수렁으로 곤두박질쳤다. 떨어져 있던 세월보다 함께한 세월이 오래되었어도 부자는 얇은 거죽 한 장으로 뒤덮인 사이나 다름없었다. 들추어 보면 억지로 동여매 놓은 끈으로 겨우 연결된.

그걸 바꿔 보려고 무던히도 힘써 온 회장님의 노력이 감히 애석하게 느껴질 정도로 은석은 그의 아버지를 건성으로 여겼다. 은석은 용서할 수 없는 대상에 한해 태도가 극히 불성실했다. 기한을 두지 않고.

새희는 전화기를 고쳐 들었다. 은석아, 거듭 불러도 여전히 그는 그 골목 안에 갇혀 있다. 가슴이 조여드는 건 눈을 깜빡거리는 행위처럼 반사적이었다. 오직 은석에게만 이렇다. 화석처럼 굳어 버린 신경 줄도 은석이 계기가 되면 마구잡이로 비틀리고 뜯어진다.

이런 자신이 지긋지긋했다. 지긋지긋해하면서도, 새희는 목

끝에서 거칫대는 소리를 흘려 주었다. 못 이기듯. 아니, 못 이기는 척하며…….

"달빛 서린 백사장에 두 손 마주 잡고 걸어가네."

선주의 만류에도 기웃기웃 새희의 근처를 맴돌던 명아가 눈을 동그랗게 뜬다.

"무서운 밤이 쫓아온다. 쏟아지는 별을 등지고 뛰어가자."

은석의 거친 숨이 서서히 잦아든다.

"파도치는 바다야, 노래해 주렴. 커다란 어둠을 멀리멀리 쫓아 주렴."

그 지저분한 골목에서 얼음장 같은 손을 부여잡고 새벽이 다가오도록 노래했다. 어린 은석이 무섭지 않도록, 울지 않도록.

그리고 나란히 원장님 손아귀에 모가지가 잡혀 끌려갔다. 우리는 동이 틀 때까지 매질 당했다. 죽도록 맞으면 눈앞에 불꽃이 튄다는 경험도 함께 습득했다.

"파도치는 바다야, 노래해 주렴. 멀고 먼 태양을 데려와 주렴……."

어느새 건너편은 고요했다. 잠시 그 골목으로 날아갔던 새희의 목덜미에도 식은땀이 배어 나왔다.

침묵이 우울했다. 은석이 어떤 얼굴을 하고 있을지 상상하자 알고 싶지 않은 감정으로 목이 막혀 왔다. 그를 막 진정시켰는데 달래 주고픈 마음이 더 짙어지는 건 고쳐야 하는 수십 개의 고질병 중 하나다.

– 너한테 전화 건지도 몰랐는데…….

젖었다 마른 음성은 먹먹했다. 그래서 후회한다는 걸까? 지긋지긋하다는 걸까?

희미하게 경적이 들려왔다. 차에서 졸다가 악몽을 꾼 건가. 푹 퍼져 있는 자세에서 고개만 까딱거리고 있을 은석이 눈에 훤했다.

용건이 끝났는데 은석은 무의미한 시간만 흘러가는 통화를 질질 끌었다. 한 꺼풀 벗고 마주하는 듯한 어색함이 싫지 않았다. 그를 현실로 끌어낸 뒤에 따라오는 달콤한 포상이기도 했다. 찰나처럼 짧게 스쳐 갈 테지만.

– 태양이 아니라 아침이야.

잠시 후, 그는 진지하게 지적했다. 새희는 그래, 하고 고개를 끄덕였다. 곧바로 전화는 미련 없이 끊어졌다.

"그거 '바다에게'야! 맞지? 명아도 유치원에서 배웠어."

전화기를 놓자마자 명아가 흥분 섞인 재잘거림을 쏟아 냈다. 시키지도 않았는데 노래를 시작한다. 파도치는 바다야, 노래해 주렴…… 명아의 노래 위로 불우한 어린 시절이 실려 간다. 새희는 희미하게 중얼거렸다.

"맞아. 나도 옛날에 배운 거야."

보육원 앞에 버려지고 처음 본 사람은 뭉툭한 주먹코에 미소가 섬뜩하고 손이 유달리 두껍고 커다랬던 원장님이었다.

포획되듯 질질 끌려 들어간 보육원 안엔 삼삼오오 모여 있는 꼬질꼬질한 아이들이 있었다. 다들 입고 있는 티셔츠는 다 해져 너덜너덜했고 눈빛은 흐리멍덩했으며 얼굴은 청결하지 못했다. 퀴퀴한 냄새의 출처는 공간인지 사람인지 구분이 불가했다.

원장은 잡아 온 새희를 아무 데나 던져 버리고 성큼성큼 걸어가 벽 구석에 웅크려 앉은 남자애를 느닷없이 걷어찼다. 악의도 없어 보였다. 하루 일과처럼 발길질은 자연스러웠다. 남자애는 데굴데굴 굴러가 반대편 벽에 부딪혀 볼썽사납게 엎어졌다. 군데군데 멍든 팔다리는 분명한 폭행의 기록이었다.

아무렇지 않게 다시 몸을 일으켜 앉는 남자애의 눈빛은 오래전 건져 올려져 난도질당한 죽은 생선의 그것보다 더 메마르고 황폐했다.

은석과의 첫 만남이었다. 깊은 끌림은 슬픈 운명의 전조였다. 같은 핏줄에서 태어난 형제간에도 못 느낄 그 끔찍할 정도의 동질감. 어떻게 단 한 번의 눈 맞춤으로 누군가의 과거를, 상처를, 뼛속 깊이 새겨져 있는 결핍을 읽어 낼 수 있었을까.

연약한 가슴에 쓰인 신은석이라는 이름이 칼로 그은 것처럼 아프고 선명했다. 은석은 처음부터 쓰라린 고통을 남기며 제 속을 비집고 들어왔던 것이다.

약속한 듯 모든 것을 함께했다. 어느 날은 모진 학대에 이 악물고 견디다가 각각 팔과 다리에 화상 자국이 생겼고, 어느 날은 미친 듯이 반항해 보다가 사이좋게 고막을 다쳤다.

그러다 홧김에 둘이서 도망까지 시도했다. 발발 떠는 두 개의 그림자를 숨기려고 달빛 아래 서로의 작은 몸을 꼭 끌어안았다.

희야, 울지 마. 내가 눈물 닦아 줄게…… 무서움에 더듬더듬 젖어 들어가던 노래를 은석은 이어 불러 주었다. 고통과 상처로 얼룩진 유년 속에서도 단 하나의 위안은 은석과 언제까지나 함께일 것이라는 믿음이었다.

더는 위로도 무엇도 되지 못한 채로 진창에 처박힌 믿음에선 썩은 냄새가 났다. 맡고 싶지 않아도 그 냄새는 숨을 들이마실 때마다 밀려 들어와 호흡기를 압박하고 뇌를 울렸다. 새희의 탓이라고, 새희의 손으로 전부 망가뜨렸다고 은석은 주장한다. 부정할 수 없었다. 그로 인해…….

'차라리 당한 뒤였으면 더 쉬웠을까.'

은닉된 감정들은 죄다 색이 바랬다. 버려지는 것과, 버리는 것. 신 회장이 보육원에서 은석을 찾아냈을 때부터 주어진 선택지는 단 두 개였다.

은석은 드디어 후자로 마음을 돌린 것이다. 속내가 어떻든 이진과의 결혼을 수락한 건 그 뜻으로 받아들여졌다. 자신뿐만 아니라 일가의 누구든 그리 생각하고 있으리라.

일주일 전후로 관계는 급변했다. 껍질을 덮고 면피했던 둘만의 세상은 가장 처참한 모양으로 부서졌다. 긴 외로움과 고독을 껴안은 그 끝은 체념이었다.

은석이 결정했다면, 무상한 삶 따위 아무렇게나 휘말려 가도 좋았다. 몰려드는 슬픔과 고통은 늘 그랬듯 가슴에 묻으면 되는 일이다. 마지막은 체념으로 가 닿을 수 있도록.

은석과 이진, 그리고 이진의 남자.

들이닥친 격변의 소용돌이 속에서 새희는 머지않은 미래를 준비해야 했다. 은석을 도려낸 자신의 미래를…….

　　　　　　　　　* * *

　9시 5분. 꾸벅꾸벅 졸던 명아를 업고 선주가 퇴근했다. 운영 시간이 칼같이 정해진 다른 카페에 비해 선주는 비교적 자유롭게 시간을 조정했는데 새희가 남는 날이면 마감을 더욱더 앞당겨 주곤 했다. 일분일초가 아까운 새희에겐 더할 나위 없이 고마운 배려였다.

　화장실 구석구석까지 청소를 해치우고 쫓기는 눈으로 시각을 확인했다. 그새 15분이 훌쩍 지나갔다. 기사가 데리러 오는 시간은 10시에서 10시 5분 사이를 넘기지 않는다.

　레일 조명이 난사하는 불빛 아래 피아노 덮개를 서두른 손길로 열었다. 의자 속에 넣어 둔 악보와 노트를 꺼냈다. 악보는 선주가 피아노를 가져오며 덤으로 몇 권 챙겨 온 가요집과 초보자용 수준의 체르니가 다였다. 수록된 곡들을 한 번씩 쳐 본 뒤엔 다시는 그것들을 펼쳐 보지 않았다.

　본가 서재에 꽂혀 있던 음악과 관련된 서적들은 은석이 피아노를 부술 때 함께 보란 듯이 불태워 버렸다. 직접 곡을 쓰게 된 것은 일종의 발악이자 노력이었다. 그래도 어떻게든 살아보기 위한…….

　새희는 괜히 꺼내 본 악보들을 도로 집어넣고 탕, 커버를 닫은 의자 위에 앉았다. 노트를 악보대 위에 올려놓았다. 음악 전용 노트가 아니라 일일이 그어 넣은 오선지엔 삐뚤빼뚤한 음표들이 어설프게 널려 있다.

　건반 위에 양손을 올렸다. 손끝에 닿는 매끄러움이 못 견디게 좋았다. 얽매인 것들을 모조리 망각하게 되는 시간이다. 익숙하고도 낯선 활기가 몸속에서 차올랐다.

지그시 누르자 육중한 음이 정적을 가른다. 저음부는 음유시인의 부름처럼 느릿하고 차분했다. 손등이 물방울처럼 뛰어 오르면 옥타브가 전환된다. 한 마디 안에서 요동치던 짧은 음들은 휘어지듯 곡선을 그리며 새처럼 비상했다.

빠르게 치솟는 도입부가 지나면 멜로디는 한층 부드러워진다. 귀에 닿는 음들이 물결처럼 반짝거렸다. 부드럽게 헤엄치며 차분한 템포를 유지했다.

반음계를 섬세하게 매만지던 오른 손가락 사이를 활짝 벌려 화음을 띄웠다. 마디는 재차 전환되었다. 음표들은 맹렬한 속도로 부상했다. 이 구간을 지날 때면 예외 없이 허리가 굽어 들었다. 턱은 굳어지고 속눈썹은 가냘프게 떨려 온다.

새희가 보고 자란 무채색의 세상이 황홀하게 물드는 순간. 음정은 질주했다. 높이 뜬 음이 다소 제멋대로였다. 악보에 표시된 악센트와 지시는 어느 날은 철저하게 지켜지고 어떤 날은 송두리째 무시된다.

오늘은 후자였다. 댐퍼 페달을 밟는 발이 변덕스럽게 움직였다.

피아노가 너를 잡아먹을 것 같아. 피아노를 망가뜨리기 전, 마지막 경고처럼 넌지시 내뱉었던 은석의 혼잣말. 그것을 무시한 대가로 피아노를 잃었다고 생각한다. 하지만 알아챘다고 해서 막을 도리가 있었을까?

중력처럼 어마어마하게 끌리는 것을 자신의 힘으로 끊어 내는 게 가능했다면 처음부터 은석의 집에 죽은 듯이 살아 있지도 않았으리라. 때로는 살아 있는 게 가장 큰 힘을 요구하는 일이었다.

손목이 포물선을 그리는 자세로 피아노 소리가 끊겼다. 실수한 것도, 도중 그만둔 것도 아니었다. 곡이 미완성이라 매번 애매한 부분에서 연주가 중지되었다. 만약 듣는 관중이 있었다면 찝찝해서라도 "끝난 거야?" 하고 몇 번이고 물으며 확인했으리라.

고생했다고 하기에 실없는 손가락을 쥐었다 폈다. 마디가 얇고 짧은 손가락. 볼품없다. 건반을 자유롭게 넘나들려면 좀 더 길어야 하고, 다듬어져 있어야 한다. 이를테면 그 남자의 것처럼.

새희는 필연적으로 김언혁의 손가락을 떠올렸다. 술잔과 담배를 걸치듯 아슬아슬 잡고 있던. 무엇이든 놓칠 듯 말 듯하게 쥐는 손버릇은 끝까지 지켜보게끔 집중력을 끌어당겼다.

그는 피아노도 그런 식으로 칠까? 농락하듯 건반을 더듬다 한순간에 마지막으로 도달해 버리는…….

단 한 번의 만남으로 이진은 그를 한 달 넘게 따라다녔다고 한다. 스테이지에서 연주로 울음을 터뜨렸던 여자는 그의 면전에서도 허겁지겁 애걸하기에 급급했다.

그녀들에 비해 들려온 과거 속에서든, 목격한 현재에서든 그는 감상적인 부분이 완전히 결여된 것처럼 냉랭했다.

웃는 얼굴을 몰래 상상하게끔 만드는 남자는 나쁜 남자인 걸까. 대체로 미소가 박한 남자들은 여자의 눈물을 앗아 가는 법이 잦았으므로 그럴 터였다. 아빠가 엄마에게 그랬고, 은석이 새희에게 그랬으며, 그가 그녀들에게 그러했듯.

눈치를 보고 자란 아이는 무엇이든 탐색하는 버릇이 생기고 그것은 결단코 낡아지지 않는다. 그렇게 알고 싶지 않은 사실들마저 타인에게서 관찰되곤 한다.

파괴력마저 내비치던 피아노 소리. 여자의 절절한 눈빛. 그 모든 것에 매정하리만치 태연했던 그. 사랑이 명백하게 균열된 장면이었다.

이상한 가정이지만 이진이 대신 그 자리에 있었다면 그녀는 조금도 동요하지 않았을 테다. 같은 장소에서 애인과 약혼자를 익숙하게 다루는 그녀를 이미 대면해서 그런 것일까.

불합리한 것도 인정하게 만드는 유려한 화법으로 여자를 돌려보내고 그와는 다른 화제의 이야기를 이어 나누는 이진이 자연스레 연상되었다.

견고하게 쌓아 올린 그들 간의 유대감은 보통의 사람은 침범할 수 없는 영역이었다. 일반적인 상식으론 이해할 수 없는 관대함이 그 세계에선 이상적인 로맨스의 일부였다.

납득하기 어려웠다. 은석의 결혼식장에 발을 들여 넣는 순간까지 새희는 그것을 받아들이지 못할 것 같았다. 연미복을 입은 은석까지 상상하다 문득 정신을 차렸을 땐, 시간이 10분이나 지나가 버린 뒤였다.

코끝에선 어디선가 흘러 들어온 담배 향이 맴돌고 있었다. 기시감이 드는 독한 향이었다. 새희는 추적하듯 그 냄새를 가만히 들이마셨다.

그러다 한순간, 침묵 속에 섞인 날카로움을 감지했다. 등줄기로부터 싸늘한 감각이 미끄러졌다. 눈이 크게 뜨였다. 고개는 생각하기 이전에 휙 돌아갔다.

문가에 기대 뻐딱하게 선, 한 번에 다 훑을 수 없는 장신의 남자는 눈이 마주치자 기다렸다는 듯 담배를 뱉어 내며 물어 왔다.

"끝난 겁니까?"

믿을 수 없게도 그였다. 김언혁이었다.

\* \* \*

그는 성큼성큼 들어와 단숨에 새희의 옆에 섰다. 직선적인 걸음걸이가 머릿속에서 어지럽게 뒤엉켰다. 바로 옆에서 허리를 숙여 악보 아닌 악보를 들여다보는 그를 새희는 조각품처럼 관람했다.

머스크처럼 짙은 스킨 향에 담배 냄새가 뒤섞여 숨결로 묻어나왔다. 아기의 것처럼 달콤하고 자연적인 은석의 체취와는 확연하게 달랐다.

각인되듯 강렬한 향은 무례하게도 새희를 침범하고 있었다. 스며드는 것을 멈출 수 없어 그 향이 온몸으로 흡착되는 듯했다.

검은색 코트로 뒤덮인 장신은 사복 차림인데도 무장한 인상이다. 아무렇게나 이마 위로 흘러내린 머리칼은 느슨해 보였다.

그 이면의 강인하고 도색적인 분위기는 감출 수 없는 관능이었다. 살짝 찌푸려졌던 그의 미간은 의문이었던 끝부분을 확인하고 나자 부드럽게 풀어졌다.

"자작곡?"

그의 눈이 조금 위로 비껴갔다.

"파반느……."

이 곡의 가제假製였다. 카페의 이름이기도 했다. 대충 지어 놓은 제목을 그는 오래도록 눈길로 핥았다.

새희는 아무런 대답도 하지 못했다. 눈도 깜빡거리지 못하고 굳은 채였다. 그는 이어 허락 맡지 않고 검지를 뻗어 앞 페이지로 넘겼다.

한 장씩 넘길 때마다 가슴이 내려앉듯 철렁했다. 꼬리와 머리의 크기가 제각각인 음표. 하도 지웠다 썼다 반복해 번져 버린 연필심. 더할 나위 없이 사랑스러웠던 것들이 처음으로 오물처럼 수치스럽게 느껴졌다.

그가 하고 있는 짓은 비밀스러운 일상을 토해 놓은 일기장을 낱낱이 파헤치는 행위와도 다를 바 없었다. 너무나도 야만적이었다.

그는 첫 장까지 꼼꼼히 훑어본 뒤에야 상반신을 일으켜 세웠다. 이동하는 담배 연기의 궤적을 따라 시선이 두렵게 따라갔다.

품에서 은제로 된 휴대용 재떨이를 꺼낸 그가 담배를 비벼 끄며 뒤늦게 이곳저곳을 둘러보았다. 조명 밑에서 흔들리는 내리뻗은 콧날로 그림자가 졌다.

그가 다시 이쪽으로 걸어오는 동안 새희는 그에게 나가 달라고 말하는 자신을 연습했다. 그러나 대담한 상상은 곁에 붙은 그의 체향에 부질없이 휘발되어 버리고야 만다.

거듭 곡에 관심을 두는 그를 보자 카페 안의 모든 조명을 깨뜨리고 싶어졌다. 사물의 윤곽조차 그릴 수 없는 깜깜한 어둠이 필요했다.

"쳐 봐도 됩니까?"

기어이 검은 눈을 부딪쳐 오며 물어 온다. 어떡해야 하지⋯⋯ 새희는 이번에도 대답하지 못했다.

그는 앞서 행동했던 것처럼 멋대로 굴지 않고 이번엔 승낙을 기다렸다. 차라리 독단적으로 해 버리는 게 나았다. 그러나 그는 이름을 물어봤을 때처럼 고집스럽게 기다림을 견뎠다.

목이 바짝바짝 탔다. 당황으로 전신에 미열이 퍼졌다. 얼마간의 침묵이 흘렀을까. 새희는 버티다 지쳐 고개를 숙이듯이 겨우 끄덕거렸다.

억지스럽게 받아 낸 허락이 떨어지자 김언혁은 순서처럼 코트의 단추를 풀었다. 견갑골을 역동하며 벗어젖힌 코트를 치워 놓고 니트의 팔목을 걷으며 의자에 앉는다. 일어나려던 새희는 손목을 붙잡혔다. 그대로 얼어 버리자 손목이 풀려났다. 일어서지 말라는 의미였다.

다시 한번 그가 악보를 유심히 읽어 내려가자 긴장으로 장작처럼 뻣뻣하게 팔다리가 굳어 갔다. 한순간 그가 눈가를 좁히더니 어느 부분을 가리키며 "뭐라고 적힌 거지?" 들릴 듯 말 듯 중얼거렸다.

새희는 뺨에 열이 오르는 것을 느끼며 어물어물 플랫이라고 답했다. 그는 물었으면서 물어본 적 없다는 듯 시치미를 뗐다. 다행히도 더 이상의 질문 없이 그는 마지막 장까지 확인을 마쳤다.

새희는 정신이 나가 있었다. 갑작스레 벌어진 사건에 휘말리는 중이라 정신을 차릴 새가 없었다. 초연하려 할수록 더한 비현실감에 사로잡혔다.

어쩔 수 없이 옷깃이 스칠 때마다 그를 의식하게 되었고 접촉하는 부분으로 열감이 쏠렸다. 인내심이 없었더라면 자리를 박차고 뛰어나갔을 것이다. 어지럽고 힘겨웠다. 심장 리듬은 거세게 변주했다.

김언혁은 꼿꼿하게 등을 세워 수직으로 축을 만들었다. 팔꿈치에서 손목까지 건반으로 내미는 과정엔 숙련된 부드러움이 장착되어 있었다.

둥그렇게 쥐어진 곧은 손끝이 건반에 닿았다. 건반을 만지면 마냥 들뜨는 자신과는 다른, 그의 태도는 엄중함과 약간의 권태로움이 느껴졌다. 직전의 고요함은 완벽함으로 도약하기 위한 준비였다. 새희는 덩달아 숨을 눌러 참았다.

그는 무서우리만치 평온하게 첫 음을 터뜨렸다. 웅장한 저음은 쥐 죽은 듯 조용한 공간에 파장을 일으켰다. 새희의 몸속으로 전류와도 같은 짜릿한 감각이 튀어 오른 건 그때부터였다.

숨을 내쉴 틈이 없었다. 귀에 익은 곡조는 예상을 빗나가며 휘몰아치고 또 휩쓸어 갔다. 이런 곡으로 탄생시켰던가? 아니, 완전한 재해석이었다. 작곡자를 비웃듯 그는 곡을 자신의 것으로 잠식해 가며 독식했다.

스타카토로 짧게 치는 음들은 화려하게 차올랐다. 새희가 옆에 있어 불편한 자세일 텐데도 끊이지 않고 손가락은 매끄럽게 엇갈렸다.

초견 연주라곤 믿을 수 없이 그대로 그에게 습득된 화음들이 정교하고 폭넓었다. 아래에서 위로 손목이 리드미컬하게 움직일 때마다 그의 가슴은 곧게 펴졌다. 모든 감각을 열고 받아들이겠다는 포부의 동작이었다.

변칙적으로 전환한 선율의 흐름은 완성된 작품처럼 조화로웠다. 새희가 절정으로 여기는 구간을 그는 심해를 유영하듯 가장 질척하게 그리고 가장 신중하게 연주했다.

풍부한 울림 속엔 그가 표현하는 감정이 유동하고 있었다. 그의 언어는 격렬했지만 고독했다. 덫을 치듯 깔아 놓은 음정을 밟고서 불꽃처럼 타올랐다. passionato(정열적으로). 적어 놓지 않은 지시가 눈앞에서 반짝거렸다.

그는 눈 깜짝할 사이에 새희를 몰아의 경지로 끌고 갔다. 아름다움을 이유로 눈물 흘리는 사람의 감정 같은 건 이해할 수 없다고 여겼는데.

새희는 이 순간 울어 버리고 싶었다. 맥없이 끝나는 부분이 머지않았다는 사실을 누구보다 잘 알고 있기에 더욱 슬프고 간절했다. 테이프처럼 되감아 처음으로 몇 번이고 가고 싶었다. 이토록 자신이 충동적이고 감상적인 인간이었던가.

그러나 당연한 섭리대로 연주는 이윽고 허망한 마지막에 도달했다. 한순간 뒷부분을 공백으로 비워 놓은 자신이 원망스러웠다. 몸을 감싸는 열기가 땀처럼 끈적끈적했다. 최선을 다한 그의 손은 건반 위에서 우아하게 퇴장했다.

"하아……."

자르듯이 끊어진 음들의 여운에서 새희는 저도 모르게 습기 찬 숨을 내쉬었다. 다리가 후들후들 떨려 왔다.

이진 같은 사람이 어째서 청춘을 내버려 가며 그를 따라다녔는지 여지없이 납득했다. 완벽하게 압도당했던 3분이 채 안 되는 시간 동안 겪은 적 없던 어떠한 극렬한 충동이 내내 속에서 뜨겁게 날뛰었다.

새희는 황홀감을 넘어 좌절감마저 맛보고 있었다. 또 다른 우주를 떠돌고 온 것처럼 멀미가 일었다. 세계적인 피아니스트의 위상이란 이렇게나 대단하고도 몹시도 두려운 것이었다. 깨닫는 일은 섬뜩했다.

새희는 형언할 수 없는 기분으로 그를 곁눈질했다. 김언혁은 자신의 손가락을 천천히 한 번 쥐었다 펴 보며 빤히 내려다보고 있었다.

차가운 무표정 위론 얼핏 약간의 흥분이 스쳐 간 것도 같았다. 무언가를 확인하고 성공적인 결과를 얻어 낸 만족으로도 비쳤다. 갑자기 그가 매서운 속도로 새희를 돌아보았다.

"여기까지 쓰는데, 얼마나 걸렸습니까?"

눈을 피하려 했지만, 그는 고개를 붙여 오는 수고까지 들이며 쫓아왔다. 지나치게 가까웠다. 새까만 눈동자가 코앞이었다. 더듬더듬 대답이 새어 나갔다.

"바, 반년 정도……."

"마무리만 지으면 될 것 같은데. 완성은 언제쯤으로 예상하고 있어요?"

모르겠다고 고개를 저었다. 날짜를 기약하고 전문적으로 작업하고 있는 게 아니었다. 그저 시간이 될 때마다 곡을 쓰고, 곡을 치고⋯⋯.

"정확해지려면 앞으로 하루도 거르지 않고 조르면 되려나."

새희는 눈에 띄게 당황하며 시선을 곤두박질쳤다. 하지만 그는 추격하듯 턱을 당겨 내렸다. 이마를 맞대어 올 것처럼 밀접하는 그 때문에 새희는 조금은 과할 만큼 튕겨 오르는 몸짓으로 쾅, 의자를 박차고 일어났다. 뒷걸음질하며 몇 발자국 떨어지는 가소로운 모습을 그는 무심히 좇았다.

그의 관심을 차지하고 있는 건 자신이 아닌 자신이 쓴 곡임을 모르지 않았다. 하지만 유례없는 경험은 한 번이면 족했다. 이 이상으로 이진의 애인과 어떤 식으로든 엮이고 싶지 않았다. 새희는 뛰어 대는 가슴을 모른 체하며 구태여 정색하고 나섰다.

"오지 마세요."

"⋯⋯."

"곡은 취미 삼아 쓰는 것뿐이에요. 그러니까 앞으로는 여기에⋯⋯."

"피아노 친다는 소리는 못 들었는데."

그는 새희가 앉았던 자리에 손을 짚고 비스듬히 어깨를 기울였다. 얼굴에서 핏기가 빠져나가는 새희를 쳐다보는 눈빛은 파란을 가져온 한마디에 비해 가면을 쓴 것처럼 무정했다.

"말할 건가요?"

이진에게 말하면, 은석의 귀에까지 다다르겠지. 언제든 들켜도 이상치 않다고 생각하며 도둑질하듯 피아노를 쳐 왔다. 부정할 수 없이 이 시간을 사랑하고 있었지만 그렇기에 거리감을 만들어야 했다.

언젠가 자신이 쓴 곡을 은석이 찢어 버리는 때가 오더라도 울지 않고 조용하게 순응하기 위해. 다시 한번 배신감으로 가리가리 찢겨 나가는 은석의 내면을 마주해도 그의 생의 모든 불행을 자신이 태어난 탓으로 여기지 않기 위해…….

"말할…… 건가요?"

"글쎄요. 누구한테?"

그는 장난을 치고 있었다. 화가 나는 게 아니라 슬펐다. 헐거운 말 한마디에 안절부절못하는 속내가 비참했다. 적의는 치솟지 않았다. 김언혁은 어떤 이유로 새희가 피아노를 치는 사실을 숨기는지 모르는 사람이었다.

밑바닥에 내리깔린 어둠을 모르는 사람에게 배려를 바랄 만큼 친절한 세상에서 살아 본 적 없다. 일일이 조심하고 분주하게 챙겨야 하는 사람은 어둠 속을 전전하는 자신뿐이다.

"말하지 마세요."

"왜요?"

그는 달려들 듯 물었다. 새희의 눈동자가 불안하게 흔들렸다. 대답하지 않으면 당장이라도 이진에게 전화를 걸 그를 예감했다. 그렇게 보이려고 태도를 꾸미는 것이라곤 상상할 수 없었다. 왜인지 아까와는 달리 그의 눈 속에 흥미로움이 곤두선 것도 같았으므로.

"비밀로 하고 있어서……."

할 수 있는 말은 고작 이런 것이었다. 어디부터 설명해야 할지도 모르겠고 그렇다고 찰나에 이유를 지어 낼 만큼 임기응변에 능하지도 않다. 새희는 참담하게 고개를 떨어뜨렸다. 잘 말해서 그를 설득하고 싶은데 그럴 말주변이 없는 것이 한심스러웠다.

음…… 그는 진중하게 고민해 보듯 부러 목을 울렸지만, 표정은 꼭 술자리에서 자신의 과거사를 듣던 때처럼 무성의했다. 새희는 입술을 초조하게 자근거렸다. 혀가 비리다. 피가 터진 듯했다.

"그럼 나도 비밀로 하고 오죠."

그는 명쾌하게 해답을 내렸다. 물론 그에 한해서였다. 모든 문제가 해결된 듯이 의자에서 일어난 그가 벗어 놓은 코트를 꿰입으며 단추를 하나둘씩 잠갔다. 군더더기 없이 그야말로 깔끔하고 정제된 몸놀림이었다.

저당 잡힌 비밀이 무거웠다. 비밀을 교환한 것이 아니라 하나를 나눈 것이었다. 더 반발하지 못한 건 그래서였다.

그는 다가왔을 때와 마찬가지로 성큼성큼, 번뇌와 망설임을 제한 걸음걸이로 문가를 향해 걸어갔다. 그가 그대로 정말 문을 열고 나가 버릴 것 같아서 새희는 아연해졌다.

이대로 아무 말 없이 나가는 건가? 언제 오는 거지? 내일부터? 이 시간에? 매일? 새희는 멀어지는 그의 등을 보며 다급하게 말했다.

"매, 매일 이 시간까지 있는 건 아니에요. 낮에 일할 때도 있고 그러니까……."

그가 걸음을 멈추고 뒤돌았다. 간결하게 응수했다.

"이 시간에 피아노 소리가 들리면 들어갈게요."

"그리고 월요일은 카페가 열지 않아요."

그 말에 그가 새희를 뚫어지도록 응시했다. 정확히는 피가 터진 입술을. 냉소적인 눈빛이 감겨 왔다. 무척이나 시니컬했다.

하지만 살갗에 끼쳐 올 땐 녹진하게 변한 채여서 알아차렸을 때는 처음과는 다른 의미로 해석되고 있었다. 재빠르게 뒤바뀌는 것이 아니라 천천히, 인지하기도 전에 배어들어 천에 감기는 습기처럼.

새희는 그가 자신을 때때로 알 수 없는 눈으로 끈질기게 주시해 오는 것을 깨닫지 않았으면 좋았으리라고 후회했다.

김언혁은 손가락 사이에 코트 벨트를 걸었다. 뱀처럼 감겨 든 것을 목을 조르듯 힘 있게 잡아당겨 단정하게 잠갔다. 그리고는 검지로 자신의 아랫입술을 툭툭, 건드렸다. 피 난다고 알려 주는 그 손짓이 마치 신호탄처럼 느껴졌다.

검고 짙은 눈동자는 지닌 인력으로 새희를 당겨 갔다. 그는 새희의 속에서 일어나는 소란을 모르는 듯한 지극히 매정하고도 매끄러운 얼굴이었다. 그런데 어째서 그에게 단속되는 느낌을 지울 수 없는 걸까.

'물 떨어집니다.'

그때처럼. 아니, 그와 마주하는 모든 순간이 새희를 기진하게 했다. 노력하지 않으면 급속히, 영혼마저 지배될 것 같은…….

"압니다."

그 말로 인해 파문이 이는 새희의 눈동자 속을 그가 질척하게 더듬었다.

"이미 한 번 헛걸음해 봤으니까."

\* \* \*

희야. 난 말야. 부모도 형제도 필요 없어.
나는 너와 세상에서 가장 불쌍하고 가난하게 살아갈 거야.
누구도 우리 사이에 발 들이고 싶지 않도록.

\* \* \*

타닥타닥, 총성 같은 빗소리가 들려온다. 잠이 깨었다. 눈을 깜빡거리자 고인 눈물이 콧대를 지나서 관자놀이로 흘러내린다. 아른거리는 은석의 목소리는 부옇게 김이 서린 창문처럼 흐릿했다. 이불을 쥐어 눈가를 문질렀다.

몇 시나 되었지. 은석을 깨워야 하는데…….

평소보다 뻐근한 몸을 일으켰다. 침대 끝에 앉아 꼼짝 않고 있는 은석을 그제야 발견했다. 그는 창문으로 쏟아지는 빗발을 바라보고 있었다. 하얀 옆얼굴은 물기가 지나간 듯 깨끗했다. 잠옷 차림이 아니라 엷은 하늘빛 스웨터를 입은 채였다.

깨우지 않으면 누가 업어 가도 모르게 잠속에 파묻혀 있는 은석이다. 길고 긴 키스나 펠라티오로 재촉해야만 졸린 눈으로 겨우겨우 씻으러 가 주는데. 무슨 바람이 불어서 두 단계를 혼자 해치운 걸까.

골똘히 그 이유를 파헤치다 은석과 눈이 마주쳤다. 예쁜 눈동자에 늦잠에 대한 물음이 떠다녔다. 정말로 궁금한 것 같진 않은, 의문은 연기하듯 의례적이다.

"잠이 늦게 들어서……."

변명처럼 말하는데 또 눈물이 주룩 흘러내렸다. 아무렇지 않게 닦아 냈다. 슬픔은 인지할수록 깊어지고 예리해진다. 제 것이 아니듯 방치하는 쪽으로 습관을 길러 왔다.

하지만 어쩔 수 없이 축축해진 뺨을 은석이 들여다본다. 인형처럼 섬세한 이목구비는 반항적인 분위기가 감돌면서도 여전히 소년 같은 면이 남아 있었다.

무언가 말할 것 같던 은석은 대신 손을 뻗어 머리칼을 쓰다듬었다. 뒤통수를 부드럽게 쓸어내리던 그의 손바닥이 힘을 주어 당기자 그대로 고개가 딸려갔다. 입술은 건조하게 부딪쳤다. 눈도 감지 않고 입술 언저리만을 비빈다.

그래도 좋았다. 가슴이 뭉클하게 떨려 올 만큼. 꿈의 여운이 가시지 않아 더욱 그의 냄새가 그립기도 했다.

새희는 개방하듯 입을 벌렸다. 훑어만 대던 그의 다문 입술이 안으로 쑥 들어왔다. 그것에 혀를 갖다 대고 사탕을 빨듯 머금었다.

맡고 싶었던 사랑스러운 냄새가 파도처럼 밀려들었다. 비누처럼 청량하고 과일처럼 향긋한. 욕망으로 절박해질 때도 그는 이런 냄새였다.

감각은 몽롱해지지 않고 선명해졌다. 예전부터 새희는 몸을 겹치는 것보다 키스를 길게 나누는 것에 쉽게 자극되곤 했다.

그 또한 달아오르기를 바라며 입천장, 어금니와 잇몸 사이사이, 입안 곳곳을 혀끝으로 적나라하게 더듬었다. 비슷하게 풀린 그의 눈이 속눈썹을 닫으며 감길 때까지.

거의 동시에 새희와 은석은 서로를 껴안으며 거리를 좁혔다. 갑자기 혀들의 움직임이 격렬해졌다. 뒤통수를 감싸 쥐었던 은석의 손은 허리 아래를 파고들었고, 새희는 매달리듯 그에게 한 뼘이라도 더 붙기 위해 아등거렸다.

"아⋯⋯."

아린 신음이 새었다. 좋음과 나쁨의 기로에 선 듯한. 단추를 푸는 은석의 손가락에 자신의 것을 겹쳤다. 속옷을 입고 자지 않았으므로 곧바로 드러나는 맨가슴에 그는 젖은 입술을 묻었다.

힘에 떠밀려 시트 위로 등이 넘어갔다. 미지근한 혀가 젖가슴 사이를 기어 다녔다. 부드러운 머리칼 속에 손가락을 찔러 넣었다. 잡아당기고픈 충동을 감싸 안음으로 충족시켰다.

아랫배까지 간질이던 혀가 옷감에 가로막혔다. 그는 바지춤을 끌어내리지 않고 도로 위로 올라가 벌어진 입안으로 다시 혀를 넣었다. 깊숙이 빨아 당긴 채로 한참 동안 안을 헤집어 댄다.

창을 두들기는 빗소리는 점점 더 요란해졌다. 침이 섞이고 혀가 빨리는 소리가 그 속에 스며들었다가 증발했다.

숨이 모자란다고 느낄 즈음, 은석은 혀를 놓아주었다. 호흡을 고르느라 가슴이 얕게 들썩거렸다. 단추 풀린 잠옷 자락을 감싸 쥐며 은석을 따라 상반신을 일으켜 앉았다.

은석과 뒤바뀐 일과 탓에 가슴이 불안하게 술렁거렸다. 요

며칠 그의 태도는 지나칠 정도로 너그러웠다. 정확히는 술자리 이후의 날부터.

그렇게 가만히 앉아서 눈을 마주했다. 선사 받았던 키스의 여운은 길었다. 잔잔하게 반응할 수 없는 몸으로 태어난 건지도 모른다. 아니면 멋대로 휘젓고 물러난 불친절에 어째서 온몸이 열리려고 몸부림하는가.

시간이 흘러가는 것이 안타까웠다. 그는 이토록 밀접했다가 못 견디게 심술궂은 말을 뱉어 낼 것 같았다.

"옷 갈아입어."

여미지 못한 단추 사이로 드러난 살결에 그가 시선을 뭉그적거렸다.

"아침 먹자."

은석이 핥아 놓은 자국들이 그사이 식어 가고 있었다.

* * *

"안녕히 주무셨어요."

식탁에는 회장님이 앉아 신문을 보고 있었다. 계단을 내려올 때부터 그 존재를 의식했던 새희는 뻣뻣한 목소리로 인사했다.

팔락, 눈길이 고정된 채로 신문 한 장이 넘어갔다. 그를 본체만체하며 자리에 앉는 은석 옆에 새희는 쥐 죽은 듯 앉았다.

가정부가 조용히 오가며 국과 밥을 떠 왔다. 회장님은 은석이 수저를 들자 신문을 접어 내렸다. 국을 뜨는 엄중한 손을 곁눈으로 살피며 냉수로 목을 축였다.

아침은 웬만하면 거르는 편이다. 아침에 유독 늑장을 피우는 은석을 어찌어찌 식탁에 데려다 놓은 뒤엔 방에서 은석이 식사를 끝내고 오길 기다린다.

의식적으로 마주하는 상황을 피하는 것에 대하여 은석은 별달리 신경 쓰지 않았다. 그 자신도 회장님을 무시하는 데에 이골이 났다. 갑자기 아침을 먹자고 한 이유는 늘 그러하듯 변덕일 테지만, 새희로서는 가장 참기 힘든 변덕 중 하나였다.

어금니에 씹히는 밥알이 모래알처럼 깔깔했다. 밥을 먹는 것이 아니라 꾸역꾸역 해치우는 중이었다. 밥그릇에 코를 처박다시피 한 새희의 머리꼭지로 지그시 은석의 눈이 닿았다. 느꼈을 땐, 친절하게도 은석이 내뱉은 뒤였다.

"천천히 먹어."

"……."

"안 뺏어 먹는데."

말로 모자라 갑자기 뻗어 온 손이 입술을 훔쳐 갔다. 손가락에 걸린 밥풀을 거리낌 없이 제 입안으로 가져가는 은석에 눈빛으로 경악했다.

황급히 내리간 시선 끄트머리에 잡힌 회장님의 손이 멈칫하는 것을 발견했다. 살을 찢는 불편함이 식탁 위를 감돌았다. 반찬을 집는 은석의 젓가락질만이 명쾌했다.

"마음에 들더구나."

신 회장은 돌연 입을 열었다. 이진에 관한 얘기다.

"명주는 제법 역사가 오래된 기업이지. 주 회장이 드러눕기 전에 가꿔 놓은 걸 장남이 다 말아먹고 있긴 하지만 차녀는 머리가 꽤나 똘똘해. 항간에선 주이진이 여자로 태어난 게 그 집안의 가장 안타까운 불운이라고 얘기들하고 있다. 나도 그렇게 생각했다만, 내 앞에서 당돌하게 태정을 업고 명주를 차지할 거라고 주장하는 걸 듣자니 조만간 주인이 바뀔지도 모르겠더군. 마침 고지식한 주 회장이 쓰러지기도 했고 말이지."

칭찬하듯 말하지만, 은테 안경 너머 뱀 같은 눈동자는 물건을 품평하듯 무례했다.

"그 정도 포부면 태정 안주인으로 손색없어."

그때, 신 회장의 안광이 번뜩이며 새희를 관통해 왔다. 예상한 일이다. 예상한 일이지만 버릇이 잘못 든 개처럼 옆구리가 기이하게 떨려 왔다. 그곳을 수저를 놓은 손으로 지혈하듯 꽉 틀어잡았다. 이다음 들어야 될 말을 기다리는 것이 고통스럽다.

"새희야."

부드러운 언성을 표방하지만, 태도는 감히 반발할 수 없도록 고압적이다.

"그 애 말로는, 식을 올린 뒤엔 따로 나가 살 계획인데 너까지 데려가도 좋다더구나."

"……"

"첩도 안 되는 것한테 방까지 내준다니 얼마나 고마운 일이야. 음?"

작정하고 쏟아지는 폭력적인 언어를 힘들게 정리하자 남는 건 그보다 더 충격적인 통보였다.

나를 데려가겠다고? 아무리 상식을 배반하는 결혼이라지만, 한 집에서 자고 일어나는 남편의 다른 여자는 존재부터가 명백한 부인에 대한 모독이다. 하지만 이진이 먼저 꺼낸 제의라니. 대체 그녀는 어디까지 봐줄 셈인 걸까. 아니면 농락하는 걸까.

안방에서 은석과 뒹굴든 어쨌든 개의치 않겠다는 이진의 말을 그땐 단순히 주제를 자각시켜 주는 경고인 줄로만 알았다. 진정 거기까지 자신을 포함시킬 줄 몰랐다.

"저는 그냥 여기에 있는 게……."

그래도, 그래도 이건…….

"여기?"

곧바로 서슬 퍼런 정색이 꽂혀 온다.

"그동안 은석이 혼담이 수두룩하게 깨어진 데 이바지한 것치곤 팔자 좋은 말이구나."

"……."

"네가 있을 곳은 여기가 아니라 은석이 옆이다."

그러나 그런 말을 하는 신 회장의 얼굴은 잔뜩 일그러져 있다. 못내 받아 들여야 하는 진실이 역겹다는 듯. 은석은 침묵으로 일관하며 물컵을 젓가락으로 연주하듯 탕, 소리 나게 쳐 댔다. 다 들었음에도 한마디 개입이 없다는 건 동일한 의견이라는 뜻이겠지.

망가진 꼴로도 기어이 옆에 갖다 놓겠다는 고집에 안심하려는 나약한 자신이 있었다. 그리고 죽도록 환멸을 느끼는 모순된 자신도 있었다. 텅 빈 진심은 어디로 더 향해 있는가.

"약혼식은 내달이다."

문득 깨닫는다. 이 말들을 듣게 하기 위함으로 은석이 전에 없이 부드럽게 자신을 깨워 주었음을…… 어지럼증이 나서 잠깐 눈을 감았다 떴다. 어차피 체념 빼고 취할 수 있는 태도는 전무하다.

은석은 어떤 그림을 원하고 있나. 문득 이 또한 은석이 부리는 심술의 연장선처럼 느껴지는 건 착각일까.

단순한 목적을 위해 복잡한 과정을 이용하는 그의 습성은 잔혹하되 순수했다. 목적은 오직 은새희를 절망에서 더 깊은 절망으로 담금질하기 위한 것. 오직 그것뿐이라면.

"엎어지면 난감할 것 같구나."

그럼에도 변화는 일어날 테지. 더는 돌이킬 수 없어. 새희는 어느덧 위를 쑤시는 듯한 통증에 익숙해진 표정으로 고개를 끄덕거렸다.

다시금 분위기가 적막하게 접어들었다. 무리하게 먹어 치운 탓에 속이 더부룩했다. 몇 숟갈 남지 않은 은석의 밥그릇을 흘끗 확인하며 식사가 끝나기를 기다리는데 왜인지 바깥이 소란스러웠다.

여러 개가 섞인 발소리 중 유독 요란하고 거친 하나가 점점 가까워지고 있다. 예상한 듯 한숨이 깃든 눈이 된 신 회장은 거칠게 수저를 탁, 내려놓았다.

도련님! 도련님! 사색이 된 가정부와 경호원을 줄줄이 매달고 온 주한이 비틀거리며 주방에 난입했다. 똑바르지 못한 걸음걸이로 아슬아슬 다가오다 식탁 코앞에서 무릎이 휘어지며 우당탕 요란하게 넘어진다.

엎어져 놓고 키득키득 웃어 댄다. 웃음으로 잘게 떨리는 몸에서 지독한 술 냄새가 풍겨 왔다. 회장님은 불쾌한 듯 침음을 냈다.

경호원의 도움을 받아 일어선 주한이 머리를 쓸어 넘기던 손으로 식탁을 짚었다. 기우뚱, 기울어지는 몸에 걸친 가죽 재킷은 알 수 없는 액체로 축축했다.

한데 뭉그러져서 피어오르는 냄새들이 과하고 짙었다. 그 냄새가 해로운 것들에 절여져 있던 주한의 긴 시간을 짐작케 했다.

"사이들 좋네? 아, 나 저기서 보는데 웃겨 죽겠더라."

"시끄럽게 굴지 말고 들어가서 자."

"실컷 뒹굴다 왔는데 뭘 또 자. 아주 그냥 관에 들어가서 누워 줬으면 좋겠지?"

목소리는 지나치게 우렁찼고 발음은 어설펐다. 눈치껏 팔을 붙드는 경호원을 뿌리치며 주한은 빈 의자에 털썩 앉았다. 새희와 마주 보는 자리였다. 눈이 마주치자 씨익 웃는다. 반갑다는 듯, 한 손을 흔들면서.

도톰하게 솟아오른 입술, 굵직한 하관과 우악스러운 눈빛을 돋보이게 하는 겉눈썹. 회장님의 위력적인 이목구비를 그대로 물려받은 주한은 은석의 얼굴 안에 자리 잡은 부드러움과 섬세함 대신 절제를 모르는 야만성이 칼날처럼 새파랗게 번뜩였다. 같은 아버지의 피를 나누었음에도 그들은 배다른 작품임을 증명하듯 완벽하게 다른 무늬였다.

변함없이 젓가락으로 장난 중인 은석을 보는 주한의 웃음이 대번 멸시로 뒤바뀐다. 넌더리로 들어찬 눈은 그 자리에 놔둔 채 주한이 말한다.

"예쁜아, 출세했네? 주제에 아침도 같이 먹고."

"주한아."

"너 아직도 신은석 자지 빨아서 일으켜 주나?"

"신주한!"

신 회장의 고성에 테이블이 흔들거렸다. 씨발, 귀야, 주한이 손바닥으로 한쪽 귀를 덮었다. 은석의 손장난이 그쳤다. 원하던 반응을 이끌어 낸 것처럼 주한은 피식거렸다.

그러다 순식간에 이를 악물며 정색하는 모습에선 끓어오르는 격분이 내비쳤다. 단발적이지 않은 깊이가 느껴지는 해묵은 감정이었다.

취하지 않은 멀쩡한 상태의 주한을 본 기억이 가물거렸다. 태정가로 들어온 은석을 주한은 처음부터 끔찍하게 치를 떨었다. 은석의 태생을 대놓고 천대했고 안팎으로 수치로 취급했다.

맞춤으로 제작된 기성품 같던 교복 차림의 주한은 반항하듯 밖으로 나돌기 시작했다. 그러다 주객이 전도된 것처럼 병적으로 더 자극적인 환락을 찾아다녔다.

약에 손을 댄 시점엔 회장님도 말릴 수 없는 지경으로 치달은 때였다. 뒤늦게 손써 보려 했지만, 그의 지저분한 추문은 이미 걷잡을 수 없는 수준에 이르렀다. 친자 확인이 필요 없는 본처의 아들은 숨기기에 급급한 치부로 전락했다.

그 사실에 결국 주한의 친모가 들보에 목을 매고 간 지도 벌써

두 해가 지났지만, 주한은 변하지 않았다. 오히려 그 사건이 명분이라도 되는 양 나락으로 떨어지길 자초하고 있었다.

잔뜩 취한 상태로만 집으로 들어왔으며 그런 날엔 꼭 지금처럼 은석을 자극했고 어떻게든 무감한 인상에 흠집을 내려고 아등바등했다. 그는 은석에 대한 증오로 망가지고 있으면서도 이제는 그마저 없다면 견딜 수 없는 허무로 생을 놓아 버릴지도 몰랐다.

"내가 방금 여자 둘을 쌍으로 엎어 놓고 박다 왔거든? 그래도 룸보다 여기가 더 역겨워. 더러운 냄새가 진동해."

"뭣들 하고 있어. 방으로 안 데려가고!"

"섹스돌까지 세트로 데려와 놓고 결혼은 고상한 집안 여자랑 새침 떼고 한다니 내가 다 상처야. 하긴, 계집질하는 그 피가 어디 가겠어? 마누라는 회사에 처박아 놓고 너 이제 누구한테 아침마다 좆 빨아 달라고 쇼할래?"

한계 수위를 넘어선 말들이 공격적으로 퍼부어졌다. 그것은 말보단 창칼에 가까웠다. 하얗게 질려 가는 안면들 사이에서 고요한 태도를 유지하는 사람은 은석뿐이었다.

주한을 미치게 하는 이유였다. 흥분으로 불그스름해진 눈자위는 불씨가 탁탁 튀고 있었다. 무엇이든 태우고야 말겠다는 독기는 열패감으로부터 나오는 것이다.

별안간 그는 새희를 응시했다. 이어 안도했다. 너는 언제까지고 거기에 있겠지. 그 꼴로 그 처지로! 승기를 찾은 것처럼 떠오른 미소는 비열했다.

"예쁜아, 얼마나 속상해. 넌 내가 주워 가 줄까? 볼 때마다 어떻게 된 게 상판 값으로 벌어먹고 사는 계집애들보다 더…… 이, 씹!"

주한의 손등에 푹 꽂힌 젓가락이 식탁을 구르며 떨어졌다. 드르륵! 밀려난 의자와 함께 뒤로 넘어간 주한이 시뻘건 눈으로 벌떡 일어나 은석의 멱살을 잡아챘다.

손등 위 살점이 벗겨져 빨갛게 피가 몰렸다. 화가 머리끝까지 오른 주한이 내뿜는 기운이 무시무시했다. 일순 취기가 사라진 듯 분노는 선명했다. 고개가 끌려간 은석은 눈 하나 깜빡거리지 않고 태연했다.

"희도 챙겨 가니까 걱정 마."

"씨팔, 이게!"

"일 안 해요?"

입 벌려 구경하던 경호원들이 은석의 나른한 일침에 그제야 주한을 양쪽에서 꽉 붙들고 저지했다. 악을 쓰며 달려들려는 주한의 눈에서 살기가 뚝뚝 떨어졌다. 주한의 손에 무언가 쥐어져 있었다면 그것은 그대로 은석의 심장에 박혔으리라.

2층으로 치욕스럽게 끌려가는 주한을 사라질 때까지 감상해 준 뒤 은석은 새희의 손을 잡으며 일어났다. 와중에 어느새 깔끔하게 비운 그의 그릇들이 눈에 들어왔다.

회장님은 이마를 짚으며 인상을 쓰고 있었다. 몹시도 괴로운 듯 보이지만, 익히 대면해 왔던 방관자의 자세였다. 재고 없이 등 돌리는 은석 또한 친숙한 장면의 연속이다.

다음 날이면 이 모든 순간을 드라마틱하게 중계할 도우미들의 부산스러운 눈초리마저.

"같이 목욕할까?"

새희는 마주 잡은 은석의 손이 지닌 온도가 따듯함을 느꼈다. 그 체온이 조금은 섬뜩하게 가슴 위를 훑고 갔다.

너는 언제부터 이렇게 공격받는 것도, 공격하는 것도 능숙한 사람이 되었을까.

* * *

"오늘 마감해 줄 수 있어?"

늦은 오후였다. 카페가 가장 붐비는 시각. 밀려든 주문을 처리하고 한시름 놓는 사이, 가람이 물었다. 포터 필터에 걸린 원두 가루를 헹구던 새희의 손짓이 느려졌다. 그는 내가 할게, 하고 손잡이를 채 갔다. 세척이 끝날 때까지 말이 없는 새희를 그는 의심쩍게 쳐다보았다.

"누나 요즘 계속 낮에만 나오던데."

의아해하면서도 요청대로 일정을 바꿔 주던 선주와 달리 가람은 의문의 해소를 원했다. 닫아건 입술은 눈길에 굴복하듯 벌어졌다.

"그냥."

"그냥?"

"일찍 자고 싶어서."

가람은 픽, 바람 빠지는 소리를 냈다.

"차라리 말해 주기 싫다 그래."

그렇게 말하면서도 그에게선 기분 나쁜 기색이 없었다.

"그래서 안 돼?"

김언혁이 카페를 기습 방문한 이후 모든 밤은 노심초사를 형상화한 시간이었다. 피아노 소리에 불쑥 나타날지도 모르는 그 때문에 건반을 누르는 사이사이 희뜩희뜩 문가를 내다봐야 했다.

연주는 머릿속처럼 흐트러졌다. 그렇게 한 주를 도둑맞았다. 극도로 예민했던 신경이 무색할 만큼 그는 단 한 번도 걸음 하지 않았다.

애당초 그의 말엔 진정성이 없었을 거다. 즉흥적으로 떠올린 제안은 카페를 나서는 순간 공중분해 되었어도 이상하지 않았다. 휴지 조각처럼 함부로 버린 몇 마디와 안절부절 다툼하는 자신이 생경한 만큼 싫었다.

새희는 당분간 피아노를 포기하자고 과감히 마음먹었다. 어차피 안 치느니 못한 소음이나 매한가지인데. 그를 상대하기 버거워 피해 버리는 자신에게 붙인 까닭은 정당한 듯 비굴했다.

간질거리는 손끝을 억누르며, 왜인지 모를 억울함을 삼켜 가며 시간은 붙잡을 새 없이 순식간에 흘러갔다. 정신을 차려 보니 거리의 나무들로 돌아나고 있는 봄이 보였다. 한기에 완전히 열리지 못한 가냘프고 설익은 봄이었다. 세상의 모든 연약한 것들이 움트려고 차오르는 계절이었다.

봄이구나. 기어이 봄이 왔구나. 자신의 생은 망망대해를 표류하는 빈 배와도 같았다. 흘러가 버리는 대로 순응하다가도 이따금 역류하듯 빠져나와 숨을 내뱉어 본다. 일종의 점검이었다.

어디까지 망가졌나 확인해 보는…….

어느 날은, 신발을 신지 않고 밖을 나선 적이 있었다. 정원을 가로지르고, 차에 올라타고, 카페에 들어서면서까지 새희는 아무것도 의식하지 못했다.

선주가 휘둥그레진 눈으로 새희의 발을 가리켰을 때, 비로소 양말도 없이 활보하느라 한껏 불결해진 맨발을 발견했다. 알아차리고 나서도 이렇다 할 자책이나 놀람이 떠오르지 않았다. 그때 막연히 들었던 생각은 '신발이 아니라 윗옷이었어도 마찬가지였을 거야.' 정도의 깨달음이었다.

그러자 선주는 아주 이상한 여자를 봐 버린 듯한 표정을 지었다. 너는 틀림없이 문제가 있다고 말하는 그 표정이 한동안 잊히지 않고 감은 눈 속을 떠다녔다.

맨발의 감각을 느끼지 못한 것보다, 그런 자신이 얼마나 괴이한지 가리키는 그 명백한 메시지의 얼굴이 충격이었다.

언젠가 이름과 나이의 의미조차 망각해 버리는 게 아닐까. 두려우면서도 내심 자신은 충분히 그럴 만한 인간이라는 걸 냉정하게 자조하고 있었다.

어쩌다 이렇게나 가망 없는 인간이 되고 만 걸까. 분명 스쳐 가는 순간들이 절박했던 때도 있었던 것 같은데. 이를테면, 졸린 은석의 목에 목도리를 매어 주는 여느 아침 같은…… 이제는 명백히 상실이 예고된. 필요 없어지는 건 목도리가 아니라 자신이었다.

"그 여자애랑은 화해했어?"

뜻밖의 질문에 가람은 인상을 썼다.

"그런 게 궁금해?"

"응."

"나보고 인간 말종이래."

전화도 안 받아. 덧붙이며 어깨를 으쓱하곤, 물기 묻은 손을 새희의 앞치마에 문지른다. 닦아 내려는 손짓이라기엔 매우 심술궂었다. 기분 나쁜 질문이었을까. 한순간 그의 기분이 좀 나빴으면 좋겠다는 충동이 치밀었다.

걸려 온 가람의 전화에 여자애는 온갖 힘을 끌어모아 자신을 막았으리라. 혼란과 기쁨, 절망과 희망을 번갈아 선사하는 전화벨이 끊기고 나자 바로 후회하며 목 놓아 울었을지도. 가람은 아무것도 모르기에 저렇게 가볍게 투정할 수 있는 것이다. 정작 전화가 다시 걸려 오면 받지 않을 테지.

알고 있다. 필요 이상으로 이입하고 있다는 것을. 그러다 놀랍도록 차갑게 가라앉았다. 가당치도 않은 화였다. 화라고 하기에도 우스운 어쭙잖은 공감. 공감할 거리는 어디에도 없으면서도.

"은새희 표정 세상 심각해서 나 무서운데?"

가람의 말투는 장난스러웠지만 내려다보는 눈은 진지했다. 가람은 새희의 상태가 평소답지 않다는 것을 파악한 눈치였다. 자신도 미처 모르고 있었던 기분을 자각하게 할 만큼.

"내가 할게."

순간적으로 "무엇을?" 하고 반문하려던 가람은 이내 알아들은 얼굴을 했다.

"왜?"

왜? 가람의 물음은 중의적으로 들려왔다. 왜 여기까지 오고 말았는가. 지겹도록 반추하고 반추했었다.

그동안 많은 눈물을 허비한 탓에 눈물샘은 말라비틀어졌다. 하루하루가 비극을 체득하기 위한 기다림이었다. 외면하고 싶던 불행을 마주해야 할 때가 온 것뿐이다. 이 참담함을 굳이 가람에게 설명할 이유는 없었다.

"그냥."

다만 한 가지…….

"피아노가 너무 치고 싶어……."

더는 아무도, 하물며 자신까지 속일 수 없을 만큼…….

사흘 뒤는 은석의 약혼식이었다.

\* \* \*

'희야, 엄마는 겁이 많아.'

슬프게 이지러지던 엄마의 얼굴. 가칠한 입술에서 뿜어져 나오던 담배 연기…….

'엄마는 겁이 너무 많아서……'

그것이 나를 버리기 전 엄마의 마지막 말이었던가? 피아노는 닮았다. 조명이 닿으면 빛나는 흰 건반은 엄마의 피부를, 검은 건반은 흑단 같은 엄마의 머릿결을.

엄마는 피아노 선생님이었다. 자주 입던 나비 무늬의 원피스처럼 엄마와 피아노는 한 몸처럼 어울렸다. 가벼이 뚱땅뚱땅 두드리는 손짓도 발레리나의 동작처럼 우아해 보였다.

새희가 잠들 때까지 엄마가 연주했던 브람스의 자장가는 언제나 평화로운 꿈을 선물해 주었다. 아빠의 한쪽 다리가 불구가 되기 전까지는……

"잘 자라, 내 아기. 내 귀여운 아기. 아름다운 장미꽃 너를 둘러 피었네……"

엄마의 부드러운 목소리와 달리 새희의 것은 침전하듯 암울했다. 짧지만 깊숙하게 남은 행복했던 기억의 단편을 연주했다.

끝에 다다르자마자 처음으로 되돌아가길 거듭했다. 그럼에도 너무 짧았다. 너무 짧아서, 저절로 불우하게 잇닫는 결말까지 상기시킨다.

아빠는 피눈물을 흘리며 붙드는 엄마를 뿌리치고 나가던 길에 차에 치여 오른쪽 다리를 잃었다. 차바퀴에 다리오금이 말려들어 갔다던가.

무참한 고통을 견뎌 낸 뒤에 깨어난 현실은 그보다 더 고통스러웠으리라. 당시의 아빠를 표현하자면 흡사 마른걸레 같았다. 감정이 수분처럼 바싹 말라 버린. 아빠의 다리가 절단된 이후부터 엄마는 피아노를 치지 않았다.

오늘따라 집중력이 흩어지고 산만했다. 새희는 통증이 느껴질 정도로 손가락을 세게 힘주어 눌렀다. 차분한 선율은 울퉁불퉁하게 빗겨 나갔다. 우중충한 음들이 파이프처럼 휘어졌다 펴졌다. 학대하듯 손가락을 혹사했다. 연한 살갗의 지문이 닳아 버릴 것만 같았다.

도대체 자신은 무슨 곡을 치고 있는 걸까…… 맘대로 휘두르는 음에 맞춰 오르내리는 자신의 침울한 목소리에 도로 목이 졸렸다. 잘못되었다는 생각이 들었다. 반복을 멈추고 떠오르는 곡을 마구잡이로 쳐 댔다. 엄마가 쳐 주었던 수많은 곡을.

그러다가도 어느새 다시 자장가를 부르고 있는 자신을 자각했다. 잔혹한 과거를 회상하며 스스로 유일한 구원의 시간을 망치고 있었다. 우울로 빠져드는 속도는 너무도 빨랐다.

기억을 옷처럼 표백할 수 있다면 좋을 텐데. 나쁜 기억들을 세정하고 건조시킬 수 있다면. 좋은 기억으로만 가득 채워 넣고 나쁜 기억이 찾아오면 또다시 지워 버리고 그렇게 망각을 일삼으며…….

"장송곡인 줄 알았는데 브람스였군요."

불쑥 끼어든 목소리에 놀라 얼어붙었다. 뺨에 닿는 공기의 밀도가 빽빽했다. 무심코 향기부터 맡게 된다. 입술에서 빠져나와 질펀하고 척척하게 닿는 담배 연기, 그 뒤 강렬한 푸른 불꽃을 연상케 하는…….

절대 잊을 수 없는 냄새였다. 아주 가까이서 내려앉은 목소리를 따라 새희는 허공에 누워 버리듯 고개를 젖혔다.

김언혁은 문가도 아닌 새희의 바로 뒤에 서 있었다. 내려다보는 그의 얼굴은 손을 뻗으면 닿을 거리임에도 아주 멀게 느껴졌다. 한편으론 채 한 뼘도 안 될 만큼 바짝 붙은 것처럼 느껴지기도 했다. 쏟아지는 검은 눈빛이 시야를 한가득 적셨다.

말문이 막혔다. 언제부터 거기 서 있던 걸까? 몇 곡을 몇 번이나 쳤는지도 모르겠는데. 그가 말도 안 되는 연주를 다

들었다고 생각하자 목덜미로 홧홧하게 열이 올랐다.

"그렇게 치다간 아기들 자다 말고 경기 일으키겠는데."

그는 그 말을 하고 새희를 심각하게 내려다보았다. 어쩐지 걱정하는 눈이었다.

새희는 젖혔던 고개를 되돌렸다. 삐걱, 소리가 날 법한 **빳빳**한 동작이었다. 귀가 뜨거웠다. 그 부근 전체로 농밀하게 열이 퍼졌다. 김언혁은 단번에 짙은 색으로 물들어 버리는 살결을 신기하게 구경했다.

그는 뜻밖에 담배를 피우고 있지 않았다. 그래서 그런가, 손끝이 허전해 보였다. 그의 손은 뭐든 쥐어져 있어야만 안정감을 주었다. 그 자신이 아닌 타인에게 말이다. 불안한 심리가 증폭하는 건 그 때문이었다.

고개를 돌렸으므로 뒤에 선 그의 표정을 더는 알 수 없었다. 보이지 않으니 한껏 무분별한 상상력이 질주했다. 상상 속에서 그의 정적인 모습은 비이성적으로 폭력적이고 강압적으로 느껴졌다. 새희는 마음속으로 그를 현실의 그보다 수배는 더 나쁘게 판단하고 있었다.

다시 고개가 측면으로 돌아갔을 때, 의외롭게도 김언혁의 시선은 비어 있는 악보대를 향해 있었다. 아무것도 없는 곳을 그는 난해하고도 불합리한 문제를 발견한 것처럼 심사숙고하며 바라보고 있었다.

한참 그러다 별안간 그는 새희를 연구하듯 주의 깊게 관찰했다. 느슨한 척하지만, 사람을 조용히 압사하는 눈빛이다.

"지난주엔 아팠습니까?"

지난주엔 왜 없었느냐는 질문을 돌려 말한 것이리라. 그는 자신이 파반느에 방문했었다는 사실을 확실하게 통고했다.

그로 인해 새희의 마음은 격랑에 휩싸였다. 이미 한 번 헛걸음해 봤다는 말을 들었을 때와 같은 파동이 일어났다. 왜인지 그러한 감정의 기복에 배신감이 들었다.

그의 속셈은 뭘까. 정말로 자신의 곡에 반해서, 곡을 차지해야 겠다는 욕심으로 이런 말도 안 되는 만남을 지속하려는 걸까. 아니면 이진에 대한 반발심으로 얄궂은 장난을 꾸미고 싶은 건가.

하지만 그에게선 연인의 배신으로 상심한 기색을 찾을 수 없었다. 물론 그의 진심을 단언할 수 없지만, 적어도 연인을 벌주기 위해 성가신 일을 자처할 남자 같지는 않았다.

꼭 그가 매달리는 사랑을 냉랭하게 내버리는 방식을 목격했기 때문만은 아니었다. 그는 정해진 배역의 옷을 입고 연기하는 배우처럼 보이는 면이 있었다.

오래전에 제작되고 절찬리에 상영 중인 영화에 몰입하고 환호하는 사람은 오로지 관객뿐. 그는 어떠한 희로애락도 느끼지 못하는 무상에 빠진 얼굴을 한 영화 주인공이었다.

말하자면 슬럼프와도 비슷한. 그 현상마저 방만하게 취급하고 있다는 걸 세 번의 만남으로 눈치챈 뒤였지만 말이다.

어쩌면 그는 완벽한 결말로 흐르고 있는 자신의 영화에 폭탄을 투하하고 싶은 마음인지도 모른다. 그는 좀 비뚤어진 타입으로 보이니까.

기형적이고 신선한 자극으로 새희를 고른 것이다. 그의 주변엔 눈 씻고 찾아봐도 없을 여자 아니, 사람일 테니까. 불순한 흥미를 끌었어도 어쩔 수 없는 일이다.

"아프지 않았어요."

당신이 올까 봐 오지 않은 거예요…….

그를 거부하고 싶었다. 거부하고 있다는 의사를 확실하게 표현하고 싶었다.

김언혁은 새희와 눈을 마주치며 기우듬하게 상체를 숙였다. 그와의 거리가 좁혀진다. 숨결이 섬뜩하게 떨렸다. 그의 동작은 절대 느리지 않았지만, 필름처럼 어지러이 잔상을 남겼다.

건강한 혈색의 피부는 사기沙器의 감촉처럼 반드러울 듯하다. 냉철하고 관조적인 주관이 얼핏 가늠되는 심오한 눈매. 얼굴에 입체적인 각도를 세우는 유려하게 뻗은 콧날과 그 밑의 입술은…….

입술을 바라보다 목이 떨려 눈을 내리깔았다. 하나 확신할 수 있다. 사랑하게 되면 치명적인 고통을 안겨 줄 얼굴이었다.

같은 공기를 마시고 있는데도 화면 너머의 사람을 대하듯 자신의 태도엔 경이감이 가시처럼 돋아 있었다. 이대로 어깨 위로 그의 턱이 떨어진다면 틀림없이 비명을 지르리라.

"스승 없이 피아노를 배우면 약은 요령만 늘죠."

불쑥 다가든 얼굴처럼 건반 위로 내밀어진 아름다운 손을 보았다. 마지막으로 새희가 짚었던 음계 위에서 그의 손가락이 짧게 움직였다. 전과 달리 기법이 친숙했다. 한발 늦게 알아차린다. 그가 새희의 연주를 능란하게 재현했다.

"자세는 엉망에 터치는 제멋대로."

신랄한 평가에 뺨이 확 달아올랐다.

"봐 줄 만한 건……."

의뭉스럽게 말끄트머리를 흐리며 그는 너무도 자연스러운 몸놀림으로 새희의 옆에 앉았다. 그의 뒷말을 기다리느라 숨이 넘어갈 지경으로 만들어 놓고는 천연덕스럽게도.

그토록 자신의 연주를 듣고 싶어 하던 사람들을 단호하고 거북하게 거절해 왔는데, 그의 소감은 지극한 수준으로 궁금했다. 모순이었다. 유독 이 남자 앞에서만 일련의 행동과 기분에 모순이 넘쳐나는 이유는 왜일까?

초라한 호기심이 꿈틀거렸다. 그에게 지적당한 나쁜 부분이 새희를 다그쳤다. 활짝 열린 귀는 그의 숨소리마저 잡아먹을 기세였다.

김언혁은 두려운 듯 낯선 열망이 깃든 눈동자를 느른하게 감상했다. 재밌다는 듯이 바라보며 입술을 뗄까 말까 장난쳤다. 새희는 하마터면 약이 오를 뻔했다.

"몇 살입니까?"

맥 빠지는 물음에 기가 찼다. 한껏 긴장하게 만들더니 대번에 화제를 돌려 버린다. 허탈하긴 해도 당황스럽지 않다. 어느 정도 그가 말하는 방식에 적응한 덕분이다.

정말 몰라서 묻는 게 아닐 텐데. 수상하게 생각하며 제 나이를 말하자 그는 영 의심이 가시지 않은 목소리로 당연한 절차처럼 신분증을 요구했다.

이번엔 당황할 수밖에 없었다. 당황으로 침묵하자 김언혁은 이번 한 번만 넘어가 준다는 식으로 다음엔 신분증을 꼭 가져오라고 했다. 빼먹은 학교 준비물을 챙겨 주듯…… 아이를 대상으로 구사할 법한 간지러운 말투는 몸에 밴 습관 같다.

배 속에 따뜻한 물이 고이는 것처럼 체온이 오른다. 옷을 벗으면 은밀한 곳들까지 붉어졌을 자신을 그려 볼 수 있었다.

상상하다 덜컥 겁을 먹었다. 그에게 불미스러운 속내를 읽혔을까 불안했다. 속속들이 벌려 보는 눈이 계속 박혀 있었으므로. 새희는 말라 오는 입술을 혀로 녹였다.

그리고 몇 분, 혹은 몇 초였을 수도 있다. 그가 어떠한 예고도 없이 연주를 시작했을 때, 새희는 놀라지 않았다. 이미 예감한 것이다. 김언혁이 이곳에 등장했을 때부터 그의 연주는 결정된 수순이었다.

차분하고 구슬픈 선율이 공간을 채워 나간다. 굉장히 느린 곡이었다. 길게 늘어뜨린 머리카락을 고요히 빗는 거울 안의 여인처럼 섬세하고 아름다운 음.

투명한 멜로디에는 과하지 않은 슬픔이 녹아 있었다. 빛이 닿으면 금세 자리를 적시며 증발할. 마치 눈꽃과도 같은…… 듣다 보니 곡의 이름이 떠오른다.

〈죽은 왕녀를 위한 파반느〉, 그는 흠모인 듯, 그리움인 듯 감정을 저몄다가 어루만진다. 누구를 추억하며 이 곡을 연주하는 걸까. 이토록 우아하고 애달프게…….

"손 올려요."

심취한 귓가에 속삭임이 스몄다. 이윽고 그의 왼쪽 손이 자취를 감췄다. 새희는 어리둥절하게 그를 쳐다보았다. 비어 버린 음 사이를 얼른 메우라는 듯 그가 턱짓했다. 새희가 당연히 칠 수 있다고 믿어 의심치 않는 태도였다.

곡이 끝나자마자 곧바로 다시 같은 곡을 재연주하는 그가 의문스럽기는 했다. 따라 치게 하기 위함이었다니. 불가능한 제안을 의연히 내놓는 그가 당혹스러웠다.

그러나 부드럽게 명령하는 눈. 그 눈에 새희는 홀린 듯 건반 위로 손을 올려놓았다. 머리로 불과 수 초 전 연주를 되감았다. 감각이 손끝으로 집중된다.

그가 한 손으로 연주 중인 어디쯤의 멜로디를 더듬는다. 그의 음에 어설프게 따라붙었다. 불협화음이 연이어 충돌했다.

새희가 위축될 틈이 없도록 그는 끈질기게 시도했다. 화음이 대강 맞춰지는 듯싶을 때, 별안간 그의 손이 사라졌다. 그리고 순식간에 새희의 오른손을 끌어 올렸다. 비로소 그의 작정을 깨닫는다. 그는 이제 완벽하게 관객이 되었다.

그걸 깨닫자 오히려 침착해지며 어렴풋하던 연주의 형태가 잡혔다. 부유하던 멜로디가 밀려들었다.

스스로도 놀라운 일이었다. 열 손가락은 음 위치를 정확하게 찾아갔다. 삐걱대던 음정이 키스하듯 포개어진다. 보듬어 안으며 불신을 깨끗이 지워 내고 자신 있게 화음으로 퍼져 나간다.

김언혁은 흰 눈처럼 고아한, 그 속의 애달픈 진심을 내비쳤었다. 정석이기에 베스트인. 새희는 무지한 상태로 해석하며 건반을 눌렀다.

그림에 갇힌 여인을 상상한다. 그 앞에 멈춰 선 남자의 표정을 들여다본다. 수줍게 달떴다가, 가슴이 저리고, 결국 슬프도록 경건하게. 변하지 않는 반복구를 구성하는 음은 연약한 비명이다. 그 위를 꾸미는 반주로 죄책감과 기쁨이 교차된다.

그와는 상이하게 호흡했다. 피아노는 연주자의 아이였다. 어떻게 치느냐에 따라 오롯한 자신의 소리로 순수하게 태어난다.

신비로운 탄생에 빨려 들었다. 몰두할수록 현실과 아득히 분리되는 자신을 멈춰 세울 의지를 상실했다. 그의 목소리는 이성과 벌려진 틈으로 몽롱하게 파고들었다.

"등은 수직이 될 정도로 꼿꼿하게."

그의 손가락이 휘어진 등 위를 곧게 걸었다.

"팔꿈치는 직각으로 구부리고 손목에 힘 빼요."

팔꿈치로 닿아 온 손이 손목까지 부드럽게 미끄러진다.

"에너지가 팔로 통과한다는 느낌으로…… 음."

잠시 말을 멈추고 그는 연주를 음미했다. 순결한 선율이 아늑했다. 나른한 목 울림이 닿아 왔다. 그가 턱을 두드리는 제스처가 보이지 않는데도 보였다.

눈을 감고 도취되어 있거나, 하나하나 자세하게 뜯어보고 있거나. 어느 쪽이어도 이상하지 않았다. 불쾌하지 않았다. 정말이지 조금도…….

예쁘다. 한참 뒤 그가 표현했다. 다정하고 솔직한 음성이다. 눈물이 날 것 같은 기분이 들었다. 이 기분을 뭐라 설명해야 할까. 그의 존재가 아무도 들어오지 못한 곳에 이미 한참 전부터 누워 있던 것 같다고 해야 하나.

말하자면, 그는 정말로 불편하고도 불가사의한 남자임에도 불구하고 새희의 마음은 완전히 열려 버렸다고……

녹진하게 풀린 온몸으로 곡을 흡수했다. 세밀하게 마무리했던 그처럼 심혈을 기울이며 마지막 음을 짚었다. 퍼지는 곡의 여운이 잔향처럼 머무른다. 그의 눈이 손등에서 팔로, 팔에서 목 밑으로, 뺨에서 눈으로 뻗어 왔다.

새희는 뭉클함이 차오른 눈을 속수무책으로 내보였다. 김언혁의 시선 속엔 불규칙한 증명들이 범람하고 있었다.

두 번의 연주로 그가 허물어트린 건 고작 경계심이 아니다. 피아노로 교감한다는 의미는 그 이상으로 새희를 일렁이게 했다. 그를 단지 이방인이라고 취급하려 했던 때가 아주 먼 과거처럼 아득하다.

어쩌면 문가에서 담배를 손에 끼운 채 "끝난 겁니까?" 물으며 다가오던 그를 막지 못했을 때부터 이것은 예정된 미래이지 않았을까.

그가 부표처럼 띄운 말들은 빠져나가지 못하고서 제 안에 정박하고 있었다. 지극히 낯설다가 각별했다가 때로는 너무도 모욕적이기도 한. 그의 말은 상징적이면서도 규정되지 않아 갈피를 못 잡게 했다. 꼭 그 자신처럼.

그에게서 지독하리만치 선연한 건 그의 문자가 아닌 문자가 품은 분위기였다. 머리채를 휘어잡고 두피가 아릿할 만큼 당기는 듯한. 또는 커다란 암막에 겹겹이 쌓여 온몸이 버겁게 짓눌리는 듯한……

이 오싹한 감각의 이름을 뭐라 부르는지 새희는 몰랐다. 알아서는 안 되는 세상의 수많은 비밀 중 하나일 것 같았다.

"곡만 훔쳐 낼 작정이었는데."

그는 제법 짓궂게 중얼거렸다. 중얼거리며 새희의 얼굴에 막연한 시선을 묻갰다. 그 자신도 예측 못한 막연함이 감도는…… 처음 보는 것 같으면서도 두 번 정도는 만나 본 느낌의 시선이었다.

"속눈썹에 나비가 앉았다 쉬어 가도 모르겠군."

난데없는 읊조림이 가슴을 쳤다. 정말로 나비가 앉은 것처럼 속눈썹이 가려웠다. 끈끈하게 들러붙는 눈길을 걷어치울 수가 없어서 방치했다. 과연 방치가 맞을까 싶을 만큼 안절부절못하는 꼴이었지만.

김언혁은 한참 만에 자리에서 일어났다. 팽팽하게 각이 잡히는 어깨를 따라 떨어지는 몸 선이 갈고 닦은 검날처럼 정제된 예리함으로 새희의 가시각을 베어 냈다. 오로지 그만 눈에 담을 수 있게.

"내일은 못 옵니다."

내일 못 온다면, 이른 시일 내 그는 또 올 것이다. 이제는 확신할 수 있었다. 새희는 긍정도 부정도 하지 않았다. 하지만 고개를 끄덕거리고 싶다는 걸, 그는 아는 얼굴이었다.

그가 또 오기까지 다시 그를 거부하려는 의지가 생겨났으면, 하고 바랐다. 더는 그럴 수 없다는 걸 알면서도…….

*Track. wedding*

연회장 안은 날카로운 웃음으로 가득했다. 품위 있는 사람들의 걸음이 카펫 위로 살랑거렸다. 부드러이 연주되는 관현악단 무대 옆에 놓인 피아노의 앞자리는 공석이었다.

휘황찬란한 샹들리에의 불빛이 크리스털 촛대로 반짝이며 반사됐다. 새하얀 프렌치 레이스 테이블보 위로 은분으로 세공된 접시가 미끄러질 듯 깨끗했다. 아직 비어 있는 중앙으로 연결된 기다란 테이블 뒤엔 가공의 분수가 영롱하게 연출되고 있었다.

구두 소리와 카트 바퀴 끌리는 소리가 끊이질 않았다. 예식 시작 전이라 다소 분위기가 어수선했다. 격식을 차리면서도 상대를 꼼꼼히 훑어보는 기민한 얼굴들이 서로를 염탐하며 회장을 거닐었다.

차고 넘치는 돈으로 뒤집어쓴 고매한 가죽이 반질반질했다. 그것을 치우면 밑바닥에 붙어사는 폐인보다 저급해질 수 있는 위인들이다. 가진 자들이 가지지 못한 자들보다 한도 끝도 없이 잔인해질 수 있다는 사실은 태정가에 입성하고 얼마 안 가 경험으로 체득한 것 중 일부에 지나지 않는다.

고만고만한 가면들 사이로 매혹적인 실루엣이 빛을 뿜어냈다. 비스름한 별들이 모여든 우주 속, 유달리 특별한 행성 하나. 그 주변으로 위성처럼 상류층 사람들이 휘돌고 있었다.

독 같은 관심에 눈부신 미소로 화답하는. 영락없는 이 자리의 주인공임을 공표하는 농염한 위압감. 머리 위론 왕관이 씌워져 있어야 마땅했다.

위풍당당한 눈과 마주쳤다. 마주친 눈이 기쁘게 휘어진다. 한참 찾았다는 듯이. 이어지는 축하와 찬사를 자르고 이진이 구석에 붙어 선 새희에게 다가왔다.

"새희 씨!"

그녀에게 꽂혀 있던 이목들이 자연히 새희에게 호기심 있게 따라붙는다. 난감하게 외면하자 이진이 어렴히 알아서 눈길을 돌려보낸다.

밀착된 그녀에게서 도발적인 향기가 풍겼다. 귀밑으로 기다란 모노그램 귀걸이가 찰랑거렸다. 크림색 타이 디테일의 드레스는 대담하지만 고결하게 몸의 곡선을 감추듯 드러냈다.

그간의 만남에 비하면 상당히 얌전한 차림이다. 물론 거적때기를 걸쳐도 타고난 도회미를 감출 수 없을 거다. 그녀는 접히지 않는 날개를 지니고 태어난 공작새였다. 아름다움을 가릴 바엔 자멸을 택하리라. 넋을 놓은 새희를 보던 이진은 웃음을 퍼트렸다.

"지루한 색깔이죠? 고집 부리려다가 그래도 공식적인 첫날인데 회장님 눈 밖에 날까 봐 참았어요. 대신 결혼식 땐 아주 화끈하게 전시할 거야."

그나저나, 하며 야릇한 눈이 새희를 신나게 뜯어보았다. 답답하게 죄이는 살굿빛 드레스는 실크 소재로 무릎을 살짝 덮는 길이었다. 최소한의 액세서리를 착용한 곳들로도 빠짐없이 이진의 눈이 찍혔다.

이른 새벽부터 갈아입히고 치장하는 분주한 손에 내맡겼다. 어디 꼭꼭 숨겨 놓을지라도 구색은 맞추어야 하나 싶었다. 물론 은석의 고집이 아니었다면 저택에 발도 들이지 못했을 테지만. 거울을 보고 왔던가. 입술 색이 어땠는지도 모르겠다.

"그렇게 차려입으니까 꼭 부임한 지 얼마 안 된 유치원 교사 같아."

누군가의 농간으로 억지로 끌려온…… 의미심장한 평을 마친 이진이 들고 있던 잔을 건넸다. 엉겁결에 받아 들자 이진이 이따 보자며 손을 흔들고 융단을 활보하며 멀어졌다.

잔에 담긴 연한 빛깔 액체가 아슬아슬하게 출렁였다. 문득 사람들의 웅성거림이 한 톤 높아졌다. 새희는 턱을 들었다.

신 회장이 회장으로 모습을 드러내자 실내는 잠시 긴장감이 맴돌았다. 그 뒤를 몇몇 남자가 뒤따랐다. 한 명은 이진의 부친이자 명주의 회장일 터였다. 그리고 한 명은 은석이었다. 중앙에 커다랗게 배치된 테이블로 그들이 자리하자 서둘러 코스 요리가 들어왔다.

준비된 샴페인이 펑! 터지고, 환호와 박수 소리가 바람처럼 잔잔한 흥분을 몰고 왔다. 순간, 첨예한 바늘이 살가죽을 뜯어내는 감각이 뜨끔했다.

예식의 차례가 넘어가는 동안 은석을 하염없이 응시했다. 정갈하게 머리를 빗어 넘긴 예복 차림의 그는 근사하면서도 어딘가 딱딱해 보인다.

최선을 다해 예의를 차려 보려 하지만, 무료함에 몸 둘 바 모르는 기색이 역력했다. 이진은 쿡쿡 웃으며, 고기를 썰다 말고 은석의 귀에 무슨 말을 속삭였다.

뭐라고 했을지 짐작할 수 없게끔 내색하지 않는 눈이 슬며시 회장을 훑는다. 어디 있는지 알면서도 다른 곳을 배회하다 새희에게 느지막이 당도했다.

먼 듯 보이지만 용기 내서 걸으면 얼마든지 다다를 이 거리가 은석과 자신 사이의 진실한 간격이다. 너무 먼 게 아니라, 발을 뗄 시도조차 하지 못하는 절망감에 가로막힌 채로 굳어진 것이다.

누구 한 명이라도, 서로의 실수와 상처를 모른 체하고 다가섰다면, 그랬다면, 은석은 지금 저 자리에 있지 않았을까? 자신을 쳐다보는 눈동자가 말라 있지 않았을까?

부질없는 가정으로 목이 멘다. 아직 눈 돌리지 않은 은석을 계속 붙들고 싶었지만, 이진이 와인 잔을 들었다. 유리잔을 부딪치자 은석의 시선이 냉정히 돌아간다.

정략혼의 조합치곤 무섭도록 환상적인 그림이다. 넥타이 하나 매는 기다림도 못 견디던 은석이 그리웠다. 아니, 그리워해서는 안 된다.

입 안쪽 살을 힘껏 깨물었다. 어젯밤 울지 않기 위해 시간을 쪼개 가며 훈련하길 다행이다. 처량하게 우는 꼴만은 틀어막아야 하지 않는가.

그때였다. 연회장 입구로 누군가 들어섰다. 지각자의 걸음치 곤 몹시도 당당하고 느긋하다. 만찬을 즐기던 사람들의 시선이 그대로 속박되듯 눈을 떼지 못한다. 그건 자신도 매한가지였다.

김언혁이잖아? 가볍게 인 소란은 점점 파장이 확산되었다. 그 순간, 그와 시선이 칼끝처럼 맞부딪쳤다. 치명적인 일격을 당한 것처럼 통증 같은 두근거림이 발병했다.

명도 높은 드레스 코드를 비웃듯 장신의 몸을 뒤덮은 검은색 슈트는 광활하면서도 예리한 어깨선에서 부드러운 맵시로 떨어 졌다. 라펠의 끝을 단호하게 가위질하고 포켓스퀘어를 생략한. 슈트는 전위적인 스타일이다.

그는 걷는 도중 재킷 단추를 풀어헤쳤다. 매끈히 정돈된 허리선 이 드러나자 치밀함이 헝클어지고 오만방자한 기운이 새어 나갔다.

아까부터 안절부절못하던 홀 매니저는 반색하며 그에게 뛰다시 피 다가갔지만, 김언혁은 영 이상한 방향으로 발걸음을 틀었다. 무광 가죽의 묵직한 검정 구두 앞코가 가까워지는 건 착각이 아니 었다. 황당한 매니저의 표정이 그것을 증명했다.

심장이 세차게 연주했다. 음각이 뚜렷한 콧날이 눈 안으로 번져

왔다. 황혼을 등지고 오는 듯한 광채가 환영처럼 어렸다. 어떡하면 수많은 시선 속에서도 저토록 절제된 태도일 수 있을까.

한 걸음, 두 걸음, 세 걸음…… 그의 보폭과 보속은 믿기지 않도록 도전적이었다. 그의 사전에 우회란 단어는 기입되어 있지 않으리라.

목표를 향한 걸음은 과시하는 게 아님에도 좌중을 압도했다. 새희로서는 감당할 수 없는 압력이 여실하게 몸을 에워쌌다. 하얘졌다가 까매졌다가 머릿속은 흑백이 플래시처럼 터졌다.

기어코 그와 마주 서자 새희는 턱을 치켜들어야 했다. 마른침이 타들어 갔다. 그는 고개를 비뚜름하게 까닥거렸다.

"목이 마르군요"

이진에게 건네받고 아직 처리하지 못한 술을 그가 뻔뻔하게 탐냈다. 새희는 기막힌 심정이었다. 그렇지만 군말 없이 잔을 내밀었다. 미심결에 은석에 눈이 닿았다가 화들짝 놀랐다. 새희의 손에 잔의 목을 감아쥐는 손가락이 슬쩍 닿았다 떨어졌다.

그가 샴페인을 들이켜며 목을 젖히는 동안 새희는 뭉근하게 달아오른 감각을 지워 내듯 닿았던 부분을 드레스에 비볐다. 김언혁이 그곳을 내려다보는 줄 알았다면 결코 그런 행동을 하지 않았을 테지만.

"저기, 연주자님, 죄송하지만, 시간이 너무 지체되었습니다. 다들 기다리셔서, 제발, 서둘러 주시면……."

어느 결에 달라붙은 허옇게 뜬 안색의 매니저가 비굴할 정도로 사정사정했다. 더 미적거리다간 울음을 터트릴 듯했다.

김언혁은 태평하게 아이의 머리칼을 헤집듯 잔을 매만졌다.

우는소리를 내는 매니저를 뒤로하고 여전히 새희를 주시하며 그는 딴생각에 골몰하고 있었다.

에너지를 축적하듯 기다림을 새는 표정이 묘했다. 그의 눈을 보고 있노라면, 지금 이 장소가 연회장이 아닌 피아노를 앞에 두고 나란히 앉은 파반느인 듯한 착각이 들었다.

매니저의 눈에 눈물이 그렁그렁 맺혔다. 그는 그제야 걸음을 움직였다. 빈 잔은 가다 보이는 테이블 중 아무 데나 올려놓는다. 그에 선물 받은 것처럼 진주 목걸이를 두른 부인이 까르르 웃었다.

그가 그랜드 피아노가 놓인 무대에 올라섰다. 오케스트라 악단은 그의 지각에 무대를 진즉 빠져나간 뒤였다. 그가 정해진 절차를 무시하고 행동하고 있다는 건 지적하지 않아도 전부가 아는 명백한 사실이었다. 하객에서 관객이 된 군중들은 바삐 입을 놀렸다.

"세상에, 2년간 독일에 박혀서 소식 하나 안 들리더니. 연주하는 거야?"

"약에 빠져 종일 여자들이랑 뒹구느라 침대에서 한 발짝도 안 나온다고 하지 않았어요?"

"장관이 사주한 청부업자한테 손목이 잘렸다더니."

"주이진 전무랑 한때 앞도 뒤도 빨아 주는 사이라고 파다했잖아. 애인을 위한 피날레 곡일지도."

그들은 잡지에 실릴 만한 원색적인 가십을 씹어 댔다. 그 소문들이 진짜인지 가짜인지는 아무도 모를 터였다. 판별할 의사가 애초에 없었을 테니 말이다. 그러나 그가 타이 매듭을 잡아 내리고 손목을 휘돌리며 본격적인 준비 자세를 취하자 모두 약속한 듯 입을 닥쳤다.

그의 손가락이 허공으로 부상했다 건반으로 사뿐히 하강했다. 첫 음이 날아올랐다. 데비를 위한 왈츠야.(Waltz For Debby) 누군가 설렘이 묻어 난 목소리를 실어 보냈다.

어린 소녀의 춤사위처럼 사랑스러운 음률이 기지개를 켠다. 그가 정통 클래식만 고집할 거라는 편견은 검불처럼 부서져 내렸다. 재즈 특유의 즉흥적인 영혼이 그가 부리는 기교마다 굽이쳤다. 객석은 금세 그의 연주에 황홀하게 젖어 들었다.

얕고 맑은 강물 위를 뛰노는 소녀의 원피스 자락 밑으로 흰 발목이 흘끗흘끗 드러난다. 순수한 귀애와 음습한 도착은 종이 한 장 차이였다.

물론 그는 변태적인 방식으로 연주하지 않았다. 단지 시린 겨울을 깎아 만든 듯한 그의 옆모습과 희고 고운 건반을 희롱하는 늘씬한 손가락이 배덕한 가락을 발상하게 하는 요인이었다.

혼몽에서 빠져나와 문득 은석을 바라보았다. 은석은 새희를 관망하듯 감시 중인 퍼석한 눈빛이었다. 피아노에 묶인 눈길을 잡아 뜯고 싶겠지. 만약 도중 은석에게 시선을 돌리지 않았다면 그는 어떻게 했을까. 그 전에 무언가 눈치챘을까?

김언혁이 술잔을 뺏어갈 때 흘끗 살폈던 은석은 새희의 반응을 실험 쥐처럼 관찰하고 있었다. 애처로울 정도로 굳어 꼼짝도 못하는 모습에 냉소했으려나.

섣부르게 판단해서는 안 된다. 방심하고 마음을 놓으면, 예상을 뒤엎는 끔찍한 결과가 덮쳐 오는 법이다. 살아온 대개의 날이 그랬다. 예측불허로 찢겨 나간 삶은 복구되지 않는다. 철저해져야 하는 까닭은 조금이라도 덜 다치기 위함이다.

피아노를 치고 있다는 사실도, 김언혁을 묵인한 사실도 언젠가 들키고 말 자신의 부정이니까. 은석은 절대 용서해 주지 않으리라.

첫 번째 곡이 끝나자 박수갈채가 쏟아졌다. 관객들은 술보다 취한 눈이었다. 곧이어 그는 두 번째 곡을 연주했다. 무거운 도입부가 쓸쓸하게 흐른다. 〈베토벤의 월광(피아노 소나타 14번 op.27-2)〉이다.

약혼식을 전혀 배려하지 않은 선곡이었다. 같은 생각인 듯, 짓궂다는 눈초리로 언혁을 흘기던 이진의 얼굴은 얼마 안 가 저항 없이 잠겨 들었다.

폭풍우가 내리치는 한가운데 절망으로 부서져 가는 내면을 그는 모순적으로 평화롭게 연주했다. 슬픔은 극대화되었다. 오인을 사도 할 말 없는 처절함이 회오리쳤다. 그야말로 버려지는 누군가의 심정을 대변하는 것만 같은……

미친 듯한 테크닉으로 3악장이 시작되었을 때, 새희는 전율에 그만 눈을 감아 버렸다. 땀이 흥건한 손으로 가슴을 움켜쥐었다.

어쩌자고 저렇게 연주하나. 연주가 끝나면 필시 무성한 뒷말이 떠돌 것이다. 그는 아무런 타격도 입지 않으리라는 걸 안다. 그것을 아는데도 새희는 변명하고 싶은 기분이었다. 도대체 무엇을 변명하고 싶은지도 모르고서 무작정 아니라고 비명을 지르고 싶었다.

터무니없는 감상 하나에 사로잡혀 있었다. 그가 기도하는 법마저 잊어버린 무력한 여자 대신 처절하게 울어 주고 있다는……

새희는 상처받고 있는 자신을 발견했다. 그가 월광을 칠 때부터가 아니라, 은석의 약혼식이 거행되는 순간부터 아니, 아침에 눈을 뜨자 깨어나기만을 기다렸다는 듯 내려다보던 은석을 보았을 때부터 자신은 금 간 도자기처럼 서서히 손상되고 있던 것일지도 모른다.

다시 눈을 떴을 때, 은석의 형상은 흐릿해져 있었다. 눈물은 빈틈을 놓치지 않고 비어져 나왔다. 한 번 터지자 물밀 듯이 밀려 나왔다.

그가 잠든 슬픔을 깨우고 있었다. 통제할 수 없는 서러움이 온몸을 깨부쉈다. 아파서 눈물이 나왔다. 너무 아파서…… 눈물을 그칠 수가 없었다.

\* \* \*

싱그러운 색. 가여운 색. 화사한 색. 아득한 색…… 머릿속에 색깔들을 펼쳐 놓고 분류한다. 비스름한 색을 모아 놓으면, 알아서 뭉쳐지기도 하고 달아나듯 흩어지기도 한다.

그 과정에선 어떠한 압력도 행사되지 않아야 했다. 어두운 생각들이 끼어들지 못하도록 한구석에 밀어 놓는 일만으로 하루의 반을 떠나보낼 때도 있었다.

마치 옷가지를 개듯 차근차근 정돈을 반복하면, 덩어리가 된 색들이 각각의 형태를 갖추고서 손을 맞잡거나 적정한 사이를 두고 거리를 벌린다. 이음새에서 삐져나온 얼룩을 다듬고, 추상적인 것들을 형상화한다.

그것은 계절일 수도 있고, 시간일 수도 있고, 사람일 수도 있고, 사랑일 수도 있다. 아픔일 수도 있고, 과거일 수도 있고, 사람일 수도 있고, 사랑일 수도 있다……

그렇게 색깔들은 번져 음이 되고, 음들은 엮여 악보가 된다. 무작정 음표부터 그렸다가, 악상을 가다듬을 때면 하늘하늘 나부끼던 엄마의 치맛자락이 눈물처럼 차올랐다.

건반을 누르는 예쁜 손가락이 기억 속에 선명하다. 엄마가 연주했던 셀 수 없이 많은 곡과 그 곡들의 이름을 가르쳐 주는 따스한 목소리도……

동네의 아이들 대부분이 엄마에게 피아노를 배웠다. 가난한 아이는 몸소 집으로 데려와 건반을 치게 해 주면서까지 엄마는 관대하게 피아노를 베풀었다.

금지된 사람은 새희였다. 오직 새희였다. 피아노를 향해 뻗던 작은 손을 그렇게나 모질고 엄격하게 내칠 수 있었다니. 그것이 마치 뺨이라도 얻어맞은 것처럼, 몹시도 억울하고 충격적이었다.

희도 칠래요. 희도 치고 싶어요…… 서럽게 엉엉 울자 엄마는 새희를 다리 위에 앉히고 이름 모를 곡을 연주했다. 한 번도 들어 보지 못한 곡이었다.

낯선 곡이 흘러나오면 울어 젖히다가도 입술을 앙다물곤 했다. 훌쩍이느라 떨리는 귓가로 엄마가 '무슨 색 같아?' 물었다. 엄마가 자주 하는 질문이었다. 새희가 가장 좋아하는 질문이기도 했다.

무슨 색 같았던가. 아, 그렇지, '보라색 같아.' 엄마가 무덤 위로 피었으면 좋겠다고 말했던 꽃. 그 꽃의 색…… 기특하다며 웃던 엄마는 곡의 제목 또한 그 꽃의 이름 〈아네모네〉라고 했다.

'세상에서 희와 엄마만 아는 노래야.'

이상하지, 왜 그 곡만 기억이 나지 않을까. 모든 게 징그러울 만치 선명한데, 그 곡만 저를 떠나간 것처럼 텅 비어 있었다.

혹시 엄마가 떠날 때 그 곡도 함께 가지고 간 게 아닐까. 세 상에서 희와 엄마만 알고 있던 비밀이었기에 새희는 버려도 그 곡은 가져가야 했던 게 아닐까. 엄마는 그래야만 하는 강박에 시달렸던 게 아닐까…….

엄마가 피아노를 가르쳐 주지 않았던 이유를 이제는 안다. 너무 나도 좋아하는 것, 그래서 도저히 버려지지 않는 것. 그런 것을 엄마는 희에게 만들어 주고 싶지 않았으리라. 언제 깨어져도 이상 치 않은 위태로운 가정 안에서, 당신의 딸이 아무것도 애틋하게 여기지 않기를 바라며.

결국 강제로 뜯어내야 할 바에, 텅 비어 있는 쪽이 나을 거라고 판단하고는 그렇게 희가 좋아하는 것들은 전부 가지고서 떠나 버린 것이다.

데구루루, 노트 위에서 연필이 굴러가다 테이블 밑으로 추락 했다. 너저분하게 널린 음표 꼬리가 목을 조이는 듯했다.

유예 기간은 얼마나 지속될까. 김언혁은 곡에 관해 재촉하지 않았다. 그러나 그의 앞에 서면 골몰한 흔적이 확연한 노트를 보 여 주며 내가 이만큼이나 애쓰고 있다고 의지를 표명해야 할 것 같은 조마조마한 기분이 되었다.

실제로 그럴 때면 그는 긴장한 손으로 쥐어 바들바들 떨리는 노트보다 초조함이 번진 새희의 얼굴을 더 꼼꼼하게 검사하곤 했다.

코 밑에 손가락을 대고 숨은 쉬고 있나 확인하며. 별거 아닌 행위에 스스로 놀랄 만큼 격하게 맥동할 때가 있었다. 일부러 낯설고 차가운 표정을 꾸며 내 위장해야 할 만큼…….

방문을 열고 나갔다. 계단을 내려갔다. 1층에 흐르는 공기가 예사롭지 않았다. 프라하에서 공수해 왔다는 유리 스탠드가 바닥에 산산조각으로 깨어져 가정부들이 바쁘게 치우고 있었다.

께름칙한 기운을 느끼며 주방으로 갔다. 깨어지기 전의 원형을 곰곰이 떠올리며 소리 죽여 물을 컵에 따랐다. 참으로 오랜만에 보는 물건이었다. 분명 누군가 애지중지하던 것이었거늘. 아주 오래된 기억 저편 속에 자리하듯 존재감이 희미하다.

"나도 물 좀 줘 봐."

칼칼한 목소리가 뒤편에서 덮쳤다. 주한이 집에 있었구나. 의자에 털썩 앉아 팔로 이마를 짓누르는 인상이 좋지 않았다.

새희는 따르던 것을 내밀었다. 주한은 받아 들자마자 냉수를 입안에 들이부었다. 꿀꺽꿀꺽 넘어가는 소리가 사납고 거칠었다.

유리 스탠드가 누구의 것인지 생각났다. 돌아가신 사모님이 아끼던 물건이었다. 누가 박살을 냈는지도 알 것 같다.

주한은 눈언저리가 퀭하고 입술이 까칠했지만, 평상시보다 꽤 말끔한 상태다. 그러나 제정신인 지금이 더 괴롭고 울적해 보였다. 지독하게 취해야만 잊을 수 있는 흔적들을 하나하나

살펴보며 속수무책으로 고통 받고 있음이 확연했다.

망자의 기억이 드리운 얼굴은 비통하다기보다 지친 기색이었다. 매번 같은 지점에서 후회했다가 분노했다가 암울해지는.

그 끝은 결국 무책임한 회피였다. 의도치 않게 주한의 생의 전신을 관람해 버린 기분이다.

"어디 가. 앉아."

주한이 옆자리 의자를 발로 찼다. 끼익! 밀려난 의자는 정확하게 새희를 향해 틀어졌다. 조용히 자리를 피하려던 새희를 와중에 본 걸까. 새희는 좀 더 가까이 그에게 다가섰다. 그는 끝까지 앉지 않는 새희를 올려다보며 피식, 웃었다.

"앉으라니까 말은 존나게 안 들어요."

주한은 빈 의자 위로 다리를 뻗어 느슨한 자세를 취했다. 까딱까딱, 움직이는 발끝에서 실내화가 미끄러졌다. 가만히 보고만 있자 그가 얼른 주워 신기라는 듯 거만하게 눈짓했다.

어려운 일도 아니었다. 그의 앞에 마주 앉는 것보단 차라리 시중을 드는 게 나았다. 새희는 줍기 위해 허리를 숙였다.

그 순간, 신이 벗겨지지 않은 발이 어깨를 꾸욱 떠밀었다. 진심이라기엔 아프지 않고 장난치곤 그악한 힘이다. 그래서 더 불쾌하다.

뒤로 넘어가 엉덩이를 찧자 그가 큰 소리로 웃어 댔다. 고약하게 웃던 그가 홀로 일어나는 새희를 보고 도와줄게, 하며 냉큼 멱살을 움켜쥐었다.

그대로 막무가내로 들어 올렸다가 다시금 바닥으로 내팽개친다.

둔탁한 충격음 뒤에 어깻죽지로 아픔이 찌르르 울렸다.

콜록콜록! 순간적으로 조였다 풀려난 목에서 기침이 터져 나왔다. 새우처럼 오그라들어 기침을 토하는 눈앞에 주한의 커다란 발이 들어선다.

그 발이 새희의 머리카락을 지그시 밟았다. 미리 이를 악물었다. 나쁜 예감대로 그의 발이 스케이트를 타듯 지그재그로 미끄러진다. 중량에 눌린 머리채가 그가 휘젓는 대로 끌려 다닌다. 두피가 뽑혀 나가는 고통이 몇 초 간격으로 번쩍였다.

"성질 긁지 마. 그 씹 것하고 배 맞추는 사이 아니랄까 봐 사람 기분 좆같이 만들래? 어?"

은석을 상기하며 화가 배가 됐는지 주한의 말 중간중간에 거친 숨이 섞였다. 흥분에 못 이긴 발길질이 복부로 날아왔다. 컥, 눈알이 튀어나올 뻔했다.

그는 자신이 새희를 때린 것도 모르는 듯했다. 그가 갑자기 닥치는 대로 던지고 발로 차기 시작했다. 와장창, 무언가 깨어지고 부서지는 날카로운 큰 소리가 줄을 지었다.

새희는 눈을 감고 귀를 막았다. 다시 눈을 뜨면 저녁이 되어 있으면 좋겠다. 다음 날 저녁이어도 괜찮아. 하지만 꼭 저녁이어야 해. 왜냐면 파반느에 가야 하니까. 가야지만 피아노를 칠 수 있으니까······.

혹시라도 또 그가 헛걸음질하면, 더는 내게 피아노를 가르쳐 주지 않을지도 모르잖아. 아, 어쩌면 그건 다행인 건가. 그렇게 홀가분히 끊어지면 고마운 일인지도······.

"앉아."

새희는 힘겹게 눈을 떴다. 불행하게도 저녁이 될 정도의 시간은 지나지 않은 듯, 창밖이 여전히 밝았다.

그는 앉으라고 했지만, 그가 다 던지고 부수어 앉을 의자가 없었다. 주한 자신도 일어서 있었다. 새희가 꼼짝도 못하고 시체처럼 누워 있자 그가 혀를 차더니 몸 밑으로 손을 집어넣었다.

그에게 안겨 살해 현장 같은 주방을 나갔다. 그제야 가정부들이 신속히 투입되었다. 이 정도의 소란에도 가드들이 일절 들어오지 않은 것과 가정부의 더딘 행동반경의 까닭은 동일하다.

회장님은 은석과 본인이 출타했을 때 주한이 벌이는 어떠한 짓거리도 눈감아 준다. 그의 눈에 보이지만 않으면 용인하는 점을 일일이 신경 쓰며 주한이 패악을 부리는 것도 아닌데.

우습게도 그 법칙에 재해처럼 느닷없는 피해를 감당해야 하는 사람은 주한이 아닌 이 집의 고용인들이었다. 새희는 부록 같은 것이었다. 폭란에 포함될 때도, 아닐 때도 있는…….

"너 건드린 거 고등학교 이후로 처음이다. 그치?"

아닌데…… 불렀는데 개무시하냐며 방 안으로 들어가던 그가 새희의 뒷머리를 잡아 휘둘린 게 바로 지난주였다. 그의 기준엔 건드린 수준도 안 되는 행동이라 모르는 걸까.

그는 폭력을 행사한 장본인임이 무색하게 조심스레 새희를 거실 소파에 내려놓았다. 채광이 선명히 비쳐드는 거실은 분리된 세계처럼 고요했다.

이 공간에 발을 들이던 어린 은석의 얼굴이 망막 위로 돋아난다.

조금 전 쏟아지던 폭력보다 그 되새김이 아릿하게 느껴졌다. 주한은 비로소 아픈 표정이 된 새희의 턱을 휘어잡아 돌렸다. 턱관절을 바스러뜨릴 악력이다.

소파에 늘어진 새희의 눈높이를 따라 그가 한쪽 무릎을 꿇었다. 주한의 눈 안에는 아무도 다독일 수 없는 우울한 폭력성이 집채같이 불어나고 있다.

"가난을 지니고 태어난 인간들은 태가 나. 그 궁상과 비굴함은 눈 밑 주름 같은 거지. 덮을 수는 있어도 아예 벗겨 내진 못하거든. 내 이름으로 고아들에게 해마다 몇 천씩 기부되고 있다는 걸 안 게 일곱 살 때였어. 그 돈이 아까웠냐고? 전혀! 노블레스 오블리주란 말이 괜히 존재하겠어? 나는 내 인격을 세련되게 가다듬어야 했어. 가난한 새끼들은 그럴 때 도움이 됐지."

"……."

"날고 기어 봤자 태생이 비천한 놈들이 잘살아 보려고 아등바등하는 꼴을 보면 내 운명에 말 못 할 경탄이 나오는 거야. 반성도 됐지. 아, 이런! 저런 것들도 뭐라도 되려고 저렇게 용을 쓰는데 내가 시간을 나태하게 쓰면 되나. 고작해야 사회에서 유충밖에 더 안 될 것들이 삶과 전쟁을 벌이는데 내가 내 인생을 장난 취급하면 되나……."

가난을 지니고 태어난 새희는 그의 말을 몹시 슬프게 들어야 했다.

"나는 아버지의 말을 거스른 적이 없었어. 탈선? 병신 같은 것들이나 하는 짓이라고 생각했지. 열다섯까지는……."

열다섯, 회장님이 은석을 찾아낸 나이였다.

"그 새끼가 날 어떤 눈빛으로 처음 봤는지 알아?"

그의 손이 포악하게 떨어져 나갔다. 벌벌 떨리고 있었다. 빛 바랜 눈동자가 부산하게 돌아다녔다. 그의 갈급을 감지했다. 정신이 나간 것처럼 소파 근처를 뱅뱅 도는 그를 새희는 공포스럽게 응시했다. 주기도문을 외듯, 중얼중얼 속도가 빠른 말소리가 알아듣기 어려웠다.

"냄새나는 시장 바닥에서 생선이나 파는 년의 핏줄 주제에! 그 천한 것이, 썩은 벌레 같은 게, 우리 집에 들어와서 나를 깔봤어! 씨팔, 개좆같은…… 그 새낀 나를 이 집 기둥 하나쯤으로 취급했어. 나와 같은 교복을 입고 같은 밥을 먹고 같은 공기를 쉬다니. 그딴 버러지와 내가 한집에서 살아야 한다고 했어, 아버지는!"

그의 비명에서 격통이 느껴진다. 열다섯의 은석보다 열다섯의 주한은 순진한 남자였다. 그는 순진해서 은석을 미워했다. 현명하고 침착했다면, 물 밑에서 은석을 몰아낼 계략을 차근차근 짰으리라.

하지만 주한은 아버지의 한숨 하나에도 머리부터 발끝까지 수차례 점검하는 자신의 운명과 태생에 착실한 아이였다. 그런 아이는 오직 하나의 태도를 갖춘다. 그것이 저주일지언정. 역설적이게도 순진함은 그러한 일면에서까지 착실히 발현하는 것이다.

"예쁜아. 너도 그 새끼 뒤졌으면 좋겠지?"

손을 가만 못 놔두고 제자리에서 날뛰던 주한이 별안간 씩 웃으며 새희에게 달려들었다. 황소처럼 돌진한 그와 함께 소파 밑으로 굴러떨어졌다. 반힌 가슴께가 축축했다. 계속 젖어 들고 있다. 주한은 울고 있었다. 갈수록 심각해지는구나……

"그렇잖아. 그 새끼가 너 가랑이 비비기 좋은 예쁜 인형 취급하잖아. 신부는 씨발, 비위도 좋지."

이 지경이면 새희의 말 같은 건 들리지도 않는 듯했다. 그의 정신이 정상 범주를 벗어났다는 걸 알아본 가드들이 달려왔다.

곧 약을 구하기 위해 주한은 개처럼 뛰쳐나갈 것이다. 그것만은 두고 보지 못해 저지하는 모습이 조금은 우습다. 인제 와서 최악은 막아 보겠다는 신 회장의 대처는 마지못해 수습하듯 형편없다. 그 태도는 은석이 아버지를 대하는 태도와도 닮아 있다.

저항하려는 주한의 두 팔이 축, 널브러진다. 그러다 다시 발악하려고 버둥거리는 몸체가 이윽고 빈틈없이 통제된다. 갇힌 흐느낌이 뚝뚝 끊어져 나왔다.

"보면 몰라? 그 새끼한테선 추한 피가 흐르고 있는 거야."

추한 피……

주한이 가고 나서도 그 말이 혀 위에서 잠자리처럼 맴돌았다. 그보다 더 나쁜 말이 있을까……

\* \* \*

"오랜만이군요."

그제 봐 놓고…… 능청스러운 말이 낯간지럽다. 어느새 은석이 약혼식을 올린 지 한 달이 되어 가는 때였다.

김언혁의 손엔 오늘도 작은 상자가 들려 있다. 새희의 허벅지 위로 그가 상자를 올려놓았다. 그가 무릎 밑까지 부드럽게 흐르는 트렌치코트를 벗는 동안 종이 상자를 탐색했다.

미지의 생명체처럼 수상쩍게 쏘아보자 그가 옆에 붙어 앉으며 포장된 곽을 벌렸다. 평연하게 이어지는 그의 동작에 아무런 제재도 가하지 않는다. 그의 스킨 향은 자리를 잡듯 미끈하게 몸을 감아 왔다.

개봉된 상자 안엔 열을 맞춰 두 줄로 늘어선 작고 동그란 과자 같은 것이 들어 있었다. 알록달록한 색과 한입에 들어갈 크기가 앙증맞다.

그가 연보라색 하나를 집어 새희의 입술 앞에 드밀었다. 드민 정도가 아니라 살짝살짝 닿으며 입술을 간질였다. 새희는 난감하게 그것을 바라보다 손으로 잡았다. 지켜보는 집요한 눈을 떨어뜨리려면 꼭 먹어야 할 성싶었다. 매끈매끈한 표면을 쓰다듬다가 소심하게 한 입 베어 물었다.

"달아요……."

뭉개진 속이 촉촉하고 끈끈하게 이로 달라붙는다. 은은한 홍차 향이 피어올랐다. 달다고 표현했지만, 그리 과하지 않은 단맛이었다.

남은 부분은 통째로 입에 넣었다. 가득 채우는 달콤함을 천천히 씹어 삼켰다. 김언혁은 한결 포근해진 새희의 얼굴을 바라보았다. 속을 알 수 없는 무표정인데도 자상함이 느껴지는 건 왜일까.

새희는 문득 자신이 먹었던 것과 같은 색의 하나를 집어 그에게

권했다. 아주 짧게 그의 눈썹이 올라간 것 같았으나 재고해 볼 수 없을 정도로 찰나였다.

그는 손으로 받지 않고 그대로 입을 벌린 채로 다가와 내민 것을 물었다. 물고서 치켜드는 까만 눈에 커다란 운석이 추락하듯 마음이 요란하게 흔들린다.

새희가 손을 놓자 기다란 손가락 사이에 끼워 그가 데려간 그것이 그의 손에선 동전처럼 조그만 크기로 보인다. 한입에 반 이상 베어 문 것을 몇 번 씹다 그가 미간을 슬며시 찡그렸다.

"심각한데."

투정하는 듯한 말투라 새희는 자신도 모르게 작게 웃을 뻔한 위기를 넘겼다. 그러한 위기를 겪은 것에 돌연 정색하며 놀랐다. 웃을 뻔하다니. 믿기지 않는 일이다.

그는 먹다 남은 것을 서슴없이 휴지에 감싸 버렸다. 뚜껑을 닫은 상자는 피아노 위에 올려놓는다. 저것은 새희가 가져가게 될 터였다.

그제는 조각 케이크를 들고 왔었다. 또 그 전엔 타르트를 들고 왔었다. 그는 왜 이런 달콤한 것들을 자꾸 가져오는 걸까. 묻고 싶기도, 묻고 싶지 않기도 하다.

단맛을 지워 내듯 입속에서 혀를 이쪽저쪽 돌리고 있는 그를 보자 묻고 싶은 쪽으로 마음이 와락 기울어졌다. 그러나 곧바로 눈 맞춰 오는 그의 직선적인 기상에 충동에 가까운 용기가 가파르게 깎여 나간다.

그와의 만남이 어느 정도 익숙해졌다고 해도 그는 여전히 세상에서 가장 어려운 사람이었다. 어쩔 땐, 이 모든 일이 말도 안 되는 장난 같기도 했다. 아무도 살지 않는 섬에서나 일어날 법한 해괴하고 신비로운 일……

"목까지 빨개졌네."

그가 보는 목 어딘가를 가리며 건반으로 시선을 떨어뜨렸다. 손바닥에 닿는 피부가 창피하도록 따끈하다. 악기를 조율하듯 몸의 반응을 조절할 수 있었다면 편했을 것이다.

열기가 얼른 식길 바라는데 문득 발끝에 힘이 들어가 있다는 걸 자각했다. 서서히 이완시키자 뼈 마디마디로 부드럽게 긴장이 풀려 나갔다.

그 뒤로 헐거운 정적이 찾아왔다. 피아노를 치기 전 으레 찾아드는 정적이었다.

김언혁은 어느 순간부터 연주를 아꼈다. 일부러 치지 않는다기보단, 새희의 연주를 감상하는 걸 더 선호하는 느낌이었다.

그가 다정하고 깊숙하게 제 연주를 들어 주는 것에 비현실적으로 가슴이 뭉클해지기도 하지만, 때때로 그의 연주를 듣지 못하고 흘러간 시간이 아까워 무척이나 안타까운 심정이 되기도 했다.

오늘은 유독 그의 연주를 듣고 싶은 밤이었다. 새희는 기대하며 기다렸다. 기다림이 공연히 애절하고 절박해진다. 그의 눈빛은 즉각적으로 변했다. 남의 깊은 곳을 읽어 내려 할 때의 서늘하고 명징한 눈빛이었다.

삼 초였다. 그가 속마음을 벌리고 핥아 보는 데 필요한 시간은…… 고작 삼 초인데, 시간이 단번에 쓸려 나간 것처럼 아득하게 느껴졌다.

이윽고 그는 의자를 당겨 자세를 고쳐 앉았다. 새희는 그의 힘에 의자에 앉은 채로 들썩이며 끌려갔다. 연주할 태세로 손목을 주무르는 그를 보자 가슴이 악기처럼 소리를 냈다.

살면서 그는 얼마나 많은 사람의 가슴을 두근거리게 했을까. 그 사람들은 그를 어떻게 머릿속에서 떠나보낼 수 있었을까……

긴 손가락이 느린 저음을 늘어트렸다. 음량은 함부로 커지지 않으며 음은 계속해서 느리게 울려 퍼졌다. 은밀하게 귀를 기울여야 하나하나의 음을 다 들을 수 있을 만큼 조용하게.

소리가 끔찍이도 아름다웠다. 수많은 희로애락이 건너오는 것처럼. 번뇌, 체념, 광기, 사랑이 한데 뒤섞여 물 위로 떠가듯 공명했다. 음을 길게 끌어 가는 능숙한 손가락에 혼미하게 넋을 놓았다가 무의식적으로 입을 열고 말았다.

"무슨 곡인가요?"

끝나고 물었어도 될 텐데, 도저히 참을 수가 없었다.

"슈만 환상곡 마지막 악장입니다."

그는 흔들림 없이 연주하며 답했다. 몰입한 감정은 깨어지지 않고 파도처럼 일었다.

"아내 클라라를 위해서 슈만이 결혼 선물로 작곡한 곡이죠."

그의 습한 목소리마저 이 곡을 이루는 하나의 음표 같다.

"이 곡을 클라라한테 보내면서 슈만은……"

이렇게 말했죠. 숨을 퍼트리듯 낮게 말한 그의 팔과 자신의 팔이 불현듯 닿았다. 닿은 걸까. 닿아 온 걸까……

실수라고 여기기도 고의적인 접촉이라고 지적하기도 애매한 의뭉스러운 터치다. 또 열이 오른다. 아니, 아까부터 올라 있던 열이 아직 고여 있는 건가. 새희는 구멍을 내듯 손등으로 가슴께를 짓눌렀다.

"그대가 내 삶의 음이고 은밀히 귀 기울이는 사람입니다."

그가 갑자기 고개를 돌려 직시하며 그 말을 뱉는 순간, 새희의 심장은 어딘가로 쿵, 떨어졌다. 그 말은 사랑한다는 말을 몇 겹으로 압축해 놓은 문장처럼 마음을 흠뻑 적셨다.

그래서 꼭 들어서는 안 되는 말 같았다. 그러나 흘려보내지 않고 간직하기 위해 몰래 입술에 품었다. 까닭 모르게 일어난 동작이었다.

그대가 내 삶의 음이고 은밀히 귀 기울이는 사람입니다······.

그의 연주가 끝나고 새희는 비밀스럽게 수납한 그의 말을 들키지 않으려고 겨우 태연한 얼굴을 만들었다. 하지만 조금씩 무너지며 이윽고 격렬한 요동이 완연히 드러났다.

소르르 새어 나오던 것이 막아 놓은 둑이 터진 것처럼 콸콸 쏟아져 나오기 시작했다. 그 물살에 무언가 와르르 허물어졌다.

"어제는······."

묻지 말아야 했다.

"아팠나요?"

김언혁의 눈동자가 살짝 커졌다. 어제, 새희는 고통이 들쑤시는 배를 움켜쥐고 카페에 왔다. 식은땀을 흘리면서도 꿋꿋하게 밤을 기다렸다. 그의 자리를 비워 놓고서 하염없이 피아노

앞에 앉아 있었다.

기사가 왜 이렇게 나오질 않느냐고 성질을 내며 카페에 들어올 때까지…….

그를 기다린 게 아니다. 그와의 시간을 기다린 것이다. 그가 주는 각별한 감각을, 강렬한 망각을 기다린 것이다. 오지 않은 그에게 허무함을 느끼는 자신이 어쩔 수 없이 불쌍했다. 어쩌려고 애태우는 대상이 더 늘어난 걸까.

하지만 이젠 돌이킬 수 없는 일이다. 이 또한 새희의 의지와는 무관하게 일어나 버린 운명이었다.

김언혁은 새희의 눈동자를 들여다보았다. 울고 있지 않은데, 눈물을 보듯 깊이 살폈다. 심연을 뭉쳐 놓은 것만 같은 새까만 눈동자…… 이 눈엔 기꺼이 빠져 죽을 사람이 넘쳐나겠지.

새희는 눈앞의 남자가 보이는 존재감에 현실감이 안개처럼 흐려졌다. 그의 입술이 점점 가까워지는 데도 아무렇지 않았다. 오히려 그것은 지극히 당연한 일 같았다.

입술이 닿았고, 새희는 감지 않아 뚜렷한 그의 눈 속에서 멍하니 헤매었다. 자신에게 무슨 일이 일어나고 있는지 그때까지도 흐리멍 덩하기만 했다.

하지만 고개의 각도를 달리한 그의 혀가 대범히 들어오는 순간, 확실하게 깨우쳤다. 새희는 소스라치게 놀라며 두 팔로 그를 떠밀었다.

"무슨……!"

밀려나는 와중에도 김언혁은 새희의 벌려진 입안을 뚫어지게

보고 있었다. 소름이 돋았다. 그와 방금 입을 맞췄다. 키스를 한
것이다. 온몸에서 고함을 지르고 있었다. 어쩔 줄 모르는 새희를
보며 그는 의문스럽게 고개를 까딱였다.

"왜 모르는 척합니까?"

알고 있었잖아. 꼭 그렇게 말하는 눈빛이었다. 새희는 아연실색
했다.

알고 있었다니? 무엇을? 그의 호기심을? 욕망을? 아니…… 알
고 있었나. 알고 있어서, 그래서 나는 이렇게 놀라고 있나. 진정으로
놀라는 게 아니라, 놀라야만 하는 상황을 연기하고 있나…….

"나랑 자고 싶나요?"

입에선 제정신이 아닐 정도로 직설적인 말이 튀어 나갔다. 어떻
게 그런 말을 할 수 있었을까. 분명 이 시간이 지나면 후회하리라.
희한하게도 그는 재밌어하는 표정이 되었다.

"그렇다면?"

새희의 얼굴은 창백하게 질렸다. 귓가에선 환청처럼 이진의
매혹적인 웃음소리가 울린다. 이건 부도덕하다.

"당신한텐 애인이…… 주이진 씨가 있잖아요."

그는 못 먹을 걸 먹은 것처럼 인상을 썼다. 그 이름이 지금 나
왔다는 것에 어이없어하는 기색이다.

"내 앞에서 결혼할 남자의 애인까지 소개시켜 주는 여자에게
정절을 지키란 말입니까?"

그의 입에서 나온 정절이란 단어는 이질감이 들었다. 의심
이 마구잡이로 솟았다. 그는 처음부터 이럴 작정이었으리라.

헛걸음했다는 말로 혼란을 가중시키고, 환상적인 연주로 경계를 풀었지만 결국 목적은 하나였던 것이다.

실망스러웠다. 이해할 수 없을 만큼 그에게 엄청난 실망감이 들었다. 실망감은 보기 드문 격분으로 타올랐다.

"나는, 저는, 그럴 생각 없어요. 은석이 모르게 그런 짓은……."

"결혼식이 다음 주인 거 알아요?"

김언혁은 차분하게 칼날을 겨눴다. 그는 얼마든지 새희의 가장 연약한 부분을 난도질할 수 있었다. 그럴 수 있다고 경고하고 있었다.

새희는 이를 사리물었다. 그가 벗었던 코트를 껴입고 꺼낸 메탈 케이스에서 담배를 뽑아 올리는 동안 새희는 원망스러운 감정을 그러모아 가시를 단단히 세웠다.

그것은 공격당하지 않기 위해 발동되는 일종의 방어기제였다. 그가 찌르기 전에 찌르고픈 욕구가 제 것 같지 않았다.

찰칵, 라이터로 불을 붙인 담배를 빨아들인 그가 여봐란 듯 혀로 아랫입술을 쓸었다. 좀 전의 키스를 연상시키는 행동이었다. 머리 끝까지 모욕감으로 뒤덮였다. 새희는 평정을 잃고 소리쳤다.

"나, 나가요! 그리고 다시는, 다시는 오지 말아요……."

한심할 정도로 초라한 음성이었다. 새희는 주먹을 바들바들 떨었다. 나가라고 외쳤건만, 그는 고고하고 당당하게 담배 한 대를 다 피우고 난 뒤 느긋한 걸음으로 카페를 나갔다. 절대로 흐뜨릴 수 없는 사람이 가진 걸음걸이였다.

그가 나가고 나서야 새희는 다리가 풀려 바닥에 주저앉았다.

그대가 내 삶의 음이고 은밀히 귀 기울이는 사람입니다…….

입술 안에 넣어 놓은 그 말을 그의 혀가 쓸고 갔다. 부도덕하다. 눈물이 엉망으로 흘러내렸다.

* * *

돌고래들은 꽤 자주 해변에 나와 집단으로 자살한다고 한다. 그 죽음의 정확한 사인은 아직 규명되지 않았다.

돌고래는 어린아이 수준의 지능을 가진 동물이다. 아이들은 많은 것을 안다. 하늘이 파랗다는 것도, 겨울이 가면 봄이 온다는 것도, 그 봄에 꽃이 만발한다는 것도. 그리고…… 슬픔도, 고통도, 외로움도 안다.

어쩌면 돌고래들의 자살 행위는 그리 불가해한 현상이 아닐지도 모른다. 사람의 눈으로 재단하면 불가사의한 일이 알고 보면 아주 단순한 충동으로 가볍게 일어났을지도.

슬픔과 고통과 외로움을 아는 동물이었다면 충분히 그럴 만했을지도…….

돌고래들은 죽기 전 어떤 마음으로 헤엄쳤을까. 다 같이 헤엄치며 무슨 이야기를 나눴을까. 그중에 한 마리쯤은 죽기 싫은 아이도 있지 않았을까.

하지만 다들 죽어 버릴 테고 외로이 혼자 남겨지느니 사이좋게 죽기를 자처한 게 아닐까. 무게에 내장이 짓눌리고 질식하는 끔찍한 고통마저 감수하며…….

돌고래로 태어났으면 좋았을 텐데. 왜 사람으로 태어난 걸까. 왜 아픔을 호소하면 어디가 얼마나 아픈지, 어쩌다 아프게 되었는지 설명해야만 하는 사람으로 태어났나.

어디가 아픈가요? 의사의 질문은 태만하다 못해 멍청하게 들려왔다. 어디가 아프냐니. 자신은 죽지 못해서 아픈 것이었다. 그럼에도 살 수밖에 없어서 아픈 것이었다. 돌고래처럼 헤엄치지 못해서 아픈 것이었다……

"희야."

새희는 눈을 떴다. 은석의 손이 열이 펄펄 끓는 이마를 덮었다. 새희는 사흘째 앓고 있었다. 이틀 뒤가 은석의 결혼식이었다.

안간힘을 짜내서 몸을 일으켜 은석의 목에 다짜고짜 매달렸다. 기우뚱, 자신 쪽으로 기울어진 몸에서 따뜻한 향기가 났다. 몸서리치게 사람을 슬프게 하는 냄새였다.

"은석아."

눈물이 목소리에 엉겼다.

그날 이후, 새희는 카페에 한 번도 나가지 않았다. 때를 맞춰 찾아와 준 몸살이 고맙기까지 했다.

눈물이 나오면 나오는 대로, 고통이 몰려오면 몰려오는 대로 내버려 두었다. 의사가 처방해 준 약은 창밖으로 던졌다. 죽기를 갈망하는 것처럼 이불 안에서 두 눈을 감고 있었다.

하지만 눈을 감으면, 뜨고서 보았던 장면들이 눈두덩 위를 걸어 다녔다. 따갑고 둔중한 통증을 일으키며, 겪은 기억은 절망스러울 만치 생생히 되살아났다.

너는 절대 잊지 못하리라. 신이 비웃듯, 그날은 호흡기관에 들어앉아 숨을 들이마실 때마다 그리고 내쉴 때마다 펼쳐져 새희를 우롱했다.

왜 모르는 척합니까? 분명하게 판단하고 확고하게 낙인찍던 목소리. 나랑 자고 싶냐고 묻자 그렇다고 대답하던 장난스러우면서도 욕망이 까맣게 반짝이던 눈빛.

김언혁은 유일한 새희의 쉼터와 시간을 질펀하게 휘저어 놓았다. 새희는 이제 갈 곳이 없다. 숨을 편히 쉴 만한 장소가 없다. 그가 그곳을 철거했다. 그는 정말 나쁜 사람이었다.

"많이 아파?"

의사가 물을 땐 짜증스러웠던 물음이 은석의 입에서 나오자 아픔을 쓰다듬는다.

은석의 목덜미에 대고 마구 고개를 내저었다. 입술에 부드러운 살갗이 비벼진다. 그의 손이 머리칼 사이로 들어가며 고개를 떼어 냈다. 젖은 얼굴을 다감하게 만져 주다가 이상스럽게 중얼거린다.

"왜 열이 안 내려가지?"

그가 침대 옆 협탁에 놓인 쟁반을 내려다보았다. 식어서 미지근한 죽과 아직 버리지 못한 약봉지가 그대로 있었다.

은석이 죽 그릇을 들어 한 숟갈 떠서 내밀었다. 새희는 반항하지 않고 입을 벌렸다. 그릇이 바닥을 드러낼 동안 아기 새처럼 얌전히 받아먹으며 눈물을 흘렸다. 당황하지도, 창피하지도 않았다. 눈물샘은 더 이상 통제되지 않는 부분 같았다.

은석은 새희가 약을 삼키는 모습까지 빠뜨리지 않고 지켜보았다.

물컵을 내려놓자 나가려는 듯 미련 없이 침대에서 일어난다. 새희는 다급하게 그의 허리를 껴안았다. 은석이 멈칫했다.

"은석아."

"……."

"은석아, 우리……."

도망가자.

생각한 순간, 손이 스르르 풀렸다. 자신에게 소름이 돋았다.

얼마나 말도 안 되는 말을 할 뻔했는가. 도망이라니. 은석이 가져야 했던, 가져야만 하는 몫을 얻기 직전인데. 자신은 감히 무엇을 포기하라고 말하려 했는가.

"우리……."

하지만 지금이 아니면, 다시는 말하지 못할 것 같았다. 다시는 이런 충동조차 생기지 않으리라. 오직 자신의 힘만으론 저항할 수 없는 거대한 운명이 오고 있다. 새희는 느끼고 있었다.

이미 예감했었지만, 그보다 더 나쁘고 두려운 형태로 우리 생의 근본마저 변하리라는 걸. 그 위태로운 관능의 소용돌이에서 허용되지 못할 짓을 저지르게 되리라는 걸.

은석을, 예쁘고 가여운 은석을, 그저 미안하고 애틋하게 보지 못하는 날이 오고야 말 거라는 걸…….

"하고 싶은 말 있어?"

왜인지 다 들어 줄 것만 같은, 그런 무구하고 관대한 눈빛으로 은석이 물었다. 새희는 천천히 고개를 저었다. 그 일이 가혹 행위처럼 힘이 들었다.

의중이 불투명한 눈빛으로 그림자가 드리웠다. 너무 많은 것을 알아 버린 빛깔이라 보고 있는 것만으로도 그의 눈에 잠든 고난이 넘어오는 듯했다.

잠시 후, 그가 손등으로 새희의 뺨을 쓸었다.

"빨리 나아, 희야."

은석은 부드러운 목소리로 말했다. 새희는 이 순간, 그와 바닷속에 뛰어들고 싶었다. 그리고 헤엄치고 싶었다. 숨구멍이 막혀서 질식할 때까지…….

"네가 울 자리는 따로 준비해 뒀으니까."

\* \* \*

설핏 들었던 잠에서 깼다. 차 안에선 〈샤콘느〉가 흐르고 있었다. 차창 밖을 내다봤다. 해사하게 피었던 봄꽃이 다 진 자리에 연둣빛 잎사귀들이 움트는 시기를 지나 건강하게 뻗쳐 있다.

생기 있는 바람으로 한들거리고 그 위로 햇볕이 따스하게 부서져 내린다. 화창한 날씨였다. 가약을 맺기에 더할 나위 없이 좋은 날이다.

차는 호텔 앞에 섰다. 새희는 문을 열고 내렸다. 햇빛에 눈을 찡그리며 호텔로 들어섰다. 예식장 홀 안은 인산인해였다.

통로 끝에는 시계탑처럼 크고 널찍한, 자애로운 성모마리아 조각상을 축소해 그려 놓은 문양의 기둥 두 개가 세워져 있다.

높은 천장과 식장에 즐비한 원형 테이블은 검정에 가까운 회색빛으로 환하게 쏟아지는 샹들리에 불빛과 극명하게 대비되었다.

단상의 벽은 눈보라처럼 휘날리는 아치형 디자인의 크리스털이 장식했다. 카펫이 깔린 길은 그곳을 걸을 사람을 강조하듯 달리 푸른 조명이 비추고 있었다.

새희는 약혼식 때처럼 눈에 띄지 않는 뒤편 구석에 가서 섰다. 모르는 눈들은 예사로 지나치겠지만 알고서 본다면 충분히 발견할 수 있는 자리였다.

하객들은 약혼한 지 얼마나 되었다고 어지간히도 급했다면서 수군거렸다. 이례적일 만큼 약혼식과 결혼식 간격이 가까운 탓이다.

생략할 만한 약혼식을 진행한 건 은석도 이진도 아닌 회장님의 고집이었다. 여러 소문을 확실하게 잠재우기 위해서도, 은석의 입지를 공표하기 위해서도 그보다 더 좋은 자리는 없었으므로.

하객들 사이로 월등하게 치솟은 몸이 외면하는데도 연이어 시야에 걸렸다.

김언혁이었다. 이번에도 뻔뻔한 낯으로 늦을 줄 알았건만, 보지 않으려 해도 보일 수밖에 없는 자리에서 사람들의 인사를 받아 주고 있다. 겸손을 가장해도 불손한 분위기가 사그라지지 않는다.

누군가 오늘 연주하냐고 물은 것 같다. '글쎄요.' 그의 입 모양을 습관처럼 읽어 냈다. 알쏭달쏭하게 답하지만 치지 않는다는 의사를 드러내고 있었다.

자신이 물은 것도 아닌데, 속마음을 들킨 것처럼 뜨끔하며 한심하게도 가슴이 뛰었다. 그는 오늘 연주하지 않는다. 안타까운 한편 안도했다. 그리고 안도하는 한편 절망했다. 몰래 얻은 한마디에 이다지도 산란하게 휘둘리는구나…….

곧이어 식을 알리는 방송이 울렸다. 사위가 정숙했다. 신랑이 먼저 들어오겠지. 다문 입술이 경련했다.

잠시 후 힘찬 음악이 흐르며 박수 소리가 고막이 아프도록 쏟아졌다. 처박혀 있던 눈길이 잡아 뜯겼다. 카펫을 밟는 발은 빠르지도 느리지도 않았다.

마땅히 해야 할 일을 하는 사람처럼 걸음걸이는 기계적이었다. 그 걸음에 숨이 막혀 온다. 꼭 은석이 자신의 폐 위를 걷는 양.

중앙으로 가기 전 날렵히 돌아간 눈이 단번에 새희를 찾아냈다. 짧게 눈이 마주친 다음 단상에 선 은석의 얼굴은 희게 빛났다.

광택 나는 예복 차림이 어느덧 눈에 익었다. 신부를 기다려야 하는 눈은 다시금 새희를 보고 있었다. 새신랑의 눈길 끝에 자리한 여자의 존재를 유심히 관찰하는 이라도 있을까 봐 새희는 턱 밑을 당겼다. 슬프게 일그러지려는 표정을 다듬어야 했다.

이어 웨딩마치가 울렸다. 면사포 없이 어깨를 드러내 놓고 우아하게 등장한 신부를 보는 순간, 무언가 깨어지는 소리를 들었다. 그것은 제 몸에서 나는 소리였다.

그녀는 아름다웠다. 그 아름다움이 난폭하고 잔인했다. 화끈하게 전시할 거라는 그녀의 선언대로 등을 고스란히 내보인 디자인의 드레스는 천박하지 않고 오연한 왕녀의 전유물같이 고아했다. 고작해야 신랑의 손을 잡기 위해서가 아닌, 이진은 왕좌에 오르기 위해 행진하는 것이었다.

은석의 손을 맞잡고 뒤도는 이진의 드레스가 물결을 쳤다. 그녀가 하객들을 내려다보며 가히 만족스럽게 웃었다. 이미 찬란한 미래를 내다본 자의 미소였다.

하필이면 은석의 배우자로 이진이 결정된 건, 우연이 아니다. 이진이 은석을 선택했기에 은석이 이진을 받아 들였다는 단순한 인과로 아무도 틈입할 수 없는 그들만의 세상이 건설된 것이다.

두 사람은 숭고하고 신실한 서약 앞에 부부로 맺어진다. 비록 은석이 새희를 버리지 못했더라도 그들의 관계는 견고하게 봉쇄될 것이다. 결혼이란 그런 것이었다.

주례사가 시작되었다. 새희는 나란히 선 두 사람의 등을 바라보았다. 옆으로 누군가 다가온 인기척이 느껴졌다. 보지 않아도 알 수 있었다. 그러나 볼 수밖에 없었다.

김언혁은 단 한 번의 충격도 지나가지 않은 듯한 무감각한 얼굴을 하고 있었다. 아니, 솔직히 좀 지루해 보였다.

그의 얼굴에서 사랑을 상실한 비탄을 볼 날이 올까. 그는 어떤 식으로 무너지고, 격해지고, 아파할까. 상상하려 해도 상상할 수 있는 근원 자체가 갖추어지지 않는다.

그가 뚫어져라 응시하던 새희의 뺨을 손등으로 쓸었다. 손등에 물기가 묻어 나왔다. 새희는 울고 있었다. 은석이 바라던 대로 울고 있었다. 동의하지 않았는데 수술대에 눕혀져 가슴이 절제되는 것처럼, 이 상황이 부당하고 서럽고 아팠다.

그가 이전에 슬픔을 깨워 버린 탓이었다. 한 번 기상한 슬픔은 다시 잠들지 않는다. 축사를 들어 주는 은석의 곧은 등을 바라보며 새희는 가슴을 들썩거리며 울었다.

"아기라니까."

그의 손이 뺨을 덮었다. 새희의 얼굴 전면을 다 덮을 정도로 커다란 손이었다. 짙은 코롱 향이 났다. 피아노를 연주하는 손은 지나치게 부드러웠다.

매몰차게 뿌리쳐야 한다는 내면의 아우성을 배반하고 싶을 만큼 부드러웠다. 그의 손가락이 느릿느릿 속눈썹을 쓸어 가고 볼을 적신 눈물을 걷어갔다.

계속 나오네…… 그가 중얼거렸다. 그 단순한 말이 끈적한 액체처럼 살 속으로 퍼졌다. 다정하게 느껴질 이유가 없는 말이 다정했다. 위로일 리 없는 행위가 위로라고 착각되듯.

은석의 등에 붙은 시선이 옆에 선 그에게 예속되었다. 조명이 하얀 손톱 달처럼 걸려 있는 까만 눈을 요 며칠 얼마나 미워했는가.

이 남자가 새희의 영역을 침범한 건 그에게 그렇게 대단한 의지와 작정이 있어 저지른 행동이 아닐 테다.

그는 그저 순간의 기분에 충실한, 발생한 기분을 굳이 누를 이유가 없는 사람임. 살아가는 방식이 그렇게 직선적인 데다 도취적인 남자임.

그로 인해 자신 같은 사람이 어떤 식으로 으스러지든, 그와는 상관없는 일임을 이 지경이 되고 나서야 깨닫고 만 자신이 어리석어서 눈물을 흘리면서도 헛웃음이 나올 뻔했다.

눈물인지 손가락인지 모를 것이 입술로 스며든다. 정수리 위로 도끼날이 떨어져도 하고 싶은 대로 하겠지. 버려지거나 망가지거나 둘 다이거나…….

그를 오래 상대한 사람의 결말은 대체로 그럴 것이다. 복종하듯 그에게 점차 무기력해지는 자신의 결말도 크게 다르지는 않을 것이다. 그러다 새희는 문득 생각한다.

이 순간, 그가 입을 맞춰 와도 거부하지 못했으리라고…….

\* \* \*

흐드러지게 장식된 생화만이 남은 버진 로드 위를 바라보았다. 새희의 몸과 정신은 작동이 멈춘 것처럼, 활동하지 않고 부유하고 있었다.

어떤 남자가 말을 걸어왔을 때, 그 남자의 눈을 쳐다는 보았던가. 호기심 어리게 다가왔던 남자는 무시라고 하기에도 뭣한 새희의 무반응에 몇 번 더 실없는 말을 붙이다가 이내 혀를 차며 돌아섰다. 그리고 들으라는 듯 내뱉었다. 역시 어디가 좀 모자란 여자였잖아.

그 뒤 몇 명의 사람이 비슷하게 다가오고, 비슷하게 쑥덕거리며 멀어지는 걸 방관하다 순간적으로 밀려드는 현기증과 구토감에 사람들을 헤치고 걸었다.

점점 빨라지던 걸음이 이윽고 달리기 시작했을 때, 누군가 새희의 팔목을 연행하듯 험상궂게 붙들었다. 얼굴을 확인할 새도 주어지지 않았다.

그대로 끌려갔고, 누가 볼세라 급속히 차 안에 구겨져 넣어졌다.

문이 닫히자 폐쇄된 공간 안에 갇혀 있던 공기가 폐부로 밀려들었다. 사막화가 일어나듯 몸 안의 기운이 증발하며 피부가 딱딱하게 굳는다.

"출발하지."

신 회장의 말에 차바퀴는 윤활하게 미끄러졌다. 주차장을 벗어나자 주한을 닮은 포식자의 얼굴이 새희를 목도했다.

평소였다면, 이토록 가까운 거리에서 오금을 저리게 하는 눈빛을 감당하는 이 순간이 불쏘시개로 지지듯 견디기 힘들었을 것이다.

그러나 아무런 감응도 들지 않았다. 그가 무작정 뺨을 휘갈겨도 고통이 느껴지지 않을 것 같았다. 겪을 수 있는 최대치의 고통이 이미 자신을 휩쓸며 지나가고 있었다.

이제부터 시작이야…… 속삭임을 담은 바람처럼 날아가며.

"널 처음 봤을 적이 생각나는구나. 작은 몸이 멍투성이였지."

삼켜서 소화 시키고 싶은 과거를 그가 뱃속에서 끄집어냈다. 퉁퉁 부은 눈으로 바라본 창밖에 거짓말처럼 서 있던 은석과 낯모를 어른…… 그는 자신을 은석의 아버지라고 소개하지 않았다. 그런 소개마저 사치라는 듯, 일언반구 없이 새희를 차에 태웠다.

하지만 새희는 단번에 그가 은석의 아버지임을 알았다. 은석에게 사람은 새희를 제외하곤 감정이 깃들지 못하는 사물과 같았다.

다시는 만나고 싶지 않아. 쌀쌀한 한마디로 아버지의 존재를 일축했던 목소리는 유일하게 원망이 엿보였었다.

눈매가 각지고 하관이 두꺼운 안면은 은석을 닮지 않았어도 은석의 원망이 증축된 본인일 것 같은, 나란히 선 두 사람 사이에선 절대 친밀할 수 없는 기류가 돌아다녔다. 아이러니하게도 그 뾰족한 그림으로 은석의 아버지임을 알아본 것이다.

재회한 은석은 마치 종말을 겪어 본 사람의 눈이 되어 있었다. 살아 있는 사람이라면 가질 수 없는 눈이었다.

그래서 자신을 데리러 온 것이라고 염치없이 그렇게 기뻐하려던 마음은 그 눈을 보는 순간, 짓밟히듯 뭉개져 버렸다. 동시에 벌을 받기 위해 살아가야 하는 자신의 남은 운명을 절감했다.

"찾아야 할 아이가 있다고, 잘 사는지 꼭 두 눈으로 보고 싶다고…… 은석이가 내게 한 첫 번째 부탁이었다."

첫 번째 부탁. 그것은 새희가 첫 번째로, 은석을 배신했기에 일어난 일이었다.

'희야, 난 너만 있으면 돼…… 너도 그런 거지?'

파양 당한 후 돌아와 살려 달라는 듯 묻던 은석에게 그렇다고 대답했다.

얼마 뒤, 새희는 눈이 예쁜 아이구나…… 자상하게 바라봐 주던 어른의 손을 잡고서, 가지 말라고 붙드는 은석을 외면하고 떠났다. 새희와의 약속을 지키기 위해 파양 당한 은석을 두고서.

"이 지경까지 끌고 올 줄 알았다면, 그때 널 죽였어야 했거늘."

그는 그러지 못한 것을 후회하듯, 진심을 담아 뇌까렸다. 새희도 그 말에 동감했다.

그때 죽어서 없어졌다면, 은석이 다른 여자와 결혼하는 장면을 볼 일도 없었을 것이다. 그 모습을 바라보며 다른 남자의 손에서 우는 일까지도 말이다.

차는 국도로 접어들었고, 목적지는 더욱 희미해졌다. 새희는 어디로 가느냐고 묻지 않았다. 알려고 하지도 않았다.

신 회장은 등받이에 몸을 기댔지만 많은 것을 짊어진 고뇌가 얼굴 한 면을 차지하고 있었기에 좀처럼 편해 보이지 않았다.

예식장 안에서도 그는 아들의 늦은 감이 없지 않은 결혼에 감복하는 표정이 아닌 하나의 절차를 겨우 완수했다는 안도감에 휩싸여 있었다.

그에게 하나 남은 사랑해 마지않는 가여운 것일 은석의 삶이 드디어 정상적인 궤도에 들어섰다는 사실조차도 그를 일체 마음 놓게 하지 못했다.

그 이유는 새희가 살아 있기 때문이었다. 아직까지도 살아 있기 때문이었다. 그러므로 새희를 죽였어야 했다고 그는 오늘로써 절정으로 후회하고 있는 것이다.

서울 근교를 벗어나 한참 만에 차가 멈춰 선 곳은 인적이 드문 강가였다. 어느새 지고 있는 석양이 익사하듯 수평선 밑으로 들어가고 있었다. 물 위로 번지는 주홍빛이 사무치게 아름다웠다. 느닷없이 목이 메어 올 정도로……

차 안에서 바라보고 있어서인지 자연의 섭리대로 태양이 저물어 가는 광경이 비현실적으로 비쳤다. 무자비하게 관통하며 벌어지는 세상사와는 유리된 듯한.

해가 지는 걸 이렇게 느리고 자세하게 본 적이 있었던가. 대체 회장님은 왜 자신을 이곳으로 데려온 걸까……

"물에 빠진 시체를 본 적 있나?"

껍질을 가르듯이 까슬하게 배어 나온 목소리에 새희는 막연히 두려운 기분에 빠졌다. 그는 부패한 지 오래되었으나 차마 태우지 못한 기억을 거슬러 가고 있었다.

"피부는 창백하게 문드러지고 눈알은 튀어나오지. 복부는 공을 넣은 것처럼 팽창하는데……."

신 회장은 목격해 본 듯 막힘없이 말하다 입을 다물었다. 상세한 묘사보다 묘사하며 그의 얼굴에서 일어나는 파동이 더욱 생생했다.

그가 잠깐 주름진 눈언저리를 떨다가 긴 숨을 내쉬었다. 그는 끔찍스러운 꼴로 생을 마감한 사람을 그리워하는 게 아니라 잊고 싶어 했다. 그러면서도 그리워하는 감정마저 깔끔하게 버리지 못해서 영영 그 지리멸렬한 굴레를 벗어날 수 없는 것이다.

"선화를 그렇게 보내고 결심했다. 원하는 것이라면 뭐든 가질 수 있는 자리로 은석이를 올려놓겠다고. 버러지 같은 새끼들이 뒤에서 뭐라고 지껄이건. 태정은 은석이 거다. 태정을 가지면 은석이가 세상에 소유하지 못할 건 없다. 그게 돈이든, 명예든, 하물며 사람 목숨이든."

늘 듣던 부류의 말이었다. 사랑하지만 극렬한 반대로 방치해야 했던 여자와 여자가 아무도 모르게 낳아서 버린 아이.

부친이 타계하자 그들을 뒤늦게 수거해 보려 했지만 이미 은석의 친모는 투신한 후였고 은석은 보육원에서 학대로 인해 어딘가 망가진 아이로 자라 있었다. 그 안타까운 배경이 은석을 향한 그의 애정을 기이한 수준으로 굳건하게 만들었다.

은석이 외도로 태어났다는 불명예를 지우고 상류 사회 계층의 완전무결한 존재로 탈피시키기 위해 그는 본처와 본처의 아들을 방치했다. 그리하여 주한의 친모는 자살했고 주한은 망가졌다. 결국 모든 시초는 그였다. 죄업을 되풀이하는 것도 그였다.

그러나 결혼식 피로연이 완전히 파하기도 전에 눈엣가시 같은 물건을 도피시키듯 차에 태우고 한참 달려와 내쏟는 말치곤 이해가 되지 않을 정도로 평범했다.

서두를 어떻게 시작하든 본심은 그러니 그 주제로 운 좋게 태정가에 딸려 온 네가 은석이 최상위로 군림할 수 있도록 그를 적절하게 자극하고, 또 절제시키라는 뜻이었다.

그런 역할로 새희를 사용해야 하는 것에 수치와 수심이 지대한 그가 왜 굳이 시간을 낭비해 가며 거기서 거기인 소리를 반복하고 있는 걸까.

새희는 늘 그런 대로 침묵으로 수용했다. 언제부턴가 소리 내어 그러겠다고 대답하는 일이 고장 난 시계 초침을 제 시각에 옮겨 놓는 일처럼 무상해졌다.

"20년 전쯤인가, 이 강에 여자 하나가 빠져 죽었지."

화제가 왜 되돌아가는 걸까. 새희는 의문스럽게 생각하다 뭔가 어긋난 점을 인식했다.

은석의 어머니가 투신한 곳은 이렇게 적막하고 비밀스러운 강가가 아닌 새희가 카페에서 일을 마치고 돌아오는 길마다 지나쳐 가는 조명 불빛으로 야경이 현란하게 반짝거리는 대교였다. 아름답기도 하지만 자살의 명소라고 불릴 정도로 죽음의 냄새가 그득한 곳이기도 했다.

그렇다면 그는 지금 누구의 이야기를 하는 건가. 새희는 이야기의 주체를 모르는 상태인데도 어떠한 감당 못할 예감에 어깨가 부들부들 떨려 오기 시작했다.

"이름은 성이련, 나이는 서른일곱. 반 불구로 가출했다 객사한 남편과 딸 하나를 둔 불행한 여자였지."

발밑이 꺼지고, 눈 안의 세상이 흔들렸다. 새희는 발작하듯 몸을 뒤틀었다.

엄마의 이름이었다. 우리 엄마의 이름이었다…….

엄마의 이름이 그의 입에서 나오는 순간, 마치 엄마의 영혼을 만난 것처럼 혼자서는 어떤 것도 해낼 수 없던 어린 시절의 감각이 육체와 정신을 지배했다.

우리 예쁜 희. 사랑하는 희…… 따듯하지만 어딘지 모르게 공허하게 사랑이 묻어 나오던 목소리.

빈틈을 허용할 수 없다는 듯 꼭 껴안아 수다가도 얼굴을 바라보면 괴로운 표정으로 고개를 돌려 버리던 눈동자. 결이 고운 머리칼. 좋은 냄새. 예쁜 손가락…….

그의 앞에서 사소하게 주의하던 전부를 잊어버린 채 새희는 충격과 슬픔을 몸짓으로 감추지 못했다. 그러다 피가 다 빠져나간 목소리로 물었다.

그럴 리가 없다고, 같은 이름과 같은 불행을 가진 다른 여자라고 부정해 주길 바라며…….

"엄마가…… 엄마가 이 강에 빠져 죽었나요?"

이렇게 조용한 곳에서, 이렇게 쓸쓸한 곳에서…… 그랬나요?

"너를 보육원 앞에 내버린 그날 밤에 뛰어들었다더군."

부어올라 따가울 지경인 눈물샘에서 뽑혀 나가듯 눈물이 솟아올랐다. 소리를 죽이지도 못했다. 새희는 오열을 터뜨리며 등을 굽혔다. 시트 위로 눈물방울이 떨어졌다. 엎드리다시피 숙인 몸에 경련이 났다.

언제 어느 때라도 자신을 갈기갈기 찢어 놓고 갔을 소식이었다. 그러나 하늘도 야속하지, 하필이면 오늘 알게 한 걸까. 하필이면, 하필이면 엄마의 죽음에만 오롯이 슬퍼할 수 없는 오늘 같은 날…….

"시, 시신은요……?"

희야, 엄마는 죽으면 땅에 묻히고 싶어. 따뜻하고 아늑한 흙 속으로 들어가고 싶어…… 죽음에 대한 공포에 무지한 딸아이의 귀에 홀로 가 버릴 걸 예상이라도 한 듯 부지런히 흘려 넣던 말.

새희는 고개를 번쩍 들었다. 울어 젖히다가 미친 사람처럼 돌변해서 매달리듯 물었다.

엄마의 장례를 치러 줄 유족이 한 명도 떠오르지 않았다. 생자일 적에도 땅으로 들어가고 싶어 하던 본인이었지만 화장되었을 확률이 높았다.

엄마에게 가고 싶었다. 납골당의 위치가 궁금했다. 엄마는 어디에 잠들어 있을까. 아네모네를 꺾어다 놓아 주면 좋아할까…….

신 회장은 얼음으로 세공된 조각상처럼 미동하지 않았다. 처음에는, 그가 장소를 알려 줘도 되는지 고민하고 있겠거니 짐작했다. 두 번째는, 그도 장소를 모르고 있으려니 생각했다. 그리고 세 번째는……

세 번째를 추정하며 새희는 눈물을 흘렸다. 제발 그러지 말아 달라는 애원의 눈물이었다. 하지만 이것임을 본능적으로 알아 버린 공포의 눈물이기도 했다.

"아이를 낳아야 한다."

신경 근육이 마비되듯 뻣뻣해진다. 주어를 생략했지만, 오인 하는 일 따윈 없었다.

새희는 머리를 쥐어뜯으며 고개를 내저었다. 격렬하게 거부 했다. 거부하지 못하면 당장이라도 숨이 끊어질 사람처럼 거부 했다.

"무지하게 굴지 말아라. 너는 은석이 인생을 끌어내릴 치욕이 지만, 당장에 녀석을 다룰 만한 방법이 없어서 차마 널 어찌하지 못했다. 내가 모를 것 같더냐? 널 상처 입힐 수단으로 결혼까지 이용한 놈이야. 그리하도록 네가 부추겼지."

이를 악물어도 뜨거운 눈물이 새희의 턱을 적시며 흘러내렸다.

"아이는 너로서도 각고의 노력이 필요할 거다. 은석이는 아이를 비정상적인 수준으로 혐오해. 결혼식 전날에 새아기한테 다른 놈 씨를 배서 후계자로 삼아도 상관없다고 말했다더군. 파렴치하게 도…… 제정신이 아니야. 결단코 벌어져서는 안 되는 일이다."

신 회장은 체스 위의 말을 부리듯 새희가 은석을 조종할 수 있다고 생각하지만, 그 생각엔 오류가 있다.

은석을 자극해야 할 때는 관두게 하고 싶고, 그를 절제시켜야 할 때는 폭주하게 하고픈 충동과 언제나 소리 없이 전쟁을 벌였다.

그럴 때마다 새희의 눈 위로 출렁대는 거부해 달라는 절박함을 은석은 손쉽게 읽어 내곤 했다. 그리고 산뜻하게, 새희의 진심을 지르밟는 선택을 했다.

그에 따른 새희의 좌절감을 은석은 즐겼다. 그리고 그 즐거움을 지속하기 위해 신 회장이 새희를 채근하도록 일부러 종잡을 수 없는 불성실함을 내보였다.

그러니까 새희가 은석을 조종하게끔 만들기 위해, 은석이 신 회장을 이용했다고 보는 게 옳았다.

"못 해요. 이것만큼은, 이것만큼은……."

은석에게 아이를 낳지 말라고 매달리며, 그 모습으로 다른 여자와 아이를 낳고픈 마음이 들게 하는 일. 차라리 죽으라고 명령했다면 미련 없이 저 강에 뛰어들었을 텐데.

"네 어미 유골이 사창가 거리에 뿌려져도 좋은 건 아닐 거다."

무도한 말에 태연하게 고개를 끄덕일 수 있었다면…… 그러나 지독한 울음이 새희를 베었다. 철옹성처럼 견고한 노년의 시퍼런 얼굴이 협박보다 절망적이다.

그는 결코 번복하지 않을 것이다. 그는 이 장소에 새희를 데려오며, 새희가 우는 것을 바라보며 자신의 수고스런 행동이 틀리지 않았음을 깨달았으리라.

언젠가 이런 날이 오리라는 걸 예상하고 지금의 상황을 준비해 둔 느낌이다. 그는 엄마의 죽음을 챙겨 준 것이 아니라 유보하고 있던 것이다. 적재적소를 찾아오며. 엄마의 죽음은 그렇게 하나의 수단으로 작용하기 위함으로 은폐되고 있었다.

새희는 오랫동안 울었다. 신 회장은 지친 기색 없이 인내했다. 마침내 새희가 단념하고 수용하기까지. 엄격한 침묵을 두고 기다렸다. 늘 그래 왔던 대로.

늘 그래 왔던 대로……

"은석이는…… 알고 있나요?"

길고 긴 고문을 당한 것처럼 목소리는 흐릿하게 갈라져 나왔다. 내내 은석에 관한 이야기를 나누었으면서 신 회장은 그 질문이 되바라지다는 듯, 비릿하게 웃었다.

"그런 게 중요한가?"

고아원 앞에 버려졌던 그날, 그날은 눈이 내렸었다. 눈이 녹아든 강물은 차디찼을 것이다. 피부는 찢기듯 냉각되며 코와 귀로 찬물이 가득 고여 들었겠지. 살기 위해 열린 구멍들로 서서히 죽음이 스며들었겠지. 엄마는 그제야 생에 남겨 둔 가느다란 미련을 놓아 버렸겠지.

사실은 모르지 않았다. 마지막까지 엄마가 자신을 데리고 떠날까 무척 망설였다는 것을. 약을 한 움큼 움켜쥐었다가 자신과 눈이 마주치면 웃으며 개수대에 흘려보낸 것을. 아빠가 죽은 이후부터 엄마는 수 초마다 차오르는 죽고 싶은 마음을 눌러 왔다는 것을……

얼마나 어리석은 질문이었나. 그의 말이 옳았다. 그런 건 중요하지 않다. 전혀 중요하지 않았다.

"그만 가지. 쓸데없이 시간을 너무 허비했어."

엄마, 그냥 나를 데려가지. 불쌍하다 여기지 말고 데리고 가지. 버려서 살게 하지 말고 함께 죽지…….

\* \* \*

희야, 아무도 미워하면 안 돼.

우리 예쁜 희, 사랑하는 희.

엄마는 겁이 너무 많아서…….

\* \* \*

도심으로 진입한 차는 잠시 후 고급 아파트 단지로 들어섰다. 거대한 초고층 건물들이 등장했다. 대립하듯 우뚝하게 치솟은 외관은 사람이 사는 집보단 권력적인 부를 상징하는 전시물처럼 과시적이었다.

상상마저 조건부로 허용된 세계였다. 그 앞으로 그어진 선이 보인다. 태어날 때부터 허용된 자와 죽어서도 허용되지 못한 자를 가로지르는. 가난한 외부인의 눈에만 보이는 선이었다.

차를 본 경비가 경례하며 다가오자 차창이 내려갔다. 뒷좌석에 말라비틀어진 새희를 발견한 경비는 알아들었다는 듯이 고개를 꾸벅거렸다.

그 동작은 철저히 묵인하겠다는, 어떠한 비장함까지 느껴졌다. 차창이 다시 올라가고 차는 입구에 정차했다. 이대로 시간이 동결되었으면.

그러나 문을 열고 내려야 할 때였다. 손잡이를 비틀어 열었다.

"새희야."

새희는 일부러 뒤돌아보지 않았다.

"네 쓰임새를 항상 염두에 두렴."

등 뒤로 문이 닫히고 차가 떠나갔다. 쓰임새…… 그 단어는 이빨을 가진 것처럼 뒤통수에 박혀 들었다. 뭔가 주르륵 흘러나오는 기분이 들어 뒤통수를 만져 보았다. 손가락엔 아무것도 묻어나오지 않았다.

간밤에 외워 둔 비밀번호를 입력하자 환영하듯 문이 열렸다. 엘리베이터를 탔다. 층수가 오를수록 숨이 고양되었다.

50이 넘어가는 숫자를 바라보며 오늘 하루 자신에게 일어난 일을 돌이켰다. 은석이 결혼하고 엄마는 죽었다. 은석이 결혼하고 엄마는 죽었다. 은석이 결혼하고 엄마는 죽었다…….

그렇게 놀랄 일이었는가. 아니, 하루에도 몇 번씩 짐작해 온 미래였다. 그러나 사형 날짜를 알고 사는 마음과 사형이 집행되는 그날의 마음은 불행하게도 달라질 수밖에 없는 것이다.

표시판의 숫자는 심장 박동수처럼 전속력으로 상승했다. 반대로 체온은 급속히 얼린 것처럼 떨어지고 있었다.

죽음이 몇 번 거쳐 간 몸을 억지로 되살려서 겨우겨우 기능하게 한 듯이. 돌연히 심장이 멈춰도 이상할 게 없었다. 아니, 그러기를 간절히 바라고 있는 건지도……

엘리베이터가 열렸다. 넓은 복도에 배치된 문 앞에 섰다. 도어락을 보자 현실이 갑자기 우박처럼 쏟아졌다.

이 문을 열고 들어가야 한다. 이 순간보다 저항하고 싶은 순간이 찾아올까. 아마 오지 않을 것이다. 그러니까 지금 돌아서야 했다.

문 앞에서 몇 발자국 뒷걸음질했다.

도망칠까……

그때였다. 문은 허무할 만치 급작스럽고 간단하게 열렸다. 문을 연 사람과 시선이 공중에서 엮였다.

새희가 서 있는 것을 알고 연 듯한 고요하고 냉철한 얼굴이 두 눈동자 속을 장악했다. 가열된 공기가 몸에서 몸으로 밀려왔다.

내부에서 음식 냄새와 클래식 음악 소리가 스며 나왔다. 새희는 적당한 긴장과 즐거움이 오가는 시간을 눈치 없이 끊어 버린 방문자였다.

대치하듯 마주 보고 선 자세가 곧 무너질 듯 정신이 휘청거렸다. 발치로 하강한 그의 눈이 애매하게 뒤틀린, 달아나기에 실패한 모양의 두 발을 본다.

그리고 다시금 파고드는 그의 눈은 새희에게 어떤 일이 일어났는지, 얼마큼의 마음을 다쳤는지 꼭 알아낸 것처럼 말을 걸어왔다. 과거의 그가 건넸던 말을.

아팠습니까?

아팠습니까……

슬픈 열기가 발끝부터 에워싸며 눈시울이 뭉클 뜨거워졌다. 그의 매끈하고 무심한 얼굴이 속살을 가르고 열어젖힌 깊은 곳에 지나치게 감상적이라 숨겨 버린 얼굴을 어루만졌다. 저 자신도 만져 보지 못한 나약한 얼굴을……

"뭐 해요, 둘이? 안 들어와?"

김언혁의 등 뒤에서 이진이 가운 차림으로 나타났다. 어깨 한쪽으로 늘어뜨린 젖은 머리를 수건으로 털며 얼른 들어오라고 고갯짓한다. 눈썹과 입술에만 남은 화장기가 은은하게 반짝였다. 일상적이라 더 자연스러운 관능이 그녀의 몸짓대로 팔랑였다.

가운 사이로 얼핏 엿보이는 나긋한 온기를 품은 맨살의 곡선이 허락한 손에 한해서는 어떤 자극보다 대담하게 녹아내릴 듯하다. 무방비한 모습마저 전략적인 무기 중 하나였다. 어느 상대에게 어떻게 쓰일지 천 가지의 방법은 숙지했을 듯한……

새희는 몸통에 창살이 박힌 물고기처럼 현관으로 떠밀려 갔다. 등 뒤로 문이 닫혔다. 도어락이 잠기는 소리가 초조감을 올렸다.

옆으로 비켜선 그의 몸을 스쳐 가는데 순간적으로 아찔한 기분에 휩싸였다. 의식이 한 움큼 쥐어 잡히는 것처럼. 뜨겁고 두꺼운 혀가 등줄기를 훑는 느낌에 핑그르르 머리가 돌았다.

아주 잠깐 정신을 놓쳤다. 휘우듬히 흔들리는 몸을 안정적으로 받쳐 준 건 뒤에서 감겨 든 단단한 팔이었다. 내려온 숨결이 목덜미를 물들였다. 긴 손가락이 팔꿈치를 힘주어 감쌌다. 그 상태로 이진과 눈이 마주친 건 우연이라면 정말이지 나쁜 우연이었다.

"이런, 조심해야지."

이진이 조롱하듯 생글거렸다. 그녀가 휘파람을 불며 뒤돌았다. 김언혁은 완만하게 손을 미끄러뜨렸다. 이진을 뒤따르는 새희의 뻣뻣한 몸이 금세라도 내려앉을 듯 파들거렸다.

경기장처럼 광활하게 트인 거실 한복판에 서자 창밖으로 인공광이 빚어 낸 도시 야경이 펼쳐졌다. 일순 모든 번뇌를 잊을 정도의 장관에 멍해졌다.

첼로 곡으로 편곡된 라흐마니노프의 보칼리제가 감성을 뭉근하게 고조시켰다. 발코니에 익숙한 뒷모습이 눈에 걸렸다. 밤 그늘을 흡수한 순백색 니트는 오묘한 빛깔의 착시로 눈을 어지럽히고, 정지되어 있어도 하늘거리는 느낌의 머리칼은 바로 턱 밑에 자리한 듯 간질거린다.

어디서건 은석을 빠르게 찾아내게 되는 건 학습된 버릇인 걸까, 그냥 그렇게 태어난 걸까.

때마침 돌아본 은석과 눈이 마주쳤다. 여느 때와 다름없는 희고 고운 얼굴을 몇 년 만에 만난 듯이 찬찬히 바라보았다.

자신의 표정에 애원이 짓물러 있을까 염려가 일었다. 은석은 막 결혼식을 올린 사내가 아닌 성인의 테두리가 부서진 소년 같다. 그래서 불쑥불쑥 치솟는 서글픔을 다룰 수 없는 것이다.

새희를 말끄러미 보던 그가 난간을 짚은 손을 떼어 내고 천천히 걸어오기 시작했다.

'은석이는…… 알고 있나요?'

'그런 게 중요한가?'

중요하지 않은데, 중요해서는 안 되는데…… 묻고 싶어서 속입술이 달싹거린다.

우리 엄마가 강에 빠져 죽은 걸 알고 있느냐고. 내가 오늘 그곳에 다녀온 걸 너는 알고 있느냐고…….

"합병 건 때문에 회사가 좀 바빠야지. 신혼여행까지 미루고 이게 뭐야, 그죠?"

다가오던 은석 앞으로 이진이 성큼 난입했다. 그녀의 어깨너머로 은석이 우뚝 걸음을 멈춰 세운다.

"우린 이미 저녁하고 가볍게 술도 한잔씩 했는데. 배고프지 않아요?"

허기질 텐데, 몹시. 비스듬히 고개를 내린 이진이 의미심장하게 입꼬리를 올렸다. 새희는 둔기에 얻어맞은 것처럼 정신이 들었다. 그녀를 앞에 두고 은석을 눈빛으로 불러들이는 발칙한 태세를 취한 것을 깨닫자 피가 식는다.

"괜찮아요……."

사양하는 한마디가 젖어 있었다. 그래도 이진은 새희를 부엌으로 이끌었다. 테이블 위로 차려진 요리들은 적당하게 비어 있었다.

육류를 길게 먹지 못하는 은석의 취향에 맞춘 듯, 식탁엔 해산물 요리가 대부분이었다. 가재의 속살 위에서 먹음직스럽게 녹은 치즈를 보고만 있는데 잠시 방으로 들어갔던 이진이 품에 와인을 껴안고 나왔다.

"이리 와서 잔 들어요."

옷을 벗어요, 라고 말해도 위화감을 갖지 못했을 것이다. 이진은 거침없이 금띠를 두른 와인의 코르크 마개를 땄다.

새희는 제 몫처럼 남아 있는 한 개의 깨끗한 빈 잔을 들었다. 꼿꼿하게 든 것을 보며 웃은 이진이 병 입구로 글라스 테두리를 은근히 눌러 기울이게 했다.

붉고 진한 액체가 흘러 들어온다. 이어서 이진은 부엌으로 들어오는 은석에게 병과 잔을 들고 갔다. 은석의 잔을 채워 주며 김언혁을 불렀다. 그는 강물을 가로질러 가는 걸음걸이로 나타나 테이블에 놓인 와인 잔을 손 틈새에 끼웠다.

그 짧은 순간, 시선이 교차했던가. 이진과 번갈아 가며 서로의 잔을 채우는 그의 옆얼굴은 냉각된 밤처럼 어떤 것도 관측되지 않았다.

의도인 듯 아닌 듯 모인 세 사람을 멀거니 응시하는데 이진이 다시 새희에게 돌아왔다. 그리고 주위를 휘둘러보며 잔을 들어 올린다.

"다시 돌아오지 않을 이 밤을 위하여."

건배. 투명한 마찰음을 내며 부딪친 잔의 진동이 가슴에 이는 파랑으로 소용돌이쳤다.

잔에 입을 대는 이진의 촉촉한 입술을 힐끗거리며 한 모금 들이켰다. 향기로운 액체의 첫맛은 진하고 묵직했다. 목 안으로 삼키고 난 뒤 혀에 남는 끝 맛은 달짝지근하다.

다시 돌아오지 않을 이 밤을 위하여. 그 치명적인 문장과 잘 어울리는 맛이었다.

뜨끈하게 달아오르는 속이 진정되기도 전에 한 모금 더 들이켰다. 이 액체가 독극물이면 좋으련만. 식도를 태우고 내장을 녹여서 눈을 멀게 하고 심장을 멎게 하면 좋으련만…….

비어 버린 잔으로 와인 병의 입구가 걸쳐졌다. 당연히 이진일 거라고 생각했다.

"아……."

그러나 그였다. 그가 채워 주는 잔이 얕게 진동했다. 도대체 이 남자는 왜 이렇게 태연자약할까…….

조각도로 깎아 내린 듯한 콧날을 훔쳐보았다. 이진이 제 것도 비었다며 잔을 내밀지 않았다면 하염없이 김언혁을 눈으로 도둑질하고 있었을 테다.

친밀한 기류를 형성하는 두 사람한테서 뻣뻣하게 턱을 돌렸다. 습관적으로 은석을 찾았지만 아무런 유감없이 이쪽을 보고 있는 은석을 보자 더한 참담함에 갇혔다.

어디에도 편안하게 눈 둘 곳이 없구나…….

새희의 눈동자는 안착하지 못하고 허공을 누볐다. 한참을, 그랬다. 취기가 혈류를 가득 메울 때까지, 몸 안의 계절이 넘어갈 때까지, 지독한 현실을 한낱 꿈으로 착각하기까지. 그리고 그 꿈에서 바로 깨어나기까지…….

행복해지고 싶었던 게 아니다. 다만 불행의 틈 사이로 한 자락의 그늘을 바랐다. 그 그늘이 은석이길 바랐다.

과한 바람인 걸 알면서도 오직 그것만을 바라 왔기에 벌을 받는 걸까. 은석과 닿는 시간과 닿지 않는 시간 전부가 고통이 되어 버렸을 때, 그때 떠나야만 했나.

하지만.

하지만…….

"희야."

너무나 익숙한 감촉이 두 뺨을 스쳤다. 얼룩진 시야가 닦여 나간다. 속을 알 수 없는 표정을 한 은석의 손이었다. 미치도록 다정해서 죽고 싶어지는…….

"왜 이렇게 울어."

그러나 그 옆엔 웃음기 없는 얼굴의 이진이 있다. 새희는 황급히 고개를 가로저었지만, 몸이 잔바람에 일렁이는 촛불처럼 답답하게 움직였다.

"이만 자러 갈까요?"

"…….."

"은석 씨."

새희는 어지러이 떠도는 잔상들을 밀어내며 여러 갈래로 들려오는 이진의 말소리를 뭉쳤다. 은석 씨, 하고 부르는 목소리에 조금 힘이 들어간 것 같다. 그 앞의 말은…….

"나는 신혼여행은 미뤘어도 허니문 베이비는 포기하고 싶지 않은데."

어째서 그 긴 말은, 단번에 밀려 들어왔는지 모른다. 별다른 의사 없이 순순히 떨어져 나가는 은석의 손을 새희는 넋이 나간 눈으로 보았다.

'내가 회사에서 집무를 볼 동안 당신이 내 남편 될 남자와 안방에서 알몸으로 뒹굴든, 사랑을 속삭이든 개의치 않겠다는 말이란 거죠.'

'그리고 나, 신은석 씨 얼굴 굉장히 좋아하거든.'

'애는 최대한 빨리 가질 생각이에요.'

'아이를 낳아야 한다.'

'은석이는 아이를 비정상적인 수준으로 혐오해. 결혼식 전날에 새아기한테 다른 놈 씨를 배서 후계자로 삼아도 상관없다고 말했다더군. 파렴치하게도…… 제정신이 아니야. 결단코 벌어져서는 안 되는 일이다.'

"은석아……."

설명할 수 없으며 막을 수도 없는, 마음 한구석에서 내내 부풀어 오르던 형체가 터져 버린다. 폭발은 제 몸 안에 사는 작은 아이의 죽음이었다. 은석과 가난을 애틋이 나누던 아이의 마지막 작열이었다.

"은석아, 은석아!"

그리 멀리 간 것도 아닌데, 은석이 닿을 수 없이 멀리 떠나기라도 한 것처럼 다급히 불러 젖혔다.

손에 들린 와인 잔이 떨어지며 바닥으로 깨어졌다. 파열음이 고막을 그었다. 돌아보는 두 눈은 조금 의외롭다는 채였다. 억눌린 목소리를 쥐어짜 냈다.

"가……."

수없이 그어 보아 가슴 속엔 흉이 져 버린.

"가지 마……."

이 생에서는 더는 금지된 말을…….

눈물은 어디에서 계속 솟아나는 걸까. 새희는 가지 말라고 말한 자신이 혐오스러웠다. 그러나 뱉고 나자 얼마나 하고 싶어 사무치고 사무쳤던 말이었는지 깨닫는다. 그래서 더 눈물이 쏟아져 나왔다.

"새희 씨."

반란과도 같은 애걸에 먼저 반응한 건, 은석이 아닌 이진이었다.

"이 집에 당신 방은 있어도 당신이란 사람은 없는 거예요."

그녀는 빈정거리지도 분노하지도 않았다. 그저 사실을 통고하는 진실한 음성이었다. 네가 하는 짓은 손톱으로 돌을 깎으려는 행위보다 부질없다는 걸 깨우쳐 주는.

새희의 꽉 깨문 입술에서 힘이 빠져나갔다. 눈물도 멈췄다.

"내 첫날밤을 더는 주제넘게 방해하지 말아요."

피곤하다는 듯 한숨을 흘린 이진이 은석을 쳐다보았다. 은석은 전에 없이 맑은 눈빛으로 새희를 응시하고 있었다. 술이 들어가서 발그레해진 뺨은 어느 때보다 생기 있어 보였다. 한 번도 받아 보지 못한 눈빛이 뼛속으로 파고들었다.

사랑스러운 무언가를 만질까 말까 고민하듯 굴던 그가 이윽고 다가와 새희의 뺨을 쓰다듬었다.

"희야, 잘 자."

"……."

"발 조심하고."

이마에 부드럽게 내려앉은 입술이 입술에도 짧게 닿았다가 떨어진다. 그리고 은석은 이진과 함께 계단을 올라갔다. 계단을 오르던 이진이 "아 참." 어느 방향으로 손가락을 가리키며 말했다.

"새희 씨 방은 저기, 드레스 룸 옆방이에요."

그럼, 굿 나잇.

그대로 시간이 한 뭉텅 썰려 나간 것 같다. 토막 난 시간이 제일 처음으로 되돌아가고, 되돌아가고, 되돌아가고…….

그 속에 정지된 깨어진 유리 파편들과 그 앞에 주저앉은 자신. 그리고 꽤 오래전부터 자신을 지켜보고 있던 것 같은 검고 눅진한 눈길.

새희는 턱을 들었다. 창가에 몸을 기댄 채 담배를 피우는 그를 올려다보았다. 기시감이 드는 장면이었다. 바닥을 딛고 선 긴 다리를 훑으며 올라가자 맞닥뜨렸던 선명한 충격.

물에 빠져 허우적거리는 몸을 더 깊이 침수하도록 밟았다가 익사 직전 끌어 올려 다시 처박을 눈이었다. 그토록 잔혹하고 습한 눈은 난생처음 보았다.

그 눈을 가지고도 아무 행동도 하지 않은 게 더욱 수상하고 음험했다. 그래서 새희는 몇 날 며칠 밤을…….

담배 연기를 후, 뱉으며 그의 몸이 바르게 섰다. 그날과 같은 듯 전혀 다른 눈빛이었다. 바에서 방관했던 때를 반추하는 새희에게 그가 걸어왔다.

단숨에 다가붙은 그가 한쪽 무릎을 굽혀 앉았다. 그의 눈에 그만 현실을 인정하라는 냉혹한 빛이 반사됐다. 뒤이어 그는 가볍게 물었다.

"이래도 나랑 바람피울 생각이 없습니까?"

이 남자는 여기까지 보았나. 그에게 보기 좋게 걸려든 새희를 비웃고 있을까, 동정하고 있을까. 그런 건 이제 아무래도 좋았다. 아무래도 좋으니까……

새희는 덜덜 떨리는 사지만큼 불안정한 음성을 흩뿌렸다.

"나, 나를 좀……."

김언혁의 눈이 위험한 빛으로 반짝였다.

"어떻게든 해 줘요, 제발……."

당신 눈 속에 흐르는 그 날 선 광기대로.

완전히 망가뜨려서 아무 생각도 할 수 없게……

* * *

침실 문을 열었던 손은 그의 것이었나, 새희의 것이었나.

방 안은 투명한 휘장으로 덮인 커다란 침대가 한쪽 벽면을 채우고 있었다. 그 옆의 희끄무레한 갓을 쓴 스탠드가 놓인 테이블을 비롯한 벽지, 가구, 침구까지 모조리 화이트 톤으로 통일된, 따로 성의가 들어가지 않은 오로지 기능에 충실한 방이었다.

잠자고, 잠자고, 잠자기에 좋은……

본가에 머물렀던 방보다 발 디딜 공간이 넉넉했다. 그러나 뒤에 선 그가 내뿜는 위압감에 움직임이 제한됐다. 함부로 발을 디뎠다간 뒷덜미가 잡혀 무릎이 꿇릴 것 같았다. 그보다 더한 짓이 일어날지도 몰랐다.

문을 닫고 잠그는 소리가 났다. 심장이 뛰어 댔다. 너무 뛰어 대서 오히려 뛰지 않는 것처럼 느껴졌다. 이제라도 도망갈까, 하는 생각은 들지 않았다. 그가 문을 잠근 이상 달아나는 건 용납되지 않을 걸 알았기에.

등으로 그의 가슴이 밀착했다. 닿지 않았는데도 닿았다고 착각을 일으키는 긴장감이 팽배했다. 차라리 닿아 버리는 게 나을 듯한 아슬아슬한 분위기였다. 뒷덜미부터 발목까지 훑어 내리는 눈을 참아 내기 어려워 무릎을 만지작거렸다.

그 순간, 그가 새희의 머리칼에 손가락 사이사이를 찔러 넣어 그쪽으로 휘어 당겼다. 휘돌아 간 고개 앞에 불손한 턱 끝이 자리 잡았다.

그가 적절히 힘을 배제한 편이었는데도 전신이 휘청이며 딸려 갈 정도였다. 진심으로 작정하면 새희가 한 줌의 재도 남지 않고 부서지는 건 한순간일 테다.

"하나만 제대로 합시다."

새희의 속눈썹을 눈으로 훑으며 그가 인내심이 임박한 목소리를 내뱉었다.

"단순히 박고 싸는 짓만 기대한 거라면 곤란하거든."

술기운과 한데 섞인 배덕한 열기가 증폭했다. 그가 무슨 말을 하려는지 알 것 같았다. 정상인이라면 갖고 있지 않을 비틀린 욕구. 사적인 공간 안에서만 드러날 그의 은폐된 영역…….

전부를 다 아는 건 아니지만, 모르지는 않았다. 그의 말처럼 모르는 척하고 있었다.

사회에서는 금기시된 저급한 언어와 폭력과도 닮은 가학성과 통제력. 무정한 가면으로 가렸지만 검은 눈동자에 퇴폐한 각을 세우는 타고난 천성. 상대를 다그치고 쥐어짤 때만 터져 나오는 질 나쁜 희열.

그 모든 것이 그였다. 애인이 남편과 방에 들어간 틈을 타 그 남편의 여자를 덮치는 그였다.

"알아요……."

불이 붙은 듯, 당겨진 얼굴로 그의 입술이 사납게 내려왔다. 모르는 것 같은데. 그의 중얼거림이 혀 밑에 짓눌렸다.

잘근잘근 입술과 턱이 깨물리다가 번쩍하고 몸이 들렸다. 공중에 뜬 두 발이 엉겁결에 그의 허리를 감았다. 이어 등에 닿은 침대와 그의 몸 사이에 끼어 혀가 유린당하다가 점차 숨이 바닥났다. 진정으로 숨이 모자랐다.

그는 물러나지 않고 한계치로 밀어붙였다. 터질 것처럼 달아올라 버둥대는 새희의 뺨을 움켜잡고서 혀를 더 깊은 곳으로 밀어넣었다.

고통이 차올랐다. 살려고 그의 어깨를 퍽퍽 치는 손이 힘을 잃고 늘어지기 직전, 그가 혀를 건져 올렸다. 얼얼한 통증이 가시기도 전에, 그의 손가락이 혀를 잡아당겼다. 혀를 잡힌 채로 새희의 눈이 커다래졌다.

"이쪽에 무지한 여자를 먹는 건 처음이라…… 어렵네."

혀를 꼬집듯 당겼다가 부드럽게 설소대를 긁어내리는 움직임이 음탕했다. 그가 새희의 혀끝에 자신의 혀를 갖다 대었다가 감아 올렸다.

그 상태로 손가락도 함께 휘돌렸다. 이토록 난잡한 키스는 처음이었다. 열이 몰린 눈으로 그를 올려다보자 그가 한숨 쉬듯 말했다.

"귀여워."

젖꼭지 빠는 아기 같아…… 음란하게 퍼붓는 말이 숨을 달구었다. 다시금 세게 빨아 당기며 건반을 치듯 혀를 누르던 손가락과 입술을 그는 불현듯 동시에 떨어뜨렸다.

한꺼번에 떨어져 나가자 정신이 차려지지 않았다. 젖은 호흡을 고르는데 그가 팔을 잡아 일으켰다. 침대 밖에 선 그의 손길이 턱밑을 간지럽혔다.

이것은 아직 1단계도 아니었다. 그의 흥분은 반의반도 발휘되지 않은 것을 직감으로 알았다.

"세이프 워드를 정해야겠군요."

그게 뭔가, 하는 눈빛으로 올려다보자 그가 말했다.

"내 손에 정말 죽을 것 같을 때 살려 달라고 신호를 보내는 겁니다."

그의 눈은 이성과 본성이 치열하게 충돌하는 중이었다. 새희는 침을 삼키며 고개를 끄덕였다. 꼭 필요한 장치일 듯했다. 그가 음…… 잠시 고민했다. 와중에도 턱을 쓰다듬는 아득한 손길은 지속됐다.

"말로 하면 못 들은 척 하려나……."

스스로를 의심스러워하는 말투였다.

"코끝을 깨물어요."

그가 툭툭 손끝으로 치는 코끝을 바라보았다. 산맥처럼 높다랗게 뻗은 그것을 깨물 수 있을는지 걱정됐지만, 그는 드디어 준비가 끝났다는 듯 머리를 쓸어 올렸다. 헝클어진 머리칼 밑으로 제어를 푸는 눈동자가 보였다. 소름이 끼치는 광경이었다. 고조되는 공기에 기가 질렸다.

그는 마지막 아량을 베풀 듯, 서두르지 않고 느릿하게 귓불을 감아 죄듯 물었다.

"혀가 안 닿았으면 하는 곳 있습니까?"

어떤 대답도 수치가 되는 질문이었다. 새희는 벌겋게 익은 얼굴로 고개를 저었다. 고개를 저었다는 것도 수치스러웠다. 김언혁은 시원스럽게 찢긴 눈매를 치켜세웠다.

"다행이군요."

그가 제정신이었던 건, 아마도 그때까지였을 것이다.

* * *

김언혁은 발가락부터 먹어 치웠다. 스타킹을 푹 찢고 긁어내린 손가락이 발목을 잡았을 때도 그대로 당겨져 입속으로 빨려 갈 줄 꿈에도 몰랐다.

축축하고 뜨듯한 혀가 움푹 들어간 부분을 핥아 올리며 발가락 사이사이를 혀끝으로 눌렀다. 간지러운 것 이상으로 치가 떨릴 만큼 자지러졌다.

발등으로 혀를 미끄러뜨리며 시트 위로 발랑 뒤집어져 할딱대는 새희를 추격하는 눈은 미세한 변화를 샅샅이 감지했다. 비명이 나오려는 걸 가까스로 참아 냈다.

발바닥이 빨리는 것보다 저 눈이 더 질척하고 지독하게 느껴졌다. 역동적으로 꿈틀대는 혀는 발 모서리를 베어 물었다. 저절로 허리가 비틀렸다. 발뒤꿈치를 깨물고 혀로 굵다 미끄럽게 종아리를 타고 내려온다.

젖어 드는 감각이 그가 핥지 않는 곳에서도 작렬했다. 먹잇감의 뼈를 바르듯 널찍하게 편 혀가 허벅지 아래를 남김없이 식사했다. 뼈마디가 눅신하게 녹아내리는 듯했다.

그가 반대쪽 발을 들었다. 양쪽으로 나눠 든 발을 급하게 잡아당겼다. 주르륵 끌려 내려간 새희의 발목을 어깨 위로 걸치며 그가 하반신을 밀어붙였다. 부풀 대로 부푼 아래를 노골적으로 마찰했다. 단지 그 접촉만으로도 뒤섞이는 숨이 뜨거워졌다.

주먹 하나 들어갈 간격을 두고 마주한 그의 잘빠진 모양의 입술이 척척했다. 흠집 없는 대리석 같은 피부에 스민 향기가 유독 상쾌했다.

씻은 지 얼마 안 된 사람 특유의 청결함이었다. 그에 비해 불결한 자신이 갑자기 죄를 지은 것처럼 미안하고 참담했다. 아랫입술을 엄지로 눌러 벌리는 그에게 자백하듯 변명했다.

"저, 저는…… 씻질 못했는데……."

김언혁은 아랑곳하지 않고 벌린 입술에 혀를 비볐다. 야만스럽게 비벼 대며 새희를 조금 비웃었다.

"괜찮아. 맛만 좋았으니까."

치욕을 선물하고 내쉬는 그의 한숨이 짙디짙었다. 붉어진 새희의 뺨이 깨물렸다. 그 옆의 귓불이 흡입되었을 땐 참을 수 없어서 시트를 쥐어 잡았다.

미칠 듯한 감각이 내달렸다. 발기한 중심은 상스럽게 문질러졌다. 들썩거리는 몸이 발화했다. 귓바퀴를 적시고 턱 선을 씹은 입술이 도달한 곳은 다시 아랫입술이었다.

목구멍까지 혀를 휘두르는 깊고 진한 키스를 하며 그의 두 손이 블라우스 앞섶을 잡았다. 그는 낮게 뇌까렸다.

"찢어 달라고 해야지."

"하, 으응……."

"지저분한 옷을 찢어발겨 달라고…… 음?"

말은커녕 숨도 제대로 나오질 않았다. 새희가 바로 말을 듣지 않자 그의 눈빛이 급변했다. 원하는 반응을 끌어내기 위해서라면 어떤 짓도 서슴지 않을 본성이 점화된다.

새희의 몸은 고문을 예지한 것처럼 파르르 떨렸다. 단추 속을 파고드는 손끝은 유리 파편 같았다. 새희는 짓무른 혀를 꿈틀거렸다.

"옷을 찢어 주세요……."

그의 손에 걸린 블라우스가 곧장 종잇조각처럼 찢겨 나갔다. 잠시라도 불복한 걸 벌주듯, 김언혁은 브래지어 안의 젖꼭지를 손톱으로 지그시 눌렀다.

새희는 튀어 오르며 신음을 질렀다. 내려치는 눈빛은 무자비했다. 유륜을 긁어내리고 뽑아 올리는 손동작이 과격했다. 따가운

쾌감이 몰려들었다.

정신없이 아래에서 밀쳐 대는 감각도 한계점에 도약했다. 그악하게 둥글리는 젖꼭지가 꼿꼿이 솟아올랐다. 대담하고도 낯선 몸의 변화가 스스로 수치스러웠다.

속눈썹이 팔딱거렸다. 질펀하게 들러붙는 아래가 움찔거렸다. 아직 아무것도 물지 않은 속살이 좌악 수축했다.

"웃. 으응……!"

짤막한 교성을 터뜨리며 머리를 뒤흔들었다. 하아, 하아, 벅찬 호흡을 정돈하기도 전에 그가 젖꼭지를 잡아당기며 침대 밖으로 나가 섰다.

아릿한 고통에 따라 강압적으로 일으켜진 새희는 비대하게 팽창한 하체와 직면했다. 천에 덮여 있는데도 짐승의 생식기를 우연하게 마주한 것처럼 목덜미로 식은땀이 고였다.

그는 커프스단추를 끄른 다음, 손목을 장식한 묵직한 시계와 포켓 속 메탈 케이스를 협탁 위에 올려놓았다. 질서정연한 동작은 훈련된 장교의 시범 같았다.

찔러 대는 눈빛이 턱을 들게 했다. 그의 검지와 중지가 입술을 비집고 들어왔다. 입이 뻐끔 벌어졌다.

"내 자지를 빨아 당기려면 이 크기로는 안 되는데."

아랫니를 누르는 힘이 강해졌다. 아, 하고 외쳤을 때보다 더 넓은 공간을 확보한 입안을 그가 구경하듯 오래 살펴보더니 바지 지퍼를 열었다. 열자마자 탄력적으로 튕겨 나온 페니스가 뺨을 때렸다.

새희는 눈을 의심했다. 길이든 부피든 인간의 것이라고 보기 어려운 생김새였기 때문이다. 총신처럼 길쭉하고 두텁게 뻗은 살덩이 위로 불거진 힘줄은 습지를 점령한 생물 같았다.

머리채를 움켜쥐는 손이 서늘한 재촉을 가했다. 새희는 충격이 가시지 않는 표정을 겨우 사그라뜨리며 페니스의 *끄트머리*를 머금었다.

은석과는 다른 질감을 느끼는 순간, 자신이 은석이 아닌 다른 남자의 성기를 물고 있음을 확연하게 자각했다. 이런 말도 안 되는 일이 고작 층 하나 밑에서 이루어지고 있다는 사실이 어이없을 만큼 믿어지지 않았다.

"이게."

그때였다. 차갑고 딱딱한 분노가 목을 그었다. 뒷머리를 잡아챈 손이 거칠어졌다. 커다랗고 두꺼운 것이 목구멍 안쪽을 짓찧었다. 부릅떠진 눈동자가 시뻘겋게 충혈됐다. 생리적인 구역감이 치밀었다.

고개를 도리질 쳤다. 가쁘고 찐득한 숨소리가 흩어졌다. 점막을 헤집는 성기가 기도를 찔렀다. 고통인지 쾌감인지 모를 감각으로 새희의 눈이 돌아갔다.

김언혁은 머리채가 뽑힐 것 같을 정도로 세게 움켜쥐고 허리를 흔들면서도, 짜증이 치민 눈이었다. 살짝 흐트러진 숨결과 여전히 딱딱하게 부푼 상태인 페니스만이 그가 흥분했다는 증거였다.

그의 사정을 독촉하기 위해 목구멍을 열어 조였다 풀었다. 반복하자 턱이 덜덜거리기 시작했다. 그는 봐주지 않고 마구잡이로 쑤셔 댔다.

그의 목적은 사정이 아니라 훼손 같았다. 극점을 지나친 속도감에 공포가 엄습했다. 이런 광기 어린 펠라티오는 해 본 적이 없다.

"친절하게 벌려서 넣어 줬는데 한눈파니까 화가 나잖아."

"읍, 커억……!"

"내가 정액을 싸 주면 감사하다고 받아먹는 거야."

살벌한 어조로 내뱉는 언어는 흙탕물보다 지저분했다. 낮게 갈린 한숨이 쏟아졌다. 입안으로 끈적한 점액이 흠뻑 고여 들었다.

그가 뿌리까지 박아 넣은 채로 새희가 옴짝달싹하지 못하게 뒤통수를 콱 눌렀다. 눈앞이 새하얗게 탈색됐다. 자신도 모르게 그의 허벅지에 손톱을 박아 넣었다. 목구멍이 가로막히자 다른 체내 구멍에서 치욕적인 것이 흘러나왔다.

김언혁은 턱을 젖히며 음…… 우아하고 징그럽게 신음했다. 곧이어 울컥, 울컥, 비릿한 액체가 터져 나왔다. 정액이 점막으로 달라붙는 느낌은 아찔할 만큼 부정했다.

그는 남은 한 방울까지 쥐어짠 뒤 성기를 잡아 뺐다. 매우 길어서 뺄어 내는 데도 시간이 꽤 걸렸다. 입술 끝에 귀두가 걸쳐졌다가 스프링처럼 튕겨 오르며 복부로 올라붙은 그의 것은 사정 직후에도 발기된 채였다.

새희는 부족했던 숨을 허겁지겁 마시며 그의 것에서 그의 얼굴로 겁먹은 시선을 들어 올렸다. 욕망을 분출한 직후 그의 분위기는 붓질이 어그러진 수묵화 같았다.

그는 다물릴 듯 다물리지 않은 새희의 입술을 확고한 의미로 뜯어보고 있었다. 새희는 그의 요구를 기억해 냈다. 경악하고픈 목소리로 더듬댔다.

"가, 감사합니다……."

"왜?"

왜? 그 물음이 상황에 맞지 않게 태평하게 들려와서 그가 더 미치광이처럼 보였다. 혓바닥이 타들어 갔다.

"정액을…… 싸 주셔서 감사합니다……."

가학적인 눈빛이 내리꽂혔다. 뺨을 후려칠 눈빛이었다. 그러나 그는 때리지 않았다. 다만 다시 새희의 뒷머리를 움켜쥐었을 뿐이다.

세 번의 펠라티오가 격랑처럼 지나갔다. 두 번째 사정을 마치고, 그가 또 성기를 쑤셔 박았을 땐 잘못했다는 애원이 절로 쏟아졌다.

제 눈에서 더 흘릴 눈물이 나온다는 것도 신기할 지경이었다. 그는 아무리 울고 빌어도 기어이 성기를 물리고 정액을 목 안까지 채워 주었다.

세 번, 아니 네 번…… 수컷의 상징을 토해 낸 그의 성기가 빠져나가기 전에, 새희가 먼저 나동그라졌다. 난자당한 입 속은 정액으로 거미줄이 쳐졌다.

시큼하고 농축된 액체가 이에 씹혔다. 초점을 잃은 눈동자를 힘없이 굴렸다. 김언혁은 한 손으로 머리칼을 쓸어 넘겼다.

"하아……."

길쭉한 눈매가 느슨해지는 순간이었다. 그를 휘도는 공기가 녹은 초콜릿처럼 끈끈했다. 강렬한 육감은 훔쳐보는 눈을 침식했다.

이 순간, 그가 태양이었더라도 그를 피하지 않고 쳐다보았을 것이다. 눈알이 부식되는지도 모르고, 피부가 태워지는 것도 모르고, 사실은 그가 자신의 일부를 도륙하고 있는지도 모르고…….

김언혁은 다시금 새희의 발목을 부여잡았다. 그가 잡은 것은 발목인데 전신이 움찔했다. 또 하려는 것일까. 울음이 튀어 나간 건 본능이었다.

"그, 그만…… 더는 못 하겠어요……."

"아니, 빨라는 게 아니라 빨리는 거야……."

진정시키는 건지 추행하는 건지 모를 말을 하며 그가 새희의 두 다리를 머리 뒤로 넘겼다. 발가락이 시트에 닿았다. 태어나 처음 취해 보는 자세였다. 목이 뻐근하고 쏠리는 압력에 뺨이 터질 듯했다.

그는 멀쩡히 지퍼를 내린 것이 무색하게 순식간에 스커트를 찢어 버렸다. 이치에 맞지 않는 행동을 하는 그가 비정상적이었다.

비정상적인 남자를 사랑하는 여자들은 똑같이 비정상적인 걸까? 비정상적인 남자의 비정상적인 욕망으로 아래가 함빡 젖은 자신도 비정상적인 걸까? 젖어서 들러붙은 속옷 위로 그의 콧날과 입술이 파묻혔다. 말도 안 돼…… 새희는 비명을 질렀다.

"아! 으응!"

속옷 채로 깨물린 음부가 이어 게걸스럽게 빨렸다. 목 안으로 삼킬 것처럼 그는 거세게 흡입했다. 정신이 어딘가로 휩쓸려 가는 것만 같다.

빨아 젖히며 그는 팬티를 손가락에 걸어 젖혔다. 그의 눈빛이 은밀하게 개방된 부분으로 쏟아졌다. 빠끔대는 속살을 입술로 짓문지르다 혓바닥을 안쪽 깊숙이 넣는다. 과연 혀가 들어갈 수 있을까 싶은 곳까지 들어갔다가 유영하며 쭉쭉 빠는 소리가 새희의 할딱임을 잡아먹었다.

안 돼요, 그만, 제발…… 스스로 뭐라고 비는지도 모르는 지경이었다. 그의 얼굴을 가져오고 싶었다. 어떻게 이런 일이 일어날 수가 있는 걸까. 어떻게 이렇게 불미스러운 일이.

자신의 음부에서 흔들리는 그의 까만 머리칼을 보며 새희는 두 팔로 눈을 덮었다. 쾌락은 죄로 가득한 뇌와 몸을 헝클어뜨렸다.

"하아. 여기에서 네 뺨에서 났던 냄새가 나. 따듯하게 내 혀를 꼭 조이잖아……."

그가 황홀한 목소리로 외음부부터 음모가 난 부분까지 길게 핥아 올렸다. 흐느끼며 입술을 질끈 깨물었다. 파묻힌 혀는 고이는 액을 질퍽하게 휘저었다.

아주 오랫동안 있을 것처럼 자리를 잡고서 뾰족하게 세운 혀 끝에 걸리는 곳마다 건드렸다. 오로지 극한의 쾌감으로 내몰리게끔, 그는 현실 감각을 백지화시켰다.

그의 혀를 안에 들인 채로 중간중간 절정에 비상했다. 입은 벌어지고 동공은 혼탁해졌다. 그를 말릴 의사가 혀에 감긴 속살처럼 녹아 버렸다.

어느 순간, 또 발바닥이 휘어졌다. 그의 입술을 품은 안쪽이 벌어졌다 오므라지며 미끌거리는 애액이 분비되는 것이 느껴졌다. 물론 나오는 족족 그의 혀가 모조리 핥아먹었다.

비로소 그의 입술이 떨어져 나갔다. 새희의 다리도 털썩 시트 위로 떨어졌다.

"하아, 하아……."

죽고 싶다는 생각이 들었다. 너무 수치스러워서, 너무 미칠 것 같아서…….

그러나 그는 죽을 만한 작은 틈새도 주지 않았다. 그가 새희의 턱을 쥐고서 몸을 일으켜 세웠다. 믿을 수 없게도 그의 것이 입술을 갈랐다. 그제야 상황을 알아챈 새희는 소스라치며 그의 손에 잡힌 고개를 격하게 버둥거렸다.

그는 그 난리를 무시하고 기어이 커다란 성기를 꾸역꾸역 집어넣었다. 그대로 흉포하게 허리 짓 하며 새희의 눈물 섞인 호소를 짓밟았다.

부딪치는 부분마다 찢어 발겨지는 것처럼 날카로운 고통이 솟구쳤다. 거칠게 박을수록 더욱 팽팽하게 부풀었다. 입천장으로 불꽃이 튀었다.

그는 이번엔 사정하지 않고서 발기된 성기를 새희의 입 밖으로 꺼냈다. 새희는 안도하지 않았다. 안도 어린 한숨을 내쉬었을 때, 곧바로 다시 처넣을 남자임을 이제는 안다.

예상대로 그가 뺨을 감싸 잡았다. 그 순간엔 수치든 굴욕이든 잊어버렸다. 새희는 그의 셔츠를 부여잡았다.

"그만…… 너무 따갑고 아파요. 제발, 제발……."

"키스하려는 거야."

"거, 거짓말…… 거짓말…… 정말 아픈데, 정말……."

"착하지…… 혀 내밀어."

"못 하겠어요. 아, 아파서…… 너무 아프고 커서……."

하얗게 질린 손가락이 떨렸다. 그는 자신의 셔츠를 붙잡고서 꼴사납게 발발거리는 새희를 말없이 내려다보았다. 침묵이 길어질수록 천적의 발에 깔린 작은 짐승처럼 울음소리가 커졌다.

무서웠다. 무서운 만큼 서럽고, 서러운 만큼 아팠다. 이토록 아프다고 솔직하게 소리친 적이 있었던가? 어디에서 기인하는 서러움인지, 가장자리 없는 서러움은 한 번 심장을 움켜쥐자 부단히도 마음을 다그쳤다.

아프다고 말하자 정말 많이 아픈 것 같았다. 자신은 오래도록 아파 온 것 같았다. 새희는 아이처럼 엉엉 울었다.

"잘못했어요……."

아픈 게 잘못이 아니라 태어난 게 잘못이었다. 울다 보니 코앞에 그의 얼굴이 내려온 줄도 몰랐다.

그는 딸꾹질하듯 어깨를 들먹거리는 새희를 물끄러미 응시했다. 그의 눈에 비친 처량하게 우는 여자가 자신을 본다. 그러다 아, 새희는 깨닫는다.

그는 지금 기회를 주고 있는 것이다. 그의 코끝을 깨물 기회를…….

미끄럽게 뻗은 콧날을 보자 유일한 탈출구를 찾은 것처럼 침착해졌다. 이 배덕한 열락의 시간도, 환각적인 쾌락과 공포도 끊어 낼 기회였다.

그의 코끝을 물면 그는 멈춰 줄 것이다. 그런 뒤 저열한 흥분을 감쪽같이 지우고 일어나는 모든 일에 태연하고 무정한 남자가 되어 뒤돌아서 나갈 것이다. 그리하여 이 커다란 방 안에 남는 사람은 새희 혼자가 될 것이다.

손쓸 수 없는 두려움이 밀려왔다. 그의 지독한 행위를 받아 내는 것보다 그가 가고 난 밤을 혼자 감당해야 하는 것이 새희를 더 두렵게 했다.

관 안에 든 사람처럼 살아온 자신의 몸에 언제 이렇게 많은 구멍이 뚫려 버렸나.

그곳으로 드나드는 슬픔과 고통과 외로움을 틀어막는 법을 몰라 차라리 학대받고 싶었다. 차라리 그에게 밟히고 깔리고 먹혀서 이 세상에 살아 있다는 기억을 상실해 버리고 싶었다.

새희는 그의 흔적이 마르지 않은 입술을 머뭇머뭇 벌렸다. 집요하게 그곳을 보는 그를 보자 침이 넘어갔다. 침을 삼키는데 목구멍이 쓰라리다. 욱신거리는 혀를 빠끔 내밀었다. 그의 입꼬리가 조금 약동했다. 혀를 내민 채로 그를 애타게 바라보았다.

그는 얼마간 그런 새희의 모습을 눈으로 보존하듯 방관했다. 선택이 후회될 만큼, 그의 나쁜 눈길이 혀 위로 듬뿍 고였다.

잠시 후, 그의 혀가 부드럽게 새희의 혀를 감싸 올렸다. 달래듯 훑었다가 굴리며 아랫입술을 녹녹하게 빨아 들인다.

하아……. 달뜬 숨이 퍼졌다. 물기에 젖은 소리가 머릿속을 울렸다. 그는 상대를 함락시키는 키스 방법을 열 가지 정도는 알고 있으리라. 그중 몇 가지가 입술 속에 남을 것만 같다. 그가 이미 묻어 놓은 몇 개의 문장들처럼…….

서서히 몸이 눕혀지고 가랑이 사이로 들어간 그의 손이 속옷을 끌어 내렸다. 발목에 걸린 것이 발끝으로 활강하듯 내려가 벗겨졌다.

걸리적거리는 것을 죄다 제거한 그의 손은 수월하게 아래를 차지했다. 그의 손바닥이 장난치듯 엉덩이를 가볍게 쳤다. 그러다가도 단숨에 폭력적으로 급변할 느낌에 허벅지가 바짝 조여들었다.

"응……!"

그의 이에 혀가 물려 신음이 잘려 나갔다. 아래를 꽉 채운 감각이 생생했다. 순간적으로 그의 성기가 들어온 줄 알았다.

그러나 갈라지며 움직이는 개수가 하나가 아니다. 세 개, 아니 네 개인가…… 딱딱하고 기다란 것들이 내벽을 있는 대로 벌렸다. 부채를 들이 넣고 억지로 펼치는 것 같은 압박감에 치를 떨었다.

몸부림치자 그가 혀를 짓이겼다. 부드럽게 시작했던 키스는 질식사를 유발하는 고문으로 돌변했다. 그의 손가락이 질주하는 속도로 들어갔다 빠져나간다.

눈앞으로 하얗게 튀는 별이 보였다. 가득 찼다가 딸려 나가는 소리는 펌프질 소리와도 비슷했다. 통제된 입안에서 신음이 찢겼다.

"으읍, 흐응, 응……!"

숨이 부족한 뇌가 의식을 흐트러뜨렸다. 그것을 알아챈 듯 김언혁은 정확한 타이밍에 공중으로 뜬 새희의 허리를 팔로 휘감으며 입술을 강한 힘으로 떼어 냈다. 떼어 낸 게 아니라 뽑아 낸 거였다.

참을 수 없어서 어지럽게 울려 대는 머리를 쥐어뜯었다. 쥐어 뜯는 손을 그가 거친 동작으로 잡아 내리며 "뜯지 마." 경고했다.

"흐읏······!"

그때, 그의 손이 푹, 박혀 들었다. 무언가 팍 터진 것도 같다. 도약하듯 높게 튀어 오른 몸은 그의 품에 꽉 안겼다.

주르르, 흐르는 액과 함께 그의 손가락이 느리게 빠져나간다. 입구에서 짓궂게 한 번 멈췄다가 조금 빠르게 갈고리 모양으로 파낼 땐, 여진으로 잠식된 몸이 와중에도 부르르 떨리며 진저리를 쳤다.

몇 번째인지 모를 쾌락으로 늘어진 몸이 날숨을 내보내며 오르 락내리락했다. 차라리 이대로 먹혀서 그의 신체 속 장기가 되는 건 어떨까······.

문득 그런 미친 생각을 하면서 그를 바라보았다. 알몸이나 다 름없는 새희와 달리 셔츠 단추 하나 쉽게 풀지 않은 그는 그럼 에도 단정해 보이지 않았다.

신중하고 정직하게 다가와도 그는 매번 무례한 동요를 일으 켰다. 일상적인 풍경 사이에 그가 서 있으면, 매일 보던 그림에 얼룩이 묻은 것처럼 신경이 쓰여 몇 번이고 다시 보게 되었다.

검은 얼룩. 동공에 묻은 그 얼룩이 거대하게 번져서 검은 물 이 되어 발밑에서 출렁거리고, 그렇게 그의 존재는 새희를 익사 시키고 있었다.

김언혁은 애액으로 번들거리는 자신의 손가락 마디마디를 공들여 핥았다. 그대로 그가 잠시 멀어졌다. 협탁 위에 두었던 메탈 케이스를 열어 안쪽을 손끝으로 몇 번 비집은 뒤 기민하게 다가붙는다.

그의 입에 물린 것은 담배가 아닌 콘돔이었다. 급격히 흥분이 차오르며 그가 활짝 벌리는 다리 속이 지끈대고 뻐끔거렸다.

그는 콘돔을 물고서 잠깐 새희를 바라보다가 이내 이로 비닐을 찢었다. 떠오른 지저분한 요구를 삭였을 만큼 급한 기색이었다.

새희는 무심코 달싹이는 입술을 깨물었다. 콘돔을 씌운 페니스가 정확하게 입구를 조준했다. 집중하는 그의 미간에 입술을 묻고 싶었다. 이런 상상이 여러 번 오갔을 곳은 반대로 어떠한 결벽이 느껴질 만큼 깨끗해 보였다.

그래서 더 닿고 싶어지는 것이었다. 금지된 선을 넘은 사람이 되었다는 증거처럼 대담하고 어리석은 충동들이 속에서 굴러다녔다.

그때, 그가 턱을 들었다. 새희의 두 다리를 어깨에 얹고서 욕망이 범벅된 눈을 고스란히 내보였다. 외설스러운 눈빛이었다. 그 눈빛 속에 불순한 진실 하나와 마주한다. 은석이 아닌 다른 남자의 것을 받기 위해서 다리를 벌리고 있는 자신을……

그 순간이었다. 그는 망설임 없이 푹, 성기를 삽입했다. 눈자위가 경련했다. 욱여넣는 딱딱한 것에 놀란 내벽이 흡판처럼 달라붙었다.

파고드는 이물감은 끝이 없었다. 다 밀어 넣었다고 여기면 더 밀려들어 오는 크기가 어디까지인지 몰라 새희의 얼굴이 새빨갛게 달아올랐다. 팽창하는 성기를 따라 속살이 고통스럽게 수축했다.

"힘 빼……."

그가 잇새로 축축하게 내뱉었다. 허리가 기이하게 뒤틀렸다. 안으로, 안으로…… 끝도 없이 들어온다.

천천히 들어오던 것이 갑자기 와락, 꽂혀 들었다. 골반이 끊기는 듯한 아찔한 압박감에 다리가 허우적거렸다. 흠뻑 젖어 버린 눈을 검은 눈이 관통했다. 그는 성기를 파묻은 채로 숨을 쏟아 냈다.

"잔뜩 젖어서 꿈틀대. 하아, 내 걸 부드럽게 핥아 주고 있어. 안에서 입김을 부는 것처럼……."

김언혁은 으슥한 골목길에서 만난 치한처럼 속삭였다. 치한의 혓바닥이 발동 걸린 듯 퍼부었다.

"그 카페에서 네가 건반을 만지작댈 때부터 이러고 싶었어."

"아…… 흐앗!"

"나한테 다리를 벌리고 할딱대면서 젖꼭지를 뜯어 달라고 애원했잖아."

"그, 그런 적 없…… 아, 아!"

"아니, 그랬어. 그래서 정말 해 버린 줄 알았는데……."

그가 움직이기 시작하자 정말 미쳐 버릴 것 같았다. 그의 것이 세차게 들어왔다가 나갈 때마다 침대가 거칠게 뒤흔들렸다.

치고 드는 속도는 손가락을 넣었을 때보다 빠르고 격했다. 비대한 성기의 몸통이 내벽을 사납게 긁었다. 내밀한 살이 연약한 꽃잎처럼 성기를 감쌌다. 그러다 방어하듯 힘껏 씹어 물기도 했다.

그는 후, 숨을 몰아쉬더니 미간을 찡그렸다.

"이러다 뽑아 먹히겠는데……."

어째서 안에서 계속 부푸는 것인가. 새희는 무의식적으로 또 자신의 머리를 쥐어뜯었다. 그러자 그가 새희의 양손에 깍지를 끼우고 자신의 목을 감게 했다.

동시에 "버릇 고쳐 놔야겠는걸." 하고 중얼거렸다. 그의 혀가 불시에 눈물이 흐르는 길을 따라 턱과 뺨을 핥아 올렸다.

찔러 대는 감각이 잔악했다. 김언혁은 피가 도는 얼굴로 추삽질했다. 격정적인 허리 짓에 몸이 해체되는 끔찍한 기분을 느꼈다. 눈시울이 뜨겁게 젖어 들었다. 긴 비명을 토해 내며 손톱을 세웠다. 셔츠를 찢을 듯 할퀴어 내렸다.

그는 오직 들락거리는 감각에 심취한 눈이었다. 아니다. 좀 더 미친 듯이 과격하게 해 버리고픈 날 것의 욕구로 지배된 형형한 눈이었다.

그는 들이박던 것을 빼내고 새희의 다리를 뒤로 완전히 접었다. 아까 그에게 아래를 빨렸던 자세였다. 그가 접은 다리 위로 올라탔다. 헉, 기겁한 숨을 들이마셨다.

안 된다고 도리질하는 새희를 직시하며 김언혁은 내리찍듯 페니스를 수직으로 삽입했다. 직립한 성기가 뿌리 끝까지 처박혔다.

거칠게 갈라진 숨소리가 들렸다. 빠듯하게 조여든 내부를 만끽하듯 그는 몇 초간 그 상태를 유지했다. 새희는 개처럼 혀를 내밀고서 부들부들 떨었다.

닻처럼 내리박힌 것이 위로 빠져나갔다가 다시금 강하게 꽂혔다. 관절이 찌르르 저려 왔다. 구겨진 다리가 추어 내리는 힘에 밀려 흔들거렸다.

위를 장악한 그의 얼굴은 지극히 자연스러웠다. 저 위치가 어울리고 당연한 남자였다. 푹푹, 중력의 방향으로 찔러 넣는 성기가 극점에 닿았다. 아랫배가 들끓었다. 고통에 비례한 쾌락이 뇌를 도려냈다.

"아! 으읏, 아! 흐응!"

점점 앞서는 쾌감에 눈물이 줄줄 흘렀다. 연속적으로 덮쳐 오는 쾌락의 파고가 거세졌다. 이대로 죽어 버려도 억울하지 않을 육체의 고양감. 죄의식마저 날려 버리는 이 느낌이 참혹하면서도 매혹적이었다.

그의 지배하에 타락하는 몸과 마음이 어느 범주를 넘어섰다. 되짚어 보았을 땐, 이미 모두 망가져 버린 후였다. 그에 포함된 죄책감도, 비통함도, 도덕성도…….

사정없이 내리박던 그가 갑자기 새희의 몸을 당겨 가득 쓸어안았다. 침대가 크게 물결쳤다. 체위를 바꾸는 몸짓이 오차 없이 능란했다. 그의 허벅지 위로 가벼이 앉힌 몸이 찌릿 울렸다.

연결된 아래를 치대는 속도가 잠깐 더뎌졌다가 안정적으로 맞물리자 재차 급해진다. 그가 난폭하게 허벅지를 쳐올렸다.

새것처럼 깨끗한 그의 옷에 새희의 몸이 비벼질 때마다 체액이 발렸다. 새희는 그것이 신경 쓰여서 할딱대며 그의 눈치를 살폈다.

"웃, 하아, 옷에, 무, 묻어요. 묻는데……."

짝! 그의 손이 엉덩이를 치며 바싹 당겼다. 놀라서 안이 조였다가 풀어졌다. 하아, 하아, 가파른 호흡이 누구의 것인지 알 수 없다.

"괜찮아. 네가 핥을 거니까……."

관대한 척 내쏟는 말은 난잡했다. 그의 손끝이 젖꼭지를 찾았다. 지악스럽게 비틀어 올렸다가 둥글리고 다시 뽑을 것처럼 세게 당긴다.

무른 가슴으로 금세 홧홧하게 열이 쏠렸다. 자극을 받아 도톰하게 부푼 유두가 따끔댔다. 아래를 마찰하며 튀어 오르는 몸과 겹쳐지자 흥분이 비등점에 도달했다.

물기 섞인 신음을 그의 귓속으로 내보냈다. 직격을 받은 듯 그가 눈썹을 그어 올렸다. 그의 한 손이 급히 턱을 쥐고 잡아 내렸다. 광증이 휘도는 눈과 맞부딪쳤다.

"내 혀를 빨아. 젖꼭지를 놔줄 때까지."

"으, 으응……."

"대답은 제때 못 하면 혼나야지."

엄벌하듯 오른쪽 젖꼭지가 뽑혀 나가는 힘으로 당겨졌다. 완력에 상반신이 딸려 갔다. 접합부가 부딪치는 소리도 거칠어졌다.

아래위로 무섭게 몰아붙여서 새희는 정신이 나갈 것 같았다. 그가 무엇을 시키든 그냥 고개를 끄덕여 버리고 싶은 심정이었다.

"내 혀를 빨라고 했어."

"흐으, 네, 네에……."

"혀를 달라고 해야지."

안을 채운 딱딱한 것이 박힌 채로 움직이지 않았다. 등허리가 뻐근하게 휘어졌다.

꿰어 보는 시선이 정염으로 뜨거웠다. 그 눈빛으로 새희를 개조시킬 준비를 마친 차갑고도 단호한 태도를 취했다.

그의 무게가 새희의 바닥으로 침몰했다. 그에게 거역할 수 없는 어떤 장치가 새희의 몸에서 만들어지고 있었다. 아름아름 망설이는 새희의 눈이 유약한 액체로 출렁거렸다.

"혀를 주세요……."

음성이 흐물거렸다. 그는 뜸 들이지 않고 입을 벌려 주었다. 얼른 혀를 꺼내 가라는 듯, 은근하게 짓궂은 눈매였다.

천박한 포즈를 취하는 것이 전혀 부끄럽지도, 곤란하지도 않은 표정이었다. 누군가 음습하게 찍어 놓은 포르노의 한 장면처럼 그를 보고 있는 기분이 위태롭고 혼란했다.

그가 짓는 눈, 코, 입의 움직임이 눈꺼풀 밑으로 심어졌다. 눈을 뜨고 감을 때마다 그 표정이 아른거릴 것이었다.

열린 입술을 가까이 맞댔다. 어둡고 습윤한 곳으로 혀를 넣었다. 아랫입술이 문질러지고, 타액이 축축하게 뒤섞였다. 엇갈리듯 스치던 두 개의 살덩이를 마주 비볐다. 면적 넓게 비비다가, 입술을 오므려 혀끝을 쭉쭉 소리 내어 빨았다.

긴 손가락 틈에 걸린 젖꼭지가 좀 더 부풀어 올랐다. 살 속으로 파고드는 그의 것이 활력적으로 맥동했다. 온몸이 맹렬하게 흔들리다 미끄덩 그의 혀를 놓쳤다. 타액이 주르르 떨어졌다. 내민 혀가 갈 곳을 잃고 방황했다.

"자, 잠, 읍……!"

김언혁은 짜증스럽게 헐떡이며 뒤통수를 잡아챘다. 포악하게 입술을 겹치며 혀를 빼어 물었다. 머리칼에 감긴 손과 젖꼭지를 비트는 손이 어떻게든 해 버릴 것처럼 사나워졌다.

그가 미친 듯한 속도로 허리를 추어올렸다. 들러붙었다가 딸려 나가는 점막들이 요동쳤다. 극한으로 치닫는 쾌감에 얼굴이 일그러진다.

귀두까지 빼냈다가 깊디깊게 올려붙이는 반복이 피치를 가했다. 찌르는 곳마다 폭발하듯 작열한다. 가혹한 교성이 휘날렸다.

죽을지도 몰라. 정말 죽을지도 몰라…….

새희는 육체의 죽음을 통감하며 절정에 올랐다. 시야가 무너지며 목이 꺾였다. 바로 뒤, 그가 새희의 목구멍까지 혀를 들이밀고 성기의 밑동까지 들이 넣고서 멈추었다.

"훗, 아읏……!"

"하아, 헉, 씨발…….”

움찔움찔, 커다란 시련을 겪은 것처럼 떨던 몸이 축 늘어졌다. 후유증처럼 남은 여운이 등줄기를 베고 갔다. 널브러지는 몸을 덮치듯 위로 누워 버린 그가 턱 끝을 아작아작 깨물었다.

새희는 흐릿한 동공 속에 생기가 넘치는 그를 선뜩한 눈으로 보았다. 미친 것 같게도, 끝나지 않은 것이다. 그의 성기가 빠져나갔는데도 너무도 무서워서 눈물이 났다.

김언혁은 묵직하게 채운 콘돔을 성기에서 벗겨 냈다.

"안 돼. 못, 못 해요…… 못 해요…….”

"아직 젖가슴도 못 빨아 봤어…….”

콘돔을 갈아 치운 그가 새희의 양어깨를 잡아 벌렸다. 그의 얼굴이 가슴에 파묻혔다. 새희는 감당할 용기가 나지 않아 두 눈을 감아 버렸다.

밤이 다른 세상으로 넘어가듯 깊어 가고 있었다.

* * *

감겼던 눈이 가늘게 뜨였다. 몸을 마비시키는 무력감이 피어올랐다.

몇 번 이런 식으로 눈을 떴을 때 새희는 거꾸로 뒤집혀서 그의 것을 받거나 그의 옷에 튄 정액을 빨거나 무릎을 꿇고 그의 것을 물고 있었다. 차마 언급하기 꺼림칙한 음란한 말을 복창하며 울고 있기도 했다.

결박되지 않은 팔다리는 저릿할 뿐, 자유로웠다. 뺨에 닿은 적당한 온기와 탄탄한 촉감을 인식하자 고른 박동 수가 들려왔다. 건강한 운율이었다. 신체적으로도 심리적으로도 무결한 사람이 소유한 강한 생명력이었다.

가만히 귀를 기울였다. 그의 활기가 자신에게 넘어와 주면 좋겠다고 생각했다. 숨 쉬는 게 자랑스럽고 당연해질 수 있도록.

문득 온갖 점액들이 엉겨 붙었던 피부가 깨끗하게 씻겨진 것을 알았다. 시트도 새것으로 갈아져 있다. 새희가 까무룩 의식을 놓아 버린 시간 동안 그는 무척 바빴으리라.

"당분간 뜨거운 음식은 못 먹을 겁니다."

머리 위로 검정빛 음성이 떨어졌다. 턱을 들어 침대 헤드에 기댄 그의 얼굴을 바라보았다. 스탠드 조명의 아늑한 조도를 흡수한 이목구비로 음영이 짙게 드리워졌다.

그가 손가락으로 새희의 아랫입술을 툭, 건드렸다. 반사 작용처럼 저절로 입이 열렸다. 의사처럼 진찰하듯 입천장 이쪽저쪽 확인하다 목구멍까지 들여다보는 그의 눈이 돌연 심각했다.

정말로 심각해서 새희는 겁을 집어먹고 좀 더 적극적으로 아, 크게 입을 벌렸다. 그가 입속으로 눈길을 집어넣었다. 목 안이 움찔 떨리고 그를 보는 눈이 조마조마해졌다.

순간 불쑥 무언가 입안으로 들어왔다. 그의 혀는 태연하고 뻔뻔하게 잠시간 새희의 입속을 휘젓고 물러났다. 입술이 숫기 없이 다물렸다. 그는 아무렇지 않게 물었다.

"아팠습니까?"

직전 키스를 말하는 건지, 관계를 말하는 건지…… 새희는 고개를 저었다.

아팠습니까. 그 말은 결이 다르게 분류되어 쌓여 가고 있었다. 왜일까, 그가 아팠느냐고 묻자 아프지 않았다고 대답해 주고 싶었다. 숨이 끊어질 것만 같은 공포를 목전에 두고 창백해진 발끝이 선명한데도.

이해할 수 없는 건, 그런데도 자신이 그의 코끝을 깨물지 않았다는 것이다. 그럴 기회가 번번이 있었는데도 불구하고 새희는 기절할지언정 그를 관두게 하지 않았다.

도저히 견딜 수가 없어서 그의 얼굴 속 안전장치를 찾아 나서면, 몰두 중인 그의 눈빛에 결심이 함몰되었다.

저 눈에 조금 더 혹사당하고 싶다는, 낯설지만 제 일부인 것 같은 욕구가 정상적인 시간으로 돌아가길 거부했다. 지금에서야 생각하건대 그것은 욕구보다 외로움처럼 어딘가 쓸쓸한 구석이 있었다.

그의 욕망을 받아 안는 동안 그와의 간격이 분쇄된 듯한 착각에 깊이를 모르고 헤엄쳤다.

중심을 꿰뚫고 들어온 그의 남성이 하나의 심장처럼 자신의 박동과 뒤섞여 함께 뛰었다. 그의 신체 속 장기가 되었던 것처럼 그에게 피의 흐름까지 제어당했으며 제 피부에서는 온통 그의 냄새가 났다.

제 몸이지만 제 몸이 아니라 그의 몸이었다. 그가 아닌 다른 것들은 무가치했고 그의 파괴적인 흥분에 전율이 일었다.

김언혁과의 관계는 황홀한 최면 혹은 절망적인 저주였다. 결코 예전으로 돌아가지 못하게 개조되어 버리는……

턱 밑을 쓰다듬던 손이 뺨을 뒤덮었다. 부드럽게 끌어당기는 손에 고개가 들렸다. 새희를 숨 막히도록 아프게 했던 당사자의 얼굴이 눈 안으로 들어왔다.

그를 밀어내려고 애쓰던 힘의 근원이 절단된 것처럼 그라는 존재가 속수무책으로 들어와 기록되고 있었다. 그의 입술이 닿았던 곳들이 저릿하게 떨렸다. 고통을 넘어 희생을 치렀던 몸은 더 이상 그를 어색해하지 않았다.

낯설게 구는 건 몸이 아닌 마음이었다. 뺨의 윤곽을 짚어 보 듯 신중하고 나긋하게 감겨 오는 손가락의 감촉에 젖어 드는 건 몸이 아니라……

"웃는 게 상상이 안 돼."

뜻밖에도 그는 새희와 똑같은 의문을 가지고 혼잣말했다. 이 새벽이 지나면 그의 웃는 얼굴을 상상해 보는 빈도수가 더 잦아질 것이다. 그가 새희의 입꼬리를 만지작거렸다. 위로 치솟으면 좋겠다는 듯.

날연하게 늘어진 상체를 일으켜 세운 그가 허벅지에 앉힌 새희를 아기처럼 고쳐 안았다. 등부터 팔뚝까지 감싼 팔이 젖가슴으로 파고들어 붓고 쓰린 젖꼭지를 매만졌다.

새희의 등살이 떨리자 쥐고만 있을 거니까…… 그가 귓바퀴에 입술을 붙이며 진정시켰다. 젖무덤을 받쳐 드는 커다란 손바닥이 아찔한 통각을 되살아나게 했다.

내가 나일 수 없었던, 저속하고 폐쇄적인 시간. 그 시간 속에 자라기 시작해 버린 아무에게도, 심지어 그에게도 이해받지 못할 유대감도…….

그가 그러쥔 몰랑한 살이 잘카닥댔다. 유륜을 덧그리다가 유두와 장난처럼 부딪치는 엄지에서 나쁜 의도가 느껴지지 않았다. 그것은 아기를 재우기 위한 동작처럼 잔잔하고 평화로웠다.

노곤한 숨이 흘러나왔다. 그의 나머지 한 손이 얼굴을 덮듯이 내려앉아 눈썹에서 속눈썹을, 콧방울에서 인중을, 그리고 입술을 유영했다. 한시라도 만지지 않고는 못 참겠다는 듯, 마치 상대가 자신에게 사랑에 빠진 듯한 착각을 심는 손길이었다.

그의 눈빛이 온 마음을 꼭 채웠다. 너무도 다정한 눈빛이었다. 눈물이 날 것 같았다. 그를 건너간 여자들이 끝끝내 떠나보내지 못한 건 분명 지금의 눈빛을 보여 주는 그였으리라…….

새희는 무심코 팔을 들었다. 보이지 않게 에워싼 투명한 막을 깨고 나가듯, 용감하게 뻗어 나가던 손은 그의 뺨에 닿을 듯 말 듯한 거리에서 멈췄다.

새희는 수많은 말 중 가장 어렵고 막막한 말을 고르는 것처럼 혀를 떨었다.

"어, 얼굴을……."

한마디 안에 끝내기가 어려워 숨을 한 번 들이켰다.

"만져 봐도 되나요……?"

묻고 나니 가진 모든 기력을 소진한 것처럼 가슴이 허전했다. 김언혁은 눈썹을 들어 올리며 곰곰이 고민해 보다가 "얼굴만?" 하고 되물었다.

새희는 고개를 끄덕였다. 그의 뺨 옆에서 미적대는 모양으로 떠 있는 손바닥을 그가 슬쩍 보았다. 그 행동에 소심하게 오그라드는 손가락을 그의 얼굴이 펼치듯 들어와 안쪽으로 뺨을 붙였다. 다섯 손가락은 기대어 오는 무게를 포용하듯 소중하게 감쌌다. 그의 살결은 매끄럽고 건강했다.

끝까지 옷을 벗지 않은 그의 맨몸 또한 같은 감촉일 것을 확신하게 했다. 탄력적인 살갗과 역동적인 근육, 거칠지만 섬세한 선으로 이루어진 아름답고 정연한 육체임을…….

그가 손안에서 뺨을 뒤척이다 입술을 붙였다. 손금을 넘어 혈관에 입을 맞추는 것처럼 심유한 입맞춤이었다.

눈물이 흘러나왔다. 그의 다정함이 거짓이 아닌 걸 알았다. 그는 한정된 시간마다 새희를 다정한 착각 속에 살게 해 줄 것이다.

그 착각이 언젠가 새희의 일생을 무너뜨리고 돌아가지 않는 시곗바늘 안에 가두리라는 걸 눈물은 예감하고 흘러나오는 걸까…….

"피아노는 언제 치러 올 겁니까?"

피아노. 피아노란 단어가 그토록 낯설게 들린 건 처음이었다. 새희는 놀랐다. 어떻게 피아노를 망각하고 지낼 수가 있었을까. 우선순위가 뒤죽박죽되어 뭐가 소중하고 뭐가 무용한지 분별할 수 없는 기분이었다.

"헛걸음 좀 그만하게 해 줘요."

딱딱한 명령이 아닌 아이의 칭얼거림 같아서 새희는 잡은 뺨을 조금 친근하게 쓰다듬었다.

무슨 표정을 지었는지 모르겠다. 그 순간, 갑자기 그가 이상할 정도로 굳어서 입술을 다급히 부딪쳐 왔기 때문에 생각하던 사고가 퍼져 버렸다.

틈입하는 혀를 빨아 들였다. 그의 타액마저 다정했다. 그와 있는 일분일초가 애절해지고 있었다. 애절함이 절박해지는 날, 그날을 이미 내다본 것처럼 가슴이 도려지듯 아파 왔다.

이제 시작이건만 도대체 어쩌려고.

도대체 어쩌려고…….

*Track. call*

눈을 뜨자 보인 건 흰 천장이었다. 익숙지 않은 배경이라 공간을 단번에 인지할 수 없었다.

깜빡깜빡, 눈꺼풀을 몇 차례 율동하자 탁한 정신은 현실에 첨예하게 이르렀다. 빗소리가 들려왔다. 이불을 걷어 내며 상체를 일으켜 앉았다.

순간, 허리가 끊어지는 듯한 통각에 흠칫하며 손으로 시트를 짚었다. 아…… 다리 사이에서부터 무지근하게 휘감기는 통증은 지난밤의 자취였다.

몰래 저지르고 덮어 놓은 밤의 모서리를 아침이 까뒤집었다. 한낮이 되면 더욱 선명하게 발각될, 증거가 빼곡히 간직된 나신은 잠옷을 입은 채였다.

단추를 하나하나 채워 주고 떠나는 그의 모습을 상상했다. 눈자위가 아릿하게 욱신거렸다. 찢겨서 너덜거렸던 새희의 옷들은 보이지 않았다.

몸을 움직여 블라인드를 걷어 올렸다. 투둑투둑, 누군가의 눈물처럼 굵은 빗방울이 창문으로 떨어졌다. 유성처럼 궤적을 남기며 흘러내리는 빗줄기를 바라볼 때였다. 문 바깥에서 인기척이 느껴졌다.

가슴 한편이 경직됐다. 은석을 보고 싶지 않다는 생각이 들었다. 다시 침대로 돌아가 이불을 머리끝까지 덮고서 시트 위로 엎드렸다.

콧등이 짓눌린 채로 신경을 곤두세우다가 왜 이러고 있는지 우스워질 만큼 아무 일도 일어나지 않아 조소한 순간, 벌컥, 문이 열리는 소리가 났다. 노크쯤은 생략되어도 좋다는 듯, 당연하게 들어와서 침대 맡에 걸터앉는 움직임이 친숙했다.

은석의 손이 이불을 쥐었다. 심장이 가파르게 뛰었다. 이불을 목까지 끌어 내리자 드러난 뒤통수를 은석은 가만가만 두드렸다. 새희의 몸이 무슨 일을 겪었는지 모르는 어리석고 사랑스러운 손길로 얼굴을 보여 달라고 말하고 있었다.

새희는 이 순간이 너무도 잔인하다는 생각이 들었다. 은석을 이길 수 없게끔 태어난 자신이 어떻게 김언혁을 받아들이는 게 가능했던 걸까. 하나의 몸 안에 두 개의 마음이 자라날 수도 있는 건가.

은석의 쪽으로 고개를 돌렸다. 넥타이까지 갖춘 차림새가 시야를 찔러 왔다. 유독 곱고 깨끗한 얼굴은 어딘가 감상적인 광채가 어린 듯도 했다.

간밤에 몸을 겹친 사람은 두 쌍이었다. 은석도 이진과 알몸이 되어 뒹굴며 그녀의 안에 가득 채워 넣고 마침내 사정했으리라.

한 번? 두 번? 새희처럼 그 짓을 하느라 새벽이 오는 줄도 몰랐을까. 아침에 일어나서 마주한 얼굴과 다정다감한 키스를 나누었을까. 그녀와 하나가 된 몸속에서 감동적이고 고양된 울림이 났을까. 우리 둘 사이에선 나지 못하던 울림을······.

"이제 이렇게 방에 오면 안 돼······."

금지하는 음성이라기엔 애처로워서 제발 와 달라는 부탁처럼 들렸다. 그러나 진심으로 은석이 오지 않기를 바랐다. 이곳에서 은석을 보는 일도, 은석에게 자신을 보여 주는 일도 침울한 괴로움이었다.

아무런 말과 행동을 하지 않아도 이 방에서 마주하는 것 자체가 서로를 기만하고 상처 주는 일이라는 걸, 둘 다 알고 있었다.

"네가 우는 얼굴이 새벽 내내 떠다녔어."

해서는 안 될 말을 아무렇게나 해 버리는 은석 때문에 분노도 슬픔도 아닌 것이 울컥 치밀어 올랐다.

"하지 마, 그런 말······."

"가지 말라고 말하면 내가 가지 않을 줄 알았어?"

"그만해······."

"그 여자를 안으러 가는 날 두고 볼 수 없던 거야, 그렇지?"

"그만해, 그만해!"

제발, 제발 그만해……

새희는 발작적으로 소리치며 두 귀를 막고서 웅크렸다. 격한 몸놀림에 놀란 근육들이 비명을 질렀다. 이를 악물며 쇄도하는 심문을 차단했다.

그를 등진 몸으로 조용히 달라붙는 시선에 갉아 먹히는 느낌이었다. 이런 아침을 맞을 줄 알았다면 영영 깨지 않았으면 좋았을 텐데…….

"더 자고 싶어. 부탁이야."

"키스해 줘."

"……."

"키스해 줘, 희야."

세찬 빗소리를 뚫고 청량한 목소리가 고막으로 감겼다. 은석의 목소리에서는 비누 향이 난다.

그 목소리를 들으면 두 가지 증상에 사로잡힌다. 그가 잘못되었다고 판단한 뇌가 단념하게 되고, 그의 터무니없는 주장에 시인하게 되는.

이 현상은 병인 것이다. 병에 걸린 채로 죽어서 태워지겠지…….

새희는 주먹을 쥐고서 버티다가 끝내 은석을 돌아보았다. 아내와 몇 번이나 포개어졌을지 모를 입술을 바라보았다. 마찬가지로 그 아내의 남자와 질리도록 비빈 입술을 그 입술에 천천히, 아주 천천히 갖다 대었다.

각각의 부정을 품은 입술이 맞물리듯 겹쳐졌다. 둘 다 눈을 감지 않았다. 불현듯 은석의 혀가 들어왔다. 순간, 욕지기가 치받치는 것을 간신히 참았다. 은석에 의한 것이 아니었다.

모든 걸 알고서도 침묵하고 받아들이는 걸 택한 스스로를 향한 역겨움이었다. 은석은 무지하다. 무지해서 한결같이 천진하다. 새희는 천진한 그를 농락하고 있었다.

차라리 은석이 이대로 옷을 벗겨서 얼룩덜룩한 몸을 봐 버린다면······.

"하아, 하아····· 은석아."

연극적으로 보일 만큼 과하게 반응하며 은석을 밀어냈다. 은석의 눈동자가 희미하게 발광하고 있었다. 은석이 자신을 안고 싶어 하고 있음을 눈치챘다. 드문 충동이었다. 은석은 새희에게 흥분하는 그 자신을 죽도록 기피한다.

발기한 것을 삽입할 때마다 예쁘게 비틀리는 표정은 병균에 침투하는 것처럼 불쾌해 보였다. 아마도 은석은 섹스라는 행위에서 전개되는 고조되는 감정과 본능적인 배설이 싫은 모양이었다.

거듭하다 보면 감염되듯 중독될 자신을 멀리하려는 것이다. 다른 여자를 안을지언정 새희에게만은 감염될 수 없다고 아주 예전부터 각오를 다져 온 것처럼.

역시나 은석은 원래의 모래로 덮어 놓은 듯 빛이 꺼진 눈동자로 돌아왔다. 그는 새희의 얼굴 옆면을 느리게 감싸 쥐었다. 목덜미로 하강하는 곡선을 따라 손바닥을 미끄러뜨렸다. 그 밑으로 조금만 더 내려가면 새희를 단죄할 수 있었다. 그러나 거기서 더 움직이지 않고 은석은 말했다.

"네가 아픈 게 좋아."

"……."

"좋은데…… 가끔은 내가 널 아프게 하는 게 맞는 건지 헷갈려."

은석이 침대에서 일어났다. 새희가 아파 보인다고 말한 그의 곧고 단정한 등에서도 아픔이 묻어났다. 그런 은석의 뒷모습을 보며 역설적으로 예감했다.

김언혁과의 관계가 꽤 오래 들키지 않고 지속되리라는 걸…….

다행인지 불행인지 모를 그 사실에 목이 메어 왔다.

* * *

은석이 출근한 이후 새희는 내리 잠을 잤다. 깨었다 말았다 하던 잠에서 또렷하게 기상했을 때에도 여전히 추적추적 비가 내리고 있었다.

시간이 가늠되지 않았다. 흐린 기분으로 문밖의 인기척을 감지했다. 종일 상주했던 본가와 달리 이 집 가정부는 일정 시간에만 일하고 집을 비우는 듯했다.

새희는 욕실에서 샤워를 두 번 더 하고, 거실에서 물을 마신 다음 방으로 돌아왔다. 차게 언 침묵을 뚫어 버릴 듯 빗소리가 다시 거세어졌다.

침대 모서리에 걸터앉았다. 여백이 남아도는 백색의 공간. 색이 튀는 건 벽에 걸린 자화상 그림뿐이다. 다채로운 색채를 썼으나 자화상 속 여인은 울적하고 지친 눈빛으로 세상을 관망하고 있었다.

흐릿하게 연출한 배경 때문에 여인이 짓는 무욕의 표정이 확연하게 다가왔다. 살고 싶지 않아도 살아야 하는, 그리고 그렇게 사는 것에 어느덧 무뎌질 대로 무뎌져 버린 삶…….

그 삶의 얼굴은 새희의 얼굴이었다. 새희는 벗겨 낸 과일의 껍질을 만지듯 자신의 얼굴을 무상히 만져 보았다. 문득 피아노가 치고 싶어서 피부에 닿은 손끝이 떨렸다.

피아노 의자 속에 잠들어 있을 노트를 떠올리다 오늘이 월요일인 것을 알아차렸다. 월요일인 줄 모르고 그가 카페를 찾아오면 어쩌나 걱정이 되었다.

하등 쓸모없는 걱정인 걸 잘 알면서도 불 꺼진 카페 앞에서 담배를 태울 그의 형태가 아련했다. 실제로 그런 모습을 본 적도 없으면서.

어쩌면 그가 거짓말을 했거나 과장해서 말한 것일 수도 있는데 새희는 그의 몇 마디 말로 제작된 비디오를 머릿속에서 끊임없이 재생한다.

'피아노는 언제 치러 올 겁니까?'

새희의 피아노 연주를 기다리는 그.

'헛걸음 좀 그만하게 해 줘요.'

불 꺼진 카페 앞에 서 있는 그.

'웃는 게 상상이 안 돼.'

새희의 웃는 얼굴을 상상하는 그…….

얼토당토않은 환상은 숨 쉬듯이 자라난다. 그가 입혀 주고 간 잠옷을 갈아입으려다 그대로 침대에 누워 버렸다.

천장을 올려다보며 옷 속으로 손을 슬쩍 넣었다. 조심히 유두를 쓸어내리자 둔부가 바르르 떨릴 만큼 화끈거림이 일어난다. 근육통도 더 생생해지는 것 같았다.

만약 자고 일어났을 때 온몸이 압착되듯 뻐근하지 않았다면 꿈이라고 생각했으리라. 정말이지 비윤리적이고 비현실적인 꿈을 꾸었다고…….

새희는 눈을 감았다. 의식을 무의식으로 덮고 싶었다. 그러나 자지 못하고 고개를 오 분에 한 번 뒤척거리고 있을 때였다. 바깥에서 나는 기척에 귀가 기울여졌다. 눈을 감고 있었기에 보다 민감하게 알아챘다.

가정부가 다시 온 건가. 어련히 일러두었겠지만, 혹시라도 이 방에 들어올까 긴장했다.

노크 소리는 천둥 번개 이상으로 사람을 깜짝 놀라게 했다. 말해 놓지 않은 건가, 아니면 청소를 꼭 해야 한다는 건가.

새희는 비록 제 처지를 아는 고용인이라도 만나고 싶지 않았다. 돼지우리가 되어도 좋으니 없는 사람처럼 무시되는 쪽이 나았다.

"괜찮아요."

이불을 걷어 내리며 외쳤다. 문밖은 조용했다. 새희는 갑자기 비참해지는 걸 막을 수 없어서 손등으로 눈가를 짓이겼다.

그때, 기어이 문이 열리며 누군가 방 안으로 들어왔다. 새희는 체념하며 문가를 보았다.

"종일 잔 겁니까?"

새희는 벌떡 일어났다. 가정부가 아니었다. 머리 위로 물이 쏟아지는 것 같았다. 등 뒤의 문을 닫으며 김언혁이 침대로 다가왔다. 어제와 다른 옷, 다른 머리, 그러나 같은 눈빛, 같은 표정으로…….

그가 앉자 침대 매트리스가 부드럽게 출렁였다. 밥은? 묻는 음성을 답을 기다리는 눈이 꽂혀 들고 나서야 인지했다. 아직……이라고 대답했던가.

그가 침대 밑에 내려놨던 종이 가방에서 도시락 용기를 꺼냈다. 두 개를 양손에 들고서 고르라는 듯 내밀었다. 하나는 초밥이었고 하나는 한정식이었다. 새희는 초밥을 택했다. 택했다기보단 그저 눈길이 오래 머물렀을 뿐이다.

그가 장국의 뚜껑을 열어 새희의 입술에 갖다 댔다. 일련의 행동이 어색하지 않은 이유는 이미 몇 번이나 이런 경험이 있기 때문이다. 새희는 적당하게 식은 장국을 마시며 젓가락을 쥐는 그를 바라보았다.

김언혁이었다.

그가 왔다는 사실이 연신 심장을 쥐어뜯었다. 머리카락 끝이 물기로 살짝 젖은 그에게서 부정하고 은밀한 향기가 풍겨 왔다. 그것은 공모자의 냄새였다. 새희의 몸에서도 나는 냄새였다.

언젠가 이 냄새와도 친해지게 되는 걸까. 아니, 이미 친해져 버린 걸까. 이렇게 진정이 되질 않는데도 그가 내미는 음식을 여상한 태도로 받아먹고 있으니…….

"누가 오면……."

그래서 괜히 위기감을 조성하는 말을 했다. 아무도 오지 않는다는 걸 알고서 온 그를 확신하면서도 그와 자신의 사이에는 절대로 망각해서는 안 되는 장애물이 있다는 걸 각인시키듯.

그는 흰 생선 살이 올라간 초밥 하나를 집으며 뒷말을 받아넘겼다.

"이불 속에 숨겨 줘요."

조금은 장난스럽다 싶은 눈이 초밥을 밀어 넣은 입안을 응시했다. 생선 살과 밥알이 뒤섞이다 혀에서 사라졌다. 초밥이 원래 이런 맛이었나. 무슨 맛인지 도통 모르겠다는 생각이 들었다.

초밥을 다 비우고 난 후 그는 아이스크림 한 통을 새희의 품에 안겨 주었다. 혼자서 먹을 시도조차 해 본 적 없는 양이었다. 그사이 많이 녹아 스푼이 푹 들어갔다. 옆에 딱 붙어 앉은 김언혁은 질리지도 않고 새희가 먹는 모습을 구경했다.

진한 바닐라 아이스크림이었다. 몸 안으로 찬 기운이 퍼지는데 뺨은 달아올라서 뜨거울 정도였다. 고개를 내리고선 스푼을 퍼 올리는 데만 열중했다. 쉬지 않고 먹어 대던 순간 머리가 띵하게 울렸다. 질끈 눈을 감으며 두통이 가시길 기다렸다. 그런데 얼굴 위로 그림자가 졌다.

아이스크림 통을 쥔 손이 곱아들었다. 입술을 가른 그의 혓바닥이 입천장을 꾹 눌렀다. 두통보다 더한 증세처럼 가슴이 두방망이질했다. 새벽을 기억하는 몸이 발열했다.

그는 온 곳을 진득하게 누비다가 더디게 혀를 뺐다. 새희의 눈도 동시에 뜨였다. 그는 마치 어쩔 수 없었다는 듯 말했다.

"입천장을 혓바닥으로 누르면 두통이 분산됩니다."

입천장 말고도 누른 곳이 파다했지만, 새희는 그렇구나……
하는 얼굴로 끄덕끄덕했다.

정말로 그의 혀가 입천장을 누른 순간부터 두통은 사라졌었다.
그런데 다른 사람이 넣어 줘야 하는 건가. 자신의 혀는 소용이 없
는 건가.

상황에서 약간은 비껴간 생각을 하면서 혓바닥으로 공연히
입천장을 꾸욱 꾸욱 눌러 보았다. 문득 그런 새희를 관람하던 그
의 눈빛이 삽시간에 습해졌다.

"젖꼭지가 부었을 텐데."

말속에 내포된 본심이 새희를 흠칫하게 했다. 몰랐다면 떨고
말았겠지만 알고서 모른 척한다는 건 더 이상 용납되지 않을
것이다.

새벽이 오는 내내 교육받지 않았던가. 섹스가 아닌 일상에서도
이러한 관계가 통용된다는 사실을 그는 이토록 자연스럽게 깨닫게
했다.

새희는 협탁 위로 아이스크림을 치웠다. 절대적인 복종을
원하는 눈에 순응하듯 상의의 단추를 풀어 내렸다. 잠옷 자락
을 어깨 밑으로 걷어 내렸다. 통통하게 부푼 유두로 그의 눈
길이 내리꽂혔다. 살갗 전체가 화끈거렸다.

마지막엔 그의 정액이 유두 위로 뿌려졌었다. 젖가슴 구석구석
골고루 펴 바르고 성기에 남은 것은 깨끗하게 핥으라 명령해서

새희는 엉금엉금 기어가 엎드렸다. 엎드려 빨다가 또 혼절했다. 호흡을 가파르게 하는 질퍽한 기억이었다.

"음. 너무 빨아 먹었나……."

생각한 것 이상으로 부풀었는지 그가 혼잣말했다. 그 목소리에 음습한 만족감이 스며 있었다. 새희처럼 간밤의 기억을 되새기는 그의 바지 가운데가 불룩했다. 새희는 그곳에 조마조마하게 시선이 붙잡혔다.

빨리고 깨물린 잔흔으로도 그의 눈길이 치근덕거리며 거쳐 갔다. 단지 그뿐이었는데 아래에서 물이 고이고 있었다. 버겁게 채웠던 부피감이 허상만으로 뇌를 흐물거리게 했다.

새희는 그가 자신에게 어떤 액션을 취하게 하리라 생각했다. 그러나 김언혁은 느닷없이 도시락 용기를 넣어 왔던 종이 가방을 다시 들어 올렸다. 그리고 그 안에서 크기가 적당한 상자를 꺼내 들었다.

무시무시한 무언가가 튀어나올지도 모른다고 예상했지만, 상자는 열기 이전에 이미 그려진 그림으로 내용물을 짐작케 했다.

새희는 멍하니 열린 상자 속에 누워 있는 휴대폰을 바라보았다. 김언혁은 집어 든 휴대폰 모서리로 새희를 가리키며 말했다.

"내 명의로 만든 겁니다. 개통했고."

"……."

"받아야지, 아기야."

퍼뜩 정신을 차린 새희는 휴대폰을 받았다. 가져 볼 수 있으리라 기대는커녕 생각조차 해 본 적 없던 물건이다. 까만 화면에 비치는 자신의 얼굴은 얼떨떨하게 굳어 있었다.

화면의 자신과 심각하게 눈싸움하는 새희의 허리를 그가 별안간 잡아당겼다. 화들짝 놀라며 새희가 그의 허벅지에 앉혀졌다. 새희의 손에 어색하게 들린 휴대폰을 그가 검지로 툭툭 쳤다. 터치를 감지한 화면이 반짝 켜졌다.

그는 간단히 손가락을 놀렸다. 이어 숫자 키패드가 펼쳐졌다. 그가 막힘없이 번호를 누른 뒤 통화 버튼을 눌렀다. 곧바로 그의 바지 주머니가 진동했다. 부르르 떠는 진동이 새희의 살갗으로 파고들었다.

"내 번호예요."

"하지만……."

"걸었을 때 안 받으면 나한테 혼납니다."

경고하듯 젖꼭지로 그의 손이 난입했다. 심술궂게 잡아당기는 손짓에 새희는 신음하며 고개를 급하게 주억거렸다. 그런데도 그의 손은 떨어져 나가지 않았다. 어차피 만질 작정이었다는 듯 마구 괴롭히기 시작한다.

"카페에 못 나오는 날."

"아, 으응……."

"아파서 꼼짝도 못 하는 날."

"아! 하아……."

"그날엔 필히 전화 걸어요."

낭만적인 말이었을 수도 있다. 그러나 그의 거칠어지는 음성에 따라 새희의 몸도 정신없이 뒤틀렸다.

인간의 내면을 찢어발기는 폭풍 같은 섹스를 한 지 반나절도
채 지나지 않았다. 충격과 여운이 고스란히 남아 있었다. 얼마든지
다시 열릴 수 있는 몸이었다.

그가 입술을 난폭하게 비볐다. 배꼽 밑으로 내려가는 손길이
조급했다. 새희는 허리를 들썩이다 휴대폰을 손에서 놓쳤다.

아아! 신음은 감탄처럼 터져 나왔다. 옷을 다 벗어 버리고 싶
었다. 해방되고 싶었다. 해방되고 싶어서 지배되고 싶었다. 가난
한 욕망은 자의식을 무섭고도 정직하게 무너뜨린다.

간지러워요…… 새희가 할 수 있는 말은 오직 그게 다였다.
간지럽다는 말속에 얼마나 간교한 정욕이 숨어들 수 있는지.

그의 혀가 새희의 얼굴 전면을 파헤쳤다. 입술 위에서 멈춘
혀가 하나 더…… 흥분에 젖어 읊조렸다.

"잠이 오지 않는 날……."

재워 줄 테니까…… 전화해.

새희는 견딜 수 없어서 그의 옷깃을 그러쥐었다. 꼭 그러쥐며
화면에 띄워져 있던 번호를, 보자마자 외워 버린 그의 번호를 입
속으로 노래했다.

아마도 사는 동안 새희를 기쁘게도 괴롭게도 할 숫자들을…….

\* \* \*

"맛대가리 없는 커피가 왜 이렇게 잘 팔리나 몰라."

연속으로 커피 일곱 잔을 만든 가람이 후, 한숨을 내쉬며

목운동을 했다. 카운터 너머로 테이블을 닦는 중인 새희를 가람은 물끄러미 쳐다보았다. 주위의 불한당 같은 눈들이 이때다 싶어 달려드는데 새희는 무고하다고 말할 것처럼 조금도 몰라주고 있었다.

그런 무고함마저 깨진 물그릇처럼 위태롭고 초조하게 보이는 건 유난히 하얀 피부와 가냘프고 미려하게 떨어지는 몸 선 탓이었다.

심상하게 고개를 돌리는 행동마저 음울한 춤을 추는 몸짓으로 보이는 것이다. 창문으로 투과된 햇빛이 새희의 속눈썹에서부터 콧방울까지 가루로 뿌려지듯 하얗게 반짝였다.

바로 뒤에 앉은 놈의 표정이 심상치 않았다. 의자에서 일어날 기세였다. 가람은 피식 웃었다.

"하긴, 잿밥에만 관심 있는 놈들인데 커피 맛을 알 턱이 있나⋯⋯."

새희는 갑자기 다가와 쟁반을 뺏어 드는 가람을 왜 그러냐는 눈으로 응시했다. 가람은 쟁반을 들지 않은 손으로 다짜고짜 어깨동무하며 새희를 작업대로 잡아끌었다. 이 뒤의 계산은 모두 자신이 하겠다는 가람 대신 새희는 빈 시럽 통을 채웠다.

밀물처럼 밀려들었던 손님들이 썰물처럼 빠져나갔다. 마지막 손님이 나가는 모습을 유심히 보던 가람이 문이 닫히자마자 다가왔다. 도와줄까? 물으며 팔을 뻗는 가람을 만류하는데 그가 새희의 눈을 살피며 물었다.

"누나 근데 눈이 왜 이렇게 빨개?"

새희는 뜨끔해서 눈가를 문질렀다. 동이 틀 때까지 설명서를 정독하며 휴대폰을 붙들고 이것저것 건드리느라 잠은 자는 둥 마는 둥 했다.

"날 밤샌 눈인데."

"잠을 좀 설쳤어."

"뜨고 있는 게 괴로워 보일 정도야. 잠깐 눈 좀 붙일래?"

"괜찮아."

앞치마 주머니에 넣어 놓은 것을 지금도 열어 보고 싶어서 손가락이 근질거렸다. 미지의 세계가 개방된 것처럼 무궁무진한 콘텐츠에 완전히 매료되었다.

가람이 왜 틈만 나면 휴대폰을 보는지, 선주가 왜 그걸 못마땅해하는지도 이해할 수 있었다. 분명 유익하지만 해로운 물건이었으므로. 눈과 귀를 현혹하지만, 건강에는 나쁜. 연쇄 작용처럼 단도직입적으로 휴대폰을 건네던 그의 얼굴이 떠올랐다.

"……우리 이제 쉬는 시간이지?"

가람은 뜻밖이라는 표정으로 고개를 끄덕였다. 의심쩍은 가람의 눈길이 따라붙었으나 새희는 단걸음에 화장실로 갔다.

앞치마에서 휴대폰을 꺼냈다. 인터넷을 켜고 검색 창에 김언혁을 입력했다. 눈앞에 그의 정보가 주르륵 펼쳐졌다. 날카로운 퇴폐미를 내뿜는 사진 속 그와 눈이 마주쳤다.

그의 이름, 나이, 학력 그 외 기재된 인적 사항을 눈에 저장했다. 그를 공부하는 건 흥미롭다 못해 자발적으로 학구열을 상승시키는 일이었다. 화면을 밑으로 내리자 그의 이름이 걸린 기사들이 쭉 나열되었다.

피아니스트 김언혁, 2년간의 미스터리 잠적 깨고 모습 드러내
'태정 아트홀' 개관 공연 김언혁 출연
김언혁, 무대 복귀하나…… 술렁이는 문화예술계
태정 아트홀 개관 공연 티켓 1분 만에 매진… 김언혁 티켓
파워 여전

헤드라인은 죄다 흥분을 금치 못하고 있었다. 그가 세상을 뒤
흔드는 사람이라는 걸 확인받는 기분이었다. 어제 새희의 가슴
을 게걸스럽게 빨던 그는 국민이 손꼽아 기다려 온 위대한 음악
가라는 것을 말이다.

그가 사는 현실과 새희가 사는 현실은 접점이 없었다. 새희의
동선은 지극히 단순하고 시시했으므로 우연이라도 그가 새희의
동선 안에 들어올 가능성은 전무했다.

은석과 이진이 결혼하지 않았다면 죽을 때까지 김언혁이라는
사람을 몰랐으리라. 몰랐다는 것에 슬퍼하지도 않았으리라.

야망을 발밑에 두고 전 세계를 감동시키는 일에도 무심한 남자.
그런 남자를 몰랐던 여자가 그런 남자를 알게 되는 일은 여자의
인생에 얼마나 파격적인 일인가.

그렇다면 여자는 그를 알아 버린 삶에는 어떻게 대처해야 하나.
대처하는 방법을 끝내 찾지 못하면 죽을 때까지의 삶을 얼마큼
슬퍼하게 되는가…….

새희는 영상 하나를 재생했다. 연미복 차림인 김언혁이 무대 측면에서 걸어 나왔다. 의자에 앉으며 지휘자와 짤막하게 눈으로 교감한 뒤 연주를 시작하는 그의 얼굴이 익숙지 않았다. 비록 어제 그와 긴밀하게 접촉했다 하더라도 그는 하루 만에 낯설어질 수 있는 이목구비의 소유자였다.

건반에 코를 갖다 댈 듯 가까이 고개를 숙여 음에 동화되던 그가 놀랍도록 역동적인 테크닉을 선보이며 턱을 치켜들었다. 화면 너머 몰입한 숨이 들이켜졌다. 오케스트라가 뿜어내는 풍부한 사운드와 격렬한 피아노의 울림이 웅장하게 어우러졌다.

경이로운 전율을 일으킨다. 끌어안듯 자세를 낮춰 건반을 두드리는 그의 표정이 사정 직후의 그것 같았다.

새희는 더 보았다간 눈이 달뜨게 젖어 들 것 같아서 황급히 화면을 꺼 버렸다. 암흑인 화면 위로 환영처럼 숫자들이 나타났다. 너무도 쉽게 암기해 버린 숫자들이. 그가 몇 가지의 경우를 정해 줬던가.

새희는 울적하게 그의 말을 되새김했다. 카페에 못 나오는 날, 아파서 꼼짝도 못 하는 날, 잠이 오지 않는 날……

지금은 어떤 것도 해당되지 않았다. 그럼 그에게 전화해서는 안 된다. 그것이 우리의 절대적인 규칙이었다. 우리 사이의 불문율은 오로지 그만이 정할 수 있었다.

새희는 휴대폰을 주머니에 넣었다. 그러나 화장실 문고리를 잡은 순간, 복부가 부르르 떨렸다. 쏜살같이 휴대폰을 꺼내 화면을 쳐다보았다. 태어나 처음으로 외운 조합의 번호가 밝은 화면에 떠 있었다. 새희는 허겁지겁 전화를 받았다.

"안녕하세요."

– ······.

약간 황당한 듯한 침묵이 이어졌다. 잠시 뒤 그는 조금 김샌 느낌으로 새희를 따라 했다.

– 안녕하세요.

여보세요······ 라고 해야 했나. 새희는 열없이 귓불을 긁었다.

– 뭐 하고 있었어요?

당신을 보고 있었다고 말하면 그는 뭐라고 할까······.

"화장실에서 쉬고 있었어요."

– 어디?

"카페 화장실······."

– 출근했나 보군요.

그의 목소리에 활기가 스민 것 같아서 새희는 덩달아 들떴다. 들떠서 저도 모르게 물어 버렸다.

"뭐 하고······ 있나요?"

스스로도 참으로 서투른 게 느껴졌다. 그가 답하지 않는 시간이 길어졌다. 새희는 순식간에 기분이 가라앉았다. 주제넘게 들떴던 것을 후회했다. 앞치마를 쥔 손바닥이 땀이 차서 미끌거렸다.

억겁 같은 찰나 뒤, 그의 목소리 대신 들려온 건 피아노 소리였다. 새희의 감각이 활짝 열렸다. 그는 연주하고 있었다. 귓속으로 흘러 들어오는 건 사랑해 마지않는 멜로디였다.

〈파반느〉였다······.

새희의 눈시울이 떨렸다. 소중하게 보관해 놓았던 비디오테이프가 아주 오랜만에 감기는 것처럼 고요한 감격이 몰려왔다.

음이 주입되는 살 속으로 다정한 피가 채워지는 것 같았다. 하늘이 무너지고 땅이 갈라지는 급작스러운 천재지변이 일어나도 부드러운 미소를 지을 수 있게 할 것만 같은 피가……

허망한 끝부분마저 사랑스러웠다. 잘 들었다고 말하며 웃고 싶었다. 그러나 입꼬리는 애달프게 내려가려고 했다. 새희는 목을 가다듬었다. 가다듬는 사이 그가 칭찬을 원하는 아이처럼 보채듯 물었다.

- 잘 쳤습니까?

그제야 새희의 얼굴은 막 다림질한 따끈한 옷처럼 펴졌다. 네…… 새희는 진심으로 긍정했다.

- 울음기 묻은 목소린데.

그가 울 정도로 형편없었나? 중얼거려서 새희는 아니에요, 큰 목소리를 냈다.

"너무 좋아서……."

이 순간이 시간 속에 편집되어 계속 재생되길 바랄 만큼 좋아서. 그의 말이 설사 농담이더라도 인정하고 싶지 않을 만큼 좋아서. 그런 자신이 시시각각 부풀어 가고 있어서……

- 너무 좋은 줄은 몰랐는데.

그는 다 안다는 듯 미끈하게 속삭였다. 새희의 뺨이 빨갛게 익었다. 그때, 가람이 바깥에서 누나, 손님! 하며 외쳤다. 새희가 난감해하기 전에, 그가 먼저 배려했다.

– 이따 봅시다.

"네……."

– 커피 많이 팔아요.

짓궂은 그의 말로 전화가 종료되었다. 그의 일상적인 부분을 공유했다는 것이 몹시도 특별하게 느껴졌다. 실제로 특별한 게 맞아서 느낌만이라고 치부할 수도 없었다.

이렇게 아늑하고 야릇한 부분도 있는 사람이구나……. 노곤하게 녹아내린 신경이 기분을 전환시켰다. 새희는 한결 나른하고 부드러운 얼굴이 되어 화장실을 나갔다.

주문받은 커피 두 잔을 만들어 쟁반에 올렸다. 픽업대로 가지러 온 남자 손님이 새희를 흘끔거렸다. 흘끔거리는 수준이 아니라 무례하다는 것도 잊고서 홀린 듯 쳐다보고 있었다.

새희는 갑자기 가슴이 덜컥 내려앉았다. 혹시 티가 나는 걸까. 그냥 스치듯 보아도 알아챌 만큼 자신의 얼굴에서 자극적이고 불안정한 기운이 흐르고 있는 걸까.

새희는 일부러 쌀쌀맞다 싶을 정도로 표정을 굳혔다. 괜스레 물기가 다 마른 컵 하나를 들어 수건으로 바삐 닦아댔다.

"누구랑 통화했어?"

쿵! 손에서 미끄러진 컵이 개수대로 떨어졌다. 천만다행으로 깨지진 않았다. 가람이 그렇게 놀랄 줄 몰랐는지 괜찮아? 물으며 어깨를 잡았다. 새희는 아무것도 들리지 않았다. 오직 들켰다는 생각으로 하얗게 질려 경악하고 있었다.

"일부러 들은 거 아냐. 화장실에서 나오는데 누나가 뭐라고 말하는 게 들렸어. 벽 얇아서 방음 안 되는 거 몰랐어?"

가슴팍이 오르락내리락 들썩거렸다. 가람을 절박하게 돌아보았다.

"말하지 말아 줘."

"도련님이 사 준 거 아니야?"

"말하지 말아 줘……."

가람은 도무지 감이 안 잡히는 표정이었다. 새희는 그의 앞치마를 움켜쥐었다. 가람은 당황하면서도 전에 없이 열렬한 새희에게서 눈을 떼지 못했다. 새희는 어디서 솟아나는지 모를 간곡함으로 매달렸다.

"제발…… 응?"

"알았어, 알았어. 설레니까 그만 매달려."

그래도 불안했다. 확언을 들어야 했다. 이것이 새희의 운명을 쥐고 흔드는 일이라는 걸 가람은 모르고 있었다. 혼돈을 잠재울 수가 없었다. 이따 봅시다. 김언혁의 목소리가 등줄기를 거슬러 오르며 체온을 싸늘하게 하락시켰다.

"약속해. 말 안 하겠다고……."

"뭐?"

"약속해 줘. 빨리……."

새끼손가락을 내미는 새희를 가람은 어이없다는 듯 보다가 이내 픽 웃었다. 새희의 것보다 두 배쯤 더 기다란 새끼손가락이 마주 닿았다. 닿자마자 힘주어 거는 새희를 가람은 신기하고도 생소하게 바라보았다. 그러다 새희의 진심에 맞춰 진중해졌다. 진중한 척해 주는 건지도 몰랐지만 거기까지 신경 쓸 겨를이 없었다.

"맹세할게. 말 안 한다고."

"약속한 거야."

"응, 대신 다음에 소원 하나 들어줘."

그가 조건을 붙여서 새희는 오히려 마음이 편해졌다. 적극적으로 고개를 주억거렸다. 가람은 갈수록 비밀이 많아지네……웃으며 뼈 있는 한마디를 던졌다.

아무래도 좋았다. 발각되지 않을 수만 있다면 가람이 자신을 어떻게 생각하든 아무래도 좋았다. 자신에 관한 무언가를 포기하는 건 쉬운 일이다. 다만 잃는 데에 면역되지 못한 건 그가 들어선 운명이었다.

새희의 것이 아닌 그의 것으로 여겨지는 운명. 결국은 잃게될 걸 알면서도, 속하기 위해 애쓰게 하는 잔혹한 운명…….

\* \* \*

가장 고양되는 순간…….

그건 그가 새희의 얼굴을 시선으로 파헤치는 순간도, 매끄럽고 명확한 동작으로 피아노 의자에 앉는 순간도 아니다. 그가 카페 문을 열고 걸어 들어오는 순간이다.

유리문 너머 김언혁의 그림자가 보일 때부터 새희의 심장은 터질 듯 뛰기 시작한다. 마침내 카페 안으로 들어온 그가 신속히 거리를 좁혀 오면 오히려 기분은 침착해진다. 그가 카페에 들어선 이후부턴 어찌할 수 없는 숙명을 받아들이듯 모든 것을 합리화하게 되는 것이다.

이를테면 그의 향수 냄새에 자극적인 감각이 오르는 걸 너무도 당연하게 넘겨 버리고 만다든가. 너무도 당연하게…….

"안녕하세요."

머리꼭지로 그의 불량한 눈길이 비벼졌다. 새희의 전화 말투를 흉내 내는 것이었다. 기분은 상하지 않고 되레 설렘이 기습했다.

그가 새희 옆에 착석하며 검푸른 빛이 도는 셔츠 포켓에서 담배 케이스를 꺼냈다. 일렬로 정리된 담배들 밑에는 콘돔이 있다.

그는 콘돔을 가지고 다니는 남자였다. 내킨다면 장소에 구애받지 않고 섹스에 돌입할지언정 콘돔 없이는 당장 몇 시간 뒤에 지구가 멸망해도 하지 않을 철저한 위생 관념을 보유하고 있었다. 그러므로 실수는 일어날 수 없었다. 일어난다면 그것은 실수가 아니라 고의가 되는 셈이다.

그가 담배를 피울 동안 새희는 그가 가져온 초콜릿을 먹었다. 포장지를 까는 부스럭대는 소음만이 유일한 소리였다.

김언혁은 턱을 젖히고 유유히 연기를 흘려보내며 무게중심이 뒤로 쏠린 상체를 헐겁게 늘어뜨렸다. 유해하다는 걸 알고도 즐긴다는 눈빛을 하고서.

그 모습은 노쇠한 나이가 되어서도 기억날 것 같았다. 그가 부주의하고 무방비한 자신의 틈을 허락했던 기억. 끝까지 그 기억을 폐기시키지 못할 자신도.

피아노 위에 올려 둔 새희의 휴대폰을 발견한 듯, 그가 의자를 짚고 있던 한쪽 팔을 떼며 상체를 세웠다. 휴대폰에 남은 기록을 그는 당당하게 정독했다. 그런 게 기록되는 줄도 몰랐던 새희는 잠자코 그가 하는 양을 지켜보았다.

혀에 발리는 초콜릿이 골이 지끈거릴 만치 달았다. 담뱃불을 케이스에 지져 꺼뜨리며 그가 말했다.

"나밖에 안 봤네."

그에게 하루를 간파당한 것처럼 부끄러웠다. 실제로 다를 것도 없었다. 그가 오기 직전까지도 그를 화면으로 만끽했었다.

"불공평한데."

음…… 생각하던 그가 자신의 휴대폰을 꺼냈다. 카메라 렌즈가 새희를 직시했다. 입술을 말아 물었다.

찰칵. 불시의 셔터 음에 몸이 움츠러졌다. 그가 화면 속의 새희를 보는 건지 화면 밖의 새희를 보는 건지 구분되질 않았다.

렌즈는 단호하고 무자비한 빛을 지니고 있었다. 그의 동공이 지닌 빛이었다. 주저하던 얼굴이 희미한 수치를 느끼며 흐트러지는 순간.

찰칵, 찰칵, 찰칵…… 렌즈는 새희를 집어삼켰다. 그가 포착한 것은 새희의 표정 너머 은닉된 무언가였다.

사진을 찍히는 행위에 능숙하다는 건 적어도 자기 자신을 잘 안다는 뜻과도 같을 것이다. 순식간에 밑바닥까지 투과되어도 천연덕스럽게 다른 포즈를 취할 수 있는 능력.

새희는 그런 능력이 없었기에 스스로 어떤 표정을 짓는지 파악하지 못해 곤란한 표정까지 노출되는 이 행위가 고난스러웠다.

그 표정을 촬영하는 사람이 그라는 것도 고난에 한몫하는 이유였다. 아니, 한몫이 아니라 전부라고 정정해야 옳을 것이다.

이후 두어 번쯤 더 찰칵거렸을까. 곧바로 김언혁은 찍은 사진들을 보여 주었다. 그가 휴대폰을 보여 준다고 고개를 맞대자 또다시 몸은 합리화를 서둘렀다.

화면 속 여자는 겁이 많고, 불안하고, 가엾어 보였다. 그러나 보는 이를 꺼림칙하게 만드는 미숙한 열기 같은 것이 느껴지기도 했다.

이 얼굴이 정말 자신의 얼굴일까. 그를 대할 땐 다른 여자의 얼굴이 자신의 얼굴로 이송되는 게 아닌가 싶을 만큼 이상한 얼굴이다. 어쩐지 계속 보고 있기가 힘들다.

"제가 이렇게 생겼나요?"

"어떻게?"

"이상하게……."

이상한가…… 그는 긍정도 부정도 아닌 반응을 했다.

"눈빛이 좀 이상하긴 하군요."

그는 화면을 보고 있지 않았다. 눈 밑을 둥글게 쓸어 주는 손가락이 입술로 부드럽게 떨어졌다. 입술도 좀 이상하고…… 나직하게 말하며 아랫입술을 문지르던 손가락이 안쪽으로 밀려들었다.

어쩌다가 그와 키스하게 된 건지는 모른다. 정신이 들었을 땐, 턱이 그에게 잡혀 입술은 물론이거니와 그 부근을 통째로 빨리고 있었다. 사고력을 잃었다. 새희는 기꺼이 허물어졌다. 그의 손이 목을 감싸 쥐었을 땐 등이 휠 만큼 짜릿하기까지 했다.

그가 이로 새희의 아랫입술을 잡아당겼다가 뱉고 바로 다시 입술 전체를 감싸며 혀로 눅진하게 쓸었다. 관절이 저리고 뇌가 노긋해졌다. 각도를 달리하며 다시금 그의 입술이 미끄러져 들어왔다.

입천장이 휘저어진다고 느낀 직후 볼이 물렸고, 입술이 포개어질 듯하다가 입꼬리에서 관자놀이까지 질척하게 핥아졌다.

그의 키스는 예측불허라 번번이 극한의 자극으로 끌려가기 부지기수였다.

"확실히 이상하긴 해. 곁에 있으면 어디든 물고 빨지 않고는 못 배기겠거든."

갈라져서 쉬어 버린 그의 음성이 목을 죄었다. 벨트 푸는 소리가 들렸다. 손목이 사납게 잡아 당겨졌다. 손에 닿은 건 뜨겁고 딱딱한, 사람의 살덩어리가 아닌 무기로 느껴지는 남성이었다.

미끌거리는 점액을 뿜는 중인 그것은 꿈틀거리며 살아 있음을 공표했다. 심장 소리가 귀를 먹먹하게 했다. 지극히 본성적인 사람이 된 그는 눈짓하고 있었다.

새희는 아무도 없는 공간을 괜히 한 번 둘러보았다. 그러나 그 행동이 심기에 거슬렸는지 그가 서릿발 같은 냉조로 내뱉었다.

"머리 처박고 빨아."

가슴 한편이 오그라들었다. 위축된 기세로 고개를 숙여 그의 것을 혀로 할짝거렸다. 사정을 끌어냈던 기억을 돌이키며 혀를 부지런히 놀렸다.

그의 냄새가 가장 진하게 나는 곳이었다. 그에겐 민망하고 무력한 치부가 아니라 말초적이고 야성적이며 야만적인 남성의 상징이었다.

돋아 있는 핏줄을 혀끝으로 그어 내렸다. 그의 허벅지 근육이 수축했다. 그가 반응하는 것에 자극을 받았다. 알게 모르게 장소를 의식하던 자신이 한쪽으로 치워졌다.

열어젖힌 목구멍에 그의 것을 찔러 넣었다. 완전히 낫지 않은 살점들이 아물지 못하고 다시 벗겨지는 듯했다. 타액이 듬뿍 흘러나왔다. 고통스럽게 뱉어 냈다가 재차 귀두를 궁굴리면서 뻑뻑하게 집어넣었다. 숨통이 막혀서 끅끅대면서도 혀를 차지게 붙여서 볼을 홀쭉하게 만들었다.

"하아……."

그를 사정하게 하려면 이 이상으로 격해져야 했다. 새희는 죽을 힘을 다해 페니스를 깊이 빨아들였다가 뱉어 내는 것을 반복했다.

그의 음모 위로 뜨거운 숨이 번졌다. 목 안의 빈 공간이 전부 메워지다 못해 부피를 감당하기 어려워 찢겨져 나가려고 했다.

급박한 속도에 맞춰 머리카락이 휘날렸다. 그 순간, 그가 새희의 흘러내린 머리칼을 쓸어 올리듯 움켜쥐어 그를 보게 했다.

새희는 입안이 불룩해진 상태로 그를 올려다보았다. 행성들을 모조리 파괴시킨 직후의 우주 같은 눈이 붉게 젖은 눈을 관통해 왔다.

"입 말고 손으로 받아."

고개를 끄덕거리자 쪽, 소리와 함께 끄트머리가 빠졌다. 자신의 침이 잔뜩 묻은 성기를 두 손으로 쥐는데 그가 갑자기 새희의 턱을 쥐고 흔들었다.

"대답은 무조건 소리 내서 하는 거야. 어떤 경우에서도."

"읏, 네에……."

새희는 빠르고 힘 있게 성기를 흔들었다. 너무 커서 자꾸만 버겁게 빠져나가는 것을 몇 번이고 다시 훑어 올렸다. 입으로 빨 때보다 실수를 거듭하며 마침내 사정이 임박한 기류를 포착하고 손놀림에 박차를 가했다.

그는 아까 담배를 피울 때처럼 턱을 젖히며 연기를 뱉듯 신음했다. 이어 농도 짙은 정액이 발사되듯 분출되었다.

손가락 사이사이에 들러붙은 정액을 새희는 그가 뭐라 하기도 전에 입에 넣었다. 그는 스스로 엉성했다는 것을 알고 선수 치듯 허겁지겁 자신의 손가락을 핥아 대는 새희를 빤히 바라보았다.

"형편없다니까……."

가르칠 것투성이군. 그러나 그 목소리는 어딘가 기이하게 즐거운 듯도 했다.

형편없다는 평가가 가슴에 칼날을 그리며 박혀 왔다. 김언혁은 팬츠 뒷주머니에서 손수건을 꺼내 새희의 입술을 닦아 주었다. 모서리 근처에 그의 이니셜이 새겨진, 그의 향수 냄새가 고인 손수건이었다.

브랜드 용품이 아니라 수제로 제작된 부드러운 감촉의 면에선 윤기가 흘렀다. 가치를 매길 수 없는 것으로 새희의 입술을 꼼꼼히 닦아 준 뒤, 그는 자신의 성기를 닦고 바지 지퍼를 잠갔다. 경계 없이 고압적이었다가 감미로워졌다가 하는 그를 안타깝게 바라보았다.

형편없다는 말이 지워지지 않았다. 형편없다는 건, 곧 쓸모없어지진다는 뜻이다. 보육원 원장님은 쓸모없는 것들을 먹여 살리는 일이 제일 돈 아깝고 기분 잡치는 일이라고 했다.

그의 돈이 아깝지 않으면 했다. 그의 기분이 잡치지 않으면 했다. 그런데 형편없지 않으려면 어떻게 해야 하는 걸까…….

"죄송합니다……."

혀에서 풍기는 비릿함이 서글펐다. 손수건 끝자락으로 새희의 턱을 간지럽히던 그가 새희의 사과에 멈칫하더니 손을 거두었다.

죄가 없는데도 죄질이 무거운 길쭉한 눈매를 보는데 난데없이 가슴이 아파 왔다. 이름 없는 병의 징조처럼.

그 순간이었다. 어떤 기척도 없이 무시무시한 힘으로 그가 새희를 허벅지 위에 들어 앉혔다. 새희는 놀라 건반을 짚었다. 눌린 음계가 비명을 질렀다. 그가 턱을 새희의 어깨에 올리고 말했다.

"파반느 쳐 줘요."

"이, 이렇게는 칠 수가 없어요……."

"아니, 칠 수 있어."

그러나 치지 못하도록 할 듯이 그의 손이 옷 안으로 들어왔다. 허리를 어루만지며 빨리 쳐 달라고 종용하는 그에게서 가볍게 몸부림쳤다.

한동안 그런 실랑이가 계속되었다. 어느 순간 그의 허벅지 위에 누워 신경 세포들이 물렁해지는 키스를 받으며 확인한 시각은 기사가 오기 10분도 남지 않은 때였다.

결국, 그날은 피아노를 한 번도 제대로 치지 못했다. 돌아가는 차 안에서 차창을 보다 문득 재킷 주머니에 손을 넣었을 때 잡힌 건 기막히게 부드러운 감촉이었다.

그의 손수건이었다. KEH…… 그의 이니셜을 쓰다듬다가 새희는 말 못 할 감정에 휩싸였다. 언제 넣어 둔 걸까. 그가 다리 위에 새희를 올리던 순간이었나, 아니면 숨 막히게 키스하던 순간이었나…….

피아노를 치지 못했는데…… 안타깝지도, 통탄하지도 않았다. 이만하면 충분하다는 생각이 들었다. 새희는 손수건을 꼭 쥐며 창밖으로 지나쳐 가는 아름다운 죽음의 대교를 바라보았다.

그를 만나야 할 핑계조차 엷어져 가는 이 순간이 제법 아름답게 느껴졌다.

비극적이게도…….

* * *

아기의 웃는 얼굴처럼 맑은 아침이었다. 창문을 열자 신선한 공기가 쏟아져 들어왔다. 햇살에 데워져 익어 가는 풀잎들이 말을 거는 것만 같은 날씨다. 속눈썹을 헤치는 빛줄기를 가만히 쬐었다.

툭, 툭, 창틀을 손가락으로 치는데 투명한 빗방울이 떨어지듯 가슴 속이 울린다. 하늘은 기분이 활짝 갤 정도로 파랗다. 5월에 피는 꽃들이 무엇이 있나 생각해 보며 새희는 옷을 갈아입고 방을 나갔다.

"잘 잤어요?"

무심코 부엌으로 들어서자 시집을 펼쳐 든 채로 이진이 웃으며 인사를 건넸다. 막 테이블에 반찬을 놓던 가정부도 새희를 발견하고 고개를 꾸벅였다. 새희는 어색하게 따라 고개를 숙였다가 걸음을 되돌렸다. 그러나 그럴 줄 알았다는 듯, 이진이 뒤에서 외쳤다.

"어디 가요? 같이 아침 식사해요. 아주머니, 한 사람 더 차려 줘요."

거절할 수 없게 새희의 몫이 식탁에 빠르게 차려졌다. 새희는 분리된 몸을 조종하듯 굼뜬 동작으로 이진의 맞은편에 앉았다. 조개가 들어간 콩나물국에서 김이 모락모락 올라왔다. 먼저 출근한 건지 은석은 보이지 않았다.

시집을 옆 의자에 내려놓으며 이진이 수저를 들었다. 국물을 한 모금 떠먹은 뒤, "좋네요." 하며 가정부에게 격의 없이 눈웃음 짓는다.

난데없이 컷, 하는 소리가 들려와도 손색없는 장면이었다. 대본의 지문엔 완벽한 아침을 맞는 여주인공…… 이라고 적힌.

결혼식 날 이후로 처음 보는 것이다. 마지막 기억 속에 이진은 새희를 후안무치하고 불결한 물건을 보듯 취급했었다.

새희는 국물이 잘 넘어가지 않아 나누어 삼켰다. 소리 없이 젓가락을 움직이는데 불쑥 이진이 물었다.

"지내는 데 불편하진 않아요?"

그 목소리가 정말로 걱정하는 듯해서 새희는 난처하게 침묵했다. 감지덕지하는 태도를 보여야 하는 건가…….

"은석 씨 중국에 있는 동안, 몰래 외박해도 모른 척해 줄게요."

"중국이요?"

"응. 몰랐어요? 출장 가서 3주 있다 돌아와요."

몰랐다. 은석은 아무것도 얘기하지 않았다. 이제는 은석의 소식을 가정부가 아니라 그의 아내에게서 듣게 되는구나.

은석을 생각하자 식도가 비틀리는 듯했다. 마음속에 수많은 문이 닫히는 기분이었다. 남아 있는 문은 몇 개나 될까. 또다시 생겨나는 문들은 열려 있을까, 닫혀 있을까.

불편해하는 기색이 역력한 새희를 더 불편하게 하려고 작정한 듯 지긋이 보던 이진이 불현듯 피식 웃었다. 언젠가 그녀를 마주한 자리에서 만나 본 미소다. 볼품없는 인생을 비웃는 듯하면서도 동정이 미약하게 깃든…… 이진은 젓가락을 밥그릇 위에 내려놓으며 말했다.

"인생을 이해하려 해서는 안 된다. 인생은 축제와 같은 것. 하루하루 일어나는 그대로 받아들여라."

릴케의 시였다. 인생을 이해하려 해서는 안 된다. 아나운서처럼 또렷한 발음이다. 식탁에 앉은 뒤 내내 비껴가던 새희의 시선이 처음으로 똑바로 이진을 향했다. 이진의 얼굴에 영원히 시들지 않을 것 같은 미소가 피어났다.

"내가 제일 좋아하는 시예요. 너무 가혹하게 느껴지는 시이기도 하지만."

뒤이어 이진은 미소의 줄기 하나를 베어 내며 목소리를 늘어 뜨렸다.

"고통을 고통으로 받아들이라고 말하고 있잖아."

누구에게나 고통은 존재할 것이다. 부자들의 천국은 빈자들의 지옥으로 만들어진다고 하지만, 그 천국 안에서도 고통은 존재하리라.

고통은 절대적이지 않고 상대적이다. 비록 그녀가 빈곤과 폭력과는 거리가 먼 생을 지나왔다 하더라도 새희는 그녀의 고통을 가소롭게 여기지 않았다. 고통을 고통으로 받아들이는 것이 쉬운 사람은 세상에 존재하지 않는다.

"나 근데 궁금한 게 있는데."

서로를 깊게 투시하듯 바라보다가 분위기를 전환하듯 이진이 어조를 달리했다.

"학창 시절엔 어땠어요, 두 사람?"

학창 시절…….

'태정가에서 인형 하나 데려와서 돌아가며 박아 댄다며?'

교실 문을 열 때마다 날아오던 인간이 아닌 윤락 업소를 보는 듯한 눈빛들. 두 눈과 두 귀가 잘려 나간 듯 시체처럼 살았다. 그래도 태정의 소유라고 대놓고 건드리진 못하고 눈독만 들이던 반 내 무리가 있었다.

파국은 졸업을 앞둔 어느 날 일어났다. 빈 교실에 가둔 채 포위해 오던 번들거리는 몇 쌍의 눈들…… 그 속에 유일하게 새희를 사람처럼 대해 주었던 반장이 포함되어 있었다는 건 죽으려는 결심에 미련을 덜어 주었다.

혀를 깨물려고 하는 순간 은석이 나타났다. 은석은 거기 있던 모두의 성기를 직접 거세하고 불구로 만들었다.

'차라리 당한 뒤였으면 쉬웠을까.'

'절대 안지 않으려고 했어. 절대……'

'너를 어떻게 해야 할지 모르겠어……'

그리고 그날, 은석은 처음 새희를 안았다. 그토록 슬프고 폭력적이게……

"다를 거…… 없었어요."

울컥, 떨리는 목소리를 진정시켰다. 다 지난 일이다. 이진은 흐음, 재미없다는 듯 흘기더니 즉각 표정을 발랄하게 바꾸었다.

"내 첫사랑 얘기 들어 볼래요?"

그녀가 5월의 초입처럼 싱그럽게 웃었다. 그녀에게 반하지 않을 수 있는 남자가 있긴 한 걸까.

"잘난 남자였죠. 사실, 타입은 아니었어요. 그렇게 남을 찍어 누르는 분위기, 나하고는 상극이거든. 하지만 뭐 어떡하겠어. 첫눈에 이상형이라는 개념을 훼손시키는 남자인걸. 어쩌다가 정통으로 눈이 마주쳤는데 숨이 막혀 오더군요. 저 남자와 잘 수만 있다면, 내 인생이 한 번쯤은 진창이 되어도 괜찮겠다는 생각이 들 만큼. 그런 적은 정말이지 난생처음이었어."

남자가 누군지 알 것 같았다. 누가 들어도 그였다. 새희는 그 남자와의 첫 만남을 떠올렸다. 이진의 감상과 정확하게 일치했다. 남자의 정체를 알고 나자 이진의 말소리를 하나도 허투루 흘릴 수가 없었다.

"미친 듯이 따라다녔어요. 내가 가진 걸 총동원해서 유혹했죠.

괘씸하게도 꿈쩍도 하지 않더군요. 내 어디가 부족하다고 이렇게 완강하게 거부하는지. 그는 매번 같은 말로 날 단칼에 잘라 냈어요."

"……뭐라고요?"

그녀가 뜸을 들여서 새희는 못 참고 물었다. 이진은 픽 웃었다.

"너는 내가 예뻐하지 못해."

새희는 너무 몰두해서 마치 그 말을 자신이 들은 것처럼 상처를 받았다. 이진은 입술을 삐죽거렸다.

"한마디로 타입이 아니란 거죠. 그쯤하고 포기했으면 되는데, 나도 그땐 어려서 딱 한 번만 더 만나려고 그가 있는 독일에 갔죠. 내 멋대로 정한 약속이긴 하지만, 어쨌든 호텔 라운지에서 보자고 연락하고 1층에서 엘리베이터를 기다리는데 유리문 밖으로 그가 오는 게 보이더군요. 그런데……."

이진은 하, 코로 웃었다.

"옆에 여자가 있었어요. 그러고 보니 생각 난 건데 그 여자, 지난번 그와 만났던 재즈바 무대 위에서 샹송을 부르던 가수였어요. 안 그래도 낯이 익더니…… 유독 그가 빤히 보긴 했었죠. 하여간 그 여자와 체크인을 하고 엘리베이터를 타더군요. 뒤에서 그 모습을 지켜보는 나와 뻔히 눈을 마주치면서."

"……."

"그 뒤엔 내가 어떻게 했을 것 같아요?"

새희는 식탁 밑으로 떨리는 두 손을 마주 잡았다. 이진은 눈을 가느스름하게 뜨고 새희를 보다가 돌연 깔깔 웃었다.

"그 뒤는 상상에 맡길게요. 참고로 난 그날 일을 후회하지 않아요. 오히려 잘했다고 생각 중이야."

"……."

"결국, 그 남자 옆에 남은 건 나니까."

이진도 새희가 그 남자가 누구인지 알아차렸다는 걸 아는 게 분명했다. 처음부터 알아차리기를 바라며 한 얘기임을 그제야 알았다.

이진은 다시 수저를 들었다. 새희는 식사를 포기했다. 좀 전에 들었던 엄청난 이야기가 뇌리에서 되풀이되고 있었다. 그 순간, 그녀가 태연하게 말했다.

"참, 오늘 저녁에 김언혁 오기로 했어요."

새희는 한 박자 늦게 고개를 뜯어내듯 들어 올렸다.

"오늘 조금 늦게 와 줄래요? 단둘이 오랜만에 오붓하게 즐기고 싶어."

기사한텐 내가 말해 놓을게요. 이진은 부탁한다는 듯 상냥하게 웃었다.

김언혁은 이진이 열렬하게 다투고 쟁취한 보상이었다. 무엇을 놓고 저울질하든 비교 대상이 될 수가 없는 것이다. 새희는 지금 떠오르는 감정들을 모조리 죽여야 하는 것까지도 알았다.

고통을 고통으로 받아들여야 한다…….

"네……."

새희는 받아들였다.

　　　　　　　　　＊ ＊ ＊


　건반은 무결하게 자태를 드러내고 있다. 그러나 새희는 캄캄한 휴대폰을 들여다보고 있었다. 시간은 밤 열 시를 넘어갔다. 낯선 시각이었다. 낯설어서 괴로운 시각이었다.

　그에게 전화를 하고 싶었다. 그러나 해서는 안 된다. 오늘은 카페를 못 나오게 되었거나, 꼼짝도 못하게 아프거나, 잠이 오지 않는 날이라 해도 그에게 전화해서는 안 되는 것이다.

　새희는 휴대폰을 내려놓고 피아노를 치려고 했다. 분명 그랬건만 어느 결에 또 휴대폰을 보고 있었다. 휴대폰을 선물 받은 것이 원망스러웠다. 그에게 화가 나는 게 아니라 그를 화가 나게 할까 봐 두려웠다.

　멋대로 전화를 해 버릴까 봐. 허락하지 않았는데 전화를 걸어서 그를 기분 상하게 할까 봐.

　그는 왜 새희에게 휴대폰을 사 준 걸까. 온 신경을 다 **빼앗아**가서 피아노와도 서먹해지게끔 만드는데…… 도대체 왜 그런 걸까. 왜. 왜…….

　왜 은석은 중국에 갔다는 걸 말하지 않았을까. 내가 지금 진실로 바라는 사람은 누구일까…….

　새희는 억지로 건반을 쳤다. 꺼 놓은 지 한참 된 휴대폰을 머릿속에서 강박적으로 몰아냈다.

　되레 연주가 시작되자 속에서 들끓는 폭렬이 분출됐다. 숨을 헐떡일 정도로 격렬하게 건반을 두드리며 휘감는 선율에 도취했다.

헝가리 무곡(no.5)이었다. 뜀박질하듯 음이 통통 튄다. 무척이나 빠른 템포였다. 왼손은 현란하게 날아다녔다. 원래도 빠른 곡을 속주로 연주했다. 등에 땀이 배어들었다. 처음부터 끝까지 쏟아 내는 리듬에 늑골이 압박해 왔다.

일자로 벌린 손가락이 찌릿하게 당겨왔다. 아랑곳하지 않았다. 더 빠르게, 더 격하게, 더 치열하게! 감은 속눈썹이 감읍하듯 팔락거렸다. 끝으로 가지 않고 스타카토로 몰아치는 부분을 연속적으로 쳐 댔다.

연주가 끝나자 목덜미가 땀으로 흠뻑 젖어 있었다. 새희는 하아, 하아, 숨을 급격히 내쉬며 뚜껑을 내려 닫았다. 이 이상은 칠 수 없었다. 더 치다간 손목이 나갈 것이다.

그때, 바깥에서 차 엔진 소리가 들려왔다. 오붓한 시간이 마무리된 모양이었다.

새희는 의자를 집어넣고 조명을 끈 뒤 카페 밖으로 나갔다. 매끈하게 빠진 검은색 차가 정차되어 있었다. 처음 보는 차였다. 다른 차를 보냈나? 그러나 어딘지 모르게 위협감을 주는 차였다. 새희는 차체로 가까이 다가섰다.

그 순간, 운전석에서 누군가 내렸다. 차와 꼭 닮은 위험스러운 남자였다. 새희는 남자가 보닛을 빙 둘러 다가와 조수석 문을 열어 줄 때까지 환상 같은 현실에 미동도 못하고 사로잡혀 있었다.

"기사는 내쫓았어요."

그가 타라고 턱짓했다. 입이 떨어지지 않았다. 조수석에 타고나서도, 그가 운전석으로 돌아와 새희의 안전벨트를 당길 때까지도 새희는 그를 멍청하고 집요하게 바라보고 있었다. 눈을 떼면 어디론가 사라지기라도 할 듯이.

"집에 온다고 했어요."

"누가, 내가?"

"주이진 씨가 당신이 온다고 해서……."

"금시초문인데. 당신이 외박한다는 소문은 들었지만."

누가 거짓말을 하는지 모르겠다. 이윽고 조금씩 실감이 났다. 그가 왔다는 것. 그가 눈앞에 있다는 것…… 급작스럽게 눈물이 쏟아졌다. 찰칵, 안전벨트를 매어 주고 멀어지려는 그의 목을 충동적으로 껴안아 버렸다.

그 순간, 새희의 마음이 얼마나 크게 흔들렸는지 그도, 새희 자신도 모를 것이다. 새희는 부들부들 떨며 눈물을 흘렸다. 입속으로 하지 못할 말을 속삭였다.

전화하고 싶었어요. 전화하고 싶었어요…….

"전화 안 받으면 혼난다고 했잖아."

뇌까리는 짙은 목소리가 화나 있었다. 그가 자신을 벌줄 것을 알았다. 새희는 습관적으로 고개를 끄덕이다가 서둘러 네…… 하고 소리 내어 대답했다.

조수석은 운전석에 앉은 사람을 짝사랑한다면 가장 앉고 싶은 자리이면서도 동시에 앉기 두려운 자리일 것이다. 계속 쳐다보고 있기엔 마음의 표시가 나고, 쳐다보지 않기엔 가슴이 애석하다.

그러나 설사 아무런 마음이 없다 해도 운전하는 그를 계속 보게 되는 건 자성 강한 물건에 당겨 가는 쇠붙이처럼, 불가항력으로 이루어지는 일이다. 새희는 그 사실을 체득하고 있었다.

"볼이 뜯겨 나가겠는데."

뻔한 놀림에도 그를 보는 것을 중단하지 못했다. 어두운 밤거리
가 차창 밖으로 쓸려 갔다. 근사한 굴곡을 가진 그의 아랫입술을
보며 물었다.

"어디로 가는 건가요?"

마침 신호에 걸리며 차체가 완만하게 멈춰 섰다. 그가 핸들에
팔을 포개고 그 위로 턱을 얹었다. 네온사인이 그의 얼굴 곳곳으
로 기어든다. 그가 새희를 돌아보았다. 차에 몰래 탄 외계 생명
체를 보는 눈빛으로.

"글쎄. 어디로 갈까……."

깃털로 턱을 간질이는 듯한 목소리였다. 정말로 간지러워져서
새희는 턱을 긁었다. 그 손을 낚아챈 그가 별안간 힘 있게 당겼다.

상체가 무력하게 끌려가며 입술이 겹쳐졌다. 치열을 가볍게 훑
었다가 놓아주는 그와 눈이 마주치는 순간, 다시금 입술이 먹혔다.

좀 전보다 더 난잡하고 급하게…… 새희의 혀를 감아 오는 그
의 혀가 덩굴처럼 칭칭 얽혀 들었다. 입술 밖으로 흐르려는 침을
핥아 올리며 그가 음란하게 키스했다.

그가 입술을 떼어 냈을 때는 이미 신호가 바뀐 뒤였다. 어쩌면
두 번, 세 번 정도 바뀐 뒤였을 수도 있다.

꽂혀 오는 눈빛에 심장이 부풀어 올라 펑 하고 터져 버릴 것
같았다. 도무지 버틸 수가 없어 새희가 고개를 돌리자 그가 즉각
턱 끝을 잡아 자신 쪽으로 돌렸다.

"계속 날 구경해."

열이 확 오르는 말이었다. 차가 다시 움직였다. 새희는 그의 묵인하에 그를 맘껏 구경했다. 그는 중간중간 고개를 돌려 새희를 긴장시키는 것을 즐기다가 한순간 무언가를 상상하는지 눈빛이 침전했다. 생소한 충동에 사로잡힌 것처럼. 그러다 고개를 내저으며 자조하듯 중얼거렸다.

"정신이 나가긴 했군."

정말이지 말도 안 되는 걸 상상했다는 듯, 그는 빠르게 불가사의한 기색을 지웠다.

"뭘 좀 먹이고 싶은데."

"먹고 싶은데."도 아니고 "먹이고 싶은데."였다. 그가 먹이고 싶은 대상일 새희는 절로 뱃가죽이 수축했다. 그러고 보니 이진과의 아침 식사 이후 뭘 먹은 게 없다. 그마저도 먹었다는 수준이 되질 못한다.

"배 가득 채운 다음에……."

그가 핸들을 한 손으로 꺾으며 다른 손으로 새희의 콧잔등을 톡톡 건드렸다.

"맴매 맞는 거야."

사랑 고백이라도 들은 것처럼, 비정상적인 설렘이 차올랐다.

\* \* \*

그의 차가 도착한 곳은 펜트하우스였다. 주차된 차에서 내릴 때까지도 새희는 이곳이 그의 집이라는 걸 인식하지 못하고 있었다. 엘리베이터에 오르고 복도를 지나 그가 문을 열 때까지도.

그의 집이란 걸 인식한 건, 거실 한복판을 차지한 그랜드 피아노를 본 순간이었다. 특이하게도 소파가 있어야 할 곳에 침대가 있었다. 쉽사리 그의 동선을 예측할 수 있었다.

가구들은 죄다 어두운 톤이었지만 디자이너 손에 주문 제작된 작품인 걸 증명하듯 한 번도 보지 못한 정교하고 독특한 디자인이었다.

하나하나 그의 허락을 받고서 통과된 것들로만 구성된 집이었다. 그러나 왜인지 모르게 그는 자주 들르지 않을 것만 같은 느낌이 들었다.

간단하게 씻고 나온 김언혁은 주방으로 갔다. 얼결에 그를 따라 씻고 나온 새희는 어디에 있어야 할지 몰라 그냥 서 있었다. 그 모습을 본 그가 침대에 가서 놀고 있으라고 했다.

결벽증마저 느껴지는 깔끔한 침대엔 새 옷으로 갈아입지 않는 이상 몸을 넣을 수 없었다. 새희는 서성거리다 유리창에 기대 도심의 불빛과 달빛이 번진 강물을 내려다보았다. 그의 집에서 그가 평범하게 마주할 부유한 경치였다.

그의 집…… 그의 집에 오게 될 줄 상상이나 했던가. 그가 처음으로 입 맞춰 오던 순간만큼이나 믿어지지 않았다.

'외박'이라는 경험 자체가 태어나 처음이었다. 처음인 장소가 김언혁의 집이었다. 심지어 그는 주방에서 요리 중이다. 새희의 배를 채우기 위해. 과분한 대우가 죄스러웠다.

반대의 상황이었으면 차라리 마음이 편했으리라. 아니, 그것도 마찬가지인가.

주방은 조용했다. 너무 조용해서 그가 요리하고 있나 의심이 갈 정도였다. 정적은 가늠할 수 없는 시간이 흐를 때까지 이어졌다.

무언가 잘못된 게 아닌가 싶은 생각이 들 때쯤, 매캐한 냄새가 콧속으로 침입했다. 타는 냄새였다. 새희는 휘둥그레진 눈으로 주방으로 잰걸음을 놀렸다.

그는 레시피 북으로 추정되는 책자를 한 손에 든 채 나머지 손으로는 프라이팬 안의 정체불명의 형체를 주걱으로 꾹 누르고 있었다.

뒤에서 그 지경을 확인한 새희는 서둘러 레인지의 전원부터 껐다. 갑자기 뻗어 나온 손을 그는 놀란 기척 없이 내려다보았다. 꺼멓게 탄 그것은 아무래도 고기인 듯싶었다.

매운 연기에 기침이 나왔다. 명백한 실패작이었다. 요리 주걱을 쥔 그의 외양은 그럴듯해 보였으나 그의 실력은 탄로 난 후였다. 새희는 그의 눈치를 보며 에둘러 물었다.

"요리…… 자주 하세요?"

"오늘이 처음입니다."

그는 산뜻하게 고백했다. 새희는 거짓 없는 대답에 멍해졌다가 이윽고 냉장고를 열어 보았다. 의외로 안은 종류가 다양한 여러 가지 재료로 가득 채워져 있었다.

새희는 그에게 자신이 요리해도 되는지 조심스럽게 허락을 구했다. 그는 눈썹을 들어 올리며 주걱을 넘겨주었다. 사실 새희 자신도 요리는 처음이었다. 그러나 새희가 나서지 않으면 그는 끝까지 어떻게든 요리할 작정임이 분명했다.

귀밑으로 흐르는 식은땀이 들키지 않기를 바랐다. 어깨너머 보았던 가정부의 모습을 떠올리며 능숙한 척 이것저것 꺼내 잘랐다. 그러나 모양은 난도질당한 수준으로 최악이었다. 그는 흠…… 호기심 넘치게 새희를 관람했다.

새희는 잘랐다기보단 다진 형태인 양파와 버섯과 고기를 한데 모아 새 팬에 올렸다. 타지 않게 뒤집어 가며 심혈을 기울였다. 그러나 어찌 된 영문인지 고기의 한쪽 면이 그을린 채로 뒤집혔다.

새희는 당황하며 불도 낮추고 애써 봤지만, 결과는 그가 실패한 것과 동일했다. 망연자실하게 그의 얼굴을 살폈다. 죄송하다고 말하자 그는 그럴 수 있다는 듯 괜찮다고 대답해 주었다.

결국, 김언혁은 어딘가로 전화했다. 얼마 안 가 벨이 울렸고, 식탁 위는 빈틈없이 메워졌다. 자정이 넘어선 시각이었는데도 불구하고 들어와서 직접 식탁에 요리를 차려 주기까지 한 셰프는 황공한 기색으로 인사하며 사인까지 받고 사라졌다.

그가 분명 가볍게 요청한 것치고 지나치게 가짓수가 많았다. 그는 홈 바에서 위스키를 한 잔 따르고 새희의 옆에 앉았다.

겨우 젓가락질을 시작한 새희를 안주 삼아 술잔을 들이켰다. 새희는 탱글탱글한 새우 살을 씹었다. 새콤하면서도 달짝지근한 소스 맛이 혀에 감겼다.

"그거 압니까?"

갑자기 그가 술잔을 쥔 손가락 중 하나를 펼쳐 새희의 눈꼬리를 쿡 찍었다.

"맛있는 거 먹을 때, 여기가 떨려. 얄게."

"······."

"독일에서 밥 주던 새끼 고양이가 그랬는데······."

고양이를 추억하는 그의 음성이 부드럽고 측은했다. 새희는 그가 만진 곳을 의식하며 음식물을 삼켰다. 그가 고양이를 추억하는 만큼 고양이도 그를 그리워하고 있을 것 같았다. 빙글빙글. 술잔을 돌리며 그가 물었다.

"피아노는 어쩌다 치게 됐어요?"

새희를 단숨에 슬프게 하는 질문이었다.

"엄마한테······."

"엄마?"

그는 마치 새희에게 엄마가 있다는 사실이 신기한 일이라도 되는 것처럼 되물었다.

"엄마는 피아노 선생님이었어요. 저에게만 피아노를 가르쳐 주지 않는······."

따뜻하고 향기로우나 때때로 지독하리만치 무정했던······.

"엄마는 가르쳐 주지 않고 떠났지만, 엄마를 통해 알았어요."

피아노의 색깔을, 그리하여 세상의 색깔까지도.

"나쁜 엄마군요."

그의 단순한 표현이 둔중하게 가슴을 내리쳤다. 턱을 젖히며 술잔을 기울이는 그의 눈동자가 명징하게 꽂혀 들었다. 새희는 변명해 두고 싶었다.

"그래도 한 번도 미워한 적 없어요."

차라리 미워할 수 있었으면 좋았겠다 싶을 정도로 엄마를 사랑했다. 엄마가 새희를 버리는 순간까지도, 엄마를 사랑하고 있었다. 다음 생에 새희는 엄마의 얼굴로 태어날지도 몰랐다.

"그러니까 나쁜 엄마인 겁니다."

"……."

"나쁜 엄마면서 나쁜 엄마로 남지 않아서 초라한 습성이 대신 박힌 거야."

어쩐지 그의 눈빛이 좀 차가워진 것도 같았다. 초라한 습성…… 그렇다면 엄마를 미워하지 못하는 것도, 새희의 생을 난자한 사람들을 미워하지 못하는 것도 새희에게 박힌 초라한 습성 때문인 걸까.

새희는 돌연 젓가락으로 그릇들을 쏘다녔다. 먹는 것에 정신을 쏟고 싶었다. 그가 하는 말은 벼린 칼처럼 무른 곳을 찌르는 구석이 있었다. 공격에 준비되지 않은 곳을.

그는 말리지 않는 대신 테이블에 턱을 괴고 새희의 눈꼬리를 유심히 지켜보았다. 그 탓에 급히 밀어 넣는 속도는 자연히 더뎌졌다.

새희가 젓가락을 내려놓자 그는 위스키 잔을 내밀었다. 새희는 머뭇거리다 남은 술을 마셨다. 마시자마자 술기운이 몸속에서 가지를 뻗듯 솟았다.

"하아……."

그는 그 고된 한숨을 마시려는 듯 다가왔다. 그의 눈빛이 아무도 모르게 변모해 있었다.

새희는 불현듯 이진이 아침에 해 주었던 이야기가 떠올랐다. 그가 좋아서 미치겠다는 여자 앞에서 보란 듯이 다른 여자와 호텔 방에 들어가는 그. 결국, 그의 옆에 남은 사람은 이진이라는 건 그 여자는 그를 떠났다는 뜻일 테다.

이진은 어떤 마음으로 그의 옆에 남아 있는 걸까. 새희의 외박을 어떻게 추측하고 있을까. 그는 이진의 집에 들렀다가 새희를 만나러 온 걸까. 아니면 애초에 오붓한 시간을 보낸다는 말이 거짓말이었을까…….

어떤 것도 단언할 수 없다. 그가 매 순간 전보다 한 겹 더 가까이 다가오는 것조차도 기쁜지 괴로운지 단언할 수 없는 것이다.

"저, 전화 못 받아서 죄송해요……."

그의 입술 바로 앞에서 창피하게도 말을 더듬었다. 그는 잠시간 말없이 새희를 쳐다보았다. 대책 없이 기분이 고조되었다. 이 뒤로 무슨 일이 일어나도 용인할 몸과 마음을 가진 여자라는 걸 그는 처음부터 알아보았던 걸까?

"세이프 워드는……."

눈꼬리가 파르르 떨렸다. 그가 어떤 말을 했다. 새희의 눈동자가 충격으로 텅 비어 버렸다. 잘못 들은 게 아닐까. 하지만 잘못 들을 수 없는 말이었다. 그러나 그는 울고 빌어도 눈 하나 깜빡거리지 않을 것처럼 엄격했다.

"그거 외엔 없어."

"그 말은 할 수 없어요……."

"아니, 할 수 있어."

"못, 못 해요……."

"안 돼, 못 해, 싫어. 이 말들은 내 집에서 금지야."

"하, 하지만……."

그 순간, 김언혁의 표정이 뒤틀렸다. 마치 잠들어 있던 다른 존재가 그의 얼굴을 찢고 나오는 것처럼. 그에 온몸이 포박되듯 조여 왔다. 심장이 압사될 것만 같았다.

"착한 아기인 줄 알았는데……."

기분이 상한 그의 얼굴은 살벌하고 육감적이었다. 머리를 쓸어 올린 손은 다음으로 새희의 목을 조르듯 거머쥐었다.

"내가 착하게 만들어야겠구나."

* * *

유리창에 등을 기대선 그가 새희를 깊고 시리게 응시했다. 옷을 벗으라는 명령이 떨어진 직후였다. 팔뚝을 툭툭 치는 그의 손끝은 박자가 일정하다. 그것은 기다리고 있다는 신호였다.

현기증이 밀려오는 것을 참으며 새희는 단추를 위에서부터 끌렀다. 버벅대는 손으로 마지막 단추를 구멍으로 밀어냈다. 셔츠가 몸 밑으로 헤엄치듯 흐늘거리며 떨어졌다.

가시덤불 속에서 옷을 벗는 것처럼 움찔움찔하는 몸에서 부풀어 형체가 느껴지는 숨이 새어 나갔다. 그가 보고 있는 것만으로도 자극을 받은 듯이 침샘이 분비되고 있다. 종소리를 들은 파블로프의 개처럼 말이다.

헐겁게 풀린 바지 안에서 두 다리를 차례차례 꺼냈다. 맨살에 닿는 공기가 피부를 얼릴 듯 서늘하다. 나체가 되어 가는 과정을 지켜보는 그의 눈은 밤바다처럼 적요했다. 그러나 기상 특보가 발표된, 언제든 해일이 덮쳐 올 수 있는 바다였다.

새희는 이너로 착용한 옷도 목 위로 올려 넘겼다. 브래지어와 팬티를 벗는 데에는 비교적 시간이 걸렸다. 알몸은 신랄한 시선과 직면했다. 비로소 그의 손가락이 동작을 멈췄다. 온몸에 잔털이 바르르 일어났다.

김언혁은 아주 짧은 순간, 전체를 뜯어보았다가 이내 가장 보여 주고 싶지 않은 곳들로 다분히 의도적으로 시선을 끼워 넣었다.

이를테면, 동그랗게 솟아오른 젖꼭지라든가, 또는 체모로 덮인 거기라든가, 혹은 그곳들을 노출하여 수치스러워하는 얼굴이라든가……

알몸이 되는 건 기본적으로 사람을 무방비 상태로 만드는 일이다. 더구나 멀쩡히 옷을 장착한 사람 앞에서는. 옷을 벗고 있는 자와 입고 있는 자의 차이가 몸소 느껴지기 때문에. 무슨 짓을 해도 입고 있는 자 앞에서는 초라하고 빈약한 꼴이 되고 마는 현실이 느껴지기 때문이다.

김언혁은 새희의 알몸을 살뜸하듯 바라볼 뿐, 그 이상의 리액션은 취하지 않았다. 실오라기 없는 몸이 된 채로 시간이 덧없이 흐르고 있었다.

등 뒤로 해가 떠오를 때까지 무반응인 그를 본 것처럼 새희의 표정에 불안과 두려움이 서렸다. 알몸으로 있는 게 무서운 것이 아니라 그가 자신의 알몸을 무시하고 있다는 게 무서운 것이었다.

새희는 처량하게 발끝을 내려다보았다가 다시금 고개를 들어 절실히 그를 보았다가 하는 행동을 되풀이하며 혼란에 빠졌다.

몇 발자국 떨어진 곳에 있는 그가 국경을 넘어야만 닿을 수 있는 사람처럼 아득해 보인다. 사실은 그렇게 보이는 그가 더 당연하건만, 언제 이토록 거리감이 줄어들었던 걸까……

그가 새희의 표정을 읽어 내고 있다는 것을 알았다. 그런데도 그는 미동조차 없었다. 마음이 돌부리에 깎이듯 나약해졌다.

왜 반응하지 않나요? 왜 잘못 배달 온 물건을 보듯 하고 있는 건가요? 그의 목소리를 듣고 싶다. 설령 새희를 고문하는 목소리라도…….

지뢰가 설치된 것처럼 함부로 밟지 못하던 그와의 간격에 한 발을 내디딘 건 충동적이었다. 그는 암묵적인 그의 영역 안에 들어온 새희의 발을 보더니 눈매를 추켜올렸다. 새희는 곧바로 겁을 집어먹고 떼려던 뒷발을 멈칫했다.

"전화 왜 꺼 놓았지?"

그제야 눈치챈다. 화가 나서 일부러 새희를 방치하고 있었음을…… 새희는 감상적인 얼굴이 되어 말했다.

"죄송해요……"

"이유를 물었는데."

"……"

그에게 전화가 오지 않을 줄 알았다. 계속 켜 놓았다간, 그에게 전화를 걸 것 같아서 껐었다. 그러나 그렇게 말하면 안 될 것 같았다. 그 말은 너무도 깊은 속내를 보여 주는 말이었으므로.

새희는 입술을 깨물었다. 그러자 그가 성큼성큼 새희에게 걸어왔다. 새희의 눈 속까지 걸어 들어올 기세라 두 눈동자가 커다랗게 뜨였다.

새희의 이마에서부터 턱 끝을 주시하는 눈은 거짓말쟁이를 비난하는 눈빛을 띠고 있었다. 새희는 끝까지 입을 열지 못했다. 꾹 다물린 입술을 뜯어낼 듯 보던 그가 차가운 동작으로 돌아섰다. 새희의 가슴이 쿵 떨어졌다. 초조한 눈이 그의 뒤태에 따라붙었다.

그가 현관문으로 가지 않고 침대에 걸터앉아서 새희는 안심했다. 그의 쪽으로 오라고 눈짓했기에 안심은 방심으로 넘어가기에 이르렀다.

그러나 그는 가까이 다가온 새희의 팔목을 무지막지한 힘으로 잡아당겼다. 그의 무릎 위로 우스꽝스럽게 엎어졌다. 맨살이 옷감에 비벼지는 감각이 적나라했다. 볼을 붉히며 얼른 일어나려고 하는 순간,

"맴매 맞는다 했지."

짝! 소리가 엉덩이에서 터졌다. 새희는 너무 놀라고 믿어지지 않아서 비명도 지르지 못했다. 그러나 현실을 일깨우듯 짝! 짝! 짝! 연달아 그의 손바닥이 엉덩이를 후려쳤다. 반사적으로 들리는 상체를 절대로 거스를 수 없는 악력으로 눌러 제압한 뒤, 그는 위협하듯 때린 부분에 손바닥을 댔다.

"왜 꺼 놓았지?"

"흐웃, 자, 잘못했어요. 그, 저, 전화가 오, 오지 않을 것 같아서……."

"더 있잖아."

그가 발갛게 열감이 피어오르는 부분을 아량 없이 다시 가격했다. 새희는 저도 모르게 손으로 그의 손을 막으려 했다. 그러나 그는 그 손목을 잡아 등으로 세게 짓누르며 한꺼번에 결박했다. 잡힌 손목에서 피가 빠져나가는 듯했다. 그대로 내려치는 힘이 살갗을 도려낼 것처럼 매서웠다.

새희는 그가 아프게 내리칠 때마다 정신을 차리지 못하고 비명 같은 신음을 터뜨렸다. 고문에 못 이겨 기밀을 유출하는 사람처럼 잠가 두었던 속말을 와르르 토해 냈다.

"아! 흐웃, 켜, 켜 놓으면, 저, 전화를 걸 것 같아서……."

"나한테?"

"네, 네에……! 아으, 전화하고 싶었어요. 전화하고 싶어서 참을 수가 없었어요……."

두려우면서도 서럽고 또 미치도록 창피한 기분이었다. 어느새 눈물이 얼굴 한 면을 다 적시고 있었다.

결국, 말해 버렸다. 그러나 말하고 나니 그리 대단한 말도 아닌 것 같았다. 지독하게 후려쳐진 엉덩이 한 면이 경련을 일으키듯 움찔거렸다. 그는 달래듯 그곳을 어루만졌다. 다정하고 보드랍게 만져 주는데도 달군 쇠로 문지르는 것처럼 화끈거린다.

"안 되지, 멋대로 전화하면."

골 사이를 파고들 것처럼 그의 손바닥이 은밀하게 움직였다. 긴장한 허벅지 안쪽이 덜덜거렸다.

"그래도 전화는 꺼 놓으면 안 돼."

그는 확실히 엄벌하고 고쳐 놓겠다는 듯, 또다시 매질했다. 짝! 짝! 짝! 짝! 짝! 연속으로 커다란 손이 다섯 번을 올려붙이자 표면에 살갗이 일어난 듯 홧홧했다. 그러나 아프고 가혹한 느낌보다 성인으로서의 어떠한 정체성을 훼손당한 기분이었다. 맨손으로 엉덩이를 맞는 일. 그 일은 어린아이를 훈육하는 방법으로나 쓰이는 것이 아니던가.

그러나 새희는 경험한 적이 없어 잘 몰랐다. 엄마는 체벌하지 않는 편이었고, 원장님은 도구를 들고서 매타작했다. 엉덩이를 맞다니…… 새희는 이상스럽고 모욕적인 부끄러움에 울먹였다.

"알았어?"

"네, 네에…… 흑, 흐읏."

끝난 줄 알았지만, 그는 공평한 처사를 내리겠다는 듯 다른 쪽 면도 같은 세기로 두들겼다. 자비 없는 손길이 떨어질 때마다 새희는 몸을 산만하게 비비적댔다. 그러자 가만히 못 있는다고 횟수가 늘어났다.

열 번을 넘어서는 날카로운 자극이 순식간에 터졌다. 보지 않아도 새빨갛게 부어오른 흉한 피부가 고스란히 감각으로 전해져 왔다.

그는 체벌이 끝난 뒤에야 손목을 놓아주었다. 그러나 저려서 들어 올릴 수가 없었다. 김언혁은 그의 다리 위에서 끙끙대며 늘어진 새희를 가슴팍에 끌어안고 침대에서 일어났다.

새희는 그에게 안긴 채로 욕실로 이동했다. 욕실 거울에 비친 새희는 벌을 받고 혼이 쏙 빠진, 성인 같지도 그렇다고 어린애 같지도 않은 얼굴을 하고 있었다.

제대로 파악하지도 못하고 성급하게 빠져들기 바쁜…… 분명 문제가 많아 보이는 얼굴을 새희는 모르는 얼굴처럼 회피했다.

욕실은 새희의 방만큼이나 넓었다. 바처럼 기다란 하부 장이 놓인 벽엔 면피할 수 없음을 깨닫게 하는 번들번들한 거울이 회피하려는 순간에도 새희를 포착하고 있었다.

저질스러운 예감이 강타했다. 설마설마하는 심정을 배반하지 않고 그는 거울 앞에 새희를 앉히고서 다리를 잡아 벌렸다. 거울에 반사된 새하얗고 선명한 조명 빛이 발가벗은 몸 구석구석을 중계하듯 내보였다.

새희는 경악하며 뒤에서 버티고 선 그를 돌아보았다. 김언혁은 새희의 턱을 잡고 휘둘려 억지로 거울 속 자신을 보게 했다.

"얼른 봐. 물이 흠뻑 고였잖아."

이 순간 고막이 기능하지 못하면 좋겠다…… 그의 매끈한 손가락이 음모를 헤치며 음부를 양쪽으로 활짝 벌렸다. 맺힌 물이 외음부로 주르르 흐르는 게 터무니없이 느껴졌다. 도대체 언제 흥분했다는 말인가. 그가 엉덩이를 때릴 때 자신은 흥분한 건가? 너무나 치욕적이라 울음이 그치지 않았다.

귀여우니까 얼른 봐 봐……. 그는 연신 질 낮게 채근했다. 오직 시각만으로 황홀경에 가닿은 목소리였다. 새희는 울음으로 할딱이며 내리깔았던 눈을 죽지 못해 들어 올렸다.

거울 속 음부를 드러내 놓고 눈물을 흘리는 여자는 두 개의 표정을 짓고 있었다. 하나는 강제로 이 상황에 처하게 되었다고 외치는 억울하고 절망스러운 표정. 다른 하나는 강제인 상황임을 인지하면서도 흥분하고 젖어 버려 억울하고 절망스러운 표정…… 그러니까 말하자면 두 개가 아닌 하나의 표정인 것이다.

그의 손이 돌기를 툭 건드리자 안면 근육이 음란하게 무너져 내렸다. 뻐끔대는 속살이 너무나 잘 보였다. 어떤 색인지, 어떤 모양인지, 어떤 움직임을 갖는지까지도. 그 위로 옅게 난 체모와 창백한 살결, 속살과 비슷한 색의 유두와 풍만하지 못한 젖가슴까지…….

"만져 봐."

그는 스스로 타락하기를 종용했다. 거울 속의 그는 실제의 그보다 좀 더 냉정해 보였다. 그와 달리 거울 속의 새희는 좀 더 헤퍼 보였다. 슬그머니 자신의 음부에 손을 올리는 모습은 거울을 깨뜨려 버리고 싶을 정도였다.

새희가 보고 있기 괴롭다고 신음하자 그가 착하지…… 관자놀이에 혀를 대었다. 새희가 죽거나 그가 죽지 않는 이상 이 시간을 중단할 수 있는 방법은 없다.

새희는 중지의 끝만 문 속살에 침입하듯 천천히, 아주 천천히 밀어 넣었다. 마디 끝까지 밀어 넣자 그 부근 전체가 통증을 느끼는 것처럼 부드럽게 흔들렸다.

하아…… 부적절한 숨을 입술 밖으로 떨어뜨리자 등에 닿은 그의 몸이 진동했다. 새희는 축축하게 젖은 손가락을 밖으로 꺼냈다.

그리고 아까보단 빠르게 다시 넣었다. 속살 안의 공기는 바깥의 공기와 전혀 판이한, 뭉그러진 질감으로 닿아 왔다. 유두가 단단하게 일어서고 있었다.

그는 거울로 새희의 손가락이 들락거리는 것을 집착적으로 지켜보았다. 검지와 약지를 이어 삽입하는데 그의 눈길도 같이 딸려 들어간 것만 같았다.

아랫배가 울렁거렸다. 하아, 한 번 내쉬던 숨이 간헐적으로 쏟아져 나오기 시작했다. 입을 벌리고서 손가락을 들였다 빼는 속도를 높였다. 원초적인 본능을 좇는 짐승처럼 헐떡이며 벌린 다리를 파들거렸다.

일분일초도 빠짐없이 관찰되는 것을 알았다. 거울은 과감하고 진실되게 새희가 자위하며 절정으로 오르는 장면을 비췄다.

한순간 거울 속에서 두 개의 시선이 충돌했다.

"하아……!"

그의 품에서 파르르 떨며 오르가즘을 만끽했다. 남모르게 감겼던 눈을 떴다. 완전히 풀어 헤쳐진, 관음마저 즐길지도 모를 얼굴을 더는 저항하지 않고 바라보았다.

저것은 나의 얼굴이었다. 그가 만들어 낸 얼굴인지, 원래 갖고 있었던 자신의 얼굴인지 그것만이 불명확할 뿐, 새희의 얼굴임은 부정할 수 없는 것이다.

인정하며 바라보던 새희는 겨드랑이 사이로 들어온 팔에 의해 몸이 거울을 등진 채로 앉혀졌다. 괜스레 잘못한 것처럼 눈앞의 그를 주눅 든 채로 보자 그는 보상처럼 상냥한 말투를 퍼부어 주었다.

"착해라."

착해라…… 그냥 이 말을 듣기 위해서 무슨 짓인지도 모르고 해 버린 게 아닐까. 그가 착하다고 말한 순간, 정말 착한 사람으로 다시 태어난 것만 같은 기분이 들었으므로.

상을 하나 더 주듯 그는 새희의 두 손을 잡아 그의 셔츠 단추를 쥐게 했다.

"착하게 벗겨 봐."

새희는 부정맥이 있는 것처럼 뛰어 대는 심장을 잠재우려 노력하며 그의 단추를 끌렀다. 둥근 회색빛 단추가 살아 있는 파충류의 눈처럼 손가락의 떨림을 죄다 흡수했다.

다름 아닌 그의 옷을 벗기는 일이었기에 좀처럼 손동작은 명료하지 않았다. 그는 신사처럼 매너 있게 기다려 주었지만, 무릎 위에 엎어서 엉덩이를 때리고, 거울을 보며 자위하라고 시키는 본모습을 보여 준 직후라 오히려 얌전한 그 행위가 한층 더 변태적인 플레이처럼 진저리 쳐졌다.

간신히 맨 밑의 단추를 풀어 헤쳤다. 드러난 탄탄한 근골이 시아에 달라붙었다. 그는 마저 완수하라는 듯, 시선을 비스듬히 내리찍었다. 새희는 셔츠 자락을 쥐고 넓고 각진 어깨선을 따라 펼쳐 내렸다. 적재적소에 탄력 있게 붙은 근육은 과하지 않았으나 몸통 자체가 크고 날렵해서 예술적이면서도 생동감이 가득했다.

건강한 피부에서는 광택이 돌았다. 그의 얼굴을 닮은 몸이었다.

아차, 방심하고 계속 주시했다간 각막의 표피 세포들이 떨어져 나갈 때까지 주시하게 돼 버릴 게 틀림없는. 애초에 쳐다보아서는 안 되는. 그러나 결국 쳐다보게 되고야 마는 그런 몸.

그러나 매력적인 몸의 일부에는 결코 그냥 지나칠 수 없는 크기의 흉터가 있었다. 날카로운 것에 제법 깊게 찔린 듯한. 오른쪽 갈빗대 아래쪽이었다. 새희는 이 순간, 그 위치를 암기해 버렸다. 그의 내밀한 과거가 보관된 곳을.

새희는 너무 오래 그곳을 보고 있다가 그만큼 지루함을 견딘 그를 깨닫고 황급히 그의 벨트를 풀었다. 그는 드로즈 틈에서 발기한 성기를 꺼내는 새희를 막았다. 제지한 손으로 그의 목을 감게 하고 새희의 몸을 또다시 안아 들었다.

안정적인 자세로 샤워 부스까지 걸어간 뒤, 주저하지 않고 물을 틀었다. 갑자기 쏟아지는 물줄기에 새희는 헉, 하며 입을 벌렸다. 벌린 입으로도 물이 흘러 들어왔다. 미온수였지만 엉덩이를 적시자 알싸한 통증이 일었다.

그가 팔을 풀고 새희를 내려놓았다. 젖어 드는 그의 바지를 신경 쓰는 사람은 새희 혼자였다. 그는 타월에 거품을 묻히고 새희의 몸을 문질렀다. 맨 먼저 가슴으로 닿아 와서 민망하게 침을 삼켰다. 하지만 아랫배를 거쳐 허벅지 사이로 문질러질 땐, 형편없는 신음이 물줄기를 뚫고 나와 버렸다.

"아…….."

성대로 수증기가 피어오른 목소리였다. 목덜미와 골반, 오목하게 들어간 등허리에도 거품이 흘러내렸다.

그가 새희를 세밀하게 닦아 낼 동안 새희는 그의 헐겁게 풀어 헤쳐진, 그 상태로 적셔진 아랫도리를 보았다. 날 것의 상태보다 야한 모양새였다. 그 위로 뚜렷하게 팬 장골과 복근을 한 묶음처럼 눈에 넣었다. 어쩌면 새희는 그를 만나며 아니, 그의 몸을 만난 순간부터 관음증이 생겨 버린 건지도 몰랐다.

김언혁은 새희의 온몸에 공백 없이 거품을 묻힌 다음 뒤늦게 드로즈와 바지를 함께 잡고 벗어 내렸다. 그리고 타월 대신 새희로 자신의 몸을 문질렀다. 비로소 알몸과 알몸으로 마주 섰다. 기이하게 부푸는 게 심장인지 뇌인지 음부 속의 돌기인지…… 알 수 없다. 새희는 흥분해 있었다.

"이제부터 좋아요, 라고만 말하는 거야."

"……."

"내가 허락한 말은 그거 하나야. 알겠어?"

"네……."

새희는 착하게 대답했다. 그가 귀엽다는 듯, 혹은 귀여워서 어떻게 해 버리고 싶다는 듯 소름 돋는 눈빛으로 샤워기를 틀었다. 거품이 씻겨져 내려갔다. 배수구로 빠져나가는 건 거품만이 아닐 것이다. 그는 지체 없이 샤워기를 뒤집고서 가랑이 사이로 집어넣었다. 분수처럼 힘차게 뿜어져 나오는 물줄기가 안으로 돌진했다.

"으응!"

사나운 간지러움이었다. 온도를 가진 액체가 깊은 곳으로 단숨에 솟구쳤다. 수천 마리의 물고기들이 질 안에서 헤엄치는 것 같았다. 그가 샤워기의 각도를 틀었다. 대각선으로 내찌르는 물의 힘이 강력하고 균일했다. 샤워기는 제 기능을 다 하며 세차게 물을 쏟아 냈다.

새희는 비명을 내지르며 그의 팔을 잡았다. 쾌감이 물방울이 몰리는 곳으로 바글거렸다.

"깨끗하게 비우고 채워야지."

정갈한 말투였지만 히스테릭한 목소리였다. 그의 결벽 증세는 비상식적인 곳에서 발현했다. 침대 위에서 놀고 있으라던 그와 는 다른 인격인 것처럼.

그가 조용한 입을 벌하듯 입술을 깨물고 윗니 안으로 혀를 넣 었다. 동시에 샤워기를 좌우로 흔들어 젖혔다. 새희는 아! 조급 하게 외쳤다.

"좋아요! 아, 아, 좋아요⋯⋯."

방어력이라곤 일절 느낄 수 없는 참으로 감상적이고 헤픈 말 이다. 좋아요, 라고 외칠 때마다 피부 껍질이 벗겨져 나가는 것 같았다. 새희를 둘러싼 해묵은 우울과 무기력함까지도. 거친 숨 이 입천장을 긁었다. 그가 계속 말해⋯⋯ 하며 한 손으로 새희 의 가슴을 움켜쥐었다.

"좋아요⋯⋯."

세 번, 네 번쯤 더 속삭거렸을까. 그는 난잡한 욕설을 내뱉으며 샤워기를 내던지고 새희의 어깨를 짓눌러 꿇어 앉혔다. 새희는 전 처럼 허둥대지 않고 커다랗게 팽창한 페니스를 혀로 에워쌌다. 진 득하니 빨아 당기며 그를 올려다보았다. 그의 손바닥이 새희의 머 리채를 휘감았다.

잡아당겨 뿌리 끝까지 처넣었다가 다시 토해 내게 하는 속도에 눈앞이 핑핑 돌았다. 애무하려고 입 공간을 최대한으로 열어 혀를 움직였지만 결국 고통에 눈동자가 부들거렸다. 목구멍을 학대하는 비대한 것이 미세하게 부피를 키웠다. 새희의 얼굴이 색칠이라도 한 듯 시뻘게졌다.

"으읍, 욱, 윽, 읍!"

돈은 혈관이 점막을 얼얼하게 쓸고 갔다. 그는 초인적인 인내심으로 사정하기 직전 새희의 입속에서 성기를 꺼냈다. 날짐승처럼 야만스럽게 호흡하며 수건을 꺼내 와 새희와 자신의 몸을 기민한 동작으로 닦았다.

그러나 욕실 밖으로 나가는 두 몸에서 후드득 떨어지는 물방울이 바닥에 궤적을 남겼다. 그는 새희를 안아 들어 올린 채로 침대에 가는 순간까지 새희의 입술을 게걸스럽게 빨아 댔다. 오늘로만 몇 번째 그에게 안겨서 이동하는 건가.

좋아요, 좋아요…… 그가 시켜서가 아니라 마음에서 우러나온 말이 그의 혀와 섞였다. 이다지도 좋으면 안 되는 것이라고 마음 한편에서 안타깝게 외치고 있었지만, 그의 명령에 복종해야 한다는 명목으로 무작정 털어놓고 있었다.

"좋아요……."

시트에 등이 닿았다. 그가 잠시 멀어지더니 시야에서 사라졌다. 돌아온 그의 손바닥엔 검은색 타이와 벨트가 감겨 있었다. 그는 그것을 가지고 고개를 맞대듯 다가오다 멈칫하고 새희를 내려다보았다. 그가 잠깐 자리를 비웠던 그 짧은 사이에도 새희의 표정엔 그가 흥미로워할 만한 변화가 일어난 듯싶었다.

그는 그 표정이 맘에 드는 듯 제법 오래 눈동자에 지니다가 이윽고 가져온 천으로 새희의 눈을 가렸다. 실크 타이가 눈가를 매끄럽지만 단단하게 감쌌다. 새희가 보던 세상은 암흑으로 차단되었다. 겪어 보지 못한 일이었기 때문에 당연하게도 공포감부터 들었다.

그가 새희의 손목을 한데 모아 머리 위로 넘겨 결박했을 때는, 아무렇지 않은 척할 수 있었다. 그러나 손목까지 묶고 있다는 걸 알아챈 뒤부턴 평정심을 유지할 수 없었다.

"다리도 묶을까?"

"아, 안 돼! 안 돼요……."

"안 돼?"

그의 기분이 상했음을 알 수 있는 어조였다.

"나는 그런 말을 가르쳐 준 적이 없는데."

"……."

"내 아기는 어디서 배워 왔지?"

그런 몹쓸 말을…… 그가 새희의 둔부를 쓰다듬었다. 선을 넘은 공포가 밀려왔다. 김언혁은 불쾌한 장면을 삭제시키고 재촬영하듯, 토씨 하나 틀리지 않고 다시 물었다.

"다리도 묶을까?"

이번에 그가 원하는 대답을 내놓지 않는다면 그는 새희를 잘근잘근 칼질하듯 벌할 것이다. 그리고 실망할 것이다. 전자보다 후자가 막대하게 두려웠다. 새희는 두려운 마음을 또 다른 두려운 마음으로 덮어 버렸다.

"좋아요……."

다리는 어떻게 묶이는 것일까. 어둠 속에서 막막하고 섬뜩하게 생각하는데 갑작스럽게 손목이 풀려났다. 어리둥절해하기도 잠시, "엎드려." 그가 명령했다.

느릿하게 몸을 뒤집으며 새희의 두 손바닥이 시트를 짚는 순간, 그가 손목을 완강한 힘으로 잡아당겼다. 베개로 얼굴이 푹, 떨어지며 미끄러져 내려간 팔목이 다리에 붙었다. 그는 팔다리가 마주 닿은 부분을 칭칭 감았다. 가죽 벨트의 감촉이었다.

그가 발버둥 쳐도 풀리지 않게끔 벨트를 조이고 나자 얼마나 모욕적인 자세로 전시된 것인지 실감이 났다. 엉덩이를 한껏 쳐들고선 고개는 처박고 있는. 발정 난 고양이가 하는 자세였다.

"흐읏……."

언젠가 그가 밥을 챙겨 주었다던 고양이도 이 자세를 했을까. 그에게 새희는 그 고양이보다 못하거나 비슷한 존재이지 않을까.

베개에 눌린 신음이 처지가 불쌍한 고양이 울음소리와 닮아 있었다. 그는 묶은 뒤로 아무 짓도 하고 있지 않았지만, 그래서 꼭 천 개의 눈들이 중요 부위를 들여다보고 있는 듯한 모멸감에 농락되고 있었다.

"고양이 발바닥 색이야."

"하, 아……."

새희의 그곳으로 그의 눈길이 고양이를 추억했던 목소리처럼 부드럽고 측은하게 닿았다.

"입에 넣었더니 뺨을 할퀴고 도망갔지. 한 번만 핥아 보려 한 건데…… 도망가 놓고는 금세 또 내 주변에서 얼쩡거리면서 나를 관찰해. 불러도 오지 않아서 딴 곳을 보고 있으면 다리 밑으로 기어 들어 와."

나보고 어쩌라는 건지…… 심란해하는 그의 어투는 진솔했지만, 사람의 음부를 보며 고양이와의 일화를 떠올리는 그는 제정신이라고 생각되지 않았다. 새희는 정말로 자신의 거기에 고양이의 손바닥이 달린 양 뭐라 형언할 수 없는 우스꽝스럽고 무례하고 이상한 기분이 되어 버렸다.

"이렇게 핥고 싶었는데 말야……."

"으응!"

그가 음부를 널찍하게 핥아 올렸다가 혀를 떼지 않고 안으로 쑤욱 넣었다. 입을 벌린 채로 쪽쪽 빨아 올리며 혀를 녹진녹진한 살에 파묻히게 해서 끈적하게 더듬었다. 간질간질한 감촉에 오금이 저려 왔다.

새희는 뜨겁게 흐느꼈다. 분출하지 못하는 감각에 포박된 손가락과 발가락이 춤을 췄다. 질질 샌 타액이 베갯잇을 적셨다. 그의 혀가 뭉개고 간 점막들이 부풀었다. 도통 빼지 않을 것 같던 혀를 그가 밖으로 내어 음핵에서 항문까지 질척하게 미끄러뜨렸다.

"아니, 이런 냄새는 안 났어……."

"하웃……! 아! 으응!"

"하아. 이렇게 뇌를 녹여 버리는 냄새는……."

쾌락이 아니라 재난이었다. 말랑말랑한 점막들이 쉬지 않고 핥아지고, 당겨지고, 깨물렸다. 눈물이 펑펑 쏟아졌다.

어느 고리타분한 고전에나 나올 법한, 형벌로 두 눈을 빼앗기고 누군지 모를 이에게 붙잡혀 희롱당하는 여인이 된 듯했다. 살려 달라고 말하는 법을 잊어버려 좋아요, 라고밖에 외치지 못하는…….

이렇게 느끼다간 정상으로 되돌아가지 못할 것이다. 되돌아가서도 비정상적이었던 장면들에 감금되어 보이지 않는 형체를 향해 동공을 열고 손을 뻗고 있을 것이다. 수수하고 황량한 시간 속에 버려 놓고 가 버린 그를 젖은 몸으로 그리워하며.

그만, 제발 그만, 그만 나를 가져가요…….

새희는 그렇게 말하고 싶은 걸 참으며 펑펑 울어 젖혔다. 김언혁은 입술을 힘겹게 떼어 냈다가 또다시 음부를 양쪽으로 벌리며 깊게 들어왔다. 흐물흐물하게 안을 녹이고 그 자신도 폭포수 같은 한숨을 쏟아 냈다.

한참 뒤, 그가 드디어 속살에서 얼굴을 멀리 했다. 이어 침대가 들썩이고 거친 동작이 느껴지더니, 콘돔을 찢는 소리가 났다. 새희의 턱이 내떨렸다.

"아아!"

느슨하게 벌리며 들어오는 순간이 편집된 것처럼 끝나지 않고 이어졌다. 새희는 교성을 질렀다. 그의 손바닥이 등을 눌러 무게를 지탱했다. 움직임이 차단된 몸이 고통과 쾌락에 아우성쳤다. 벨트를 터뜨리고 싶었다.

이 미칠 듯한 기분을 고작해야 손바닥을 쥐었다 폈다 하는 걸로 표현하기엔 애가 닳아서 혀를 깨물어 버리는 게 차라리 나을 것 같다.

벌어질 대로 벌어진 부분으로 그는 여전히 밀어 넣고 있었다. 그냥, 단번에 쑤셔 버렸으면 좋을 만큼 뇌가 조각조각 나누어지는 간질거리는 감각이었다. 납작하게 눌린 몸은 그가 공들여 씻겨 준 것이 무색하게 땀방울이 맺혀 흘렀다.

"하아……!"

그의 것이 속살에 다 담긴 순간, 새희의 목덜미로 강렬한 예감이 내리꽂혔다.

"아! 아! 아, 으응! 하, 아!"

첫 밤처럼 불가해하게 버텨 내지 못하리라는 걸…….

두껍고 커다란 물건이 생생하게 처박혀서 흔들렸다. 그는 삽입한 뒤부턴 무섭도록 조용했다. 새희는 왈칵 밀려들 때마다 고함을 지르며 고개를 도리질 쳤다. 벨트가 감긴 부분이 죽고 싶을 만큼 갑갑하고 저렸다.

그다지 빠르지도, 그렇다고 느리지도 않은 리듬으로 추삽질하는 그의 숨소리에 서서히 광기가 스며들었다. 이미 스며 있던 것에 중첩되는 것이다. 들락날락할 때마다 새희는 그가 허락한 단 하나의 문장만을 물렁대는 깜깜한 허공에 날려 보냈다.

"좋아, 좋아요……. 아! 좋아……!"

얼마 후, 그는 이 밤의 처음으로 사정했다. 사정한 그의 것이 나갔을 때, 이게 끝이라고 멍청하게 생각하지 않았다. 대신 팔다리의 포박이 풀리길 간절히 기도했다. 기도하면서도 기대하지 않았지만, 그는 아연할 만큼 대번에 벨트를 풀어 주었다.

그가 천장을 향하게 눕도록 새희의 몸을 뒤집었을 때 심히 안도한 마음에 새희는 그의 목을 껴안고 싶었다. 물론 그 전에 그에게 허락을 받아야 하는 건 그와 새희의 관계에 있어서 당연하고도 필수적인 절차였다.

그러나 허락을 받기 전에, 김언혁은 새희의 무릎을 잡고 단호히 벌렸다. 체액으로 뒤범벅된 음부가 고스란히 노출되어 새삼 민망해하는 순간, 발끝에 벨트가 닿았다.

겨우 추슬렀던 마음이 산산조각으로 부서졌다. 본능적으로 오므라드는 무릎을 잡고서 재차 야멸치게 벌린 그가 다리가 접히는 부분을 묶은 뒤 종아리와 팔이 닿는 부분을 한 번 더 묶었다.

그보다 더 모욕적인 자세가 남아 있었다니. 새희는 자신이 어떤 모습을 하고, 또 그가 그런 자신의 모습을 어떻게 보고 있을지 끔찍하게 상상했다. 속살을 벌려 두고 남자의 것이 들어오기만을 고대하며 홀로 음탕하게 흥건해지는…….

한마디로 천박의 극치인 자세인 것이다. 두 번째 콘돔을 착용하는 그를 느끼지 못하고 싶었다. 그가 다가섰다. 그가 다가서는 것에 새희는 기겁한 숨을 들이마셨다.

"내 거랑 뒤섞여서 지저분해졌네."

"흐읏…….'"

"궁금해?"

알려 줄게, 어떻냐면…… 그가 궁금하다고 하지도 않았는데 새희의 더러워진 음부를 묘사하며 성기 끝으로 입구를 유린했다.

미끌미끌한 표면의 귀두가 돌기 근처를 비비적거렸다. 가려진 시야가 밝개지는 착각이 들었다. 그는 그 감각이 마음에 쏙 드는 듯 지속하며 즐겼다.

"하아, 깜찍해서 잇속으로 넣고 싶어. 혀로 농탕질하고 싶어……."

"으응, 흐읏!"

"여기도 입처럼 먹여 주고 싶어. 볼 때마다…… 그 생각 때문에 정신이 안 차려진다고."

기이하게 다정한 말투는 끝에 가선 화가 스미더니 갑자기 그는 성기를 뿌리 끝까지 단번에 찔러 넣었다. 새희의 턱이 부들부들 떨리며 벌어졌다. 비명도 채 나오지 않았다. 칼을 꽂아 넣은 것 같았다.

새희의 발목을 당기며 그는 안을 세차게 휘저었다. 허리를 당겼다가 밀어붙이는 움직임이 이전과는 비교할 수 없다. 본격적인 시작은 지금부터인 것이다. 빡빡하게 들어차서 여백이 없는 내밀한 공간을 푹푹 쑤셨다 나가는 허리 짓이 빨리 감기를 한 것처럼 급전직하로 빨라졌다.

다리 근육이 쥐가 날 듯 꿈틀꿈틀 율동했다. 마비에서 깨는 것처럼 전신으로 쾌락의 고통이 출렁하고 덮쳐들었다. 지구상의 어떤 것도 그를 통제하지 못할 것 같았다. 그가 통제하지 못할 것도 없을 것 같았다.

어떻게 이런 남자와 한 방에 들어갈 결심을 하고 침실 문을 열 수 있었던 걸까. 그의 앞에 서면 빈약한 영혼이 격정적으로 파동한다는 걸 알았으면서 어쩜 그리 겁도 없이……

"아야 했어?"

그는 진실로 미친 것처럼 그렇게 물으며 허리를 더욱 광포하게 움직여 댔다. 축축해진 타이가 고갯짓에 마찰했다. 지옥으로 추방될 쾌락이었다.

체감으로 몇 십 분이 흐른 것 같은데 그의 몸짓은 더 거세어지고 있었다. 절정으로 오르기 직전의 순간만 연속해서 재생되는 것처럼.

땀범벅이 된 몸이 사시나무처럼 떨렸다. 일 초도 감속하는 법이 없었다. 머릿속으로 불꽃이 터지며 묶이지 않은 살갗들도 저릿저릿하게 아파 왔다. 새희는 결국 그의 말을 어기고 안 돼, 그만! 울음을 토했다.

"틀렸어. 좋아요, 잖아…… 음?"

"아아! 제발, 그만, 그만…… 못, 못 견디겠어요, 그만, 아!"

"좋아요, 라니까……."

그는 술과 약보다 더한 것에 취한 사람처럼 지껄이며 무시하고 내달렸다. 도망치고 싶었다.

쾌락은 틀림없이 통각이다. 저며지는 것처럼 온몸이 뜨겁게 아파 오는데 통각이 아닐 리가 없었다. 허리를 비틀고 싶은데 비틀지 못해서 무력감이 치솟았다. 수축한 내부가 욱신거렸다. 그 순간, 날카롭게 욱여넣은 그의 것이 꿈틀댔다. 두 번째 사정이었다.

그의 성기가 지긋지긋하게 빠져나갔다. 그리고 지긋지긋하게 다시 들어올 터였다. 새희는 더는 숨기지 않고 풀어 주세요, 풀어 주세요…… 흐느꼈다. 고민하듯 그의 긴 숨이 음모에 내려앉았다.

그의 손이 벨트를 쥐었을 때 새희는 고개를 마구 끄덕거리며 열렬히 기쁨을 표했다. 이어 벨트가 풀리며 팔다리가 자유로워졌다. 조여들었다 풀려난 근육이 힘없이 축 늘어졌다.

곧바로 또 다른 인격을 짓밟는 자세를 시키지 않을까 걱정스러웠지만, 그의 다음 행동은 콘돔을 세 번째로 찢는 것이었다.

새희는 달달 떨리는 손으로 그의 얼굴이 있을 위치를 더듬거렸다. 문득 그의 얼굴이 보고 싶었다. 사실은 아까부터 보고 싶어서 애가 타들어 갔다.

"누, 눈도…… 얼굴을……."

"안 돼. 손대지 마."

보고 싶어요…….

새희는 시무룩하게 입을 다물었다. 준비를 마친 그가 새희의 발목을 어깨에 얹고 안쪽을 헤집으며 박아 넣었다. 비교적 전 자세보다 편했다. 페니스의 크기에도 편할 수 있다면 좋았겠지만, 뻐근한 통각에 으흑, 오한에 떨듯 신음했다.

김언혁은 침대 헤드를 잡고 수월하게 허리를 움직였다. 안쪽으로 둥글게 굴렸다가 주저 없이 박아 댄다.

"예쁜 입술이 또 부었네……."

부은 입술을 그가 쭉쭉 빨았다. 그는 절대 입술만 빨고 물러난 적이 없었다. 두 개의 혀가 끈끈하게 얼크러졌다.

몸이 격하게 뒤흔들렸다. 지진이 난 것처럼 뒤흔들리는 와중에도 그의 얼굴을 보고 싶다는 생각을 했다. 오늘 처음 마주한 그의 맨몸도. 그의 과거가 보관된 오른쪽 갈빗대 아래…….

아! 성기의 끄트머리까지 박혀 드는 느낌에 새희는 표정을 일그러뜨렸다. 떠오른 생각들이 옥죄어져서 질펀하게 뭉개진다.

목으로 그의 손이 감겨 든 건 그 순간이었다. 천 속의 두 눈이 경직했다. 새희가 옷을 벗기 전, 식탁에서도 그는 이렇게 목을 가볍게 쥐었었다. 그러나 잠시 그러잡았다가 놓아준 그때와 달리 지금은 천천히 힘을 주고 있었다.

차원이 다른 공포감이 발끝에서부터 감전되듯 올라 왔다. 보이지 않아도 심상치 않은 그의 상태가 피부로 전해졌다. 푹푹, 찍어 올리는 그의 성기가 그 어느 때보다도 히스테릭하게 느껴졌다.

"극도의 쾌락은 죽음 직전에야 경험할 수 있다는데……."

"흐으, 읏, 아, 안……."

"한 번 해 볼까?"

맥동을 훔치듯, 지그시 압박해 오는 악력에 새희는 자각했다. 도망가야 한다. 그러나 새희의 기척을 알아차린 그가 먼저 허리를 무지막지하게 쳐올리며 쾌감으로 새희의 퇴로를 차단했다.

쾌락과 공포가 동시에 몰아쳐서 아무 생각도 들지 않았다. 감당할 수 없었다. 이건 새희가 감당하지 못할 이상의 단계였다. 그는 분명 그것을 알고 있을 것이다. 그런데 어째서.

새희는 살려 달라고 고함을 지르며 그의 손에서 빠져나가기 위해 고개를 미친 듯이 흔들었다.

"그만, 그만! 흐윽, 무서워요. 무서워요, 그만해요……! 아!"

밑을 헐어 버릴 듯이 파고드는 성기도, 아무리 무섭다고 외쳐도 목에 달라붙어 있는 그의 손도 너무도 공포스러웠다. 그는 왜 멈춰주지 않는가. 이렇게 고통스러워하는데. 왜……

'내 손에 정말 죽을 것 같을 때 살려 달라고 신호를 보내는 겁니다.'

'세이프 워드는…….'

눈물이 뺨을 가르듯 흘러내렸다. 왜 모르는 척하는가. 새희는 그가 왜 자신의 애원을 들어주지 않는지 알고 있었다. 그가 왜 이렇게까지 하는지도.

그를 멈추게 하는 방법은 단 하나였다. 그걸 알면서 잊어버린 척, 무자비하게 귀를 닫은 그를 탓하고 있었다. 그리고 그는 그런 새희를 일찍부터 들여다보고 있었을 것이다.

그러므로 그를 멈추게 하기 위해선…….

통증을 품고 있던 입술이 생살을 찢듯 열렸다.

"어, 엄, 엄마를,"

그 순간, 거짓말처럼 그의 몸짓이 멈췄다.

"엄마를 죽이고 싶었어요……."

기어이 이 말을 하게 만드는구나…….

"왜냐면 나를 떠났으니까."

나를 버리고 떠나서 죽어 버렸으니까…….

목을 떠난 그의 손이 새희의 눈가로 다가왔다. 타이가 풀렸다. 떠나는 엄마의 뒷모습을 보고 있던 새희의 시야에 환한 빛이 드리우며 그의 얼굴이 들어찼다. 그토록 보고 싶었던 얼굴이.

울음이 잦아들지 않았다. 그는 눈물로 짓무른 새희의 눈가를 어르듯 매만졌다.

"그랬어?"

버림받은 삶을 이해받는 기분이었다. 그는 엄마를 미워해야 한다고 강박하는 게 아니라 미워해도 된다고 말해 주고 있었다. 미워하지 못하는 네가 어디에 문제가 있는 게 아니라고. 배우지 못한 미워할 자유를 어둠에서 빛을 마주하는 순간으로 가르쳐 주었다.

소리 내어 우는 새희의 뺨을 쓸어 주며 그가 입술을 이마에 붙여 왔다. 감미로운 그가 도착해 있었다. 고압적인 그의 시간이 끝난 것이다.

새희는 그의 목을 허락 없이 껴안았다. 김언혁은 슬피 우는 매달린 어깨 위로 기꺼이 입 맞춰 주었다. 아래에서 부드럽게 그의 것이 들락거렸다. 녹작지근하게 온몸이 퍼졌다. 아늑하고 달콤한 신음이 포화했다.

'그랬어?'

버림받은 삶이라도 그 순간만은 눈부시게 남을 것 같았다. 그 순간만은 삶이 거꾸로 돌아간 것처럼 눈부시게…….

\* \* \*

잠에서 깨었을 때, 보인 건 그의 잠든 얼굴이었다. 매끈하게 감긴 눈매와 내리뻗은 콧날, 관능이 깃든 입술을 몹시도 오래 보았다.

아주 예전에, 그의 입술을 보며 기억나지 않는 예리한 직감에 가슴을 여몄던 것도 같다. 그를 객관적으로 관찰할 수 있던 시간은 그때까지였던가.

검지로 그의 입술 선을 허공에 스케치했다. 미소가 생기려면 입술 끝이 이렇게, 치솟아야 해. 삐죽, 검지를 올리자 정말로 그의 미소를 본 것처럼 심장이 지끈거렸다. 새희의 입술 꼬리가 따스하게 진동했다.

지워지지 않을 시간이었다. 그의 집에서의 모든 시간들이 새희의 인생을 흔들고 조르며 단속할 것이다. 그래도 좋았다. 좋아요, 라고 간밤 몇 번이나 말했던가.

그 수십 개의 문장이 사라지지 않고 부스러기가 되어 돌아다니고 있었다. 그가 일어나서 그것들을 보기 전에 꿈속으로 들이마셔야 했다.

새희는 눈을 감았다. 그러나 눈을 감는 순간이 안타까워 금세 눈을 떠 다시 그를 바라보았다. 그의 이마와 턱, 눈썹과 속눈썹을 손끝으로 거리를 두고 더듬으며 외웠다.

언젠가 그가 웃어 준다면 어디가 얼마큼 부드럽게 풀리는지 알아볼 수 있게······.

* * *

인디언 속담 중 이런 말이 있다. 사람은 누구나 마음속에 삼각형 모양의 양심이 있습니다. 그 삼각형이 나쁜 생각과 행동, 거짓말을 할 때마다 마음을 찔러 아프게 하고 죄책감이 들게 합니다.

하지만 나쁜 짓을 거듭하다 보면, 모서리가 닳고 닳아 결국 삼각형은 동그라미가 되고야 맙니다. 그 이후론 어떤 악독한 짓을 해도 아픔을 느끼지 못하게 됩니다.

은석 몰래 그와 눈을 마주치는 것만으로도 범죄에 가담하는 기분이 되던 적도 있었다. 은석의 약혼식 날, 연회장에 들어서며 새희를 발견하고 구둣발을 틀던 그를, 동시에 꽂혀 오던 은석의 눈을 어떻게 받아 냈던가. 아마 그 자리의 누구도 그와 새희를 수상하게 보지 않았을 것이다.

그야 누가 봐도 그의 변덕에 놀라 당황해서 어쩔 줄 모르는, 사적으로 얽혀 있다고 보기엔 형편없이 굳은 얼굴이었을 테니. 삼각형의 모서리가 뱅글뱅글 돌면서 다각도로 찔러 대는 얼굴 말이다.

그 아픔이 낯설었지만 낯설어서 한편으론 안심되기도 했다. 어느새 그의 눈에 떠오른 자신의 얼굴이 변해 있다는 걸 알아보기 전까지는.

중죄를 짓는 얼굴에서 신호등을 위반하는 얼굴로 죄가 벗겨지고 있음을. 그마저도 곧 부지런히 깎여져 나갈, 앞으로 일어날 모든 죄를 포용할 얼굴임을 알아보기 전까지는…….

무서운 건 그에게 끌리는 게 아니다. 그에게 끌리는 게 아무렇지 않아지는 순간이다. 나의 삼각형이 동그라미가 되는 순간. 말하자면 그와 하룻밤을 보낸 뒷날에도 은석이 생각나지 않는, 그와의 관계가 자연스럽고 태연해지는 순간…… 새희가 정말로 두려워하고 있는 것은 그것이었다.

"으……."

앓으면서 깨어났다. 칼이 쏟아지는 꿈을 꾸었던가. 밝은 햇살이 눈꺼풀을 붓질하듯 간지럽혔다. 아찔할 만큼 높다란 천장이 그의 집임을 깨닫게 했다. 새희는 좌절했다. 아침이 오기 전에 나서려고 했건만, 그의 잠든 얼굴을 외우다, 외우다…… 잠이 들었나 보다.

이제라도 가야 했다. 그는 보이지 않았다. 그가 보이지 않는다는 것에 가슴이 허전해지는 자신에게 실망하며 이불을 걷어치웠다. 걷어치우는 손목이 파르르 떨리며 어지럼증이 휘돌고 온몸에서 열기가 피어올랐다. 지독하게 현실적인 아침이다. 함께 밤을 불살랐던 남자는 가고 남자가 준 달뜬 아픔만이 남는.

은석과 몸을 겹친 뒤면 늘 맞는 아침이었다. 그때와는 비교할 수 없이 아픔이 진하고 깊긴 했지만, 침대 위에 홀로 남았다는 것만은 동일하다.

식은땀이 가슴골로 흘러내렸다. 옷부터 찾아야 했다. 시선 끝이 스스로 옷을 벗었던 자리로 향했다. 하지만 그곳은 텅 비어 있었다. 그가 어딘가로 치워 놓은 것 같은데, 짐작이 가지 않는다. 급속히 피곤해지며 우울감이 몰려왔다. 왜인지 울고 싶은 기분이 들었지만 울 이유는 없었으므로 울지 않았다.

묶였던 부분은 가만히 있어도 저리고, 이불에 쓸리는 엉덩이는 아릿하고, 열 기운은 점점 올라가는 듯하다. 어렵사리 몸을 일으키는 데 성공했으나 발을 내디디고 걸을 생각을 하니 눈앞이 캄캄해진다.

배 위에서 바다로 뛰어내릴 결심을 한 사람처럼 겨우 한 발을 침대 밑으로 내렸을 때였다. 현관문이 열리는 소리가 났다. 새희는 자동으로 얼어붙었다.

김언혁은 운동복 차림으로 거실에 나타났다. 검은색 스포츠 티셔츠는 몸의 굴곡을 따라 여과 없이 들러붙었다. 조깅이라도 하고 온 모양이었다. 그가 다가왔다. 역하지 않은, 찰나에 여성의 본질을 뒤흔드는 냄새가 가슴을 적시듯이 풍겨 왔다.

그는 말없이 새희를 내려다보았지만, 그 눈 속엔 잘 잤어요? 라는 말이 들어 있었다. 그에 새희도 눈빛으로 잘 잤어요, 라고 대답했다. 칼이 쏟아지는 꿈을 꾸었던 것을 잊어버린 양.

그는 한순간 고개를 까딱이더니, 손등으로 새희의 이마를 짚었다. 열을 재듯 누르다 떼어 내는 손짓이 느렸다. 그가 뒤돌아서서 수납장으로 갔다. 가기 전, "이불 속에 들어가요."라는 한마디에 새희는 순순히 뜨거운 맨몸을 이불에 넣었다.

그가 가져온 해열제를 그의 손으로 먹고 몸을 편안하게 뉘었다. 한 방울도 남기지 않고 마시는 걸 확인한 후 김언혁은 욕실에 가서 빠르게 씻고 왔다.

젖은 머리로 침대에 앉는 김언혁의 손에 새희의 옷이 아닌 그의 옷이 쥐어져 있었다. 새희는 불만 없이 그의 셔츠에 양팔을 끼워 넣고 단추를 잠가 주는 기다란 손가락을 보았다. 보다가 미온적으로 물었다.

"제 옷은 어디 있나요?"

"몰라요."

"······."

장난을 치는 건지 진짜 모르는 건지 알 수 없는 얼굴로 그가 단추를 다 잠가 주고 새희를 다시 반듯하게 눕게 했다. 그리고 그 옆에 자신도 누웠다. 그가 누울 줄은 몰랐던 새희는 머리 옆에 떨어지는 그의 이목구비를 간신히 차분하게 쳐다보았다. 어지러운 이유가 열 때문인지 그 때문인지 명확하지 않다.

언제나 제한된 어두운 시간 안에서만 보던 그였다. 햇빛이 물줄기처럼 그어져 내리는 아침에 그의 얼굴을 이리도 여유롭게 들여다볼 수 있다니. 그와 따뜻한 물속에 잠겨 있는 것만 같다.

그의 피부에서 새희의 눈길이 헤엄쳤다. 무슨 말이라도 하고 싶은데 하지 않아도 충만한 분위기였다. 그랬는데 막을 새 없이 물방울을 머금은 듯 촉촉한 목소리가 새어 나갔다.

"간 줄 알았어요……."

"내 집인데?"

"아니, 그냥, 일어나니까 보이지 않아서……."

"다음엔 주머니에 넣고 뛰어야겠군요."

다음엔. 아무렇지도 않게 다음이 있다고 암시하는 그의 목소리가 듣기 좋았다. 뺨으로 감겨드는 그의 손바닥이 시원했다. 무의식적으로 비비적대자 그가 한숨을 내쉬었다. 불쾌한 건가 싶어 얼른 떨어지려고 하는 순간, 그가 코앞으로 고개를 들이밀었다.

새희는 경험으로 눈을 감았다. 예상과 달리 그는 손바닥을 대었던 새희의 뺨에 그 자신의 뺨을 대고 지그시 눌렀다. 그의 살결이 면적 넓게 서늘하게 닿아 왔다. 귀엽고 사랑스러운 것을 대하는 동작이었다.

"따끈따끈해. 정말 아기 같아."

가슴이 두방망이질 쳤다. 그는 다른 쪽 뺨도 비비다가 갑자기 새희의 코끝과 턱을 깨물고는 물러났다. 이어 그가 배고프지 않느냐고 물었을 때, 새희는 속에서 뭉게뭉게 차오른 간질거림 같은 것 때문에 뜸을 길게 들인 뒤에야 괜찮다고 말할 수 있었다.

문득 어디선가 진동 소리가 들려왔다. 새희의 것은 그가 아니면 울릴 일이 없을 테니 그의 것일 테다. 그러나 그는 들리지 않는 것처럼 자국이 남은 새희의 손목을 들어 유심히 보기만 할 뿐이다.

자국을 쓰다듬다가 이불을 걷어 새희의 다리도 확인한다. 그러더니 새희의 몸을 뒤집고 셔츠 자락을 위로 올렸다. 어질어질한 정신으로 그가 둔부를 보고 있음을 알았다. 그의 손톱 끝이 살짝 닿자 종아리가 바들거렸다.

그는 연고를 가져와 따갑게 일어난 부위에 세심하게 발라 주었다. 때렸던 사람의 손길이라곤 상상도 할 수 없이 상냥하고 꼼꼼하게.

그 뒤 새희의 팔다리도 주물러 주었다. 아프다고 느낄 때면 알아서 강도를 조절하는 그의 노련한 손길 덕에 근육이 조금씩 이완되었다. 나른하게 퍼지는 몸 구석구석으로 그의 손길이 정신없이 밀려들었다. 그 순간 약 기운이 확 몰려왔다. 눈이 감길 것 같았다.

새희는 이제 그만…… 하고 그에게 손사래를 쳤지만, 그는 한 차례 재울 작정인 것처럼 몰랑대는 살을 부드럽게 안마하는 것을 멈추지 않았다. 기어이 눈이 감겼다. 감기며 의식이

날아가는 그 순간까지도,

　　이제 가야 하는데.

　　정말 가야 하는데…….

　　그런 부질없는 생각을 하면서.

* * *

　다시 일어났을 땐 한낮이었다. 한결 가뿐해진 몸을 체감하며 김언혁을 눈으로 찾았다. 찾았다는 표현이 무색할 만큼 그는 침대 바로 옆에 놓은 의자에 앉아 책을 보고 있었다.

　새희는 깨지 않은 척하며 그가 읽는 책의 표지를 훔쳐보았다. 제목부터 저자, 뭐라고 적힌 글귀까지 죄다 영어라 알아볼 수 없었다. 대신 책을 읽는 그의 집중력 높은 얼굴을 염탐했다.

　잔잔한 수면 위로 돌을 던져 파문을 일으키고 싶어 하는 건 사람의 심술궂은 본능일까? 번듯한 자세로 막힘없이 활자를 눈에 넣는 그를 깜짝 놀라게 해 주고 싶었다. 물론 생각만 했을 뿐, 집중하는 그를 집중해서 관찰하는 것으로 새희는 만족했다.

　만족이라니. 이 남자의 얼굴을 보며 자신은 만족이라는 감정을 갖는 건가…….

　그가 책장을 한 장 넘기며 검고 깊은 눈동자를 굴렸다. 어쩐지 가슴이 조이는 광경이었다. 그게 무엇이든 그가 읽어 내는 순간들은 절정만을 남겨 둔 최후의 단계를 밟는 것처럼 긴장된다.

　바늘로 찌르고 달아나도 힐끔거리지 않을 듯 깊이 몰두해 있던

call　281

그가 불현듯 새희를 바라보았다. 새희는 기척을 알아채고 재빨리 눈을 감았으나 그에게 들켰는지 아닌지 확신할 수 없었다.

김언혁의 얼굴이 감긴 눈 위로 드리워졌다. 숨소리가 부자연스러울까 봐 아예 숨을 참고 있었다. 그는 잠시 내려다보는 것 같더니 점점 가까이 고개를 내렸다. 그리고 그의 이마가 이마에 마주 닿았다. 열을 재는 것이었다.

그가 닿자마자 새희는 패배를 직감한 태도로 눈을 슬며시 떴다. 그는 다 티가 나는 장난을 꾸민 아이를 나무라는 눈빛으로 뺨을 깨물었다. 그리고 말했다.

"훔쳐보는 걸 즐기는 아기였군."

그가 길쭉한 눈매를 일부러 가느스름하게 떠서 새희는 한층 더 부끄러웠다. 그러자 그가 깨물었던 부분을 한 번 더 깨물며 말했다.

"밥 먹어야지."

셰프가 차려 주고 남았던 음식을 나눠 먹은 뒤, 새희는 그와 양치를 했다. 양치를 마치고 세수를 하는 동안 나간 줄 알았던 그가 거울 속에 있었을 때, 새희는 휘청거리며 넘어질 뻔했다.

붙잡아 준 그는 그대로 새희의 머리를 손수 감겨 주었다. 원래부터 그럴 작정으로 나가지 않은 듯했다. 이다음 거실에서 머리칼을 말리는 일도 빈틈없이 그의 손으로 이루어졌다.

새희는 그의 품에 다소 흐리멍덩하게 앉아 머릿속으로 부드럽게 찔러 들어왔다 빠져나가는 손놀림에 나른해지고 유약해지는 기분을 맡겼다.

상대를 몰아붙이는 행위도, 보살펴 주는 행위도 참으로 능숙하다고 생각했다. 의외로 많은 여자를 만나 온 게 아니라 소수의 여자를 오랜 기간 상대한 게 아닌가 싶을 만큼. 그중엔 이진도 포함되어 있으리라.

흐릿하게 가지를 치던 생각은 이진이 튀어나오자 모난 모양으로 가파르게 변이했다. 김언혁과 이렇듯 설명하기 어려운 사이가 된 건 절대로 이진에 대한 복수심 때문이 아니다.

이진이 은석을 가졌다고 해서 이진을 질투하지 않는다. 질투란 공식적인 관계에서나 허용되는 것이므로 새희에겐 애초부터 성립 조건이 맞지 않는다. 은석은 이진의 공식적인 남편이며 언혁도 이진의 공식적인 애인이다. 질투마저 오롯이 이진의 몫이라는 뜻이다.

가슴에 얹혀 있던 무거운 것이 심연으로 가라앉았다. 무릇 가야 할 때를 알아차리는 순간은 시간을 확인하는 때가 아니라, 가지 않으면 안 된다는 사실을 자각하게 되는 때이다.

그의 품에서 꿈틀거리며 빠져나왔다. 새희가 일어서자 그가 윙윙대는 드라이기를 껐다. 그는 덩그러니 일어선 새희를 물끄러미 올려다보았다.

"이제 그만 갈게요."

사실은 가고 싶지 않았다. 가고 싶지 않은 심정이 발각될까 봐 새희는 억지로 그의 눈을 쳐다보지 않았다.

"왜?"

"가야 해요. 제 옷, 어디 있어요?"

"모르는데."

"가야 해요…… 얼른 말해 줘요."

"가도 주이진 남편 없잖아."

주이진 남편. 적의 없이 사실적으로 은석을 지칭하는 말이 스산하게 뒷덜미를 찔렀다. 집에 돌아가도 은석이 없다는 건 당연한 일이었는데도 불구하고 그가 말하니 인내할 수 없는 고통스러운 슬픔으로 명징해지는 것 같았다.

은석이 없는 은석의 아내의 집으로 고집스럽게 돌아가려고 하는 자신이 한심스럽고 불쌍한 처지라고 확인시켜 주는 것 같아서…… 그는 한순간 울적하고 참담하게 흔들리는 새희의 틈을 발견하고 그 틈을 아물게 해 줄 것처럼 혹은 절대로 닿지 못하게 벌릴 것처럼, 아득한 목소리를 흘려 넣었다.

"머리 덜 말렸어요."

"……."

"이리 와."

그는 재촉하지 않았다. 다만 심상하게 눈빛을 깊게 할 뿐이었다. 그 눈빛은 꼭 집에 가야 했던가…… 자신의 사고를 덮어 놓고 의심하게 했다. 괴로울 만큼 고민한 시간과 어렵게 행동한 결심을 무용지물로 만들어 버리며 그를 남겨 두고 간다는 건 너무나 불가능하고 불행한 일처럼 느껴지게 했다.

가까스로 그에게서 빠져나왔던 새희의 몸은 무너져 내리듯 다시 꼭 안겨 들었다. 그는 칭찬하듯 새희의 뒤통수에 입을 맞추며 드라이기를 켰다. 그의 손길에 머리카락이 흩날렸다.

금방 일어났던 소동은 거짓말처럼 부유하는 공기가 평온하고 안락했다.

어쩌면 나의 삼각형 모서리는 서서히 깎이는 게 아니라 단번에 한 귀퉁이가 잘려져 나가고 있는 게 아닐까⋯⋯.

* * *

김언혁은 머리카락의 물기를 완벽히 증발시킨 뒤에도 새희를 안고서 실없이 러그를 뒹굴었다. 그러다 새희의 목덜미에 콧날을 파묻고 잠드는 바람에 새희는 황당하고 무안하게 그의 팔에 갇히게 되었다.

고른 호흡이 목덜미를 간질였다. 그는 정말 잠든 것이다. 등에 닿는 그의 가슴이 전달하는 맥박은 안정적이었다. 새희의 상체를 휘감은 그의 팔목에 채광을 받아 기다란 반달무늬의 빛살이 생긴다. 새희는 그 무늬를 쓰다듬으며 시선이 닿는 자리에 놓인 피아노를 바라보았다.

차광 커튼을 치지 않고 잠든 그 때문에 피아노의 몸체 위로 햇빛이 흐르고 있었다. 그가 까다롭게 데려온 아이일 텐데. 그러나 그 형상은 꿈속에서 가공으로 만들어 낸 장면처럼 아름다웠다. 건반을 두드리면 햇빛을 쏟아 내며 그윽한 고음과 찬란한 고음을 낼 것 같다.

그가 저기 앉아서 연주해 준다면⋯⋯ 그보다 더 환상적인 장면은 없을 것이다.

그로부터 몇 분이나 지나갔을까. 그는 입술을 새희의 살에 뭉개며 기상한 기적을 냈다. 닿아 있는 목을 무심코 이로 물며 졸음기가 가시지 않은 음성으로 중얼거린다.

"잠든 줄 몰랐어……."

그렇게 일어나고도 그는 한참을 뭉그적거리다가 결국 화장실에 가고 싶어요…… 참다 참다 소곤대는 새희의 말에 팔을 풀어주었다.

화장실에서 돌아왔을 때, 김언혁은 피아노 덮개를 열고 의자에 앉아 있었다. 새희는 그 순간, 어느 때보다도 위험한 예감을 느꼈다. 그러나 그에게 향하는 발걸음은 곧고 또렷했다. 어떤 방해물이 있었어도 뛰어넘고 그에게 도착하고야 말았을 것처럼.

"신청곡 있습니까?"

새희가 피아노 앞에 서자 그는 저명한 피아니스트임을 숨기고 즉흥 연주로 벌어먹고 사는 불량한 집시처럼 물었다.

"몇 곡이나 받나요?"

새희는 진지하게 되물었다. 그의 눈빛에 건들거리는 빛이 약동한다.

"글쎄. 관객이 한 명뿐이라…… 세 곡 이상은 수줍군요."

새희는 그가 물었을 때 바로 떠오른 곡을 부러 곰곰이 생각하는 척하다가 작게 말했다.

"슈만 환상곡 마지막 악장……."

손목을 돌리던 그가 새희의 표정을 슬며시 훑어 올렸다. 새희는 꿋꿋한 척하지만, 그 곡을 말하며 거슬러 간 기억으로 벌써부터 달아올라 있었다. 김언혁은 건반 위에 손을 올리며 혀로 아랫입술을 쓸었다. 그 기억을 공유한다는 신호였다.

가슴이 아찔하게 뛰었다. 그날처럼 추가 떨어지듯 그의 손가락이 저음을 묵직하게 눌렀다. 저음부에서 쌓은 음들이 빗방울을 맞은 꽃잎들이 주름을 펴는 것처럼 사뿐하게 풀어졌다.

그가 가볍게 건반을 넘나들 때마다 그의 상체가 찬찬히 반원을 그렸다. 새희는 매혹된 채 입천장으로 가득 차오르는 감탄을 한숨으로 뱉어 냈다.

그의 팔에 누워서 상상했던 장면보다 현실이 더 몽환적이다. 카페에서 들었던 소리와 다른 특별한 무언가가 있었다. 그의 손이 닿는 대로 헌신적으로 반응하는, 잘 길든 짐승이 내는 울림처럼 확연히 구분되는 무언가가.

새희는 다리가 저린 것도 잊고서 연주하는 그의 손가락과 그의 목과 그의 턱을 끊임없이 바라보았다. 바라보는 것만으로도 벅차오르는 이 값진 순간이 마냥 기뻐야 하는데 왜 이렇게 울기 직전의 기분이 되는 건지 모르겠다.

감동의 또 다른 말은 슬픔인가. 슬픔의 또 다른 말은 고통인데. 그럼 지금 자신은 고통스러운 건가…….

곡이 끝나는 순간, 새희는 그의 얼굴을 잡고서 입술을 누르고 싶은 충동이 솟구쳐서 경악스럽게 삭여야 했다. 그의 콧대와 인중으로 내려앉은 햇살이 부드럽게 반짝였다. 환한 빛 속에서도 강렬한 그만의 고유한 색채가 새희의 동공을 현란하게 물들인다.

"다음 곡은?"

새희가 말하기도 전에 그는 이건가, 하며 연주하기 시작했다. 새희의 얼굴이 희미하게 밝아졌다. 〈파반느〉였다. 페달의 사용을 최소한으로 줄여 음들이 하프시코드2)가 내는 소리처럼 꾸밈 없이 온정적이다.

그는 슈만의 곡을 연주할 때보다 표정이 나른하고 평화로웠다. 그게 꼭 애정이 깃든 것처럼 보여서 새희는 뱃속이 간질거렸다. 그래서 그랬을 것이다. 동강 나 버린 연주 뒤에, 장난처럼 안이하게 중얼거린 건.

"이거 아니었는데……."

"이런."

그는 과장되게 탄식한 뒤 새희의 팔목을 잡아당겼다. 앉혀지자마자 귓바퀴가 가볍게 빨렸다. 옷 안으로 손을 넣어 떨림에 솟은 등을 어루만지며 그럼? 하고 소곤소곤 물었다. 그 순간 왜 그 곡을 말한 건지는 그에게 버림받는 순간까지도 도통 알 수 없으리라.

"아네모네……."

"음?"

그가 귀를 바짝 가져다 댔다. 자신이 터무니없는 말을 지껄였다는 걸 깨달았지만, 즉각 다른 곡의 이름을 댈 만큼 머리가 재빠르게 돌아가지 않았다. 아네모네…… 두 번째에는 더 작게 웅얼거렸는데 그는 용케 알아들은 건지 아네모네? 궁금하다는 듯 따라 물었다.

"엄마가 쳐 주었던 곡이었는데, 기억이 안 나요."

---

2) 줄을 뜯어서 소리를 내는 악기 (지금의 피아노의 전신)

그는 더 설명해 보라는 눈이었다. 새희는 엄마의 무릎 위에 앉아 아네모네를 듣던 장면을 돌이켰다. 은새희 인생에서 처음으로 온화한 행복이 짧게 머무르고 갔던 순간을…….

"우울하지만 따뜻한 저음이에요. 느리다가 빨라지고 다시 느려져서…… 아, 달빛하고 비슷한데, 아니, 아니, 달빛보단 덜 잔잔하고 더 신비로운 느낌이에요. 보라색으로만 이루어진 무지개 같이. 마지막 부분이 아마도 처음하고……."

말을 하다가 새희는 흥미진진하게 보는 중인 그의 눈빛을 맞닥뜨리고 자신이 지나치게 흥분해서 재잘거렸다는 것을 알았다. 실제로 발표된 곡도 아닌 엄마의 자작곡을 이렇게 설명해 봤자 그가 쳐 줄 수 있을 리가 없는데 뭘 그리 흥분했던 걸까.

꽉 다물린 입술을 부러 빤하게 보던 그가 그때까지 새희의 옷 안을 배회하던 손을 꺼냈다. 그 손은 새희의 등을 만지던 대로 건반 위를 쓰다듬었다.

"아네모네라……."

배신이군. 꽃말을 읊조린 그는 낮은 라를 누르며 새희의 중구난방인 설명대로 연주하기 시작했다. 새희는 눈을 커다랗게 떴다. 기적적으로 엄마의 곡이 떠오르는 일은 일어나지 않았다. 그러나 신기하게도…… 엄마의 곡을 듣는 것처럼 애절하고 친근했다.

있는 곡을 연주하듯 막힘없이 흘러가던 멜로디는 어느 부분부터 이상할 만치 귀에 익숙해졌다. 〈파반느〉를 변주한 마디들을 넣은 것임을 깨달았을 땐 가슴이 움켜잡히듯 조여들었다. 멋대로 혼합해서 연주하는데도 무안 없이 자신만만하다. 새희의 기억의 편린들이 각각의 의미로 연결되어 매듭지어졌다.

그가 새희를 돌아보며 핑거링을 달리했다. 그가 고개를 돌리는 순간, 비껴들 듯 눈보라처럼 쏟아지는 하얀 빛이 그를 통과하고 새희를 통과하며 우리의 순간을 통과했다.

어떡하지. 좋아요, 라고 말하고 싶었다. 그 말이 허락되는 시간은 진작 끝나 버렸는데도.

"잘 쳤습니까?"

그가 묻는데 목소리가 나오지 않았다. 목을 가다듬고, 입꼬리에 힘을 주고, 숨소리를 정돈한 뒤에야, 새희는 대답할 수 있었다.

"네……."

어떡하지.

어떡하지…….

* * *

피아노를 치고 난 후, 새희는 그와 함께 퍼즐을 맞췄다. 화장실을 갔다 오며 얼핏 보았던 방의 벽면에 세워진 커다란 수납함은 퍼즐 상자로만 한가득 채워져 있었다.

새희는 거실 바닥에 펼친 수십 개의 조각을 이리저리 손으로 헤치며 그에게 퍼즐을 좋아하는 이유를 물었다. 그는 변칙 없이 생긴 대로 맞춰 들어가는 점이 귀엽고 다루기 편리하다고 했다.

새희는 다루기 편리한 건 그렇다 쳐도 뭐가 귀여운지 이해가 가지 않았지만, 그러려니 하며 그를 따라 조각을 찾는 데 열중했다.

찾다 보니 해가 저물었다. 중간부터 새희는 허리가 아파서 그의 옆에 누워 있었다. 물론 그가 그러라고 시킨 탓이었다. 퍼즐은 어느새 두 조각의 자리만 비워 둔 채였다. 퍼즐에 대해서 잘 모르지만, 한눈에 봐도 며칠 밤은 꼬박 새워야 완성할 개수였는데 그는 정말로 마니아인 듯싶었다.

마지막 조각을 끼워 넣은 그가 빈 곳 없이 채워진 정물화를 몇 초간 훑어보더니 곧바로 눈길을 끊고 새희의 옆에 드러누웠다. 공들인 것치고는 관심이 떨어지는 속도가 현저히 빨랐다.

본의 아니게 그가 빠져들었다가 질리는 과정을 목격하고 나자 가슴 한편이 사늘해졌다. 그는 저런 식으로 귀여워했던 것을 가차 없이 외면해 버리는구나…….

"입술이 혀보다 더 분홍색이야."

관자놀이에 손을 괸 채 새희를 바라보던 김언혁은 예고 없이 희롱하는 발언을 했다. 희롱하는 얼굴이면서 끈적한 기운이 조금도 없는 게 문제라면 문제인지도.

"그 집에 혼자 있을 땐 뭘 하지?"

갑자기 새희에 대한 호기심이 치솟는 걸까. 하고 많은 질문 중에 가장 음울한 답을 내놓아야 하게 만드는 그가 야속하기도 했지만, 그의 눈빛은 짓궂지 않고 신실했기에 새희는 정직하게 토로했다.

"그냥…… 없는 듯이 있어요."

격리되어야 하는 나쁜 공기처럼…… 없는 듯이 있다는 것은 있어도 없다는 것과 같은 말이다. 새희는 제 목소리가 심히 침울해서 그의 기분까지 바닥으로 처박힐까 염려했다. 도리어 그

대답을 기점으로 그가 질문 공세를 퍼붓기 시작했다.

"몇 시에 일어나요?"

"보통은 7시에…… 늦어도 8시 전까지는 일어나요."

"아침은 제때 챙겨 먹습니까?"

"아니요. 아침은 먹으면 체해서 굶는 편이에요."

"카페는 늘 밤에만 일하고?"

"대부분은…… 간혹 낮에 일할 때도 있어요."

아주 사소하고도 일상적인…… 어찌나 빠르게 날아오는지 새희는 재깍재깍 대답하는 것만으로도 숨이 살짝 가빴다.

"작곡은 카페에서만 합니까?"

"생각나면 노트에 적어요. 장소는 상관없어요."

"집인데 피아노가 치고 싶을 땐 어떻게 하지?"

"참아요, 계속…… 치는 생각하면서."

"피아노 생각 자주 합니까?"

"네…… 아주 많이 해요."

"내 생각은?"

"……."

"내 생각은 언제 합니까?"

툭툭 치다가 훅 찢듯이 들어온다. 잠시 숨이 멎었다가 그와 깊이 눈이 얽히며 주문에서 풀려나듯 몸을 덜거거렸다. 그래도 혼미한 머리를 아예 사고하지 못하게 만들어 버릴 것처럼 그는 멈추지 않았다.

"나만 시도 때도 없이 떠올라서 곤란한 건가?"

왜…….

"꿈속에서 울어 대서 달래 주고 나면 한밤중이야."

왜 자꾸 나를 고장 내는 걸까.

"그렇게 깨면 잠이 안 와. 그 집에서도 울고 있나 싶어서."

이미 당신은 날 고장 냈는데…… 지겹게도, 또 눈물이 흘러 나왔다. 그래, 이렇게…… 그는 눈물로 축축한 뺨을 문지르다 품속에 당겼다. 단단한 가슴에 얼굴이 파묻혔다. 왜 우는 걸까. 그의 솔직함 때문인가, 그의 솔직함에 주체할 수 없이 요동치기 때문인가.

새희는 그의 옷자락을 꼭 그러쥐었다. 그의 입술이 젖은 뺨으로 내려왔다. 혀로 핥아 올리며 아기야, 속삭이는 그가 참을 수 없이 애틋했다. 애틋해서 미쳐버릴 것 같았다.

'내 생각은?'

'내 생각은 언제 합니까?'

그의 생각을 하지 않고 흘러가는 시간이 있었던가. 하지만 그에게 하지 못할 말이다.

해서는 안 될 말이니까…….

\* \* \*

"어? 오늘은 무단결근 안 하고 왔네?"

카페 문을 열고 들어서자 가람이 웃고 있다. 지난주, 말도 없이 카페에 나오지 않은 뒤로 가람은 새희를 종종 놀리듯 찔렀다.

억울할 건 없었다. 실제로 무단으로 결근한 게 맞았기에. 더 나쁜 건, '카페에 가야 하는데.' 당시 속으로 생각했으면서도 연락을 취하지 않고 빠졌다는 것이다. 어차피 취하려고 했어도 취할 방법이 마땅치 않기도 했지만.

보통 불가피하게 카페에 나가지 못하는 경우엔 알아서 은석이 통보해 주거나, 새희가 은석에게 먼저 연락을 부탁하거나 한다. 이번은 특수한 경우라 두 방법 다 불가능했다. 김언혁과 러그에서 뒹구느라 일하지 못한다는 연락을 어떻게 하겠는가.

은석이 출장을 간 지 일주일째, 그리고 새희가 집에 들어가지 않은 지도 일주일째였다. 그는 내쫓았다는 기사 대신 새희를 카페로 데리러 왔고, 데려다줬다.

대낮에 그와 밖을 나설 때마다 창백해지며 소심해지는 새희와 달리 그는 이른 아침부터 새희를 깨워 함께 산책하거나, 전망 좋은 레스토랑에서 점심을 먹거나, 새희를 옆에 달고서 그를 알아보고 다가오는 사람에게 친절히 사인해 주기까지 하며 대담했다.

오히려 그럴 때마다 푹 눌러쓴 그의 모자챙을 밑으로 당기며 안절부절못하는 새희가 재밌다는 듯, 일부러 차창을 열고 새희의 입술을 빨기를 즐겼다.

밤에는 그의 집에서 퍼즐을 맞추고, 피아노를 치다가 졸린 눈을 비비면 그에게 안겨 잠들었다. 그는 꼭 새희를 먼저 재웠지만, 새희는 늘 새벽빛이 열브스름히 비쳐 들 때 깨어 그의 잠든 얼굴을 보다가 다시 잠들곤 했다.

아침잠이 없는 편이라 재깍 기상하는 새희가 그가 깨울 땐 유독 못 일어나는 이유는 그래서였다. 그 사이 두 번 깨는 습관이 들었을까 걱정이다. 원래의 일상을 되찾으면, 깨어나도 그의 얼굴이 보이지 않을 텐데. 그럼 얼마나 마음이 시릴까⋯⋯.

가람의 묘한 눈길을 받으며 앞치마를 매는 사이 선주가 명아를 데리고 카페 안으로 들어왔다. 명아가 언니 안녕, 볼살이 솟게 빙긋 웃으며 인사한다. 새희는 안녕, 하고 명아처럼 밝게 인사하려고 애썼다.

손님이 반쯤 찬 가게를 둘러보며 선주가 가람에게 그만 가 보라고 말했다. 가람은 명아의 볼을 잡아당기고 예의 그 화려한 옷차림으로 떠들썩하게 퇴근했다. 가람이 가고 난 뒤, 선주가 긴 한숨을 내쉬며 턱 밑을 손등으로 훔쳤다.

"5월인데 왜 이리 덥니? 꼭 초여름 같아."

"엄마, 명아 딸기 주스 만들어 주세요."

"응, 언니가 만들어 줄 거야. 새희, 대신 좀 부탁해. 나 화장실."

"네."

명아는 제 전용 빙글빙글 의자에 앉아 작달막한 주먹을 흔들며 뭐라고 재잘댔다. 다녀올게요, 엄마. 그래, 아가, 숲속은 위험하니까 조심하렴. 걱정 마세요, 엄마. 아가! 어딜 가는 길이니? 저는 할머니 댁에 가고 있어요⋯⋯.

곧 연극이라도 하는 모양이다. 눈에 넣어도 안 아플 모습이라는 건 저런 거겠지. 그런데 역할이 빨간 모자인지, 엄마인지, 늑대인지 모르겠다.

열성적으로 연기 연습에 매진하던 명아가 딸기 주스를 건네자 감사합니다, 외치며 꼴깍꼴깍 시원하게도 들이켰다. 새희는 넘실대는 사랑스러움에 저도 모르게 명아의 뒤통수를 쓰다듬었다.

"언니. 맛있어!"

"응. 고마워."

"언니, 명아 늑대야. 늑대가 할머니 잡아먹어."

늑대구나. 새희는 멋있다, 하며 짝짝 손뼉을 쳤다. 명아는 신이 나서 늑대가 아닌 역할의 대사까지 죄다 읊으며 주제가도 불렀다. 덕분에 한 편의 연극을 다 보았다.

새희는 명아의 윗입술 위로 둥그렇게 묻은 딸기 주스의 흔적을 휴지로 닦아 주었다. 얌전하게 있던 명아가 문득 전화기를 가리키며 묻는다.

"언니, 명아는 왜 전화 못 받아?"

"……"

"엄마가 새희 언니만 받아야 한대. 안 그럼 무서운 아저씨가 명아 혼내러 온대."

순진무구한 물음이라 답하기가 난처하다. 적당한 답을 찾지 못하고 명아의 머리에 꽂힌 알록달록한 머리핀을 보는데 눈이 부셔 온다. 너무 밝은 불빛을 본 것처럼. 때마침 다가온 선주가 언니 괴롭히고 있었어? 묻다가 컵의 손잡이가 아닌 몸체를 잡고 마시는 명아에게 잔소리하며 화제를 일단락시켰다.

"점장님."

"응?"

"지난주에 저 못 나왔을 때 전화 왔었나요?"

명아의 코를 애정 가득 비틀던 선주가 새희를 의외라는 기색으로 쳐다보았다.

"아니. 안 왔어."

안 왔구나.

그렇구나……

혹시나 걱정했는데 무용한 걱정이었다. 그러고 보면 전화가 울리지 않은 지도 까마득하다.

전화기가 울리지 않은 동안 은석은 새희를 정리하고 있었을까. 이제 과호흡이 와도 새희의 노래가 필요하지 않게 된 걸까. 결혼하며 은석의 빈약한 영혼은 완전하게 채워진 걸까. 다행이라고 여겨야 하는데 창자에 구멍이 뚫린 듯 허해진다. 아직까지도 제대로 된 인간으로 사는 법을 터득하지 못한 건, 은새희뿐인 듯해서.

쉬지 않고 떠들던 명아는 제풀에 지쳐 새근새근 잠이 들었다. 선주는 의자 두 개를 붙인 자리에 명아를 눕히고 담요를 덮어 주었다. 덮어 주며 잠든 얼굴을 내려다보는 두 눈에 사랑이 넘치도록 가득하다.

세상에서 가장 못 말리는 귀여운 악동이 어여뻐서 죽겠다는 눈빛이었다. 보는 새희가 그 사랑을 감히 짐작할 수 없어 아득해질 정도로.

오늘따라 한산했다. 테이블은 반 이상 차지 않고 계속 비워졌다. 일찍 접어야겠다며 선주가 지루하게 하품했다.

파도치는 바다야, 노래해 주렴. 커다란 어둠을 멀리 멀리 쫓아 주렴……

명아의 영향인지 부르는 걸 인지도 못한 채로 흥얼흥얼하는 선주의 목소리가 새희의 기분을 아프게 한다. 선주의 잘못이 아니다. 동요 하나에도 아픔이 실려 오는 시절을 여태 도려내지 못한 새희의 아둔함 탓이다.

마지막으로 남아 있던 남자 손님 한 분이 나가자 우연처럼 여자 손님 두 명이 문을 열고 들어왔다. 밝은색 셔츠에 무릎을 덮는 스커트, 단정하고 세련된 옷차림이었다. 회사원인 듯했다. 이야기에 전념하느라 서로를 보고 있던 두 여자가 이쪽을 보는 순간, 선주의 얼굴이 굳었다. 놀라는 건 여자들도 같았다.

"어머, 현 팀장님……."

피식, 선주가 그 지칭에 웃었다. 이내 어두운 표정을 전환한 선주가 뭐 줄까? 초연하게 물었다. 새희는 눈치껏 무척이나 오랜만에 조우한 감회가 맴도는 그들에게서 몇 걸음 떨어졌다. 여자들은 진심으로 반가워하면서도 한편의 안쓰러운 기색을 지우지 못했다.

"여기 계셨구나. 들었던 것도 같은데 생각을 못 했어요. 죄송해요."

"아니야. 피차 보면 민망한걸. 별일 없지?"

"팀장님 밑에 있을 때가 편했죠. 지금 팀장은 부장이 꽂은 사람이라 능력도 없고, 소문으로는 전 회사에서 추행하다 걸렸다는데. 그래서 자기 꽂아 준 부장 눈치 보기 바쁘고. 김 부장 알죠? 요번에도 승진 못해서 지랄이 보통 지랄이 아니라니까요. 그 부장이랑 척진 임원들이 수시로 내려와 갈궈서 이번에 구성된 TF 팀도 덩달아 휘둘리고 난리예요."

"알 만하네. 그 대머리 자기랑 닮은 꼴통 새끼 하나 들어앉혔구나."

새희는 선주를 신기하게 바라보았다. 커피를 제조하고 명아를 돌보던 얼굴에서는 볼 수 없던 반짝거림이 보였다. 그 반짝거림이 선주가 수많은 것을 잃어버렸음을 알게 했다.

새희는 선주의 그 얼굴이 신기하면서도 아름답고 또 슬프다고 생각했다. 서로를 신뢰하며 동고동락했던 사이의 유대감은 녹슬지 않는가 보다. 여자들은 선주가 회사를 나온 지 몇 년이 지났는데도 팀장이라는 직책으로 유감없이 대하고 있었다. 선주도 그게 익숙해 보였다.

어느새 화제는 명아로 넘어간 듯, 자고 있는 명아 앞에 무릎을 접고 앉은 여자들이 작게 소란을 떨었다.

"요 공주님이에요? 세상에, 예뻐라."

"예쁘기는. 눈만 뜨면 사고지."

"팀장님이랑 빼닮았어요."

"그치?"

빼닮았다는 말에 선주는 그것이 그렇게 행복할 수가 없다고 말하는 듯한 미소를 지었다. 그 얼굴은 새희가 익히 아는 얼굴이건만 어쩐지 이 순간엔 뭉클한 감상이 들었다.

그렇게 한참 동안 이야기하다 여자들은 한 손에 커피를 들고 사라졌다. 그때까지 꼿꼿하게 서 있던 선주가 이윽고 포스기를 잡으며 엎어지듯 상반신을 무너뜨렸다.

"다리에 힘이 풀리네……."

"괜찮으세요?"

그럼, 하고 웃는 선주가 그렇게도 약해 보인 건 또 처음이었다. 선주는 그러고 말이 없었다. 말이 없다가 힘없이 웃어 보이며 물었다.

"나 커피 한 잔만 타 줄래?"

커피의 쓴맛을 싫어하는 선주를 위해 연하게, 시럽도 듬뿍 넣어 갖다 주었다. 갖다주고 돌아서려는 새희의 손목을 선주가 잡았다. 그대로 카운터 가까운 자리에 마주 보고 앉았다. 선주는 머그잔을 들며 말했다.

"미안해. 어디라도 하소연하지 못하면 미칠 것 싶은 심정인데, 들어 줄래?"

새희는 고개를 끄덕였다. 후룩, 커피를 마시고 내려놓으며 선주가 후, 호흡을 가다듬는다.

"내가 태정에서 일했던 건 알지?"

"네."

"들었다시피 팀장이었고, 날 믿고 따르는 부하 직원도 많았어. 내 입으로 말하긴 뭐하지만 나, 유능한 데다 쿨했거든."

선주가 키득거렸다. 새희는 동감했으므로 가만히 경청했다.

"거기다 집안도 좋았지. 우리 아버지, 태정 임원이었어. 사실 내가 유능한 건 맞지만 그 빽으로 서른에 팀장 달 수 있었던 거지."

"……."

"존경했지만, 옛날 사람이라 가부장적이고 성차별적이라 나랑 워낙 대립했어. 엄마 돌아가신 이후엔 더했어. 딸 하나 있는 거 당신 마음대로 못 주무르니까 아주 병원에 처넣을 기세셨지. 가람인 그때 너무 어렸으니까. 또 가람이는 아들이라고 무르기도 했고."

"……."

"그랬는데 출신도 불분명한 애 품은 거 알았을 땐 오죽 패 죽이고 싶으셨겠어?"

새희는 저절로 명아를 살피게 됐다. 입술을 동그랗게 벌리고 자는 얼굴은 천사처럼 평온하다. 선주는 깊게 잠들었다며 걱정 말라고 했다.

"아이 아빠는 누군지 몰라. 그때 나는 스트레스가 치달을 때마다 섹스로 풀었으니까. 한심하게도 임신한 줄도 몰랐어. 생리가 늦어진다고만 생각하면서 똑같이 일하고, 술 마시고, 담배도 피우고…… 용케도 유산이 안 됐지. 3개월 때 알았어. 믿기니? 무려 3개월 동안 나는 내 안에서 생명이 자라난다는 걸 몰랐던 거야……."

새희는 이야기가 고통스러워서 듣다 말고 구토가 나올 것 같았다. 손발이 떨리며 목 안이 타들어 갔다.

"그 뒤론 뻔한 얘기야. 지우지 않으면 혈연을 끊겠다는 아버지, 그런데도 아이를 낳겠다고 결정한 나…… 자진 퇴사라고 했지만, 쫓겨나듯이 나가게 됐지. 짐 싸 들고 계단을 내려가는데 너무 무거워서…… 너무 무거운데, 상자가 자꾸 배에 부딪혀서 주저앉고 펑펑 울었어."

"……."

"그때 만났어, 신은석 씨."

새희의 눈동자가 찢어지듯 크게 열렸다.

"당시만 해도 몰랐어. 내 배를 빤히 보더니 부축해 주는 것도 아니고 자기 번호를 알려 줬어. 연락하면 먹고살게 해 주겠다고."

"……"

"희한한 일이었어. 기껏해야 스무 살로 보이는, 생전 처음 보는 남자가 그렇게 말하는데 거짓말처럼 안 들렸거든. 물론 그 순간엔 미친놈이라 취급하고 도망쳤지만 말야."

스무 살. 스무 살에 은석은 선주랑 만났구나……

"모아 놓은 돈으로 급하게 원룸 구하고 만삭까지 아르바이트 했어. 우리 아버지 참 독하지? 연락 한 번 없더라. 그렇게 혼자 아이를 낳았는데…… 낳는 순간, 아이가 너무 예뻐서…… 너무 예뻐서 후회했어. 아가, 어떡하지? 이렇게 예쁜 널 내가 어떻게 키우지. 나 혼자서 대체 어떻게 해야 하지……"

"……"

"돈이 동날 때까지 아등바등 1년은 버텼어. 중간에 아버지를 찾아가기도 했는데, 대문도 안 열어 주더라. 가람이는 그때 고모 집에서 학교 다녀서 아무것도 몰랐어. 유복하고 안락하게 살았지. 나랑 명아는 친척이고 뭐고 하나같이 무시했는데……"

"……"

"그 번호를 잊어버리지 않은 건 그 번호가 필요할 날이 온다는 걸 알아서였을까?"

눈물이 고인 눈이 새희를 응시했다.

"빌려주는 것도 아니고 그냥 줄 테니, 대신 카페를 열어서 운영하라고 하더라. 영문도 모르고 받아들였어. 그렇게 명아가 크는 사이, 강산도 변하는지 아버지가 집에 들어오라고 했어. 죽도록 들어가기 싫었지만 명아를 위해 들어갔지. 어이없게도 명아를 보자마자 울더라. 죽을죄를 지었다는 듯이. 참 이해가 안 가는 양반이야."

그러나 선주는 그 순간이 감격스러웠다는 것처럼 서럽게 울고 있었다.

"아까 있지. 내 부하 직원이었던 애들이 명아를 보고 예쁘다고, 나를 닮았다고 하는데 행복하면서도 걱정됐어. 혹시 이 애들, 명아를 보면서 네가 팀장님 인생을 끌어내린 주범이구나, 괘씸하고 불쌍하게 생각할까 봐."

"……."

"왜냐면 그건 내가 했던 생각이니까……."

진정이 안 되는지 선주는 손바닥으로 코와 입술을 짓누르며 감정을 억눌렀다.

"아이를 낳는다는 건 나를 버리는 일이 아니야. 세상을 버리는 일이지. 내가 오직 '나'로만 살았던 세상을."

"……."

"그런데 이따금씩 착각하는 거야. 이 아이 때문에 내가 세상에게 버림받은 게 아닐까? 이 애만 아니었으면, 나는 나로 잘만 살아갈 수 있었을 텐데……."

"……."

"얼마나 못된 생각이니? 아이는 그냥 만들어져서 죄 없이 태어날 뿐인데……."

선주가 눈물이 범벅된 얼굴로 명아를 바라보았다가 다시금 새희를 보았다.

"네가 카페에 처음 왔을 때, 신은석 씨가 왜 날 보고 카페를 열게 했는지 알았어."

"……."

"내가 내 아이와 벼랑으로 내몰렸을 때, 나를 도와준 건 나의 아버지도, 가람이도 아닌 신은석, 그 사람이야."

"……."

"그래서 나는, 그 사람 말을 들을 수밖에 없어……."

선주는 고해하듯 고개를 떨구었다. 새희는 선주를 이해했다. 결론적으로 선주는 은석의 사람이라는 것을 이보다 더 진실할 수 없게 받아들이게 되었지만, 오히려 그런 그녀가 가련하면서도 대단하고 또 부러웠다.

명아가 있는 한, 선주는 행복만 할 순 없어도 그렇기에 불행만 할 수도 없을 테니까. 명아로 인해 선주는 사는 동안 모든 나날이 가치 있으리라.

"지금도 도움 받을 사람이 없어 막막하던 그때 명아를, 내 아기를 잃는 악몽을 가끔 꿔. 아마 잃었다면 난 죽었을 거야. 살 의미를 잃는 거나 다름없으니까……."

"……."

"……새희야, 너 왜 우니? 그렇게 슬프게……."

이 세상에 사연 없는 사람은 없다. 그러니까 사연 없는 선택도 없는 것이다. 그 선택을 함부로 비난할 자격 또한 어디에도 없는 것이다.

* * *

입술이 빨려서 눈을 떴다. 천장 대신 그의 얼굴이 있다. 까만 눈이 시야각을 좁혀 온다. 눈 속에 들어차는 얼굴이 낭만적이면서도 피로했다.

그는 속눈썹을 훑고 코끝을 깨물고 뺨을 누르며 일어나지 않고는 못 배기게 치근덕댔다. 그래도 정신을 차리지 못하자 등 밑으로 팔이 들어온다. 욕실로 가겠구나. 새희는 짐작하며 손등으로 눈두덩을 쓸었다.

칫솔을 물고서 멍하니 있었다. 느적는적한 팔을 지켜보던 그가 한숨을 쉬며 입 밖으로 삐져나온 칫솔을 잡았다. 치아를 쓸고 나가는 움직임이 기민했다.

"아침마다 꼭 젖은 빨래 같군."

그게 아니라 새벽마다 그의 얼굴을 한 시간이 넘도록 보고 자서 그런 건데…… 원래는 부지런한 편이라는 걸 그가 아는 날이 올까. 오면 좋을 텐데.

"모자……."

현관을 나서기 전에 서둘러 그의 모자를 찾자 그가 도어락을 열고 새희의 손목을 잡아당겼다. 이렇게 장난치다가도 도대체 어디 있었는지 모를 모자를 머리에 씌워 주는 걸 알지만, 새희는 매번 기겁하며 끌려 나가지 않으려고 버둥거렸다. 그 반응이 재밌어서 반복한다는 걸 알면서도 번번이 놀림당하는 게 억울하고 쑥스러웠다.

아침 공기가 상쾌하게 콧속으로 들어왔다. 피부 조직들이 또렷하게 깨어나는 것만 같다. 그가 씌워 준 모자챙을 당기며 새희는 주위를 둘러보았다. 산책로는 단지 내 조경을 충분히 만끽할 수 있게 잘 정비되어 있었다. 뜨겁지 않은 햇살이 곱게 닿았다.

그를 쳐다보자 그는 진작부터 새희를 보고 있던 것처럼 눈이 마주쳤다. 그의 에너지가 단숨에 시선 끝으로 전이했다. 그가 손을 뻗어 새희의 모자를 벗기며 고개를 기울여 왔다. 밀어내기엔 그의 동작이 과히 재빠르고 부드러웠다. 입술을 겹쳤다. 혀끝끼리 휘돌다 안쪽으로 감겼다. 맑은 아침, 산책로에서 할 만한 키스가 아니었다.

고개를 비틀자 그는 턱에 입술을 맞추며 멀어지다가 다시금 아랫입술을 뒤덮어 빨고는 새희를 극도로 곤란하게 하고 떨어졌다. 강박적으로 주위를 살피던 새희는 문득 머리 위가 허전하다고 느꼈다.

알아차리고 그를 보는 순간, 그가 모자를 자신의 머리에 쓰고는 새희를 보면서 성큼성큼 뒤로 걸었다. 그러더니 몸을 돌려 기민하게 멀어졌다. 뛰는 게 아니라 빨리 걷는 수준이었지만 새희는 따라잡기 위해 뛰어야 했다.

잡힐 듯 잡히지 않는 그 때문에 한참을 뛰었다. 하아, 하아, 숨을 고르며 무릎을 잡고 그를 보자 그는 또 멀찍이서 새희를 보고 있었다. 약이 오르기도 했지만, 체력적으로나 근성으로나 새희는 그에게 턱없이 역부족이었다.

엉망으로 눌리고 헝클어진 머리를 쓸어 넘기는 동안 그가 코앞에 당도했다. 지쳐서 그런가, 모자를 적극적으로 뺏고 싶은 마음이 들지 않았다.

김언혁은 새삼스럽게 새희의 발끝부터 머리까지를 훑어 올렸다. 그가 깨워 데려와 놓고 이 장소에 있는 새희가 희한하다는 양. 오늘이 첫 번도 아닌데 말이다. 새희가 입은 그의 티셔츠도 그의 것이 아닌 것처럼 관찰한다.

그 순간 새희는 까치발을 들어 방심한 그의 모자를 벗겨 냈다. 벗기고도 스스로 놀라서 멍청하게 중얼거렸다.

"뺏었다."

그는 눈썹을 까딱하더니 새희의 손에 들린 모자를 보았다.

"뺏겼네."

잠시 그대로 시간이 멈춘 듯했다. 그리고 누가 먼저랄 것도 없었다. 새희는 그의 팔을 붙잡았고, 그는 입술을 급하게 부딪쳤다. 혀들은 절대로 놔주지 않을 듯이 서로를 잡아맸다. 떨어뜨린 모자가 바닥에서 뒹굴었다.

* * *

그의 휴대폰은 갈수록 자주 울려 댄다. 그가 운전하는 동안만 벌써 세 번이나 울린 것이다. 새희가 그것에 신경을 쓰는 듯 보이자 그는 대신 받아 달라고 했다.

진심 같아 보였지만 그의 전화벨은 마치 총탄을 재는 철컥대는 소리 같이 위험스럽게 들린다. 그가 아니면 발사될 것처럼. 그래서 받을 엄두가 나지 않는다. 김언혁은 신호에 걸리자마자 고개를 돌려 새희를 바라보았다. 사람을 무장해제 시키는 눈빛으로.

은석이 출장을 간 지 이 주째다. 이 주 만에 새희는 그의 차를 타고 은석의 집으로 가는 중이었다. 드디어 돌아가는 게 아니고 이유가 있어 들르는 것이었지만.

카페 열쇠 때문이었다. 새희는 대부분 마감이라 파반느의 열쇠를 두 개 가지고 있는데 근래 항상 소지하고 다니던 하나를 잃어버렸다. 오늘, 내일 선주는 저녁에 카페에 나오지 못한다고 했다. 집에 있는 것을 사용해야 했다.

"빨리 와요."

차 문을 닫고 돌아선 새희의 등에 대고 그가 말했다. 저 목소리에 돌아보지 않는다면 그건 사람이 아닐 것이다. 그는 벌써 따분해서 못 견디겠다는 기색으로 창틀에 팔꿈치를 대고 턱을 괴고 있었다.

엘리베이터에 올랐을 때, 스치듯 본 거울 속 자신이 웃고 있는 것 같아서 새희는 다시금 분명히 들여다보았다. 웃지는 않았으나 웃는 것과 진배없는 환한 얼굴이었다.

집 안엔 아무도 없는 듯했다. 이진이 있으면 무슨 표정으로 무슨 말을 해야 할지 문을 여는 그 짧은 사이에도 긴장해 굳었던 몸이 스르르 풀어졌다. 사람의 몸이란 이토록 간사하다. 이토록 간사해서 두 마음이 자랄 수도 있는 거겠지.

새희는 방으로 향했다. 이 주 만인데 이 년 만인 것처럼, 아니, 한 번도 들어오지 않았던 것처럼 방을 이루는 모든 것이 생소하고 어려웠다. 내 방이 아니라 남의 방, 방도 아닌 전시관 같은 거리감과 불편함으로 가득 차 있다. 새희는 협탁 서랍에서 열쇠를 챙기고 머뭇거리다 슬쩍 옷장을 보았다.

속옷도 가져갈까…… 김언혁은 새희의 옷과 신발은 멋대로 사서 안겨 주면서도 속옷은 염치 불구하고 부탁해도 깜빡 잊어버렸다는 듯이 한 벌도 사 놓지 않았다.

망설이다가 서랍을 조심히 열었다. 크지 않은 보조 가방에 여러 벌을 넣고 누가 볼세라 입구를 봉쇄하듯 얼른 쥐었다. 그가 기다리고 있었다. 그가 기다리고 있어서 마음이 급하고 떨렸다. 새희는 방문을 거칠게 열었다. 어쩜 그리도 조심성 없이 열 수 있었던 걸까.

"아……."

은석이었다. 은석이 눈앞에 있었다. 사람의 얼굴을 보고 그렇게 무례하게 놀란 적이 있었던가. 더군다나 다른 누구도 아닌 은석의 얼굴을 보면서…… 은석은 새희의 아연한 표정을 응시하다가 시선을 내려 들고 있는 가방을 보았다.

"어디 가?"

가방을 가져가서 안을 확인하는 은석을 말릴 수 없었다. 새희는 그저 이 자리에 있어서는 안 되는 인물이 있다는 것에 어떻게 대처해야 할지 어찔한 표정을 관리하려고 안간힘을 써야 했다.

은석이 눈앞에 있다는 현실이 꿈이었으면 좋겠다고 생각했다. 꿈이라면 유연하게 혹은 어설프게 응변해도 깨면 그만이니까.

하지만 현실임을 일깨우는 천진한 듯 집요한 듯 보는 눈에 새희
는 겨우겨우 거짓말했다.

"씻으려고……."

"근데 왜 가방에 넣었어?"

"……."

그냥, 이라고 성급하게 말하려는 순간이었다. 부르르. 부르르.
어디선가 진동음이 났다. 은석과 새희의 눈이 궤도를 급이탈한
행성처럼 갑작스럽게 충돌했다.

* * *

"집에 있었네요?"

불쑥 튀어나온 목소리가 시선을 끄집어 당긴다. 은석의 뒤로
슈트 차림인 이진이 서 있다. 두 사람은 새희가 오기 전부터 함
께 2층에 있다가 내려온 듯했다.

한 손에 든 그녀의 휴대폰이 부르르, 부르르 진동한다. 이어
이진이 통화하는 내내 새희는 가슴의 두근거림이 멎질 않았다.
진동 소리를 들었을 때부터, 이미 정신은 나가 버린 것 같다.

은석은 겉으로 무덤덤한 표정을 연기 중인 새희의 얼굴을
오래도록 헤쳐 본다. 무릎이 후들거렸다.

"어째 오랜만인 기분이 드네?"

통화를 끝낸 이진이 새희를 향해 웃는다. 뼈 있는 말이었다.
은석에겐 모르는 척해 주면서도 새희만 알아듣게 비꼬는.

"내가 착각했어. 삼 주인 줄 알았는데 이 주였지 뭐예요?"

정녕 착각인가. 그러나 착각이 아니었다고 해도 그녀에게 따질 말은 없다. 예컨대 어떻게 그렇게 중요한 걸 착각할 수 있느냐는 그런 말은 허용되지 않는 것이다. 이진에게도, 새희 자신에게도.

"마침 식사하러 나가던 참이었는데, 같이 갈래요?"

도미 요리로 일품인 데예요. 은석 씨가 생선 요리가 먹고 싶다고 해서. 뒷말은 낱말이 갈기갈기 찢어져 들려오는 것처럼 귓속으로 흩어진다. 새희는 머리가 흔들려서 이마를 부여잡았다.

"어머."

그다지 진심이 느껴지지 않게 놀란 이진이 예의상 의사 불러 줄까요? 한마디 던지고는 대답을 듣지도 않고 은석을 향해 먼저 나가 있겠다고 말하고서 현관을 나갔다. 현관문이 닫히는 소리가 들리고, 은석은 여전히 그 자리에 서서 새희를 내려다본다.

눈치챈 걸까. 새희의 상태가 과히 들뜨고 부정했던 것을. 그랬다가 은석을 본 즉시 염산을 부은 듯이 무참하게 녹아내린 것을……

"화났어?"

묻는 말은 순간적으로 기운이 빠져나갈 만큼 천진난만했다. 그는 새희의 손목을 잡아 이마에서 내렸다. 가려졌던 이마를 보고, 눈을 보고, 코를 보고, 입술도 본다. 처음 만난 사람처럼, 혹은 기억을 잃었다가 되찾은 사람처럼……

그게 꼭 보고 싶었다고 말하는 것 같아서 상황에 맞지 않게 가슴이 아팠다. 그럴 리가 없다는 걸 아는데도 말이다.

"기다리고 있잖아. 가."

냉담하게 내뱉은 것처럼 보이지만 청승맞게 목소리는 떨리고 있었다. 뜻밖에도 은석의 눈빛은 부드러운 편에 속했다. 그제야 안다. 은석은 새희의 유난한 반응이 진실로 화가 나서 그런 것이라고 오인하고 있었다.

은석이 말을 하고 가지 않아서. 심지어 그 소식을 이진을 통해 듣게 해서 화가 난 거라고, 멋대로 판단한 다음 멋대로 마음에 들어하고 있다. 그게 아닌 다른 이유는 절대 생각할 수 없다는 은석의 눈을 채운 확신을 발견하는 순간, 새희는 절망했다.

"같이 갈래?"

"……아니. 쉴래."

은석은 새희의 거절에 더 붙잡거나, 기분 상해하지 않았다. 현관으로 가기 전, 새희의 가방을 범상한 눈으로 한 번 더 본 뒤 멀어지는 걸음걸이엔 깊은 의문이 없었다.

은석이 집을 나가고 나서도 새희는 가방을 쥐고 하염없이 그 자리에 박혀 있었다. 마치 아직도 은석이 위에서 내려다보고 있는 양.

은석이 비집고 간 머릿속은 제 힘으로 정리되지 않는다. 그 와중에도 창살처럼 꽂혀 든 단 하나의 생각이 뇌를 흔들어 댄다.

그 사람이 기다리고 있다. 그 사람이 기다리고 있다…….

은석과 이진을 만났을 때조차 그 생각은 완연히 떠나가지 않았다. 일순 조종당하는 것처럼 새희는 방으로 뛰다시피 들어갔다. 방구석에 틀어박혀 허겁지겁 주머니에서 휴대폰을 꺼내 들었다가 지레 놀라 뛰어가 문을 잠그고 다시 처박혔다. 그 동작들이 어찌나 격했던지 숨이 차올라 헐떡거렸다.

그에게 전화를 걸었다. 신호음이 늘어지는 동안 심장이 몇 번 뒤집힌다.

– 안녕하세요.

마침내 그의 목소리가 넘어왔다. 그의 목소리는 다를 게 없었다. 오늘 아침과도 같았고, 이 주 전과도 같았고, 빨리 와요, 라고 말하던 때와도 같았다. 어이없게도 그 목소리에 안심한다. 그를 불쾌하게 할 작정이면서. 그의 목소리는 들으면 무작정 안심하게 되는 어떠한 힘이 있다.

"……."

입이 떨어지지 않는다. 여기까지 온 건 자신의 의지인데 왜 이 상황을 부당하게 여기는가. 왜 신을 원망하고 싶어지는가. 왜 울음이 터지려고 하는가.

– 왜?

누군가 새희 대신 그에게 말해 주는 망상을 한다. 그러나 그 누군가는 새희가 될 수밖에 없는 현실이 망상을 철저하게 깨부순다.

"은석이가 왔어요."

은석이 영영 돌아오지 않을 것도 아니었는데, 이 주 간 왜 한 번도 은석이 올 때를 대비하지 않았을까. 그의 보살핌에 익숙해질 때마다 경계했어야 했거늘. 그에 대한 경계를, 은석에 대한 경계를. 하물며 이진에 대한 경계까지.

대체 무슨 자신감과 안일함으로 아무것도 사고하지 않으며 그의 곁에 머물렀을까. 그토록 다정하고 평화롭게 어떤 미래도 닥쳐오지 않을 듯이 머무를 수 있었을까……

- 그래서?

그의 감정을 추측할 수 없다. 새희는 꽉 깨물었던 입술을 놓았다.

"못 내려갈 것 같아요……."

눈물이 턱 끝에서 뚝뚝 떨어졌다. 운다는 사실이 한심하다. 더더욱 한심한 건, 한심한 걸 알면서도 눈물을 그치지 못한다는 점이다.

"죄송해요……."

그에게 가기 위해 방을 나오며 은석을 맞닥뜨린 순간, 그의 집에서 기생하는 시간이 끝났음을 알았다. 은석의 존재를 자각하자 소극적이고 울적하게 변하는 자신과 피할 수 없이 만났다.

아니, 만나는 게 아니라 되돌아가는 것이었다. 원래 그렇게 살아야 하는 숙명을 잠시 벗어 내려놓듯 일탈했던 것뿐이다. 일탈은 일탈만으로 영원토록 지속될 수 없다. 지속되면 그것은 일탈이 아니라 생의 다른 규정이 되는 것이다.

"사, 삼 주인 줄 알았는데 이 주였어요……."

은석이 중국에 가 있는 동안 새희는 그의 집에 가 있었다. 그러므로 은석이 중국에서 돌아왔으니 새희도 돌아와야 했다. 간단한 원칙이다.

전화 너머 김언혁은 침묵한다. 김언혁의 침묵에 간단한 원칙이라 생각했던 것이 억지로 맺어진 조약처럼 새희를 무력한 아픔에 휩싸이게 했다.

그의 침묵이 그 어떤 고문보다 견뎌 내기 끔찍하다. 차라리 그가 혼을 내주었으면, 그가 화를 내주었으면…… 그러나 그는 침묵한다. 그는 침묵이 새희를 가장 고독하고 서럽게 만든다는 걸 가르치는 중이다.

새희는 휴대폰을 고쳐 잡고 그의 숨소리 하나라도 듣기 위해 귀를 기울였다. 매정한 그는 그조차 허락하지 않는다. 새희는 얼룩진 눈가를 손등으로 박박 문질렀다. 잘못했다고 말하고 싶다. 잘못했다는 말은 망설임 없이 쏟아져 나왔다.

잘못했어요, 잘못했어요…… 수없이 외치다가 문득 그가 전화를 끊은 게 아닐까 불안한 의심이 들었다. 화면은 전환되지 않았지만, 그는 휴대폰을 귀에 대고 있지 않을 것 같다.

"여보세요? ……여보세요?"

황망한 음성이 연이어 흐트러졌다. 눈물이 입술 안으로 들어와 혀끝에 닿는 맛이 슬펐다.

"잘못했어요……."

목소리는 점점 줄어들었다. 새희는 무릎에 얼굴을 파묻었다. 그가 뒷좌석에 휴대폰을 던지고 잊어버렸다 하더라도 통화가 끊기지 않았다는 점에 기대어 종일 잘못했다고 말할 수 있을 것 같다. 말 사이사이 딸꾹질 비슷한 흐느낌이 끼어든다. 하는 입장에서도, 듣는 입장에서도 거슬릴 정도다. 새희는 무릎에 입술을 짓뭉갰다.

- 그럼 뭐 하려고?

불시에 그의 목소리가 넘어와 새희는 얼굴을 화급히 들어 올렸다.

- 나랑 안 놀고 뭐 할 겁니까?

일상을 살 것이다. 그가 없는, 새희의 원래 일상을. 고작 2주간 겪지 않아 놓고 벌써부터 어찌 지냈는지 기억이 나지 않는 일상을…….

"이따 카페에 가서 일할 거예요."

딸꾹. 딸꾹. 흐느낌은 기어이 딸꾹질이 됐지만 더는 거슬리지 않았다. 새희는 카페에 갈 것이라고 한 번 더 힘주어 말했다. 새희가 할 수 있는 최대한의 의사 피력이다. 그가 말한다.

- 이따 볼까.

보이는 것도 아닌데 새희는 고개를 끄덕끄덕하며 네, 라고 대답했다. 새희의 대답을 끝으로 통화는 끊겼다.

새희는 휴대폰 화면에 묻은 눈물을 조심스럽게 닦았다. 까만 화면에 비친 얼굴은 초라하다. 욕망과 숙명의 가운데에 선 여자의 얼굴인가. 어느 쪽에도 제대로 적셔지지 않은, 한심하고도 우유부단한 얼굴.

무엇을 원하는지도, 무엇을 버려야 하는지도 갈피를 못 잡고서 앞뒤 없이 끌리다가 헐거워진 죄의식에 주춤대는. 아니나 다를까 또다시 끌려가기 급급한…….

혐오감이 들었다. 이 얼굴을 사랑할 사람은 단단히 미쳤거나, 거나하게 취했거나, 내다 버린 생의 주인인 사람이 아니고서는 일어날 수 없는 일이다.

그렇지 않은가. 이토록 한심하고, 우유부단하고, 혐오스러운데…….

급하게 뜀박질하느라 떨어뜨렸던 가방이 시아에 걸렸다. 쏟아져 나온 속옷 몇 벌이 바닥에서 나뒹군다. 저것을 가방 안에 넣을 때 새희의 뺨은 상기되어 있었다. 어리석게도 문밖에 은석이 서 있는 줄도 모르고.

은석은 가방 안의 속옷을 보고도 새희를 의심하지 않는다. 어리석게도 새희가 누구를, 어떤 장면을 떠올리며 속옷을 챙긴 줄도 모르고.

새희는 휴대폰을 보이지 않는 곳으로 치워 버리고 무릎에 다시금 얼굴을 묻었다. 그래도 하나 다행인 점은 이따 그를 만난다는 것이다.

이따 그를 만날 수 있다…….

* * *

그러나 그는 그날 카페에 오지 않았다. 그 뒤로 몇 주가 지날 동안 그가 카페를 찾아오거나 연락하는 일은 없었다.

*Track. smile*

악몽에 시달리다 식은땀에 젖은 채로 눈을 뜬다. 또 새벽이다. 습관처럼 옆을 돌아보지만 이미 돌면서 부질없는 짓을 한다는 걸 아는 채다.

외워 놓았던 얼굴선이 어둠 속에서 아른거린다. 이와 비슷한 장면의 꿈을 며칠 새 자주 꿨다. 다른 점은 꿈에서는 눈을 뜨면 그의 얼굴이 나타났다가 손을 대려고 하면 사라진다는 것이다.

하지만 그것은 악몽에 속하지 않는다. 진짜 악몽은 방금처럼 그가 나오지 않는, 그가 나오지 않아 그를 찾아 헤매는 꿈이다. 현실과 달리 악몽 속에서 새희는 적극적으로 그에게 전화를 걸며 그의 집에 찾아가기까지 했다.

그렇게 그를 애타게 찾아다니고도 그의 그림자도 보지 못하고 깨어나면 가슴이 찌그러지듯 통증이 밀려온다. 밀려오는 통증 때문에 새희는 가슴 부근을 손바닥으로 지압했다.

꿈은 무의식의 반영이라 했던가. 무의식엔 욕망도 섞여 있으려나. 꿈에서 그를 미친 듯이 찾아다니는 건 현실에서 절대 하지 못하는 일에 반하는 욕망인가.

베개 밑에 손을 넣어 휴대폰의 화면을 켰다. 눈부심에 눈가를 찡그리면서도 화면에서 시선을 옮기지 않는다. 새희는 습관보다 더한 집착처럼 인터넷에 들어가 그의 이름을 검색한다. 새롭게 올라온 기사 중 하나를 눌렀다.

## 피아니스트 김언혁, 전국 리사이틀 개최

피아니스트 김언혁이 오는 9월 전국 투어 리사이틀을 연다. 2년간의 잠적 이후, 전국 투어는 무려 7년 만이다.

이번 투어 프로그램은 오로지 슈만의 곡으로 구성된다. 쇼팽과 브람스를 파격적으로 해석했던 그가 슈만의 곡을 공식 무대에서 연주하는 것은 이번이 처음이다. 그는 슈만의 '모레스크 Op.20', '크라리슬레리아나 Op.16', '판타지 C장조 Op.17', '아라베스크 Op.18'를 연주한다.

미스터리한 잠적을 깨고 처음 선보이는 그의 솔로 리사이틀에 팬들의 문의가 쇄도 중이다.

김언혁은 예의 그랬듯 인터뷰와 외부 활동을 삼가고 있으며, 국내 전국 투어 이후 일정에 대해서는 따로 어떠한 언급도 없다.

오직 연주로만 팬들과 소통하는 김언혁의 공연이 긴 시간 만에 성사되어 많은 이들의 기대를 모은다. 쇼팽 국제 피아노 콩쿠르 우승자라는 타이틀의 역사를 쓴 그이기에 그가 연주하는 슈만은 어떨지 귀추가 더욱 주목된다.

기사에 삽입된 사진 속 그는 고개를 비스듬히 기울이고 건반을 내려다보고 있었다. 몰두하는 그의 분위기는 배타적이다. 그가 바라보는 건반이 되지 않는 이상 그의 시야 안에 들기란 불가능한 것처럼 보인다.

새희가 아는 것보다 조금은 예민한 인상의 그에게서 좀처럼 눈을 떼지 못했다. 이 얼굴과 연관된 눈물겨운 사연이 과도하게 많을 것 같다. 그 사연을 가진 사람 중에 몇몇이 이 시간, 새희처럼 화면 너머로 그를 보고 있을 것 같다. 추측이 아니라 확신이다.

새희는 휴대폰을 베개 밑에 넣고서, 그 베개에 얼굴을 푹 묻었다.

그는 전화하지 않는다. 그는 찾아오지 않는다. 이 두 가지의 사실 때문에 몇 주가 찢어진 책장처럼 잘 넘어가지 않았다. 그 사실을 받아들이지 못해서가 아니다. 도리어 너무도 잘 받아들여서 그가 일언반구 없이 관계를 정리해 버린 것에 어떤 이의 제기도 할 생각이 들지 않았다.

그가 질렸다면 질린 것이다. 여전히 그의 전화를 기다리고, 피아노 의자에 앉아 하염없이 문가에 시선을 두어도 기정사실화된 끝은 일찍이 이해하고 인정했다. 꿈은 예외다. 무의식까지는 절제할 도리가 없는 것뿐이다.

괜찮아? 선주도, 가람도 도대체 자신이 어떤 꼴이기에 셀 수 없이 물어 댔지만, 새희는 괜찮아야 했다. 괜찮지 않으면 어떡하겠는가. 그는 새희의 인생에 방문객처럼 잠시 들렀던 사람이다.

운 좋게 파악하고 간직한 김언혁의 내밀한 인적 사항을 하루빨리 폐기해야 했다. 내친김에 새희가 알아낸 그가 가진 원칙들을 되짚어 본다.

첫째, 일어나자마자 무조건 아침 운동을 해야 한다. 둘째, 하루에 천 피스가 넘는 한 개의 퍼즐은 완성해야 한다. 셋째, 세 끼를 다 챙기진 않아도 한 끼는 품질 좋은 식사를 해야 한다. 넷째, 아기나 작은 동물이 나오는 영상을 보는 시간을 꼭 가져야 한다.

그러나 그 원칙엔 변칙도 존재한다. 아침 운동은 예외 없었지만, 퍼즐은 맞추다가도 장난기가 묻어나는 손짓으로 새희의 몸에 조각들을 붙이기도 하였으며 그 자신은 대충 먹는 듯해도 새희의 세 끼는 꼭꼭 챙겼다. 그리고 영상 대신 새희를 보았다. 녹화한 새희를 보고 있기도 했다. 그의 사진첩에 아기와 동물 대신 새희가 훨씬 많아졌다.

괜찮아? 선주와 가람의 목소리가 뒤섞여서 울린다. 아마 그때, 울고 있었을 것이다. 그의 변수는 새희 하나뿐이었음을 알아차렸던 순간에…….

그래도 다행이다. 사랑하기 전에 끝이 났으니.

축축해지는 베갯잇에서 얼굴을 돌린다. 고인 눈물이 콧대를 스치고 다른 쪽 눈으로 스며든다.

'내 생각은?'

'내 생각은 언제 합니까?'

새벽에 깨는 습관이 사라졌으면 좋겠다. 아니, 새벽이 사라졌으면 좋겠다. 그냥 내가 사라지는 게 나은 건지도……

\* \* \*

"저기요, 이거 잘못 나왔는데요."

"네?"

"바닐라 라떼 아이스로 시켰는데, 카페모카로 따듯하게 줬잖아요."

모자를 쓴 남자가 새희에게 건들대며 눈을 추어올린다. 그 모자는 그의 모자와 비슷하게 생겼다. 그와 신발장에서 실랑이 하다 쓰고 나가던 그의 모자와…….

산책로에서 모자를 떨어뜨리며 그와 키스하던 순간까지 순식간에 떠올랐다. 새희는 기억에 휘감겨 멍하니 있었다. 남자는 새희의 얼굴 앞쪽에다 손바닥을 휘휘 저으며 저기요? 물었다.

정신이 확 들었다. 죄송합니다, 황급히 고개를 조아리며 환불하고 새로 만들어 드리겠다고 했다. 남자는 피식, 웃더니 다급한 새희를 위아래로 훑어본다. 너무 노골적이라 외려 당당하기까지 하다.

"환불은 됐고…… 은새희?"

명찰을 보며 이름도 하얗고 예쁘네, 중얼거린 남자가 잘못 나온 카페모카를 한 모금 마신다. 마시면서 새희를 끝끝내 뚫어져라

보다가 자주 올게요, 하고 돌아서서 나가 버린다.

짧은 해프닝이 남겨 주고 간 건, 실수에 의한 부끄러움이나 죄송스러움이 아닌 좋았던 기억 한 편이다. 기억을 지워 주는 업체가 생긴다면 몸을 담보로 걸어서라도 지우고 싶었다.

아픈 기억 말고 좋은 기억부터 흔적 없이 지우고 싶다. 아픈 기억을 떠올리며 괴로워하는 것보다 좋은 기억을 떠올리며 괴로워하는 일이 새희에겐 더 견디기 어려운 일이었다.

모처럼 오전에 혼자 일하는 날이었다. 선주는 얼마 전부터 학원을 두 개나 다니느라고 도통 카페에 나오지 못했다. 가람도 과제 때문에 학교에 발이 묶였다고 했다.

다행히 손님은 그럭저럭 버틸 만한 수준으로 밀려들었다. 오히려 일에 몰두할 수 있어 좋았다. 가만있으면 쏠려 버리는 정신을 분산시키기엔 일만큼 좋은 게 없다. 좀 전처럼 사소한 계기로 불가피하게 기억이 치솟는 경우는 어쩔 수 없지만.

일하다 보니 점심시간이었다. 뻐근한 어깨를 주무르며 제 몫의 커피를 만들어 점심 대용으로 마셨다. 쓰고 진한 향이 폐부까지 퍼진다. 그다지 카페인이 잘 받지 않는 새희의 눈가가 살짝 떨린다.

'마시지 마.'

눈가의 떨림을 본 그는 컵을 빼앗아 갔다.

'우유 데운 겁니다.'

그가 따듯하게 데워 준 우유를 받아 마셨다.

'앞으로 커피 마시면 혼나.'

입술에 묻은 우유 자국을 핥아 주며 그는 녹녹하게 경고했다.

기억의 습격은 작지 않은 파장을 일으키고 간다. 그러니까 사소한 계기가 차고 넘치는 게 문제였다. 쓰디쓴 커피에서 단 우유 맛이 나는 것 같아서 혀끝이 뭉글거렸다.

그때, 문이 열리며 손님이 들어왔다. 새희는 머그잔을 내려놓고 고개를 들었다. 키가 크고 윤기 나는 머릿결을 가진 여자가 한쪽 팔에 재킷을 걸치고 나비의 날갯짓처럼 우아하게 걸어 들어온다. 첫 만남부터 새희를 가늠할 수 없는 깊이의 수심과 좌절에 빠뜨렸던, 익히 아는 몸짓이다.

"이렇게 보니까 되게 색다르고 반갑다, 그쵸?"

이진이었다.

이진은 곧장 들고 있던 종이가방을 카운터 너머로 내밀었다.

"샌드위치. 점심 굶었을 것 같아서. 혹시 먹었어요?"

"아니요…… 감사합니다."

"내 취향대로 베이컨은 바싹 익히고 야채는 듬뿍 넣어 달라고 했는데. 여기 소스에 들어가는 마요네즈가 담백해서 느끼하지 않고 괜찮아요."

감사합니다…… 새희는 받아 들며 똑같은 말만 되풀이했다. 이진은 웃으며 가게 이곳저곳을 둘러본다.

"피아노가 있네?"

그녀가 예사롭게 중얼거리곤 아메리카노 한 잔을 부탁했다. 이어서 커피를 만드는 새희의 손이 놀란 심정을 감추지 못하고 떨린다.

피아노에 얽히고설킨 새희의 사정을 그녀는 모른다. 그저 관상용으로 생각할 게 당연하며 타당했다. 그러니 사색이 되지 않아도 된다. 덩달아 김언혁의 얼굴까지 창백하게 덮쳐든 건 정말이지 기우였다.

그러다 아, 문득 피아노를 들킬까 봐 덜덜 떠는 저 자신이 웃기지도 않는다는 생각을 한다. 그 피아노 위에서 무슨 짓까지 했던가. 그래 놓고 기우라니. 기우라니······.

아메리카노 한 잔을 제조하는 시간치고 심히 오래 걸린 편이었으나 그녀는 내색하지 않고 웃으며 받아 들었다. 품위 있는 미소를 이 공간에서 마주 보는 게 힘겹다. 그녀가 있어서는 안 되는 공간이라는 기분이 죄의식처럼 날아가지 않는다.

"고마워요."

"······."

"왜 왔냐고 안 물어봐요?"

새희는 말 대신 눈빛으로 물어보았다.

"실은 굳이 여기까지 와서 말할 용건은 아니에요. 근데 자기는 전화가 안 되고, 마침 이 근처에서 외부 인사들하고 미팅이 있어서 직접 들렀어요."

이진이 커피를 쪽 빨아들이며 불편해 죽겠어, 투덜거렸다. 그녀가 알고 내뱉는 것도 아닌데 연달아 양심에 찔리는 말들뿐이다.

휴대폰은 드디어 꺼 놓은 지 사흘째다. 사흘 전까지도 도무지 미련과 희망을 못 버리고 있었다는 소리다. 극단의 조치로 휴대폰을 내버리는 수밖에 없었다. 그러나 함부로 버릴 물건이 못 되었기에 전원을 끄고 가정부가 청소하면서도 발견되지 않을 곳에 숨겨 놓았다.

기기가 방전되는 동안 기억에서 잊히다가 어느 순간 뜬금없이 나타나도 내게 이런 물건도 있었구나…… 하는 때가 오기를 바라고 있다. 지금처럼 금방이라도 손에 쥐고 그의 소식을 확인하고 싶어 무너져 내리려는 게 아니라…….

"7시에 기사 갈 거예요. 타고 와요. 밖에서 저녁 먹고 들어가요."

"7시면 아직 영업이 끝나기 전인데……."

"은석 씨가 어련히 말해 놓지 않겠어요?"

"……."

"타고 와요. 맛있는 데로 데려가 줄 테니까."

알았죠? 부드럽게 의사를 짓누르는 이진을 보다가 새희는 눈앞에 있는 전화기를 본다. 그녀의 말이 맞다. 굳이 그녀가 와서 말할 만한 긴요한 이야기가 아니다.

그럼에도 그녀가 전한다는 건 은석과 아주 사소한 얘기일지언정 나누게 하기 싫다는 뜻일 테다. 아니면 그런 사소한 얘기를 은석이 제 입으로 일일이 쏟아 내기 귀찮다거나. 이상하게도 그것들에 큰 타격을 받지 않는다.

"참, 김언혁도 올 거예요."

충격으로 굳어 버린 건 그 말을 들었을 때였다.

"리사이틀 일정 잡히면 두문불출하는데 웬일로 오겠다고 하더라구."

"……."

"하여간 종잡을 수 없는 남자라니까."

안 그래요? 이진이 공감해 달라는 듯 말끝에 물음표를 찍는다. 그러나 그것은 강렬한 느낌표로 뒤바뀌어 정수리를 내려찍었다.

'김언혁도 올 거예요.'

그 말을 이루는 글자들이 새희의 시신경에 들어앉았다.

\* \* \*

정확히 7시. 새희는 카페 앞에 주차된 차에 올라탔다. 평상시와 다른 공기가 자신의 입술에서 빠져나간다. 긴장과 두려움과 들뜸이 어지러이 혼합된. 그 공기가 밀폐된 차 안을 가득 메워 들이쉴 때마다 다시금 몸 안으로 들어온다. 새희는 두 손으로 온갖 감정이 소용돌이치는 얼굴을 쓸어내렸다.

삼십 분을 달린 끝에 차창 밖으로 고즈넉한 저택이 나타났다. 본채와 별채가 나눠진, 전통을 따른 규모와 양식의 웅대한 한옥 저택이었다.

마당 가운데에서 물레방아가 절커덕거리며 돌아갔다. 대들보가 겹겹이 이어진 천장 밑으로 가지치기 된 소나무들이 어우러져 있다. 담장까지 화려한 문양의 기와로 마감되어 저택의 분위기는 고전적이면서도 호화로웠다.

남녀 구분 없이 한복 차림인 직원들이 발소리도 내지 않으며 조심히 돌아다닌다. 수국 같은 고운 빛깔의 치맛자락을 끌며 두 여인이 차에서 내린 새희에게 다가왔다.

새희는 안내에 따라 내부로 들어갔다. 향불 냄새가 코끝으로 흘러들었다. 제일 끝 방으로 가기까지의 걸음 수는 차에서 내려 내부로 들어올 때보다 많았다. 미닫이문의 양쪽 끝에 선 두 직원이 동시에 손잡이를 잡고 각각 당겼다. 기다란 테이블을 두고 이진과 은석이 마주 앉아 있다.

"왔어요?"

김언혁은 아직 오지 않은 모양이다. 자리 배치가 뜻밖이라 새희는 머뭇거렸다. 이진은 새희의 생각이 훤히 읽힌다는 듯, 은석의 옆자리를 손가락으로 가리켰다.

"남편 옆에 앉아요."

은석의 옆에 앉으며 은석을 뒤늦게 살펴본다. 백합 색 셔츠를 입은 은석의 얼굴이 그야말로 백합 같다. 청초한 얼굴은 한옥 배경에 그림처럼 스며든다. 빗소리와 풀잎, 꽃내음 같은 것들이 잠들어 있는 은석의 얼굴은 도시보다 자연 속에 있을 때 유독 선연해 보였다.

은석은 새희가 앉는 모습까지만 지켜보다가 시선을 돌려 버린다. 그렇다고 이진을 보는 것도, 음식을 보는 것도 아닌 마치 환영을 보는 듯한 공허한 눈이다. 문득 뺨이 따갑다. 무슨 이유에서인지 이진이 새희를 뚫어지게 보고 있다.

"근래 맘고생 좀 했나 봐요?"

"……네?"

"자기 얼굴이 반쪽이 됐잖아."

손을 닦은 물수건을 내려놓으며 이진이 얼핏 들으면 걱정 같은 말을 했다.

살이 빠졌나…… 그리고 보니 몇 주간 뭘 제대로 먹은 기억이 없다. 먹는다는 행위에 일말의 관심도 두지 않았던 것 같다. 사는 데 지장이 없을 만큼만 최소한의 음식물을 몸속에 채워 넣었다. 원래부터 식욕이 없는 편이다. 유일하게 잘 챙겨 먹었던 때는, 김언혁의 집에서 지낸 이 주, 그때뿐이다.

그는 오고 있을까. 이진을 쳐다보면서 그런 생각을 하는 자신이 참으로 뻔뻔하게 여겨졌다. 이진은 새희의 속내를 모르겠지만, 결코 아둔해 보이지 않는 날카로운 미소를 입꼬리에 장착한 채 새희를 대했다. 나중에 모든 진실을 알아도 이진은 저 미소를 잃지 않을까. 아니면 저 미소를 매단 채로 새희를 단죄할까.

이진이 턱을 괴고 말한다.

"꼭 처음 만났을 때 같네."

'우린 초면이죠?'

이진의 첫인상은 아름다우면서도 강인했다. 그녀는 새희에게까지 거침없이 친절했고, 그 배로 거침없이 신랄하기도 했다. 새희가 한 명이 아니라 두 명이었어도, 세 명이었어도…… 이진은 이 결혼을 진행했으리라.

사랑 때문에 무너지지 않을 사람들은 눈 속에 특유의 빗장이 있다. 감정과 감각을 걸어 잠그고 목적으로 직진할 수 있게 하는, 냉정과 열정이 섞이지 않고 제각기 발하는 눈.

저 눈앞에서 사랑이란 덧없고 무상한, 절제에 실패한 감정 놀음에 지나지 않는다. 사랑에 목을 매는 사람들을 비루하고 불쌍하게 취급할 것이다. 어쩌면 이미 그런 사랑을 경험한 자의 무의식에서 발현하는 자기 혐오적인 일면일 수도 있다. 새희는 이진의 눈을 바라보다가 문득 가슴이 아리다고 느꼈다.

그가 늦는다.

직원이 세심하게 익혀 주고 간 살치살에서 군침 도는 향이 올라왔다. 고기를 좋아하지 않는 은석은 다른 요리를 맛보았고, 이진은 고루 기품 있게 식사를 즐겼다.

새희는 손도 대지 못하고 있었다. 이름 모를 버섯이 들어간 죽을 숟가락으로 휘젓는 예절에 어긋난 짓을 하며 초조함을 억눌렀다. 그가 오지 않으면 오지 않는 대로 식사는 마무리될 것 같았다. 이진은 그의 등장을 기대하지 않는 눈치다.

그가 오겠다고 했을 때부터 이진은 그가 오지 않을 상황에 더 중심을 두고 있었을지도 모른다. 불확실한 그의 의사에 내내 좌불안석하는 건 불운하고 한심스럽게도 새희뿐이었다.

"훌륭한 요리 앞에서는 사랑이 절로 생긴다더니. 그렇다고 내가 괴테처럼 타고난 미식가란 건 아니지만, 그 말엔 동감해요. 이렇게 수준 높은 요리를 먹고 있노라면, 감히 말 못할 사랑으로 감싸지는 기분이 들거든."

음식을 씹는 턱의 움직임이 고아하다.

"하지만 아무리 훌륭한 요리를 먹어도 맛을 못 느끼는 사람이 있듯, 사랑도 착각이란 수많은 자기 최면 중 하나일 뿐인 거죠."

이진은 냉철한 빛이 감도는 눈으로 새희를 주시했다. 그 말은 요리에 집중하지 못하는 새희를 저격하는 것으로 들려온다.

"사랑에 빠졌다는 건 그럴듯하게 포장한 착각의 상태란 뜻과도 같은 거야."

돌발적인 발언에 새희는 당혹스러워하다 곧이어 참담해졌다. 이진이 담긴 두 눈동자가 요동쳤다. 무슨 저의로 하는 말인가. 특정 대상이 없는 말인 듯하지만, 꼭 뭔가를 알고서 하는 말과도 같아서 급박하게 맥박이 치솟았다.

문이 열린 건 그 순간이었다. 서로를 보고 있던 새희와 이진의 얼굴이 동시에 돌아갔다. 새희가 기다리고 기다리던 장면이었다. 은석과 대조적인 까만색 셔츠가 그의 몸에 붙은 근육을 따라 절도 있게 주름 잡혔다.

김언혁은 차례차례 앉아 있는 세 사람을 보았다. 이진을 보고, 은석을 보고, 마지막으로 새희를 볼 때는 고개를 까딱하며 인사한다. 마치 오늘 처음 대면한 사람처럼……

그 뒤 자신이 앉아야 하는 자리를 탐색하고 그쪽으로 걸어가 앉는다. 앉자마자 또 그의 시선이 직선으로 치고 들어왔다. 새희는 몸이 비틀거릴 듯해서 좌식 의자를 꼭 부여잡았다. 그가 들어오는 순간부터 몸 안에 커다란 돌풍이 치기 시작한 것 같다.

"안 올 것 같더니?"

"못 참겠더라고."

"뭘?"

이진은 의아스럽게 물었다. 그는 침묵하며 물수건으로 정갈하게 손을 닦았다. 이어 들어온 여인이 치마를 포개고 앉아 새로이 고기를 화로에 구웠다. 노련하고 차분한 손놀림은 구경감이었지만 새희는 피어오르는 연기 사이로 흐릿흐릿한 그를 쳐다보기에 여념이 없었다.

정말 오랜만이었다. 사실은 한 달도 안 되는 시간이었건만, 그를 만나기 위해 온 우주를 횡단해 온 것처럼 애절하고 애틋해지며 그래서 각별한 심정이 된다.

그는 변함없이 냉혹하다. 긴 시간을 두고 다시 만나 집채만큼 마음이 흔들리는 새희와 달리 그의 얼굴에선 어떠한 감동도 발견되지 않는다. 하지만 저 얼굴이 얼마나 다정해지는지 알고 있다. 얼마나 달콤하고 녹녹하고 부드러워질 수 있는지 알고 있다. 새희는 알고 있었다…….

미친 것처럼 왈칵, 눈물이 날 듯했다. 정말 미친 게 틀림없다. 새희는 허둥지둥 어룽대는 시선 끝을 내렸다가 은석을 바라보았다. 은석은 그가 오거나 말거나 상관없이 침착한 속도로 식사 중이다. 무지함에서 비롯된 무관심이다.

그런 은석을 옆에 두고 그에게 몰입할 순 없다. 그 정도의 경각심은 남아 있었다. 새희는 고집스럽게 은석을 바라보며 젓가락을 들고 아무거나 집어 먹었다. 입안에 씹히는 게 고기인지, 생선인지 이진의 말마따나 새희는 훌륭한 요리의 맛도 가늠하지 못하는 사람에 속하는 게 맞았다.

"왜 그래?"

이진이 그렇게 물어서 새희는 순간 자신한테 하는 말인 줄 알고 그녀를 바라보았다. 그러나 이진은 김언혁을 바라보고 있었으므로 어쩔 수 없이 새희도 그를 봐야 했다. 내도록 새희를 응시하고 있었던 건지 바로 눈이 마주쳤다. 마주치자마자 어딘가 불만스러운 기색인 그가 등받이에 등을 느슨하게 기대며 숨을 뱉듯 탁하게 읊조린다.

"좀 서운해서……."

"뭐가?"

충분히 새희와 시선을 얽은 뒤, 그는 천천히 이진을 돌아보았다. 고개를 갸웃하는 이진의 뺨을 그가 손가락으로 툭 건드렸다. 이진도, 새희도 얼었다. 그는 이진의 눈 안에 그가 아닌 다른 누군가가 들어 있는 것처럼 깊이 들여다보았다.

"안 쳐다보잖아, 날."

"……."

"왜 안 쳐다보지?"

이진은 드물게 당황한 얼굴이었다가 이내 헛웃음을 지으며 장난치지 말라며 그의 가슴을 꾹 눌렀다. 그녀의 피부가 기분 좋은 설렘으로 물들었다.

다시 젓가락을 움직이는 이진에게서 매정할 만치 단칼에 잘라낸 시선이 새희에게 박혀 든다. 새희는 그의 대담한 부도덕성이 두려웠다. 별개로 심장 소리는 귀를 찢을 듯이 커졌다.

그처럼 계속 마주 볼 용기가 바닥나 고개를 떨어뜨렸다. 흠…… 미심쩍게 침잠하는 음성에 희한하게도 갈증이 난다. 새희는 급히 앞에 놓인 컵을 들고 마셨다. 물인 줄 알았는데 연잎 차였다.

그 후, 간간이 이진과 그가 나누는 대화 소리를 제외하고 식사는 조용히 흘러갔지만, 테이블 위론 기이하게 고양된 분위기가 감돌았다. 아니, 어쩌면 그 분위기가 흐르는 인물은 그와 자신뿐인지도.

애써 그릇들 사이를 지나다니는 시선이 그가 보기엔 퍽 우스울 테다. 표정은 이미 그가 지켜보고 있다는 걸 안다는 듯 눅눅해질 대로 눅눅해졌으니 말이다.

그를 너무 신경 쓰고 있었으므로 어깨로 예상치 못한 중량이 떨어졌을 땐, 고개가 번쩍 들렸다.

"졸려……."

김언혁은 은석의 고개를 받쳐 든 새희의 어깨를 보고 있었다. 새희는 형편없이 난감해하며 테이블 밑으로 은석의 다리를 쿡쿡 찔렀다. 한숨 잠이라도 청할 것처럼 은석은 꼼짝도 하지 않는다.

때마침 자리를 비웠던 이진이 미닫이문을 열고 들어왔다. 영락없이 킥 웃는 소리가 뇌를 들쑤신다. 여러모로 심장이 남아나기 힘든 형국이다. 새희는 입술을 씹어 댔다. 그의 눈길은 은석이 닿아 있는 살갗으로 부대꼈다. 그곳으로 땀이 찼다.

김언혁이 자리에서 일어난 건 그때였다. 일어나며 그의 무릎이 테이블을 쳤다. 그 탓에 테이블이 흔들리며 디저트로 나왔던 수정과 그릇이 엎어졌다. 갈색의 액체가 걷잡을 수 없는 속도로 테이블 밑으로 흘러내려 새희의 티셔츠 밑단과 바지를 적셨다. 은석이 뒤늦게 고개를 들어 건조한 눈빛으로 사태를 파악한다.

"이런."

실수했다는 듯 탄식한 그는 새희의 팔목을 잡으며 물었다.

"괜찮습니까?"

그러나 충돌해 오는 눈빛엔 실수에 대한 놀람도 미안함도 일절 관찰되지 않는다. 고의적으로 이 사태를 유도한 것처럼 태연자약해서 소름이 끼칠 정도다. 그에 아연실색하다가 그가 잡은 팔목으로 이 자리의 모든 시선이 꽂히는 것을 느꼈다.

"화, 화장실 좀 다녀올게요……."

새희는 뿌리치듯 그의 손에서 팔을 비틀어 빼내고 방 밖으로 나갔다. 화장실 내부는 한옥 풍 분위기만 냈을 뿐 현대식 인테리어였다.

새희는 세면대를 붙잡고 마라톤이라도 한 것처럼 숨을 몰아쉬었다. 계피 향이 풍겨 왔다. 새하얀 티셔츠와 청바지에 얼룩이 진하게 졌다. 물을 틀어 찐득찐득한 손바닥과 손목부터 씻어 냈다. 뇌리로 뒤엉기는 몇 분 전의 장면들까지도 씻어 내려고 노력했다.

테이블 맞은편에서 이쪽으로 건너와 팔목을 잡는 그의 손힘이 잊히지 않는다. 왜 그리도 무모한 태도를 취한 걸까. 그간 버려 둔 물건에 왜 그렇게까지…….

의미를 부여할 필요 없다. 그의 변덕이다. 애초에 여기 온 것도 그의 변덕이 아니던가.

새희는 거울 한 번 들여다보지도 않고 화장실 밖으로 바삐 나갔다. 그러나 문 앞을 지키고 선 누군가에 의해 걸음이 가로막힌다. 그 정체가 김언혁이라는 것에 경악하기 무섭게 화장실 안으로 밀어붙여졌다.

그는 거침없다. 새희의 뺨과 허리, 팔목을 검사하듯 어루만졌다.

그리고 낙심한다.

"기껏 찌워 놓았더니 뼈만 남았잖아."

숱한 밤 만에 맡게 된 그의 향기에 굳어 있던 몸속의 감각들이 개화하듯 열린다. 당장 그에게 안겨 압사하는 고통을 버틴 다음 발끝부터 핥아지고 싶다. 그 충동이 생각한 것 이상으로 강렬해서 새희는 몇 초간 몸을 부르르 떨어야 했다.

이러면 안 돼요, 라는 말을 해야 한다는 걸 머리로는 인식하면서 어느새 그의 목을 껴안고 있었다. 그는 더없이 급하게 입술을 겹쳐 왔다. 이보다 좋을 수 없는 자극이 몰아쳤다. 혀가 뽑혀 나갈 듯이 빨렸다.

그가 재빨리 새희의 몸을 들어 올려 세면대 위에 앉혔다. 그의 혀가 더 난폭하게 헤칠 수 있도록 입을 크게 벌렸다. 그의 거친 몸짓에서 그리웠다는 메시지가 읽혔다. 몸이 비벼지며 새희가 옮겨 놓은 메시지일 수도 있다.

아무렴 어떤가. 이렇게 좋은데, 누구의 메시지든, 설사 이 순간만의 착각이라도 상관없다.

"입술 좀 빨아 줘……."

잔뜩 흥분한 목소리는 다른 의미로 고문이었다. 새희는 주인이 좋아서 미쳐 버린 개처럼 그의 아랫입술을 정성스럽게 핥아 댔다. 그는 인내심이 고갈된 한숨 소리를 퍼뜨렸다. 빨아 달라더니 수배로 새희의 입술 통째로 쭉쭉 소리 내어 빨아 댔다.

"하아, 하아……."

그의 어깨에 얼굴을 기대고 헉헉거렸다. 곧바로 그의 손에 턱이 젖혀졌다. 그는 쉴 새 없이 새희의 뺨을 물고 빨았다. 마음속에서 무수한 용어들이 끓어오른다. 보고 싶었다는 말을 하지 못하는 대신 그의 얼굴을 맘껏 더듬었다.

분명 실물을 만지고 있는데 실감이 나지 않았다. 그의 진짜를 가지지 못한 환상이 만들어 낸 가짜의 감촉이라는 쪽이 더 믿어진다. 화면으로 그의 감촉을 애타게 갈망하다가 화면 속으로 들어가서 그를 만지게 된 기회를 얻은 것처럼…….

한바탕 의식을 마취시키는 키스가 사그라들자, 새희는 그의 두 뺨을 단단히 틀어쥐고 있던 손을 미끄러뜨려 그의 어깨에 안착했다. 감상적이던 기분이 애상적으로 변했다. 그는 자신의 어깨에 살포시 닿은 새희의 손목에 입을 맞추고는 눈매를 날연하게 이완시켰다.

새희를 새벽마다 깨게 했던 주범의 표정이다. 격한 자극으로 고여 들었던 눈물이 그 순간 도르르 흘러내렸다.

"자, 잘 지냈나요……?"

이상한 일이다. 그가 새희에게 질려 버렸다는 생각은 지금도 유효한데 잘 지냈다는 대답을 듣고 싶다. 마더 테레사처럼 선한 인품을 지닌 것도 아니면서, 새희는 엉망진창인 나날을 보냈더라도 그는 무탈하고 부유한 본래의 생을 살았으면 좋겠다. 새희라는 변수는 스친 적도 없었던 것처럼.

그에게 새희는 일종의 부작용인 셈이었다. 부작용은 제거해야 하는 게 마땅하다.

"아뇨."

"……"

"당신은?"

당신의 얼굴을 찾아 새벽마다 깨어났어요…… 새희는 말없이 그저 손가락만 꼼질거렸다. 그는 짙은 눈으로 새희의 입술을 애교 있게 빨았다. 가슴이 너무 뛰어서 아플 지경이다. 더 있다간 잊어서는 안 되는 것들을 잊어버리고 언감생심 행복하다고 느낄 것 같다. 새희는 떨어지지 않는 입술을 떨어뜨렸다.

"이제 정말 가야 해요. 너무 늦었어요."

"둘은 이미 갔어요."

"……갔다구요?"

"주이진 남편이 졸려서 가야겠다고 하더군요."

은석이라면 그러고도 남을 것 같았다. 그러나 이진이 마음에 걸린다. 이진은 꼭 그와 저 사이의 기류를 눈치챈 듯 의미심장한 말들을 식사 중 던졌었다. 새희가 걱정된다는 표정을 짓자 그는 보일 듯 말 듯 눈썹을 꿈틀거렸다.

"그럼 주이진 남편의 애인은 내 집으로 데리고 가겠다고 했지."

새희의 얼굴이 하얗게 질렸다.

"그렇게 말하려는데 당신이 오면 먼저 일어난다고 대신 전해 달라더군요."

진담인지 농담인지…… 그는 들키는 것에 아무런 유감이 없는 듯, 새희의 심장을 들었다 놨다 했다. 되레 실색하는 반응에 재미가 들린 것 같기도 했다. 그가 짓궂다고 생각하면서도 새희는 금세 누그러져서는 아예 자신의 손바닥에 입술을 비비며 놀고 있는 그를 제지하지 않고 방관하듯 누렸다.

그들이 새희를 기다리고 있지 않다면, 돌아가지 않아도 된다. 그와 함께 있으니 그처럼 사고 체계가 안이하게 돌아갔다. 이대로 아무도 모르게 화장실에 갇혀 그와 한시도 떨어지지 않고 꼭 붙어 있을 수 있다면…….

그것만으로도 좋았다. 좋다는 수준이 일정 범주를 넘어서서 찰나 근심이 들기도 했지만, 그래도 좋았다.

"휴대폰은 버렸어요?"

움푹하게 휘어지는 손가락 사이로 그가 혀를 미끄러뜨리며 눈을 반짝였다.

"아니요. 꺼 놓았어요."

"끄지 말라고 했잖아."

"하지만, 아무리 기다려도 연락이 오지 않아서……."

서슴없이 속마음을 내보일 만큼 경계심의 부스러기도 찾아볼 수 없다. 그는 새희의 말이 맘에 드는지, 눈빛이 초콜릿처럼 달아졌다. '그랬어?' 그의 눈빛에서 목소리가 흘러 다닌다.

그 눈빛이 절정 뒤 포화하는 격정을 상기시키며 통제를 이탈하는 지점에 송두리째 이입하게 했다. 온몸이 저릿해지며 입속에서 슬프고 가쁜 숨이 차올랐다.

해서는 안 되는 말과 하고 싶은 말의 구분이 지워지는, 무수한 순간 중 단 하나의 특별한 순간. 참으려고 했는데. 정말 참을 수 있었는데…….

"더는 날 만나고 싶지 않은 줄 알았어요……."

왜냐면 나는 너무도 한심하고, 우유부단하고, 혐오스러우니까. 그가 아무런 통고 없이 자신을 잘라 내도 어떤 이견도 들지 않고 이해하고 받아들일 만큼…….

김언혁은 새희의 뺨에 흐르는 눈물을 손가락으로 걷어 가며 한마디로 일축했다.

"그럴 리가."

대체 어떡하면 그럴 수 있냐는 듯 도리어 묻고 싶은 얼굴로 그는 말한다.

"내 머릿속에서 살고 있으면서 무슨 소리지?"

온몸에 환한 빛이 들어찬다. 새희는 벅차오르는 심정 때문에 눈을 꼭 감았다가 떴다. 감는 순간부터 눈두덩이에 그의 입술이 붙었다가 뜨는 순간까지 그곳에 있었다. 그래서 눈을 떴을 때 그의 얼굴이 황홀하도록 가까이 있었다. 새희는 그의 눈에도 똑같이 키스하고 싶은 욕망을 억눌렀다.

"오늘 밤에 전화해도 되나요?"

그는 알까. 새희가 이 순간 어떤 마음으로 어느 선을 또 하나 넘어서고 있는지…….

"오늘 밤은 떼고 물어도 됩니다."

그리고 그는 알까. 당신도 내 머릿속에 산다는 걸…….

\* \* \*

"분명 따뜻한 커피로 달라고 했었는데, 컵에 손을 대자마자

이 날씨에 쩌 죽을 일 있냐고, 따뜻한 거로 주면 어떡하냐고 고 래고래 고함을 질렀어요. 분명 들었는데…… 아이스커피로 다 시 건네주니까 이번엔 얼음이 너무 많다고 커피 양은 쥐똥만 한 데 비싼 가격 처받는다고 욕을 했어요."

- 쓰레기군.

"그래서 얼음 개수와 관계없이 양은 일정하다고 말했어요. 그 러니까 시뻘게진 얼굴로 무시하냐고 나도 그 정도는 안다고…… 보다 못한 점장님이 그렇게 성질이 더러우니까 머리가 벗겨진 거 라고 소리쳤어요. 옆에 있던 명아까지 진짜 벗겨졌다면서 눈을 똥그랗게 뜨고 그 남자 머리를 가리켰는데……."

- 명아?

"아, 점장님 딸이에요. 며칠 전에 유치원에서 빨간 모자 연극을 했는데 늑대 역이었어요. 점장님이 녹화한 걸 보여 줬는데 늑대 대사를 해야 하는데 그만 빨간 모자 대사를 외쳐 버려서 무대 위에 서 울음을 터뜨리더라구요. 명아는 거기 나오는 모든 역할 대사를 다 외웠거든요. 안쓰러우면서도 정말 귀여웠어요. 정말……."

- 나도 보고 싶은데.

자정이 넘은 시간이다. 그에게 전화를 걸려고 휴대폰을 쥐었던 시각은 그보다 훨씬 전이었지만 새희가 망설이는 사이 친절하게도 그에게 전화가 걸려 왔다.

그는 새희의 일상을 듣고 싶어 했다. 아침에 일어나면 제일 먼 저 무슨 생각을 하고, 무슨 행동을 하고, 무슨 표정을 하는지…… 너무 세세한 부분까지 궁금해서 답을 해 주고 싶어도 자신도 알 수 없어 미안했다.

처음엔 쑥스러워서 말이 안 나왔지만, 물꼬를 틀자 그리도 많은 말이 제 속에 들어 있었나 싶을 만큼 끊임없이 이야기가 쏟아져 나왔다.

그의 입장에선 지루하기 짝이 없을 내용을 그는 흥미진진하게 경청하며 홀로 열심히 떠들다 별안간 서먹하게 새희가 침묵하면 그래서? 하고 금방 채근했다. 새희는 그 '그래서?'가 참 듣기 좋다고 생각했다.

"저번 주에 비가 엄청 많이 내린 날, 혼자 일하고 있었는데 싱크대 물이 넘쳐흘러서 깜짝 놀라고 당황했어요. 그런 적은 처음이라……."

– 아기 혼자?

"네…… 저번 주부터는 자주 혼자 일했어요."

그의 목소리는 끈적한 액체에 잠긴 채 냉각된 것 같다. 차가운 듯하면서도 관능적이고, 탁한 듯하면서도 매끈하다. 꿈속까지 가져가고 싶은 목소리였다. 잠시 침묵이 이어졌다. '그래서'를 기대했지만, 그는 묵언했다.

"잠이 오나요?"

너무 조급하게 물어서였을까, 그의 입술에서 바람 빠지는 소리가 들렸다. 새희의 뺨이 달아올랐다.

– 아니.

다행이다…….

새희는 잠가 놓은 문가를 슬쩍 봤다가 이불을 뒤집어썼다.

이불이 누르는 무게가 답답했지만 답답해서 오히려 안락했다. 아무것도 빠져나가지 않게 하고 싶었다. 그의 숨소리도, 자신의 숨소리도. 지금을 이불 안에 숨겨 놓고 가둬 두면 좋을 텐데. 언제라도 이 속에선 그와 그의 곁에서 아늑한 자신을 느낄 수 있도록……

– 내일은 뭘 하지?

"내일은……"

내일은 월요일이 아니지만, 선주의 사정으로 카페를 열지 않는다. 카페에 나가는 일 말고는 새희에게 일정이란 전무하다. 새삼 보잘것없는 인생이라는 생각을 하는데 그가 말했다.

– 나랑 놀면 안 됩니까?

그의 제안에 새희는 불안해하며 기겁하는 게 아니라 뭉클하니 떠밀려 간다.

괜찮지 않을까. 내일 하루 정도는. 선주가 은석에게 말하지 않았다면, 은석은 카페에 간 줄 알 테니까 하루 정도는 그와 놀아도 하늘이 무너져 내리는, 그런 일은 안 일어나지 않을까……

"좋아요……"

어차피 신의 벌을 받는 건 매한가지일 테니, 유예된 하루가 더 주어진다면 그와 시간을 낭비하고 싶었다.

　　　　　　　　* * *

　잠을 설친 것이 무색하게 쾌적한 기분으로 깨어난다.

　휴대폰의 화면을 켠다. 8시. 새희의 기준으로 그다지 이르지도
늦지도 않은 시각이다. 창문을 열고 맑은 날씨를 확인하며 그를
검색했다. 그의 프로필을 보고, 사진을 보고, 영상을 보다 보니 시
간은 훌쩍 흘러 10시가 되었다.

　갈아입을 옷을 챙겨 든 뒤, 문을 열었다. 욕실로 들어서려는
순간, 느껴지는 시선에 고개를 들었다. 계단 난간에 팔을 올린
채 은석이 새희를 내려다보고 있다. 그 모습은 물에 비친 자신의
얼굴을 보는 나르키소스를 연상시킨다.

　실제로 나르키소스가 그 강물을 통해 본 건 자신이 아닌 자신
의 얼굴 속에 깃든 죽은 쌍둥이 여동생이라는 말이 있다. 은석은
누구를 보았든 샘물 속으로 빠질 일은 없을 것 같긴 하지만.

　의미 없이 은석과 눈을 맞추다가 먼저 시선을 피하고 욕실로
들어갔다. 씻고 나왔을 때, 은석은 보이지 않았다. 은석이 있었던
자리에서부터 계절이 다른 바람 한 줄기가 불어와 뺨을 건드는
듯했다. 수건으로 닦아 내듯 문지르며 새희는 방문을 열었다. 은석
이 방 안에 있어서 두 발이 경직했다.

　"나가는 거야?"

　"……응."

　여상한 물음이지만 심장이 불안하게 뛴다. 은석은 새희가 일어
나자마자 그랬던 것처럼, 창가에 서서 하늘을 보고 있다. 새희와는

전혀 다른 마음일 것이다. 전혀 다른 마음이 불투명하게 내비치는 눈빛은 들어낸 것처럼 비어 있다.

한때는 저 눈빛을 더 이상 읽지 못한다는 사실이 미치도록 가슴이 아팠다. 지금에 와서는 아프다기보단 무상하고 쓸쓸할 따름이다. 과거에 좋아했던 원피스를 입고 싶어도 입지 못하는 현실에서 변한 건, 원피스가 아니다. 더는 의욕적으로 원피스를 입지 않으려고 하는 자신의 의지인 것이다.

은석은 새희를 바라보았다.

"이리 와 봐."

"……."

"희야, 얼른."

언젠가 저렇게 불러 준 적이 있었으리라. 저렇게 우리에겐 행복했던 과거밖에 없었다고 허황된 착각을 심는 듯한 목소리로……

새희는 은석의 옆에 섰다. 은석이 어느 곳을 가리킨다. 손가락을 따라 쳐다본 곳에 수많은 나비 떼가 이동하듯 구름이 마치 나비의 몸통과 날개가 생긴 모양으로 느리게 흘러가고 있었다. 은석의 눈동자에도 흰 나비들이 날아다닌다. 새희는 멍하니 그것을 쳐다보았다. 무심코 은석의 이름을 불렀다.

"은석아."

은석은 대답하지 않는다. 새희를 쳐다보지도 않는다. 두 번째 음성은 직전보다 더 가냘프게 흘러나온다.

"은석아……"

어쩌다가 우리 여기까지 온 걸까. 어쩌다가……

"내가 안 나갔으면 좋겠어?"

그야말로 충동이었다. 은석이 가지 말라고 하면 가지 않을 수 있었을까? 그러나 그 말을 뱉자마자 은석의 눈동자를 부드럽게 지나가던 흰 나비들이 까맣게 재가 되었으므로 의문을 깊이 생각해 보기도 전에 그 말을 한 것에 막심한 후회가 들었다.

밀랍 인형 같던 얼굴에서 삶을 견디는 사람의 무게가 넘어왔다. 삶은 은석에게 호의적일지라도 은석이 삶을 대하는 자세는 비관을 넘어 방관적이다. 그런 은석은 지금 불쾌해하고 있다. 불쾌해하는 걸 숨기지 못할 정도로 새희의 말이 은석의 어딘가를 자극했다는 것이다.

"아니."

은석의 대답에 흔들림은 없다. 그 답을 한 뒤, 은석은 눈가 위를 살짝 흐르는 머리칼을 쓸어 올렸다. 그 동작 사이에 감정의 격발이 잠재워진다. 그리고 은석은 나가려는 듯, 새희를 보지 않고서 문가를 향해 걸어갔다. 새희는 그의 뒷모습을 체념하듯 응시하다 창밖으로 시선을 돌렸다.

"희야."

다시 돌아본 은석은 문고리를 잡고서 새희를 쳐다보고 있었다.

"내가 그 여자랑 안 잤으면 좋겠어?"

"……."

"그 여자가 내 애를 안 가졌으면 좋겠어?"

새희의 표정이 그릇이 박살 나듯 깨졌다. 처참하게 깨어지는 새희를 보며 은석은 비웃지도, 만족하지도 않는다. 새희는 창틀을 부서뜨릴 것처럼 움켜쥐며 턱을 떨었다.

"이 방에서 나오는 너를 본 날엔 꼭 그 여자를 안아."

그렇구나. 너는 그 말이 그렇게 치가 떨렸던 거구나. 단지 충동적으로 물었던 그 한마디가 너에겐 가지 말라고 비참하게 매달리던 어린 시절을 되새기는 도화선이 되어서 그렇게나……

나비구름을 가리키던 순간으로 돌아가고 싶다. 그럴 수만 있다면 절대 그 말을 하지 않을 텐데. 은석의 기분을 상하게 했던 그 어리석은 물음을. 그럼 이토록 온 마음이 난자당하는 말을 듣지 않아도 될 텐데……

"미안해, 은석아."

툭. 툭. 눈물이 바닥으로 떨어졌다.

"기분 상하게 해서 미안해……"

그 말을 하고 고개를 들었을 때 은석은 보이지 않았다. 새희는 황급히 눈물을 닦고 나갈 채비를 했다. 머리를 말리고 양말을 신는 와중에도 눈물이 시야를 앞질렀다. 깨지고 부서진 마음이 추슬러지지 않는다. 원래 어떤 모양을 하고 있었는지 기억이 나지 않는다……

새희는 휴대폰과 함께 숨겨 둔 그의 손수건을 찾아 꼭 쥐었다. 깨끗하게 빨아 놓아 그의 향기가 나지 않는 게 아쉬웠지만, 새겨진 그의 이름만으로도 충분했다.

얼른 그를 만나고 싶다. 그를 만나서 그의 얼굴을 보고 싶다.

새희가 바라는 것은 단지 그뿐이었다.

* * *

카페 앞에 차를 세우자마자, 차창 밖으로 그가 다가오는 것이 보였다. 기사가 흠칫 놀라며 새희와 그를 번갈아 보았다.

그가 차 문을 열었다. 차 안에서 파리해진 두 사람의 안색에 아랑곳하지 않고 그는 안으로 고개를 넣어 새희의 뺨을 가볍게 빨았다.

이어 그의 손에 딸려 가 새희는 차에서 내려졌다. 그는 쭈뼛쭈뼛하는 기사에게 수표 몇 장을 건넸다. 익숙해 보이는 동작이었다. 기사는 체면 불고하고 냉큼 수표를 받아 든 뒤 고개를 꾸벅 숙이고는 차를 몰고 떠나갔다.

김언혁은 조수석에 앉은 새희의 안전벨트를 매어 주며 그제야 심란한 새희의 얼굴을 발견한다. 그가 검지로 콧방울을 툭 쳤다.

"일러바칠까 봐?"

새희는 조마조마한 긍정의 눈빛을 했다.

"글쎄. 내 생각엔 이 기회만 노릴 것 같은데."

처리해야 되나…… 그의 혼잣말이 오싹하게 가라앉았다. 농담이라는 덧붙이는 말 없이 그는 핸들을 돌려 도로에 진입한다.

새희는 한 점의 부끄럼 없이 운전하는 그에게 시선을 고정했다. 아예 두 눈이 그에게 박혔으면 좋겠다고 생각하면서. 깊은 눈매와 활강하는 코, 심장을 잡아 뜯는 입술과 양초처럼 매끈한 목, 그 아래 넓은 어깨에서 곧게 뻗은 핸들을 감싸는 기다란 다섯 손가락…….

가슴이 막혀 온다. 어쩜 이렇게 생겼을까. 대중교통이나 공공장소를 이용하는 데에 고초를 치를 얼굴임이 명백하다. 시선을 모조리 앗아 가 놓고 그는 어떤 책임도 지지 않을 것이다. 그 시선을 사랑으로 치환해도 다를 건 없다. 보고 있으면 여전히 목이 떨려 오는 그의 입술이 열린다.

"아침은?"

"못 먹었어요."

"잘 먹기로 약속했잖아."

어젯밤 통화에서 그가 강조한 당부이자 명령이다. 그러나 떠올리면 괴로움이 역류하는 일이 아침에 일어났거니와 그 일이 없었다 하더라도 챙겨 먹을 정신이 없었다.

"빨리 나오고 싶어서……."

그가 눈을 맞춰 온다. 그의 눈이 새희의 눈을 투과하는 순간, 그에게 닿고 싶은 욕망이 목구멍을 꽉 채웠다.

"소, 손을 잡아도 되나요……?"

유독 이런 질문을 할 때면 바보처럼 말을 더듬게 된다. 그의 눈빛이 흔들리는 착각이 들었다. 그 순간, 그가 핸들을 돌려 차를 갓길에 거칠게 세웠다.

앞으로 쏠렸던 몸을 바로 하기 무섭게 그가 안전벨트를 풀고 얼굴을 기울여 왔다. 놀란 입술이 축축하게 먹혀들었다. 물컹물컹한 살덩이가 침이 고인 곳에 담겼다가 그 주위를 더듬으며 빠져나간다. 다시 들어올 땐 손가락도 함께였다. 새희의 아랫니를 두 손가락으로 짓누르며 입안을 크게 벌리게 한 뒤 그의 혀는 닿을 수 있는 모든 곳으로 차지게 들러붙었다.

그의 향기가 목구멍을 타고 넘어가 폐와 내장까지 짙게 퍼진다. 손가락은 치아 아래 내밀한 살을 꾸욱 눌렀다. 쩍쩍 소리를 내며 살덩이가 맞붙었다. 그의 것이 혓바닥을 그으며 아랫입술을 살살 문지를 땐 섹스를 할 때처럼 아랫배가 뭉글거리며 뜨거워졌다.

"더 먹고 싶어?"

새희의 입꼬리를 핥아 올리며 그가 속삭였다.

"으, 하아, 네, 더, 혀를 더 주세요……."

저속한 말을 주고받으며 그를 요구했다. 점막을 핥아 오는 혀 놀림이 거칠어졌다. 사나운 한숨 소리가 귀에 감겼다.

새희는 그의 피부를 애타게 만져 댔다. 포악하게 혀를 쑤셔 넣던 그가 급한 동작으로 새희의 안전벨트를 풀고 겨드랑이에 손을 끼워 자신의 허벅지 위로 당겨갔다. 급히 이동하는 바람에 떨어진 입술에 고인 침이 주욱 흘러내린다.

아래에 느껴지는 그의 성기가 팬츠를 찢고 나올 것 같다. 발 갛게 익은 뺨이 그의 고개 각도와 맞물려 기울어졌다. 그가 혀를 잘근잘근 씹으며 쾌락에 통증을 실었다. 새희의 혀끝을 물고서 눈이 풀린 작태가 아찔했다. 새희의 혀는 그의 혀에 묶인 채 쭉 쭉 빨렸다.

몇 십 분 동안 신경은 눅눅하게 녹아내렸다. 혀와 입술을 되 찾은 뒤에도 그는 새희의 귓바퀴에 혀를 미끄러뜨려 한참을 빨 아 댔다. 새희는 물기가 찬 아래를 비비적대며 그의 옷깃을 꼭 잡고 있었다.

"배부르게 먹여 줬더니 아래로 흘러내렸나?"

기겁할 만한 저질스러운 언사에도 새희는 마냥 열기가 몰린 눈으로 그를 바라보았다. 그는 자신의 옷깃을 쥔 새희의 손을 보더니, 턱을 까딱했다. 두 번 생각하고 나서야 얼굴을 만지라는 뜻임을 알아들었다. 새희는 기꺼이, 그러나 애처롭게 느껴지는 손짓으로 그의 피부를 어루만졌다.

"내 차에 탈 때마다 네 냄새 때문에 운전에 집중이 안 돼……."

그의 뺨을 하염없이 만져 댔다. 그의 눈빛의 색채가 농후해졌다. 이번에 바로 알아들었다. 새희는 그의 입술에 제 입술을 쪽, 소리 나게 붙이고 떨어뜨렸다. 차츰차츰 더 붉어지는 새희의 뺨을 그는 갓 태어난 어린 동물을 보는 눈으로 주시했다.

"놀러 가고 싶은 곳은 정해 왔습니까?"

맞아. 그런 이야기도 나눴었지…… 새희가 하도 물리고 빨려 부은 입술만 달싹거리자 손에 잡힌 얼굴이 나른해졌다.

"못 정했으면 알아서 데려가야겠는걸."

즉각 새희의 얼굴빛이 해쓱해졌다. 전화로 그는 새희를 운동시키고 싶어 하는 욕구를 내비쳤다. 일반적인 운동이 아닌 설명을 말로만 들어도 오금이 저리는, 도저히 용기가 생기려야 생길 수 없는 익스트림 스포츠였기 때문에 새희는 재빠르게 가고 싶은 곳을 정해야 했다.

놀러 가고 싶은 곳. 그와 함께 놀러 가고 싶은 곳……

"바다……."

일순 그의 눈동자에 파도가 쳤다.

"바다에 가고 싶어요."

하얀 백사장, 파도가 불러 주는 노래, 바닷물의 푸르디푸른 빛깔까지 생애 처음으로 눈에 담아 보고 싶다. 생애 처음인 경험에 그가 동참해 주었으면 싶다. 그럴 수만 있다면…… 새희의 인생에 몇 안 되는 특별한 순간으로 남을 거라는 믿음이 차올랐다.

그러나 새희가 바다를 말했을 때부터 기묘한 빛이 어렸던 그의 눈이 거절을 짐작케 했다. 새희는 은연중에 체념하고 있었다. 예상을 깨고 얼마 후 그는 선선하게 말했다.

"가 볼까."

그의 얼굴을 쥔 새희의 손바닥이 진동했다. 그가 신호를 주기도 전에 새희는 그의 입술에 입술을 갖다 대었다. 장난치듯 내미는 그의 혀를 달게 머금었다.

\* \* \*

휴게소를 한 번 거치고 두 시간 만에 차는 양양에 도착했다. 학창 시절에도 외부로 떠나는 행사는 타의로 전부 불참했다. 서울에서 이렇게 멀리 벗어난 건 보육원에서 나간 이후 처음이었다.

그가 휴게소에서 안겨 주었던 여러 가지 먹을거리들을 품에 안은 채 차창 밖의 생소한 풍경들을 바삐 구경했다. 차에서 내릴 땐 어린애처럼 마음이 들떴던 것도 같다.

약하게 냉방 중이었던 차 안에 있다가 나오니 적당하게 기온이 떨어진 날씨가 꽤 서늘하게 느껴진다. 한산한 도로를 이리저리

돌아보다가 그에게 손이 붙잡혔다. 손가락 틈으로 엮어 오듯 주저 없이 파고들어 단단히 맞붙잡는다.

그대로 당겨가 걷기 시작하는 그의 걸음에 보폭을 맞췄다. 발을 내디딜 때마다 그 옆으로 그의 발이 보이는 것이 기분을 풍선처럼 부풀어 오르게 했다.

이것저것 먹어 놓아 어느 정도 배가 찬 상태로 그가 이끄는 손에 따라 식당에 들어갔다. 카운터에서 휴대폰을 보고 있던 짧은 커트 머리의 여자가 이쪽을 별 감흥 없는 눈으로 슬쩍 보았다가 눈꺼풀을 바짝 올리고는 다시 쏘아본다. 재차 눈가를 좁혔다가 크게 뜨며 깜빡인 뒤 여자는 주방 안으로 소리쳤다.

"엄마! 김언혁 왔어! 김언혁!"

단지 그가 유명 인사라 놀라는 반응만은 아닌 듯했다. 주방에서 나온 중년의 여인이 어머, 하고 탄성을 내자 그는 한 손을 흔들어 보였다. 그들 사이로 지나다니는 공기가 허물없는 편이었다.

"의준이 없는데?"

"엄마는. 저 오빠가 성의준 만나러 여기까지 올 작자야? 서울에 있을 때도 둘이 연락 한 번 안 하고 살았어. 옆에 여자 데리고 온 거 보면 몰라?"

김언혁은 여자가 그에 대해 뭐라고 종알거리든 말든, 바깥의 경치가 내다보이는 평상 자리에 새희를 앉히고 그 옆에 자신도 앉았다.

해변 바람이 부드럽게 머리칼을 건드렸다. 그가 흩날리는 새희의 머리칼을 귀 뒤로 넘겨 주었다. 어깨를 흠칫 떨자 "추워?"

그의 목소리가 귀를 간질인다.

평상까지 조르르 쫓아온 여자는 궁금해서 미치고 팔짝 뛰겠다는 얼굴로 턱을 괴고 새희를 부담스러울 만치 빤히 응시했다.

"누구야, 누구야?"

"주던 대로 갖다 줘."

"되게 예쁘다. 나 가슴 떨려."

여자는 아예 맞은편에 퍼질러 앉고는 새희를 향해 악수하자는 듯, 손을 번쩍 내밀었다. 새희는 엉겁결에 그 손을 잡았다. 어찌나 과격하게 흔들어 대는지 새희의 몸까지 바람 빠진 인형처럼 흔들렸다.

"성나라예요. 오빠랑은 외사촌지간. 사실 이렇게 친한 척하지만, 몇 년 만에 만난 거예요. 안 그래도 콘서트 연다는 기사는 봤었는데. 입구에서 봤을 땐 진짜 헛것을 본 줄 알았다니까요. 독일에선 아예 들어온 거야?"

새희에게 말을 하다 말고 그에게 묻는다. 그는 답하는 대신 나라에게 붙잡힌 새희의 손을 구해 주었다. 이어 새희의 손을 소독하듯 물수건으로 구석구석 닦아 주는 그의 극진한 모습을 나라는 다소 기막힌 눈으로 지켜보았다.

"세상에, 나 지금 영화라도 보고 있는 기분이야."

"서울에 있는 줄 알았는데."

"손목 삐끗해서 병가 내고 쉬러 왔어. 근데 진짜 누군지 안 알려 줄 거야?"

그때, 주방에 있던 여인이 카트를 끌고 왔다. 나라는 카트 위

반찬 그릇들을 테이블 위로 옮기며 새희를 또 주의 깊게 관찰했다.

"그만 봐."

그렇게 말한 사람은 새희가 아니라 그였다. 치, 입술을 삐죽이면서도 나라는 새희를 흘끔흘끔 보는 것을 멈추지 않았다.

김언혁은 끝도 없이 식탁을 재빠르게 메우는 손에서 그 손 주인의 얼굴까지 대놓고 훑어 올린다. 어머니의 자매를 대하는 자세는 예절이라고 찾아볼 수 없다. 불량한 태도를 느낀 여인이 그의 눈을 뒤늦게 쳐다본다.

"오랜만이구나. 왔으면 연락이라도 하지 그랬니."

"잘 지냈어?"

그의 말투는 건방지다 싶을 정도로 짤막했으나 그래서 더 막역한 사이로 보였다. 그 말투에 도리어 여자는 편안한 미소를 지었다. 웃으며 휘어지는 눈가와 입매가 물감이 번진 수채화처럼 연한 빛깔로 번진다. 고생이 역력한 인상으로 가려지지 않을 만큼 여인은 뛰어난 미인이었다. 덕분에 그의 어머니의 생김새 또한 헤아릴 수 있었다.

"언니는…… 여전하지?"

나라가 굳었다. 질문한 당사자의 얼굴도 굳었다. 그들이 굳어 버리자 갑작스럽게 무겁고도 침침한 정적이 생겨났다. 덩달아 새희는 그를 곁눈질했다. 김언혁은 젓가락을 꺼내 새희의 앞 접시에 엄선한 반찬을 담아 주었다. 그리고 새희의 손에 젓가락을 쥐여 주며 말했다.

"여전히 깜찍하시지."

여인은 마치 그 말이 감당할 수 없는 시름이라도 되는 것처럼 고개를 돌려 버리며 주방으로 돌아갔다. 새희는 저를 두고 쏟아지는 알 수 없는 얘기들을 자음 하나, 모음 하나 빠뜨리지 않고 머릿속에 집어넣었다.

그와 관련된, 더군다나 그의 가족과 관련된 이야기였으므로 치사하고 볼품없는 짓이라고 생각하면서도 그의 언어를 혼자 해석하려고 했다. 소리 없이 부산하게 돌아가는 뇌로 나라의 목소리가 끼어들었다.

"이모부랑도 여전해? 여전히 인연 끊고……."

"밥 먹여야 해."

"……."

"아기가 아침도 못 먹었어."

칼날이 시리게 박힌 목소리였다. "그래……." 하며 선뜻 물러나는 나라의 얼굴은 약간 기가 죽어 있었다. 괜스레 미안했다.

새희는 그가 뼈를 바르고 가져다 놓은 가자미 살을 입에 넣었다. 짭조름한 생선 살이 식욕을 돋웠다. 삼키고 나면 자동 급수기처럼 앞 접시가 채워져 있다. 새희가 분주하게 먹어 대는 사이 전복 회와 회덮밥, 빨갛게 무친 꼬막 무침까지 푸짐하게 한 상 차려졌다.

김언혁은 회를 입에 가져가면서 눈으로는 새희를 맛보았다. 그 광경을 희한하다는 듯 그리 멀지 않은 거리에서 나라가 보고 있었다. 새희의 볼이 시원찮게 움직이자 그의 시선이 나라를 지그시 압박했다. 기어이 주방으로 나라를 쫓아낸다.

하나같이 인간미를 풍기는 맛이라 좋았다. 그가 굳이 갖다 주지 않더라도 새희는 알아서 달갑게 먹고 있었다. 이해할 수 없는 일이다. 분명 먹는 행위가 귀찮은 걸 넘어 짜증스럽기까지 했는데. 심지어 차 안에서 이미 먹을 만큼 먹은 상태였는데도. 그와 함께 있으면 욕망은 차치하고 기본적이고 원초적인 욕구까지 되살아나는 건가.

그의 젓가락은 어느새인가 그릇 위에 놓인 채 동작하지 않는다. 그것을 알아차리지 못하고 새희는 열렬한 의지로 식사했다.

"……."

꼬막 무침을 열심히 씹던 치아의 속도가 점차 느려지더니 한순간 멈춘다. 판단력 빠른 그가 바로 새희의 상태를 살핀다.

그 순간, 매운맛이 뒤통수를 후려치듯 징 울렸다. 새희가 눈살을 찡그리며 작게 앓자 그는 물어보지도 않고 새희의 입술 앞에 자신의 손바닥을 펼쳤다. 뱉으라는 뜻이다. 새희는 고개를 저으며 급히 물컵을 찾아 벌컥벌컥 들이켰다.

"어머, 언혁이가 매운 걸 좋아해서 맵게 했더니…… 많이 매워요?"

마침 또 다른 요리를 들고 온 여인이 걱정스럽게 물었다. 괜찮다고 고개를 끄덕이는 새희의 눈동자가 새빨개져 있었다. 그는 이 정도로 매운 강도가 높은 음식을 좋아하는구나. 그에 대해 또 하나 알게 된다. 혀와 입술이 얼얼한 와중에도 그런 생각이 드는 게 미련스럽다.

그는 꼬막 무침을 새희의 눈앞에서 멀리 치워 주면서도 한편으론 매워하는 표정이 사라져서 아쉬운 듯했다. 이후 새희의 물회 그릇에 꼬막을 넣어 놓고 시치미를 떼는 두어 번의 장난에서 진심이 읽혔기 때문이다.

식사를 끝냈을 땐, 손만 까딱해도 거북한 한숨이 나올 지경이었다. 배부르게 먹은 건 새희인데 그는 새희가 비운 그릇들을 보며 흡족해했다. 칭찬해 주고 싶다는 눈이었다.

슬그머니 나라가 다가왔다. 새희와 눈이 마주치자 가슴에 총상을 입은 것처럼 손을 올리는 과장된 제스처를 취하더니 연결되는 동작으로 주머니에서 명함 한 장을 꺼내 내밀었다.

"이래 봬도 기자예요. 유선 일보에서 일해요."

김언혁이 뺏을까 싶었지만, 그는 제지하지 않았다. 새희는 명함을 받았다.

"이름 물어봐도 돼요?"

통성명도 안 했구나. 새희는 서투른 자신을 책망했다.

"은새희입니다."

"얼굴값 하는 이름이네요."

누구처럼······ 나라는 그를 힐끔대다가 새희의 귀에 바짝 붙어 소곤거렸다.

"내 명함 버리지 말아요."

눈가를 찡긋하고 그에게 들킬세라 도망치듯 멀어진다. 물론 그는 하등 신경 쓰지 않고 새희의 손을 잡아 일으켰다.

그와 만난 날엔 꼭 치르는 한 차례 의식과도 다름없는 식사를 끝냈으니 이제 정말 바다를 보러 갈 차례였다. 음식물이 가득 찬 몸이 둥실둥실해져서 흐늘거렸다.

평상 밑에 놓인 신발 안에 발을 넣는 새희를 기다려 주는 그의 얼굴이 익숙지 않은 기쁨으로 스며들어 온다. 교감을 일으킬 장면도 아니었건만, 극적인 감상을 끌어 올린다.

차창 넘어 카페 앞에 먼저 도착해서 새희를 기다리고 있던 그를 발견했을 때처럼. 그의 기다림은 새희를 매번 뜨겁게 만든다.

"가니?"

가게 문 앞까지 따라 나와 배웅하는 미소가 어딘가 서글프다. 고귀한 태생이 짐작되는 부류의 사람들이 있다. 아픈 사연이 짐작되는 부류도. 저명한 첼리스트였다는 그의 어머니의 형제가 이처럼 도피하기 좋은 장소에서 한적히 지내는 데에는 분명 헤아릴 수 없는 시련이 존재할 것이다.

"들러 줘서 고마워."

"또 올 건데?"

"옆에 공주님 데리고?"

새희는 웃으며 닿아 오는 눈길을 어색하게 받았다. 미래를 기약하는 농담 같은 질문이 난감하다. 이전이었다면, 난감하고 말았을 농담에 새희는 남몰래 긴 시간 뒤를 그려 본다. 그러나 이런 헛된 상상을 할 줄 알았던 것처럼 이미 지워 놓은 듯 잘 그려지지 않는다.

뚜렷하게 떠올릴 수 있는 장면은 하나. 달력에서 이날의 날짜를 볼 때마다 오늘의 기억에 끌려다니다 마침내 심장이 타는 고통을 느끼며 주저앉을, 사계절이 몇 번이나 지나갈 동안 반복될 그 장면만이…….

그는 "공주님?" 하며 새희를 다분히 얄궂게 응시했다. 별 뜻

없이 지칭한 말이었을 텐데 그가 짚어서 공연히 민망해졌다.

그가 손을 잡아 온다. 손바닥이 부드럽게 맞닿았다. 별도의 인사말 없이 걷는 그 때문에 새희는 황급히 고개를 숙여 인사하고 몸을 돌렸다. 마지막으로 보았던 여인의 표정이 비스듬히 올려놓은 물그릇이 쏟아져 흐를 것처럼 불안정했던 게 신경이 쓰인다.

얼마 안 가 뒤에서 다급히 그를 부르는 소리가 들렸다. 새희는 그를 쳐다보았다. 그러나 그는 걸음을 멈추지 않았다. 출혈이 느껴지는 음성이 등줄기를 가로질렀다.

"이만큼 애썼으면 됐어!"

그는 뒤돌아보지 않는다.

"이제 그만해…… 그만하고 언니를, 네 어머니를…… 놓아주렴."

준비된 듯 무정한 표정엔 균열이 생기지 않는다.

"십 년이면 충분하잖니……."

그러나 차갑게 굳은 그의 뺨은 어째서인지 울적하게 보인다.

\* \* \*

'은석아, 우리 여길 나가면 어디부터 가 볼까?'

'나는…….'

멍이 든 팔을 문지르며 어린 은석은 희게 웃었다.

'바다에 가 보고 싶어, 희야…….'

그 많은 상처를 매달고도 너는 그토록 하얗게 웃을 수 있었구나.

도둑맞은 은석의 하얀 웃음이 밀려오는 파도에 부서진다. 바닷바람에 머리카락이 휘날린다. 소금기가 섞인 바람이 피부에 축축하게 닿았다.

바다가 주는 감동은 틀림없이 색깔에 있다. 저렇게 선명하고 짙은 파란색이라니. 붓으로 몇 번을 그어도 완벽히 표현해 내지 못할 가공되지 않은 원색이다. 절대로 퇴색될 수 없는, 그 순수하면서도 강한 빛깔에 새희는 감동했다.

상기된 눈으로 옆에 선 그를 쳐다보았다. 그는 바다 어딘가에 시선을 담근 채 흐르게 두고 있었다. 바닷물에 헹구어 내고 싶은 기억이라도 있는 걸까. 새희는 너무도 서늘해서 보는 이의 기분에까지 찬 기운을 일으키는 그의 옆얼굴을 쳐다보았다. 쳐다보다가 물었다.

"여기에 와 본 적 있나요?"

그가 돌아본다. 한쪽 면만 보고 있다가 전체를 보게 되자 초점을 잃었던 눈이 광명을 찾은 것처럼 한순간 시야가 난란하다. 그가 손을 뻗어 바람 때문에 입술에 걸린 새희의 머리카락을 걷어 내 준다.

"당신 나이였을 때."

나의 나이였을 때…… 문득 그의 어린 시절들을 책처럼 펼쳐들어 한 장 한 장 보고 싶다. 몇 장은 찢어서 보관할 수 있도록…….

그는 또다시 바다를 본다. 바닷속에 누군가 들어앉아 있기라도 한 듯이. 새희는 그가 보는 곳을 함께 바라보았다. 하얗게 인 파도가 물너울을 치다가 모래알처럼 부서져 내린다. 철썩거리는 소리가 귓속으로 잔잔하게 들이친다.

"좋았던 추억이라도 있는 건가요?"

그 순간 그가 추억? 비웃듯이 중얼거린다.

"바다에 뛰어드는 여자를 건지러 들어간 것도 추억이라면 추억인가?"

그가 바다를 통해 보던 것이 무엇이었는지 어렴풋이 알게 된다. 그에게도 도려내려 해도 도려내지지 않는 악몽 하나쯤은 있는 것이다. 바다를 언급했을 때, 그가 묘한 분위기였던 까닭을 즉각 깨닫는다.

그를 악몽 앞에 데려오게 했구나……

눈에 띄게 의기소침해진 새희를 김언혁은 늦지 않은 타이밍에 발견한다. 그가 새희의 뺨을 감싸 쥐어 그를 보게끔 당겼다. 그의 눈에 담긴 파도가 일렁이며 새희에게 건너온다.

"나한테 묻고 싶은 거 없습니까?"

"……"

"어떻게 해야 관심 가져 주려나……"

그야 그가 모르는 일상 속에서 새희는 매 순간 그를 알아내고 있으니까. 그의 정보를 눈을 감고 욀 수도 있다. 그의 출생, 학력, 발매한 음반의 개수와 콘서트 일정, 또 그의 아버지가 현재 법무부 장관이며 그에게 형제는 없고 그는 오래전부터 아버지와 반목했다는 점도.

한 가지 특이한 건 어머니에 대한 정보만큼은 찾을 수 없었다는 점이다. 그러나 그의 어머니에 관해 물을 생각은 일절

하지 않는다. 새희가 감히 궁금해서도 안 되는 부분이라는 걸 잘 알고 있다.

바다에 뛰어드는 여자가 비록 누구인지 알 것 같아도 새희는 내색하면 안 되는 것이다. 그로 인해 가슴 한편이 시큰거려 와도…….

그게 아니더라도 그에게 묻고 싶은 것은 마음을 열면 우르르 쏟아져 나올 정도로 쌓여 있었다. 안타까운 건, 그 또한 물을 용기를 내지 못하는 질문들이라는 거다.

이를테면…….

왜 나에게 넘치도록 시간을 쏟아붓는지. 왜 나에게 목적 없는 감정을 내보이는지. 그리하여 왜 나에게 생이 다해도 바닥나지 않을 그리움을 심고 가는지…….

새희는 말하지 못해서 눈빛을 적셨다.

'사랑에 빠졌다는 건 그럴듯하게 포장한 착각의 상태라는 뜻과도 같은 거야.'

이 순간 왜 이진의 말이 떠오르는지 모르겠다. 그를 사랑하지 않는데. 그를 사랑하지 않으려고 얼마나 노력하고 있는데…….

"없는가 보군요."

어떻게 그럴 수가 있지? 그렇게 추측되는 거만하고도 의아한 눈빛이라 새희의 입술이 헐겁게 풀렸다.

"바다는 처음 보는 겁니까?"

그가 물으며 자연스럽게 새희의 손을 잡고 해변을 천천히 걸었다. 모래에 발이 빠지는 감촉이 베개 위를 걷듯 부드럽고 푹신하다.

새희를 바라보며 걷는 그의 등 뒤로 파도가 넘실거린다. 새희가 그와 함께 걸을 바다를 생각하며 꿈꾼 장면 그대로였다.

시도 때도 없이 벅차오르는 감정을 제어할 방법을 찾는 게 시급했다. 더 늦으면 안 될 것 같다는 생각이 든다. 이미 늦었다는 걸 안 사람의 생각일지도 모르지만.

"처음이라 좋아요."

해변의 중앙까지 말없이 걸어갔다. 말이 없어도 충만한 분위기였다. 바다 내음이 물결에서부터 새희의 몸속으로 일렁거리며 들어왔다. 그와 맞잡은 손바닥 안에서 소금 알갱이가 굴러다니는 것 같다.

불행하게도 해가 지려고 하는 걸 눈치채 버렸다. 가야 하는 때가 오고 있었다. 그러나 그가 가자고 할까 봐 새희는 두려움에 뒤덮였다.

그가 가자고 말하는 순간, 완성한 퍼즐에서 한 조각을 허탈하게 뺏기는 기분이 될 것 같다. 그 뒤에는, 영영 그 한 조각을 찾느라고 시간을 다 허비하며 돌아다닐 듯한 기분으로…….

마주 보는 방향으로 노부부가 걸어오고 있다. 두 사람은 한시도 떨어져 본 없던 것처럼 꼭 붙은 채 수평선 위에 뜬 해를 가리키며 도란도란 이야기를 나누고 있었다. 새희의 눈빛이 따스해졌다. 세월과 사랑이 함께 늙으면 저 모습이 되겠지…….

노부부는 일찍부터 그들을 보고 있던 새희와 옷깃이 스칠 만큼 간격이 가까워진 다음에야 사람이 있었다는 사실을 알아차리고 화들짝 놀랐다. 놀람에는 왜인지 반가움이 들어 있다.

"아이고, 아가씨. 좀 도와줄 수 있을까?"

할머니가 갑자기 새희의 팔을 붙들어 걸음이 세워졌다.

"내가 우리 손주한테 선물 받은 카메라를 들고 나왔는데 어찌 쓰는지 모르겠어."

새희는 할머니의 손에 들린 디지털카메라를 보았다. 해변에 사람이 없어 한참을 끙끙거린 모양이었다. 새희는 도움을 요청하듯 그의 얼굴을 올려다보았다. 김언혁은 새희 대신 그들에게 친절하고 알기 쉽게 설명해 주었다. 마찬가지로 무지했던 새희도 그가 두 번 더 반복해서 설명해 준 덕분에 덩달아 빠르게 이해할 수 있었다.

고맙다고 고개를 조아리는 노부부의 사진을 그가 찍어 주겠다고 했다. 그들은 느릿한 걸음으로 바다를 등지고 섰다. 다정하게 서로에게 몸을 기대며 카메라를 본다. 새희의 눈시울에 온기가 깃든다.

찰칵, 찰칵, 찰칵.

찰칵대는 소리가 그쳤는데도 두 사람은 샴쌍둥이처럼 맞붙은 채 순간의 기쁨과 감격을 나누듯 멈춰 있었다. 노을빛마저도 그들의 틈을 가르지 못할 것 같다.

다시 느릿한 걸음으로 돌아와 그가 건네는 카메라를 받으며 노부부는 연신 감사하다고 말했다. 그가 찍어 준 사진을 확인하며 아이처럼 티끌 없이 좋아하는 모습은 묘한 감동을 일으켰다. 그 순간, 그가 당연한 걸 요구하듯 당당하게 반문했다.

"우리는 안 찍어 줍니까?"

그를 뺀 모두가 당황했다. 김언혁은 지체하지 않고 노부부가 섰던 자리에 새희를 이끌고 갔다. 엉겁결에 뒤바뀐 포지션으로 새희는 카메라를 쳐다보았다. 그가 가르쳐 준 대로 제대로 카메라를 들고 이쪽을 보는 노부부가 "아가씨, 웃어!" 하며 주름을 휘며 웃는다.

그의 팔이 새희의 팔에 바짝 닿았다. 이상하다. 그 순간 세상이 흔들린 것처럼 어지러움이 일었다. 몸 안에 장기들이 모두 흔들렸던 것처럼, 감당할 수 없는 어지러움이…….

찰칵, 찰칵, 찰칵.

파도치는 소리와 셔터 소리가 귀로 섞여 들어 눈으로 빠져나간다. 눈물샘이 자극되어 눈가가 발갛게 달아올랐다. 아이고, 예쁘네…… 감탄하는 노년의 음성이 뭉클하게 닿아 왔다.

"혹시 텔레비전에 나오는 사람들인가?"

"아무 데도 안 나옵니다."

건성으로 답하며 사진을 확인한 그가 그의 휴대폰을 꺼내 카메라와 번갈아 가며 몇 번 만졌다. 이윽고 그의 휴대폰에 사진이 도달했다. 흠…… 그는 마음에 드는 듯, 특유의 말버릇으로 오래도록 사진을 관찰했다. 이어 새희에게도 사진을 보여 주었다.

막 짙어진 차였던 석양이 배경을 금빛으로 물들였다. 새희의 어깨는 좁고 가늘었으며 머리칼은 바닷바람에 한 올 한 올 흩어졌고 두 눈은 유리 가루가 들어간 것처럼 아릿하게 빛났다. 어지러움을 느꼈던 바로 그 순간의 표정이었다.

그는 마치 자신이 어떻게 찍힐지 아는 표정으로 턱을 반듯하게 치켜들고 자연스럽고 편안하게 새희에게 닿아 있었다. 기대는 게 아니라 기대어 오게 하는 듯한, 의연함과 도발성이 교차하는 눈.

무엇보다도 혼란스러운 건, 이 사진에 각별한 정서가 담겨 버렸다는 것이다. 오직 이 날, 이 순간, 이 시간에만 지을 수 있는 각각의 요소들이. 굳이 그리하지 않아도 특별할 순간을 그보다 더 특별해질 수 없게끔 아련하고 찬란하게…… 노부부가 떠나고 나서도, 새희는 계속 그 사진을 보고 있었다.

그때, 어디선가 기타 소리가 들려온다. 몸이 마르고 머리칼이 어깨 위로 스치는, 기타를 맨 남자는 거기서 자주 노래를 불렀는지 그 주변의 몇몇 사람이 익숙하게 모여 있었다.

교복을 입은 학생이 "Gimme all your love!³⁾" 하며 설렘과 흥분이 뒤섞인 커다란 목소리로 신청곡을 외쳤다. 남자는 기타 줄을 튕기며 노래를 부르기 시작했다.

애원하듯 절절한 음성이다. 몰아치는 감정에 취해 부주의하게 아무 말이나 뱉어 낼 것 같다. 새희는 그를 절실하게 올려다보았다. 그가 한결같아서 더욱 인내할 수 없는 것이었다. 아무런 티도 내지 않고 한결같아서…….

"생……."

점점 격렬해지는 남자의 노랫소리는 그와 바닷가를 걸을 때부터, 아니 오늘 그의 얼굴을 보았을 때부터 내내 응어리졌던 갈망을

---

3) Alabama Shakes 〈Gimme All Your Love〉

다그쳤다. 새희는 결국 말해 버렸다.

"생일 축하해요……."

새희가 알고 있었다는 것에 역시나 그는 놀라지 않는다. 하필이면 생일날, 왜 그가 새희와 함께하고 있는지 그의 의중은 파악되지 않는다. 물론 별거 아닌 이유일 테지만. 아마도 그에게 태어난 날은 중요하지 않다거나, 깜빡하고 생일인 걸 잊어버렸다거나…….

"고마워."

하지만 그의 생일을 축하해 줄 수 있어서 사무치도록 기쁘다…….

새희는 가볍게 한들거리는 그의 얼굴을 바라보았다. 그 순간, 그의 표정이 뒤바뀌었다. 다른 면으로 뒤엎은 것처럼 처음 보는 얼굴이었다. 그가 언젠가처럼 새희의 입꼬리를 만지작거렸다.

"이렇게 웃는군."

내가 웃고 있었구나…….

웃고 있었다는 자각을 한 뒤엔, 웃음이 턱 밑으로 물처럼 흘러내려 관절까지 스며들었다. 새희는 스스럼없이 눈가를 활짝 휘었다. 그는 절대 그가 지을 수 없을 것 같던 표정을 짓는다.

충격적인 장면이라도 본 것처럼 얼어 있던 그가 한순간 새희를 끌어당겼다. 그의 입술이 덮쳐 왔다가 다시 떨어지며 새희의 얼굴을 확인하고 다시 덮쳐 오고…….

그 과정을 몇 번을 되풀이한다. 그때까지도 새희의 웃음은 사라지지 않았다. 새희는 웃고 있었다.

네 모든 사랑을 나에게 준다면
네가 가진 모든 것을 줘
너의 모든 사랑을

Give me all your love
Give me all you got, babe
Give me all your love

\* \* \*

카페 앞에는 기사의 차가 주차되어 있다. 그 뒤에 차를 세우고 그가 새희를 돌아본다. 집 앞으로 데려다주겠다고 한 걸 새희는 애석하게 거절했다.

이미 그와의 밀회에서 너무 많은 증거들을 남기는 중이다. 중국에 있으리라 믿어 의심치 않았던 은석을 집 안에서 마주쳤을 때, 믿어 의심치 않아도 되는 완벽한 은닉의 시간은 없다는 걸 깨달았다.

차라리 들켰으면 좋겠다고 생각했던 때도 있었던 것 같은데, 이젠 그의 의지가 아닌 이유로 그와의 만남이 중단되는 상상만 해도 가슴이 미어지다가 어느 날 말라죽은 채로 발견될 것 같다.

기어이 이런 상태가 되었다는 사실에도 새희는 어느덧 초연하다. 한계라고 그어 놓았던 선을 반복해 넘어서다 보니 회한은 점점 그럴 수밖에 없었던 운명처럼 받아들이기 쉬워진다. 애달파지고 절박해지는 마음을 막을 수 없다는 것도.

대시보드의 시각이 열 시가 된다. 가지 않으면 안 되는 시간이다.

"갈게요⋯⋯."

그 음성은 몹시도 흐려서 목 안으로 비를 내렸다. 그 비가 거꾸로 올라와 눈으로 솟구치고 뺨으로 흘러내린다. 손쓸 새 없이 눈물이 쏟아져 나왔다.

안 돼, 안 돼⋯⋯ 헤어짐이 이렇게 아프다니. 매 순간 헤어져야 하는 사람이건만.

이 눈물은 가짜여야 한다. 단지 그 집에, 은석과 은석의 아내가 있는 그 집에 가기 싫은 투정에 의한 것처럼. 그러나 그보다 더 진실한 이유로 시야가 뿌옇게 채워진다. 그와 헤어지고 싶지 않았다⋯⋯.

손바닥에 얼굴을 파묻었다. 그의 손가락이 손목을 휘감는다. 미약하게 버텨 보려 했으나 맥없이 손이 내려갔다.

그의 눈코입이 보인다. 바닷가에서 들려오는 노래에 맞춰 그는 오래오래 새희에게 입 맞추고, 껴안았고, 해변을 걸었다. 그렇게 걷다가 다시 또 오래오래 입 맞추고 껴안았다. 이 기억을 파기할 방법 같은 건 알지 못한다. 알지 못한다는 건 절대로 알고 싶지 않다는 뜻과도 같다.

"내 집으로 갈까?"

그래 달라고 말하고 싶다. 제발 데려가 달라고. 나를 혼자 두고 가지 말라고⋯⋯ 하지만 그 말을 뱉고 난 후의 상황을 어찌 감당할까. 은석은 돌아오지 않는 새희를 추적하다 모든 정황과 관계를 알아낼 것이다.

알아낸 다음의 일은 간단하다. 다시는 그를 만날 수 없게 된다. 은석의 상처를 또 한 번 찢어발기는 일보다 무서운 건 그를 영영 만나지 못하게 되는 미래다.

언젠가는 맞이해야 할 테지만, 적어도 앞당기고 싶지 않다. 그것도 감정적인 실수로는 절대. 실수라고 치부하기엔 막심한 비탄이라 할지라도…….

영원히 금지될 바에야 순간의 헤어짐을 견디는 쪽을 선택하겠다. 그러나 그 짧은 헤어짐마저 이렇게나 격통을 내쏟는 과정을 거쳐야 한다. 두렵게도 결말 없이 과정만 계속될 거라는 확신이 든다.

"오늘 밤에 전화해도 될까요?"

내놓는 대답은 완곡한 거절이자 절박한 애원이었다. 그는 가만히 새희의 눈물을 응시했다. 만약 그가 이대로 납치하듯 자신을 강제로 데려간다면 기쁠까, 슬플까…… 물론 그런 일은 일어나지 않겠지만.

"웃어 주면."

조건은 우스울 만큼 쉬우면서도 어렵다. 새희는 눈물로 범벅된 미소를 그렸다. 엉망이잖아…… 억지로 올라간 입꼬리를 찌르며 그가 꾸짖었다. 꾸짖는 목소리를 손금에 넣어 가져가고 싶어진다.

그가 안전벨트를 풀어 주는 순간, 어이없게도 실망감이 들었다. 그를 거절해 놓고, 그러나 그 거절은 정말로 자신의 의사인 걸까. 나에게 의사라고 불릴 만한 자의가 있긴 한가. 열어젖힌 옷장에서 구겨 넣어 놨던 이불이 쏟아지듯 갑자기 거대한 자조감에 뒤덮인다.

그를 갈망하는 사람 중 제일 비루한 형편일 새희가 그의 관심사가 될 수 있는 것만으로도 사람들은 운이 좋았다고 말할 것이다. 가진 것도, 배운 것도 없는 가난하고 남루한 너에게 김언혁이 꽤 오래 흥미를 가지는 걸 너는 감사해야 한다고…….

가야 한다. 가야지만, 다음에도 그를 만날 수 있다. 새희는 그 생각으로 움직이기 싫다고 시위라도 하는 듯한 팔을 움직여 문고리를 열었다. 내리려고 몸을 돌렸을 때였다. 팔목이 붙잡혀 급격히 몸이 끌려갔다. 그의 입술이 덮쳐들었다. 전부 일 초 만에 벌어진 일이었다.

그 행동을 고대했던 것처럼 새희는 그의 얼굴을 감싸고 혀를 맞이했다. 정신없이 키스했다. 그의 고개가 수차례 각도를 달리했다. 끈적이며 맞붙는 혀들이 격한 마찰에 해질 것 같다.

가늘게 뜬 눈에 눈을 감지 않은 채 키스하는 그가 보였다. 그 눈 속의 거친 욕정이 보였다. 그가 새희의 가슴을 양손으로 쥐었다. 새희는 저항하지 않았다. 그러나 저항하지 않는 자신에게 저항하듯 그의 혀를 문 채로 고개를 저었다.

"가, 하으, 가야, 해요……."

그걸 저항이라고 할 수 있었을까? 그는 말하는 혀를 혼내듯 잘근잘근 씹더니 불현듯 새희의 가슴에 얼굴을 파묻었다. 문이 열린 데다 기사의 차가 앞에 있어 새희는 허둥거리며 그의 머리를 감싸 안았다.

옷 위였지만, 그의 얼굴의 윤곽이 또렷이 젖가슴 위로 느껴진다. 그는 숨을 깊이 들이마셨다. 길게 내쉬었다가 거듭 들이마신다. 새희의 겁먹은 젖은 뺨으로 옅은 홍조가 일었다.

더는 안 돼. 새희는 눈을 질끈 감고 그의 어깨를 밀어냈다. 그는 순순히 밀려나는 것 같다가 새희의 뺨에 입술을 진하게 눌렀다. 눈물이 다시금 차오른 새희의 눈꼬리에도 입을 맞추고 떨어진다.

"갈게요……."

그는 끝끝내 답하지 않고 새희를 빤히 쳐다보았지만, 새희는 문을 열고 내려 버렸다. 다시 타고 싶은 마음을 걸음걸음마다 내 뿌리며 앞에 선 차 문을 열었다.

기사가 흘끔, 새희를 살피고는 백미러로 그의 차까지 살펴본다. 새희는 턱 끝에 맺힌 눈물을 훔치며 출발해 달라고 했다. 도로로 나간 차 안에서 마지막으로 돌아보았을 때도 그의 차는 꼼짝도 하지 않았다. 조수석 문은 닫았을까…….

새희는 눈가를 비비며 울음을 가라앉혔다. 기사는 전에 없이 새희를 이해한다는 눈으로, 그러나 한편으론 경멸하는 눈으로 힐끔거린다.

"보아하니 푹 빠진 것 같은데 말야."

충고라도 해 줄 모양인지, 기사는 헛기침을 두어 번 하더니 경어도 쓰지 않고 말했다.

"저런 인사들은 모 아니면 도야. 우리 같은 처지, 거들떠보지도 않거나, 독사처럼 달려들거나. 내가 보기에 그 남자는 후자야. 일단 관심이 가면 앞뒤 안 가리고 콱! 물어서 안 놔줘. 독사가 먹잇감을 어떻게 사냥하는지 알어? 똬리를 틀어서 숨통을 조이다 피부에 독니를 박아 넣는데 초반에는 치명적인 통증을 못 느껴. 나중엔 이미 내장까지 독액이 퍼져 있다구. 골수까지 빼 먹힐 때는 몰라. 버림받고 나서야 빼 먹혔다는 걸 아는 거지."

그가 아는 척 떠벌리는 이야기는 딱히 틀린 비유도 아니었다. 그래서 새희는 상처를 받았다. 차라리 경멸하는 눈으로 말없이 쳐다보는 게 낫겠다는 생각을 한다.

"나야 우리 딸내미 둘이 대학도 보내야 하고, 마누라 입원비도 마련해야 하니 황송히 입 다물겠지만…… 알아 두라구."

"……."

"그쪽 모시는 도련님은 따로 있잖아?"

그쪽도 성깔 만만치 않더구만. 적당히 해야지. 기사는 혀를 찬다. 참으로 멍청하다는 듯이. 차창 밖의 세상이 뾰족뾰족해 보인다. 새희는 차창 유리에 얼굴을 갖다 대었다.

"알아요……."

나도 알아…….

* * *

차에서 내려 출입문을 열고 엘리베이터를 탔다. 오늘 하루가 무척이나 긴 것도 같고 짧은 것도 같다. 그의 차에서 내리기 전까지만 하더라도 짧다고 생각했으니 그의 부재가 그만큼 고단하고 부질없이 느껴진다는 것이다.

새희는 운전기사가 독사라고 칭한 그의 얼굴이 벌써부터 너무나 그리웠다. 비현실적인 일이지만, 만약 그가 정말로 인간의 형태를 한 독사라 언젠가 새희의 목에 독니를 박아 넣는다면, 고요히 눈을 감고 몸을 내어 줄 수 있으리라. 어떤 원통함도 없이……

그렇게 죽는 순간 마침내 고백할 것이다. 나를 죽여 줘서 고맙다고.

현관문을 열고 들어섰다. 평상시보다 조금 늦게 도착한 시각이다. 에어컨이 가동된 집 안은 시원하다 못해 싸늘했다.

목이 말라 부엌으로 갔다. 금방까지 사람이 있었던 듯, 다이닝 테이블 위에 코르크가 따진 와인과 그 와인을 따른 잔 두 개가 피스타치오 그릇 옆에 놓여 있다. 방 안에 있으려나…… 물을 마시며 새희는 생각했다.

바닷바람을 오래 쐰 몸이 버석거렸다. 씻어야겠다. 씻고 나서 그에게 전화를 걸 것이다. 새희의 걸음이 빨라진다. 옷을 가져가기 위해 방에 들어가려던 차였다.

아, 은석 씨……!

문고리를 잡은 손이 얼어붙는다. 착각할 수 있었으면 좋았을 것이다. 이 집에 사는 유령이 내는 소리라고 착각할 수 있었다면…… 그러나 고조된 숨소리가 또 한 번 집 안을 울린다.

은석 씨, 은석 씨……!

흥분에 젖지 않고서는 나올 수 없는 촉촉한 목소리. 새희의 눈꺼풀이 파르르 떨렸다. 목소리는 2층에서 들려온다고 믿을 수 없게 선명하다. 바로 귀 옆에서 이진이 신음하는 것처럼. 문을 열어 놓은 게 아니라면 이 볼륨은 설명되지 않는다. 새희는 백치가 된 것처럼 하려던 일을 잊은 채 망연히 서 있었다.

발음이 부정확하게 웃는 소리가 난다. 입속에 혀를 넣은 채로 웃음을 터뜨리는 모습이 연상된다. 그 혀가 은석의 혀인 것도, 두 사람은 벗은 몸을 마주 대고 있을 거라는 것도.

'이 방에서 나오는 너를 본 날엔 꼭 그 여자를 안아.'

새희가 집에 오는 시각은 정해져 있다. 이 시간에 문을 열어 두고 이진과 섹스를 하는 저의는 뻔하다. 은석은 새희에게 들려 주고 있는 것이다.

이진이 신음할 때마다 뇌 안에 든 중요한 부속물들이 교통사고를 당한 것처럼 나뒹군다. 뇌가 손상되고 있다. 이대로 듣고 있다간 머리가 못 쓰게 될 것 같은 공포가 엄습했다.

새희는 더듬더듬 문고리를 잡고서 열어젖혔다. 간드러진 이진의 웃음이 따라 들어오려고 했다. 쾅! 문을 닫고 잠갔다. 몸 전체가 덜덜거리며 헛구역질이 나왔다.

싫어, 싫어…… 미친 사람처럼 중얼중얼하다 그의 얼굴을 떠올린다. 그에게 전화해도 된다. 새희는 이불 속으로 뛰어들었다. 망설임 없이 그에게 전화를 걸었다.

- 안녕하세요.

그제야 눈물이 터져 나온다.

"집…… 집에 잘 도착했나요?"

- 응. 아기는?

"저도 잘 왔어요."

그의 집으로 뛰어가고 싶다.

- 아직도 울고 있군요.

지금이라면, 그의 손에 목이 졸려도 웃을 수 있을 것 같다.

"오늘 바다에 데려가 줘서 고마워요."

우느라 할딱이며 말하자 그는 음…… 듣는 이가 황홀하게 목을 울렸다.

- 당신 생일은 언제지?

나의 생일…… 나의 생일은 언제였던가.

"9월 9일……."

가장 싫어하는 날이다. 새희가 저지른 잘못 중 가장 큰 잘못은 태어난 것이기 때문에 새희는 생일날, 의식적으로 죄를 치르듯 아무것도 하지 않은 채 방구석에 웅크려 시간을 죽인다.

- 9월 9일…….

그는 새희의 이름을 처음 들었을 때처럼 혀끝에서 날짜를 굴렸다. 새희는 희미하게 웃었다. 문을 잠그고, 이불을 덮고, 그와 전화를 시작한 순간부터 새희는 괜찮아진 것 같았다. 그가 새희의 태어난 날을 읊은 순간부터 생일에 의미가 생긴 것처럼. 그는 새희를 보이지 않는 곳에서도 통제하고 정의한다.

위층에서 은석과 이진이 사랑을 나누고 있었지만, 새희는 괜찮을 수 있었다. 괜찮고 싶어서 그의 말을 주워 담는다. 주워 담은 그의 말이 온 신경을 독액처럼 마비시킨다. 치명적인 통증은 느끼지 못한다고 했던가.

기사는 정확했다. 내장이 녹아내릴 때까지도 그의 전화를 끊지 못하고 있겠지…….

* * *

"배달이요!"

카페 문을 열고 들어오는 배달 기사의 이마에서 땀이 줄줄 흘러내린다. 상자를 내려놓으며 땀을 훔치는 기사에게 선주가 얼음을 가득 넣은 커피를 건넸다.

"날이 덥죠?"

"말도 못 하게 덥네요."

기사는 커피를 꿀꺽꿀꺽, 들이마신 뒤 살겠다는 듯 한숨을 내쉬었다. 가만있어도 비 오듯 땀이 나는 날씨였다. 계절이 완연한 여름에 들어섰다는 뜻이다.

배달 기사는 땀이 채 마르기도 전에 선주에게 사인을 받고 나갔다. 나가며 문을 열자 그 옆에서 테이블을 치우고 있던 가람이 확 끼쳐 들어오는 무더운 공기에 이맛살을 찌푸린다.

"더워 죽겠는데 노래 좀 상큼한 거로 틀면 안 돼?"

트레이를 갖고 온 가람이 불만스럽게 선주를 노려보았다.

"칙칙한 옛날 노래, 그마저 가사도 없지. 도대체 이런 버전은 어디서 가져와서 트는 건지도 모르겠어. 손님들도 사장 노래 취향 한번 구리다고 생각하고 있다고 장담한다. 가서 물어봐?"

"옛날 노래가 뭐 어때서? 가사 있으면 귀만 시끄럽지. 입 다물고 저기 박스 안에 든 거 옮겨."

"차라리 동요를 틀어. 명아 춤추는 거나 보게. 그치?"

선주의 휴대폰으로 게임을 하고 있던 명아가 으응? 하며 얼굴을 들었다. 그 바람에 화면에서 날아다니던 과일들이 추락하고 실패했다는 장렬한 메시지가 떠올랐다.

아이고! 명아가 엉뚱하게도 전혀 나이에 걸맞지 않게 탄식해서 가람과 선주가 웃음을 터트렸다. 선주가 웃는 얼굴로 너무 오래 했다며 휴대폰을 뺏어 가자 명아가 칭얼대며 달라붙는다.

키득거리며 그들을 보던 가람이 문득 새희를 돌아보았다. 가람의 눈은 잠시간 새희의 얼굴에 묶인 듯 잡혀 있다. 뻔히 예상 가능한 영화에서 생각지도 못한 반전을 만난 것처럼. 이윽고 예상 밖의 장면이 맘에 든다는 듯이 표정이 부드러워진다.

"뭐야, 웃을 줄 알잖아."

가람은 마치 새희가 웃을 줄 안다는 게 기쁜 일이라도 되는 것처럼 웃는다. 길게 트인 입매 옆으로 보조개가 들어가며 눈꺼풀은 스르르 말려 올라가듯 접힌다. 예쁘다. 그의 앞에서 자신도 저렇게 웃었어야 할 텐데.

"언니, 언니."

명아가 앞치마를 잡아당겼다. 새희가 내려다보자 수줍은 듯, 신나는 듯, 한편으론 긴장되는 듯한 얼굴로 무언가 건넨다.

"언니 꼭 와!"

명아가 건넨 것은 직접 그리고 오려서 만든 생일 초대장이었다.

종이 위에 삐뚤빼뚤한 글씨로 '명아의 생일 파티에 초대합니다!'라고 적혀 있다. 한 명 한 명 제작된 듯 초대장의 끝부분에 '새희 언니'라고 수신인이 확실하게 쓰여 있다. 날짜는 다음 주 주말이었다. 장소는 명아의 집. 색연필과 사인펜으로 현란하게 꾸며 놓은 정성이 명아의 어마어마한 기대감을 짐작하게 했다.

'새희 언니 꼭 와 줘.' 구석에 자그맣게 적힌 글자와 그 옆에 새희를 그린 듯한 그림이 분에 넘치도록 귀하다. 초대해 줘서 가슴이 찡할 만큼 고마웠다. 그러나 갈 수 없었다. 새희는 아픈 미소를 지었다. 선주는 당황스럽게 명아와 새희를 번갈아 보더니 명아의 눈높이에 맞춰 다리를 굽혀 앉았다.

"명아, 언니는 못 가. 엄마가 언니는 바빠서 안 된다고 했잖아."

명아가 금세 울상이 된다.

"언니 왔으면 좋겠는데……."

"새희 언니가 그렇게 좋아?"

"응! 언니 세상에서 제일 예뻐."

"뭐야, 그럼 엄마는?"

"엄마는 세상에서 제일 아름다워!"

무슨 차이인지도 모르면서 그렇게 단언하는 명아를 사랑스러워하지 않을 수 있는 사람은 이 세상에 없을 것이다.

선주는 어쩔 수 없다는 듯, 곤란하게 웃으며 새희를 보았다. 제 입으로 거절해 주라는 걸까. 거절을 뜸 들이는 시간이 길어질수록 명아의 눈빛에 어린 기대감이 부푸는 것을 알고 있다. 그래서 더 말하기 힘들어지는 것이었지만…….

"그럼 우리 명아 생일 파티 두 번 할까?"

제안한 건 가람이었다. 명아가 귀를 쫑긋 세운다.

"친구들이랑은 낮에 하고, 저녁에 세상에서 제일 예쁜 새희 언니 포함해서 우리끼리 여기서 하는 거야. 어때?"

"좋아!"

명아가 신나게 두 손을 팔딱거리며 가람에게 힘차게 안겼다. 가람은 명아를 받아 안아 번쩍 들어 올렸다. 까르르 웃는 해맑은 뺨에 쪽 입술을 붙였다 떼어 내며 괜찮지? 하고 묻듯 새희를 지그시 바라본다. 그리고 선주에게 말한다.

"그날은 일찍 장사 마무리하는 걸로?"

"왜? 네가 아주 그냥 사장하지?"

툴툴대면서도 선주는 그 제안이 썩 괜찮은 기색이다. 선주는 슬쩍 새희의 대답을 기다렸다. 가람도, 가람의 품에 안긴 명아도 초롱초롱 눈을 빛냈다.

새희는 초대장을 만지작거렸다. 이윽고 고개를 끄덕거리자 명아가 우렁차게 "야호!" 하고 외쳐서 세 사람은 동시에 맨 뒷자리에서 책을 읽고 있던 손님의 눈치를 살피고 쉿, 검지를 입술 위에 세웠다. 명아가 앙증맞은 두 손으로 입을 가리며 히히 웃는다.

"하여간⋯⋯."

선주는 픽 웃었다. 가람이 버둥거리는 명아를 밑으로 내려주었다. 바닥에 발이 떨어지기 무섭게 명아가 새희에게 가더니 앞치마를 잡아당기며 이리 얼굴을 가져와 보라는 듯 손짓한다.

새희는 선주가 그랬던 것처럼 쪼그려 앉았다. 명아가 아무도 듣지 못하도록 손으로 입 주변에 동그랗게 벽을 친 채 새희의 귀에 소곤거린다.

"그리고 언니는 세상에서 제일 착해."

"……."

"명아 비밀도 지켜줬잖아."

예전 일이다. 유치원에서 전화가 걸려 와 선주가 중간에 명아를 카페로 데려온 적이 있다. 급하게 명아를 데려와 놓고, 선주는 처리할 급한 일이 하나 더 있어 미안하고 긴박한 얼굴로 새희에게 명아를 맡긴 채 자리를 비웠다.

명아는 한바탕 심하게 울고 온 듯, 코끝이 빨갰다. 아이의 속사정을 파고들어 풀어 줄 만큼 새희는 섬세하지도, 숫기가 좋지도 않았다.

종알종알하는 평소와 달리 입을 꾹 다물어 버린 명아의 눈치를 보며 딸기 주스를 만들었다. 분명 딸기 주스를 먹고 싶은 표정이면서도 명아는 그것을 외면했다. 마치 그걸 받으면 자신이 운 이유를 고백해야 한다고 생각하는 것처럼. 그러나 결국 유혹을 이기지 못하고, 명아가 슬그머니 주스에 손을 댔다. 새희는 모른 척했다.

새희를 곁눈질하며 쪼록쪼록 빨대로 빨아 마시던 명아는 오히려 정말로 아무 말도 걸지 않자 서운한 듯 입술을 댓 발 내밀었다. 그러고는 잠시 뒤 으앙 하고 울어 버렸다.

'명아는 아빠 없이 태어났대. 세상에 우리 아빠를 아는 사람은 아무도 없대. 엄마도 모른대. 엄마 미워…… 너무 너무 미워!'

명아의 울음은 축적된 걸 터뜨리는 듯한 느낌이 있었다. 놀림은 이번이 처음이 아니었던 것이다.

순간, 우는 명아의 얼굴에 어린 자신의 얼굴이 겹쳐졌다. 명치끝이 베이는 것처럼 아려 왔다. 다행히도 가게 안에 손님이 없었다. 손등으로 눈가를 누르며 우는 명아의 손을 새희는 살며시 잡았다.

'아니야. 명아야……'

'다들 아빠 있는데…… 민석이도 있고, 채연이도 있는데……'

'나도 없어.'

눈물을 그렁그렁 매단 채로 명아가 새희를 바라보았다.

'나는 엄마도 없어.'

'언니도? 언니는 왜 없어?'

명아는 훌쩍이면서 순수하게 물어보았다. 새희는 명아의 젖은 뺨을 닦아 주었다.

'내가 미워서 다들 도망가 버렸어……'

엄마가 없는 건 상상도 할 수 없는 일이라는 듯, 명아는 엄마도, 아빠도 없는 새희가 신기하면서도 불쌍한 눈빛이었다. 이렇게나 어린아이의 눈에도 불쌍한 처지가 되는 기준점은 정해져 있는 것이다. 새희는 눈물 때문에 머리카락까지 젖어 버린 명아의 보들보들한 뺨을 소매로 닦아 주었다.

'좋겠다, 명아는. 엄마가 있어서. 아빠 없이 엄마가 계속 있어 준다는 건 대단한 용기가 필요한 일이거든.'

'……'

'명아를 엄청 많이 사랑하지 않고서는 못 해.'

명아는 그 순간, 아빠가 없다는 부당함보다 그런데도 엄마가 옆에 있다는 사실에 감동한 듯했다. 새희와 다르게 말이다. 명아는 고개를 끄덕끄덕하더니 눈물을 씩씩하게 닦아 냈다.

'엄마 밉다고 한 건 거짓말이야. 언니, 엄마한테 말하지 마.'

'응. 비밀로 해 줄게.'

'약속한 거야?'

'응. 약속.'

새끼손가락을 걸고 약속했다. 명아는 그제야 마음 놓고 딸기 주스를 마셨다. 그 뒤 돌아온 선주는 슬픈 표정으로 명아를 안아 주었다. 명아는 눈물을 매단 채로도 혹시 새희가 비밀을 발설할까 불안하게 눈치를 살폈다.

그때, 나는 어떤 얼굴을 했지? 비밀을 꼭 지켜 주겠다는 신뢰 있는 얼굴을 했던가. 서로의 세상을 꼭 안아 주는 둘을 보며 한없이 연약해지는 얼굴을 했던가…….

"둘이 무슨 비밀 얘기 해? 엄마도 궁금한데?"

선주가 궁금하다는 듯, 다가오자 명아가 "아니야!" 새침하게 외치고는 전용 의자에 앉혀 달라고 두 손을 뻗는다. 더 캐묻지 않고 선주는 명아를 의자에 앉혀 주었다.

그때, 스피커에서 나오던 음악이 바뀌었다. 선주는 멜로디를 따라 허밍 하다 음에 가사를 붙여 부르기 시작했다.

"아름답게 빛나지만 깨어지기 쉽다는 걸……."

가람은 기막힌 듯 보다가 이내 피식 웃었다.

"시끄럽다더니 자기가 부르고 있네."

가람의 빈정거림은 흘려보내며 선주는 빙글빙글 돌고 있는 명아를 뒤에서 꽉 껴안았다. 까르르, 명아가 웃었다. 새희는 어항 속에서 단둘이 헤엄치는 무늬가 같은 물고기들을 보듯 두 사람을 응시했다.

"슬픔은 잊을 수가 있지만 상처는 지울 수가 없어요…….4)"

행복해 보이는 장면과 달리 선주가 부르는 가사가 슬퍼서 어쩐지 눈물이 날 것 같았다.

* * *

"그래서 다음 주 주말 저녁에 여기서 파티를 열어 주기로 했어요."

김언혁은 새희의 초대장을 이쪽저쪽 돌려 보았다. 구석에 명아가 그려 놓은 새희의 그림을 흥미롭게 보더니 비교하듯 새희의 얼굴 옆에 종이를 두고 번갈아 본다. 실물은 그림처럼 그림은 실물처럼 본다. 비교를 마친 후에도 그는 초대장을 놓지 않고서 몇 번 더 정독했다.

"나도 참여하고 싶은데."

내 초대장도 부탁할게요, 그가 말해서 새희는 웃었다. 소리까지 내면서. 여느 때처럼 웃음기가 고인 입술에 그가 입술을 포개왔다. 어느새 그의 앞에서 웃는 게 이리도 자연스럽다. 웃을 때마다 입술을 포개 오는 그의 움직임까지도.

---

4) 원준희 〈사랑은 유리 같은 것〉

"명아 생일 선물을 뭘 해 줘야 할지 모르겠어요."

선물한 경험이 전무하고, 거기에 대상이 일곱 살 여자아이다 보니 뭘 주면 좋아할지 감이 잡히지 않는다. 그는 새희가 도로 가져간 초대장을 다시 뺏어가 훑어보았다.

"이 캐릭터를 좋아하는군요."

그가 한 부분을 손가락으로 짚었다. 동글동글한 머리의 왕눈이 초록색 개구리 캐릭터가 그려져 있다. 그 부분 말고도 초대장 구석구석 동일한 것이 그려져 있었다. 그는 이 캐릭터가 현재 방영 중인 인기 만화 캐릭터라고 했다.

그럼 관련된 상품들이 가까운 문고에 있으려나. 기회를 봐서 일하는 중간에 선주에게 양해를 구하고 잠시 나갔다 와야겠다. 그리 생각하는데 그가 새희의 입술을 엄지로 눌렀다.

"당신은?"

눌러서 벌어진 아랫입술을 검고 짙은 시선으로 핥으며 그가 묻는다.

"갖고 싶은 거 없나?"

갖고 싶은 것. 갖고 싶다고 말해서 가질 수 있다면 그와의 시간을 일 분이라도 더 가지고 싶다. 그것 외엔 그다지 욕심나는 게 없다는 게 제가 생각하기에도 머리에 나사 하나가 빠진 것 같지만, 이미 빠져 버린 이상 뭘 어쩌겠는가.

"없어요, 갖고 싶은 거."

지금, 이 순간이면 충분해……

그는 그 대답이 맘에 안 드는 듯, 새희의 입술을 손톱으로 꽉 눌렀다가 다가가 혀로 쓸었다. 질근질근 깨물며 새희의 몸을 짜부라뜨릴 듯이 끌어안았다. 가벼워진 옷차림 덕분에 밀착할 때마다 맨살이 닿아 오는 게 좋았다. 좋아서 가느다랗게 비명을 지르고 싶었다.

그가 피아노를 칠 동안 새희는 그의 것을 빨았다.

"목구멍 열고 깊숙하게 빨아 들여……."

그를 처음 만났던 겨울에서 벌써 여름이 되었다. 가을에도 나의 일상이 당신과 함께일 수 있을까. 아니라면 그냥 여름만 계속되었으면 좋겠다. 타 죽어도 좋으니. 여름만 계속…….

\* \* \*

고등학교 수업 시간이었다. 어느 과목 시간이었던가. 수업 대신 영화를 틀어 준 적이 있다. 음악과 사랑이 교감하는 영화였다.

영화의 장면 중 이런 장면이 있다. 별거 중인 남편이 있는 여자 주인공에게 남자 주인공은 체코어로 '그를 사랑해?'를 뭐라고 말하냐고 묻는다. 여자 주인공은 '밀루에쉬호'라고 대답한다. 이어 남자 주인공은 '밀루에쉬호?'라며 그를 사랑하냐고 여자 주인공의 본래 언어로 묻는다. 그러자 여자주인공은 '밀루유떼베'라고 답한다.

'나는 너를 사랑해.'

영화 속 주인공들은 영화가 끝날 때까지 이름이 나오지 않는다. 그 영화에서 그들이 누구인지는 중요한 게 아니었던 것처럼. 그들이 나눈 음악과, 사랑만이 허상 같은 추억 속 진짜였던 것처럼.

그 영화를 보고 나서 지도상에 표기되지 않은 나라의 언어를 가지고 싶다고 생각했다. 어쩔 수 없이 진심을 숨겨야 하는 순간, 아무도 모르는 나라의 언어를 빌려서라도 진심을 표현할 수 있도록.

비록 상대는 알아듣지 못하더라도 그 순간, 상대에게 거짓을 고하지 않을 수 있도록…….

\* \* \*

후우, 풍선에 바람을 가득 불어 넣는다. 빵빵하게 차오른 것의 입구를 동여매고 이미 불어 놓은 것들과 함께 천장으로 띄웠다. 알록달록한 색색의 풍선들은 명아의 웃는 얼굴처럼 보고만 있어도 기분이 좋아진다. 그 순간, 머리 위로 무언가 닿았다. 고개를 들었다. 고깔모자를 새희의 머리에 씌운 채 가람이 씩 웃고 있다.

선주가 명아를 데리고 오기 전까지 마무리해야 했다. 남은 풍선들을 죄다 불고 케이크를 상자에서 꺼내 초를 꽂았다.

가람이 선주에게 전화를 걸었다. 15분쯤 뒤에 도착할 거라고 했다. 15분이면 시간은 제법 오래 남은 편이다. 라이터를 켰던 가람은 도로 불을 사그라뜨렸다.

"누난 생일이 언제야?"

그러고 보니 궁금하다는 듯, 가람이 묻는다. 그가 물었을 때와는 사뭇 기분이 다르다.

"9월 9일."

"……."

"……."

"……나한테도 물어봐 주면 안 돼?"

원하는 대로 묻자, 가람은 엎드려 절 받기라고 불평하면서도 생일을 알려 주었다. 더욱이 미안한 건, 들은 뒤에도 금방 가물 가물해질 것처럼 의식에 뚜렷하게 남지 않았다는 것이다. 새희 의 의식은 이미 한 사람에게 지배된 뒤였으므로 그 외의 불필요 한 정보는 받아들이려고 하지 않았다.

전부터 가람은 본인의 생일이나 취미 같은 것을 은근히 새희가 궁금해하길 바라는 눈치였지만, 가람에게 궁금한 건 따로 있었다. 척박하다고 할 수 있는 새희의 몇 안 되는 아는 사람 중 유일하게 가람에게만 할 수 있는 질문이었다.

"넌 보통 언제쯤 여자한테 질려?"

"뭐?"

"얼마큼 시간이 지나면…… 보고 싶지 않다는 생각이 들어?"

황당해하던 가람은 말끝의 떨림을 파악하고 가벼운 태도를 정리한다. 한 번도 그런 걸 깊이 고뇌해 본 적 없는 양, 턱을 문 지르며 곰곰이 돌이키는 표정이 조금은 괘씸하다. 여자들이 우 는 동안에도 가람은 이렇듯 태평한 얼굴로 어쩌다 언급이 되면 그제야 그들을 뇌리로 스치며 지냈을 것이다.

"누나가 날 대체 얼마나 개쓰레기로 생각하고 있는지 모르겠 는데, 일부러 질릴 때까지를 염두에 두고 여자를 만나지 않아. 그리고 애초에 전제가 잘못됐어. 내가 질리는 게 아니라, 나한테 질려서 떠나가는 거야."

가람은 짐짓 억울하다는 듯 말하지만, 새희는 수용하지 않았다. 질려서 떠나갔다는 여자들은 이를 악물고 선수를 친 것뿐이다. 그때쯤 이미 가람이 자신에게 질려 가고 있음을 눈치챈 뒤였으리라. 버림받지 않으려고 먼저 버리는 건, 버려지는 심정과 별다를 게 없다.

가람의 자기변명 비슷한 답은 새희의 질문에 만족스러운 답이 되지 못했다. 사실 물은 직후 괜한 질문을 했다고 후회하고 있었지만.

가람은 그가 아니다. 가람이 정말로 기한을 정확히 말해 주었다 한들, 그와 일치할 가능성은 거의 없다고 봐야 무방했다. 다만 그렇게라도 어림짐작해서 마음의 준비를 하고 싶었던 것이다. 이왕이면 가람이 오랜 기간을 말해 주길 바라며……

"누나, 요즘 연애해?"

연애? 연애가 무엇일까. 질린다는 의미는 알아도 연애란 무엇인지 잘 모르겠다. 그 사람과 함께 있을 때만 살아 있음이 증명되는 것 같은, 이쪽에서 일방적으로 가지는 무지근한 감정을 연애라고 부르긴 어폐가 있을 것이다.

"한 번씩 카페 앞에 검은 외제 차 보이던데……"

뒷덜미가 싸하다. 가람이 있을 시각엔 그의 차가 온 적이 없을 텐데……

그때, 유리문 너머로 명아와 손을 잡고 걸어오는 선주가 보였다. 추궁할 것 같던 분위기는 돌연 깨어졌다. 새희는 자리에서 일어났고 가람은 서둘러 초에 불을 붙였다.

명아는 동화 속 공주가 입을 법한 파란색 원피스 차림으로 새희의 얼굴을 보자마자 꽃이 만개하듯 웃으며 달려왔다. 명아가 문을 여는 순간, 마음속 스위치가 켜지는 듯했다.

새희 언니! 그 맑은 목소리에 줄줄이 달려 있던 전구에 불이 들어오듯 시야가 환해진다.

"생일 축하합니다. 사랑하는 명아의 생일 축하합니다."

펑! 터지는 폭죽 소리가 경쾌하다. 명아는 촛불을 불려고 입술을 동그랗게 모았다가 아참! 하며 두 손을 모으고 기도한다. 그 모습을 촬영 중이었던 선주의 휴대폰에 여러 개의 웃음소리가 녹음된다.

이윽고 명아가 힘껏 후, 초를 불었다. 짝짝짝! 손뼉을 치는 명아는 낮의 파티에서 배부르게 먹고 온 모양인지 배가 볼록했다. 가람이 쿡쿡 찌르자 하지 말라고 밀어내다 볼이 꼬집힌 채로 새희를 향해 자랑스럽게 외친다.

"언니 케이크 먹어!"

케이크를 사 온 가람은 왜 네가 생색 내냐며 어이없어했다. 선주가 큰 소리로 웃으며 명아의 코에 케이크 크림을 묻혔다.

새희는 이 순간이 제게 흔치 않은 화목한 추억으로 자리 잡는 것을 느꼈다. 미련이 남을 듯한 순간들이 많아지는 건 좋은 징조가 아닌데, 그래도 웃게 된다. 그리고 괜스레 입술을 핥게 된다. 웃을 때마다 키스를 해 오는 그 때문에 배어 버린 습관이 그가 없을 때도 튀어나와 여간 곤란스러운 게 아니었다.

"이런 것도 좋은데. 앞으로 매년 이럴까?"

선주는 고해성사하듯 과거사를 들려준 이후부터 더 이상 새희를 보며 복잡한 표정을 짓지 않는다. 털어놓아 후련해진 눈이 거리낌 없이 새희의 의중을 살핀다.

당연하게도 기약할 수 없었지만, 선주도 그 사실을 물론 알 테지만 새희는 고개를 끄덕였다. 선주가 웃었다. 명아를 닮은, 기분의 명도를 높이는 웃음이었다.

그 덕분에 고를 수 있었던 선물은 다행히도 적격이었던 듯 명아는 개구리 인형을 품에 꼭 안은 채 방방 뛰었다. 선주는 요즘 명아가 푹 빠진 캐릭터인데 어떻게 알았느냐고 신기하게 감탄했다.

새희는 내심 뿌듯하며 얼른 그에게 이 현장을 전달해 주고 싶어 손이 근질거렸다. 당장이라도 그에게 전화를 걸고 싶은 마음이 굴뚝같았지만, 아직 명아의 생일 파티 중이었다. 언니 고마워, 하며 안겨 오는 명아의 작고 보드라운 몸을 끌어안았다.

오늘은 그를 만날 수 없겠지…… 카페를 나서기 전, 이른 아침에 그에게 전화가 왔었다. 명아의 생일 파티 날임을 새희가 말하기 전에 그는 기억하고서 먼저 물어보기까지 했다.

시간은 벌써 8시였다. 하늘은 깜깜해져 있었다. 아침의 통화로 그가 오지 않을 거라는 걸 일찍부터 숙지하고 있었는데도 그를 만나던 시간과 가까워지자 의미 없이 반복적으로 유리문을 넘어다보게 된다.

"명아야, 새희 언니 피아노 치는 거 듣고 싶지 않아?"

갑작스러운 제안이었다. 저는 아닌 척, 은근슬쩍 가람이 말을 흘렸다. 명아를 안고 있던 새희는 당황했다. 고개를 튕겨 낸 명아의 두 눈에 가람이 자극한 대로 기대감이 생생히 들이찬다.

"듣고 싶어!"

언니 피아노 쳐 줘! 빠져나갈 수 없게끔 요구는 명확하다. 새희는 한숨을 내쉬었다. 선주는 적극적으로 말리지 않았다. 딱히 반대하지 않고 싶다는 것이다.

새희가 피아노를 치는 건 그들에겐 공공연한 일이긴 했지만, 대놓고 요청한 건 처음이었다. 다들 다정하고 부드러운, 그래서 무엇이든 납득될 듯한 분위기에 취해서 그런 걸까. 자신마저 언제나처럼 거부하고 싶지 않은 기분이 드는 걸 보면 그런 걸지도.

자리에서 일어나자 환호하는 소리가 걸음에 따라붙었다. 피아노 덮개를 열고 의자에 앉았다. 건반 위의 손가락이 집중되는 시선들에 오래간만에 떨렸다.

어떤 곡을 칠까. 곁으로 다가온 명아와 눈이 마주친다. 동그랗고 투명한 눈동자. 그 눈을 보니 곡 하나가 떠오른다. 새희가 연주하자 명아가 별이 박힌 눈을 휘며 귀여운 앞니를 내보였다.

"반짝반짝 작은 별!"

〈모차르트 작은 별에 의한 변주곡('아 어머님께 말씀드리죠' 주제에 의한 12개의 변주곡)〉

익숙한 멜로디를 따라 명아는 원피스 자락을 휘날리며 새희의 주변을 노닐기 시작한다. 새희가 웃으며 손가락을 튕겼다. 또랑또랑한 음들이 조약돌을 건너는 듯한 명아의 발짓에 올라탄다. 청아한 선율이 솟은 어깨 위로 사뿐히 내려앉아 허물어뜨렸다.

팔꿈치는 직각으로 구부리고 손목에 힘은 빼고…… 그의 가르침이 무르익은 한결 편안한 자세가 되어 청중의 고막으로 맑은 음을 내리꽂는다. 얼핏 보았던 가람의 눈이 어째서인지 넋이 나가 있다.

이 순간, 피아노를 칠 수 있다는 게 커다란 축복임을 깨닫는다. 명아와 눈을 맞추며 마지막 변주로 넘어갔다. 그 순간 문에 비친 인영을 보았다.

잘못 본 거겠지…… 그러나 빠른 속도로 질주하던 왼손은 섬세함을 잃으며 연주는 서서히 무너진다. 마침내 두 손을 멈춰 버린 새희가 그대로 건반을 짚고서 벌떡 일어났다.

단추를 몇 개 풀어 헤친, 몸을 꽉 조이지 않고 헐렁한 핏의 카키색 셔츠. 그러나 날렵한 골격과 맵시는 퇴폐적인 윤곽으로 음전하지 못한 상상력을 끄집어 올린다. 착각할 만한 비슷한 외형 같은 건 어디에도 없다고 자신할 수 있다.

문을 열고 들어오는 매끈한 장신이 망막을 부수며 들어온다. 새희는 홀린 듯 그에게 걸어가다가 발걸음을 멈췄다. 자신과 마찬가지로 그를 보고 있는 현실감이 도려내진 눈들을 한발 늦은 타이밍에 알아차린다.

김언혁은 케이크 상자를 한 손에 든 채였다. 놀람과 혼돈 속에서 오직 그만이 천연덕스럽게 서 있다.

"파티가 벌써 끝났나……."

뻔뻔한 중얼거림은 그를 한껏 수상쩍어 보이게 했다.

* * *

선주는 도대체 왜 김언혁이라는 남자가 난데없이 명아의 생일 파티 중간에 난입한 건지 누군가 설명해 주길 바라는 얼굴로 휘둘러보았다.

낯선 사람들 앞에서도 얼굴을 가리기 급급했던 새희의 노력을 보란 듯이 처박으며 등장한 그를, 새희는 아연하게 응시했다.

은석의 눈과도 다름없는 선주와 가람이 그를 봐 버렸다. 경악스러워해야 하건만, 그의 표정이 너무나 아무렇지도 않아서일까. 그저 당황스럽기만 했다. 당황스러우면서도 오늘은 못 볼 거라 단념했던 그의 얼굴이 반갑다.

그가 주위의 시선 따위 아랑곳하지 않고 다가와 새희의 뺨부터 만져 왔을 땐, 동공이 저절로 이완되었다. 그 동공 속에 놀라는 한편 그간 갖고 있던 의문점을 해결하고 깨달음이 스쳐 가는 가람이 포착되지 않았다면, 언제까지 그러고 있었을지 모를 일이다.

뺨을 쥔 그의 손등을 잡았다. 그만 만지라는 뜻을 알아들었으면서도 오인한 것처럼 그는 손가락 사이를 벌려 깍지를 끼워 버린다. 거칠 것이 없다는 듯 평소처럼 행동하는 그 때문에 새희는 쩔쩔맸다.

그제야 선주도 가람과 비슷한 눈빛이 된다. 아무도 새희를 독촉하지 않았지만, 이 상황에 대해 설명을 넘어 해명해야 하는 사람은 마땅히 새희밖에 없다. 그래서 허둥거리게 되는 것이다.

"아, 이분은……."

"이분?"

그는 새희의 지칭이 웃기다는 듯, 공기가 빠진 듯한 야릇한 톤의 목소리를 냈다.

그가 새희의 손을 잡은 채로 선주에게 다가섰다. 새희는 헝겊 인형처럼 기력 없이 딸려 갔다. 선주가 흠칫거리며 그가 맞잡고 있는 새희의 손을, 그다음 그의 얼굴을 올려다본다. 순간적으로 드리우는 위력에 선주는 저도 모르게 긴 숨을 뱉어 내야 했다. 까만 눈은 그냥 쳐다보는 데도 느껴지는 흡착력 같은 것에 피부결이 뜯기는 듯했다.

"김언혁입니다."

"아, 네. 그…… 현선주입니다."

악수라도 할 태세였지만 그 옆에 선 가람으로 그의 시선이 넘어 갔다. 가람을 보며 그는 새희의 반대편 손도 낚아채 그의 허리로 감았다. 탄탄한 복부에 휘감긴 팔로 빳빳하게 힘이 들어갔다. 그를 뒤에서 껴안은 자세로 그의 앞에 선 가람과 시선이 교차했다. 막무가내식으로 이어지는 그의 동작들은 보는 이들의 낯을 화끈거리게 했다.

"가람이?"

그는 꽤 친근하게 가람을 아는 척했다. 많이 들어 잘 안다는 태도는 자연스러우면서도 다분히 연극적이기도 하다. 그에 가람은 노골적으로 인상을 구겼다. 그의 첫인상이 가람에겐 퍽이나 나쁘게 심어질 것 같았다.

마지막 차례로 그는 명아를 내려다보았다. 그때까지 초대하지 않은 손님을 경계하듯 선주의 다리 뒤에 숨어 그를 힐끔거리던 명아가 바르르 떨더니 얼굴을 숨겨 버린다. 명아는 낯가림이 없는 편인데 이상할 정도로 숫기 없는 반응이다. 안타깝게도 그는 명아에게 말을 걸고픈 의지가 확고한 듯했지만 말이다.

선주가 겨우겨우 표정을 관리하며 말했다.

"일단 좀 앉을까요?"

먹은 흔적으로 듬성듬성 구멍이 나 있는 케이크 옆에 그가 가져온 케이크 상자를 내려놓는다. 새희 옆에 앉은 그는 맞은편 자리에 선주의 다리 위에 앉은 명아를 뚫어지게 바라보았다.

명아는 관심을 끌고 싶어 하는, 저를 향한 반짝이는 눈길에도 선주의 몸 위에서 손만 꼼지락댈 뿐, 반응이 시원찮았다. 그러면서도 몰래몰래 김언혁을 곁눈질했다. 스스로는 몰래 본다고 생각하는 듯했으나 다 들키고 있었다. 그를 싫어하는 게 아니라 부끄러워하는 느낌이었다.

"새희랑 만나고 있는 건가요?"

선주는 조심스럽게 물었다. 새희는 바지를 움켜쥐었다. 피할 수 없는 질문이었거늘, 갑작스러운 파도를 조우한 것처럼 거대한 형체에 육신이 벼랑으로 떠밀리는 기분이다.

그의 향기가 불쑥 짙어졌다. 눈을 내리깔았던 새희는 자신을 따라 고개를 숙인 그를 보고 황급히 목을 세웠다. 그는 새희를 보면서 대답했다.

"네."

그가 간략하지만 단호하게 긍정했다. 우리는 만나고 있다고.

새희는 왜인지 멍해졌다. 만나고 있다는, 그런 표현으로 이 음험하고 복잡한 관계를 위장해도 되는 걸까. 하지만 그가 만나고 있다고 했으니 그런 거겠지. 그런 거겠지……

새희는 무의식적으로 고개를 주억거렸다. 그가 또 뺨을 만져왔다. 하지 말라고 말려야 하는데, 예의 새희를 녹여 버리는 다정한 눈빛이 까만 눈 속에서 휘돌고 있다. 이어 턱 끝을 간지럽히는 그의 손길을 제지하지 못한다. 모두가 보고 있는데도, 셔츠속에서 흘러오는 그의 향기가 정신을 함몰시킨다.

선주는 혼란스러운 표정이었다. 은석과 새희의 관계를 아는 사람이라면 그와 자신을 보며 저런 표정을 짓겠구나. 대체 어쩔 작정이냐고, 천지 분간이 안 되는 어린애를 나무라는 듯한 표정을……

"일러도 상관없습니다."

그가 그렇게 말했을 때, 가장 창백해진 건 새희였다. 선주도 직선적으로 던지는 말에 충격을 받은 듯 얼어붙었다.

아, 안 돼요…… 너무 작게 말해서 들릴까 싶었지만, 그는 분명 알아들었다. 새희가 고개를 저으며 그의 옷자락을 붙잡자 그가 눈썹을 들어 올렸다. 아무리 절박하게 쳐다보아도 그는 발언을 취소하지 않을 모양이다.

새희는 돌연 선주에게 표정으로 매달렸다. 그러면 안 된다고, 부디 말하지 말아 달라고…… 간청하는 낯빛을 선주는 난감하게 응시한다.

그 순간, 픽, 그의 입술에서 바람이 빠졌다.

"그런데 보다시피 겁이 많아서."

김언혁은 자리에 앉은 뒤 처음으로 선주의 눈을 날카로이 관통했다.

"입 다물고 있어 줬으면 좋겠군요."

"……."

"안 그럼 일이 복잡해지거든."

선주는 은연중에 명아를 힘주어 껴안았다. 어렵사리 그에게서 새희로 시선을 옮겨 온다. 입술을 달싹거리며 뭐라고 말하려다가 포기하는 동작 속에 새희를 설득해야겠다는 의지가 잠시 솟았던 것도 같다.

그러나 선주는 침묵했다. 섣불리 관여해서는 안 된다는 걸 가차 없는 경고에 자각했으리라. 명아를 더더욱 완강하게 안는 것으로 선주는 홀로 다짐을 마쳤다. 그것은 현명한 다짐이었다.

"그렇게 살벌하게 말 안 해도 안 일러바쳐요."

내내 조용하던 가람이 차분한 말투로 끼어들었다.

"나 입 무겁잖아. 그치?"

동의하지 않느냐는 눈빛을 새희에게 보낸다. 휴대폰을 들켰던 일을 말하는 것이다. 얼마나 아찔했던가. 누구랑 통화했느냐고 묻던 가람의 심상한 목소리는 몇 번을 다시 떠올려도 등골이 서늘해져 온다. 가람이 약속을 지켜 주었으므로 지금까지도 그와 통화를 할 수 있었다.

만약 가람이 말해 버렸다면…… 끔찍해지는 것과 동시에 갑자기 물밀 듯이 고마움이 밀려왔다. 어쩌면 고마워하라고 언급한 것일 수도 있다.

"번호 가르쳐 달라고 세 번 졸랐다고 했나?"

은근하게 주고받던 눈빛 사이를 절단하듯 그가 혼잣말했다. 혼잣말치고는 선명한 볼륨이었다. 가람이 굳었다. 이내 하, 기가 찬 짧은 한숨을 내뱉는다.

"둘이 비밀이 없네……."

테이블 위는 적막한 침묵으로 휩싸였다. 선주도, 가람도 생각이 많아 보였다. 너무 많아서 정리할 시간이 필요해 보였다.

김언혁은 시간이 지나자 마음을 연 듯 점점 그에게 시선을 길게 맞춰 오는 명아와 눈싸움하며 새희의 손등 위를 손끝으로 지분거렸다.

그가 명아를 놀리듯 턱을 괴고 혀를 내밀자 마침내 경계가 풀린 것처럼 명아가 키득키득 웃는다. 그가 손가락을 까딱거렸다. 잠깐 고민하던 명아가 선주의 다리 위에서 내려갔다. 선주가 막으려고 했지만, 아이의 결단력은 단순하고 재빠르다.

명아는 천진난만하게 걸어가 그의 허벅지 위에 앉아 버렸다. 그가 명아의 머리카락 끝으로 새희의 손바닥에 글씨를 썼다. 심장이 간지러워서 뭐라고 쓰는지 알 수가 없었다. 반대로 명아는 알아본 듯 오늘 생일 파티 두 번 했어요, 까르르 웃으며 자랑했다.

명아의 반응으로 생일 축하한다고 썼겠거니 짐작한다. 속 편히 웃고 있을 상황이 아닌데 입꼬리가 희미하게 올라갔다. 단 한 번도 상상해 본 적 없었던, 사이좋은 두 사람의 그림은 이해할 수 없게도 새희를 뭉클하게 감동시킨다.

불현듯 할 말이 있는지 명아가 빨리 이쪽으로 귀를 대 보라고 새희에게 손짓했다. 명아의 입가로 귀를 붙였다.

"언니 보이 프렌드야?"

보이 프렌드, 발음은 제법 명확하다. 내 보이 프렌드는 민석이야. 묻지 않은 정보까지 말해 주는 명아는 꽤 신나 보였다. 귓속말을 엿들은 그가 명아의 뺨을 톡톡 건드렸다.

그를 돌아보는 명아의 귀에 대고 그가 뭐라고 속삭인다. 무척이나 궁금했지만 새희에겐 들리지 않았다. 명아는 "그건 무슨 뜻이야?" 하고 물었고, 그는 또 한 번 날카로운 턱 선을 기울이며 속삭였다. 명아는 아직 아이인 자신이 들어서는 안 될, 엄청난 단어를 들은 것처럼 헉, 깜짝 놀랐다가 그가 비밀이라고 신신당부하자 비장하게 고개를 끄덕끄덕한다.

"고마워."

그가 기특하다는 듯, 명아의 작은 머리통을 쓰다듬었다. 곱고 길쭉한 손가락 하나하나에 애정이 깃들어 있다. 명아를 대하는 그의 눈빛 때문에 정신이 녹은 비누처럼 흘러내릴 것 같았다.

세상만사 오만불손한 그가 유독 헐거워지는 상대는 작고 어리고 연약한 것들로 한정된다. 그가 명아를 보는 눈빛은 새희를 보는 눈빛과도 일치했다. 그 눈빛이 너무 달아서 도리어 살이 문드러질 듯했다.

걷잡을 수 없이 술렁거리는 눈으로 두 사람을 보다가 그런 자신을 착잡하게 보고 있는 선주를 마주 본다. 그가 나타나기

전처럼 선주가 새희를 편하게 볼 날은 다신 없을 듯해서 조금
은 서글퍼졌다.

* * *

그의 혀가 점막을 휘젓는다. 단물이라도 나오는 것처럼 빨아
대다가 뜨겁게 귓불을 덮었다. 옷 안으로 들어오는 두 손이 브래
지어와 함께 가슴을 쥐었다. 그의 손안에서 맥박이 쿵쿵 뛴다.
그것이 깜찍하다는 듯 그가 입술을 가슴에 파묻고 도리질 쳤다.
습하고 진득한 감촉에 목 뒤의 솜털이 곤두섰다. 이로 물었다가
축축한 입술을 뭉개며 노는 그의 머리칼을 살살 만졌다.

'새희, 너…… 감당할 수 있겠니?'

그의 차에 타려고 카페를 나서는 새희의 손목을 잡으며 선주는
기어이 그렇게 물었다.

'매 순간 사람을 애태워서 말려 죽일 남자야. 거기다 너한
텐…….'

절대로 그래선 안 되는 이유가 있다는 걸 잊어버린 거니? 차마
내뱉지 못한 뒷말이 맴도는 눈빛은 새희의 등줄기에 송곳처럼 찔
러 박혔다.

'너 어쩌려고 이래…….'

대체 어쩌려고…….

모양 좋은 입술이 옷 안에서 나왔을 때, 새희의 얼굴은 젖어
있었다. 그는 흐트러진 꼴이 맘에 든다는 듯, 잠시간 말려 올라간

티셔츠 아래 발갛게 물린 가슴을 내려다보다가 새희의 얼굴에 가느다란 울음이 고여 든 것을 뒤늦게 알아챈다.

새희는 대시보드의 시각을 확인했다. 열 시였다. 뺨을 타고 흐른 눈물이 입꼬리를 스친다.

"집에 데려다주세요……."

'그냥…… 조금만 더 같이 있고 싶어요…….'

같이 있고 싶다는 마음 하나로 여기까지 온 것이다. 오늘 보지 못하면, 내일은 볼 수 있게 해 달라고 소망한다. 그러다 내일도 보지 못하면 모레엔, 그다음 날엔, 그렇게 부재의 시간 동안 그를 소망하느라 정신을 차렸을 때 시간이 몇 묶음씩 흘러가 있다.

결단코 금지해야 한다는 선주의 통탄하는 얼굴을 보며 아이러니하게도 더욱 같이 있는 순간을 필사적으로 여겨야 한다는 걸 깨달았다.

"어느 집?"

당신의 집이었으면 좋겠어.

"은석이 집……."

하지만 내가 처박혀야 하는 곳은 지옥 아니면 거기겠지…….

\* \* \*

때때로 그런 생각을 한다. 시작은 은석의 결혼을 인정하고 싶지 않아 그에게로 도피한 것이었다.

그렇다면 지금은? 지금도 나는 도피하고 있는가? 그 생각에 사로잡힐 때면 그에게 일정한 수치 없이 급격하게 샘솟는 감정의 진위를 파악하려고 시도한다.

그러나 전화가 진동하는 순간 '진위'와 '파악'이라는 단어는 속절없이 무너져 내린다. 진동 소리 한 번에 현실 세계를 벗어나는 것처럼, 격한 동요가 일어나며 새희는 그 순간을 기점으로 다시 태어나는 기분에 휩싸인다. 무책임하게도 머릿속을 메웠던 생각들은 밀려난다. 예외 없이 그 생각들을 밀어내며 새희는 전화를 받았다.

"네……."

― 일어났어요?

주로 밤에만 걸려 왔던 전화는 어느새 규칙 없이 남발했다. 덕분에 새희는 아침에 다시 태어날 수 있었다. 새소리가 들린다. 그는 밖인 듯했다. 이 시간이면 그가 있을 장소는 하나다.

"운동 중인가요?"

― 응. 이불 속입니까?

"네."

부지런한 그와 달리 이불 속이라는 게 부끄럽다. 햇빛 아래에서 조각 같은 얼굴로 건강하게 움직이고 있을 것이다. 새가 되어 그의 머리 위로 날아다니고 싶다. 운이 좋으면 그의 어깨 위에서 잠시 쉬어 갈 수 있을지도…….

― 빨래처럼 늘어져 있겠군.

보고 싶은데. 덧붙이는 말은 심장을 팽창시켰다. 새희와 달리 그에게는 말의 구분 선이 없다. 그런 게 필요할 위치가 아니니 당연하지만.

- 지난밤에는 나랑 뭐 하고 놀았지?

그의 꿈을 자주 꾼다고 자백한 뒤부터 그는 꼭 그 질문을
했다. 새희의 뺨이 달아올랐다. 간밤에는 꿈을 꾸지 않았다.
새벽에 깨는 습관은 여전하지만, 꿈에서 그를 찾아다니는 일은
빈도수가 줄었다.

"어제는 꿈을 꾸지 않았어요."

- 그래서 나한테 놀러 왔던 거군.

그의 꿈에 내가 나왔구나…… 한마디 한마디가 고막을 부드
럽게 핥는 것 같다. 무심코 만진 입꼬리가 올라가 있다. 그가 보
고 있었다면 키스해 줬을 텐데. 새희는 베갯잇에 뺨을 비비며 키
스 할 때마다 넘어와 온몸을 채우던 그의 향기를 그리워했다.

그의 얼굴을 못 본 지 이 주가 다 되어 간다. 지나가듯 흘렸던
이진의 말에 의하면 그는 콘서트 일정이 잡히면 두문불출한다고
했다.

그는 공격적일 정도로 공연을 연달아 잡고 있었다. 국내 전국
투어가 끝난 이후부터 베를린을 시초로 해외 공연 일정이 업데
이트된 걸 확인했다.

만남은 축소되었지만, 전화는 매일, 하루에 두세 번을 할 때도
있었다. 그것마저 아니었다면 또 엉망진창인 나날을 보냈을 게 자
명하다.

"뭐 하고…… 놀았나요?"

그는 자신을 찾아다니는 꿈은 꾸지 않을 것 같다. 이왕이면
그가 좋아한다고 생각되는 웃는 얼굴로 등장해 꿈속의 그를

기분 좋게 해 주고 싶다.

- 집에 가야 한다고 우는 데도 벗기고 종일 빨아 댔지.

예상과는 전혀 다른, 외설적인 내용에 말문이 막혔다. 뜨듯하게 익은 뺨을 긁으며 괜스레 반대편으로 돌아누웠다. 별로 그가 새희를 흥분시키려는 의도로 한 말도 아니건만, 예민한 곳이 움칠거렸다. 그의 얼굴이 그리운 만큼, 그의 접촉 또한 그리웠다. 양 뺨을 틀어잡고 혀를 꽉 채워 넣어 몰아붙이던 그 강렬한 숨막힘이……

- 아침 먹어야지.

"……."

다 좋지만, 끼니를 챙기려 드는 건 역시 버겁다. 그가 보는 앞에서가 아니면 식욕은 솟구치지 않는다. 새희가 입을 다물자 그도 침묵했다. 살벌한 침묵이다. 아뿔싸. 곧바로 다급하게 말했다.

"전화 끊고 먹을게요."

- 끊어야겠네.

"아! 아니, 아니, 조금만 더……."

벌떡 몸을 일으켜 앉은 채로 붙잡다가 제 목소리 크기에 놀라 시트에 엎드리고 이불을 뒤집어썼다. 전화 너머 도어록이 열리는 소리가 났다. 그가 운동을 마치고 집으로 돌아온 모양이다. 통화는 운동이 끝날 때까지만이라고 정해 놓았으면 어떡하지. 새희는 발끝으로 이불 모서리를 초조하게 문질렀다.

- 끊기 싫어?

"네……."

- 아침 사진 찍어서 보내요. 사진 찍어서 메시지 보내는 법
가르쳐 줬잖아.

　"네, 네…… 그럴게요."

　- 씻고 올 동안 밥 먹고 와. 알았지?

　"네……."

　밥을 먹고 난 뒤에 또 전화하겠다는 뜻이라서 새희는 끊어진
전화를 비교적 덜 아쉽게 바라보았다.

　옷을 갈아입고 밖으로 나갔다. 주머니 속에 넣은 휴대폰이 팔
다리가 생겨 스스로 걸어 나갈 것만 같아서 꽉 누르며 걸었다.

　막 집을 나갈 참이었는지 현관에 서 있던 가정부와 부엌으로
가던 길에 눈이 마주쳤다. 그녀는 새희를 보자마자 냉장고에 국과
반찬들을 넣어 놓았다고 친절하게 알려 주었다. 새희는 고개를 꾸
벅거리며 물었다.

　"두 사람은 나갔나요?"

　"예, 좀 전에 아침 식사하고 같이 나가셨어요."

　천만다행이다. 두 사람의 사생활을 의도적으로 듣게 된 이후
부터 그들의 발걸음 소리만 들어도 역류하듯 구토감이 치밀어
올랐다. 아예 마주치지 않을 순 없었지만, 밖에서 인기척이 느껴
질 땐 요의까지 참아 가며 한 발자국도 나가지 않았다. 비참한
꼴이었지만 비참한 꼴로 피하는 쪽이 요동치는 심신을 진정시킬
수 있었다.

　새희가 먹을 양만큼 준비된 밥과 국을 냉장고에서 꺼냈다.
막 넣었던 건지 식지 않아 데울 필요가 없었다. 전복 미역국에

고슬고슬한 찹쌀밥이었다. 다른 반찬들은 꺼내지 않고 주머니에서 휴대폰을 꺼냈다. 자신의 방이 아닌 사방에서 시선이 날아올 법한 오픈된 공간에서 손에 쥔 휴대폰은 맥동이 느껴졌다.

새희는 아무도 없는 곳을 두리번거리며 찰칵, 음식 사진을 찍었다. 찍고서 바로 주머니에 집어넣었다. 그에게 사진을 보낸 뒤, 국을 떠서 머금었다.

다 비운 그릇들도 사진을 찍어 그에게 전송했다. 아직까지 그에게 회신은 없었다. 방으로 돌아온 새희는 침대 맡에 걸터앉아 허벅지 위에 올려 둔 휴대폰이 울리기를 기다렸다.

전화해 볼까. 아니야, 아직 씻고 있는 건지도. 아니면 그냥 전화하기 성가셔졌는지도…….

허탈하게 꼼지락대는 손으로 휴대폰을 도로 쥐었다. 이만하면 정말 한시도 손에 놓지 못하는 게 맞는 듯하다. 용기 내어 전화는 못 거는 대신 앨범에 들어갔다. 그가 직접 전송해 저장해 준 사진들을 한 장 한 장 넘기며 처음처럼 구경했다.

그가 찍은 자신의 사진은 창피해서 지우고 싶었지만, 그가 지우지 말라고 엄포했기에 마지못해 놔둬야 했다. 촌스럽고 못난 제 얼굴을 휙휙 넘기다가 금빛 물살이 눈을 부시게 하는 사진 한 장에서 더럭 손가락이 멈춘다.

바닷가에서 노부부가 찍어 준 사진이었다. 새희는 이 사진을 보면, 그때의 기억이 산사태처럼 쏟아져 숨을 들이마시며 눈을 감았다 떠야 했다.

아가씨, 웃어! 외치던 노년의 목소리가 사진에 녹음이라도 된 듯이 생생하게 들려온다. 이때, 파도에 휩쓸려 가도 좋았을 것이다. 정말 좋았을 것이다…….

그 순간, 전화가 울렸다. 한 번의 진동이 채 끝나기도 전에 새희는 전화를 받았다.

"다 먹었어요."

- 그랬어?

"네……."

다짜고짜 생색내듯 말하는데도 그의 음성이 한결 부드럽다. 먹길 잘한 것 같다. 새희는 웃었다. 새어 나간 웃음소리를 들은 건지 그가 하아…… 무언가에 억눌린 숨소리를 냈다. 인내심이 포화된 듯한, 가슴께를 오싹하게 가르는 숨소리였다.

- 그 웃음소리를 듣고 나면 생활이 안 돼…….

마른침이 넘어갔다. 그 허기진 날짐승 같은 목소리에 속옷이 촉촉한 기운을 띠었다. 그가 어딘가에 앉는 기척이 들렸다. 씻고 왔다던 그는 옷을 입은 채일까, 벗은 채일까.

그의 강인하고 아름다운 육체가 아른거린다. 절제된 거친 근육과 선으로 빚어진, 무결점인 몸과 절묘하게 조화를 이루는 흉측하고 깊은 흉터도…….

- 분홍색만 보면 온통 네 혓바닥 같아서 내 걸 비비고 싶어.

질겁하는 소리에도 물기는 점점 괴어든다. 그가 나긋하게 호흡했다. 다 보고 있다는 것처럼 예사롭게 물어온다.

- 다리 사이 젖었어?

"아……."

만지지 않아도 젖은 걸 알 수밖에 없게끔 푹 젖었다.

"젖었어요……."

— 핥아 줘야겠네…….

새희는 홀린 것처럼 바지를 벗었다. 젖어서 들러붙은 속옷을 발목까지 내린 채로 침대에 누웠다. 핥아 줘야겠다는 그를 위해서 무릎을 벌리고 세웠다. 그의 혀가 파고 들어오는 상상을 한다. 그의 혀는 굉장히 세차게 안쪽을 휘저으리라. 돌기를 감아올리며 이빨로 가볍게 누르다가 단번에 뾰족하게 처넣어 파헤치고, 파헤치고…….

"으응……."

쏟아져 나오는 미끌미끌한 애액은 혀로 모조리 앗아 가서 삼키는 소리를 일부러 들려줄 것이다. 저속한 음담을 내뿌리며 다시금 입술을 파묻은 채로 전보다 깊게 빨아 대며 고개를 흔들고 코끝까지 들이 넣겠지. 유두가 단단하게 일어선다. 속눈썹이 흥분으로 파르르 떨렸다.

— 보이지 않는데…… 돌기가 보이게 더 벌려.

정말 보고 있는 게 아닐까. 의심스럽게 방 안을 훑어보며 새희는 벌릴 수 있는 최대로 다리를 쫙 펼쳤다. 정수리 위에서 육감적인 목소리가 흘러왔다.

— 물이 예쁘게 맺혔는걸.

"하아……."

— 젖꼭지도 동그랗게 부풀었는데 어디부터 씹어 줘야 할지…….

"으응……."

손가락은 이지가 있는 생물처럼 스멀스멀 기어가 젖고 부푼 곳들로 자리 잡았다. 음부를 덮은 손이 미끄러지듯 안쪽으로 빨려들었다. 아래를 치덕대면서 동시에 다른 손은 유두를 손 틈새에 끼웠다. 도드라진 돌기가 부드럽게 꼬집혔다. 발끝이 짜르르 뒤틀린다.

"아, 으응…… 더, 더 만져 주세요……."

신음하며 뻔뻔스럽고 천박하게 요구했다. 스피커에서 짙은 숨과 함께 나온 욕설이 귓속을 떠다녔다. 손가락을 문 속살이 음탕하게 뻐끔거렸다. 그의 화장실 거울 속에서 그곳이 어떤 식으로 뻐끔거렸는지, 그걸 그는 어떤 눈으로 지켜봤는지 쉽사리 상기할 수 있다.

상상의 몰입력을 높이는 방법은 진실을 가미하는 것이다. 그의 지독하게 까맸던 눈빛이 음모 위에 내려앉는 긴 숨처럼 뜨겁게 상기된다. 아래에서 애액을 주르르 토해 냈다. 그 순간, 우연처럼 그가 나무랐다.

– 질질 흘려대면 곤란해…….

무참하게 떨어 대자 괜찮아, 내가 핥아 줄게…… 질펀한 음성이 귓전에 따라붙었다. 얼굴을 맞댔을 때보다 강제적이지 않고 타이르는 말투는 한도 끝도 없이 수치를 일으켰다. 그러나 부족하다. 아무리 적나라하게 만져 대도 부족하기 짝이 없다. 그가 설정해 놓은 최대치의 쾌락에 도달하기 위해서는…….

"넣어 주세요……."

– 혀?

"아니, 그, 당신 것을……."

- 난 가진 게 너무 많은데.

자늑자늑한 감각이 목에도 고였다. 새희의 혀는 그가 가진 것 중 가장 상스러운 것을 골랐다.

"당신 자지를 넣어 주세요……."

그의 숨소리가 깊어졌다. 그가 등을 일으켜 세우는 기척이 들렸다. 찰칵, 벨트가 풀리며 바지 지퍼가 내려간다. 그의 손가락이 커다란 성기를 꺼냈을 것이다. 그것이 젖은 음모를 비비며 애를 태우다가 단숨에 찔러 들어오면, 비명을 지르지 않고서는 버텨 낼 수 없다.

새희는 손가락을 더 안쪽으로 들이며 찐득찐득한 살을 갈랐다. 그의 눈이 이 헝클어진 꼴을 보아 주었으면. 정신을 놓고 싶을 정도로 괴롭혀 주었으면…… 뜨거운 숨이 뱉어졌다.

- 귀여워…….

천장이 빙글빙글 돌았다. 그의 잔상이 새희를 달뜨게 하며 애달프게 했다. 위에서 내려다보는 오연한 눈이 필요했다. 새희의 일상을 잠식해 버리는 그 까맣고 짙은 눈이…….

그가 해 주던 것처럼 손톱으로 유륜을 긁어내렸다. 날카롭게 신음하며 몸을 뒤틀었다. 스피커 바로 앞에서 할딱대자 그가 귀를 밀착한 듯, 숨소리가 더욱 진하게 흘러 들어왔다.

푹 박힌 손가락들이 물기가 고인 곳에서 찌걱거렸다. 몸을 비틀어 대다가 자세가 뒤집혔다. 돌올하게 솟구친 유두가 시트 위로 비벼졌다. 마찰하는 살결에서 열락이 피어올랐다.

"으, 응, 아⋯⋯."

건너오는 그의 숨이 혀였으면 좋겠다. 혀 같은 숨을 받아 마시며 다리를 마구 비벼 댔다. 부드러운 시트가 맨다리에 감기는 감촉이 감질났다. 그는 옴짝달싹 못 하도록 새희의 다리를 얽어 온다. 귓불이 깨물린 다음, 귓속으로 혀를 집어넣고, 그다음은, 그다음은 어떻게 했더라⋯⋯.

- 채워 넣어서 흔들고 있는데⋯⋯ 아파?

아플 리가. 당신이 그렇게 묻는데 아플 리가. 새희는 고개를 저으며 무릎을 세웠다. 그에게 팔다리를 묶였던 자세처럼 둔부를 치켜들었다. 손가락을 아래에 집어넣고 흔들었다. 더운물이 새는 곳을 깊이깊이 파고들며 휴대폰에 신음을 퍼부었다. 그가 보고 싶어서 욕망 어린 몸살이 날 것 같다.

- 음?

다시 말해 봐, 속삭이는 목소리가 음부를 벌리듯 은밀했다. 무슨 말을 했던가. 무슨 말이었든, 실수로 흘렸을 속말이다. 그 순간, 새희는 절정에 감미롭게 올랐다.

"아아⋯⋯."

솟았던 자세가 흐트러지며 다리가 쭉 미끄러졌다. 애액으로 적셔진 손가락을 천천히 끄집어냈다. 반대편 손으로 휴대폰을 쥐어 귀에 갖다 붙이며 몸을 웅크렸다. 젖은 손은 어정쩡하게 공중에 띄운 채, 전화 너머 들려오는 소리에 숨죽였다.

그는 하아⋯⋯ 해갈된 건지, 흥분한 건지 모를 짙은 숨소리를 냈다. 그도 새희의 목소리를 들으며 성기를 흔들었을까. 아니면

발기한 채로 그냥 감상했을까. 어느 쪽이든 머리끝이 저려 오는
건 매한가지이지만.

　- 내 숨소리 집중하고 있어?

　뜨끔한 속내로 열이 올랐다. 휴대폰 몸체에 바싹 갖다 붙이고
있던 볼이 익는다.

　- 이제 뭐 하고 놀 겁니까?

　가슴을 쿡 쑤시는 말을 한 적 없다는 듯, 그는 금세 화제를 전
환했다. 그처럼 바로바로 천연스러워지고 싶은데 새희의 말투엔
응집된 여운이 그대로 묻어 나왔다.

　"책…… 읽으려구요."

　- 책도 읽을 줄 알았군요.

　"……."

　- 읽는 데 빠져서 식사 거르면 안 돼.

　그가 일부러 놀리고 있는데 새희는 왜인지 미소가 지어졌다.
그러나 그 미소는 서서히 익사하듯 사라졌다.

　끊어야 할 시간이구나…… 종료를 암시하듯 당부하는 그의
말에 새희는 입안으로 굴려지는 애원의 말들을 억지로 삼켰다.
그 바람에 대답이 늦었다. 어김없이 그가 질책했다.

　- 대답을 안 하네.

　"네, 제때 챙겨 먹을게요."

　새희의 약속을 받아 낸 뒤 전화는 끊어졌다. 전화를 끊고 나
자 발목에 걸려 있는 팬티와 유두 위에 걸쳐진 브래지어가 눈에
들어왔다. 그것들을 제대로 고쳐 입고 씻기 위해 욕실로 갔다.

허벅지 안쪽까지 적신 미끌미끌한 애액을 씻어 내며 멍하니 그를 생각했다. 피부가 발갛게 익어 갈 때까지 뜨거운 물줄기를 맞고 있었다.

욕실을 나오는 새희의 얼굴은 차오른 수증기가 빠져나가지 못한 얼굴이었다. 머리를 말릴 때도 그 혼곤한 상태는 지속되었다. 그와 전화를 하고 나면 일상에 방해가 될 정도로 그가 가득 차서 곤란했다. 그게 방해라고 여겨지지 않기 때문에 더 곤란한 것이었다.

서재로 갔다. 책장에 빼곡히 꽂힌 책 중 혹시나 해서 살펴보았지만, 음악과 관련된 서적은 보이지 않았다. 아무거나 꺼내 들며 서재를 둘러보았다.

앞이 막힌 커다란 원목 테이블은 새희에겐 금기시된 무게감이 느껴졌다. 그 무게감은 익숙했다. 이 집의 어느 곳에서나, 심지어 자신에게 마련된 방에서까지도 뼈마디가 짓눌릴 정도로 느꼈던 무게감이다.

이 집이 아닌 은석의 본가에서도 그 무게감을 떠안고 살았다. 아마 그 무게감을 느꼈을 때부터 생이 망가진 것 같다. 나의 삶을 주체적으로 대할 수 없다고 느꼈을 때⋯⋯.

자신을 경멸할 준비가 되어 있는 사람들 속에서 살아온 건 은석도 같았다. 우리는 사이좋게 망가졌다. 사이좋게 망가진 것으로 결말이 났으면 어쩌면 해피 엔딩이었으리라.

원장님이 뜨거운 물을 부었을 때 은석을 가로막은 새희의 다리에도, 그런 새희를 보호하려는 은석의 팔에도 화상 자국이 생겼다. 은석은 그 자국을 안쓰럽게 쓸어 주며 이마를 맞댔다.

'나한테 다 부었음 좋았을 텐데……'

그것은 새희가 하고 싶은 말이었다. 화상 자국이 비웃듯 욱신 거렸다.

서재를 나가려고 몸을 틀었을 때였다. 문밖에서 인기척이 들려왔다. 누구일까. 은석일까, 이진일까…… 이내 발소리는 멀어 졌다. 그러나 안도할 새 없이 가까워지더니 곧 멎었다. 어쩐지 바로 문 앞에 드리운 것 같았다. 새희는 굳어서 꼼짝도 못 했다.

서재에 들어온 게 후회가 되었다. 금지된 곳에 몰래 출입한 것도 아닌데, 발각되면 따가운 눈총을 받을 것 같았다.

문고리를 잡는 소리를 들었을 땐, 메슥거림이 크게 솟구쳐서 역겨웠다. 문고리가 천천히 돌아가며 문이 열렸다. 문틈에서 나 온 얼굴은 이진도, 은석도 아니었다. 툭. 새희가 쥐고 있던 책이 바닥으로 떨어졌다.

"어떻게……."

체온이 가파르게 치솟으며 눈 밑이 뜨거워졌다.

"이제 당신이 술래인가?"

숨바꼭질이 빨리 끝나 시시하다는 듯, 그는 칼날 같은 손으로 머리를 쓸어 넘겼다. 하지만 곧바로 망연하게 굳어 버린 새희에 게 성큼성큼 다가와 덮치듯 껴안았다.

그가 안아 버린 순간 감격적인 숨이 터져 나왔다. 그의 팔 근육에 상반신이 아득하게 조여들었다. 그는 귓가에 못 견디게 그리웠던 음성을 퍼부었다.

"보고 싶다고 했잖아."

눈가에 고인 눈물이 그의 옷을 적셨다. 그랬나. 내가 그랬던 가…… 기억이 나질 않지만 그랬으리라. 새희는 고개를 끄덕끄덕했다.

"맞아요……."

그가 귓가에 입을 맞추며 머리카락 사이로 손을 찔러 넣어 부드럽게 당겼다. 절대 깨고 싶지 않은 꿈속에 있는 것처럼 온몸이 둥실둥실하게 떠다니는 듯했다.

문이 열려 있다는 걸 그제야 깨닫고 실색하며 문을 가리켰다. 그는 아랑곳하지 않고 도리어 꽉 껴안으며 새희의 겁먹은 얼굴을 즐겼다. 미친 듯이 심장이 두근거렸지만, 위험 요소를 굳이 앞에 둔 채 그와의 시간에 집중력을 분산시키고 싶지 않았다. 그는 포기하지 않는 새희를 보며 짓궂게 말했다.

"내 혀를 빨아 당기면서 가 봐."

그러고는 천박하게 입술을 벌리는 것이다. 그는 어떤 때엔 찔러도 피 한 방울 나지 않을 정도로 냉혹하지만 어떨 땐 24시간을 취해 있는 것 같다. 지금은 후자였다.

새희는 흘끔 열린 문을 살피며 그의 혀를 입술로 덮었다. 그가 일부러 침을 삼켜 목울대를 꿈틀거리게 했다. 작정하고 유혹적으로 굴며 육욕을 끌어올렸다. 누가 오나 살펴야 하건만, 그로 장악된 시야가 핑핑 돌며 현기증이 났다.

그가 뒤로 걷는 속도가 너무나 느릿해서 애간장이 타들어 갔다. 겨우겨우 그의 혀끝을 문 채로 문가에 가까워졌다. 문고리에 손을

뻗자 그가 혀를 깊숙하게 집어넣었다. 닿을 듯 말 듯 하게, 손이
문고리에 스쳤을 때 그가 턱을 깨물어 하아, 새희는 헤픈 숨을 토
해 냈다.

마침내 문고리를 잡는 데 성공했다. 그대로 밀어 닫으려는 순간,
그의 눈이 반짝이며 새희의 몸을 휘어잡아 빙글 돌려 문가로 거세
게 밀어붙였다.

쿵!

문가에 새희의 몸이 부딪치며 문이 닫혔다. 그는 턱을 으스러
뜨릴 것처럼 잡고서 입술을 씹어 왔다. 입 안을 살라 먹는 혀에
급급하게 숨이 고갈됐다. 새희는 짓눌러 오는 그의 어깨를 붙잡
은 채 할딱거렸다. 그의 허벅지가 가랑이로 비벼졌다.

"자위하고 씻었어?"

그는 아까부터 궁금했다는 눈으로 새희의 아래를 관심 있게 흘
낏거렸다. 부끄러움이 지나쳐 참담한 수준이었다. 아무래도 그는
새희의 이 표정을 즐기는 것에 맛이 든 게 틀림없었다. 어쩔 줄
모르는 새희를 빤히 보던 그가 불시에 새희의 겨드랑이에 손을
집어넣어 번쩍 들어 올리고 밀려 올라간 몸을 다리로 받쳤다.

턱 밑에서 그가 입술을 올려붙였다. 새희는 허물어지듯 그의
머리를 감싸며 키스했다. 그의 손이 목을 누르듯 감싸고 허리를
단단하게 잡아맨 뒤 문가에서 떨어져 걸었다. 그에게 안긴 채 서
재를 거닐며 그와 혀를 마주 빨아 댔다.

별안간 발에 뭐가 챈 듯, 그가 새희의 점막을 핥으며 눈동자를
아래로 굴렸다. 아까 새희가 떨어뜨렸던 책이었다. 그는 새희를

안은 채로 한 손으로 그것을 주워 들었다. 제목도 보지 않고 집어 든 책이라 새희 자신도 생경했다.

그는 새희가 무게감을 자각하며 기피했던 책상으로 거침없이 걸어가 세트로 놓인 가죽 의자에 제자리처럼 앉았다. 따라서 새희도 그의 허벅지에 앉혀졌다.

그가 새희의 손에 책을 쥐여 주었다. 무작위로 펼친 책장 중 한 장을 읽게 했다. 그의 입술이 목 뒤를 문질렀다. 활자들이 눈에 들어올 수가 없는 상태인데도 그는 읽으라고 보챘다. 새희는 더듬 더듬 읽어 내려가기 시작했다.

"교, 교미 때 암말은 포악해지며 날뛰기 때문에 혈통 좋은 수말이 다치지 않도록 해야 한다."

하필이면 이런 내용인 건지 우연은 신의 농락처럼 악질적이다.

"그러므로 이때 씨암말을 흥분시키기 위하여 체력 좋고 구, 구애 행위가 적극적인 시정마를…… 으읏."

그가 옷 안으로 손을 집어넣어 가슴 속 곤추선 유두를 만지작 댔다. 계속 읽어…… 뒷덜미에서 채근하며. 새희는 다리를 들썩 이며 춤을 추는 글자들을 바로잡으려고 애썼다.

"끈질기게…… 흐읏, 끈질기게 구애하는 시정마를 암말이 받아들이려고 하면…… 시정마는 수말에게 결정적인 순간 자 리를 넘겨주어야 한다. 암, 암말을 흥분시키는 용도로만 쓰여 번식 본능은 철저히 무시되는, 으응……."

"이런. 불쌍해라."

불쌍하다. 그치? 그가 목 뒤에서 속삭일 때, 새희는 책상에 늘어진 채로 숨을 헉헉 뱉어 내고 있었다. 그가 의자에서 일어나며 부푼 하체를 둔부에 비벼 댔다. 설마 여기서 하려는 것일까? 너무 위험했다. 새희는 뒤돌아보며 방으로 가자고 부탁하려고 했다.

그 순간이었다.

"새희 씨, 집에 있어요?"

그도, 새희도 동시에 굳었다.

"음. 없나 보네. 오늘 쉬는 날이라고 하지 않았어요, 은석 씨?"

새희의 얼굴에서 핏기가 빠져나갔다. 새희 씨? 찾아다니는 목소리가 서재 바로 앞을 지나쳐 갔다. 새희의 심장이 덜컥 내려앉았다.

잠시 움직임을 멈췄던 그는 굴러떨어질 것처럼 거세게 흔들리는 새희의 눈망울을 발견하더니 맞붙어 있는 하체를 다시금 마찰하기 시작했다. 장난기가 깃든 눈은 긴장이라곤 찾아볼 수 없었다.

그 기막히도록 태평한 모습에 새희의 얼굴빛은 더욱 새하얘졌다. 테이블과 그의 하체 사이에 끼인 몸을 비틀어 빼려고 했다. 그러나 그는 턱을 잡아 입술을 겹쳐 왔다. 새희는 소리 죽여 기겁하며 고개를 도리질 쳤다. 한시가 급박하건만 정말 미쳐 버릴 것 같았다.

그때, 돌아가는 문고리가 보였다. 일촉즉발의 상황이었다. 새희는 죽기 살기로 그를 뜯어낸 뒤 그의 어깨를 있는 힘껏 짓눌렀다. 버틸 것 같던 그가 순순히 무릎을 꿇어 주며 책상 밑으로 장신을 구긴 찰나였다. 벌컥, 문이 열렸다. 새희는 허겁지겁 말려 올라간 옷을 잡아 내렸다.

"여기 있었네요?"

이진은 책상에 놓인 책을 흘끔 보았다가 새희의 얼굴을 쳐다 보았다. 오르락내리락하는 가슴팍에서 울려 대는 맥박 소리가 고막을 난타했다.

김언혁은 그의 존재를 들킬까 봐 애써 침착한 척하는 가장된 얼굴을 밑에서 물끄러미 올려다보았다. 자극적인 구도에 심장은 쥐었다 폈다 했다. 식은땀이 곳곳에서 흘러내렸다. 빳빳하게 쳐 든 턱은 미세하게 떨리고 있었다.

"신 회장님 쓰러지셨다고 해서 급하게 가 보는 길이에요."

꽤 놀랄 만한 소식이었으나 그를 신경 쓰느라 두 번은 더 곱 씹은 뒤에야 알아들었다. 회장님이 쓰러졌다니. 그러나 알아들은 뒤에도 새희의 스커트를 들추며 여유롭게 노는 그 때문에 제대 로 된 생각이 들지 않았다.

"새희 씨도 데리고 오라고 해서. ……근데 어디 아파요?"

"네? 아, 아니…… 아."

"안색이 나쁜데?"

자꾸만 혀가 꼬여 들었다. 그의 눈빛이 도발적으로 반짝였다. 간신히 치마를 붙든 채 가늘게 떨리는 손으로 그가 얼굴을 기울여 왔다. 혀를 갖다 대었을 땐, 전신이 휘청거렸다. 급하게 반대편 손 으로 책상을 짚었다. 이진이 수상스럽게 물었다.

"왜 그래요?"

"어, 어지러워서…… 저, 준비하고…… 나갈게요."

"괜찮아요?"

"네, 괜찮아요……."

혀가 손톱을 핥고 쭉 미끄러져 손가락 사이사이로 들락거렸다. 머리꼭지로 열기가 솟구쳤다. 그는 혀 밑에 중지를 끼워 넣고 빨아 젖혔다. 물컹물컹하고 찐득찐득한 감촉에 살가죽이 모조리 흘러내려도 이상치 않았다.

직각으로 벌어진 어깨와 넉넉한 품의 티셔츠에 비치는 매끈한 근육의 실루엣이 시야를 휘갈겼다. 치켜드는 까만 눈은 과감하고 능란했다. 그 눈은 이 뒤의 단계들까지 너끈히 상상하게 했다.

손가락을 뱉어 낸 그가 입술을 벌려 새빨간 혀를 보여 주었다. 어느 곳을 핥고 싶다는 의중을 그보다 배덕할 수 없게 눈 위로 새겨 놓고 있었다.

이진이 보고 있다. 제발 정신을 차려야 했다. 새희는 덧없이 그에게 빨려 들던 시선을 겨우겨우 뜯어냈다.

"아직 머리도 제대로 안 말려서…… 준비하려면 시간이 좀 걸릴 것 같은데. 차에서 기다려 주시면 안 될까요?"

이진은 도도한 눈매를 가느다랗게 좁혔다. 침이 불씨처럼 목 안을 태우며 넘어갔다. 문득 이진이 문밖으로 시선을 건네며 말했다.

"아, 은석 씨. 새희 씨 여기 있어요."

새희는 창백하게 경직했다. 은석은 예의 무기력한 눈으로 이진의 옆에 나타났다. 피아노를 박살 냈던 것처럼 그를 숨겨 놓은 책상을 은석이 도끼로 부서뜨리는 장면이 머릿속에서 상영되었다. 피아노를 부술 때와는 비교할 수 없이 절망스럽게 울어 댈 자신도.

새희는 진심으로 그를 들키고 싶지 않았다. 들키고 싶지 않은 마음이 새희의 이성을 뒤덮었다. 만약 그를 들킨다면 나는……어떠한 결심이 삽시간에 마음속으로 들어찼다. 이진이 은석을 보며 말했다.

"차에서 기다려 달라는데, 그럴까요?"

은석은 새희를 점검하듯 훑어보았다.

"아니. 그냥 그대로 가."

명령하는 어조마저 건조한 색채인 은석과 새희의 시선이 서로를 찌르듯 맞부딪쳤다. 은석은 통보하고 미련 없이 뒤돌았다. 이진은 어깨를 으쓱하며 얼른 나오라는 듯, 고갯짓하고 은석을 뒤따랐다. 지체할 시간이 없었다. 보고 싶다는, 흘린 줄도 몰랐던 자신의 속말을 듣고서 찾아와 준 그를 버려두고 가야 했다.

그는 서슴없이 긴 다리를 펴고 일어났다. 책상 밑에서 여자를 희롱하던 치한의 얼굴은 금세 서릿발 날리는 고문자의 얼굴이되어 있었다. 두 개의 얼굴 중 하나라도 안고서 잠들 수 있다면 내일이 있다는 사실도 기쁘게 받아들일 수 있을 것이다.

새희는 처연하고 두려운 눈으로 그를 올려다보았다. 당장 그의 품에 뛰어들고 싶었다. 그를 만날 때마다 간절한 욕구가 더 간절해지는 것도 모자라 걷잡을 수 없이 늘어가는 것이 두려웠다. 그리고 죄스러웠다. 이진과 은석을 염두에 둔 죄의식이 아니다. 자신과 너무 깊이 얽혀 버린 그의 인생에 마땅히 가져야 할 죄책감이었다.

"나중에 전화할게요……."

새희는 그를 위해 울지 않고 웃었다. 그러나 새희가 웃자 그는 어쩐지 눈살을 일그러뜨렸다. 이번엔 그의 맘에 들지 않게 웃었나 보다. 풀이 죽은 채로 뒤돌았다. 한 걸음을 내딛기도 전에 손목이 잡혔다. 눈이 휘둥그레지며 몸이 돌아갔다. 아직 현관문이 열리는 소리가 들리기 전이었다. 그들이 집 안에 있다는 뜻이다.

그러니까 이렇게 안겨서는 안 된다고, 이렇게 보내기 싫다는 듯 안고서 놓아주지 않는 그를 황홀해하면 안 된다고…… 머리로는 조급하게 생각하면서 좋은 향기가 나는 그의 몸에 뺨을 비볐다.

"나를 보러 와 줘서 고마워요……."

당신한테 부작용밖에 되지 않는 나를. 겨우 나 같은 걸 보기 위해서…… 기어이 또 한심하게 눈물을 흘리며 새희는 그의 품에서 빠져나왔다.

서재를 나가면서 본 그의 얼굴이 언뜻 엄마를 잃어버린 아이처럼 보여서 새희는 가슴이 찢어질 것 같았다. 다 가지고 태어났을 그에게서 비칠 수 없는 얼굴이다.

새희의 슬픔이 인위적으로 만들어 낸 얼굴일 뿐이다. 분명 그럴 것이다. 그렇게 치부하지 않고서는, 다리를 절단하지 않는 이상 그를 두고 가지 못할 것 같았다.

* * *

"울었어요?"

룸미러로 뒷좌석에 앉은 이진과 눈이 마주쳤다. 은석의 시선도 따라붙어 왔다. 네 개의 눈동자가 발간 눈꼬리를 조였다. 새희는 거북하게 침묵했다.

"이왕이면 눈물은 참아 두는 게 좋아요."

이진은 새희에게서 차창 밖으로 시선을 돌렸다. 머나먼 곳을 보는 듯한 시선이었다.

"이보다 더 슬픈 순간은 얼마든지 올 수 있으니까."

이진의 충고는 선주가 자주 트는 옛날 노래의 가사 같았다.

"우리는 아주 어릴 때부터 눈물 참는 법을 배워 놔야 하는 거야."

* * *

차는 병원이 아닌 은석의 본가로 도착했다. 쓰러졌다는 소식이 무색하게 침대 헤드에 상체를 누인 회장님은 혈색이 좋았다. 강퍅한 인상을 돋보이게 하는 굵은 주름은 생선 비늘처럼 번뜩거렸으며 눈빛은 몸통을 토막 칠 것처럼 매서웠다.

느른한 자세의 그가 손목에 꽂힌 링거 바늘을 뽑아 불시에 자신의 목으로 찔러 넣는 상상을 하게 되는 건, 이 방에서 그를 독대했을 때 겪었던 기억들 때문이었다.

그가 직접 폭력을 행사한 적은 없었으나 폭력이나 다름없었던 강압적인 취급은 깨진 유리 조각처럼 몸에 박혀 있었다. 이 방에 들어선 순간부터 그 유리 조각들이 박힌 곳에서 새삼 핏방울이 돋아나는 것 같았다.

신 회장은 두 사람을 따라 맨 마지막에 조용히 들어온 새희를 보며 말했다.

"가족끼리 얘기하고 싶구나."

새희는 상처받지 않고 문을 닫으며 방을 나갔다. 눈에 익은 가정부들이 돌아다녔다. 태정가에서 상주하는 만큼, 철저한 입단속을 명령받았을 그녀들이 새희 앞에서는 유독 뒷말을 흘렸다. 그 또한 은석이 새희를 고립시키기 위한 하나의 방법이었다는 걸, 자신은 언제 알았던가…….

그는 집으로 돌아갔을까. 새희는 문밖에 서서 마지막으로 보았던 그의 표정을 떠올렸다. 떠올리다 어떠한 감정에 압도되어 가슴을 움켜쥐었다. 침울하고 서글프게 호흡할 때였다. 어디선가 시선이 화살처럼 꽂혀 왔다. 새희는 고개를 들었다.

계단 위에서 주한이 새희를 주시하고 있었다. 그을린 눈빛은 어쩐지 의미심장했다. 야비하게 건들거리지도 않고, 폭력적으로 우울하지도 않았다. 급격히 살이 빠진 듯, 그림자가 고일 것처럼 팬 뺨과 얄팍해진 턱이 눈에 들어왔다.

무슨 말을 할 것처럼 시선을 거두지 않던 주한은 천천히 계단에서 내려왔다. 새희에게 다가오는 걸음이 평상시와 달리 휘청대지 않고 똑발라서 도리어 뒷덜미가 서늘하도록 불안했다.

다행인지 불행인지 방문이 열리며 은석과 이진이 나왔다.

주한과 은석의 눈길이 부딪쳤다. 즉각 주한의 눈빛이 알던 대로 바뀌었다. 독기가 차오른 두 눈이 은석에게 쏘아졌다. 그것을 튕겨 내지도, 받아 주지도 않는 무상한 얼굴로 은석은 가만히 시선을 맞댔다.

"안녕하세요, 도련님?"

그 사이에서 이진은 웃으며 고개를 까딱거렸다. 세 사람을 중심으로 맹렬한 공기가 휘돌았다. 그들이 각기 내뿜는 위력에 새희는 쓰러질 것만 같은 몸을 내버텼다. 주한은 돌연 픽, 입꼬리를 찢더니 이윽고 커다랗게 고함치듯 웃었다. 좀처럼 그치지 않는 웃음소리에선 광기가 느껴졌다.

"가관이군. 막장도 이런 개막장이 어디 있겠어? 사이좋은 본처와 첩! 거기다 그 남편도 눈물 나게 더러운 태생이지. 이 미친 집안 연놈들을 나만 보고 있다는 게 안타까워 죽을 지경이야."

새희는 절로 이진의 눈치를 살폈다. 저나 은석은 하루가 멀다 하고 들어 온 모욕이지만, 이진은 생경할 것이다. 그러나 이진의 미소는 도리어 깊어졌다. 억지로 꾸며 내는 미소가 아니라 정말로 재밌다는 듯 웃는다.

"맞아요. 개막장이죠. 하지만 인생을 개막장으로 말아먹은 도련님보단 사이좋은 우리가 낫지 않겠어요?"

"씨발, 뭐? 너 뭐라 그랬어!"

"새희 씨, 회장님이 들어오라고 했어요. 들어가요."

주한은 금방이라도 이진의 목을 조를 것 같은 눈이었다. 새희는 의연한 이진의 옆얼굴을 멍하니 응시했다. 이진은 주한의 약 오른 눈을 주시하는 채로 새희에게 말했다.

"안 들어가요?"

열린 문 안으로 들어가기 전, 돌아보았던 주한은 새희를 노려보고 있었다. 그 눈빛이 순간 너무도 소름이 끼쳤던 건 주한의 눈이 끝 간 데 없는 분노로 차 있었기 때문이다. 더는 몰릴 데 없는 최후의 궁지로 치달은 눈이었기 때문에…….

* * *

"살이 빠졌구나."

엉뚱하게도 그 순간, 그의 얼굴이 떠올랐다. 기껏 찌워 놓았더니 뼈만 남았다고 낙심했던 그의 얼굴이…… 절대 그를 떠올리면 안 되는 순간에도 그를 떠올린다. 심각해지고 있다는 걸 알면서도 이제 와선 그 심각한 상태를 깨고 싶지 않은 건지도 몰랐다.

신 회장의 시선이 새희의 굳은 뺨을 깎아 내렸다.

"새희야."

그가 이름을 부를 때면 반사적으로 온몸이 저려 온다. 가장 독한 말을 내뱉기 전에 그는 새희의 이름을 부드럽게 불러 주었으므로. 의도적이던 것은 이제 그 자신도 의식하지 못하는 습관이 된 듯했다. 그 습관은 아주 오래전부터 새희의 몸에 내상을 입혀 왔다.

"은석이가 드디어 정상인이 된 것 같구나."

"……."

"새아가를 잘 들였어. 그 말 안 듣는 녀석을 그렇게 잘 다룰 줄이야. 등신같이 네 일거수일투족에 끌려다니던 걸 보며 분통 터뜨린 세월이 아깝다. 진작 결혼시켜야 하는 건데……."

그런 적이 있었던가. 은석이 자신의 일거수일투족에 끌려다녔던 적이…….

"애만 가지면 완벽할 것 같군."

신 회장은 말없이 새희를 응시했다. 너의 본분을 잊지 않고 의무를 잘 이행하고 있느냐는 듯. 그가 굳이 점검하지 않아도 은석의 삶은 그가 원하는 대로 흘러가고 있었다.

'은석 씨…….'

촉촉한 이진의 음성이 핏속에서 역류했다. 새희는 떨리는 턱을 당겨 내렸다.

"좋은 소식…… 있으실 거예요."

목구멍이 뽑혀 나갈 것 같다. 만족스러운 대답이었던 건지 회장님의 안색이 한층 관대한 빛을 띠었다.

"널 두고는 서울도 벗어나질 않으려던 녀석이 해외 출장도 다녀왔다. 들어 보니 과호흡도 고쳐진 것 같고. 제대로 된 집안의 정상적인 여자와 살다 보니 녀석도 깨달은 거겠지. 갈 곳 없는 고아끼리 맞붙어서 청승 떤 기억 하나로 그리도 오랜 세월을 허비했다는 것을."

"……."

"애초에 태생부터 달랐거늘……."

신 회장은 새희를 대할 때마다 정상과 비정상을 논하며 열변을 토했다. 그는 은석이 비정상적인 새희를 만나 비정상으로 오염된 것이라고 단정했다. 새희를 처음 봤을 때부터. 그가 첫눈에 새희를 혐오하게 된 가장 큰 이유는 그것이었다.

"슬슬 정리할 때가 되었다는 거지."

선고를 내리듯 엄중한 그 목소리는 환희에 찬 것 같기도 했고, 늦은 시기가 안타까운 것 같기도 했다.

"새희야."

새희는 휘두른 주먹에 가격당한 것처럼 힘이 들어가지 않는 얼굴을 들어 올렸다.

"은석이에게 필요치 않다면 네가 그 집에 있을 이유는 없다는 걸 누구보다 잘 알 거라 믿는다."

"……."

"새아가가 임신하면 그 집에서 나가거라."

비로소 우리의 끝이 온 것이다. 신은석과 은새희의 끝. 시작하지 말았어야 할 우리의 운명의 끝…….

"아니. 혹시 모르니 출산할 때까진 있어 주는 게 좋겠구나. 그래선 안 되지만 유산될 가능성도 있으니…… 아이 울음소리 듣기 전까진 잡아 놓는 게 나을 것 같군."

새희의 눈에서 눈물이 흐르기 시작했다. 신 회장은 새희의 눈물을 서늘하게 쳐다보았다.

"걱정은 말거라. 그간의 세월이 있으니 나갈 땐 적지 않게 챙겨 주마."

방에서 나왔을 때, 세 사람은 보이지 않았다. 가정부가 다가와 차에서 대기하고 있다고 말해 주었다. 새희는 천천히 걸어갔다. 은석의 본가를, 은석이 겪고 자란 시절을, 그리고 그 뒤에서 눈코 입이 뜯긴 인형으로 방치된 새희의 삶을 걸어갔다. 어쩌면 마지막이 될지도 모르는 이 길을……

은석과 이진이 탄 차가 보였다. 새희는 정원을 가로지르며 생각했다. 이진이 애를 가지면 새희는 나가야 한다.

그런데 어디로 가야 하지. 나는 갈 곳이 없는데.

\* \* \*

이진과 은석은 회사에 다시 들어가야 한다며 그들의 아파트에 새희를 떨구고 갔다. 차에서 내리며 올려다본 하늘이 구름 한 점 없이 파래서 새희는 문득 죽고 싶었다. 날씨가 무척 더운데도 땀이 나지 않았다. 눈물이 말라붙은 뺨은 미지근했다. 눈앞이 흐리멍덩해서 입구까지 걷는 데 시간을 오래 소요했다.

매일 타던 엘리베이터 안에서 매일 보던 거울이 새로운 시련이라도 되는 것처럼 힘겨워서 눈꺼풀이 떨렸다. 꼭 그날 같았다. 은석의 결혼식 날. 엄마의 죽음을 알아 버린 날. 그날의 일들은 너무 순식간에 진행되어서 잘 기억나지 않았다.

김언혁이 문을 열어 주었고, 이진이 와인 병을 들고 왔고, 은석과 이진이 2층으로 올라갔고, 그리고 김언혁은……

'이래도 나랑 바람피울 생각이 없습니까?'

'단순히 박고 싸는 짓만 기대하면 곤란하거든.'

'혀가 안 닿았으면 하는 곳 있습니까?'

그리고…….

'당분간 뜨거운 음식은 못 먹을 겁니다.'

'아팠습니까?'

'웃는 게 상상이 안 돼.'

어디선가 성대가 찢어지는 소리가 들려왔다. 그 소리가 자신이 우는 소리라는 건 주저앉고 나서야 깨달았다.

새희는 아이처럼 소리 내어 울었다. 죽고 싶다고 생각한 순간엔 눈물이 나지 않았건만 그를 생각하자 눈물이 터져 나왔다. 운다고 해서 달라지는 일은 없다는 걸 안다. 그러나 그걸 안다고 해서 어떻게 울지 않을 수 있겠는가…….

새희는 문을 열지 못하고 눈물을 쏟아 냈다. 그동안 죽지 못했던 이유는 오직 하나였다. 자신이 죽으면 은석을 또 한 번 배신하는 일이 될 것 같아서.

그렇다면 이제 죽어도 되는 게 아닐까. 은석에게까지 쓸모없어졌으니 정말로 죽어도 되는 게 아닐까. 나의 죽음은 살아 있는 것보다 가치 있을 테니. 살아 있어 봤자 기적처럼 행복한 일은 생겨나지 않을 테니…….

그는 그날 문을 열어 주었다. 그때는 당혹스러움이 먼저였다. 지금 그가 문을 열어 준다면 웃으며 안길 수 있다고 확신할 수 있었지만, 그는 이 안에 없었다. 새희는 젖은 눈가를 비비며 일어났다. 눈물방울이 후드득 떨어져서 시야를 가렸다. 울기만 하는 눈알을 뽑고 싶었다.

나는 왜 이렇게 쓸모없을까? 그야 당연하지. 아무것도 배운 게 없으니까.

불행은 배우지 못한 사람에게 가장 먼저 찾아든다. 새희의 불행은 갑작스러운 풍파 같은 것이 아니라 태어나며 새겨진 손금이었다. 이미 보도된 그것을 막기 위해선 손목을 잘라야 했다. 그러니까 죽지 않고서는 불행을 피할 수 없다는 것이다.

현관문을 열고 들어갔다. 사람의 형체를 감지한 센서가 자동으로 불을 켰다. 그럴 필요 없는데 말이다. 욕실로 직행했다. 보기 싫은 젖은 얼굴을 물로 씻어 내고 수건으로 박박 닦았다. 발긋해진 피부가 쓰라렸다.

아직 해가 지지 않은 하루의 무게가 너무도 무겁다. 다음 생엔 식물로 태어나고 싶다. 햇빛과 물과 좋은 토양만 있으면 충분한…… 꽃은 피우지 못해도 좋으니 싹은 틔울 수 있었으면. 누군가의 발에 밟혀 짓이겨지는 삶이라도 좋으니 한 번만이라도 생기 있게 돋아날 수 있었으면…….

새희는 닫혀 있는 방문을 열지 못하고 서 있었다. 이진이 지정해 준 자신의 방. 그러나 단 한 번도 안락하다고 여겨 본 적 없는 나의 방.

문고리를 잡았다. 문고리를 돌리며 또 죽고 싶다고 생각했던가. 아니면 은석과 이진이 가질 아이의 얼굴을 생각했던가. 그것도 아니면…… 그의 생각을 했던가.

새희는 문을 열었다. 문을 열고 방 안을 바라보았다. 침대 위를 차지한 남자는 언젠가 그가 주머니에 넣어 두었던 손수건을 찾아내곤 흔적을 탐지하듯 코와 입을 대고 있었다. 새희와 눈이 마주치자 그는 장난스럽게 그것을 쥐고 흔들어 보였다.

"왜 안 돌려줍니까?"

새희는 시간이 정지된 사람처럼 속눈썹도 깜빡거리지 않았다. 그리고 몇 분은 있었을 것이다. 김언혁의 표정이 즉각 굳었다. 그는 재빠르게 일어나 새희에게 다가왔다.

"왜 그래."

그가 뺨을 감싸며 이마를 맞댔다. 그의 머리칼이 눈썹을 간질였다.

"누가 혼냈지?"

뺨을 잡은 그의 손으로 눈물이 스며들었다.

"왜 안 가고……."

있었어요? 그 말은 그의 입속으로 흩어졌다. 혀가 비벼지는 일이 이렇게나 가슴 아픈 일이던가. 그의 혀는 점막을 부드럽게 훑고 나갔다. 떨림이 가시지 않는 눈동자도 핥아 줄 것처럼 눈꼬리에 입술을 누르며 그 위로 속삭였다.

"내 아기를 기다렸지."

만약에…….

"밥도 먹여야 하고."

만약에 내가 내버려지는 날까지도 당신의 관심이 바닥나지 않았다면…….

"잠도 재워야 하거든."

당신한테 가도 될까.

"내가 다 해 주려고 온 건데 말야."

아주 잠시만 머무르다 떠나도 될까…….

"나는 당신한테 해 줄 수 있는 게 없는데……."

김언혁의 시선이 콧잔등을 간지럽혔다. 새희의 눈물이 흐르는 방향으로 눈길을 미끄러뜨렸다가 다시금 눈 속으로 걸어 들어온다. 그렇게 파고든 그의 시선은 새희의 상처를 부드럽게 핥아 주고 있었다.

"괜찮아. 내가 다 해 주면 되니까."

그게 당연하다는 태도로 그는 새희의 젖은 뺨에 콧날을 비볐다가 입술을 가볍게 빨았다. 귀여워 미치겠다는 듯이. 사랑스러워 죽겠다는 듯이…….

그럴 리가 없는데, 그렇게 느껴져서 눈물을 흘리면서도 미소가 지어졌다. 그는 그 미소까지 통째로 빨아 댔다. 새희가 웃어 주기만을 기다린 것처럼 급하게…….

\* \* \*

김언혁은 씻은 손으로 재료를 꺼내 능숙하게 손질했다. 허락 없이 냉장고를 뒤지는 손길은 그가 넣어 둔 건가 싶을 만큼 자연스러웠다. 깨끗하고 유려한 손이 야채를 다듬고 닭 가슴살의 껍질과 뼈를 제거한 후 칼집을 냈다.

먹기 좋은 크기로 자른 고기를 우유에 재워 놓고 그는 달군 팬에 고기를 버무릴 소스를 만들었다. 고소한 냄새가 금세 부엌을 가득 메웠다. 선뜻 후추와 소금으로 간을 하는 그의 모습을 새희는 옆에서 홀린 듯 구경했다.

그가 스푼으로 퍼 올린 소스를 새끼손가락에 찍어 혀끝으로 훑었다. 김언혁의 시선이 미끄러졌다. 기웃거리는 새희의 혀에도 그는 소스를 묻힌 손가락을 밀어 넣었다. 충분히 맛이 느껴질 만큼 머무른 뒤에도 그의 손은 새희의 혀에서 한참을 노닐고 빠져나갔다.

완성된 요리는 더할 나위 없이 완벽했다. 민첩하고 정확하게 요리해 낸 그와 고기를 숯덩이로 만들었던 그의 이미지가 머릿속에서 상충했다. 단기간에 어떻게 이토록 능수능란해질 수 있는 걸까. 그사이에 요리를 꼭 배워 둬야 하는 이유라도 있었던 걸까?

음식을 담은 그릇을 테이블에 올려놓고 그가 새희의 옆에 앉았다. 앉으며 그는 새희의 귓불에 짧게 키스했다.

"심심했어?"

보기에 먹음직스러웠던 요리는 맛도 훌륭했다. 새희가 먹는 동안 그는 묶어 놓은 머리를 풀어 헤치고 머리카락을 손가락에 꼬거나 음식이 입 안으로 들어가는 모습을 엎드리고 올려다보거나 그 모습을 휴대폰으로 촬영하며 놀았다. 결국 새희가 먹다 웃음을 터뜨릴 때까지…….

여기가 어디인지 잊어버리지 않았다. 잊어버리지 않았는데 새희는 그렇게 웃을 수 있었다. 버려지는 때를 통보받고 와서일까. 이 순간이 지나치도록 소중했다. 소중한 만큼 붙들고 싶었다.

그러나 새희가 붙들고 싶어도 붙들 수 없는 순간임을 뼈저리게 깨달았다. 눈물이 날 것 같았지만 그냥 웃어 버렸다. 이진의 말대로 눈물은 참아 두는 편이 좋았다.

김언혁은 그릇을 식기세척기에 넣고, 발코니로 갔다. 새희는 주저하지 않고 그를 따라갔다. 졸졸 뒤쫓는 새희를 그는 묘한 눈으로 응시하며 담배를 입에 물었다. 찰각, 불이 반짝였다. 후, 연기를 느릿하게 내뱉으며 그가 난간에 등을 기댔다. 재차 볼이 홀쭉해지도록 담배를 빨아들이며 새희를 보는 눈길은 피부에 들러붙을 만치 끈끈했다.

그는 문득 열어젖힌 담배 케이스를 새희에게 내밀었다. 가지런히 정돈된 담배들이 그처럼 새희를 유혹했다. 새희는 고개를 저으며 말했다.

"끊었어요."

"……."

담배를 끼운 그의 손가락이 멈칫했다. 성인이 된 걸 저주하듯 몸을 망칠 작정으로 피우기 시작했다. 하지만 은석에게 발각되고 제지당했다. 은석은 새희가 몰두할 수 있는 그 어떤 수단도 허락하지 않았다. 그게 몸에 이로운 것이든, 해로운 것이든.

"끊었다 피울 때 가장 맛있는 법이죠."

그는 끈질기게 유혹했다. 새희는 망설이다가 결국 담배를 손에 쥐었다. 찰각, 그가 불을 붙여 주었다. 몇 년 만의 첫 모금인가. 목 안을 거쳐 폐부로 짙게 퍼지는 독한 향에 일순 핑글 머리가 돌았다.

콜록, 콜록, 기침을 터뜨렸다. 그는 새희가 흡연을 어렵사리 받아들이는 모습을 재미있게 관람하고 있었다. 점차 매운 감각에 익숙해졌다. 그가 워낙 독한 것을 피워서 익숙해지고 나서도 여전히 어지럼증이 맴돌았다.

"몇 살 때부터 피웠나요?"

담배 연기를 뱉어 내며 물었다.

"십 년 전쯤."

생각한 것보단 늦은 시기였다. 그는 "당신은?" 하는 눈으로 물었다.

"고등학교 졸업하고 피웠다가…… 끊었어요."

은석이 끊으라고 해서 끊었다는, 스스로를 비참하게 할 뿐인 속사정은 덧붙이지 않았다. 그대로 말없이 담배만 나눠 피웠다. 피우다가 뒷머리를 당기는 손에 입술이 겹쳐지며 그의 입 안에 연기를 흘려보냈다. 연기를 헤치고 혀들이 뒹굴었다.

그가 한 번 더 담배를 깊이 빨아 들였다가 새희의 입 속으로 내보냈다. 마주치는 동공 표면이 매끄럽게 빛났다. 그가 새희의 어깨를 감싸 안으며 혀를 깊숙이 집어넣었다. 새희는 입을 벌리며 눈을 감았다.

그와 함께 있을 때면 시침이 초침처럼 흐른다. 그가 해 준 요리를 먹고, 담배를 나눠 피우고, 정신이 나가도록 키스하고, 그가 읽어 달라는 책을 읽어 주고, 그 일들을 순서 없이 무작위로 반복하고…… 한 것이라곤 고작해야 그게 다인데, 창밖의 하늘엔 어느새 어둠이 드리워져 있다.

언제 들이닥칠지 모르는 이 집 주인들이 걱정되었지만, 새희는 내색할 수 없었다. 내색하지 않았다는 게 맞을 것이다.

김언혁은 갈 기미를 보이지 않았다. 그것이 기쁘면서도 점점 초조해지고 있었다. 아무리 누구처럼 의연해 보려 해도, 새희는 결국 눈치를 보며 살아야 하는 인간임을 벗어날 수 없었다. 새희를 무릎에 앉혀 놓고 허리를 어루만지던 그의 손을 잡으며 물었다.

"언제 갈 건가요?"

그는 잡힌 손에 깍지를 끼웠다. 앉아 있는 침대로 고개를 까딱해 보인다.

"여기서 자고 갈 건데."

진심인지 장난인지 알 수 없게 그의 목소리엔 농담기가 없었다. 의심으로 젖은 새희의 눈빛을 느른하게 들여다보며 그가 어깨 위로 턱을 걸쳤다. 또다시 입술이 겹쳐졌다. 얼얼하도록 혀를 빨던 그의 입술은 불시에 목을 공략했다. 그다지 간지러움을 타지 않는 편인데도 집요하게 문지르고 살갗을 빨아들이는 입술의 질감에 허리가 배배 꼬였다.

"간지러워요."

목 말고도 이곳저곳을 누비며 비비적거리던 그의 입술이 멈춘 건, 새희가 그의 무릎 위에서 일어났을 때였다. 화장실을 다녀오겠다고 말하자 도와주겠다며 뻔뻔하게 뒤따라 들어오는 그를 뒤늦게 발견하고 진땀을 흘리며 겨우 밀어냈다.

문을 닫고 거울을 바라보았다. 그가 빨았던 목 부근에 빨갛게 자국이 나 있었다. 새희는 황급히 그가 묶어 주었던 머리를 풀어 머리카락으로 그곳을 가렸다. 묶을 때마다 풀어 헤치는 장난을 치던 그가 문득 눈빛을 달리하고 제법 정성을 들여 묶어 준 머리를 흐트러뜨리는 게 아쉬웠지만, 이다음에 또 묶어 달라고 하면 되니까⋯⋯.

그때, 화장실 밖으로 현관문이 열리는 소리가 났다. 새희는 세면대 물을 틀려다 말고 굳었다. 우아한 걸음걸이를 연상시키는 발소리가 거실을 가로질러 오다 한순간 그친다. 그를 발견한 듯했다.

"안녕."

그 태연한 목소리에 발갛게 피어오른 목 부근이 간지러웠다.

"뭐야, 언제 왔어? 연락도 없었잖아."

"연락하고 와야 되나?"

이진은 헛웃음을 터뜨렸다. 고개를 절레절레 젓고 있을 그녀가 눈에 훤했다.

"저녁은?"

"여기서 먹었지."

"가정부 왔다 갔어? 새희 씨 집에 있을 텐데. 같이 먹지 그랬어."

심장이 쿵쾅거렸다. 이진이 너무도 자연스럽게 자신의 이름을 언급해서 머리카락이 쭈뼛 섰다.

"같이 먹었어. 가정부는 안 왔다 갔고."

"음? 뭐야, 셰프 불러 차려 먹었다는 거야?"

"내가 요리했다는 소리야."

"⋯⋯."

잠시간 정적이 내려앉았다.

"새희 씨, 새희 씨! 새희 씨 어디 있어?"

난데없이 새희를 찾아다니는 목소리가 다급했다. 새희는 깜짝 놀라 화장실 문을 열었다. 나가기도 전에 이진이 새희를 보고 한 걸음에 다가왔다. 그녀가 박력 있게 고개를 쑥 들이민 탓에 새희는 본의 아니게 화장실 안으로 주춤주춤 뒷걸음질했다.

"새희 씨, 정말 저 남자가 요리했어요? 요리하는 거 봤어요?"

"네? 네…… 봐, 봤는데."

허. 이진은 기막혀했다. 그녀가 다시금 뒤돌아 그에게 다가섰다. 그녀를 사이에 두고 새희와 언혁의 시선이 뒤엉켰다. 새희는 급히 눈을 내리깔았다. 작게 새는 숨이 떨렸다.

"비닐장갑 질감도 싫어서 손에 못 끼면서…… 재료 손질 같은 건 어떻게 했어?"

"내가 그랬나?"

"시치미는. 좋겠다, 새희 씨. 나도 김언혁이 해 주는 요리 먹어 보고 싶은데. 맛은 어땠어요?"

새희를 향해 고개를 돌린 이진이 입 모양으로 '별로였죠?' 물었다. 그렇게 묻는 이진이 아닌, 그녀의 뒤에서 목 밑으로 흩어진 머리카락을 뚫어져라 보는 그가 시선을 송두리째 앗아 갔다. 새희는 괜스레 목덜미를 손으로 감싸며 말했다.

"맛있었어요."

이진은 눈을 가늘게 뜨더니 부엌으로 갔다. 그가 요리한 흔적을 찾겠다는 양 냉장고를 뒤지고 식기세척기도 열어 본다. 멀거니 그녀를 지켜보는 새희를 그는 물끄러미 응시했다.

그가 코앞으로 다가왔을 땐 눈시울이 흔들렸다. 불길한 예감 그대로 그는 고개를 기울여 입술을 맞댔다. 새희는 순식간에 얼어붙어 이진의 등과 그의 눈을 번갈아 살폈다. 제정신이 아니다. 새희가 그의 가슴팍을 밀기 전에 그는 입술을 떼어 냈다. 동시에 이진이 뒤돌았다.

"영 안 믿긴단 말야. 새희 씨 아니었으면 또 장난친다고 생각했을 거야. 뜬금없이 은퇴하고 회사 차릴 거라 해서 진짠 줄 알고 심각해졌더니, 알고 보니 그날 만우절이었지."

"그것도 믿어 줘. 사실이니까."

이진이 깔깔 웃었다. 새희는 도저히 그처럼 천연덕스럽게 굴 수가 없어 고개를 돌려 버렸다. 그 짧은 순간 혀까지 들어왔었다. 뜨겁게 욱신거리는 입술을 말아 물었다. 김언혁은 케이스를 꺼내 담배를 물었다. 피우진 않고 필터를 입술에 물고만 있었다.

"자고 갈까 싶은데."

"그럴래? 남는 방이야 많으니 알아서 자고 가."

"네 방도 괜찮지."

이진은 어머, 손으로 입을 가리며 은근한 눈으로 새희를 쳐다보았다. 눈치를 살피는 게 아니라 기대하는 것이었다. 그녀가 어떤 반응을 바라는 건지 예측할 수 없다는 게 문제였지만 말이다.

"나야 좋지만, 내 남편은 부끄러워할 것 같아서 말야."

"재미없는 남편이군."

"원래 정상적일수록 재미는 없는 법이야. 안 그래요, 새희 씨?"

이진의 입술 선은 매혹적인 곡선을 그렸다. 새희는 답하지 않았다.

"봐, 저쪽도 재미없잖아."

그러나 김언혁은 새희를 세상에서 제일 재밌는 무언가를 보듯 눈길을 쏟고 있었다. 다정한 듯하면서, 짓궂은 듯하며, 뼈가 에이도록 시리기도 한 눈길로…….

"그럼 나는 재미없는 저쪽이랑 한방에서 자면 되는 건가?"

이진의 입꼬리가 꿈틀거렸다. 그는 작정하고 이진을 도발하고 있었다. 새희는 가슴이 잡아 벌려지는 것 같아서 차라리 기절해 버리고 싶었다.

"새희 씨, 오늘 밤엔 문 꼭 잠그고 자요."

그렇게 의미심장하게 말한 순간이었다. 누군가 문을 열고 집 안으로 들어왔다. 이 집의 문턱을 저리도 가볍게 넘을 수 있는 남은 사람은 한 명뿐이다. 이진은 환영하며 다가섰다.

"은석 씨, 왔어요?"

\* \* \*

언젠가처럼 이진은 와인 병을 들고 왔다. 은석은 러그 위에 앉아 소파에 늘어뜨리듯 등을 기대고 그녀가 잔에 따라 주는 와인을 받았다. 김언혁은 소파 위에서 허리를 칼같이 세우고 오만방자한 얼굴로 담배를 피우고 있었다.

은석과는 기다란 대각선을 이루는 제법 떨어진 위치였다. 두 사람이 판이한 성향이라는 건 자세만 봐도 알 수 있었다. 그들의

맞은편에 놓인 의자에 다리를 가지런히 모으고 앉은 새희는 다
·가온 이진을 보고 고개를 들었다. 그녀가 잔을 건넸다. 새희는
학습된 경험으로 전처럼 꼿꼿하게 들지 않고 잔을 기울였다. 그
에 이진이 웃었다.

"새희 씨는 은석 씨 말고 누구 사랑해 본 적 없어요?"

잔에 담긴 붉은 액체가 흔들거렸다. 두 남자의 시선이 꽂혀 왔다.

"그 얼굴이면 남자들이 가만 놔두진 않았을 텐데. 눈 두 개가
제대로 박힌 남자라면."

그 얼굴…… 그 얼굴이란 어떤 얼굴인가.

"저는……."

남자든, 여자든 새희의 인생에 의미를 부여한 사람은 단 한
사람뿐이었다.

"희한테는 나밖에 없었어."

은석은 새희의 대답을 빼앗았다. 빼앗은 대답은 새희의 대답
이었다. 그래서 부정하지 않고 침묵했다. 문득 얼굴에 꽂힌 한
개의 시선이 짙어진다. 이진은 피식 웃으며 와인을 한 모금 머금
었다. 입 안에서 액체를 굴리다가 누구를 향해서인지 알 수 없게
끔 묻는다.

"앞으로도 그럴 것 같아요?"

은석의 하얀 얼굴은 그보다 더 알 수 없는 표정이었다.

"김언혁, 너는 어땠어?"

새희는 목을 뻣뻣하게 굳혔다. 달라붙어 있던 그의 시선은
눈동자 속으로 미끄러졌다.

"바에서 새희 씨 처음 봤을 때, 어떻게 생각했냐구."

시선을 피하고 싶었으나 그는 침대 위에서의 눈빛으로 새희를 압도했다. 새희는 혀까지 굳어 버려 미동할 수 없었다.

"귀엽다고 생각했는데."

잔을 입술로 가져가던 은석의 손이 멈칫했다.

"처음 봤을 때부터 귀엽다고 생각했어."

은석의 눈이 김언혁이 있는 쪽으로 향했다.

"다른 남자 것이라는 게 아쉬울 만큼."

예상외의 대답이었던 건지 이진마저 멍했다. 살갗을 녹이는 정적이 휘돌았다. 새희는 와인을 쥔 손이 너무 떨려서 다른 손으로 붙잡았다. 은석의 눈은 그 모습을 죄다 지켜보고 있었다.

아무렇지 않아야 했다. 아니, 아무렇지 않은 게 더욱 이상한 게 아닐까? 어떻게 대처해야 할지 몰라 그저 떨고만 있을 때였다. 이 윽고 이진은 김언혁을 앙칼지게 흘겨보았다.

"너무 솔직한 거 아냐?"

"너도 예쁜 남자 골라 시집갔으니 비긴 셈이지."

하여간…… 이진은 피식 웃었다. 그러나 분위기는 전과 달라져 있었다. 긴장감이 과해서 헛구역질이 나올 지경이었다. 자신이 있을 곳이 아니라는 생각이 들었다. 더 이상은 견딜 수 없었다.

"저는…… 이만 들어가도 될까요?"

새희는 와인 잔을 테이블에 내려놓으며 아무에게나 물었다. 이진이 "그래요, 그럼." 하고 느리게 수락한 순간, 벌떡 일어났다. 소파를 지나쳐 가는 새희의 얼굴로 수많은 시선이 따라붙었다.

그중 한 개의 시선이 너무도 신경 쓰여서 빨리 이 자리에서 사라져 버리고 싶었다.

"희야."

청량한 음성에 발목이 잡혔다.

"키스해 주고 가."

담배를 가져가던 김언혁의 손끝이 굳었다.

"키스해 주고 가."

"……."

"얼른."

숨이 끊어져 나왔다. 목을 벨 듯이 보는 시선은 누구의 것인가. 은석은 새희가 다가오길 기다리며 확신하고 있었다. 새희가 다가와 입을 맞추리라는 걸.

쿵쿵 뛰는 소리는 가슴을 넘어 목 안까지 울려댔다. 일 초가 억겁처럼 흘러갔다. 새희는 딱딱하게 굳은 턱을 은석에게 돌렸다. 은석을 보았으나 소파 위에 앉은 그가 시야를 찢어발겼다.

담배를 쥔 기다란 손가락은 굳어 있었다. 피어오르는 연기 위로 검은 동공이 구름 사이 불꽃처럼 번쩍였다. 어떠한 상황이든 한 발짝 떨어져 관조하는, 여느 때의 태연자약한 눈이 아니다. 그의 눈빛은 새희를 냉각시키려고 했다. 새희는 이마에 총구가 드리운 것처럼 꼼짝없이 떨었다. 하필이면 왜 지금 은석은…….

은석이 입 맞춰 달라고 했을 때, 새희는 늘 우울했지만 간절하게 입을 맞춰 주었다. 단 한 번도 입을 맞추지 않은 적은 없었다.

도리어 해 주지 않는 걸 이해받지 못할 만큼 착실하게.

그가 보고 있지 않았다면, 흔쾌히 다가갈 수 있었을까. 이렇게 죽지 못해 끌려가듯 향하는 게 아니라 흔쾌히…….

은석에게 가까워질수록 쇠사슬이 친친 감겨 오는 것처럼 온몸이 죄어들었다. 러그 위에 앉은 은석을 따라 무릎을 굽혔다. 은석의 청초한 속눈썹이 인형처럼 깜빡였다. 그 깜빡임에 감금되어 있는 새희의 지난 세월이 보였다. 무력하게 다가설 때마다 내쳐질까 겁내야 했던 슬픈 세월이.

향긋하고 부드러운 향기가 나는 뺨에 입술을 재빠르게 부딪치고 일어나려고 했다. 하지만 손목이 잡혔고 그대로 은석은 고개를 기울였다.

그 순간 극렬한 거부감을 느꼈다. 그러나 피할 새 없이 눈을 감은 은석의 입술이 닿았다. 놀라서 커다래진 곁눈으로 김언혁의 얼굴을 보았다. 냉기 서린 얼굴이. 아니, 그게 아니라…… 피비린내가 날 것 같은 얼굴. 뭔가를 토막 내고 도륙할 것 같은 눈빛. 무슨 일이 일어날 것만 같았다. 너무나 섬뜩하고 혹독했다.

그때였다.

쨍그랑!

뒤편에서 유리가 깨졌다. 은석은 본능적인 동작으로 새희의 뒤통수를 감쌌다. 그에게 안긴 채로 뒤돌았다. 두 팔을 벌린 이진의 발치에 와인 잔이 깨져 있었다. 새희는 산산조각이 난 유리 조각에서 이진의 얼굴로 시선을 어리둥절하게 들어 올렸다.

"어머나……."

이진은 벌렸던 두 손으로 입술을 가렸다. 그러나 표정은 전혀 놀라고 있지 않았다. 오히려 느긋하게 웃고 있었다. 그 미소는 새희에게 휘두르듯 날아왔다.

"치워야겠죠?"

정신이 번쩍 들었다. 새희는 은석의 품에서 도망치듯 빠져나왔다. 엉켜 오는 시선이 등줄기를 긁었으나 한계였다. 쾅, 닫은 문에 기댄 등이 주르륵 바닥으로 미끄러졌다.

하아, 하아, 산 정상에 오른 것처럼 숨이 찼다. 새희는 머리를 쥐어뜯으며 무릎에 얼굴을 파묻었다. 은석과 입술이 닿았을 때, 보았던 김언혁의 표정은 다른 사람 같았다.

이진이 와인 잔을 깨뜨리지 않았다면…… 딱딱. 이가 부딪쳤다. 두려운 상상은 상상으로 그치지 않을 것 같아서 오한이 일었다.

은석의 예쁜 입술에 닿았건만 오물이 묻은 듯하게 느껴지는 입술을 손등으로 짓이기듯 문질렀다.

\* \* \*

문밖에서 에릭 사티의 〈그노시엔느〉가 들려왔다. 왜인지 가슴이 터져 버릴 것 같아서 새희는 엎드린 채 베개로 두 귀를 차단하고 눈을 질끈 감고 있었다.

그대로 몇 분이, 어쩌면 몇 시간이 흘러갔는지 알 수 없다.

다시 귀를 열었을 때 음악은 들려오지 않았다. 머리가 지끈거려서 관자놀이를 손가락으로 꾹꾹 눌렀다. 두통인지 위통인지 어딘가가 고통스러운 건 확실한데 어디라고 가리킬 수 없게끔 뇌가 무뎌지고 전신이 따끔거렸다.

오늘 하루 내게 무슨 일이 있었던가. 일부러 상기시키지 않으려고 다른 생각을 불러온다. 뒤덮을 만한 좋은 생각은 무엇이 있을까. 커피 향기, 피아노 건반, 명아의 얼굴…….

떠올린 몇 가지는 결국 좋지 못한 생각에 힘을 쓰지 못하고 잡아먹힌다. 대체로 생각은 생각하지 않으려고 노력할 때 가장 쏟아지는 법이다. 어둠이 번식한 방 안에서 새희는 고통스럽게 몸을 뒤틀었다.

그는 갔을까…… 승복하듯 그를 떠올렸다. 침대 위에서 새희를 기다리던 그를 생각하며 시트를 쓰다듬었다. 부분부분 새희의 신경으로 침투하던 그의 말과 몸짓들이 일부를 넘어 전체를 휘덮는다. 이대로 살다 보면 그가 될 수도 있을 것 같다. 아예 그의 일부가 되어 그에게 전부 흡수되는 게 훨씬 나은 삶이라는 걸 알고 있다. 하지만 그에겐 최악의 삶이 되겠지…….

그런 울적한 가정을 하다가 미세하게 귀를 잡아끄는 소음에 눈에 모서리를 세웠다. 발소리였다. 발소리치곤 너무 는적거려서 뱀이 돌아다니고 있는 것 같기도 했다.

한껏 긴장하고 문을 주시할 때였다. 유영하듯 느릿느릿하던 걸음은 그러나 문을 여는 행동만큼은 놀라우리만치 명료했다. 새희는 얼결에 이불을 머리끝까지 뒤집어썼다.

문을 닫고서 다가오는 걸음은 기민해서 눈 깜짝할 사이에 침대 바로 옆에 당도했다. 새희는 등을 돌린 채로 두근두근 뛰는 가슴에 손을 올렸다. 실은 침입자가 누군지 알고 있었다. 은석은 밤중에 새희의 방에 방문하거나 하는 짓은 절대 하지 않는다.

"까꿍……."

김언혁은 새희를 이불 채로 껴안으며 침대로 쓰러졌다. 침대가 부드럽게 흔들렸다. 와인 냄새가 짙게 퍼져 왔다. 그가 머리 부분의 이불을 내리자 새희의 얼굴이 빼꼼 드러났다. 그래도 답답한지 그가 중얼거렸다.

"안 보여."

그가 손을 뻗어 나이트 스탠드를 켰다. 조도가 낮은 불빛이 서로의 이목구비를 밝혔다. 그는 관자놀이에 한쪽 팔을 괸 채 새희를 내려다보았다. 좀 취한 것 같다고 생각했는데 눈빛을 보니 전혀 아닌 것 같다.

손가락은 새희의 뺨을 검지로 쿡 찌르곤 턱까지 미끄러졌다. 새희는 그를 향해 돌아눕고 이불을 목 밑으로 내렸다. 와인처럼 짙게 숙성된 눈빛이 포개어졌다. 오늘 하루 무슨 일이 있었는지 망각하게 해 주는 눈빛이었다.

그가 자신의 입술을 툭툭 쳤다. 새희는 현혹되듯 입술을 갖다 댔다. 그가 새희의 아랫입술을 핥았다. 고개가 멀어지는 순간에도 눈빛이 입술을 머금었다.

"재워 주러 왔나요?"

김언혁은 대답 없이 새희를 응시했다. 상황이 어떻고, 들킬

위험이 어떻고 더는 그런 염려를 생각하지도, 말하지도 않는다. 그가 곁에 있다는 것. 새희의 잠을 재워 주러 왔다는 것. 그것보다 중요한 것도, 절절한 것도 없었기 때문에…….

그는 계속해서 말없이 새희를 주시 중이었다. 상념에 깊이 잠긴 눈빛은 온 마음을 휘감는다. 중대한 결단을 내릴 것 같기도 하고, 풀리지 않는 의문을 헤쳐 보는 것 같기도 하고, 그냥 심취해서 바라보는 것 같기도 했다.

"너무 귀여운데……."

그는 문득 취한 음성으로 중얼거렸다. 목 안으로 열이 몰렸다. 그의 손이 뺨을 가볍게 건반처럼 두드렸다.

"내 이름 기억하고 있습니까?"

뺨을 두드리던 손이 입술을 토닥거렸다. 말을 시키면서도 그는 새희를 재우려는 손짓을 멈추지 않았다. 새희는 시신경에 들어앉은 글자들을 입술에 품어 보았다.

"김언혁……."

"똑똑하네."

기특하다는 듯, 그가 새희를 쓸어안고 뺨을 비비적거렸다. 간지러워서 목구멍이 조여들었다. 실컷 비비다가 새희를 눕히고 아예 그는 뺨과 입술, 이마 턱 순서 없이 입맞춤을 뿌렸다. 새희는 열이 나듯 혼곤해졌다. 불현듯 그가 팔꿈치 사이로 새희의 얼굴을 가두고 내려다보았다.

"똑똑하니까 이것도 기억해 둡시다."

김언혁은 돌연 분위기를 반전시켰다.

"나 말고는 안 돼."

음습해진 눈빛은 독니가 반짝였다.

"주이진 남편도, 가람이도, 자지 달린 새끼는 전부."

스탠드 역광을 받은 그의 얼굴로 드리운 그림자가 문신이 새겨진 것처럼 위압적이었다.

"담뱃불로 눈알을 지질 뻔했으니까."

그는 또다시 새희가 모르는 얼굴을 했다. 그의 생소한 얼굴을 반가워해야 하는 걸까, 두려워해야 하는 걸까.

"네……."

새희가 순응하자 그는 지독한 표정을 지웠다. 그래도 여파가 가시지 않아 새희의 몸은 흠칫흠칫 떨리고 있었다. 알아챈 그가 착하지…… 어르며 새희의 입술을 벌리고 혀를 담갔다. 뜨거운 혀와 숨이 엎치락뒤치락 뒤섞였다.

하아, 그의 한숨이 마른 어깨로 흘러내렸다. 그는 약탈하듯 타액을 빨아들이며 새희의 옷 속에 손을 집어넣었다. 젖꼭지를 혀가 핥듯이 손으로 질척하게 쓸어 올린다. 빨갛게 익어 꿈틀거리는 뺨을 참을 수 없다는 듯 깨무는 입 속에서 서슴없이 본심이 튀어나왔다.

"목줄 채우고 나만 기다리게 하고 싶어……."

그렇게 해 버릴까. 그의 목소리가 낮아졌다. 새희는 무서웠다. 그가 진실로 그렇게 할까 봐 무서운 게 아니라 그렇게 해 주면 좋겠다는 생각이 드는 자신이 너무나 무서웠다.

그도, 자신도 끝 간 곳을 모르고 달려가고 있는 것 같았다.

무언가에 쫓기듯이. 보고 싶다는 말 한 번에, 새희의 우는 얼굴에, 은석의 접촉에 그가 낯설게 변모할수록 쫓기는 마음이 증폭했다. 어쩌면 나를 쫓고 있는 건, 은석이 아니라 은석이 쫓아오리라 확신하고 겁먹은 내가 아닐까…….

까만 눈 위로 따뜻한 불빛이 달그림자처럼 떠올랐다. 사려 깊게 느껴지는 부드러운 눈빛은 새희의 착각이 마련해 준 얼굴인지도 모른다. 그런데도 탐닉하지 않을 수 없었다. 새희의 손끝이 그의 진한 눈썹을, 우뚝한 콧대와 입술을 지나쳐 갔다. 미열을 품은 숨소리가 새어 나왔다. 입술을 쓸어내릴 때 손가락에 걸린 아랫입술이 움직였다.

"자지 없는 새끼도 안 돼."

읊조리는 아랫입술을 따라 새희의 손끝이 움직거렸다. 새희는 멍하게 물었다.

"명아는요?"

그 말에 그가 미간을 좁혔다가 잠시 후 진지하게 답했다.

"특별히 봐주지."

새희가 작게 웃었다. 그는 파도처럼 떠밀려 왔다. 입술이 넘어왔고 그 안에 든 혀가 와락 들어왔다. 삼켜 버릴 듯이 빨아대던 그의 혀가 턱을 핥으며 빗장뼈로 뭉개졌다.

기어 다니던 혀는 어느 순간 느려지더니 아예 움직임이 멈췄다. 그의 얼굴은 새희의 가슴을 깔고 뭉갠 채로 미동하지 않았다. 잠든 것이다. 그동안 못 잔 것처럼 성급하게 잠에 빠져든 그의 머리칼에서 좋은 향기가 흘러왔다. 그의 중량에 눌린 상체가 뻐근했다.

재워 준다고 했던 그는 무책임하게 먼저 잠들어 버렸지만, 새희는 외려 황홀했다. 윤기가 반짝이는 까만 머리카락을 가만가만 쓰다듬어 주었다. 쓰다듬어 주며 그가 좋은 꿈을 꿀 수 있도록, 귓가에 노랫말을 흘렸다.

"파도치는 바다야, 노래해 주렴. 커다란 어둠을 멀리멀리 쫓아 주렴……"

새희의 세상에서 제일 다정한, 달밤의 침입자를 위하여…….

*Track. desire*

　일어났을 때 그는 보이지 않았다. 그를 재웠던 가슴께가 뻐근
했다. 부스스 몸을 일으켰다.

　샤워하고 머리를 말린 후, 시간을 확인했다. 9시 반이었다. 꽤
늦게 일어난 편이었다. 그가 살갗에 남기고 간 자국들을 가리기
위해 목까지 올라오는 얇은 티셔츠를 입었다.

　옷을 갈아입은 다음 가정부가 넣어 두고 간 아침을 챙겨 먹었다.
그릇을 비우고 나자 사진을 찍어 그에게 보낼 걸, 짧은 후회가 들
었다. '그랬어?' 신경을 누그러뜨리는 노곤한 목소리를 아쉬운 대
로 기억 속에서 끄집어냈다.

　잔상처럼 떠다니는 목소리를 부여잡으며 방으로 되돌아갔다.

멀뚱히 서 있다가 휴대폰을 찾아들었다.

[잘 잤나요?]
[좋은 꿈을 꿨나요?]

그에게 건네고 싶은 말들을 화면에 꾹꾹 눌러 썼다. 보내지 못할 걸 알기에 조금 대담해지기도 했다.

[만나고 싶어요.]

혹시라도 전송해 버릴까 황급히 지워 버린다. 비록 보낼 순 없어도 이 마음을 끄적일 수 있는 공간이 있다는 것만으로도 충분했다. 그 외에도 말하고 싶은 여러 문장을 썼다 지워 가 며 새희는 지루하고 심심한 시간을 죽였다.

'새아가가 임신하면 그 집에서 나가거라.'

방심한 사이 파편처럼 꽂힌 굵은 음성이 뇌리에서 번뜩였다. 새희는 고개를 저었다. 집요하게 달라붙어 오는 진드기 같은 그것 을 털어 버리기 위해 음악을 틀었다. 그가 해석한 브람스의 곡들을 틀어 놓은 채 새희는 스스로를 학대하게 되는 장면들을 잘라 냈다.

문득 담배를 피우고 싶어졌다. 그가 피우는 아주 독하고 매운 담배를…… 역시 금지된 것은 금지된 채로 남겨 두었어야 했다. 잠시간 해방되는 순간부터 금지는 완벽성을 잃게 된다.

착실하게 자제할 수 있었으면 애초에 금지당하지도 않았을 터였다. 모든 금지되어야 하는 나쁜 일은 그런 식의 작은 방죽이 무너지는 것으로 시작된다. 한 번 무너지고 나면 그다음부터는 쉽다. 계속 무너지다 결국 원래의 형태를 잃어버리는 것이다.

카페에 갈 시간이 되었다. 새희는 아파트 밖으로 나섰다. 입구에 주차된 차 문을 열고 좌석에 올라탔다. 옆에 이미 누군가 타고 있었다는 건 룸미러로 뒷좌석을 흘끔거리고 있는 기사의 눈을 보고 나서야 알았다.

은석은 새희의 얼굴이 아닌 가슴께를 덮는 머리카락을 보고 있었다. 은석이 나타나기엔 뜬금없는 시간대였다. 혹시 어제 뭔가 눈치챈 걸까. 새희의 방 안으로 들어가던 침입자의 얼굴을 본 걸까. 아니면 새희의 목의 흔적을. 그것도 아니면……

짚이는 게 너무 많아서 어떤 장면을 들이대도 목을 조르는 증거가 될 수 있었다. 불안으로 급격히 굳은 낯빛을 숨기기 위해 새희는 일부러 아무렇지 않게 물었다.

"무슨 일 있어?"

내뱉고 나니 그 물음이 무척 이상스러운 것 같아서 당장 주워 담고 싶었다. 하지만 은석은 타들어 가는 속내와는 상관없는 소리를 했다.

"머리 많이 길었다."

그렇게 말하곤 휴대폰으로 누군가에게 전화를 걸었다. 새희는 흐름을 짐작하기 어려워 입술을 깨물었다.

"희 머리 자르고 데려갈 거야."

통보하듯 말을 던지고 은석은 전화를 끊은 다음 기사에게 어느 장소의 주소를 말했다. 그때까지도 뒤쪽을 흘낏거리고 있던 기사는 괜스레 헛기침하며 운전대를 고쳐 잡았다.

은석이 가르쳐 주지 않아도 통화 상대가 이진이란 건 자연스럽게 알아차렸다. 미용실에 도착할 때까지 은석이 친절하게 상황을 설명해 주는, 기대하지도 않았던 일은 일어나지 않았다. 딱히 불쾌하거나 우울하거나 그런 기색은 아니었지만, 죄가 많은 입장에서 은석의 예고 없는 등장과 행동은 머릿속을 과히 어지럽혔다.

사실은 어지러운 것 이상으로 거부감이 치솟아서 간신히 추슬러야 했다. 배 속에서부터 올라오는 거부감은 자신의 것이 맞나 의심이 들 정도였다. 이건 정말 은석을 향한 걸까? 아니면 무력하게 끌려다니는 자신을 향한 것일까? 이렇게나 축적되었다는 걸 여태 왜 모르고 있었을까…….

도회적인 인상의 헤어 디자이너는 오랜만이라며 인사해 왔다. 때마다 새희의 머리를 손질해 주는 전문가였다. 은석은 새희의 머리 길이가 그가 정해 놓은 기준선을 넘어서는 것을 두고 보지 못했다. 독방처럼 안쪽에 마련된 특수한 공간으로 들어섰다.

가운을 두르고 의자에 앉아 거울을 쳐다보았다. 뒤편의 소파에서 은석은 새희를 쳐다보고 있었다. 미용사는 새희의 의사를 묻지 않고 곧바로 가위질했다. 서걱서걱, 잘린 머리카락이 바닥으로 떨어졌다. 집요하게 따라오는 눈길에 머리카락이 아닌 피부 껍질이 떨어져 나가는 것 같았다.

여느 때와 다름없는 순간이 여느 때보다도 넌더리가 났다.

은석은 버려졌다고 확신할 때면 다시 주워들었고, 잠깐만이라도 기댈까 싶을 땐 가차 없이 내동댕이쳤다. 그 변덕 또한 익숙해질 대로 익숙해진 상태였다.

변한 건 익숙한 상황을 익숙하게 받아들이지 못하고 있는 자신이었다. 새희는 자신도 모르게 떨쳐 내듯 고개를 비틀었다. 그 탓에 움직이고 있던 가위 날이 눈썹 위를 그었다. 따끔한 통증과 함께 스치고 간 부분으로 핏방울이 맺혔다.

"어머, 미안해요. 괜찮아요?"

미용사는 연거푸 사과했지만, 그 안절부절못하는 눈은 새희가 아닌 은석을 향해 있었다. 거울 속에서 은석이 일어났다. 새희는 그제야 정신을 차렸다. 애꿎은 사람에게 화살을 돌리고 있었다. 자신이 멋대로 움직인 거라고 뒤늦게 변명했지만 아무 의미 없는 짓이었다. 사과하는 사람도 사과받는 사람도 새희는 안중에도 없었기 때문에.

다가온 은석은 상처 난 부분을 손가락으로 어루만졌다. 은석이 말끄러미 쳐다보자 미용사의 안색은 납빛으로 변해 갔다.

"이만하면 다 자른 것 같은데."

구비된 구급상비약으로 소독하고 밴드를 붙인 뒤 새희는 가운을 벗었다. 가운을 받아 주는 미용사의 얼굴은 여전히 쓰러질 것처럼 창백했다. 차에 타고 나서도 그 굳은 표정이 오래도록 아른거렸다. 아마도 자신이 기억하는 그 사람의 마지막 얼굴로 남을 걸 알았기 때문이 아니었을까.

* * *

"머리 예쁘게 잘랐네요."

도착한 곳은 이진을 처음 만난 요정이었다. 이진은 접때 주문했던 지느러미 요리를 앞에 두고 방으로 들어오는 새희를 보며 웃었다.

두 사람은 결혼식을 올렸음에도 불구하고 서로의 옆에 앉지 않는 것에 어떠한 유감도 없어 보였다. 전과 달리 새희는 그것에 묵직한 불편함을 느꼈다. 앉지 못하고 계속 서 있던 까닭은 그래서였다. 기어코 은석이 눈빛으로 다리를 꿇릴 때까지, 새희는 고집스럽게 버티고 있었다.

"모처럼 여유롭게 점심 먹을 시간이 나서 말예요. 은석 씨한테 같이 먹자고 하니까 새희 씨도 부르자고 해서."

혹시 그 사람도 오는 걸까. 그 생각이 들자 갑자기 기분이 맑아지는 것 같았다.

"오늘은 셋이서만."

이진은 새희의 생각을 읽기라도 한 것처럼 부연했다. 새희는 침울하게 가라앉으려는 표정을 억지로 굳혔다. 갈수록 경각심을 잃어버리고 있었다. 나중엔 잃어버리고 있다는 것도 자각하지 못할까 봐 겁이 났다.

차례대로 서빙된 음식을 조용히 먹었다. 이진도, 은석도 말이 없었다. 이럴 거면 굳이 왜 자신을 부른 건지 새희는 이 시간이 참으로 무의미하다고 느껴졌다. 공들인 요리는 휴지 조각을 씹고 있는 것처럼 맛이 밍밍하고 입 안에서 걸리적거렸다.

문득 양양에서 먹었던 인간미가 물씬 풍기는 음식들이 당겼다. 휴지 조각 같던 음식이 그날의 음식 맛으로 탈바꿈했다. 몇 달 전이 아닌 전생에 먹었던 음식처럼 몹시도 그리웠다. 바닷바람에 머리카락이 흩날릴 때마다 귀 뒤로 넘겨 주며 생선 가시를 섬세하게 발라내 주었던 그의 보살핌까지…….

"참, 오늘 우리 늦을 거예요."

이진은. 냅킨으로 입가를 정돈하며 말했다. 새희는 상념에서 빠져나왔다.

"JS 그룹 취임 파티가 있거든요. 이번에 대표 자리 꿰찬 남자가 저랑 친분이 깊어서. 꽤 오래 붙잡혀 있을 듯해요."

이토록 상세하게 늦는 이유를 말해 주는 저의가 뭘까. 꼭 미리 자리를 비워 주겠다고 친절히 공고해 주는 것처럼. 속 모를 미소를 막연히 바라보고 있을 때였다. 테이블 밑에서 이진의 휴대폰이 울렸다.

새희는 괜히 뜨끔해 남모르게 자신의 바지 주머니를 조심스럽게 만져 보았다. 잠잠한 그것에 한숨을 삼켰다. 이진은 수신자를 확인하더니 새희를 슬쩍 보며 눈가를 야릇하게 휘었다.

"안녕, 자기?"

김언혁일까? 그녀가 자기라고 부를 사람은 왜인지 그 말고도 수두룩할 것 같았다. 하지만 그인 것이 제일 잘 어울리기도 했다. 모든 신경이 이진의 입가에 쏠렸다. 웃으며 통화를 이어 가던 이진은 한순간 표정이 심각하게 굳더니 이윽고 뾰족하게 되받아쳤다.

"뭐? 그게 무슨…… 너 제정신으로 하는 말이야, 지금?!"

앞에 새희와 은석이 있다는 것도 잊어버린 양 소리치는 이진의 격한 얼굴이 낯설었다. 연신 기막힌 탄성을 연발하다가 이진은 진위를 캐묻는 말로 전화 상대를 쏘아붙였다. 도대체 무슨 내용이길래 저럴까…….

"아니, 잠깐, 잠깐만…… 믿기지 않아서 그래. 알았어. 알았으니까 이따 다시 통화해."

이진은 통화를 얼버무리듯 마무리 지었다. 그녀답지 않은 부단한 태도였다. 끊은 뒤에도 이진은 한참을 휴대폰 모서리로 이마를 누르며 고뇌에 잠겨 있었다. 직원이 후식을 준비해 주고 갈 때까지 그녀는 골치 아픈 기색을 지워 내지 못했다.

공연히 그 고민스러운 분위기에 이입하고 있던 새희의 뺨이 부드러운 감촉으로 두드려졌다. 은석의 손가락이었다. 전혀 예상치 못했기에 당혹스럽게 눈만 끔뻑였다. 은석의 손은 새희의 목을 감싼 얇은 옷깃을 가벼이 쓸었다.

새희는 단박에 굳었다. 잡아 내리면 울긋불긋한 흔적들이 파다했다. 빼도 박도 못하는 배덕의 증거들이. 별 의도 없이 깔짝거리던 손가락이 무심결에 옷깃 안으로 들어왔을 땐 눈알이 흔들거렸다.

그 순간, 이진과 눈이 마주쳤다. 이진은 미묘한 표정이었다. 이때까지 보았던 이진의 표정 중 가장 알 수 없는 표정이었다.

"이만 나가죠."

딱히 새희를 배려하고 이진이 주의를 돌려 준 건 아니겠지만,

다행스럽게도 그 덕에 난관을 빠져나올 수 있었다, 은석과 이진이 앞장서게끔 새희는 일부러 걸음을 느리게 했다. 앞서가는 두 사람을 직원들은 교육받은 몸놀림으로 에스코트했다.

새희는 은석이 멋모르고 만졌던 목덜미를 주무르며 조용히 뒤따랐다. 들키는 상상은 점점 현실감이 더해지고 있다. 이진이 나서지 않았다면 은석은 옷깃을 내려 보았을까? 그건 알 수 없는 일이자 알고 싶지 않은 미래였다. 하지만 머지않아 일어나게 될 미래이기도 했다.

그러다 문득 생각했다. 들켜도 어쩔 수 없는 일이라고, 일어나게 될 미래를 막을 방법 같은 건 없다고, 여기까지 온 건 새희의 의지였다는 걸 인정한 지도 오래였다. 그래서 그런가, 조금은 무덤덤해진 기분으로 새희는 은석의 뒷모습을 응시했다.

\* \* \*

"카페에 가야 하죠?"

이진의 운전기사는 차 문을 열고 대기 중이었다. 그 뒤에 새희가 타고 온 차도 정차하고 있었지만, 이진은 함께 타자는 듯 고갯짓했다. 차체에 가까이 다가섰을 때였다.

"어머, 귀여워라."

이진의 감탄사가 그녀를 돌아보게 했다. 살갑게 다가가 무릎을 접어 앉는 이진의 앞에 목줄을 맨 개가 혀를 내밀고 헥헥대고 있었다.

눈처럼 새하얀 털과 동그랗고 까만 눈을 가진 동물은 이진의 호감을 알아채고 그녀를 핥으려고 했다. 주인은 이진의 차림새와 기품에 당황하며 제지하려 했지만, 이진은 아랑곳하지 않고 핥으라는 듯 얼굴을 내어 줬다. 개를 다루는 태도가 능숙하고 상냥했다.

"아직 아기 같은데. 몇 살이에요?"

"이제 한 살 됐어요."

좋아, 좋아, 라고 외치는 듯한 눈빛은 무슨 짓을 해도 반항하지 않을 것처럼 순종적이다. 이진은 놀아 달라고 마구 코를 들이미는 개를 약 올리듯 요리조리 피하며 웃었다. 웃으며 귀엽지 않냐는 듯, 은석을 돌아봤다. 호선을 그렸던 입꼬리는 단숨에 추락했다.

"은석 씨?"

새희는 참담하게 은석을 바라보았다. 숨 쉬는 법도 잊어버린 채 사색이 된 은석을…… 이윽고 은석은 호흡이 가빠 오는 듯 가슴을 들썩거리기 시작했다. 과호흡이 오는 것이다. 이진은 놀라 일어나 은석에게 갔다. 그보다 빠르게, 은석은 새희를 향해 비틀거리며 달려들었다.

저절로 두 팔이 벌어졌다. 이번만큼은 거부감이 들지 않았다. 품에 안겨 오는 은석의 몸이 사시나무처럼 떨렸다. 사람이 수용할 수 있는 한계를 벗어난 슬픔과 공포와 죄책감이 느껴졌다. 새희는 살려 달라는 듯, 처량하게 떨어 대는 은석의 뒷덜미를 쓰다듬어 주었다.

"괜찮아, 괜찮아. 은석아……."

'부모도 형제도 필요 없다고 했잖아! 나랑 약속했잖아!'

'무슨 짓이든 해. 무슨 짓이든 해서…… 나한테 돌아와.'

"괜찮아……."

'돌아올게…….'

'희야, 난 너만 있으면 돼…… 너도 그런 거지?'

\* \* \*

"머리 잘랐네?"

어깨에 닿는 머리카락 사이로 가람이 손가락을 넣어 흩뜨렸다.

"누난 항상 이 길이로 자르더라."

천천히 빠져나간 손가락은 이마에 붙은 밴드를 톡 쳤다.

"이건 또 뭐야?"

새희가 아무것도 설명해 주지 않자 가람은 한숨을 내쉬며 고개를 절레절레 저었다. 새희는 일에 집중하며 두통처럼 괴롭히는 과거의 편린을 몰아냈다. 몰아내려고 했다. 잘되지 않아서 중간중간 작업대를 붙잡고 버겁게 차오른 숨을 뱉어 내야 했지만.

"연애는 잘되고 있어?"

이제 가람은 눈치도 보지 않고 묻는다.

"그 남자 말야. 케이크 박스 안에 케이크는 없고 전자기기가 튀어나와서 현선주 얼마나 당황한 줄 알아?"

생각지도 못한 말이었다. 그날은 난데없는 그의 등장과 이어지는 혼을 쏙 빼놓는 행동 때문에 케이크 상자고 뭐고 정신을 차릴 새가 없었다.

"명아는 자기 거라고, 엄마한테 안 뺏기려고 아등바등하지. 참나, 아직도 못 뺏었다니까?"

명아의 심정을 이해할 수 있었다. 그가 도시락이 든 종이가방에서 꺼내 선물해 준 휴대폰. 그것을 빼앗기면 몸의 일부가 떨어져 나간 허무한 기분이 될 것이다. 새희의 명의가 아니라그의 명의라서 애착을 가질 수 있었다. 어차피 자신의 이름으로 오롯이 소유할 수 있는 것은 존재하지 않는다는 걸 안다. 물건도, 사람도, 애정 한 줌도…….

"또 웃네."

일렁이는 목소리가 부드럽게 솟은 입꼬리에 닿았다.

"그 남자 얘기할 때만 그렇게 예쁘게 웃는 거 알아?"

그래서 싫은데도 할 수밖에 없잖아. 불만스럽게 중얼거린 가람이 작업대를 잡고서 기지개를 켜듯 허리를 주욱 폈다. 그 자세로고개만 새희에게 삐딱하게 치켜들었다.

"어디가 그렇게 좋아?"

어디가 그렇게 좋아…… 이상하게도 그 말을 듣는 순간, 가슴이 아렸다. 그가 심어 놓고 간 감정은 좋아한다는 표현보다 좀 더 어울리는 표현이 있을 것 같은데. 좀 더 맹목적이고, 좀 더 극적이고, 좀 더 애달픈…….

새침하게 비껴드는 가람의 눈동자 위로 그의 얼굴이 떠올랐다. 어느 하나 선명하지 않은 곳이 없는 오연한 선으로 빚어진 얼굴을, 이 순간 보고 싶어 하고 있음을 깨달았다.

가람이 그를 언급한 순간에도, 이진이 눈을 휘며 전화를 받았던 순간에도, 심지어는 은석이 제가 지은 죄 때문에 고통스럽게 안겨 오던 순간에도 그가 보고 싶어서 새희는 내내 가슴이 아렸다.

"보고 있으면…… 그 사람 보고 있으면 눈시울이 아릿해."

입술에서 흘러나오는 말은 가람에게 하고 싶은 말이 아니라 그에게 하고 싶은 말이었다.

"뜨거운 덩어리가 속에서 뭉글거려서…… 뱉지도 삼키지도 못하는 그것 때문에 자꾸 눈물이 고여."

그 눈물을 그는 말로 다 할 수 없을 만큼 다정하게 핥아 줘서…….

"가지 않았으면 좋겠어……."

계속 함께 있고 싶어…… 언제나처럼 새희가 침묵할 줄 알았던 가람은 입술을 벌린 채로 굳어 있었다. 떨떠름하게 상체를 일으켜 세우는 가람의 귀가 왜인지 붉었다.

타인이 듣기에 열이 오를 만큼 솔직했던가. 새희는 고개를 돌려 유리문을 바라보았다. 기적처럼 그가 나타난다면 이번엔 그날처럼 당혹스러워하지 않고 활짝 웃을 수 있을 것 같다고 생각하며.

얼마 후, 손님들은 한꺼번에 우르르 들어왔다. 카운터 주변이 줄을 선 사람들의 말소리에 왁자지껄했다. 빠르게 쏟아지는 주문을 포스기에 입력하며 형식적으로 손님들의 얼굴을 살폈다. 주문을 마친 안경 쓴 여자가 자리로 이동하자 마지막 남은 남자의 얼굴과 마음의 준비도 없이 맞닥뜨렸다. 새희의 손가락이 마비된 듯 굳어졌다.

"예쁜아. 얼굴에서 빛이 난다?"

그런 날이 있다. 아무리 애써 봐도 불행이 몰려오는 날. 혼나지 않으려고 행동거지를 한사코 조심해도 이유 없이 뺨으로 손이 날아오는. 그런 날은 애당초 자신의 노력과는 별개로 예정된 불행이 닥쳐오리란 걸 일찍 깨달을 수 있었다면, 그토록 간곡하게 기도하지 않았을 텐데.

"누가 여기 커피 따위 마시러 오겠어? 네 상관 보러 오지."

주한의 흰자는 충혈되어 시뻘겋다. 새희는 어쩐 일이냐는 말 대신 뭘 시킬 거냐고 물었다. 그러자 주한은 무릎을 치며 박장대소했다. 애써 아무렇지 않은 척하는 새희의 표정을 꿰뚫고 비웃고 있는 게 확연했다.

꿋꿋이 다시 묻는 새희를 향해 보란 듯이 키득거리며 주한은 아이스로 한 잔 달라고 했다. 뒤이어 "침 뱉어도 좋아!" 우렁차게 외쳐서 사람들의 이목을 끌며 위화감을 조성했다.

주한이 온 이유를 추측할 수 없었지만, 뭐가 되었든 서둘러 내쫓는 게 상책이었다. 아는 사람 맞아? 적의를 내보이며 속닥이는 가람을 뒤로하고 새희는 순식간에 만든 커피를 트레이에 올려 부러 카운터를 나가 직접 가져다주었다.

주한은 받아 들 듯 말 듯 손을 더디게 내밀다가 이윽고 컵을 손에 쥐었다. 그 뒤 단호히 뒤돌아서는 새희의 뒤통수에 걸쭉한 음성을 내갈겼다.

"서비스가 개좆같네? 직원이 손님한테 잘 마시라고 인사도 안 해?"

새희는 어금니를 사리물며 그를 돌아보았다. 주한은 두꺼운 손으로 컵을 들어 후루룩, 들이켰다. 경박해 보이는 동작이었다.

"씨발, 맛은 더 좆같아."

그러더니 뚜껑을 열어 커피를 바닥에 주르륵 쏟는 것이다. 사람들이 수군거리기 시작했다. 이쪽으로 다가오려고 몸을 트는 심각한 표정의 가람을 향해 새희는 고개를 저었다.

"아무래도 나랑 같이 나가야 할 것 같지, 예쁜아?"

"……."

"여기서 개망신 한번 제대로 줘 볼까?"

위협하는 말보다 무언가 알고 있다고 말하는 듯한 저 비릿하면서도 자신만만한 눈빛에 가슴이 철렁 내려앉았다. 왜 저런 눈빛으로 자신을 찾아온 걸까. 가람은 결국 신고하기 전에 나가라며 새희의 앞을 막아섰다. 주한은 알 만하다는 듯 눈살을 일그러뜨렸다가 이윽고 피식거렸다.

"도대체 신은석 몰래 씹질하는 남자가 몇 명이야? 이 새끼 차에서도 뒹굴어?"

새희는 잘못 들은 줄 알았다. 잘못 들었기를 바랐다.

"응? 너 밤마다 딴 차 타잖아. 그 피아노로 이름 날린, 낯짝 한번 존나게 번드르르한. 정확히 이름이 뭐더라, 아! 김……."

"나갈게."

주한은 결연하게 그의 말을 자른 새희를 의외라는 듯 보았다. 가람은 걱정스럽게 돌아보았다. 새희는 앞치마를 벗었다.

"나가서 얘기해."

자신에게 쏟아지는 모욕은 참을 수 있었다. 하지만 천박한 입으로 그의 이름을 올리는 건 참을 수 없었다.

* * *

검은색 외제 차…… 주한은 매너 좋게 조수석 차 문을 열어 주며 웃었다. 차 안에서는 출처 모를 역한 향이 났다. 운전석에 올라탄 주한에게서도 풍기는 향이었다. 새희는 앞으로 쏟아질 수위 높은 언사에 대해 각오를 하고 주한을 쳐다보았다.

"처음엔 그냥 궁금했어. 그 집에 들어가서 어떻게 사는지 말야. 가뜩이나 예쁜 시체 같던 게 본처랑 한집에서 살면서 어떻게 망가졌을지 궁금해 뒤지겠더라구."

그 각오는 단단하지 못했던 건지 벌써부터 가파른 벼랑을 발치에 둔 것처럼 새희의 기분은 위태로워졌다.

"근데 씨발, 미리 손 써 놓은 건지 아파트 입구에서부터 막더라? 약삭빠른 새끼…… 성질나서 그 주변에서 죽치고 있는데 익숙한 얼굴이 웬 차에서 내리는 거야."

새희의 눈동자가 떨리는 것을 주한은 즐겁게 응시했다.

"그 뒤부터 종종 너 일한다는 카페 앞에 가 봤지. 밤에만 만나더라? 앙큼하긴. 그렇게 쉬우면서 왜 나랑은 한집 살 때 떡 한 번 안 쳤어? 서운하게. 진즉 내 방에도 놀러 왔으면 좀 좋아? 그랬으면 내가 천국을 보여 줬을 텐데."

나 잘해. 주한은 손가락으로 성교를 암시하는 제스처를 취했다.

새희는 무반응으로 일관했다. 그러나 백지처럼 하얗게 질린 얼굴은 주한의 탐스러운 먹잇감이었다.

"예쁜아, 난 너 안 싫어해. 오히려 좋아하지."

네가 있어서 신은석은 더 천박해지는 거니까. 주한의 비뚤어진 눈빛이 읽혔다.

"강제로 하는 거 좋아하지도 않고. 응? 요즘 세상에 강간이라니, 존나 촌스럽잖아. 안 그래?"

그러나 새희의 몸을 쭉 훑어보는 눈길은 음심이 동한 것처럼 진득거렸다.

"하고 싶은 말이 뭐야?"

치밀어 오르는 역겨움을 삭이며 말했다. 느물거리던 주한의 얼굴이 진지해졌다. 정색하는 모습은 두려우면서도 그 배로 역겨웠다.

"나랑 한 번만 하자."

뱉어 낸 말은 더더욱. 가슴 언저리가 싸해졌다.

"아무리 생각해도 신은석 그 새끼를 엿 먹이는 방법으론 네가 제격인 것 같거든."

"……."

"네가 네 발로 나한테 와서 뒹굴면 그 새끼 존나 날뛰겠지?"

주한의 비틀린 욕구가 시선을 태웠다. 혈관 속 피가 솟구치는 듯 그의 눈빛은 전에 없이 활발했다. 주한은 자신한테 흥분하는 게 아니라 자신과 뒹구는 모습을 은석에게 발각되는 장면을 상상하며 흥분하고 있는 것이었다. 두말할 것 없이 치가 떨리는 제안이었다. 온갖 벌레들이 피부 위를 기어 다니는 기분이었다.

"싫어."

새희는 침을 내뱉듯 말하고 손잡이를 잡았다. 주한의 눈썹꼬리가 험악하게 치솟았다.

"이야, 거절을 해? 이 상황에?"

자동으로 잠긴 문은 열리지 않았다. 끙끙대는 새희의 얼굴 옆으로 그가 퍽 소리 나게 창문을 손으로 짚었다. 새희는 작게 비명을 질렀다. 새희를 가둔 채 그는 눈에 칼을 세웠다.

"신은석한테 말해? 네가 그 새끼 차에서 어떤 얼굴로 내렸는지. 흠뻑 젖어서는 제발 나 좀 데려가 달라고 다리 벌려 매달……."

"말해."

"리는 꼴이었…… 뭐?"

"말하라고."

무참히 떨어 댔지만, 새희는 확고하게 말했다. 말하라고. 그래, 말해. 말해 버려. 이제 와서 뭘 어쩔 거야? 지옥이 펼쳐지겠지만, 어차피 자신의 생은 지옥이었다. 애초에 죽지 못해 사는 삶이었다. 희망찬 미래를 기대한 적도 없으니, 이쯤에서 들키고 정리당해 끝나 버리는 게 나았다. 협박을 받아 주한과 뒹굴 바에야 지금 갈기갈기 파탄 나는 게…….

다만, 그 사람을 만나지 못하게 되는 것. 내가 그것을 견딜 수 있을까. 그의 부재를 살아서 견뎌 낼 수 있을까…….

새희는 파들파들 떨면서 주한을 노려보았다. 주한은 진위를 가늠하는 것처럼 새희의 표정을 들여다보다가 이내 씩 웃었다.

그 미소는 새희의 심장을 거꾸러뜨렸다.

"그래?"

바짝 붙였던 몸을 제자리로 되돌리며 그가 휴대폰을 꺼내 들었다.

"어, 나야, 아버지. 내가 존나게 재미난 소식 하나 전해 주려고."

아버지라면…… 회장님이었다. 회장님과 통화하고 있는 것이다. 새희의 얼굴이 하얗게 질렸다.

"섹스돌이 뒤통수 거하게 쳤어. 응? 신은석 알면 이거 발작 안 일으키려나 몰라. 상대가 꽤 유명인사더라니까. 기사 한번 크게 내 줘도 되겠는데?"

"아, 안 돼. 그만, 그만해!"

손이 뻗어 나간 건 본능이었다. 주한은 새희의 손을 피하지 않았다. 뺏어 든 휴대폰은 화면이 까맸다. 새희는 실실대는 주한을 원망스럽게 쳐다보았다.

"너도 알지? 아버지가 너 버릴 준비하고 있다는 거."

주한은 이미 살점이 팬 부분을 신나게 칼로 저몄다.

"현명하게 생각해. 이거 알려지면 시궁창 같은 네 인생 더 바닥으로 처박혀."

"……."

"네 바람 상대한테까지 더러운 소문 묻히고 싶진 않을 거잖아?"

모욕으로 인한 아픔에는 익숙해졌거늘…… 비참한 눈물이 흘러나왔다.

* * *

　주한의 차는 호화찬란한 건물 앞에 도착했다. 그러나 외견은 눈속임인 듯 주한에게 잡혀 계단으로 내려가자 나타난 곳은 범죄자들의 소굴 같은 지하 바였다.

　은밀한 조명 밑에서 흐느적거리는 사람들이 시야를 짓밟았다. 유희를 즐기는 건지 몰락하는 건지 모를, 주한을 볼 때마다 느꼈던 피폐한 기운이 공간 전체를 잠식하고 있었다.

　주한이 굳이 이곳으로 새희를 데려온 이유는 모욕하기 위함보다도 본능적으로 안정을 찾을 수 있는 곳이기 때문인 것 같았다. 우습게도 주한이 흥분을 넘어 긴장하고 있다는 게 느껴졌다.

　새희는 헤벌쭉 웃으면서 이리저리 부딪치며 돌아다니는 남자와 눈이 마주치고 시선을 섣불리 떨어뜨렸다. 어디선가 노래하는 소리가 들려왔다. 축축한 액체가 목덜미를 덮는 듯한, 음울하고 괴로운…… 묘하게 기시감이 드는 목소리였다. 기억 속에서 건져 올리기 전에 주한은 안쪽으로 새희를 잡아끌었다.

　"처음 보는 얼굴이네?"

　밀실로 들어가기 전, 갑자기 어깨를 뒤덮는 손길에 가슴께가 굳었다. 머리를 노랗게 탈색하고 상의를 탈의한 남자가 번들거리는 눈으로 새희를 훑어 댔다. 빗장뼈에서 유두까지 이어진 피어스를 따라 내려가던 눈을 화급히 돌려 버렸다.

　주한은 새희의 어깨를 붙잡은 남자의 손을 쳐 냈다. 남자는 아야,

엄살을 부리며 내쳐진 손을 쓰다듬으면서도 새희를 눈길로 추행하는 것을 멈추지 않았다.

"귀엽다. 화류계 애로는 안 보이는데. 신인? 아니면 데뷔 준비 중?"

"신경 꺼, 씨발아."

"왜 이래. 공유 잘하면서. 나 옆방에 있을게. 언제든 환영이야."

주한의 어깨를 툭툭 두드리고 남자는 옆 방문을 열었다. 열자마자 인간이 내는 것이라고 믿기 힘든 괴이한 신음이 쏟아져 나왔다. 새희의 발목이 부들부들 떨렸다. 주한은 픽 웃으며 남자가 붙잡았던 새희의 어깨를 감싸고 방으로 들어갔다.

주한은 소파에 앉은 이후로 쉬지 않고 술을 마셔 댔다. 한마디 말도, 건드리는 손길도 없었다. 그러나 금방 옷을 찢고 달려들어도 이상치 않은 폭란 직전의 분위기였다. 새희는 공포보다 더한 수치심과 자괴감 그리고 역겨움에 손톱으로 손바닥을 후벼 팠다.

광택이 흐르는 각진 양주 병은 계속해서 주한의 잔으로 기울어졌다. 새희는 입술 거스러미를 뜯으며 호박색 액체가 줄어드는 모습을 초조하게 지켜보았다.

"너도 억울하겠지."

주한은 중얼거리듯 말했다. 흙탕물 같은 온갖 불순물이 섞인 목소리였다.

"고아 친구인 줄 알았더니 재벌가 사생아. 거기까지만 해도 좌절인데 그 사생아가 억지로 자기 집 방구석에 들어앉혔으니. 그렇게 멋대로 앉혀 놓고 제대로 돌봐 주지도 않고 말야. 네 인생은 신은석이 씹창 낸 거야."

쾅!

내려놓은 잔 속에서 흘러넘친 술이 주한의 손등을 적셨다.

"그러니까…… 이 빚은 네 빚이기도 한 거야. 그렇지?"

주한의 안색이 파르라니 변했다. 새희는 얼어붙었다. 주한의 손이 포물선을 그리며 새희의 어깨 위로 떨어졌다. 바싹 당기며 그는 술잔을 들어 새희의 입술 앞에 들이밀었다. 도리질하는 입 안에 강제로 들이부어 버린다.

"분위기 맞춰. 지금 이거 내가 협박해서 하는 거 아니잖아? 우린 그 더러운 태생한테 팀으로 복수하는 거야. 응? 씨발, 마시라고!"

새희가 끝끝내 거부하자 그는 짜증스럽게 잔을 바닥으로 던져 버렸다. 글라스가 와장창 깨졌다. 깨진 건 유리컵인데 두개골이 박살 난 듯 날카로운 고통이 일었다. 입술에서 흘러내린 술이 목으로 흘러내려 티셔츠 앞단을 흠뻑 적셨다. 물큰한 술 냄새가 숨구멍으로 눌어붙었다. 주한의 손이 멱살을 잡았다.

"씹. 화내게 만들고 있어."

후우, 한숨을 내쉬며 치미는 분노를 가다듬은 그가 잡은 멱살을 던지듯 놓아주었다. 새희는 기침을 터뜨리며 상체를 오그렸다.

"대가리가 안 좋나? 하긴 그럴 만도 하지."

한 번은 참아 주겠다는 듯, 그가 새희의 머리카락을 부드럽게 쓰다듬었다. 쓰다듬다가 찔러 넣어 당기자 머리채가 뜯겨 나가는 것 같았다. 새희는 고통스러운 소리를 내며 빨개진 눈을 들었다.

"예쁜아, 이렇게 하는 거야. 너는 나한테 몸만 대 주면 돼. 신은석하고는 내가 잘 얘기하면 되니까. 괜찮아. 쫓겨나면 그 뒤 생활은 내가 돌봐 줄게. 혹시 몰라? 궁합이 잘 맞아서 내가 씨발, 너한테 개처럼 흘레붙을지도."

그가 뺨을 잡아당겼다. 코앞으로 주한의 얼굴이 들이밀어 졌다.

"키스해."

취한 눈이 소름 돋게 이글거렸다. 그가 자신의 도톰한 입술을 혀로 핥았다. 붙잡은 뺨이 떨렸다. 죽음을 예지한 사람처럼 새희의 눈동자엔 초점이 없었다. 이번에 거절하면 어떻게 되는지 알고 있다.

"싫…… 어."

알면서도 새희는 싫다고 말했다. 곧바로 주먹이 날아왔다. 사람의 주먹이 아닌 돌덩이 같은 것이 뺨으로 떨어진 것 같았다. 광대뼈 부근의 피부가 벗겨져서 화끈거렸다. 새희는 내리치는 힘에 소파에 처박혔다가 바닥으로 굴러떨어졌다. 아니, 굴러떨어 지려던 것을 그가 잡아 올려 다시 한번 뺨을 후려쳤다.

"쌍년이, 진짜! 너 내 차 타고 여기까지 왜 왔어? 너도 받아들여서 온 거 아니야? 사람 갖고 노는 것도 아니고, 왜?! 너도 씨발, 내가 우스워? 나를 무시해? 신은석 새끼한테 개보다 못한 취급당하면서 몇 년을 쥐 죽은 듯 살았으면서! 어?"

한 번, 두 번, 세 번…… 폭력은 더 센 폭력을 불렀다. 새희는 아픈 것보다 숨이 막혀서 눈을 뜰 수가 없었다. 주한은 내리치다가 어느 순간 손을 멈칫하더니 머리카락을 천천히 쓸어 올렸다. 그의 손에 묻은 피가 자신의 피가 맞는 건지 테이블에 눕혀진 채로 새희는 고통 속에서 혼미하게 바라보았다.

"하아, 하아…… 씨발, 왜 여자를 때리게 하냐고. 응?"

그는 다독이듯 새희의 뺨을 톡톡 치며 윗옷을 들어 올렸다. 찐득한 손이 아랫배를 만지며 위로 올라왔다. 그것이 폭력보다 구역질 났다. 새희는 더듬더듬 옆으로 손을 뻗었다. 주한은 흥분된 눈으로 주절주절 떠들어 대기 분주했다.

"이래서 가난뱅이들이란. 주제도 모르고 자존심만 세지. 가진게 없으면 말야. 적어도 빌빌 기는 자세를 배워 놔야 해. 그래야 나 같은 사람들한테 동정이라도 얻지. 너처럼 뻗대면 역효과밖에 안 난다구."

주한의 손이 속옷을 들춘 그 순간, 손가락 끝에 매끄러운 유리가 닿았다. 새희는 죽을힘을 끌어모아 그것을 잡고 휘둘렀다. 와장창, 주한의 이마를 가격한 양주병이 산산조각 나며 깨졌다. 상상도 못 한 가격에 당황한 주한이 이마를 붙잡고 비틀거렸다. 새희는 깨진 유리 조각 하나를 들었다. 주한의 이마에서 피가 주르륵 흘러내렸다.

"이, 미친년이……."

황망한 눈빛은 곧 폭발물처럼 들끓었다. 새희는 테이블을 붙잡고 섰다. 달아날 걸 예상했는지 주한은 급히 손을 뻗었지만, 새희는 도리어 가까이 다가섰다. 주한의 표정이 혼란스러워졌다.

"어떻게 태어나든…… 태어난 대로 의미를 갖는 거야. 아이는 만들어져서 죄 없이 태어날 뿐이야."

선주의 눈물이 아른거린다. 은석도, 자신도 죄 없이 태어났다. 태어난 것에는 죄가 없다. 태어난 이후 행적에 따라 우리는 심판대에 오를 뿐.

"너는 가난을 혐오할 자격이 없어."

가난하다는 건 매일매일 힘겹게 삶과 싸워야 한다는 것이다. 그 치열한 싸움에서 생겨나는 결핍을, 모멸을, 고통을…… 그것을 모르는 자에게 혐오 받아야 하는 이유는 없다는 걸 사실은 모두 알고 있다. 그러나 알면서도 혐오하는 것이다. 단지 혐오하고 싶다는 마음으로.

"네 인생이 망가진 건 은석이 때문도, 회장님 때문도 아니야."

피로 물든 주한의 얼굴이 허약하게 흔들렸다.

"바로 너 때문이야. 혐오하지 않고서는 어떻게 살아가야 할지 모르는, 스스로 망가지길 자처한 너 자신 때문……."

말하다가 눈가가 따끔거려 입술을 다물었다. 주한은 얼이 나간 채로 듣고 있었다. 흐르는 피가 눈물처럼 보이는 건 착각일까…….

"너하고 자러 온 거 아니야……."

나는…….

"죽으려고 온 거야."

내 손으로 죽지 못한 내 생을 네가 끊어 줄 것 같아서.

주한의 폭력이 쏟아질 때 반항하지 않았던 건 그 때문이었다. 그러나 강간만은 참을 수 없었다. 그 사람이 아닌 다른 사람의 것이 몸에 들어오게 할 수 없었다. 그것을 깨닫는 순간 정녕 죽어야 한다고 생각했다. 그 사람을 완전무결한 채로 무고하게 남겨 두려면 지금 죽어야 된다고……

새희는 주한에게 유리 조각을 내밀었다. 주한은 완전히 넋이 나간 채였다. 아니, 되레 새희를 두렵게 바라보고 있었다. 그 두려움은 회한인가, 충격인가. 그것도 아니면 이제야 사무치는 자신의 망가진 인생에 대한 슬픔인가……

"내가 은석이었다면 너는 찌를 수 있었을까?"

아니, 아마 못 찔렀겠지. 너는 네 인생을 좀먹은 증오 앞에서도 끝에 가선 비겁하게 회피할 인간이니까. 어머니의 죽음에 그랬던 것처럼.

"추한 피가 흐르는 건 너야."

주한은 끝까지 움직이지 않았다. 새희는 휘청거리는 걸음으로 문을 열고 나갔다. 시체로 실려 나갈 줄 알았는데 두 다리로 걸어 나갈 수 있다는 게 뜻밖이었다. 죽음을 결심하고 와서일까. 아무래도 좋았다.

이제 아무래도 상관없어……

\* \* \*

복도를 비척거리며 걸을 때였다. 아까 들었던 휘파람 소리가 났다. 누군가와 어깨를 부딪쳤다. 가물거리는 시야로 노란 머리가 들어왔다. 방에 들어가기 전 보았던 남자였다.

"안 그래 보이는데 거칠게 노는 타입인가 본데?"

더 내 취향이잖아. 남자는 새희의 어깨를 잡았다. 새희는 눈을 두 번 깜빡였다. 그런데 정신을 차려 보니 남자의 손에 유리 조각이 꽂혀 있었다. 길길이 날뛰는 남자를 무시하고 걸음을 놀렸다. 남자가 뒤에서 쫓아오는 것 같았다. 뛰어야 하나…… 새희는 막연히 생각했다.

그 순간, 누군가 새희의 손목을 잡아챘다. 악력이라기엔 너무도 가냘팠다. 뒷모습은 더욱 가녀리고 유약해 보이는 여자였다. 여자는 새희를 황급히 어느 방 안으로 데려갔고 문을 잠갔다. 조명이 밝고 공간이 널찍했다. 놓여 있는 물건들로 파악하건대 대기실 같은 곳이었다.

"괜찮아요?"

어디선가 보았던 얼굴일까…… 새희는 골똘히 바라보다가 여자의 목소리를 듣는 순간 깨달았다. 그를 주인님이라고 불렀던. 치맛자락처럼 표정이 휩쓸려 갔던 여자…….

"내가 누군지 알겠어요?"

그 질문은 자신이 누군지 알아보겠냐는 건지 눈이 잘 보이냐는 건지 헷갈렸다. 새희는 고개를 끄덕였다. 여자는 부드럽게 웃으며 걱정스럽게 새희의 상처를 바라보았다. 곧이어 새희를 의자에 앉히고 구급상자를 들고 왔다.

이마에서 덜렁거리는 밴드를 떼어 주며 솜으로 피를 닦아 주기 시작했다. 그러고 보니 가윗날에 찍혔었지. 징조가 좋지 않았던 걸까. 일어날 일은 일어나게 되어 있다. 다만 오늘 죽을 운명이 아니었다는 게 아쉬울 따름이다.

"언혁 씨는 잘 지내나요?"

부어오른 눈가에 조심스럽게 약을 발라 주던 그녀는 서글프게 물었다. 새희는 갑자기 가슴이 찢어질 듯 아파서 당황했다. 왜일까. 그의 이름을 들어서일까. 아니면 그의 안부를 묻는 그녀의 표정이 너무 아파 보여서였을까…….

"당신 얼굴 기억해요. 그 사람, 관심 가는 것을 볼 때 눈빛이 깊어지거든요. 그걸 보는 내 마음엔 꽃이 피죠. 그게 나를 향하지 않을 때도……."

여자는 상상하며 현혹되는 듯, 아득한 얼굴을 했다.

"그 사람이랑 만나고 있죠?"

새희는 입술을 달싹거릴 뿐이었다. 여자는 슬프게 웃었다. 다 안다는 듯.

"약에 손을 댔어요. 그런 거 용납 못 하는 사람이라 딱 한 번의 기회를 더 줬죠. 나는 참지 못했고 그 사람은 영영 떠나갔어요. 그토록 단호하게. 아이러니하게도 약에 손을 댄 이유는 그 사람 때문인데 말예요."

입술 주변을 닦아 주던 여자가 갑자기 비 맞은 꽃처럼 떨더니 두 손으로 얼굴을 가렸다. 정리되지 못한 감정이 밀려오는 듯했다.

"이만하면 충분히 다정한데, 정신을 차리면 혼자 시들어 가고 있어요. 그 사람이 그리워서, 부족해서…… 나도 알아요. 그 사람은 나에게 성실했다는 거. 무성한 소문과 다르게 파트너를 정하면 그 사람한테만 집중해 주죠. 하지만 나는 연인의 마음으로 그에게 기대했던 거예요. 다른 건 다 들어줘도 그것만은 들어주지 않을 사람인데……."

목 안까지 부어오른 걸까. 온몸이 뜨거워지고 있었다.

"미안해요. 괜한 소리를……."

여자는 눈물을 훔치며 창피하다는 듯 웃었다. 너무도 예쁜 사람이었다. 그 사람 눈에도 이렇게 예쁘게 보였을까 생각이 들 만큼.

"조심해요. 이만하면 충분하다는 생각이 드는 순간, 더 마음을 내어 주게 되니까……."

여자가 마지막으로 한 말이었다. 새희는 그 말이 어떠한 폭력보다 고통스러워서 괴로웠다.

\* \* \*

택시를 탔다. 어디로 가느냐는 말에 한참을 대답하지 못했다. 그러다 결국 대답한 건 파반느의 주소였다. 기사는 병원으로 가야 하지 않느냐며 반문했지만, 새희는 고개를 저었다.

창에 이마를 기대고 깜깜한 창밖을 볼 때였다. 바지 주머니가 진동했다. 온기 없던 눈에 초점이 들었다. 그의 전화를 받기엔 너무 많은 곳이 다친 상태였다. 하지만 거역할 수 없었다. 그를 거역할 수 있을 리가. 새희는 전화를 받았다. 받고서 아무 말도 하지 않자 그가 물었다.

– 어디?

새희의 눈에서 미지근한 눈물이 흘러나왔다. 눈물이 닿는 곳이 쓰라렸다. 그 사람이 미친 듯이 보고 싶었지만 보고 싶지 않기도 했다. 새희는 떨리는 입술에 손가락을 댄 채 말했다.

"오늘은 못 만날 것 같아요."

- 왜?

"그냥, 몸이 좀 안 좋아서요⋯⋯."

- 그럼 더욱 안 만날 수가 없겠군요.

"아, 안 돼요! 오지 마세요. 오지 마세요⋯⋯."

흉한 꼴을 보여 주고 싶지 않았다. 그는 뭔가 이상한 걸 느낀 듯, 침묵했다.

- 어디야.

그의 말투가 달라졌다. 새희는 눈물을 삼키며 말했다.

"집, 집이에요⋯⋯."

- ⋯⋯.

전화를 끊고 싶었으나 그는 끊지 않았다. 그가 끊지 않으면 새희도 끊을 수 없었다. 택시 기사는 눈치 좋게 돌아보며 도착했다고 소리 없이 말했다. 새희는 눈물을 닦으며 수중에 있는 돈을 모두 주었다.

택시에서 내릴 때까지 여전히 그는 통화 중이었다. 새희는 벗겨진 살갗으로 계속해서 눈물이 스며들어서 고통스러웠다. 주한이 때릴 때도 이렇게 울지 않았건만. 눈물을 그치기 위해 마음을 다스렸다.

그러나 택시에서 내리자마자 본 그의 차와 카페 문 앞에서 휴대폰을 귀에 댄 채 서 있는 그를 발견한 순간 눈물은 막을 수 없이 터져 나왔다. 그가 새희가 있는 쪽을 돌아본 순간에는 울면서도 미소가 나왔다.

가로등에 반사된 새희의 얼굴을 확인한 그가 천천히 휴대폰을 귀에서 떨어뜨렸다. 다가오는 걸음은 느리지 않았다. 본 걸음 중 가장 급했던 것 같다. 매끄러운 얼굴이 그토록 굳은 건 처음 보았다.

굳은 것 이상으로 예고 없는 기습에 당한 듯한, 통제되지 않은 감정에 쥐어 잡힌 그런 얼굴은…….

\* \* \*

"신은석인가?"

그의 음성은 온도가 없었다. 새희는 아니라고 말하려 했으나 순간 목소리가 나오지 않아서 목을 부여잡고 고개를 저었다. 하지만 그는 새희의 부정을 믿지 않았다.

새희의 턱 끝을 잡고 돌리며 망가진 얼굴을 살피는 그의 눈동자는 차에 타기 전보다 격렬한 불꽃이 튀고 있었다. 그는 자신이 어떤 얼굴을 하고 있는지 모르는 것 같았다. 얼마나 보고 있기 두려운 얼굴을 하고 있는지…….

"아, 아니에요. 정말 아니에요……."

새희는 뒤늦게 연거푸 아니라고 말했지만, 그는 이미 판단을 끝내고 범인을 찾아낸 듯 눈빛이 발화점으로 도약했다.

그가 핸들을 사납게 꺾었다. 급회전에 새희의 몸이 쏠렸다. 어디로 가는 걸까. 그의 도착지를 예측하며 공포에 떨었다. 새희는 부어오른 목에서 최대한 침착한 음성을 뽑아냈다.

"정말 아니에요. 은석이는 절 때리지 않아요."

"……."

"진짜, 진짜 아닌데……."

점점 애원조로 변해 갔다. 그의 턱 근육이 굳어지는 것이 보였다. 새희는 결국 입을 다물 수밖에 없었다. 무시무시한 예상을 깨고 도착한 곳은 그의 아파트였다. 도착하기 전에 그는 누군가에게 전화를 걸었다.

"튀어 와."

날카로운 명령조에 괜히 주눅이 든 새희를 그가 차 밖으로 끄집어냈다. 아파트 안으로 들어와서도 그의 살기 어린 분위기는 스러지지 않았다.

그 때문에 새희는 그의 무릎에 앉은 채로 불안하게 입술을 뜯으며 두 손만 말아 쥐고 있어야 했다. 그는 그것을 알아채고 새희의 치아 사이로 손가락을 집어넣었다. 뜯고 싶으면 입술 말고 이걸 뜯으라는 듯.

그러고 있을 때였다. 도어록이 열리며 누군가 들어왔다. 그가 튀어오라고 한 상대인 걸까? 깔끔하고 예민한 인상의 키 큰 남자였다. 신경질적으로 표정을 구긴 남자는 김언혁과 김언혁의 무릎에 앉아 있는 새희를 발견하고 발을 멈칫했다. 잘못 본 것처럼 시선을 돌렸다가 재차 눈꺼풀을 좁히고 쏘아본다. 그 모습이 누구와 닮은 것도 같았다.

남자는 눈꼬리를 세우고 가까이 다가왔다. 남자의 목에 걸린 명찰에 '신경외과 전문의 성의준'이라고 적혀 있었다. 성의준. 그 이름을 보니 쾌활하게 손을 내밀던 나라의 얼굴과 연관이 지어졌다. 의준은 새희의 시선을 따라 자신의 명찰을 흘끔 보았다가 시니컬하게 말했다.

"급하게 온 거 보이지? 갑자기 전화해서 튀어 오라길래 대체 무슨 일인가 했더니, 별…… 이건 내 분야도 아니잖아? 하. 얼른 봅시다."

만사 귀찮다는 표정으로 그는 새희의 울긋불긋한 얼굴에 손 대려고 했다. 그 손은 김언혁에 의해 가로막혔다. 의준이 미간을 찡그렸다. 그는 새희의 턱을 잡고 이쪽저쪽 돌려 주었다. 미친. 헛웃음을 터뜨린 의준은 정신 나간 사람 보듯 그를 보았다가 이내 한숨을 쉬며 그 상태로 새희를 진찰했다.

"뼈는 안 부러진 것 같네."

"손도 봐. 손도 아야 했어."

의준의 미간에 주름이 한층 더 깊어졌다. 유리 조각을 쥐었던 손바닥은 살점이 벌어진 채로 피가 응고되어 있었다.

의준은 가져온 구급함에서 연고와 소독 용품을 꺼냈다. 거즈를 붙여 주는 손길은 대강하는 듯하면서도 신중했다. 그 모든 게 그의 무릎 위에서 이루어지고 있다는 사실이 의준의 눈을 마주치기 어려울 만치 창피스러울 뿐이었다.

"따뜻한 수건으로 찜질해 주고, 내일이면 더 흉측하게 부을 겁니다. 밤에 열날지도 모르니까 해열제도 챙겨 먹어요."

갈색 머리를 쓸어 올리는 눈은 피로해 보였다. 새희는 고개를 끄덕였다. 의준은 새삼 새희를 생소하게 응시했다. 이 장소에서 절대로 서식할 수 없는 생물을 목격한 것처럼.

새희의 눈망울이 의기소침하게 떨구어졌다. 시야가 갑자기 까매진 건 그 순간이었다. 눈가를 뒤덮은 서늘한 손바닥에서 시원하고 진한 향이 났다. 퇴폐적인 음성이 귓전으로 떨어졌다.

"눈 치워."

"성나라가 그 난리를 피울 만도 했군……."

새희는 의식하지 못한 새 또 입술을 씹고 있었다. 눈가를 덮었던 손이 입가로 미끄러지며 그의 손가락이 이를 벌리고 들어왔다. 당황한 혀가 살갗에 닿았다. 그는 아무렇지 않게 그 혀를 매만졌다.

"너 그 생각은 변함없는 거냐?"

의준은 일일이 질색하는 것도 지겹다는 듯, 일부러 딴 곳에 시선을 둔 채 말했다. 김언혁은 한참 혀의 질감을 음미하다가 나른하게 대꾸했다.

"한 자리 더 준비해 둬."

"……뭐?"

미친 새끼, 너 설마…… 의준은 경악했다. 새희는 알 수 없는 얘기였다. 알 수 없는 얘기인데도 어째서인지 한기가 들었다.

얼마간 혼돈의 상태를 벗어나지 못하던 의준은 간신히 정신을 추스르고 "제발, 농담이기를 빈다." 의미심장한 한마디를 남긴 뒤 진저리를 치며 아파트를 나갔다.

의준이 가고 난 이후, 김언혁은 착실하게 해열제와 따뜻하게 데운 수건을 가져왔다. 새희는 해열제를 먹고 침대에 누웠다. 수건이 얼굴의 상처 난 부분들에 닿자 무척이나 따갑고 쓰라렸다. 새희가 인상을 쓰며 부르르 떨자 그는 좀 가라앉고 해야겠다며 새희의 가슴께에 이불을 끌어당겼다.

"한숨 자고 있어요."

새희는 그때 알았다. 그가 지금 어디론가 갈 것이라는 걸. 그가 벌일 짓은 새희의 상상 이상으로 잔혹할 것 같았다. 그건 예감이 아니라 필연이었다. 새희는 뒤도는 옷깃을 붙잡았다. 그는 무표정하게 새희를 돌아보았다.

"어디 가요?"

비수 같은 눈이 폭력의 잔흔이 남은 얼굴을 찔러 왔다. 그는 새희의 상처를 대면할 때마다 깊은 눈매가 일그러지는 것을 감추지 못했다. 속상해서 미치겠다는 눈빛보다는 감히 그 상처를 만든 이의 숨통을 끊어 내고 싶어 하는 살기에 가까웠다. 매섭게 숨을 들이쉰 그의 가슴팍이 불룩해졌다. 이어 짓씹 듯 중얼거렸다.

"턱관절은 빠개야 잠이 올 것 같은데."

감정은 가슴을 메우며 들이찼다. 아픔인 것 같기도 했고 서러움인 것 같기도 했다. 그가 이토록 화난 것이 무서웠지만 싫지 않았다. 새희가 다쳤다는 사실에 여과 없이 감정을 내보이는 그 때문에 기껏 결심했던 마음이 흐트러지려고 했다.

하지만 이건 새희의 몫이었다. 오로지 새희가 감당해야 할 몫. 안일하게도, 들키고 나면 자신에게만 피해가 생길 줄 알았다. 주한의 협박에 그와의 관계가 엉킨 실을 잘라 내듯 손쉽게 정리될 일이 아님을 이리도 늦은 시기에 분명하게 알아 버린 것이다.

한때의 충동으로 새희와 얽혔던 걸 그가 후회하게 하고 싶지 않았다. 그가 자신과 만난 걸 후회한다면…… 정말 슬플 것 같았다. 그보다 더 슬픈 일은 없을 것 같았다. 그러니까 그를 이대로 보낼 수 없다. 단지 순간의 격정에 휩쓸려 그의 인생에 지저분하게 남을 궤적을 만들게 할 수는…….

"가지 마요……."

날 선 눈동자는 새희의 동공을 비끄러맸다.

"같이 있고 싶어요. 옆에 있어 주세요……."

그는 애원하는 입술이 떨리도록 차가운 표정이었지만 필사적으로 붙잡는 새희의 얼굴에서 시선을 돌리지 않았다.

얼마간 그 상태로 대치하고 있었을까. 뜻밖에도 먼저 기세를 꺾은 건 그였다. 한숨을 내쉬며 이불 속으로 들어오는 그를 새희는 멀거니 바라보았다.

옆에 누운 그의 얼굴은 여전히 냉정했다. 그 냉정한 얼굴이 새희의 눈엔 지구상의 무엇보다 부드럽고 따스해 보였다. 바짝 붙은 그의 옷깃을 꼭 쥐었다. 어디 가지 말라는 듯, 힘을 주어 도드라진 주먹을 그는 심술궂게 깨물었다.

"화상 자국은 어쩌다 생겼지?"

절로 화상 자국이 있는 오른 다리가 움찔거렸다. 자신의 흉터는 언제부터 그의 기억에 실재하고 있었던 걸까. 보기 좋은 것만 남았으면 좋겠는데 아무래도 그가 먼 훗날에 새희를 기억하며 떠올릴

특징들은 하나같이 보잘것없고 딱한 것들밖엔 없을 것 같다.

"보육원 원장님이 뜨거운 물을 부어서……."

그는 마치 자신이 그 일을 당한 것처럼 인상을 썼다. 새희는 속없이 또 웃어 버렸다. 퉁퉁 부은 눈가가 접히는 모습을 그는 물끄러미 응시했다. 그의 손가락이 조심스럽게 콧대와 입술 선을 쓰다듬었다. 어미의 젖을 빠는 법도 배우지 못한 새끼나 산들바람에도 목이 꺾일 가냘픈 꽃 혹은 물 위로 떠다니는 연잎을 만지는 것보다도 조심스럽게…….

"보육원에서 나오자마자 신은석 집으로 들어간 겁니까?"

새희의 과거를 궁금해하는 사람은 그가 유일했다. 되새기면 악몽과 함께 찾아오는 과거이지만 그에게는 얼마든지 꺼내어 보여 주고 싶었다. 단순한 호기심이더라도 괜찮았다. 그가 원하는 건 뭐든 들어주고 싶었다. 어차피 새희가 해 줄 수 있는 건 고작해야 그런 것들뿐이었으므로.

"그 전에 입양이 한 번 됐었어요."

'눈이 예쁜 아이구나…….'

그렇게 말하는 어른의 눈 안엔 애정이 굶주린 어린아이를 끌어당기는 너그러움이 차 있었다. 굳은살이 박인 커다란 손은 어린 새희의 얼굴을 어여쁘다는 듯 쓸어 주었다.

매달리는 은석을 버리면서까지 그 어른에게 가기로 마음먹었던 건 그 손 때문이었다. 새희의 다치고 유약한 삶을 모두 쓸려 나가게 해 줄 것 같던 커다랗고 성숙한 손…….

그 손은 남자가 집에 새희를 데려간 날부터 흉기처럼 날아오기 시작했다. 새희의 눈이 예쁘다는 말만은 진심이었는지 남자는 새희의 얼굴을 제외한 모든 곳을 심심하면 구타했다. 보육원에서의 생활보다 나은 점은 없었다. 자고 일어나면 죽어 있게 해 달라고 빌던 나날이었다. 은석을 배신한 대가라고 생각했다. 이기적이고 못된 나에게 하늘이 벌을 내린 것이라고……

"은석이는 파양까지 당하면서 나한테 돌아왔는데 나는 그런 은석이를 버리고 다른 사람의 손을 잡고 보육원을 나갔어요."

'가지 마, 희야. 가지 마. 가지 마!'

무릎을 꿇으며 엉엉 울던 은석을 새희는 울면서도 끝내 외면했다. 은석은 새희를 미워할 수밖에 없었다. 당연했다. 우리의 수많은 약속들을 버려 놓고 뒤도는 새희의 등을 어린 은석은 얼마나 원망스럽고 고통스럽게 지켜봐야 했을까……

김언혁은 새희의 눈가에 고인 눈물이 흐르는 방향으로 시선을 따라가다가 그 위로 입술을 묻었다. 물기를 가져가려는 듯 혀를 내밀어 핥아 버린다. 과거와 함께 떠밀려온 새희의 죄책감과 서러움까지 모조리 가져갈 것처럼. 입술은 뺨에 닿았고 코끝에 닿았고 턱에도 닿았다. 마지막으로 입술에 닿으며 닿은 채로 속삭였다.

"아기가 그럴 수도 있지."

너무도 가볍고 예사롭게…… 그건 죄가 될 수 없다는 듯. 천천히 차오르던 생각이 갑작스레 범람해서 그의 얼굴을 밀어내야 했다. 그러나 그는 새희가 고개를 돌리자 입술을 겹쳐 왔다. 겹쳐 오는 움직임이 설탕이 녹듯이 부드럽고 조심스러웠다. 눈물이 흘러내렸다.

살고 싶다는 생각이 들었다. 아무리 끌어모아도, 끌어모아도…… 쌓아 올린 모래성이 한 번의 파도에 맥을 못 추고 전체가 휩쓸려 가 버리듯 그는 새희의 결심을 도리 없이 무너뜨리고 있었다. 이제 그만 생을 놓아 버려야겠다는 결심을……

새희는 울음으로 뭉그러진 목소리로 말했다.

"나는…… 나는 살고 싶지 않아요."

그런데 당신이 나를 살고 싶게 해.

"나는 내가 사람들의 발에 채는 돌멩이처럼 느껴져요."

내일이 기다려지게 해.

"걸리적거리지 않으려고 웅크려 봐도 어디론가 치워지길 바라는 시선들을 마주치면…… 쓰레기통에 나를 버려야 할 것 같아요."

당신이 있는 미래를 상상하며 웃게 해…… 배설과도 같은 절절한 말들이 그의 귀로 쏟아졌다. 말하며 뛰어올랐던 감각들이 천천히 제자리로 내려앉았다. 새희는 빠른 호흡으로 흐느낌을 죽였다. 가만히 집중하며 듣던 김언혁은 젖은 뺨을 손바닥으로 덮었다. 끌어당기지도 매만지지도 않고 그저 덮고만 있었다.

"이를 어쩐다."

김언혁은 안타깝게 탄식했다.

"나는 당신이 웃는 순간부터 사는 게 재밌어졌는데."

"……."

"그러니까 내 재미를 위해서 당신이 참아 줘요."

"……."

"날 위해 살아."

새희는 그 순간, 절정에 도달한 것처럼 몸이 튀어 올랐다. 그의 목에 팔을 두르고 품에 돌진하자 그는 놀란 듯 가슴 근육이 경직됐다. 아프지 않냐며 묻던 목소리는 곧이어 새희의 머리칼에 깊숙이 파묻혔다. 그는 새희를 단단히 마주 껴안으며 선고하듯 속삭였다.

"이제부터 내 집에서 사는 거야."

새희는 고개를 세차게 끄덕였다. 행복해서 눈물이 나왔다. 그런 적은 난생처음이었다. 이 순간만큼은 은석의 얼굴도, 회장님의 얼굴도, 주한의 얼굴도 머리끝에 따라오지 않았다.

오직 김언혁, 당신. 당신. 당신만이······.

\* \* \*

2주 뒤, 인터넷 검색 창에 주한의 이름이 올랐다. 주한이 죽었다는 소식이었다. 사인은 약물 오남용이었다.

\* \* \*

2주 동안 새희는 그의 집에서 한 발자국도 나가지 않았다. 카페도 가지 않았다. 그를 위해 살기로 결심한 이후부터 모든 행위는 편안하고 자연스럽게 이루어졌다.

김언혁은 새희가 암기했던 원칙대로 아침 운동을 했고, 퍼즐을 맞췄으며, 품질 좋은 식사를 했고, 온종일 새희를 눈으로 쫓아다녔다. 다만 멍이 다 빠질 때까지 새희를 아침 운동에서 제외해 주었고, 식사는 스스로 만들어 먹었다.

낮에 집을 비울 때는 아예 통화를 연결한 채로 돌아다녀서 도리어 새희가 낮잠을 자고 싶다는 우회적인 말로 끊게 해야 했다.

김언혁의 요리는 날로 수준급으로 발전했다. 새희의 머리를 감겨 주고 말려 주는 솜씨도 덩달아 일취월장했다. 피아노 연습에 매진하다가도 뒤에서 매료된 얼굴로 쳐다보고 있는 새희를 내키는 대로 껴안고 러그에서 뒹구는 일이 부지기수였다. 상처가 아무는 속도만큼 평화롭고 안정된 하루들은 쏜살같이 지나갔다.

주한의 소식을 확인한 건 그가 새희의 허벅지에 누워 빈둥거리고 있을 때였다. 믿기지 않아 눈을 비비고 몇 번이고 화면을 다시 봐도 헤드라인에 걸린 인물은 태정가 차남 신주한이 맞았다. 새희는 허공에 어리벙벙한 목소리를 날려 보냈다.

"신주한이 죽었어요."

새희의 턱 밑을 머리카락으로 간지럽히며 놀던 그는 심상하게 눈썹을 한 번 까딱했다.

"그렇군요."

길가의 고양이가 죽었다는 소식보다 못한 반응이었다. 생각해 보면 그 소식이 훨씬 속상할 것 같긴 했다. 마지막으로 보았던 주한의 얼굴이 어른거렸다. 깨진 거울 속의 자신을 처음 대면한 것처럼 금이 가며 어그러지던…… 새희는 담담하게 주한의 죽음을 받아들였다.

그런 줄 알았다. 화장실을 가다 책장에 부딪치고, 그가 뭐라고 말하는데도 마냥 그의 얼굴을 쳐다보고 있기만 했다. 주한의 죽음을 확인했을 때를 기점으로 정신은 분리된 것처럼 현실에 안주하지 못하고 있었다. 아니, 어쩌면 그때부터 현실을 제대로 인지한 건지도 모른다.

주한이 죽었다. 은석과 이진은 장례식에 있을까? 회장님은 어떤 얼굴을 하고 있을까? 침통하고 있을까? 후회하고 있을까? 그것도 아니면 일어날 수밖에 없던 일이라는 듯 그러려니 주한의 죽음을 수습하고 있을까? 주한의 어머니가 죽었을 때처럼…….

"고양이 뒤통수 같아."

동그마니 서서 창밖을 내다보는 새희의 정수리를 그의 손가락이 꾹 눌렀다. 올려다보자 당연하다는 듯 입술이 내려왔다. 눈꺼풀에 치댔다가 입술 사이로 혀를 집어넣어 안쪽에서 숨이 가빠 올 때까지 노닐다가 빠져나간다. 그러나 혼을 앗아 가는 키스에도 새희의 눈동자는 우울했다.

그것을 빤히 응시하던 그가 새희의 겨드랑이 사이에 팔을 넣어 높이 들어 올렸다. 붕 뜬 두 손으로 그의 어깨를 감쌌다. 올려붙이는 시선이 장난스러운 듯, 진지한 듯하나 확실한 건 슈베르트의 가곡처럼 감미롭다는 것이었다.

새희는 그의 잘생긴 눈썹을 모양대로 훑어 내렸다. 그가 매끈한 턱을 치켜들었다. 새희는 힘없이 웃으며 그의 입술에 입을 맞췄다. 그는 나른하게 말했다.

"간식 먹을까?"

소파에 앉아 그가 쟁반에 담아 온 쿠키와 우유를 먹었다. 그가 직접 반죽을 만들고 구운 쿠키는 적당히 달고 바삭했다. ―새희도 같이 쿠키 틀을 찍었다.― 그는 쿠키는 먹지 않고 새희의 입가에 묻은 부스러기만 노렸다.

단 걸 질색하면서도 새희에게 단 걸 먹이는 걸 즐기는 연유를 도통 모르겠다. 그는 쿠키에 박힌 초코 칩을 꼭꼭 씹는 새희의 볼을 지분거렸다. 기다란 검지는 눈 위를 부드럽게 쓸었다.

"눈이 또 빨갛군."

행복과 별개로 잠을 자지 못하는 시간이 늘고 있다. 악몽으로 깰 때도 있고, 뜬눈으로 지새울 때도 있었다. 새벽엔 그가 새희를 혼자 버려두고 이 집을 나가는 환상을 보기도 했다.

정작 잃을 것이 많은 그는 원래부터 새희가 이 집에 살았던 것처럼 태연하기만 한데 새희는 행복한 만큼 점차 불안해지기 시작했다. 자신이 누려서는 안 될 무언가를 몰래 절도해서는 염치없이 제 것인 양 즐기고 있는 기분이었다.

은석도, 이진도 신기할 정도로 조용한 것이 다행이다 싶으면서도 이상한 느낌이 가시지 않았다. 정말로 그들은 상관없는 걸까? 상식적이지 않은 연애관을 가진 이진이야 그렇다 쳐도 은석은 새희가 없어진 것에 정말이지 아무 감흥도 들지 않는 걸까? 그동안 보여 줬던 증오로 얼룩진 집착은 이토록 허무하게 사라질 수 있었던 걸까…….

"외출할까?"

외출? 뜻밖의 제안에 그가 만지작거리는 새희의 눈가가 움칠거렸다.

"기분 전환 될 겁니다."

확신하는 그의 눈빛은 바닥을 짐작할 수 없는 어둠으로 가라앉았다.

"분명히."

\* \* \*

차는 서울의 중심을 벗어난 뒤에도 한참 달렸다. '양평'이라고 적힌 푯말이 스쳐 가고, 절벽으로 올라가듯 경도 높은 오르막길을 따라 차바퀴는 매끄럽게 굴러갔다.

도착했을 땐 노을이 지고 있었다. 무성한 녹음으로 둘러싸인 곳은 넓은 호수와 이어져 있었다. 경관은 장관이었지만 인적이 드물어서일까, 어딘가 모르게 을씨년스러웠다. 호수를 따라가자 커다란 저택이 나타났다.

깎아지른 지붕과 새하얀 벽은 계절감을 무시하고 스산했다. 아름다운 궁전 같기도 하고, 폐쇄적인 감옥 같기도 한······ 정문에서부터 펼쳐진 드넓은 잔디밭으론 복장을 갖춰 입은 의료인들이 지나다녔다. 경호원으로 예측되는 덩치 좋은 남자들도 몇몇 보였다. 그중 책임자로 보이는 한 여자가 그를 보더니 재빨리 다가왔다.

"오셨어요."

김언혁은 고개를 까딱했다. 예의가 바르지도 그렇다고 건방져 보이지도 않은, 그저 거듭된 세월 동안 몸에 밴 듯한 태도였다.

"저녁 막 드셨고, 산책도 하셨어요. 혈압은 평소보다 낮게 나왔는데 걱정할 수치는 아니시고, 살은 2kg이 더 빠지셨어요. 입이 짧으셔서 더 권유해도 듣질 않으세요."

"잠은?"

"통 못 주무세요. 새벽마다 자꾸 깨셔서……."

브리핑하듯 옆에 붙어 조잘거리는 여자와 함께 현관을 들어섰다. 실내 인테리어는 서양식으로 고풍스러웠지만, 곳곳마다 모서리 보호대가 부착되어 있었다. 날카롭고 뾰족한 것들은 완벽하게 제거되어 있었다.

계단을 올라가고 긴 복도를 지나 문 앞에 섰을 때였다. 새희는 스며 오는 암울한 기운을 느꼈다. 새희에겐 익숙한 기운이었다. 삶을 포기한 사람들에게서 공유되는…… 공기도 좋고 경치도 뛰어난 이곳이 왜 이리도 스산하고 적막하게 느껴졌는지 그제야 알았다.

문고리를 잡는 김언혁의 손에 힘줄이 불거졌다. 새희는 표정 없는 그의 옆얼굴을 바라보았다. 이윽고 그는 문을 열어젖혔다.

끼이익, 목재 문이 열렸다. 제일 먼저 눈에 띈 건 침대 위에서 등을 굽히고 앉아 있는 여자의 뒷모습이었다.

방 안은 1층과 마찬가지로 고전적인 분위기로 꾸며져 있었으나 병원 특실에서 옮겨 온 듯 구비된 시설물들이 이 방의 주인이 환자임을 일깨워 줬다. 창문은 유리로 되어 있어 바깥을 내다볼 수 있었지만, 절대로 열지 못하게 잠금장치가 설치되어 있었다.

때때로 직감이란 피해 가길 바랄 때 가장 정확하게 느껴지곤 한다. 가는 등 위로 한 올 한 올 흩어져 내린 머리카락과 링거 줄이 연결된 야윈 손목이 뭔가를 호소하는 듯해서 가슴이 턱 막혔다. 새희는 슬픈 용기를 내며 한 걸음 한 걸음 여자에게 다가갔다.

새희가 침대 바로 앞에 도착할 때까지 김언혁은 문가에 삐딱하게 선 채로 움직이지 않았다. 가까이서 본 여자는 손에 머리끈을 꼭 쥐고 있었다. 아이가 생애 처음으로 받은 선물을 놓치지 않으려는 것처럼 혹은 누구도 뺏지 못하게 꼭 지키려는 것처럼…….

여자의 시선은 새희가 알아차리기 전에 이미 새희를 향해 있었다. 여자의 얼굴을 마주한 순간, 새희는 가슴에 커다란 구멍이 뚫려 버리듯 충격으로 바로 서 있을 수가 없어 휘청거렸다.

"안녕."

이마에 흉터가 있는 고운 얼굴은 해맑게 밝아졌다. 여인은 새희의 뒤쪽으로 눈길을 주었다. 그가 서 있는 곳이었다.

"오빠도 안녕."

"안녕."

김언혁은 매끄럽게 인사했다. 그 태도에는 가늠할 수 없는 오랜 시간이 녹아 있었다. 이 인사에 매끄러워지기까지 수많은 감정을 익사시켰어야 할 영원 같은 시간이……

새희는 스르르 주저앉듯 침대에 걸터앉았다. 왕비의 초상화로 전시될 듯한 아름답고 위엄 있는 얼굴이었다. 그러나 스스로 액자 속에 자신의 정체를 가두어 버린 듯 여인은 모습과 전혀 걸맞지 않은 천진함으로 세상을 기피하고 있었다.

감당키 어려운 현실의 둘레로 쳐 버린 울타리가 자신의 영혼마저 바깥으로 내친 줄도 모르고…… 그렇게 절대로 잊어서는 안 될 것들을 소실하며 늙을 수 없는 정신으로 늙어 온 것이다.

"오다가 봤어?"

"……."

"오다가 봤지?"

여인이 무구한 눈으로 말을 걸 때마다 가슴이 낫에 베이는 것 같았다. 새희는 겨우 소리 내어 물었다.

"무엇을요?"

"내 아들."

가슴이 쿵 소리를 내며 내려앉았다.

"잔디밭에서 놀고 있어."

"……."

"내 아들은 공을 잘 차."

다 상실했어도 누군가의 엄마라는 사실만은 잊지 못했다는 건 다행인 걸까, 불행인 걸까……

"넘어져도 안 울고 씩씩해."

"……."

"오다가 봤어?"

"……."

"왜 울어?"

새희의 뺨으로 흐르는 눈물은 그녀의 관심을 그다지 길게 끌지 못했다. 자신을 잃어버린 눈동자는 서글프게도 편안해 보였다. 하지만 생명력이 없었다. 금세 딴청을 피우며 다른 곳을 보던 그의 어머니는 다시금 새희의 머리칼을 만지작거렸다. 그녀의 머리끈을 자랑하듯 보여 주더니 물었다.

"머리 묶어 줄까?"

고개를 끄덕이자 턱 끝에 달린 눈물방울이 떨어졌다. 머리칼 사이로 그녀의 손가락이 들어왔다. 어린 아들을 보듬어 주었을, 하지만 이제는 더 이상 아들을 알아보지 못하는 가장 슬프고 잔혹한 병에 걸려 버린 여자의 손을……

새희는 두 손에 얼굴을 파묻었다. 우는 동안 그가 침대로 다가왔다. 새희와 새희의 머리를 묶어 주는 어머니를 구경하는 아들의 눈은 냉담했다. 그의 눈은 언제부터 저토록 냉담해졌을까. 그의 정서는 얼마나 오랫동안 훼손되어 왔을까.

더듬다 보니 눈물이 멈추지 않았다. 새희는 바다에서 보았던 그의 눈빛을 떠올렸다. 그에게 가장 소중한 것이자 증오스러운 것일 그의 어머니를 기억하기 위해 새희는 눈물에 비치는 아름다운 얼굴을 가슴 속에 담아 두었다. 담아 두기엔 너무나 예리하고 유약해서 찢어질 것만 같은 얼굴을……

* * *

　"모친은 결혼한 이래로 부친의 구속과 집착에 말라비틀어져 갔죠. 남편은 아내의 커리어를 거세하고 자신의 보호 아래 극진한 내조를 바랐습니다. 반항하는 것들에게 자비가 없는 인간과 한집에 사는 건 고문이었을 겁니다. 정신 분열은 도피 방법이었을지도 모르죠. 실제로 정신이 나간 순간부터 부친의 관심이 떨어져 나갔으니까."

　그의 목에 얼굴을 묻은 채 새희는 쏟아지는 과거를 들었다. 차창 밖은 숨죽인 어둠이 깔려 있었다.

　"바다에 데려가 달라고 하도 애걸복걸해서 데려가 줬더니 잠시 한눈판 사이에 뛰어들었더군요. 따라 들어오는 나를 부친처럼 끔찍하게 쳐다봤지만 무시하고 건져서 멋대로 양평으로 빼돌렸습니다. 물론 그때부터 상태는 악화됐지만."

　그의 목덜미가 축축하게 젖어 들었다. 그는 우는 새희의 이마에 입을 맞췄다.

　"자해 시도가 잦아서 묶어 놓기도 했죠. 협심증을 달고 살 때부터 미리 DNR[5]동의서를 작성해 놓은 걸 알지만 심정지가 올 때마다 무시하고 번번이 살렸습니다."

　"……"

　"늘 죽여 달라는 눈을 하고 날 봤지만…… 포기가 어렵더군요."

　아들한테 오빠라고 부르는 지경이 됐는데도. 공허한 읊조림은

---

5) 심폐소생술 거부(Do not resuscitate)

스스로를 빈정거리는 것 같았다.

"진작 놔줬어야 했을까?"

그는 허공에 묻듯 중얼거렸다. 새희는 눈물이 범벅된 얼굴을 들었다.

"그럴 수도 있지……."

그가 자신에게 살아야겠다는 결심을 심어 주었던 말을 흉내 내며 말했다. 어설프기 짝이 없는 목소리에도 그의 눈은 주체 없이 흔들렸다. 불가능하다 못해 터무니없는 생각인 걸 알면서도, 새희는 마치 그가 자신이 낳은 아이인 것처럼 참을 수 없이 애틋해서 그의 뺨을 부드럽게 만졌다.

"나라도 그랬을 거예요……."

그 순간 그는 새희의 뒷머리를 잡고 입술을 거칠게 갈랐다. 그가 급한 몸놀림으로 다리 위에 앉은 새희의 몸을 잡아 올리고 속옷을 내렸다. 새희는 저항하지 않았다. 그의 머리를 감싸 안은 채 눈을 감았다.

뜨겁게 맥동하는 것을 품은 채 흔들리면서 생각했다. 그를 위해서 뭐든 다 해 주겠다고. 내가 할 수 있는 것도, 없는 것도 뭐든지 전부. 남은 생은 오로지 그를 위해 소진하겠다고…….

\* \* \*

눈을 뜨니 그의 얼굴이 있었다. 새희는 빙그레 웃었다.

"잘 잤어?"

아침 운동을 하고 온 듯 그에게서 건강한 기운이 범람했다. 새희가 손을 뻗자 그는 손바닥에 뺨을 붙여 왔다. 그가 살아 있음을 느끼게 해 주는, 서늘하면서도 맥동하는 피부……

그대로 시선을 포개다가 허리 밑으로 파고드는 손에 몸이 들렸다. 새희는 익숙하게 그의 목에 팔을 두르고 욕실로 갔다.

턱 아래에서 찰랑거리는 물을 손으로 휘젓자 작게 물살이 일어났다. 그게 제법 재밌어서 연거푸 반복하자 등 뒤에 있던 그가 불쑥 새희의 어깨를 물었다. 돌아보는 새희의 코에 그가 거품을 묻혔다. 뺨에도 턱에도 묻히는 그를 따라 새희도 그의 얼굴에 거품으로 그림을 그렸다.

오만하게 깎인 이목구비는 우스꽝스럽게 만들어도 미끈하다는 감상만 들 뿐이었다. 문득 잠길 듯 말 듯 수면에 걸친 잘 잡힌 근육의 윤곽을 따라 시선이 잠수했다. 내려간 시야로 그의 얼굴이 침범했다. 야릇하게 좁혀지는 기다란 눈매에 새희의 피부가 발그레 달아올랐다.

"아래도 구경해 주면 좋을 텐데."

어깨에 턱을 걸친 그가 젖은 귀에 대고 놀렸다. 새희는 차끈한 욕조 테두리를 만지며 심장 뛰는 소리를 죽이려고 애썼다. 그는 욕조를 잡은 손에 부드러이 깍지를 끼워 왔다. 그리고 새희의 목덜미를 베어 물었다. 수증기가 차오른 목소리가 물방울처럼 튀어나왔다.

새희는 혼절한 것처럼 팔을 축 늘어뜨린 채로 그의 팔에 안겨 욕실에서 나왔다. 기어이 흥분한 그에게 귀밑에서부터 발뒤꿈치까지 모조리 빨렸기 때문이었다.

가운을 걸친 그가 와인 바에 빼곡히 꽂힌 병들 중 하나를 꺼내 코르크 마개를 땄다. 새희는 엎드리다시피 홈바에 누운 채로 잔에 와인을 따르는 그에게 눈을 고정했다.

잔의 목을 감아쥐며 그가 한 손으론 새희의 열 오른 뺨을 만지작거렸다. 치아 사이로 손가락을 물리는 행동은 근래에 습관이 된 듯 틈만 나면 그는 손가락을 집어넣었다. 목을 축인 그가 와인 잔을 새희의 얼굴 옆에 내려놓았다.

"요리 교실 시간이야."

입술 사이에서 빼낸 손가락을 혀로 핥으며 그가 공지했다. 새희는 늘어뜨렸던 상체를 번쩍 일으켜 세웠다.

새로 생긴 일과였다. 요리할 때마다 주변을 기웃거리는 새희를 주의 깊게 주시하던 그가 과정을 나눠 주며 동참시키기 시작했다. 내심 참여하고 싶었던 새희에겐 무엇보다 활력이 도는 시간이 아닐 수가 없었다.

물론 칼질이나 불 앞에 가는 건 금지였다. 어린아이도 코웃음 칠 만한 수준의, 일거리라고 부르기에도 민망한 준비에 그쳤지만, 그와 함께 생산적인 일을 한다는 것 자체가 즐거웠다.

새희는 그가 썰어서 넘겨준 채소를 볼에 넣고 설탕과 마요네즈를 양껏 넣으려다 멈칫하고 적당히 첨가했다. 왕창 넣었다가 한입 먹고 침묵에 잠긴 채 버려야 했던 경험이 있던 탓에 한층 조심스러운 자세로 임했다.

새희가 샐러드를 만들고 이어 삶은 계란의 껍질을 깔 동안 그는 고기를 굽고 삶은 면을 볶았다. 동시에 진행하는 여유로운 뒤태는 눈길을 잡아끌 만큼 일사불란했다. 중간중간 뒤를 돌아보며 새희를 점검할 때마다 새희는 소리 없이 웃었고 그때마다 신호를 준 것도 아닌데 그는 꼭 다가와서 입을 맞추고 갔다.

　요리가 완성됐을 때 시계는 정오를 가리키고 있었다. 음식이 정갈하게 담긴 접시들이 테이블에 놓였다.

　새희가 만든 샐러드를 제외하고 그가 요리한 음식들에 관해 물었다. 송로버섯에 저민 안심과 로마식으로 요리한 타자린이라고 했다. 잘 모르겠지만 알아들었다는 표정으로 새희는 그가 새로이 가져온 백포도주를 한 모금 마셨다. 그는 고기를 한입에 먹기 좋은 크기로 썰어 주었다.

　"부친은 어떤 사람이었지?"

　자른 고기에 포크를 찔러 넣으며 그가 물었다. 새희는 입을 벌리며 희미한 아버지의 얼굴을 떠올렸다. 엄마를 울리느라 바빴던 무정한 남자의 얼굴. 그리고 자식을 단 한 번도 사랑스럽게 바라봐 주지 않았던 얼굴.

　아빠를 떠올리면 엄마의 우는 얼굴이 꽁무니처럼 따라왔다. 그 탓에 생각하지 않으려고 밀어내다 보니 어떤 기억보다 흐릿해져 버린 것 같다.

　새희는 입에 들어온 고기를 천천히 씹었다. 육질은 놀랄 만큼 부드러웠고 버섯 향은 독특했다.

"잘 기억이 안 나요."

"살아는 있습니까?"

"돌아가셨어요."

아빠의 죽음은 그 시절엔 그다지 와닿지 않았다. 다만 엄마가 그 죽음에 정상적인 생활이 불가할 정도로 뒤흔들렸다는 것. 그리하여 결국⋯⋯.

새희는 문득 목이 메어 와서 잔을 들었다. 그의 눈은 미세한 파동을 놓치지 않았다. 그가 새희의 머리카락을 손가락에 감았다. 먹기보다 장난치기 분주한 그를 바라보던 새희는 제 포크로 고기를 찍었다. 그의 입에 드밀자 그는 순순히 입을 열어 주었다.

턱을 움직이며 새희를 빤히 보는 눈길 탓에 그가 먹는 게 꼭 자신인 것만 같은 착각이 들었다. 목울대가 울리고 그는 더 달라는 듯 입을 벌리고 채근했다. 정작 그가 철판을 깔고 요구하자 건네기 쑥스러웠다.

"아버지는 다신 평생 보지 않을 건가요?"

뻔뻔스럽게 닫지 않는 입술 사이로 하나를 더 넣어 주며 자연스러운 척 물었다. 그는 고기를 씹어 넘기는 동안 말이 없었다. 질문한 시간을 되돌리고 싶을 정도로 위축되는 침묵이었다.

"화해할까?"

사람 속을 실컷 어지럽히고 내비치는 반응이란 어이없을 만큼 간단했다. 장난인가 싶었지만, 그는 도리어 새희의 의중을 파헤치려는 듯 눈빛이 예리했다. 새희는 두 눈을 동그랗게 떴다.

"화해했으면 좋겠습니까?"

"아……."

그런 뜻으로 물은 건 아니었는데…… 어느 쪽이냐고 묻는다면 새희는 그가 아버지와 끝까지 대립하든, 화해하든 솔직한 말로 의견이 없는 편인 게 맞았다.

결국, 가족 간의 일은 가족이 아니고서는 이해하지도, 이해받지도 못한다. 화해하길 바란다고 해서 해결책을 마련해 줄 수 있는 것도 아니고, 대립한다고 해서 박수 쳐 줄 수 있는 것도 아니다. 아, 그가 원한다면 얼마든지 쳐 줄 용의는 있지만…….

고작해야 할 수 있는 건 그 정도인 내가 바라는 건…… 당신이 더는 그날 차 안에서의 얼굴을 하지 않는 것. 그 얼굴은 자신의 상처를 열어보는 것보다 더 가슴을 아프게 했으므로.

어영부영 말을 꿍얼거리다가 식사를 마쳤다. 식사를 마친 뒤엔 그와 담배를 나눠 피웠다. 그가 비스듬히 입술 끝에 담배를 건 채로 쳐다볼 때면 모골이 송연해질 정도로 가슴이 떨렸다.

어쩌면 키스를 시작한 건 그가 아니라 새희였는지도 모른다. 마음을 다잡으려고 노력하면 배로 휩쓸려가기 일쑤였다. 혀를 섞다 보니 가운이 스르륵 벗겨져 내려갔다. 그가 새희를 안아 들어 러그 위에 눕혔을 땐 서로 알몸이 된 후였다.

윤기 나는 근육을 손가락으로 더듬거렸다. 그를 만지는 것에 새희는 머뭇거리는 일 없이 대담해졌다. 만질 수 있을 때 실컷 만져 놓자는 조금은 불순한 각오를 한 이후부터. 그가 그 손을 잡아 뜨겁게 솟은 남성을 쥐게 했을 땐 숫기 없이 피부가 확

붉어졌지만 말이다.

"이왕 만지는 거 자비를 베풀어 줘."

"아, 아니……."

"혀 내 봐."

음? 콧잔등을 마주 비비는 그의 얼굴이 신경 세포가 자극을 받을 만큼 근사해서 새희는 얼른 혀를 내밀었다. 그는 착하다며 내민 혀를 감아올렸다. 감지 않은 두 시선이 끈적하게 얽혀들었다.

맹렬한 기운을 내뿜는 그의 것을 부드럽게 훑어 올렸다. 물기 젖은 소리가 아래에서 울렸다. 그는 혀를 녹진하게 빨아올리며 새희의 양 귀를 손가락으로 쓸었다. 가는 신음이 새어 나왔다.

"음……."

그는 우아한 귀족 같은 신음을 입 안으로 흘려보냈다. 등줄기가 파르르 움칠했다. 부푼 남성이 만지는 손질이 빈약하다는 듯 마구 치대기 시작했다. 귓바퀴를 훑던 손가락은 귓불을 지그시 눌렀다. 마찰하는 물건에서 묻어 나오는 점액으로 손바닥이 타올랐다. 서로가 내뱉는 숨소리가 저급하게 뒤엉켰다.

사정한 뒤에 그는 새희를 뒤집어 등에 입술을 묻었다. 움직거리는 날개뼈 부근에 자잘하게 입 맞추며 입술은 점점 밑으로 내려갔다. 옆구리를 핥을 땐 상체가 옆으로 오그라들었다.

자세는 다시 역전되었다. 그는 아랑곳하지 않고 빨려던 곳으로 직행했다. 그의 혀가 도착한 곳은 젖은 음부였다. 수없이 반복하는 행위였지만 도저히 익숙해지지 않는 구도에 새희는 몽롱한 표정으로 입술을 씹었다.

"하아. 녹아 문드러질 때까지 빨고 싶어. 삼켜 버리고 싶어……."

돌기를 쭉쭉 빠는 그의 머리칼을 더럭 움켜쥐었다. 그의 입술이 깊디깊게 파묻혀서 해작거렸다.

새희의 턱이 치켜 들렸다. 하아, 숨을 내쉬며 엉덩이를 들썩거렸다. 그는 다리를 잡고 있던 손을 뻗어 보지 않고도 새희의 손을 찾아 깍지를 끼우고 얼굴을 격렬하게 흔들었다. 미칠 것 같은 감각이 내달렸다. 새희는 결국 커다랗게 신음을 내질렀다.

그렇게 실컷 유린당하다가 어느 순간 잠이 들었던가…… 부드러운 선율에 눈을 떴다. 시선이 닿은 곳에 화려하게 뻗은 골격의 상반신을 드러내고 피아노를 치고 있는 그가 보였다. 그는 새희를 보며 건반을 두드리고 있었다. 차갑게 얼어 버린 무언가가 있었다면 단번에 녹아내리지 않았을까.

음이 아닌 사랑이 흘러가고 있었다. 살랑이는 바람에 나부끼며 올라오는 봄바람. 햇살로 엮은 바구니를 들고서 사랑하는 이에게 건네줄 꽃을 꺾으러 가는. 절절한 구애이자 숨 막히는 고백 같은…….

새희가 무슨 곡이냐고 물었지만, 그는 대답하지 않았다. 답하지 않고서 들려오는 음악처럼 새희를 바라보았다. 부드러운 눈빛이건만 왜인지 가슴이 북받쳐 올랐다. 새희는 가슴의 울림에 사로잡히며 생각했다.

삶이 한 편의 영화라면 이 순간, 내 삶의 엔딩 크레딧이 올라갔으면 좋겠다고…….

\* \* \*

그의 공연이 열리는 날이었다. 아침 일찍 그는 콘서트홀로 향했다. 새벽까지 물고 빨리느라 정신을 못 차리고 자는 새희를 깨워 그는 1시에 아파트 앞에 차를 보낼 테니 타고 오라고 했다. 그는 새희의 좌석을 마련해 놓았다고 했다. 새희는 비몽사몽 의식을 헤매는 와중에도 꼭 가겠다며 새끼손가락을 걸고 약속하고 다시 잠에 빠져들었다.

다시 일어났을 땐, 오전 10시였다. 일어나자마자 새희는 그가 차려 놓고 간 아침을 먹고, 샤워를 하고, 제 눈에 가장 단정하고 세련되어 보이는 옷을 갖춰 입고, 머리를 곱게 빗었다. 가만히 있기가 어려워 집안 곳곳을 산만하게 돌아다니며 시간이 가기만을 기다렸다.

실없이 미소를 흘리며 피아노 의자에 앉았다. 무대 위에서 걸어 나오는 그를 상상했다. 머리를 쓸어 올리며 의자에 앉은 다음 손목을 가뿐하게 돌리고 비스듬히 건반으로 눈을 내리깔겠지. 그 시선 밑에 깔리고픈 충동을 느끼는 건 비단 자신뿐만이 아닐 것이다. 새희는 그가 자신의 뺨을 만지는 것처럼 건반을 지분거리다 그가 이름을 가르쳐 주지 않았던 곡을 연주했다.

꽃내음을 싣고서 한 아름 밀려오는 순정을 만끽했다. 음이 내는 향기에 취하는 것 같아 가느다랗게 한숨을 쉬었다. 이 시간이 정말로 나의 것이 맞을까. 이렇게나 들뜨고 벅찬, 그 이면의 평온함이 전제된 시간이…….

연주를 끝마쳤을 땐, 오랜만에 은석의 생각이 났다. 오랜만이라는 것이 신기하지 않을 만큼 은석의 존재는 그에게로 흐르는 마음을 억제하지 못했다. 그렇게 된 지도 벌써 까마득해졌다. 어쩌다가 여기까지 왔는지 새희는 더는 자문하지 않았다.

그러나 여전히 은석을 생각하면 끝도 없는 죄책감에 매몰되곤 했다. 그는 그것을 거슬려 했지만, 과거를 비우지 못하는 이상 어쩔 수 없는 일이었다. 딱 한 번만…… 만나서 허심탄회하게 쏟아내고 정리하고 싶은 마음은 나의 아집일까.

새희는 은석에게 사과하고 싶었다. 그 뒤 은석에게서 깨끗하게 버려지고 싶었다. 얽매인 과거의 매듭을 풀어 주고 은석이 무결하게 도약할 수 있도록 눈앞에서 완전히 사라지고 싶었다.

은석의 웃음을 빼앗은 건 새희였다. 이제 그 웃음을 돌려주고 싶었다. 그늘진 표정을 지워 버리고 서로의 사람을 향해서, 남은 생을 위해서 진실하게 웃을 수 있도록…….

결심이 들어서자 마음은 다급해졌다. 아마 오늘이 아니었다면 이런 결심이 서지 않았을 것이다. 새희는 시각을 확인했다. 그가 차를 보낸다고 한 시간까지는 아직 여유가 있었다. 현관을 나서는 걸음은 비장했다. 하지만 복도를 걸으며 서서히 영혼이 빠져나가듯 새희는 팔을 축 늘어뜨리고 발을 멈췄다.

'희야. 난 말야. 부모도 형제도 필요 없어.'

'나는 너와 세상에서 가장 불쌍하고 가난하게 살아갈 거야.'

'누구도 우리 사이에 발 들이고 싶지 않도록.'

환상 같은 그와 붙어 지내다 보니 스스로 환상을 만들어 낼 수 있다고 자만한 걸까. 어떻게 은석에게 웃음을 돌려줄 수 있다고 생각한 걸까.

새희는 쓴웃음을 지었다. 아무래도 뭐에 홀렸던 것 같다. 그래, 그 분별력을 잃어버리게 만드는 부드러운 멜로디에 심취한 탓이다.

다시 집으로 들어가려던 새희는 문득 그 집에 있는 악보와 그의 손수건을 가져오고 싶어졌다. 그 외의 것은 버려져도 상관없었으나 그것들은 꼭 제 곁에 두고 싶었다. 어차피 한 번쯤은 들러야 했으리라.

아파트를 나와서 택시를 탔다. 택시 기사는 새희에게 얼굴이 곱고 피부가 윤이 난다며 연예인을 해 보는 게 어떻냐고 권유했다. 싱거운 농담이 그다지 기분 나쁘지 않았다. 오늘만큼은 모든 성가신 것을 수용할 수 있을 것도 같았다.

새희는 조용히 입꼬리를 올리며 차창 밖을 내다봤다. 멋쩍을 만도 한데 기사는 허허허, 소탈하게 웃으며 라디오를 틀었다.

- 그러나 그 시절에 너를 또 만나서 사랑할 수 있을까…….6)

기사는 흥얼거리는 수준을 넘어 목청을 열고 쩌렁쩌렁 노래했다. 기사는 꽤 노래 솜씨가 좋았다. 새희가 쳐다보자 기사는

---

6) 나미 〈슬픈 인연〉

수더분하게 웃으며 말했다.

"아가씨, 내가 국민학교 시절에 참 좋아한 여자아이가 있어요. 어찌나 자주 볼이 빨개지던지 사내새끼들은 그 애를 뒤에서 사과라고 불렀지요. 나도 그중 한 놈이었소. 그 빨간 볼이 대학교 때까지 잊히지 않았지요. 동창회에서 조우하고 나를 보고 잘 지냈니? 물으며 여전히 뺨이 물드는 것을 보고 나도 참 지독하게 가슴이 설레서 죽는 줄 알았지 뭡니까."

새희는 저도 모르게 미소를 지었다.

"군에 가기 전까지 벙어리 냉가슴 앓듯 짝사랑만 하다 입영 직전에 청첩장을 받았소. 군대에서 참으로 많이 울었지요. 우습게도 그 애가 한번 웃어 줬다고 내게 마음이 있다고 착각했지 뭡니까. 원래 방긋방긋 잘 웃었을 뿐인데 참으로 미련하지요?"

기사는 껄껄 웃었다. 새희는 이상하게 웃을 수 없어서 가만히 듣고만 있었다.

"사과 같은 그 얼굴이 가끔 떠올라도 이젠 그 애보다 그 애한테 취해 있던 내가 생각나서 웃어요. 비록 착각이었어도 그 당시의 나는 얼마나 행복했나 생각하면 웃음이 나지요."

- 흐르는 그 세월에 나는 또 얼마나 많은 눈물을 흘리려나……

기사의 말과는 정반대의 노래 가사가 라디오에서 흘러나왔다. 마침 은석의 아파트 앞에 차가 도착했다. 기사에게 요금을 치르고 새희는 차에서 내렸다. 불어오는 바람이 고개를 들게 했다. 가을이라 하기엔 조금은 무더운 바람이었다. 계절은 새희가 모르는 사이 떠나가고 도착해 있었다.

마음이 술렁거렸다. 무척이나 고양되었던 기분이 어쩐지 웅덩이에 빠진 것처럼 깊이 침수했다. 이는 기사의 이야기 때문인가, 계절이 변한 것 때문인가, 은석의 아파트를 보고 있기 때문인가…….

이 길이 정말 싫었다. 엘리베이터를 타고, 문을 열기까지의 이 길이. 새희는 목에 가시가 걸린 것처럼 아리게 침을 삼키며 문을 열었다. 집 안엔 아무도 없었다. 누가 있었어도 전처럼 아연실색하지는 않았을 것이다.

새희는 방에서 악보와 손수건을 챙기고 창가에 섰다. 창밖을 보다 보니 의무적으로 은석을 생각해야 할 것 같은 기분이 들었다. 하지만 머릿속을 채운 건 이 방을 들어서던 그의 얼굴이었다. 새희를 경악하게 하고, 경악한 다음 무너져 내리게 하고, 무너져 내린 다음 온몸이 짓무르도록 애절해지게 한 그 얼굴만이…….

문득 휴대폰으로 시간을 확인했다. 기억의 홍수에 잠겨 있을 시간이 없었다. 새희는 주머니에 휴대폰을 넣었다. 아니, 넣기 전에 다시 눈앞에 들어 올렸다. 까만 화면에 비친 자신의 얼굴을 보다가 화면을 터치했다.

뭔가를 예감하고 한 일은 아니었다. 인터넷을 켜서 그를 검색하는 건 이 방에서 새희가 눈을 뜨고 감을 때까지 매달린 일이었다. 그저 본능에 따르듯 새희는 인터넷을 켰다.

주한의 죽음은 예상하지 못했기에 충격이었다. 그러나 그 충격은 그의 어머니를 만난 뒤 더 큰 충격에 잡아먹혀 소멸되어 버린 것처럼 새희의 기억 속에서 힘을 쓰지 못하고 빠져나가 버렸다.

하지만 이보다 더 큰 충격이 있을까? 검색창엔 그의 이름이 떠 있었다. 그의 이름을 누르자 화면에 공격적으로 펼쳐진 기사들은 공연에 관한 것이 아니었다.

그의 결혼 기사였다.

* * *

새희는 쓰러지듯 바닥에 누워 있었다. 그 상태로 몇 시간이 흘러갔다. 그의 콘서트에 가겠다고 새끼손가락을 걸고 한 약속은 충격 속에서 휘발되어 버렸다. 순식간에 수분을 빼앗기고 황폐한 사막이 되어 버린 것처럼 새희는 초췌하게 말라 버린 꼴로 꼼짝도 하지 않았다. 숨이 쉬어진다는 게 신기했다. 이렇게 메마른 몸으로 산소가 들어올 수 있다는 것이…….

그는 당연히 결혼할 수 있는 사람이었다. 그는 애상한 가족사가 있는 데다가 아이를 무척이나 좋아했다. 진즉부터 따듯하고 단란한 가정을 준비하고 있었으리라.

그가 아내로 들일 사람은 그가 구상하는 가정과 잘 어우러질, 예컨대 새희와는 동떨어진 분위기의 여성으로 성심성의껏 골랐을 것이다. 집안이 좋고, 자립심 있고, 번듯한 직장을 가졌으며, 깊고 어두운 상처가 없는.

차라리 그가 새희에게 보여 준 감정들이 거짓으로 느껴졌다면 이토록 아프지 않았으리라. 그는 분명 진심으로 새희에게 다정했고, 극진했고, 몰입했다. 그러니까 그렇게 예뻐하는 여자와 결혼할 여자는 따로인 것이다. 이미 그 세계에서는 통용되는 법칙이라는 걸 누구보다 잘 알고 그것을 몸소 겪고 있으면서도 왜 미칠 듯이 부정하고 싶은 마음이 드는 건가.

'조심해요. 이만하면 충분하다는 생각이 드는 순간, 더 마음을 내어 주게 되니까…….'

자신은 실패했다는 듯, 두 손에 얼굴을 묻고 울던 여자와 새희는 다른 처지가 아니었다. 이만하면 충분하다고 몇 번이고 생각했다. 은석과 이진의 집에서 기생충처럼 지내던 새희를 꺼내 준 남자였다. 거기까지만 해도 그 남자는 선을 넘어선 친절을 베푼 것이었다. 그러니까 다른 여자와 결혼하고 새희는 정부처럼 만나 주어도 이만하면 충분하다고…… 그렇게 생각해야 한다.

하지만…… 그렇게 못 하겠다. 또 그렇게 몸을 파는 듯한 꼴로는 도저히…….

눈물이 눈꺼풀을 찢으며 터져 나왔다. 새희는 엎드려서 울었다. 전차가 등을 밟으며 지나가는 것 같았다. 모든 것이 깨어지고 부서지며 망가진다. 새희는 찌르는 것처럼 명치가 아파서 손으로 퍽퍽 내리쳤다.

너무 아파. 너무 아파…… 나를 좀 살려 줘. 누가 나를 좀 살려 줘…… 아니야. 나를 죽여 줘. 제발 죽여 줘! 고통스럽게 뒤틀며 울었다. 오열하는 소리도 목에 걸려 끅끅거리는 신음만이 새었다.

얼마나 그렇게 통곡하듯 울었을까. 새희는 기운이 빠져 누워서 천장만 올려다보고 있었다. 그때, 바깥에서 인기척이 났다.

"응? 혹시 새희 씨 집에 있어요?"

이진의 목소리였다. 새희는 움직이지 않았다. 곧이어 이진을 똑똑, 문을 두드렸다. 힘겹게 몸을 일으켜 세운 이유는, 무슨 일이냐고 묻는 말을 듣고 싶지 않아서였다. 문이 열렸다. 그녀는 품에 샴페인 병을 안은 채였다.

"너무 오랜만이네요?"

예쁘고 도도한 얼굴은 변함이 없었다. 그녀는 그의 결혼 기사를 봤을까…….

"외박이 너무 잦은 거 아니에요? 은석 씨가 때마침 출장이 잡혀서 다행이지. 안 그랬으면 어쩌려고 그랬어요, 새희 씨."

마치 자신이 아니었으면 큰일 날 뻔했다는 듯, 이진은 생색을 냈다. 새희는 멍하니 그녀가 든 샴페인을 바라볼 뿐이었다. 그러자 이진은 어깨를 으쓱하며 눈을 휘었다. 정말로 기쁜 듯이.

"오늘은 축배를 들어야 하는 날이거든요."

그 순간 오늘의 불행은 끝나지 않았다는 걸 알았다.

"임신했어요, 나."

이진은 말하며 환하게 웃었다. 임신. 새희는 무심결에 이진의 배를 바라보았다. 새 생명을 잉태했다고 믿을 수 없는 날씬한 배였다.

"아쉽게도 은석 씨는 모레 아침 비행기로 도착 예정이라서 말예요."

샴페인 병을 흔들어 보이며 "우리끼리 즐기자고요?" 노래 부르듯 이어 말한 이진이 손목시계를 흘끔 확인했다.

"음, 아직 공연 중이겠네."

누구를 생각하며 하는 말인지 당연하게 추측할 수 있었다. 새희의 시선이 샴페인과 복부 사이를 맴돌자 이진이 웃었다.

"걱정 마요. 무알코올이니까. 아무렴, 내가 내 아이를 조심 안 할까."

처음 만났던 날, 이진은 말했다. 아이는 자신이 기다려 온 가장 특별한 운명이라고. 그녀의 주관을 똑똑히 주입한 다음 새희의 배를 젓가락으로 가리키며 말했다. 혹시라도 당신이 애를 가진다면 그 물건은 직접 제 손으로 긁어내겠다고.

그만큼 아이에 관해서는 철두철미한 사람이었다. 그런 그녀가 아이를 가졌으니 어떤 보물보다 애지중지하며 해가 될 모든 것들에게서 보호하고 때가 되면 안전하게 세상 밖에서 맞이해 줄 것이다. 역경과 고난 따윈 아이의 삶 속에 틈입할 기회조차 없으리라.

"그러고 보니 아직 축하한단 말 못 들은 것 같은데."

"……."

"축하해 주지 않을 거예요?"

이진은 가볍게 물었다. 새희를 상처 주려는 의도도, 비웃으려는 의도도 아닌 그저 가벼운 어조로 장난스럽게…….

그것에 생의 뿌리가 뽑히는 것처럼, 천 개의 바늘이 눈자위를 찌르는 것처럼, 배 속이 갈라지는 것처럼…… 새희가 허망함과 슬픔을 느끼며 무너져 내릴 줄은 이진은 전혀 예상하지 못했을 것이다.

새희는 가슴을 움켜쥐며 휘청거렸다. 이진은 당황해서 쓰러지려는 새희의 팔을 붙잡았다. 새희 씨, 괜찮아요? 염려 섞인 그 말이 가윗날처럼 두피를 파고들어 날카롭고 차가운 고통을 터뜨렸다.

놀라서 쳐다보는 이진과 겨우 눈을 마주했다. 눈물 때문인가, 그 순간 이진의 얼굴이 전에 없이 일그러진 것처럼 보였다. 새희는 눈물이 스며드는 입술을 경련하듯 떨어댔다.

"미안해요……."

고작 말뿐이라 하더라도…… 나는 도저히…….

"축하…… 못 하겠어요."

이진의 눈동자가 굳어졌다. 새희는 자신의 팔을 붙든 고운 손등을 잡은 채로 눈물을 떨어뜨렸다. 부들부들 떠는 얼굴을 이진은 잠시간 형용할 수 없는 표정으로 바라보았다. 한참 뒤에 그녀는 새희의 머리칼을 쓰다듬듯 손을 대었다. 흉하게 젖어 버렸을 얼굴을 다시금 읽어 내듯 찬찬히 응시하며 말했다.

"아니에요, 새희 씨."

고저 없는 목소리는 눈치채지 못할 만큼만 가늘게 흔들렸다.

"웃으며 축하한다는 게 정신 나간 일이죠."

이진의 눈빛이 모호하게 흐려졌다.

"내가 짓궂어졌어요……."

미안하다는 말보다 새희를 덜 비참하게 해 주는 말이었다. 그 뒤 이진은 조용히 문을 닫아 주며 나갔다. 새희는 닫힌 문 앞에서 비틀거리며 멀어지다가 주저앉았다.

이 방 안의 풍경이, 쏟아지는 기억들이, 그보다 지독한 현실이 한 치 앞도 보이지 않는 새까만 물처럼 머리끝까지 차올랐다. 고통이 이토록 생생한데 숨이 쉬어졌다. 숨이 쉬어진다는 사실 때문에 고통스러웠다.

차라리 정말로 홍수가 나서 물이 가득 찼으면 좋겠어. 익사자가 되어 지구 반대편으로 떠내려갔으면 좋겠어…….

\* \* \*

집 안은 조용했다. 이진이 나갔는지, 집에 있는지 알 수 없었다. 새희는 무릎에 파묻었던 얼굴을 들어 올렸다.

'비록 착각이었어도 그 당시의 나는 얼마나 행복했나 생각나면 웃음이 나지요.'

불현듯 택시 기사의 수더분한 얼굴이 떠올랐다. 그렇다. 사실 모든 행복은 착각 속에서만 허용된 것일지도 모른다. 그 행복에 포함된 평화와 믿음과 사랑도 착각이 깨어지면 전부 허상으로 변해 버릴 하찮고도 우스운 요소들인 것이다.

내가 한 착각은 무엇이었던가. 그 사람이 나를 예뻐한다는 것? 내게 진실하다는 것? 나를 책임지고 싶어 한다는 것?

가당찮다고 생각했다. 그러나 가당찮다고 생각했던 것들을 사실은 스스로 기대하고 있었음을 깨닫는 순간, 착각이 깨어졌다. 아니, 착각이 깨어지는 순간 스스로 기대하고 있었음을 깨달았다.

그 사람이 폭행당한 자신의 얼굴을 보고 제어할 수 없는 표정을 지었을 때, 그의 집에서 살자고 했을 때, 그의 어머니에게 데려가 줬을 때…… 자기 최면을 걸었던가. 기도와도 같은 최면을. 어쩌면 그 사람이 나를 사랑하는지도 모른다는…….

어둠이 들어선 창밖을 보았다. 사는 게 흡족해지는 시간대는 있을지 몰라도 죽기 좋은 시간대는 딱히 정해져 있지 않으리라. 날씨가 맑은 날은 맑아서 죽기 좋을 것이고 흐린 날은 흐려서 죽기 좋을 것이다. 그러니까 매 순간이 죽기 좋은 시간인 것이다.

새희는 결연한 얼굴로 일어섰다. 이 집에서, 이 방 안에서 여태 꾸역꾸역 버티고 있었던 자신이 한심스럽다기보다 가여웠다. 마지막만큼은 가여워 해 주고 싶었다. 그래도 될 것 같았다.

벌컥! 무례할 정도로 거칠게 문이 열린 건 그때였다. 새희는 놀라지 않고 쳐다보았다. 더는 자신을 놀라게 할 일은 없었다. 그러므로 방문을 열고 들어오는 김언혁의 얼굴을 보고도 새희는 놀라지 않았다.

깔끔하게 빗어 넘겼을 머리칼은 살짝 헝클어져 있었다. 무대 위에서 입었을 연미복을 미처 벗지 못하고 온 듯했다. 냉혈이 깃든 얼굴은 유난히도 반짝거렸고 유난히도 날카로웠다.

관람하지 못했지만, 틀림없이 성공적으로 콘서트를 마쳤을 그의 표정이 차가운 듯하면서도 사냥에 애먹고 안달이 난 맹금류의 그것처럼 난폭했다. 한편으론 주체가 안 되는 불안이 느껴지기도 했다. 새희는 여느 때보다도 생생하게 닿아 오는 그의 감정을 삭막하게 목도했다.

김언혁은 성큼성큼 새희에게 다가왔다. 턱 근육이 팽팽하게 솟아올랐을 만큼 화가 났으면서도 그는 새희의 뺨을 손가락으로 부드럽게 두드렸다.

"집에 가야지."

몸 어딘가에서 내출혈이 일어난 것처럼 찢어지는 고통이 일기 시작한 건, 그 어르는 목소리를 들은 순간부터였다.

그가 새희의 손을 잡았다. 한순간도 이곳에 두기 싫다는 듯, 당기는 악력은 맹렬했다. 그러나 새희는 그 손을 뿌리쳤다. 어찌나 세게 뿌리쳤던지 반동으로 몸이 앞으로 휘청이며 넘어갔다. 그가 그 몸을 팔로 빠르게 받았다. 그것마저 새희는 파들대며 물리쳤다.

김언혁의 표정이 전에 없이 굳었다. 새희는 뒷걸음질하다 발목이 탁, 부딪힌 침대로 미끄러지듯 앉았다. 아무 말도 하지 않았는데 호흡 소리가 거칠어졌다. 그가 걸어왔다. 새희는 다가오지 말라는 듯 한 손을 들어 제지했다. 그 손은 덜덜 떨리고 있었다.

말도 안 되는 일이다. 어째서 그에게 화가 났는가? 설마하니 그의 결혼에 자신이 화를 낼 자격이 있다고 생각하고 있는 걸까? 그의 미래를 응당 자신이 차지할 거라고 여겼단 말인가?

그가 바라는 그 어떤 것도 줄 수 없는 몸이면서. 그 주제에, 내 주제에……

분명 속으로는 그렇게 비하하며 이 이해 못 할 격분이 타당하지 않다고 생각했다. 그러나 입 밖으로 튀어나온 말은 자신의 뒤통수를 후려갈겼다.

"당신, 결혼해?"

미친 것 같았다. 미친 것 같았지만 새희는 멈출 수 없었다.

"당신…… 결혼해?"

새희의 손에 걸음이 막힌 그가 눈썹을 일그러뜨렸다. 새희는 흥분해서 눈에 뵈는 게 없었다. 그의 인상은 차츰 무표정해졌다. 김언혁은 긍정도 부정도 시원하게 해 주지 않았다. 마치 '그렇다면?' 하고 말하는 눈이었다.

저 눈을 알고 있었다. 자고 싶냐고 물었을 때, 그는 저 눈을 하고서 태연하게 긍정했었다. 그 태연한 긍정이 끝내 자신을 울릴 것이라는 걸 분명 예감했었다. 그래, 나는 분명…….

그러니 여기까지 해야 했다. 이만해도 충분히 새희는 선을 넘다 못해 선 밖의 영역을 난도질한 것이었다.

그러나.

"하지 마."

폭주를 멈출 수 없었다.

"하지 마, 결혼."

피눈물이 흘러내렸다. 머리가 어떻게 된 게 틀림없었다. 매달리는 것도 아닌 명령의 어조였다. 손등으로 눈물을 훔치며 그를 힘껏 쏘아보았다. 와중에도 한 손은 그를 가로막고 있었다. 김언혁은 다룰 수 없는 광분한 상태의 새희를 질리도록 빤히 관찰했다.

잠시 후, 그는 덜덜대는 새희의 손가락 사이로 깍지를 끼웠다. 화드득 튀어 오르며 잡아 빼려고 하자 달아나지 못하도록 꽉 잡아맸다. 그리고 다른 손으로 휴대폰을 꺼냈다.

새희는 뼈마디가 아플 정도로 얽어맨 손을 풀기 위해 아등바등했다. 난동에도 그는 조각상처럼 꿈쩍도 하지 않고 누군가에게 전화를 걸었다. 상대가 전화를 받자마자 그는 오한이 일도록 차가운 목소리를 갈겼다.

"우연인 척 식사 자리에 여자 대동한 것도 모자라서 일부러 공연 날짜 맞춰 기사도 내고. 쇼 꾸미는 솜씨는 아직 안 늙었나 봅니다. 홀로 남은 아비 생각해 달라며 눈물 찍은 것도 쇼였다는 건 진작 알았지만 좀 짜증 나는군요."

혀에 독을 바르고 조롱하는 목소리에 수위를 모르고 치솟았던 감정이 거짓말처럼 뜯겨나갔다.

"노망나서 그새 잊어 먹었습니까? 집에서 나만 목 빠지게 기다리는 여자 있다고."

새희는 그제야 정신을 차리고 부친과 통화 중인 그를 얼빠진 채로 쳐다보았다.

"정정 기사 내보내고 검색 창 갈아엎어요. 아들이 고발하는 불륜 스캔들에 연루되기 싫으면."

야밤에 비서랑 보닛 위에서 뒹굴고 재미 좋잖아요. 그는 싸늘한 어조로 폭탄을 투여하고 전화를 끊었다. 귀에 이명이 지나간 것처럼 멍했다. 그에게 잡힌 손에서 힘이 빠져나갔다.

김언혁은 침대에 앉은 새희의 눈높이에 맞춰 무릎을 접고 앉았다. 순식간에 전의를 상실한 사람처럼 정신이 나가 있는 새희의 턱 끝을 쥐어 그를 보게 했다. 고여 있던 눈물이 후드득 떨어졌다. 그가 그때까지도 놓지 않았던 새희의 손등에 슬며시 뺨을 기댔다.

"미친 듯이 튀어 오느라고 기사 난 줄도 몰랐어. 놀랐어?"

믿을 수 없게도, 그는 사과하고 있었다. 진심으로 미안하다는 듯, 부디 화를 풀어 달라는 말투로…… 새희는 자신이 무슨 짓을 한 건지 그제야 정확히 알았다. 이렇게나 늦은 시점에. 이미 그가 길고 긴 세월을 덮어 놓고 조우한 자신의 아버지를 협박하게 만든 다음에야…….

"아, 아니야. 아니야…… 미안, 미안해요. 내가 잠시 미쳐서, 정신이 나가서……."

새희는 펑펑 울며 사죄했다. 도대체 어떻게 된 영문인지 모르겠다. 막다른 구석으로 몰리다가 기어이 미쳤던 게 틀림없다. 아니라면 어찌 자신이 그토록 교만하고 단호하게 그를 저지할 수 있었을까…….

새희가 부정할수록 도리어 김언혁의 얼굴엔 점차 찬바람이 스몄다. 그는 새희의 손목을 난폭하게 잡아당겼다. 목이 꺾일 만치 얼굴이 끌려갔다. 코앞에서 섬뜩하도록 까맣게 날이 선 눈동자가 번뜩였다.

"내가 다른 여자와 결혼하길 바라는 건가?"

마지막 기회인지도 모른다. 그에게 당연하게 예정된 정상적이고 눈부신 미래를 영위하게 해 줄 기회. 갑작스레 난입해 그의 운명을 흩뜨린 존재를 문제없이 잘라 낼 수 있는 마지막 기회. 그래, 이제 정말 결심하고 버려져야 했다. 그것이 그를 위한 길이라는 걸 누구보다 잘 알았다.

알고 있었다. 알고 있었지만…….

"아니. 싫어……."

사죄한 것이 무색하게 결국 새희는 온 힘을 다해 그를 붙잡는다.

"나랑 같이 있자……."

계속, 계속…… 서럽게 속삭이며 고개를 떨어뜨렸다. 그리고 다시 고개를 들어 그를 보았을 때, 새희는 꿈을 꾸는 것만 같아서 천천히, 아주 천천히 눈을 깜빡였다. 깜빡이고 나서도 새희가 보고 있는 장면은 젖은 속눈썹 사이를 헤치며 선명하게 번져 들고 있었다.

커다래진 새희의 눈동자로 물결이 너울거렸다. 생생한 심장 박동 소리만이 현실을 실감하게 했다. 우물처럼 깊숙한 곳에서부터 감동을 길어 올리는, 눈앞의 현실을. 현실임을 몇 번이고 잊어버리게 하는 환하게 웃고 있는 그를…….

그의 웃는 얼굴이 새희의 영혼을 함몰시켰다. 그 뒤엔 어떠한 말도 필요치 않았다. 그의 두 뺨을 일그러지도록 감싸며 입술을 포갰다. 그대로 뒤로 풀썩 누우며 잡고 있는 얼굴을 당겼다.

그는 시트에 손바닥을 짚어 체중을 실으며 새희의 키스에 화답하듯 혀를 강하게 휘둘렀다. 셔츠 단추에 성급하게 손을 올리자 그의 눈썹꼬리가 꿈틀거렸다.

그가 자신을 안는 것보다 한시라도 빨리 이 방에서 데리고 나가고 싶어 하고 있음을 눈치챘다. 눈치챘지만, 무시하고 싶을 만큼 일분일초가 안타까워 미칠 지경이었다. 새희는 꾀어내듯 속살거렸다.

"여기서, 여기서 안아 줘요. 지금 당장 안아 줘……."

그의 입술을 혀로 문지르면서 간청하자 그의 눈빛이 요동쳤다. 갈등은 찰나였다. 그가 그의 콘서트를 가기 위해 공들여 차려입었던 새희의 옷을 찢어발겼다. 원피스 앞섶이 뜯어져 가슴이 드러났다.

그가 애태우지 않고 곧바로 고개를 숙여 브래지어를 걷고 유두를 빨아 들였다. 허리가 튕겨 오르며 가파르게 호흡이 흩어졌다. 자극을 받은 숨소리가 피부에 흡착되었다.

그가 새희의 속옷과 스타킹을 한 번에 잡아 내리며 동시에 슈트 재킷 안쪽으로 손을 쑤셔 넣었다. 거친 손짓에 담배 케이스가 그의 손에서 미끄러졌다. 그가 욕설을 씹었다. 새희는 그 모습을 보며 입술을 달싹였다. 콘돔을 꺼내는 그의 손을 다급하게 부여잡았다.

"괜찮아요……."

그의 눈 속에서 사납게 일렁거리던 욕망의 기운이 한순간 냉각됐다. 새희의 시야가 뿌예졌다. 이 비밀을 그에게 공유해도 될까.

무덤이 되어서도 부패하지 못할 끔찍한 나의 비밀을······.

"왜냐면 나는······."

은석의 아이를 가진 적 있다. 새희의 나이 스무 살이었다. 아이를 가진 걸 알았을 때, 처음으로 도망쳐야겠다는 결심이 섰다. 절망스럽지 않았다. 오히려 더없이 희망적으로 미래를 계획했다. 이 아이와 함께라면 어떤 모진 풍파도 견뎌 낼 수 있을 것 같았다. 아이와 둘만의 세상을 구축하고 싶었다.

그 세상에 은석은 없었다. 하필이면 은석이 다시 한번 새희에게 마음을 열어 보려고 조금씩 애쓰던 때에, 새희는 또 한 번 은석을 배신하고 도주했다.

해가 뜨지도 않은 신새벽, 새희는 몰래 본가를 빠져나와 뒤도 돌아보지 않고 달렸다. 허겁지겁 지하철 계단을 내려갈 때였다. 지나칠 만큼 속이 울렁거리고, 머리가 빙글빙글 돌았다. 그리고 아랫배가 통째로 빠지던 감각······.

안 돼. 안 돼, 아가····· 미친 사람처럼 오열하며 빌었지만, 하혈이 일어났다. 뒤이어 쫓아온 회장님의 사람들에게 붙잡혀 비명을 내지르며 병원에 끌려갔다. 버둥거리는 팔다리가 결박된 채로 배 속의 죽은 태아는 깔끔하게 제거되었다.

마취에서 깬 새희에게 의사는 뭐라고 말했던가. 유산이라고 했던가. 아기집이 손상되어 다시는 아이를 가질 수 없다고 했던가······.

그렇게 아이는 사라졌고 아이를 가졌던 것도, 그 아이와 함께 또다시 자신을 버리고 도망가려 했단 것까지도 안 은석은 새희를 전보다 더욱 가혹하게 방치했다. 은석이 다시는 마음을 열어 주지 않을 거라는 걸 알았다. 그럴 기미조차 보이지 않으리라는 걸. 자신에게 다시 희망이 생길 일은 죽는 순간까지 없으리라는 것까지도.

"나는……."

자백해야겠다고 마음먹었건만, 입술이 떨어지지 않았다. 모태에서 허무하게 죽음을 맞이한 아이의 생각이 숨도 못 쉬게 떠밀려 왔다. 내가 죽인 아이였다. 죄책감이 내리치는 철퇴처럼 사정없이 타격을 가했다. 눈물이 마구 흘러내렸다.

새희가 뒷말을 잇지 못하고 울어 대자 그가 고개를 느릿하게 기울였다. 이어 부드럽게 입술을 겹쳤다. 혀로 아랫입술을 쓸어 주었다가 코끝을 비비는 그의 눈빛이 다정했다. 다정하고 의연했다. 또 장난스러웠다. 별로 듣고 싶지 않다는 듯, 혹은 들어 봤자 시시할 게 뻔하다는 듯…….

그에 새희의 안색이 충격적으로 급변했다. 뜨거운지 차가운지 모를 물이 얼굴로 쏟아지는 것 같았다. 김언혁은 눈매를 휘며 새희의 볼에 검지를 지그시 눌렀다.

"아기는 하나면 충분해."

알고 있었구나. 다 알면서도 그토록 태연하게…… 아. 왜 이제야 알았을까.

'김언혁입니다.'

'은새희입니다.'

'어이?'

'아니요. 아이…….'

이름을 묻는 시작부터 그는 새희를 정면으로 꿰뚫어 보았다. 누군가에 딸려 붙은 혹이 아니라, 첩도 되지 못하는 인형이 아니라 '은새희'라는 인간 자체로…… 끊임없이 의심하고 망설였던 사람은 자신뿐이었던 것이다.

새희는 감읍하며 눈을 감았다. 다시 눈을 떴을 때 눈동자에 가득 찬 사람은 그였다. 처연하고 두렵게 흔들거리던 눈빛은 단단해졌다. 더 이상 이 눈 속에 그가 아닌 다른 사람을 채울 일은 없을 것이다.

자신의 존재 의미를 새로이 다졌다. 마지막까지 잔재했던 은석을 향한 죄책감과 아이에 대한 슬픔, 삶의 무상함까지 이 순간 드디어 새희는 미련 없이 떠나보낸다.

태연하게 콘돔을 착용한 그의 눈빛 또한 달라졌다.

"충분히 달래 줬으니……."

서늘하게 가라앉는 음성은 좀 전까지 온 마음을 휘감았던 부드러운 기운이 증발한 후였다. 오늘 하루 나는 얼마나 많은 잘못을 저질렀는가? 그 잘못된 행동을 교정받을 차례였다. 새희는 기꺼이 무릎을 꿇고 싶었다. 그가 새희의 입 속에 손가락을 삽입하듯 박아 넣었다.

고운 손마디는 혀를 짓누르다 목구멍까지 들쑤실 정도로 깊숙이 들어왔다. 구토감이 치미는 것을 억지로 참아 냈다. 타액을 흥건하게 적신 손이 아래로 수월하게 들어오도록 다리를 활짝 벌렸다.

그는 그 손을 아래로 쑤셔 박기 전에 먼저 보란 듯이 혀로 그어 올렸다. 찔러도 피 한 방울 나오지 않을 것 같은 눈매가 칼같이 주시하자 가슴이 몇 갈래로 갈라지는 기분이 들었다.

"오해했으면 전화부터 해야지."

전화…… 그의 기사를 확인하자마자 휴대폰을 꺼 버렸다. 지금껏 보여 주었던 그의 말과 행동들보다 기사에 적힌 문장 몇 줄이 훨씬 진실처럼 느껴졌던 건 그의 다정함에 취해 있는 동안에도 그것이 참으로 불가해하다고 생각했기 때문이었다. 그래서 그의 결혼 소식에 추호의 의심도 품지 않았던 것이다.

사실은 그가 계획도, 목적도 없이 자신을 내보이고 있다는 걸 번번이 체감하고 있었으면서도…….

"내가 널 얼마나 기다렸는 줄 알아?"

차게 읊조린 목소리가 얼굴 위로 내려앉은 순간, 그의 손가락이 아래에 닿았다. 손이 아닌 흉기가 겨누어진 것처럼 흠칫 몸이 떨렸다. 새희가 그의 콘서트를 기대했던 만큼, 아니 기대한 것보다 더욱 그가 자신을 기다렸다는 걸 그 차디찬 목소리로 알아차렸다.

들어올 듯 말 듯 스치던 것이 새희가 잠깐 방심한 찰나 포악하게 꽂혀 들었다. 꽂는 힘이 너무도 빠르고 강해서 일순 숨이 멎는 듯했다.

"다시는 휴대폰 꺼 놓지 마."

잇새로 씹어 뱉은 그가 아래를 그악스럽게 파헤쳤다. 과격한 손놀림을 따라 물기가 마구잡이로 튀었다. 덮쳐드는 입술에 매달리다 가쁜 신음을 내쏟았다. 김언혁은 성긴 숨결을 흘리며 넝마로 만들어 버릴 듯이 속살을 쑤시다가 손가락을 빼내고 콘돔을 끼운 성기 끝을 입구에 맞추었다.

풀려 버린 눈동자 위로 그의 혀가 돌진했다. 반사적으로 감은 눈두덩 위를 그가 아쉽게 훑어 올렸다. 축축한 살덩이가 눈 위를 기어 다니는 감각은 형언할 수 없이 괴이하고 음탕했다.

그 감각에 정신이 팔린 그때, 그의 페니스가 앞뒤 재지 않고 진입했다. 빠듯하게 벌리며 쑤시는 느낌은 언제가 되어도 버겁다 못해 경기가 일어날 듯했다. 귀두 끝에 불씨가 붙은 것처럼 안쪽이 지져지는 것 같았다. 새희는 목을 꺾으며 입술을 뻐끔거렸다. 그가 그 입술을 잘근잘근 씹으며 뇌까렸다.

"내 옷 벗겨."

그가 아랫입술이 쭈욱 늘어날 정도로 당겼다가 뱉었다. 그리고 새희의 등을 감싸 안으며 무릎을 펴고 자리에서 일어났다. 그가 일어서자 박혀 있는 것이 아찔할 만큼 깊은 곳까지 들어오는 듯했다.

그는 인정사정없이 허리를 추어올렸다. 전신이 들썩이며 성기가 올라붙었다. 속살은 괴롭다는 듯이 페니스를 물어뜯었다. 후, 그의 한숨이 녹은 액체처럼 목 밑으로 흘러내렸다. 그가 새희의 턱 끝을 씹으며 채근했다. 새희는 덜덜 떨리는 손으로 그의 셔츠 단추를 하나씩 끌렀다.

깨끗하고 탄탄한 복근에 불가피하게 시선이 빼앗겼을 때였다. 그가 커다란 손을 번쩍 들어 엉덩이를 매섭게 후려쳤다. 짝! 불이 나는 감각에 시야에 별이 튀었다. 놀라서 화드득 튀어 오르는 새희의 연한 살을 그는 연달아 소리 나게 때렸다.

"몰래 가출하다니."

"아! 읏, 자, 잘못…… 으응!"

"속상해서 진정이 안 돼."

"아! 아! 읏, 아, 자, 잠시만, 아!"

"어떻게 벌을 줄까……."

얼핏 들으면 우수에 찬 말투는 다시 들으면 그것이 우수가 아니라 광기임을 알아차릴 수 있다. 그가 어떤 비이성적인 짓을 저지를지 감이 오지 않았다. 그러나 무슨 짓이든 상관없었다. 그가 새희를 바닥에 내던지고 기어와 발가락을 핥으라 해도 얼마든지 실천할 용의가 있었다.

새희는 떨리는 눈가로 그를 신실하게 바라보았다. 그의 것은 그러는 와중에도 아래에서 급히 올려붙이고 있었다. 역동하는 세공된 근육에 입술을 비비고 싶었다. 새희는 주저하지 않았다. 단단한 어깨에 입술을 묻은 채로 그의 체벌을 감내했다.

그의 손바닥에 쩍쩍 달라붙는 살이 화끈거렸다. 통증은 미묘하게 쾌락과 닮아 있었다. 아래에 물기가 괴이는 것이 이젠 창피스럽지 않았다.

"산책하고 올까?"

잠시 후, 열 기운이 도는 살갗을 뭉근하게 문지르며 그가 물었다. 새희는 무슨 뜻인지 알아듣지 못했다. 그가 삽입한 그 상태로 문을 향해 걸어가는 것을 직면하고 나서야 산책이 말 그대로 산책을 뜻하는 것임을 알았다.

황망하게 벌어진 입이 다물리지 않았다. 그는 거리낌 없이 문고리를 잡고 비틀었다. 복도를 가로지르며 거실로 가는 그의 걸음걸이가 어디까지 이동할지 몰라 두려움이 엄습했다. 들키는 것에 더는 공포를 느끼지 않았지만, 이 꼴로 들키는 건 다른 얘기였다.

그나마 옷이 완전히 벗겨지지 않아 다행이라고 여겨야 하는 걸까. 앞섶은 찢어져 가슴을 훤히 드러내 놓고 치맛자락은 말려 올라간 채로 박히고 있으니 외려 더욱 문란한 꼴이라는 자조가 앞질렀다. 곱씹을수록 이 상황이 발각되면 그보다 더 무참할 수 없을 거라는 확신이 들었다.

그런 새희의 걱정을 조소하듯 그는 계단을 올라갔다. 새희는 밟아 본 적도 없는 곳이었다. 2층에 나열된 방들이 보였다. 그중 하나는 이진과 은석의 침실일 것이었다. 말도 안 돼! 새희는 사색이 되어 그의 어깨를 잡고서 도리질했다.

김언혁은 발작하는 새희의 뒷머리를 잡고 키스했다. 혀는 지저분하게 뒤엉켰고 성기는 흡착되듯 맞물렸다. 그대로 그는 계속 계단을 올랐다. 목구멍으로 밀어 넣은 혀가 입천장까지 뜨겁게 쓸어 올렸다. 안간힘을 다해 누르고 있는 신음이 틈새로 삐져나왔다.

새희가 신음을 죽이고 있는 것을 안 그가 작정하고 자극을 휘몰아쳤다. 밑으로 드나드는 성기의 움직임이 거세어졌다. 새희는 손을 옆으로 뻗어 계단 난간을 힘을 주어 움켜쥐었다. 그의 육체가 새희가 난간을 잡은 방향을 따라 돌려졌다. 탄탄한 몸과 난간

사이에 끼인 새희의 몸이 발갛게 달아올랐다.

"여기, 여기서 해요……."

그가 정말로 2층까지 올라갈까 봐 새희는 선수 치듯 요구했다. 김언혁은 눈썹을 마뜩잖게 들어 올렸다. 새희는 눈을 감고 그의 뺨을 붙잡아 허겁지겁 혀를 집어넣었다. 그는 반쯤 눈을 가늘게 뜬 채로 새희가 해 주는 어설프고 성급한 키스를 음미했다.

펵, 펵, 쳐올리는 야만적인 허리 짓 때문에 엎치락뒤치락하는 혀 사이로 젖은 숨소리가 색색 뒹굴었다. 그가 피식 웃은 듯했다. 왜인지 무척이나 수치스러워서 새희는 귀까지 벌게졌다.

"으응, 으, 읏……."

입술을 아프도록 깨물며 신음을 삼켰다. 그는 새희를 쓸어안아 완전히 무게를 받아 안고 성기를 불같이 찔러 넣었다. 각도가 묘하게 틀어지고 강도가 세져서 쾌락의 파고가 정점에 가 닿았다.

그의 어깨 위로 흔들리는 턱이 부딪쳤다. 사고를 일그러뜨리는 엄청난 쾌락이었다. 누군가 보고 있을까 염려가 되면서도 누군가 봐도 아무렴 어떤가 싶은 무책임하고도 안일한 기분이 들기 시작했다.

그의 몸에서 나는 시원하고 진한 코오롱 향이 코끝에 스몄다. 이성을 마비시키는 향락적인 냄새였다. 성기 끝이 내벽을 예리하게 그었다. 이윽고 절정이 도래했다.

눈앞이 새하얗게 지워져 나갔다. 새희는 신음을 터뜨리는 대신 그의 피부에 이를 박아 넣었다. 타액이 흠뻑 묻은 어깨 근육으로 기운 빠진 입술을 비비적댔다. 귀로 고이는 그의 한숨 소리가 음험했다. 절정에 오르고 나자 축 늘어진 새희를 그가 밑으로 내려 주었다.

두 발이 계단에 착지하자마자 그의 무릎 또한 바닥으로 하강했다. 그는 아직 사정 전이었다. 새희는 의아하게 위압적으로 솟아 있는 그의 것과 그의 얼굴을 내려다보았다. 김언혁의 커다란 두 손은 새희의 안쪽 허벅지를 거머쥐었다. 턱을 들고 혀를 내어 다리 사이에 밀어 넣는 그의 머리칼을 새희는 경악하며 잡았다.

말리는 것보다 그에게 먹히는 것이 빨랐다. 미끈대는 속살을 가르고 들어온 혀끝이 삽입하듯 강도 있게 찔러 왔다. 열감이 몰린 내벽이 꿈틀대며 난간에 기댄 등이 바르작거렸다.

그가 돌기를 죽 빨았다가 살살 핥고 심술궂게 씹으며 분탕질 쳤다. 새희는 할딱대며 까만 머리칼 사이를 부질없이 헤집어 댔다. 옴짝달싹 못 하도록 허벅지를 고정시킨 손 중 하나가 안쪽으로 파고들어 돌기를 빠르게 훑어 대자 그의 혀는 좀 더 아래쪽으로 묻혀 해작거렸다.

"하아……!"

어찌할 수 없는 잔혹한 쾌감이 몰아쳤다. 눈이 뒤집히고 물기 서린 신음이 난무했다. 두 손으로 입을 틀어막고서 2층을 살폈다. 아무도 없는 듯이 잠잠했지만 어쩐지 폭풍전야의 그것 같아서 모골이 송연했다.

그러나 이젠 참을 수도 없는 지경이었다. 돌기를 자극하던 그의 손가락이 올라가 음모를 손가락에 휘감고 혀가 그 자리로 유영했다. 허벅지와 엉덩이가 바짝 조여들었다.

빳빳하게 부푼 돌기를 혀가 폭 감싸며 둥글렸다. 음란한 혀놀림에 내벽이 녹다 못해 닳아 버릴 듯했다. 왈각왈각 쏟아지는 애액을 그가 진한 숨을 토하며 받아먹었다.

애액으로 번들거리는 입술이 아래에서 빠져나온 건 새희의 몸이 널브러지기 직전이었다. 흐물흐물해진 뇌가 그가 자신의 몸을 뒤집고 뒤통수를 짓눌렀다는 걸 한참 뒤에 인식했다.

새희는 난간에 손바닥을 붙이고 그를 돌아보았다. 흥분에 젖은 그의 얼굴이 새희의 의식을 장악하고 지배했다. 그럴 상황이 아닌데 가슴이 두근대는 걸로 모자라 뭉클했다. 도의에 어긋나는 짓을 감행하고 있는 그가 너무 사랑스러웠다. 그가 느닷없이 목을 졸라 죽여도 욕망과 애정은 열렬하게 샘솟을 것이다.

새희의 표정을 본 그는 돌연 정색했다. 어쩐지 심기가 거슬린다는 얼굴이었다. 직후 말없이 성기를 흉포하게 꽂아 버린 그 때문에 다리가 내려앉을 듯 부들거렸다.

뒷머리를 누르던 그의 손이 새희의 머리카락 사이를 파고들어 잡아당겼다. 목이 꺾이며 허리가 휘었다. 혹독하게 아래를 치대면서 그가 고개를 숙였다. 강제로 쳐들린 새희의 얼굴을 무서운 눈으로 핥아보며 그가 싸늘하게 내뱉었다.

"내가 정말로 죽이려 들면 어쩌려고 그런 얼굴을 하지?"

"으, 하아, 괘, 괜찮, 괜찮아요, 죽여도……."

"정말?"

격렬하게 헐떡거리면서 새희는 네에…… 하고 고개를 힘차게 끄덕였다. 김언혁은 비릿하게 웃었다. 그 웃음의 의미를 분석할 때였다. 그가 뒤로 빼내었던 성기를 파열할 듯이 세차게 박아 넣었다.

헉, 하고 실색하며 벌어진 입술 속으로 그의 혀가 뱀처럼 감겨들었다. 미끄러지듯 빼물었다가 욕설 같은 호흡과 함께 내뱉고서 그는 허리를 세우고 새희의 한쪽 다리를 들어 올려 발목을 어깨에 걸었다.

가위처럼 벌어진 다리 사이로 고통과 쾌감이 뻐근하게 관통했다. 극렬하게 쳐올리는 그의 속도에 눈앞이 아뜩해졌다. 아, 아, 아! 끔찍하도록 휘몰아치는 쾌감에 소리 지르며 시퍼렇게 번쩍이는 그의 눈빛에 뒤늦게 경직했다.

왜 잊고 있었을까. 그는 형벌을 내리는 중이었다. 새희가 해야 할 말은 진즉부터 지정되어 있었던 것이다.

"자, 잘못했어요. 잘못했어요……."

"뭘?"

"전부, 전부 다……."

그의 성기가 연약한 살점을 가혹하게 긁어 내렸다. 퍽퍽 부딪치는 고환의 감촉이 오싹하도록 생생했다. 난간을 잡은 손바닥이 지진이 난 듯이 덜덜거렸다. 그는 새희의 대답이 빈약하다는 듯, 뿌리 끝까지 집어넣고 잡아 빼기를 맹렬하게 반복했다. 새희의 전신이 경련했다. 비명을 지르며 감당이 안 된다는 몸짓으로 팔을 휘저으며 말했다.

"아, 아이! 휴대폰 꺼 놓고, 콘서트에도 못 가고, 멋대로 오해해서 가출하고, 그리고…….."

"그리고?"

"죽여도…… 괜찮다고 해서…….."

극치의 쾌감을 이기지 못하고 눈물이 튀었다. 용서해 주세요…… 축축한 애원이 그의 얼음송곳 같은 눈빛 앞에서 소침하게 흐려졌다. 그는 애원보다 그 축 처진 눈빛에 동한 듯 불시에 새희의 목을 잡고 지독히도 천박하게 혀를 얽으며 나머지 한 발까지 자신의 상박에 얹었다.

그에게 두 다리를 모두 내맡긴 채 새희는 찔러 넣는 대로 흐느꼈다. 각기 불편한 자세임에도 여러 각도로 노련하고 매끄럽게, 아니, 광분해 미친 듯이 처박는 그를 새희는 혼탁하게 바라보다가 감당키 어려워 눈을 감았다.

부유하는 몸은 어디론가 떠밀려 가듯 흔들리다가 부드러운 감촉에 안착했다. 가물가물하게 뜨일 듯 말 듯 하던 눈을 확실하게 뜬 순간 공간이 뒤바뀌어 있어서 소스라치게 놀랐다. 자신의 방이었고 자신의 몸은 알몸이었다. 잠깐 정신을 잃었던 것이다.

김언혁은 새희의 젖꼭지를 정신없이 빨아 대고 있었다. 깨어난 새희를 보고 턱을 양 가슴 사이에 괸 그가 기민하게 움직여 뺨에서부터 눈가를 혀로 쭉 핥아 올렸다. 그렇게 빨고도 돌아 버리겠다는 눈으로 새희의 팔목을 잡아 일으켜 키스를 얼굴에 퍼부었다. 그러기 무섭게 오만한 얼굴을 치켜들고 내려다보며 지시했다.

"입 벌려. 침 뱉게."

매 순간 새희의 자아는 그에게 수위를 모르고 침식되어 갔다. 새희는 몽롱하게 입술을 벌렸다. 그가 턱을 쥐고 혀를 내밀었다. 조금의 거부감이 느껴지지 않는 것이 기쁘게 느껴졌다.

혀를 타고 끈적하게 흘러 내려온 침을 받아 삼키고 비운 입 안을 보여 주자 그가 칭찬하듯 새희의 턱을 어루만졌다. 또다시 눈빛이 짙어진 그가 새희의 빰에 못 견디게 입술을 비벼 대며 귓불을 깨물었다.

"너는 내 거야."

가슴 언저리를 데우는 음성은 소름 끼치도록 낮고 음습했다. 새희는 만끽하며 치아 사이에 들어온 그의 손가락을 달콤하게 빨았다. 기진맥진한 새희를 시트에 눕힌 그가 지척에서 손수건을 가져와 아래를 닦아 주었다. 새희가 챙기러 온 그의 손수건이었다.

날연한 시야에 침대 밑에서 뒹구는 콘돔들이 보였다. 콘돔은 하나가 아니라 여러 개였다. 어쩌면 몇 분이 아니라 몇 시간 동안 기절해 있었을지도 모르겠다. 새희는 멀거니 눈을 깜빡거리다 살짝 짓궂게 가슴골을 문지르는 그의 손목을 잡았다.

"집에 가자."

그렇게 말하자 그는 기시감이 드는 어조로 물었다.

"어느 집?"

새희는 막힘없이 대답했다.

"우리 집."

김언혁은 심장이 남아나지 않도록 눈매를 예쁘게 휘며 웃었다. 마주 보며 웃은 새희의 입술에 그가 짧게 입술을 붙였다가 떨어졌다. 아니, 떨어질 것 같다가 또 길게 혀를 내어 맞붙어오는 그의 목을 새희는 간지러운 웃음을 터뜨리며 껴안았다.

그가 새희의 옷을 갈아입혀 준 다음 새희도 그의 셔츠 단추를 잠가 주었다. 얼른 우리 집에 가서 그와 목욕을 한 다음 침대에서 뒹굴다 안겨 잠들고 싶은 마음이 굴뚝같았다.

그가 손을 잡기 전에 새희는 그의 손을 재빨리 잡고서 걸음을 앞섰다. 김언혁은 그런 새희를 놀리듯 일부러 발에 힘을 주고 느적거리며 애를 태웠다. 가볍게 실랑이하다 방 문가에 당도했다. 문고리를 잡아 돌리는 새희의 입꼬리는 꽃바람이 휘도는 것처럼 부드럽게 올라가 있었다.

그리고 문을 열었을 때.

"나 참…… 설마설마했는데."

나이트가운 차림으로 샴페인 잔을 든 이진이 서 있었다. 이진의 표정은 그럴 줄 알았다는 듯 조소가 번져 있었다. 그 표정 위로 언뜻 충격이 스친 것 같았으나 확신할 수 없을 만큼 찰나였다. 이내 유연하게 눈빛을 되돌린 이진은 숨을 그친 새희와 새희의 뒤에 선 김언혁을 찬찬히, 그러나 전에 없이 날카로이 살펴보았다.

"새희 씨."

귀가 먹먹해지는 도발적인 목소리였다. 혹은 너무도 실망스럽다는 목소리였다. 이진은 손에 끼운 잔을 빙글빙글 돌리며 말했다.

　"내가 내 남편이랑 뒹굴라 했지, 내 애인이랑 붙어먹으라 했어요?"


〈2권에 계속〉